ANDREI C

SUGE-
ANDRE !

ÎNCĂ O POVESTE SEMI-AMUZANTĂ

Suge-o, Andrei!
Andrei Ciobanu

LITERA®
Editura Litera
O.P. 53; C.P. 212, sector 4, București, România
tel.: 021 319 6390; 031 425 1619; 0752 548 372
e-mail: comenzi@litera.ro

Ne puteți vizita pe
www.litera.ro

Editori: Vidrașcu și fiii
Redactor: Mihnea Gafița
Tehnoredactare și prepress: Ofelia Coșman

Descrierea CIP a Bibliotecii Naționale a României
CIOBANU, ANDREI
Suge-o, Andrei! / Andrei Ciobanu – București:
Litera, 2017
ISBN 978-606-33-1394-3

I. Ciobanu, Andrei

Tiparul executat la:
EuroBusiness Tipar
office@tipografiaeurobusiness.ro
www.tipografiaeurobusiness.ro

ANDREI CIOBANU

SUGE-O, ANDREI!

ÎNCĂ O POVESTE SEMI-AMUZANTĂ

CUVÂNT ÎNAINTE

Mi-au zis cei de la editură să le dau câteva rânduri care să fie „Cuvânt înainte“ în această poveste, dar pot să-ți spun sincer că urăsc să scriu partea asta. Nu pentru că nu știu ce să scriu, ci pentru că e mai inutilă decât un polițist într-o intersecție. Auzi la ei, „cuvânt înainte“. Mereu am detestat bucata asta când mă hotăram să-ncep să citesc o carte. În primul rând, nu interesează pe nimeni cum stăteai tu la birou, cu țigara în gură și cu o bere în mână, și ți-a venit ideea genială de a scrie ceva fiindcă ai tu o perspectivă diferită asupra lumii. Zi-mi dracu' povestea, că aia mă interesează! Înțeleg această secțiune când e vorba de scriitori geniali care au viziuni tranșante în legătură cu anumite lucruri și vor să te introducă și pe tine, cititorul, în lumea lor, dar eu nu sunt unul dintre ei. De fapt, eu nici scriitor nu sunt și, chiar dacă am publicat un bestseller, mă consider în continuare doar un comediant care a scris o carte. Mă rog, două, cu tot cu asta.

Ce ar trebui oare să fac acum, să îți spun de ce ar fi bine să citești cartea mea? Păi, din moment ce o ai în mână, probabil că ai luat deja decizia asta, deci eu pot să povestesc și *Scufița Roșie* aici, oricum nimeni nu va citi rândurile astea. Într-o carte „cuvântul înainte“ e fix ca un preludiu, doar că pe ăsta până și femeile îl ignoră.

Serios, nimeni nu citește chestia asta. Efectiv pot să scriu orice porcărie aici și nimeni nu va ști vreodată. Fii atent: Apa este udă pentru că Tratatul de la Versailles stipula că Germania urma să renunțe la mai multe din teritoriile sale și să demilitarizeze Renania. În consecință, Romantismul a fost o mișcare artistică, literară și intelectuală apărută în Europa pe la sfârșitul secolului al XVIII-lea, iar cei mai de seamă reprezentanți ai acestuia sunt Johnny Deep, Einstein și Scooby Doo. Vezi? Nimănui nu-i pasă!

Dar, serios acum, hai să-ți spun de ce am scris volumul al doilea. În primul rând pentru că sunt niște lucruri pe care le-am aflat despre anumite personaje din prima poveste abia după ce am publicat-o, în al doilea rând pentru că viața mea s-a schimbat destul de mult după *Suge-o, Ramona!* și mi s-au întâmplat niște chestii interesante care au legătură cu prima poveste și în al treilea rând și cel mai important, miile de mesaje pe care le-am primit de la oameni care îmi spuneau că-și doresc o continuare m-au convins până la urmă.

De ce i-am pus titlul ăsta, mă-ntrebi? E foarte simplu:

Pentru ca toți pudibonzii care au văzut primul volum în librării și s-au urzicat că nu e posibil așa ceva și că ar trebui să fiu expulzat sau executat să înțeleagă că titlul nu trebuie neapărat luat ad litteram, fiindcă există și un sens figurat pe care, dacă s-ar fi obosit să deschidă cartea, l-ar fi înțeles.

Și pentru că... ei bine, o să citești cartea și vei înțelege exact de ce se cheamă așa.

Dar, spune-mi, știi momentul ăla când ești împreună cu femeia pe care o iubești din tot sufletul, lucrurile merg splendid între voi, vă înțelegeți de minune și totul e perfect în viața ta? Ei bine, eu nu-l știu. Eu îl știu doar pe ăla în care te chinui din răsputeri să o uiți pe fata care a dat viață celor mai frumoase vise ale tale și care te-a făcut să crezi că „dacă o poveste nu are un final fericit, înseamnă că nu s-a terminat încă".

Dar dacă măcar o dată ți-a fost atât de dor de cineva încât fiecare gură de aer în lipsa ei îți provoca durere, dacă din cauza ei ți s-au părut culorile mai gri fiindcă nu era acolo să le facă să zâmbească și dacă te-ai uitat la toate serialele din lume (chiar și la mizeriile alea turcești) numai ca să îți ocupi mintea cu altceva, o să-ți placă povestea mea.

Dacă nu, o să-ți placă sigur fiindcă e semi-amuzantă și o să te facă să râzi. Și dacă nici așa nu te-am convins, află că am pus din nou la fiecare capitol melodia pe care o ascultam eu în timp ce-l scriam și, astfel, poate-ți mai completezi și tu playlistul cu piese pe care nu le știai.

Pentru nelămuriri și întrebări, mă găsești pe net:

Facebook: Andrei Ciobanu

Instagram: andreistandup

În rest, tot ce ai nevoie va fi în cartea asta.

P.S. – Dacă toată treaba merge așa cum am plănuit, anul viitor va apărea și filmul *Suge-o, Ramona!*, pe care abia îl aștept. Le mulțumesc lui Alex, Iuliei și Cristinei pentru tot sprijinul și ajutorul în aceste două proiecte.

P.P.S. – Lectură plăcută! Sunteți pupați! Apropo, nu mă deranjează dacă o citești pe WC, ba chiar te încurajez. Îmi doresc să fii mega-relaxat atunci când o faci.

PROLOG

Femeile din viața mea au fost de două feluri: cele care m-au plăcut pe mine, dar mie nu-mi plăcea de ele. Și cele pe care eu le-am plăcut și... futu-le-n gură de nenorocite.

Era beată și frumoasă. Și, mai important decât atât, era la mine în pat. Și, mult mai important decât atât, acolo eram și eu. Se făcuse deja 9 dimineața. Tot ce-mi doream era s-o sărut, s-o țin în brațe și s-o ating, nu neapărat în ordinea asta. Asta, și să nu mă sune bunică-mea. Că în fiecare duminică dimineață mă suna, mă trezea și mă întreba ce fac. De parcă nu-știu-ce căcat puteam să fac la 9 dimineața, într-o zi de duminică. Parc-o și aud: „Ce faci, dormeai?" Nu, în pana mea, schiam. Tocmai făceam cristianele. Normal că dormeam, ce căcat să fac la ora asta? Dar ai observat totuși că de fiecare dată când ne sună telefonul, atunci când dormim, răspundem și ne prefacem că nu dormeam? De parcă e nu-știu-ce chestie rușinoasă dacă dormeai. E ok, nu te judecă nimeni, stai liniștit. Nu e de parcă te uitai la un meci al lui Dinamo sau ceva. E-n regulă, poți să recunoști că dormeai, nu e nimic dubios.

Era îmbrăcată într-un tricou alb pe care-l găsisem în dulap la mine, și-i venea ca o rochiță. Încă nu-mi venea să cred că e cu mine și că e îmbrăcată doar pe jumătate. Sau, mai bine zis, pe jumătate dezbrăcată. I-am spus să vină la mine pentru că era prea beată ca să meargă acasă și s-o vadă maică-sa în starea asta. Bineînțeles că i-am promis că n-o să se întâmple nimic.

Eu nu prea înțeleg chestia asta, fetelor. Adică voi refuzați să mergeți acasă la un tip, dar, dacă vă spune că n-o să faceți nimic, brusc devine super ok. E pe sistemul „Fii serioasă, mi-a spus că n-o să facem nimic. Ce se poate întâmpla?" Pe bune, ați plecat amândoi din club, ați băut și v-ați lins toată noaptea. Dacă ajungeți în același pat, șansele să nu se întâmple nimic sunt la fel de mari ca Biserica să plătească impozit la stat. Fii atentă! La replica „Vin la tine, dar nu facem nimic, da?", cât de prost să fii, ca băiat, să spui „Aaa... păi eu credeam c-o să ne futem. Dar, dacă tu nu vrei să facem nimic, na... îți chem un taxi, ceva?" Normal că nimeni nu face asta, nu suntem chiar retardați. Nu e că vă mințim sau ceva, dar încearcă să vezi din punctul nostru de vedere: ești o tipă frumoasă, beată și vulnerabilă. Așa ceva nu se poate ierta, îmi pare rău.

Așadar, nici eu n-am fost prost. Că nu mai aveam șapteșpe ani, și deja știam de la Anemona tot ce trebuia să știu, ca să-mi ating scopul. M-am pus cu ea în pat și nu i-am făcut nimic, nici măcar n-am atins-o. Îți dai seama că nu înțelegea nici ea ce se întâmpla. Adică, da, i-am promis că nu se întâmplă nimic, dar chiar să mă țin de cuvânt? Ce naiba era în neregulă cu mine? Așa c-a început să se apropie ușor, împingându-se cu fundul în mine. E foarte important, când o fată face chestia asta, să te chinui din răsputeri să nu ți se scoale. Nu știu, gândește-te la gleznele bunică-tii, la Sânziana Buruiană, la nasul meu sau la orice vrei tu, care să-ți taie orice poftă de sex ai fi avut-o vreodată. De ce trebuie să faci asta, mă-ntrebi? Păi e foarte simplu: că, dacă ție-ți crește din pantaloni ditamai puța de doișpe centimetri, ea o să simtă și-o să știe că vrei să intri în ea mai repede decât Monica în averea lui Irinel și n-o să se mai simtă în siguranță. Trebuie să dai impresia că nu se întâmplă nimic sexual acolo, ca s-o faci pe ea să creadă că nu e suficient de bună și că nu te atrage așa mult. Iar atunci, deși nu voia să faceți nimic, în capul ei o să se plimbe doar întrebări de genul: „De ce nu i se scoală ăstuia? Al dracu', nu-s eu suficient de bună pentru el? Unde naiba greșesc?" Și-atunci, o s-o ia ca pe o provocare și-o să încerce și mai tare, dar tu trebuie să fii pregătit.

Așa că asta am făcut și eu. Ea se împingea în mine, eu, pac – mă gândeam la centrările lui Bănel Nicoliță. Ea începea să se frece de corpul meu, eu trebuia să măresc nivelul. Și, deci, mă gândeam la Maria Dragomiroiu, dezbrăcată, făcând twerking. Da, știu, e oribil. Și gândește-te că n-o să-ți poți scoate prea curând imaginea asta din cap.

Ideea e că eu, deocamdată, mă țineam bine, nu era nici urmă de primejdie la mine în pantaloni. Asta până când s-a băgat cu totul în mine, cu o mână m-a prins de păr, iar cu cealaltă m-a prins de fund și a început să geamă timid. Vai! Juca murdar. Trebuia să gândesc repede și să găsesc o soluție. Era clar că trebuia să fie cel mai penibil lucru de pe Pământ, ceva de-a dreptul odios, ceva care să-mi taie nu cheful de sex, ci cheful de viață cu totul. Așa că m-am gândit la „Mireasă pentru fiul meu" și am rezolvat problema.

În momentul ăla, ea s-a întors cu fața la mine, s-a uitat în ochii mei și a zis:

– Nu facem nimic, nu?

– Păi nu facem. Dacă așa ți-am spus, înseamnă că așa e.

– Ok!

Ai citit primul volum, știi cum funcționează treaba. *Dă play la piesa asta, înainte să citești mai departe: Criss Blaziny & AlexAicha Stan* – Au gust zilele.

Și a început să mă sărute. M-a luat în brațe, iar apoi și-a așezat sânii peste pieptul meu. Că acuma aveam și eu un pic de piept, că m-am apucat de sală între timp. Chiar dacă ne despărțeau două tricouri, puteam să-i simt exact așa cum trebuie. Își plimba unghiile peste gâtul meu, iar limba peste limba mea. La asta nu mă așteptasem, deja sistemul meu de apărare dădea eroare. Nu mai aveam la ce să mă gândesc, ca să pot ieși din zona în care mă aflam. Așa c-am lăsat-o baltă. În sensul c-am început s-o sărut și eu pe gât și s-o trag de păr atât de tare, încât sigur s-a făcut baltă la ea în chiloți. Am întors-o pe spate și m-am urcat pe ea mai repede decât a urcat Ponta în PSD și am început s-o sărut fără să-mi mai pun vreo restricție și fără să mai țin cont de nimic.

Amuzant era că-mi amintea de Ramona. Tot așa, ochii mari și frumoși, o față inocentă și o privire ca un labirint, în sensul că te pierdeai în ea. Mirosea a alcool și a pericol, iar asta mă incita și mai tare. Mi-aduc aminte c-am vrut să-mi aprind o țigară și mi-a spus să mă duc să fumez pe balcon. Și, nu știu dacă înțelegi, dar eram în casa mea. Casa mea, regulile mele. Nu poate să vină una la mine în templu și să-mi spună ce să fac. Nu funcționează așa treaba. Nu poate să-mi dea ea ordine în camera mea. Așa c-am făcut ce ar face orice bărbat sănătos la cap și m-am dus pe balcon și am fumat țigara. Ce? Voiam să fac sex cu ea, nu puteam să periclitez asta. Trebuie să-ți amintești mereu scopul final și să mai lași și capul jos din când în când, pentru ca mai apoi să lase și ea capul în jos.

Faptul că-mi aducea aminte de Ramona era un avantaj, pentru că, la un anumit nivel, mă simțeam din nou ca la 16 ani, doar că de data asta aveam să fac sex cu fata. Și, oricum, nu mai eram puștiul ăla naiv și rușinos, acum eram ditamai bărbatul. Eram mult mai matur, trecusem prin multe, eram pregătit pentru orice și știam cum să procedez în situații-limită.

I-am băgat mâna pe sub tricou și, când am simțit că sânii erau naturali, nu-mi venea să cred. Eram mai bucuros decât Oana Lis atunci când Viorel funcționează fără Viagra. I-am ridicat tricoul și am început s-o sărut pe abdomen. Era important să nu mă înfig direct în țâțe, ca să nu par disperat. Dacă era după mine, îmi băgam botul acolo și nu mai ieșeam până la a doua venire. Dar nu puteam face asta, trebuia să mă controlez. Și, apropo de controlat, eu băusem bere toată noaptea și era cam nasol, pentru că mă țineam de vreo juma' de oră. Și n-aș fi vrut să începem să facem dragoste pasională și eu să mă opresc pentru a merge la baie. Așa că am zis că mai bine mă duc atunci, mă eliberez și apoi totul poate să decurgă minunat în continuare.

– Stai puțin să mă duc până la baie și revin imediat. Că, na, știi tu, bere, i-am spus pe un ton prietenos.

– Hai, că fumez și eu o țigară între timp.

– Dar vezi, pe balcon, da?, am glumit eu.

– Ha, ha! Ce să-ți spun! Hai, du-te și fă pipilică și vino repede înapoi, că avem treabă.

Unu la mână, „pipilică"? Cine naiba zice „pipilică"? M-așteptam să-mi spună și să fac pipilică pe cocoșel, și aia era. Dar, doi la mână, când am auzit că avem treabă, am zburat spre baie. Am deschis ușa, am ieșit din cameră și m-am întâlnit cu Raluca.

Eu locuiam pe vremea aia cu Alin și ne-am mutat și cu Raluca, o prietenă bună de-a noastră. Aveam trei dormitoare, nu te gândi că dormeam unul peste altul. Aveam doar bucătăria comună, în rest, fiecare cu treaba lui. Sau a ei. În fine, Raluca își făcea o cafea, iar Alin avea ușa închisă la cameră, nu știu ce făcea.

– Ce faci, boss?, îmi zice Raluca.

– Ce să fac, mai înainte am venit acasă, mă duc până la baie și merg să mă uit la un film după aia.

Poate te întrebi în punctul ăsta de ce nu i-am spus că sunt cu o fată. „Chiar, Andrei, de ce nu i-ai spus că ești cu o fată în cameră?", mă-ntreb și eu acum. Dar n-am vrut să-i spun atunci, pentru că știam c-o să-mi pună întrebări gen: „Cine e, cum o cheamă, de unde o cunosc, când ne mutăm împreună, cum o să-l cheme pe primul nostru copil sau la ce bancă facem ratele să ne luăm frigider" – și eu nu știam răspunsul la nici una dintre ele. Oricum, la noi în casă era mereu caterincă, ne distram, râdeam unul de celălalt și deci știam ce urmează, dacă-i spun că sunt cu o fată.

Am intrat în baie, m-am pișat, am început să mă holbez în oglindă și, bineînțeles, să mă încordez. Am văzut că nu sunt foarte pompat, așa c-am început să fac și niște flotări, ca să mă umflu un pic pentru când urma să mă dezbrac în fața fetei. Să mă vezi cum făceam eu flotări în baie, lângă cadă, la bustul gol, de zici că mă antrenam pentru Jocurile Olimpice. Am stat vreo zece minute în baie, dar a meritat. Eram pregătit. Am mers înapoi în cameră, cu o privire de gigolo italian, și am văzut-o pe... Cum o chema oare? Hmm... Era un nume de floare, parcă. Să fi fost Crina. Sau Delia. Mă rog, nu mai știu, era ceva cu nume de floare. O să-i spunem Panseluța. Așa. Și deci am văzut-o pe Panseluța cum stătea tolănită în pat, ca o felină. M-am așezat peste ea și am continuat de unde rămăseserăm. Am început să ne sărutăm peste tot. Eu mi-am dat tricoul jos, cât încă eram încordat. Ea a făcut același lucru și m-am năpustit peste ea. Am auzit noi ceva zgomot de pe hol, dar n-am băgat în seamă. Gata, ăsta era momentul de glorie. Mâinile mele umblau peste corpul ei, de zici că eram DJ la Untold. Ba eram pe picioare, ba eram pe sâni, ba pe gât, ba pe mâini. Zici că încercam să explorez teritoriile nedescoperite de pe harta din Warcraft. Și, cum ne pupam noi așa, aud de pe hol cum se deschide o ușă și am înțeles că ieșise Raluca din bucătărie. Am auzit ceva pași și apoi încă o ușă. Am crezut că mersese în camera ei. Eu și Panseluța deja scăpaserăm și de pantaloni. Bine, eu, că ea nu avea de la început. I-am pus mâinile pe fund și nu voiam să le mai iau de acolo. Doamne, cât de mișto era. Exact așa cum îmi place mie, nu era schiloadă, dar nici grasă sau ceva. Era perfect, cât să se muleze superb în palmele mele. Am continuat s-o sărut când, de pe hol, o aud pe Raluca urlând.

– Vai de capul meu!! Vaaai!!

Eu și Panseluța ne-am oprit.

– Ce s-a întâmplat? m-a întrebat.

– Habar n-am! S-o fi ars cu cafeaua, cine știe, i-am spus eu, încercând s-o liniștesc.

De pe hol se aude din nou:

– Aliiiiiin!!! Alin, vino repedeee!

Mă gândeam: „Ce dracu o fi pățit și-asta? O fi văzut vreun păianjen, ceva“.

– Vino aici, Alin! Aliiiin!!!

S-a auzit ușa de la cealaltă cameră, l-am auzit pe Alin cum a ieșit din cameră și s-a dus către ea.

– Ce-ai, bre? Cine-a murit?

– Alin!, urlă Raluca.

– Vin acum, ho! Ce s-a întâmplat?

– Vino să vezi cum s-a căcat Ciobanu!!

– Ce?

– Intră în baie, e oribil ce se întâmplă acolo. Vai, mă ustură ochii de la miros! Mi-e rușine că-l cunosc.

Panseluța se uita la mine ca la felul paișpe. Eu mă uitam la ea speriat și nu știam ce să zic. Nici nu înțelegeam ce se întâmplase. Adică eu știam că făcusem flotări lângă cadă, nu cred că mă încordasem chiar atât de tare. Dintr-odată, îl aud pe Alin:

– De ce mi-ai dat nas, Doamne? Cu ce am greșit în viața asta???

Eu m-am înroșit tot, Panseluța mă privea cu dezgust, iar ăștia râdeau pe hol ca disperații. Și, ca și cum n-ar fi fost suficient ce se întâmplase până atunci, am văzut și ușa de la cameră deschizându-se.

– Băăă, cum să faci așa ce...

Și în clipa aia, au văzut că eram cu o tipă și că eram în chiloți amândoi.

– ...faci, Andrei? Ești ok?, a întrebat Raluca, schimbându-se la față.

Eu eram stop-cadru. Mă uitam în stânga și-n dreapta, nu aveam nici o reacție, nu puteam să vorbesc și nu știam ce se întâmplase exact.

– Nu ne-ai spus că ești cu o domnișoară. Credeam că ești singur. Bună, eu sunt Raluca!

Panseluța și-a tras plapuma peste ea, s-a ridicat în fund și se holba la Raluca.

– Bună, eu sunt Panseluța, îmi pare bine.

– Hai să-i lăsăm pe îndrăgostiți, a spus Alin și a închis ușa.

Panseluța se uita la mine, așteptând o explicație, dar eu nu puteam să articulez cuvintele. Auzeam cum se certau ăia doi pe hol.

– De ce nu mi-ai spus că e cu o tipă?, a întrebat Alin.

– Păi nici eu nu știam, am crezut că e singur. De unde era să știu!?

– Păi de asta avem uși la camere, ca să putem bate în ele. Dar de unde să știi tu... la tine, în Bobocica, se intră așa peste oameni...

– Ce să-ți povestesc. Bine că la tine, în Călărași, aveți voi bune maniere...

Eu eram în continuare șocat. Nici nu mai auzeam ce vorbeau ei pe hol, că încercam să-mi dau seama ce dracu să îi spun Panseluței.

– Nesimțitule! Adică tu ești cu femeie acasă și m-aduci pe mine la tine?, mi-a zis ea.

– Nu, nu, nu!!! N-ai înțeles. Dă-mi voie să-ți explic...

– Nu-mi explici nimic. Eu plec. Țăran infect!

Panseluța s-a ridicat din pat, s-a îmbrăcat și cred că în zece secunde era deja la ușă. M-am dus după ea pe hol. Într-adevăr, din baie venea un miros oribil.

– Stai să te conduc măcar, i-am spus, în timp ce închideam ușa de la baie.

– Nu mă conduci nicăieri, lasă-mă-n pace!

– Ai înțeles greșit, stai un pic...

– Am înțeles tot ce era de înțeles. Să ștergi numărul meu și sper să nu te mai văd niciodată. A... și încă ceva.

– Da?

– Da! Încearcă să folosești Furazolidon, data viitoare.

A ieșit pe ușă și dusă a fost. Eu am zburat direct în dormitor la Raluca.

– Ce mama dracului e greșit la tine? Cum să faci așa ceva?

– Băi, iartă-mă, am crezut că ești singur și am vrut să fac o glumă.

– O glumă??, am urlat eu.

– Da, o glumă.

– Ce glumă???

– Păi..., știi cum e primul capitol din cartea ta, nu?

– Normal că știu, că eu am scris-o!!! Ce legătură are asta cu orice?

– Păi și știi cum ai zis tu acolo că ai mers la baie și în baie era un faraon măreț în WC și te-ai speriat și...

– Și te-ai gândit să mă faci să mai trec o dată prin asta, nu?

– Nu... Că nu știam că ești cu cineva, îți jur!

Între timp, a venit și Alin în cameră.

– Bro, îmi pare rău. Nu știam că ești cu cineva acolo.

– Da, mă, am înțeles asta. Dar ce mama dracului s-a întâmplat? Că eu la baie doar m-am pișat și am făcut flotări.

– Ce? De ce ai făcut flotări?

– Lasă asta! Zi ce s-a întâmplat.

Alin a închis ușa de la cameră, s-a apropiat de noi și ne-a zis:

– Ei bine, totul a început aseară, când, la al doișpelea shot de Jagger, am stabilit că am nevoie de-o șaorma. Și m-am dus la o șaormerie, mi-am cumpărat una și i-am spus să facă cea mai picantă șaorma din țară. Și am mâncat-o, și mi-a luat foc gura.

– Ce? Și ce treabă are asta cu ce mi-ați făcut voi mie acuma?

– Păi are..., pentru că eu am mers la baie după ce ai ieșit tu și na... șaorma, sos picant, Jagger... știi și tu mai departe.

– Ce? Păi și nu puteai să spui asta, până să plece fata? Nu puteai să mă scoți și pe mine?

– Păi nu prea puteam, pentru că, vezi tu, sunt și eu cu o domnișoară în cameră și nu puteam să o las să creadă că eu m-am bălegat ca vaca.

– Dar tu ai făcut-o!!!, am urlat eu.

– Da, dar ea nu trebuie să știe asta. Acum vă las, mă duc să fac sex. Somn ușor vă doresc!

A închis ușa și a plecat.

Dar, până la toate treburile astea minunate din viața mea actuală, e nevoie să-ți mai povestesc niște lucruri din trecut, ca să înțelegi mai bine situația și povestea. Așa că urmează să spun ceva ce n-a zis nimeni niciodată: hai să ne întoarcem în Moldova.

P.S. – Oricât de mult credeam că nu voi mai trece niciodată prin așa ceva, viața a avut grijă să-mi arate că nu ești niciodată destul de bun ca să te pui cu ea. Așadar, fără nici un doar și poate, Suge-o, Andrei!

P.P.S. – Aparent, nu aveam doar bucătăria comună, ci și baia. N-am fi luat și noi un apartament cu două băi.

PARTEA I

RAMONA

CAPITOLUL 1

În primul volum, ți-am povestit că Anemona m-a văzut sărutându-mă cu Ramona în fața blocului și nu a schițat nici un gest. Pur și simplu, a plecat înapoi în casă. Eu am condus-o pe Ramona la taxi și, așa cum știi deja, nu-mi venea să cred cât părea de fericită și de îndrăgostită. Dar eu nu simțeam nimic. Am pupat-o și i-am zis că urmează să ne vedem mâine, însă știam că nu se va întâmpla asta. Inima mea alesese pe altcineva. Am urcat în casă, iar Anemona m-a întrebat un singur lucru: de ce? Am decis să-i spun adevărul, iar adevărul era că aveam nevoie să mă conving că nu mai simțeam nimic pentru Ramona. Problema e că, deși motivația mea a fost bună, felul în care am decis să o găsesc a fost greșit. E ca și cum ai spune că i-o sugi unui bărbat ca să te convingi că nu ești homosexual. Am rănit-o pe femeia de care eram îndrăgostit și am făcut asta doar din egoism, ca să mă asigur EU pe MINE că Ramona nu mai însemna nimic. Dar nu am apucat să-ți povestesc ce s-a întâmplat în următoarele zile, fiindcă... Și aici avem două variante. Una e cea care sună bine, iar cealaltă e adevărată:

1. fiindcă mi-am expus sufletul suficient și nu voiam să mai sap în interiorul lui, amintindu-mi astfel unele lucruri pe care poate aș fi preferat să le uit;

2. fiindcă aveam deadline de la editură să le predau povestea, ca s-o poată tipări și să ieșim la data anunțată și a trebuit să sar peste partea asta :D.

Așadar, am trecut direct la partea cu Florina și cu mutatul meu în București. Dar, între faza cu sărutul și treaba cu Florina, a avut loc ultima mea poveste cu Ramona, până să ne revedem la București și să-mi distrugă relația și cred că ar trebui să-ți spun ce s-a întâmplat.

La o zi după ce m-a văzut sărutându-mă cu Ramona, Anemona a decis să plece înapoi la Constanța. Fusese o noapte ciudată, îmi aduc aminte. Se schimbaseră rolurile. În momentul ăla, nu mai eram eu „celălalt", ci ea devenise „cealaltă". Ca să vezi cum funcționează viața: îmi aduc aminte cum stăteam cândva în patul ei și fumam o țigară, iar ea îmi spunea că are o relație și că e imposibil să fie ceva între noi fiindcă ne despart 500 de kilometri. Ei bine, acum eu eram ăla care avea pe altcineva și, mai mult decât atât, ea m-a văzut cu persoana respectivă.

Ce m-a surprins însă a fost faptul că nu era supărată pe mine, nu era deranjată și nici n-a început să-mi reproșeze chestii. E adevărat că am avut un dialog despre ce tocmai se întâmplase, dar nu a fost nimic agresiv. Ideea e că zorii zilei ne-au prins stând în balcon la mine, înfășurați într-un cearceaf, așezați pe comoda pe care Alfred și-o pusese special acolo pentru a putea sta jos când fumează și savurează un pahar de pălincă. Nu mai judeca, neprihănitule. Trebuie să-ți aduc aminte că acțiunea se petrece în Moldova? Avem și o vorbă: mâncarea e fudulie, băutura-i temelie. Ar trebui s-o gravăm pe primărie în Suceava sau ceva. În fine...

Eram cu țigările în mână și nu spuneam nimic, pur și simplu ne uitam la răsărit.

– Oare când o să termine ditamai catedrala asta pe care o construiesc aici?, mi-a spus ea trăgând un fum de țigară în piept.

– Nu știu, i-am răspuns. Am auzit că și Becali a băgat bani ca s-o termine mai repede.

– Da? Ce tare. Mi-ar plăcea ca data viitoare când vin la tine să fie gata și să o vizităm, mi-a zis și m-a luat de mână.

– Păi, ce, abia peste zece-cinșpe ani mai vii la Suceava? Că, la cum se mișcă ăștia, nu cred că o termină mai repede

– Aa... În cazul ăsta... vorbește și tu cu Becali să mai bage niște bani, ca să nu dureze atâta.

Gândește-te că femeia asta a venit tocmai din Constanța până în nordul Moldovei, ca să mă vadă pe mine, m-a surprins în timp ce mă pupam cu fata de care am fost îndrăgostit atâta vreme și, chiar și-așa, în ceasul al doișpelea, tot ea era cea care făcea glume. Nu știam ce avea să se întâmple între noi, nu știam dacă într-adevăr nu era supărată pe mine, dar, mai ales, nu știam dac-o s-o mai văd vreodată. Și gândul ăsta mă terifia. Știi că există unele momente când ai ceva pe suflet și nu vrei să știe omul de lângă tine, dar parcă, într-un fel, ți-ai dori să afle, ca să nu te mai simți vinovat? Și explodează buba, adevărul iese la iveală și după aia urmează un moment de acalmie, în care te bucuri cumva că nu mai stai cu presiunea aia pe cap și ești dispus să înfrunți orice ar urma. Până la urmă, dacă ceva trebuie să se întâmple, se va întâmpla indiferent de ce faci sau nu faci tu. Iar dacă nu, nu. Există un vechi proverb care-mi place mie foarte mult și zice așa: „Dumnezeu râde cel mai tare atunci când îl vede pe om că își face planuri". Exact asta se întâmpla și în capul meu atunci. Eu i-am spus care a fost faza cu Ramona, ea m-a ascultat și sper că a și înțeles. Acum, tot ce puteam să fac era să las timpul să treacă și să văd ce se va întâmpla. Eram puternic. Bine, de fapt, mai aveam un pic și izbucneam în plâns ca o fetiță de șase ani care a intrat peste părinții ei în timp ce făceau sex, dar în fața Anemonei trebuia să par puternic.

Ca să intri mai bine în filmul meu, dă play la piesa asta: Chayanne – Y tu te vas.

Am ajuns în autogara din Suceava împreună cu Anemona și era la fel de urâtă ca și data trecută. Autogara, nu Anemona. Singurele chestii care păreau schimbate erau babele și boschetarii, în rest nimic. Am identificat minunata mașină care avea să-mi ducă fericirea departe. Când s-a urcat în autocar, s-a întors către mine de pe scări, m-a privit și cu lacrimi în ochi mi-a spus:

– Povestea încă nu are happy-end. Te pup, Andrei. Ai grijă de sufletul tău frumos.

N-am avut puterea să-i spun nimic. Gata, nu mai eram puternic. Mă uitam la ea și nu mai știam cine sunt eu, cine e ea sau cine am fost noi. E ciudat cum se întâmplă niște lucruri atât de frumoase între două persoane și, pe măsură ce se cunosc mai bine și trece mai mult timp, lucrurile alea se încețoșează și se înnegresc. Șoferul a pornit autocarul și mai erau doar câteva băbuțe care se îngrămădeau să urce fără să-și încurce sacoșele de rafie între ele. Anemona se așezase pe locul ei și privea în gol. Eu mă uitam la ea și îmi treceau prin minte toate lucrurile pe care le-am făcut împreună. Eram trist, eram furios și mi se părea că o bucată din mine mă părăsea. Nu era corect. Autocarul a început să dea cu spatele, pregătindu-se de plecare.

Eram furios. Adică după ce mi-ai arătat pentru prima oară în viața mea de nenorocit ce înseamnă să fii iubit, după ce m-ai obișnuit cu zâmbetul pe față și mi-ai dat tot ceea ce aveam nevoie, acum vrei să pleci? Cum să faci asta? După ce m-ai plimbat de mână prin Rai ignorând și mărul, și șarpele, după ce m-ai făcut să cred în suflete-pereche și după ce mi-ai curs prin vene, tu mă lași aici ca și cum nimic nu s-ar fi întâmplat? E ca și cum l-ai plimba pe un copil prin Disneyland douăzeci de minute și apoi l-ai pune să se dea în leagăn toată viața. Merci frumos, dar nu mai vreau leagăne. Nu poți să mă îmbeți într-o seară cu Moët și apoi să te aștepți să beau toată viața Săniuța și să-mi și placă.

Mă uitam la ea și mă enervam din ce în ce mai tare. Simțeam că fura ceva de la mine, chiar dacă ceea ce-mi lua nu era de fapt al meu. Există niște momente în viață când e mai bine să iei decizia rațională și să ignori ce-ți spune inima. Dar, din păcate, ăsta nu era unul din momentele alea. Așa c-am rupt-o la fugă dinspre peron, am sărit peste un boschetar care se prefăcea că nu are un picior, am dărâmat niște papornițe și am ajuns aproape de autocar. Și știi fazele alea siropoase care se întâmplă în filmele romantice când băiatul ajunge în aeroport decis să-i spună fetei cât de mult o iubește? Și trebuie să se certe cu paza aeroportului, dar, până la urmă, în mod miraculos reușește să urce în avion, ajunge la iubita lui, îi ține un speech romantic de zece minute, ea îl iartă, ei se sărută și apoi toți ceilalți pasageri îi aplaudă? Eu am făcut varianta săracului. În loc de aeroport mare, avion și securitate, aveam o autogară dărăpănată, un maxi-taxi mai mare și un paznic beat. Dar nu asta conta, momentul putea fi frumos chiar și așa. Eu alergam spre mașină, Anemona m-a văzut și a făcut ochii mai mari decât un student când vede că a luat examenul ăla nașpa la care a lipsit la toate cursurile. Toate babele și toți moșnegii de pe-acolo se uitau la mine și-și făceau cruce. Niște câini au început să mă latre și să alerge după mine, dar nimic nu mă putea opri. Am ajuns în stradă și m-am pus în fața autocarului și am început să gesticulez ca disperatul să oprească. Dădeam din mâini mai repede decât un adolescent la pubertate. Am văzut-o pe Anemona cum s-a ridicat de pe scaun și a înaintat pe culoar spre șofer ca să vadă mai bine ce naiba se întâmpla. Eu stăteam în mijlocul străzii și urlam „Stai! Oprește!" Într-un final m-a văzut și șoferul. O vedeam pe Anemona țipând la el, probabil îi spunea că sunt iubitul ei. Gata, totul era perfect. Asta era scena noastră din filmele siropoase. Eu urma să-i spun cât de mult o iubesc, ea urma să mă sărute și să nu mai plece la Constanța. Șoferul autocarului, când s-a apropiat de mine, a început să claxoneze ca nebunul să mă dau la o parte, dar eu nu mă clinteam. Trebuia să oprească. Așa că a luat volanul cu ambele mâini, a tras de el spre stânga, m-a ocolit și a trecut pe lângă mine. După ce m-a depășit, mi-a arătat muie, a deschis geamul și, din toți plămânii, mi-a spus:

– Du-te-n Paștele mă-tii pe trotuar!

Eu am rămas ca prostul în mijlocul străzii, iar autocarul și-a continuat drumul. O dată încerc și eu să fiu romantic și uite ce se întâmplă. Am rămas debusolat, fiindcă mi-ar fi plăcut să-i spun Anemonei ce simțeam pentru ea, mai ales că erau șanse mari să n-o mai văd niciodată. Mi-am aprins o țigară și m-am dus spre casă. La un moment dat, am primit un mesaj. Era de la Anemona și în SMS scria „Îți promit". Nu înțelegeam la ce se referea și i-am trimis înapoi un mesaj super-inteligent și complex, adică „?" N-a durat mult și telefonul a vibrat din nou. „Îți promit că nu va mai fi nimeni ca tine." N-o credeam, dar i-am răspuns ceea ce era corect să răspund. Am scris „Și eu îți promit". Ce știam eu atunci? Aveam doar 18 ani, aș fi spus orice pentru fata de care eram îndrăgostit, în timp ce o priveam cum pleca departe de mine.

În fond, astea erau doar niște cuvinte care nu prea mă ajutau. Problema pe care urma să o am, fără să știu în momentul ăla, era că Anemona m-a modelat după chipul și asemănarea ei. Și nu mi-a fost deloc ușor după aia. Fiindcă îmi era foarte greu să nu privesc orice fată nouă aș fi cunoscut fără să o trec prin filtrul Anemonei. Mereu mă gândeam că „Anemona n-ar fi răspuns așa", „Anemona ar fi știut ce să zică" sau „Anemona ar fi înțeles".

Fiindcă asta se întâmplă, în general, când cunoști o persoană nouă. Toți spunem că nu o comparăm pe „actuala" cu „fosta", dar adevărul e că propoziția asta e mai falsă decât cariera în televiziune a Biancăi Drăgușanu.

Ideea este că ea a plecat și eu am rămas cu tot dorul din lume, dar și cu amintirile. Nu aveam de unde să știu că atunci nu avea să fie ultima oară când pleca rănită din preajma mea. Dar mai avem până acolo, ce te grăbești așa, ca fata mare la măritat? Stai, boss, că a durat un pic până m-am mutat eu la București, am mai făcut vreo câteva porcării prin Suceava. Și sunt niște lucruri despre Ramona pe care nu le știi din primul volum. Stai să-ți povestesc.

P.S. – Suge-o, Andrei! Ai încercat și tu să faci un gest romantic pentru fata asta care te-a învățat să fii bărbat și ți-ai luat-o de la un șofer de microbuz. Eu zic să sapi o groapă și să te bagi în ea o vreme. Eu asta aș face în locul tău. De fapt, stai, că eu sunt tu. Mda, mă rog. Oricum, nașpa.

P.P.S. – Niciodată nu e bine să faci o promisiune, pentru că nu ai cum să știi dacă o vei putea respecta. Și în clipa în care o încalci, va trebui să fii pregătit, fiindcă vei dezamăgi doi oameni: persoana căreia i-ai făcut promisiunea și pe tine însuți. Și, crede-mă, nu sunt multe lucruri mai nasoale decât să fii tu dezamăgit de tine.

CAPITOLUL 2

Play this song: Alternosfera – Flori de mai.

Ce e dubios atunci când începi o relație nouă este că persoana cealaltă te va privi, se va comporta și va face sau nu diferite chestii cu tine, prin prisma celorlalți tipi cu care a fost înaintea ta. Și ăsta e și un lucru bun, dar și un lucru rău.

Hai să vedem de ce e un lucru bun. În primul rând, dacă în relațiile trecute s-a certat cu iubitul ei pentru că nu l-a lăsat la bere cu băieții, în următoarea, când tu o să vrei să ieși cu prietenii tăi, chiar dacă nu-i convine, nu-ți va spune nimic fiindcă știe că se ajunge la ceartă. Deci punct pentru tine. La bărbați la fel, dacă fosta ta iubită s-a ofticat pentru c-ai împins-o de cap în jos și după aia ai stat pe uscat două săptămâni, data viitoare când vrei să faci asta, îți amintești că nu-ți dorești să-ți iasă coșuri și nu mai faci. Sau dacă i-ai spus iubitei tale că una dintre prietenele ei de fapt este prietenă cu ea doar ca să-i dea să copieze la examene și să-i împrumute haine, o să-ți spună că nu-i adevărat și că prietenii tăi sunt, de fapt, niște porci, nu prințesele ei. Și în noua relație, când vezi exact același lucru, nu mai spui nimic pentru că știi că nu e o mișcare prea bună.

Știi cum e faza asta? Exact ca la câini: dacă micuțul Rex s-a pișat în sufragerie și-i dai cu papucul peste cap, mai face de două, trei ori, iar după aia, când îi vine să se pișe, se face o corelație în capul lui pe sistemul „dacă mă piș aici, mă doare capul" și nu mai face. Ei, așa e și într-o relație. Știu că sună dur, dar prin acțiunile tale îl cam dresezi pe cel de lângă tine. Poți să spui că îl modelezi, că îl înveți, că îl ajuți să devină mai înțelept, că îl faci să privească lucrurile din altă perspectivă sau cum mai vrei tu, dar, în realitate, îl dresezi.

Hai să luăm alt exemplu. Dacă, în fosta ei relație, îi verifica ăluia telefonul și de fiecare dată când suna îl întreba „Dar cine e?", „Cine sună la ora asta?" sau „De ce te-ar suna duhovnicul tău la 12 noaptea cu număr ascuns?", s-ar fi certat. Și după aia, în relația cu tine, dacă se întâmplă chestia asta, deși o mănâncă pe gât să întrebe, n-o să mai facă, pentru că știe că nu e o idee bună. Iar dacă tu, ca bărbat, i-ai spus „da" fostei iubite când te-a întrebat dacă ți se pare că s-a îngrășat un pic, cu siguranță ea s-a supărat și v-ați certat, fiindcă ai făcut-o grasă și, din nou – pauză două săptămâni. Ei bine, în relația următoare, o să știi că la întrebarea asta trebuie să răspunzi „nu, iubita mea, ba din contră. Cred că ești mai slabă și mai tonifiată acum, dacă mă uit bine". Vezi ce zic? Dresat.

Însă toată chestia asta e și un lucru rău. Și o să-ți spun și de ce. Pentru că actuala ta iubită a făcut mereu ce a simțit în celelalte relații și, din moment ce ea acum e cu tine, înseamnă că nu s-au terminat chiar bine pentru ea. Și s-au lăsat cu lacrimi, cu suferință și cu sentimente rănite. Și nimeni nu își dorește asta. Așadar, în acest caz, ea poate își dorește să vină la tine pe neașteptate într-o seară, îmbrăcată doar într-o blană și goală pe dedesubt, dar n-o să facă treaba asta. Pentru c-a mai făcut-o o dată și tipul ăla n-a apreciat gestul și ea a fost rănită.

Sau poate că își dorește să-ți dea ție mesaj de noapte bună și de bună dimineața în care-ți povestește cât de fericită o faci, că se simte atât de norocoasă că te are și cum îi este dor de tine în fiecare clipă, dar a mai fost pe drumul ăsta, știe cum se termină. I-a răspuns o vreme și, într-un final, s-a ajuns la „nu trebuie să-mi dai 10 000 de mesaje pe zi, mai lasă-mă să trăiesc" – și ea a fost rănită. Ea și-ar dori să-ți acorde ție toată atenția, să-ți povestească lucrurile care o frământă, chestiile care îi plac, fricile și fericirile ei, dar o să-i fie frică să o facă. A mai făcut asta. Și apoi, la prima ceartă, au fost folosite împotriva ei și, bineînțeles, ea a fost rănită. Chestia asta e valabilă și pentru bărbați. Că dacă celei dinaintea ei i-ai umplut casa de cadouri, ți-ai amintit de ziua ei, de ziua îndrăgostiților, de aniversarea voastră, de ziua lui mă-sa, văr-său, fratele vitreg și ale tuturor vecinilor, ai ținut-o în brațe până a adormit, i-ai dus micul dejun la pat în zilele leneșe de sâmbătă sau multe alte chestii de genul ăsta, în noua relație o să te gândești de două ori înainte să mai faci așa ceva. Deoarece cu cea dinainte ai avut grijă să faci totul bine și te-a părăsit și a folosit inima ta pe post de absorbant.

Ce vreau să spun este că, odată cu fiecare relație prin care am trecut, ne îndepărtăm tot mai mult de felul în care suntem noi cu adevărat pentru că ne e frică să zicem sau să facem anumite chestii din nou ca să nu pățim ca data trecută. Deci cel mai bine e să ai norocul să o găsești pe „EA" sau pe „EL" în primele relații. Că, după aia, s-ar putea să-l găsești pe cel potrivit pentru tine și, din cauza experiențelor trecute, să nu știi să-l ții lângă tine. Și apoi rămâi ca prostul și te întrebi: „Oare dacă mă comportam cum aș fi vrut eu de fapt, ar fi fost bine pentru noi?" Dar, din păcate, niciodată nu vom afla răspunsul la întrebarea asta. Iată motivul pentru care fiecare relație este, în realitate, o luptă a ta cu tine. O luptă între lucrurile pe care ai vrea să le faci și lucrurile pe care le faci, de fapt. Așa că uită-te la omul cu care ești acum și gândește-te că, dacă nu veți rămâne împreună pentru tot restul vieții, tu îl mai strici un pic pentru următoarea persoană cu care va fi. Și nu e corect față de ea să îi dai un produs stricat, fiindcă o să-l țină o vreme și apoi o să-l arunce.

Hai să-ți explic situația în care mă aflam eu. Deci Anemona plecase de la mine și eu, tehnic, încă eram cuplat cu Ramona. Oarecum. Faza e că nu-mi prea mai ardea de ea, mai ales acum, când îmi dădeam seama că Anemona era, de fapt, cea pe care o voiam. Noaptea era un sfetnic bun, tot ce voiam era să mă îndop cu Dota și Cola și, măcar pentru câteva ore, să nu mă mai gândesc la ce s-a întâmplat.

Am ajuns acasă, m-am pus la birou și am deschis calculatorul. Am intrat pe Garena (ăsta era pe atunci un fel de Steam pe care jucam noi Dota online) și căutam un server, dar a intrat în cameră Alfred. Părea nervoasă și numai de maică-mea nu aveam chef în clipa aia. Urma să mă întrebe ce s-a întâmplat, care e faza, unde-i Anemona, de ce a pierdut Germania războiul, care este adevăratul Dumnezeu, de ce Mihai Trăistariu încă mai scoate melodii și tot felul de chestii din astea.

Înainte să-nceapă ea să mă interogheze, am zis să i-o iau înainte:

– Anemona a plecat și nu, nu am chef să vorbesc despre asta. O să-ți povestesc eu, dar nu acum.

Ea s-a uitat la mine, m-a măsurat din priviri, din cap până în picioare, și mi-a spus:

– Știi că telefoanele astea mobile n-au fost numite așa întâmplător, nu?

– Ha? Despre ce vorbești?

– Serios. Sunt mobile fiindcă poți să le cari după tine pe oriunde mergi, ca să-ți sune ție în creier de treizeci de ori în cinci minute, nu mie.

Mi-a aruncat telefonul și a ieșit din cameră. Când mă uit la el, văd 18 apeluri pierdute de la Ramona. Asta era chestia dubioasă. Că eu i-am spus Ramonei cu o seară înainte că o să vorbim mâine și apoi am condus-o la taxi. Și toate astea după ce ne-am sărutat pasional în fața blocului meu. Deci cumva, în capul ei, ea credea că noi suntem împreună. Și cum să nu creadă asta, când fusese atâta pasiune între noi cu o seară înainte? Ea nu avea de unde să știe că, de fapt, tot ce voiam eu era să îmi confirm că nu mai simt nimic pentru ea.

P.S. – Cred că-i amuzant pentru părinții noștri când ne văd cum ne consumăm și ne agităm pentru niște chestii despre care ei știu deja că vor trece odată cu maturizarea noastră. Și mai cred că-i al dracului de greu să ne ia în serios. E ca și cum tu o auzi pe verișoara ta care are 8 ani și-ți spune că ea niciodată n-o să se pupe cu un băiat fiindcă e grețos și băieții sunt nașpa, că au muci. Și tu ești gen „daa, sigur, e cum spui tu“, știind că vorbește prostii. Deci ar trebui să te duci chiar acum s-o iei pe maică-ta în brațe, fiindcă ți-a suportat toate căcaturile tale existențiale de puștan de șaișpe ani. Serios, ridică-te și du-te. Hai, cât te văd eu. Fugi, bă!

P.P.S. – Nu știu cum am reușit să fac din nou același lucru: cu puțin timp în urmă practic aveam două iubite care erau în Suceava, iar acum una mă tot bate la cap să ne întâlnim și eu nu vreau s-o văd, iar cealaltă a plecat și nu-mi mai dă nici un semn. Suge-o, Andrei or what?

CAPITOLUL 3

Știi că pe Facebook unele gagicuțe spun că, dacă te trezești dimineața, ai un mesaj pe telefon și zâmbești înainte de a-l deschide... ei bine, asta înseamnă iubire. Eu aveam 26 de mesaje de la Ramona și nu știu cum dracu' se face, dar nu zâmbeam. Nu aveam chef să îi dau explicații, să-i spun ce și cum ca să înțeleagă și ea ce s-a întâmplat. Tocmai îmi pierdusem ceea ce putea să fie iubirea vieții mele, așa că numai la ea nu-mi stătea capul.

M-am dus să mă spăl și eu pe față, căci, da, chiar dacă eram în Moldova, să știi că ne spălăm. Iar după ce am mâncat, am mers și eu pe-afară, să nu mai stau să mă gândesc la Anemona. Mi-a sunat telefonul când coboram scările. Era Silviu.

– Ce faci, bă, nu vii la casă?

– Ba da, hai că vin. Cine mai e pe acolo?, l-am întrebat.

– Toată lumea, eu, Costi, Cătălin, Nicu...

– Bine, hai c-ajung în vreo zece minute.

– Păi hai odată, că trebuie să-ți dau o veste mare.

– Silviu, nu e nici o surpriză. Cu toții ne așteptam ca mai devreme sau mai târziu să iei sifilis. Aia e, i-am răspuns.

– Ce?, m-a întrebat el, după ce gluma i-a zburat total pe deasupra capului.

– Nimic, lasă. Ce vrei să-mi spui?

– Frățioare, cred că m-am îndrăgostit.

– Da, sigur. Tu te îndrăgostești de două ori pe noapte, lasă-mă-n pace.

– Nu, bă. Acuma e pe bune. Știi cum îți plăcea ție super mult de Ramona?

Hmm... dă-mi voie să văd dacă-mi amintesc. Aaa, da. Țin minte cum îmi plăcea mie super mult de Ramona și tu te-ai combinat cu ea, futu-te-n gură. Cum aș putea să uit?

– Da, știu, i-am zis.

– Așa-mi place și mie de fata asta, bă! Gata, chiar sunt îndrăgostit, a spus el mândru.

– Păi ai grijă, că îndrăgosteala e primul pas spre sifilis.

– Ce tot ai, bă, cu sifilisul, că mă și enervezi!

– Nimic, nimic. Hai că vin la casă.

Dă play la piesa asta, ca să vezi cum credeam noi că ne-o ardem: Rick Ross – Hustlin.

Acolo ne făceam noi veacul mereu. Stăteam și ne uitam la filme, mâncam semințe și uneori banane, depinde de caz. Mi-aduc aminte că ajunseserăm noi la concluzia că dăm prea mulți bani pe țigări, așa că am decis să schimbăm marca. Hai să-ți explic mai întâi cum era treaba pe atunci: în primul rând, nimeni nu apuca să fumeze o țigară întreagă. Pentru că în clipa în care unul dintre noi scotea pachetul și își lua o pipă, se auzea din trei direcții: „primul abonat", „al doilea abonat" și, dacă era țigară dintr-aia lungă, „al treilea abonat". Ce căcat să facă al treilea abonat, că nu puteam fuma patru inși dintr-o țigară? Și din cauza asta am găsit noi pe piață o marcă de țigări care se numea Ronson. Și era pachetul 5 lei. Un pachet normal pe vremea aia era 10 lei, deci în loc de 20 de Kent, de aceiași bani, ne luam 40 de Ronson. Afacere, sau ce? Singura problemă pe care urma s-o descoperim după ce am pus în aplicare minunatul plan era că țigările alea erau așa ieftine cu un motiv. După ce treceai de jumătatea țigării, nu prea mai puteai s-o fumezi. De ce? Foarte simplu. Fiindcă filtrul ăla era atât de subțire încât te ardeau degetele și buzele de ziceai că sugeai un ardei iute. Știi cum se întâmplă când stai tu ca un faraon și-mi citești mie povestea, în timp ce savurezi un Dunhill cu 15 000 de filtre care mai de care mai puternice și la un moment dat ajungi fix la filtru și parcă te deranjează un pic ceva la buze? Ei bine, așa era și la Ronson, doar că se întâmpla după jumătatea țigării și durea de vreo zece ori mai tare. Ronsonul e pentru țigări cam ce e parizerul pentru mâncarea bio.

– Ar trebui s-o punem de-o petrecere în seara asta, ne-a zis Silviu.

Noi ne-am uitat cu toții la el ca atunci când ești la ștrand pe ultima trambulină: gen știi că e o idee proastă, dar parcă ți-ar plăcea totuși să-ți rupi capul puțin.

– Cu ce bani?, l-am întrebat eu. Ce fete vin? Ce bem? Ce fumăm?

– Lasă, bă, că ne descurcăm. Vorbim cu fiecare om care vine să aducă două badoace de bere și o gagică și aia e. Ce-i așa mare filosofie?

– Nu știu ce să zic.

– Nu mai zice nimic! Aprinde o țigară și hai să ieșim pân-afară să-ți zic ceva.

– Lasă-mă-n pace, nu-ți aprind nici o țigară, du-te și cumpără-ți, i-am răspuns.

Ca o paranteză, „badoacă" era numele pe care-l dăduserăm noi pet-ului de bere. O badoacă, două badoace. Că o să-l mai folosesc în poveste și să știi de pe acum ce înseamnă.

Și-ncă o paranteză, Silviu nu era chiar atât de prost pe cât părea. Chiar dacă mi-a furat fata de care îmi plăcea și mă enerva de foarte multe ori, la el știam că mă puteam baza pe două lucruri: 1. în caz de ceva, știa să dea cu cioata. Adică dacă se lua careva de noi, nu conta cine sau cum, Silviu sărea pentru tine. 2. era bun pe combinații. Nu degeaba-i azi taximetrist.

Oricum, mi-ar fi prins bine un party cu niște alcool și ceva distracție. Și prin distracție vreau să zic muzică. Și prin muzică vreau să zic manele. Ți-am mai zis eu că eram în Moldova în 2008, ce căcat crezi că se asculta? Bach? Nu, prietene. Se asculta Johann Sebastian Guță și Wolfgang Amadeus Salam.

Treaba mișto acolo la casă era că foarte mulți își doreau să vină la petreceri. Fiindcă puteam să facem ce voiam noi fără să ne deranjeze nimeni, nu aveam vecini, nu ne supraveghea careva, deci practic era raiul oricărui adolescent. Noi nu trebuia să stăm în fața blocului și să ne ascundem de vecini când aprindeam o țigară sau când mâncam o banană, că acolo nu ne vedea nici dracu'.

Problema era că noi nu aveam Facebook pe vremea aia, ca să punem un status prin care să chemăm oamenii la party. Dar aveam mess. Și am dat fiecare câte un mass la toată lista cu: „Diseară facem party mare la casă. Cine vrea să vină să scrie în privat. Trebuie să aduci cu tine o badoacă de bere și o fată, ăsta e biletul de intrare. Also, dacă nu dai mesajul ăsta la zece oameni, o să mori în zece zile. Serios! E pe bune, am pățit eu".

S-a făcut seară și am ajuns și noi la casă. Începeau să vină oamenii și eu tot ce-mi doream era să nu cumva să fi ajuns vestea petrecerii și la Ramona că atâta-mi trebuia, să mai apară și ea pe acolo. Faza amuzantă era că găsisem pe-acolo prin garaj o parașută. În sensul de parașută dintr-aia de sărit din avion cu ea, nu în sensul de asistentă la Capatos. Și am făcut și un separeu undeva în cameră, unde am pus două fotolii, o măsuță și o perdea care nu te lăsa să vezi ce se întâmpla pe acolo. O ardeam super high class, îți dai seama. Nouă ni se părea că, dacă are parașută, seamănă cu un club care era în vogă pe vremea aia în Suceava: 4U, chiar dacă noi eram de fapt într-o casă dărăpănată, din chirpici.

Bineînțeles c-am scris cu un spray grafitti pe perete „VIP“, în cazul în care nu te prindeai tu că acolo era zona șmecherilor și a faraonilor. Sau, în cazul nostru, a celor care încă aveau bani de Kent. S-a dat drumul la muzică și lumea a început să bea. Ce nu cred că ți-am zis în primul volum, dar o să-ți spun acum este că de casa aia avea grijă nea Simion, care era unchiul lui Cătălin (fratele Florinei). El avea o căsuță în aceeași curte cu a noastră. Nea Simion era un domn la vreo 55 de ani, simpatic și glumeț, dar îi cam plăcea să tragă la măsea. Și-i era foarte drag de noi când ne vedea cum ne distrăm pe-acolo, încât uneori venea și stătea și el. Îi plăcea să aibă grijă de noi și el a fost cel care ne-a încurajat mereu să ne distrăm de fiecare dată când avem șansa fiindcă trăim cea mai frumoasă perioadă a vieții.

De fiecare dată apărea în ușă cu o ditamai halba și parcă-i văd și acum privirea aia ghidușă când se apropia de unul din noi și mișca din mână în stânga și în dreapta și ne spunea: „Umple și mie cănuța asta cu niște vodcă“. Și treaba asta se întâmpla de vreo patru-cinci ori pe noapte și mereu adormea pe un scaun în fața casei, în timp ce ne privea pe noi prin geam. Și pe dimineață, când noi eram deja praf și pulbere, unul din noi ieșea să-l trezească și să-l ducă în casă. Iar ceea ce n-am să uit niciodată este faptul că de fiecare dată când se întâmpla asta, el dormea zâmbind. Ca un boschetar, dar zâmbind.

Eu montam la o bere și mi-am aprins o țigară. Și zic „țigară" pentru că AȘA SE ZICE. Nu „țigare", și sper să-ți cadă câte un sfârc de fiecare dată când mai folosești cuvântul ăsta grotesc. Și ai mare grijă, că nu deții decât două. Sfârcuri, nu țigări. Nici bine nu mi-am aprins-o, că aud din spate: „Lasă și mie". Era Cătălin, care a venit și s-a așezat lângă mine.

– Hai, c-am făcut-o și pe asta. Ne-a ieșit show-ul. Ar trebui să ne bucurăm de clipele astea, că în zece ani o s-avem familie, copii și alte căcaturi de-astea...

Cătălin era un romantic incurabil, îți dai seama. M-am uitat la el și i-am zis:

– Și ce dacă? Eu îmi doresc toate lucrurile astea, mai ales alături de femeia potrivită.

– Coaie, ești prost? Suntem tineri și ne distrăm. Termină cu sentimeslamislmele...

– Senti... ce?

– Sentimelamisemele...

– Sentimentalismele?

– Ptuu... morții lor, alea. Sunt atâtea gagici bune aici... Hai să ne dăm la ele, hai să bem și mâine vedem noi ce mai facem.

Nu prea știa el limba română, dar avea dreptate idiotul. Nu era ok ca eu, la vârsta aia, să stau și să mă gândesc la cum a plecat Anemona și mi-a luat sufletul cu ea, lipindu-l pe roata autocarului cu care a plecat la un drum de 500 de km, căci atât de tare mă durea. Am luat sticla de vodcă și am dus-o la gură, înghițind mai cu patimă decât Mia Khalifa.

Cum stăteam eu și simulam distracția mai bine decât Cristiano Ronaldo faulturile, vine la mine prietenul meu Costi. Ți-l mai aduci aminte? Ăla care, împreună cu Nicu, erau s-o violeze pe fata aia care ei credeau că era prostituată, dar de fapt... ce să vezi? Nu era. Costi și Nicu, sau cum le spuneam noi după seara aia, Viol și Sentiment. Costi era în continuare la fel de disperat să se combine cu orice fată nouă apărea pe la casă și în continuare la fel de virgin. A apărut în fața noastră agitat de parcă tocmai intrase peste bunicii lui făcând sex anal.

– Bă, cum îmi stă părul? Zi repede.

Eu m-am uitat la el și nu pricepeam ce voia.

– Zi, mă, cum îmi stă părul?

– Îți stă... pe cap, i-am zis.

– Vai de capul meu! Vai de capul meu, ce mă fac?

– Pula mea, nu știu... te tunzi? Ce-ai pățit?

– Cum ce-am pățit? Tu știi cine a venit?

– Sper că Mădălina Ghenea, că doar așa s-ar justifica reacția ta.

– Cine?

Ideea e că Mădălina Ghenea nu era cunoscută pe atunci, căci probabil era și ea pe undeva la un show cu manele prin Slatina, așa că ultima parte din dialog am inventat-o eu, pentru a crea acest moment comic în capul cititorului. Cu plăcere!

– A venit Paula, băăă!

– Cine?

– Paula!!!

– Care Paula?

– Aia din liceu de la tine, bă!

– Stai... Ce? A venit aici?

– Marș, că ești prost, mi-a zis.

Și a plecat.

Acuma eu nu știu cât îți amintești tu din primul volum al cărții mele, dar Paula era cea mai bună prietenă a Ramonei. Aia pe care am îmbătat-o în seara aia când am ieșit cu ele două, am dus-o apoi la baie și am stat cu ea cât a vomitat, ca mai apoi să o fac pe Ramona să creadă c-am futut-o în baie. DA, acea Paula.

Ies pe hol și, când mă uit în bucătărie, o văd. Era blondă și purta o rochie la fel de neagră ca spatele unui autobuz din America anilor '60. Picioare lungi acoperite de niște ciorapi fini cu model de urechiuși de pisică pe coapsele-i parcă interminabile. Fundul mai bombat decât Fâșia Gaza și o privire care putea trezi și morții. Cred că pe ea o angajează PSD-ul o dată la patru ani și o duce în Teleorman, ca să-i ridice pe ăia din morminte, să poată vota. Era absolut superbă. Efectiv acapara camera numai prin faptul că respira același aer cu restul muritorilor din jurul ei. Avea ochii negri și mari, umbriți parcă de niște gene mai lungi decât speranța de viață a monegascilor (care sunt cetățenii statului Monaco și au cea mai mare speranță de viață din lume, adică 89 de ani. Vezi? Cine a zis că ce scriu eu nu e pură cultură poate s-o sugă acum). Zâmbea necontenit în stânga și-n dreapta, bucurând astfel sufletele celor care o priveau. Era dorința oricărui bărbat, absolut splendidă.

Și fix în spatele ei... stătea Paula. La fel de urâtă ca ultima oară când am văzut-o. Mă uitam la ea și aveam impresia că privesc o căprioară care se sinucide.

Când m-a văzut, a dat-o la o parte pe fata aia superbă din fața ei și a început să vină către mine. Eu totuși speram că era unul din momentele alea când ești în tren și lângă tine e un alt tren și ai impresia că al tău începe să meargă, dar e de fapt celălalt și speram că, în realitate, spre mine venea tipa aia superbă, nu mustața Paulei. Dar, din păcate, n-a fost așa. S-a proptit în fața mea și mi-a zis:

– Ce faci, Andrei?

– Heii, bună, Paula. Mă bucur să te văd. Bine fac, tu ce faci?

– Bine și eu. Uite ce e, de fapt am venit aici fiindcă m-a rugat Ramona. Mi-a zis că nu îi mai răspunzi la mesaje, îi dai mereu ocupat când te sună și o ia cu capul. Așa că m-a trimis pe mine aici ca să-ți dau ceva din partea ei.

„Sper că nu un sărut", mi-am zis. Paula scoate din poșetă un plic alb pe care scria „pentru Andrei" și mi-l dă.

– Vezi că ai înăuntru o scrisoare de la Ramona, mi-a zis.

P.S. – Aș spune: Suge-o, Paula!, fiindcă nu mă lași în pace și pe mine să stau liniștit, să-mi evit problemele. Dar, sincer, nu doresc asta nimănui. Plus că, la ditamai mustața pe care o avea, cred că l-ar răni pe omul ăla de la capătul celălalt al suptului.

P.P.S. – În momentul în care scriu eu rândurile astea, nea Simion nu mai e printre noi. Acum vreo trei ani a murit, dar am vrut să-l menționez în poveste fiindcă a fost martor la multe lucruri care s-au întâmplat în povestea vieții mele. Dumnezeu să-l ierte, a fost un om bun. Bețiv, dar bun.

CAPITOLUL 4

E uimitor cum poate să-ți placă de cineva extraordinar de mult și, într-un timp atât de scurt, să se schimbe dramatic lucrurile și efectiv să nu-ți mai pese. Asta, unu. Și doi, o scrisoare? Chiar și acum zece ani era cu zece ani prea târziu ca să mai trimiți scrisori. Ideea e că în mod normal mi s-ar fi părut un gest extrem de romantic și l-aș fi apreciat maxim cândva. Dar după tot ce se întâmplase și prin tot ce mă făcuse să trec, pot spune că Ramona storsese și ultima picătură de romantism din sufletul meu. Chiar și așa însă, n-aveam cum să n-o citesc.

M-am dus în ultima cameră, am închis ușa, mi-am aprins o țigară și m-am așezat pe pat, pregătit de lectură. Nu eram obișnuit să-i văd Ramonei latura asta vulnerabilă și îndrăgostită. Începeam să cred parcă din nou că era o ființă vie care avea o inimă, și nu anticristul.

Aș vrea să știu la cine te gândești... Aș vrea să pot vedea în sufletul tău și să aflu cine m-a împins de acolo. Off, nu-mi vine să cred că am ajuns în punctul ăsta, Andrei. Noi! Noi, care am fost de la început unul lângă celălalt. Am greșit mult, ai dreptate. Dar, dacă n-aș fi făcut asta, îți spun sigur că acum n-aș fi știut că tu ești cel mai potrivit pentru mine. În orice poveste de dragoste, eroul mai întâi este rănit și trece prin niște lucruri mai puțin frumoase, iar abia apoi o sărută pe prințesă.

Este atât de multă istorie între noi doi încât nu ai cum... nu ai voie să-i dai cu piciorul acum. Îmi lipsești enorm de mult și știu că te-am dezamăgit de multe ori, dar acum, când totul mergea bine între noi, nu pot să înțeleg ce s-a întâmplat. De ce nu mă mai vrei? Tu ești cel mai potrivit pentru viața mea, așa cum sunt eu, așa cum ești tu...

– Ce se întâmplă în camera asta?, s-a auzit o voce din ușă.

Am ridicat privirea și am văzut-o pe blonda de care-ți ziceam mai devreme. Mă uitam la ea ca la eclipsă.

– Hei! Știi să vorbești?, m-a întrebat.

– Ăăăă... eu? Da, adică așa cred, i-am zis.

– Foarte frumos. Deci? Ce se-ntâmplă aici?

Îți dai seama că nu puteam să-i spun: „În camera asta nu se întâmplă nimic interesant. Violuri, orgii, banane... chestii dintr-astea".

– Aparent, aici se citesc scrisori de dragoste, i-am zis.

Atât m-a dus pe mine capul în clipa aia. Puteam și eu să fiu un bărbat normal și să-i zic ceva interesant, ceva fermecător, dar nu... Tot ce-am putut eu să scot pe gură a fost căcatul ăsta. Ea a închis ușa, a venit spre mine și s-a așezat pe canapea.

– Hmm... cine mai trimite scrisori de dragoste în 2008?, a întrebat ea zâmbind.

– Da, nici eu nu știu. Dar se pare că mai sunt câțiva oameni care fac asta. În fine, eu sunt Andrei. Îmi pare bine!

I-am întins mâna. Ea m-a apucat ferm cu palma ei caldă și perfectă.

– Ioana! Și mie-mi pare bine. Ia spune-mi, de la cine e scrisoarea și pentru cine e?

– Ei... e de la o fată pentru un băiat.

– Care fată și care băiat?

– Dacă-ți spun asta, după aia va trebui să te omor, i-am răspuns eu, încercând să zâmbesc șarmant și cuceritor.

– Hmm... Așa mare e secretul?

– Nici n-ai idee!

– Păi și ce s-a întâmplat între ei?, m-a întrebat.

– Eee... povestea e lungă, am încercat eu să mă scuz.

– Nu ne grăbește nimeni, nu?

Avea dreptate fata. Faza era că n-o cunoșteam și nu știam dacă era chiar bine să vorbesc lucrurile astea cu ea. Dar de multe ori e mai bine să-ți spui oful unui străin, fiindcă el, nefiind implicat în povestea ta deloc, ar putea să-ți dea un sfat chiar obiectiv. Bine, asta nu înseamnă că trebuie să te apuci acum să te oprești la cerșetorii din gară și să le spui povestea ta, fiindcă, în primul rând, sigur nu le pasă, iar în al doilea rând, s-ar putea să te pocnească.

– Păi, foarte pe scurt, unui băiat... să-i spunem Andi, îi plăcea de o fată...

– Cum o cheamă pe fată?

– Ăăă... Romina. Și, mă rog, lui îi plăcea de ea încă din clasa a șaptea, când i-a pus niște flori în bancă, dar n-a avut curajul să-i spună că-s de la el și un alt coleg de-al lor și-a asumat gestul. Apoi, în liceu, ea a vrut să se culce cu el, dar el n-a acceptat, fiindcă își dorea o relație cu ea, nu doar o partidă de sex. Bine, dacă e să fim sinceri, pe lângă asta, el n-a vrut să se culce cu ea fiindcă îi era teamă că nu prea era experimentat la asta și n-a vrut să se facă de rușine. În fine, ideea e că ea s-a ofticat pe el și, ca să se răzbune, s-a combinat cu prietenul lui cel mai bun...

– Auch! Ce urât, a zis ea, ducându-și mâna prin păr.

– Da, știu. Și Andi, mă rog, a făcut și el ceva nașpa...

– Ceva nașpa, ce?

– Păi să zicem că dacă Romina ar fi avut o soră, Andi ar fi făcut sex cu ea.

– Și avea Romina o soră?

– Da.

– Și s-a culcat Andi cu ea?

– Da.

– Mamă, ce telenovelă!

– Și ăsta-i abia începutul... Mă rog, ideea e că ăsta tot trebuia să stea în fiecare zi s-o vadă pe fata visurilor sale cum se linge cu prietenul lui cel mai bun și era foarte nasol pentru el.

– Îmi imaginez. Dar mai spune-mi de prietenul ăsta al tău, Andi. Cum era el ca om?

– Păi Andi era un adolescent ca oricare altul. Era singur la părinți și fusese crescut doar de mama lui. Tatăl lui îi părăsise când el avea vreo șapte ani, nici nu și-l amintea foarte bine. Și lui îi plăcea să joace fotbal, să cânte, să stea cu prietenii lui pe-afară, să se joace Dota și, na..., chestii normale de băiat. Era un copil simpatic și era destul de inteligent. Mereu cântărea de două ori înainte să facă o chestie și avea talentul ăsta de a se face plăcut de fete. Nu știu de ce, ele spuneau că are privirea blândă și le face să se simtă în siguranță. În schimb, băieții nu prea îl plăceau.

– De ce?

– Nu știu. Unii erau invidioși pe el că se apropia repede de fete, iar alții, ce știu eu, spuneau că are o față care cere pumni. Cert e că el se folosea de faptul că avea multe cunoștințe fete ca să fie ok cu băieții. Că le chema pe la petreceri, prin cluburi și alte evenimente de genul ăsta, iar el nu se dădea la ele. Și atunci, prietenii lui erau fericiți că puteau ei să facă asta.

– Dar el de ce nu se dădea la ele?

– Nu se dădea la ele fiindcă era timid și nu știa cum și nu voia să spună chestii nașpa, să le deranjeze. Lui, dacă îi plăcea de o fată, sexul nici nu conta. Nu se uita la ea ca la o femeie cu care ar putea să facă sex. Nu asta îl atrăgea. El se uita la fata aia ca la o posibilă jumătate, ca la o fată căreia să-i dea voie să-l cunoască așa cum era el cu adevărat, ca la o persoană căreia să-i spună de ce îi era frică, ce-l făcea fericit sau care-i erau cele mai ascunse dorințe. Mama lui îl învățase că femeia trebuie respectată și că nu-i ok s-o vadă ca pe un obiect sexual. Lui îi plăcea să le cânte fetelor, să stea de vorbă cu ele, să le cunoască... Ce pămpălău, nu?

– Nu mi se pare. Tu știi ce puțini băieți sunt, mai ales de vârsta noastră, care înțeleg că fetele vor să ajungă în pat cu un tip în care au încredere? Și dacă ăla se culcă cu ele și apoi le lasă, pentru ele e un sentiment foarte nașpa...

– Da, e posibil, i-am zis eu mirat.

Acum e momentul când te invit să îți pui în căști melodia asta: Chriss JustUS – Ca să uit de noi.

– Așa... și deci el suferea după Romina. Ce s-a întâmplat după aia?

– Păi, după aia, Andi a plecat cu mama lui la mare, unde a cunoscut o fată mai mare decât el cu care a trăit cea mai frumoasă poveste de dragoste din viața lui. I-a cântat pe plajă O-Zone – *Oriunde ai fi*. Ha! Ce vremuri. Mă rog, ideea e că fata asta a reușit să-l facă să se detașeze de Romina și, încet-încet, îi umplea inima cu toată bucuria pe care el o căuta în femeia greșită. Doar că fata asta era din Mangalia, erau 500 de kilometri între ei.

– Și ce dacă? Iubirea adevărată nu ține cont de astfel de detalii.

– Adevărat. Dar ea avea și iubit. Cred că ăsta-i un detaliu de care iubirea adevărată ține cont. Trebuie să-nțelegi că, la început, Andi a fost pentru ea doar o aventură.

– Cum adică la început?

– Păi, între timp, Andi a plecat acasă, dar au ținut legătura și s-au mai văzut. S-a dus la ea la mare din nou. În noiembrie.

– Wow!! Chiar îi plăcea de fata aia, a tras ea concluzia.

– Da! Adică nu știu cât îi plăcea de ea sau cât îi plăcea că, atunci când era cu ea, nu se mai gândea la Romina. Care, apropo, cât ăsta a fost plecat la mare, a fost bătută de iubitul ei, prietenul lui Andi.

– Doamne!! De ce?

– Multă vreme n-am știut de ce. Și nici n-am întrebat. Dar am aflat, la un moment dat, și motivul e foarte ciudat. Cică ăsta a bătut-o pentru că...

În clipa aia s-a auzit o bătaie în ușă. Amândoi am tresărit.

P.S. – Cred c-aș putea să spun de o mie de ori povestea din ziua în care am cunoscut-o pe Anemona, fără să mă plictisesc de ea. Și de fiecare dată am un zâmbet cretin pe buze și parcă stă să-mi curgă o bală în colțul gurii. Cred că asta înseamnă să fii îndrăgostit: să pari semi-retardat când vorbești despre persoana respectivă până în punctul în care devii simpatic.

P.P.S. – Într-un final, judecând acum la rece, iubirea de-o vară într-adevăr nu ține. Mai devreme sau mai târziu, tot se termină. Toate lucrurile frumoase au și un sfârșit, dar numai de noi depinde dacă acesta vine mai devreme sau mai târziu. Oricum... *Je ne regrette rien.*

CAPITOLUL 5

Costi era un băiat mişto, el, aşa, dar avea o slăbiciune prea mare pentru femei. Cum apărea o fată nouă prin preajmă, el era primul care trebuia să se dea la ea. Şi ştii cum zicea cândva reclama aia la Sprite, nu? „Femeile te simt, atunci când eşti disperat." Şi e foarte adevărat. Ca să înţelegi mai bine cam ce vreau să spun, fii atent aici. De fiecare dată când tatăl lui Costi lua salariul, ăsta mergea la el în borsetă şi-i fura câteva milioane. Şi un puşti care avea câteva milioane, în Moldova, pe vremea aia, era pentru noi ca un puşti care a găsit inelul lui Frodo. Bineînţeles că spărgea banii cu noi, minunaţii lui prieteni care mereu aveam idei bune despre ce putea face cu ei. Adică noi ce făceam: ne gândeam la lucruri pe care ne-ar fi plăcut nouă să le facem, dar n-am fi dat niciodată banii noştri pe ele. Şi mereu exerciţiul era la fel. Mai întâi îl combinam să ne scoată la pizza, apoi mergeam în club şi, desigur, la final îi spuneam să luăm taxiul şi să mergem la striptease, că sigur îi găsim o fată pe care s-o fută. Şi asta era kryptonita lui. Lângă Suceava era un complex, Stibina îi zicea, iar acolo erau curve. Şi plătea săracul câte 50 de lei pe taxi ca să mergem acolo şi noi să putem mânca, iar el să caute câte o vagaboandă. Ideea era că noi nu voiam ca el să cheltuiască bani pe fete şi de fiecare dată îi ziceam că nu e nici o fată disponibilă. Că, ce pana mea, doar nu erau banii lui. Adică, tehnic, erau banii lui, dar noi nu voiam să dea un milion ca să facă el sex, când de banii ăia puteam să bem noi. Dar ți-am zis toate astea ca să înțelegi cam cât de mult își dorea el să facă dragoste cu o femeie vie. Și, din motivul ăsta, făcea tot felul de căcaturi, cu tot felul de distruse, doar să-și bage și el penisul undeva. Amuzant pentru noi era că niciodată nu-i ieșea. Iar în seara aia, mort de beat și cu un pet de bere în mână, dragul de el aproape că a dărâmat ușa de la ultima cameră, în timp ce-i lingea Paulei mustața, în momentul în care a intrat peste mine și fata misterioasă. Noi i-am văzut, iar ei s-au speriat.

– Ce faceți, porumbeilor?, am întrebat.

Costi și-a tras rușinat botul din firele de păr care parcă-i ieșeau din nas Paulei și s-a blocat.

– Ce... ce căutați aici? Petrecerea e în partea cealaltă, ne-a zis.

De asta era el atât de fericit când a văzut c-a venit Paula. Fiindcă, na, ca orice fată urâtă, e mai ușor de futut. Că nu-și permite să aibă pretenții și, ca să-i poată face pe băieți s-o placă, trebuia să le ia fața fetelor frumoase cu ceva. Și, bineînțeles, acel ceva, în cazul ei, era sexul. Fiindcă, dragi frumoaselor, nici nu vă imaginați cât de greu e să fii urâtă. Viața e mai complicată pentru cele din a doua categorie. Oamenii nu le zâmbesc din orice, dacă își doresc ceva trebuie să muncească pentru a-l obține și, știu că sună nebunesc, dar sunt nevoite să-și achite notele de plată când mănâncă ori beau ceva în oraș. La fel și grasele. Hai, taci din gură! Toți știm că așa e, doar că nu vrem să vorbim despre asta. Știi cum e: nu contează dacă ești frumoasă sau urâtă, important e s-arăți bine.

– Noi nu căutam nimic, stăteam și noi la o vorbă. Întrebarea e ce căutați voi singurei aici?, am întrebat eu amuzat.

– Mi-am pierdut un cercel, a intervenit Paula.

– Când l-ai pierdut? Că n-ai intrat în camera asta deloc, a zis misterioasa mea nouă prietenă.

Îmi plăcea stilul ei. Le punea întrebări incomode oamenilor, doar ca să vadă cum se descurcă într-o anumită situație.

– Chiar! Acum îmi dau seama. N-am intrat deloc aici, deci, logic, n-are cum să fie în camera asta. Ce proastă sunt, a spus Paula, râzând isteric.

– Păi da, am completat eu.

– Păi da, ce? Adică sunt proastă?

– Păi da, n-are cum să fie în camera asta.

– Aa, ok. Mă gândeam că mă faci proastă.

– Tu ai zis că ești, nu eu.

Fata blondă râdea mai tare decât un pensionar când se uită la *Trăsniți în NATO*. Sau nu, hai, că simt că pot face o comparație mai bună aici. Stai așa... Reluăm: fata blondă râdea mai tare decât tine când ai citit *Suge-o, Ramona!* E altceva!

– Hai, Costi, să căutăm cercelul în altă parte, a zis Paula, luându-l pe ăsta de-o aripă, de-ai fi zis că-l fura de pe raft din Carrefour.

Au deschis ușa și au plecat.

– Vezi să nu stai aplecată prea mult, cât îl cauți, am țipat eu după ei.

Dă play acestei melodii pentru ceea ce urmează: Smiley & Pacha Man – Love Is for Free.

Ioana a izbucnit în râs și mie îmi plăcea să o privesc. Știi ce se spune, fă o femeie să râdă și i-ai cucerit sufletul. La vremurile noastre, aș putea să completez această zicală: fă-o să râdă într-un BMW și i-ai cucerit și trupul. Fă-o să râdă într-un

BMW în Maldive și i-ai cucerit și pe maică-sa și taică-său, și rudele de gradul doi. Însă era timpul ca noi să ne reluăm discuția.

– Deci? De ce a bătut-o pe Romina?, m-a întrebat ea curioasă.

– Păi, în primă fază, noi știam c-ar fi bătut-o fiindcă a aflat că se cuplase cu el doar ca să se răzbune pe Andi. Dar nu ăsta a fost motivul. De fapt, ea n-a vrut să se culce cu el și, după o serie de refuzuri din partea ei, ăsta s-a ofticat și a lovit-o. Dar el amicilor lui le spunea c-a făcut sex cu ea și nu voia să se facă de rușine în fața lor. Problema e că Romina l-a amenințat pe Andi că merge la poliție și spune că el era cel care a bătut-o.

– Poftim? De ce ar face asta?, m-a întrebat ea revoltată.

– Pentru că și-a dat seama că-l cam pierdea pe Andi și, fiind supărată pe el, a fost singura chestie care i-a venit în cap.

– Și de ce n-a vrut să se culce cu el?

– Păi aici vine partea interesantă. Romina nu a vrut să se culce cu el fiindcă... și ține-te bine... aparent, era virgină.

– Ce?!

Da, dragă cititorule, din cauza asta a luat bătaie Ramona de la Silviu. Gândește-te cum ar fi acum să citești volumul I cu informația asta în minte. Parcă s-ar schimba niște lucruri, nu?

– Păi stai, a zis Ioana. Nu spuneai că ea a vrut să se culce cu Andi și el a refuzat-o? De ce i-a propus ăstuia cu atâta ușurință, dacă era virgină?

– Ei bine, a făcut asta fiindcă dorea să-și piardă virginitatea cu cineva cu care se simțea confortabil. Și cine altcineva putea s-o facă să se simtă ca și cum era în brațele maică-sii, decât tipul care o plăcea de câțiva ani?

– Da, ok. Dar cam ciudată comparația cu brațele mamei, când tu vorbești despre sex. Ești ciudat!

– Ai înțeles ce voiam să zic. Ideea e că deși Romina părea o tipă super-dezinvoltă, care-i avea pe băieți la picioare și știa să se descurce cu oricare dintre ei, în realitate, nu era chiar așa. Ea-și simțea virginitatea ca pe o povară și nu voia să scape de ea decât cu un tip în care avea încredere.

Să știi că și eu am fost la fel de șocat când am aflat asta, ca atunci când mi-am dat seama prima oară că melodia aia se numește *Cotton Eye Joe*, și nu „Catnagio". Pentru o fată, virginitatea e foarte importantă și bărbatul cu care și-o pierde este un tip pe care și-l va aminti toată viața. Hai să încerc să-ți explic altfel: pentru o femeie, virginitatea e cum e pentru tine salvarea de la GTA. Mereu ai avut grijă de ea, ai păstrat-o doar pentru tine și era cel mai prețios lucru pe care-l aveai în clipa aia. Și gândește-te că de nicăieri, într-o zi, ea dispare fără nici o explicație. Ei, nu ți-ar plăcea să știi că salvarea ta a ajuns în mâinile prietenului tău celui mai bun, în care poți avea încredere că îți va trata personajul cu delicatețe, nu-l va pune să se bată cu polițiștii și, când o să-ți conducă mașina din garaj, n-o să izbească toți stâlpii cu ea?

– Ok. Am înțeles acum. Și cu fata de la mare s-a mai întâlnit Andi?

– Da, de mai multe ori. Au trăit o poveste de dragoste extraordinar de frumoasă, a mers el la Constanța, a venit și ea de câteva ori în Suceava, iar ea a fost cea care l-a învățat pe Andi tot ce trebuie să știe despre o femeie, cum să se poarte cu ea și cum s-o țină lângă el. Problema a fost că, deși nu își dorea lucrul ăsta, s-a îndrăgostit și ea de el. După ce a plecat de la Suceava, Andi a decis să pună în aplicare toate lucrurile pe care le învățase de la fata din Constanța și s-o facă pe Romina să se îndrăgostească de el, ca să vadă și ea prin ce trecuse el din cauza ei.

– Wow! Ar trebui să scrie cineva o carte despre asta, a zis Ioana. Păi și? A reușit?

– Da, într-un final a reușit. Și a venit momentul când cei doi erau din nou în pat, Romina voia să facă sex cu Andi, iar el a refuzat-o.

– Iar? Nu pot să cred!!

– Da, cam așa ceva.

– Ei, măcar nu mai era virgină. C-ar fi fost nasol să fie pentru a doua oară când voia să... să-și dăruiască cireșica...

– Să ce?, am întrebat eu.

– Să... fie deflorată...

– Să ce?

– Să se futǎ! Doamne..., a răspuns ea nervoasă.

Am început amândoi să râdem.

– Ideea e c-ar fi fost foarte nașpa să-l aleagă pe același băiat de două ori ca s-o dezvirgineze și ăsta s-o refuze de ambele dăți...

– Da, păi...

– Nu-mi spune că mai era încă virgină!

– Ok, nu-ți spun...

– Cum să facă același lucru de două ori? Tu știi ce mult înseamnă pentru o fată să facă sex pentru prima oară? Cred că eu, dacă pățeam așa, să fiu refuzată de două ori, mai ales de același tip, nu mai făceam sex niciodată cu nimeni și mă călugăream.

– Hei! În apărarea lui Andi... el nu știa că era virgină. Adică a aflat de curând chestia asta. Era mai probabil ca Daniela Crudu să-și ia doctoratul în fizică moleculară decât să fie

Romina virgină. În fine... ideea e că ei i-a părut rău pentru tot ce se întâmplase între ei doi și i-a propus lui Andi să încerce să fie împreună, în mod oficial, pentru prima oară. El, crezând că încă făcea parte din planul lui de răzbunare, a acceptat. Dar apoi și-a dat seama că-i plăcea să fie cu ea și a uitat de tot planul lui diabolic.

– Înseamnă că e bine, povestea are happy-end, a intervenit Ioana.

– Nu chiar. Fiindcă, între timp, fata de la mare s-a despărțit de iubitul ei și s-a decis să-i facă o surpriză lui Andi și să vină până la Suceava. Și ăsta era cu Romina când ea a venit. Iar după cum știm cu toții, pe tine însuți nu prea te poți minți și, în final, Andi și-a dat seama că Romina era o obsesie pentru el, pe când fata de la mare era cea pe care o iubea. Și, între cele două, a ales-o pe ea.

– Păi și așa e bine. Că și ăsta e happy-end.

– Da, este. Dar nu s-a terminat aici povestea. Fiindcă fata de la mare i-a văzut pe Andi și pe Romina sărutându-se în fața blocului lui. Iar a doua zi a plecat din Suceava fără să-i spună lui nimic despre ce se va întâmpla cu ei doi... Sau dacă mai existau ei doi.

– Și Romina?

– Romina crede că e combinată cu Andi, ăsta nu-i răspunde la telefon, ea nu pricepe de ce și i-a trimis scrisoarea asta pe care o țin eu în mână.

– Păi hai să vedem ce zice, că-s curioasă. Dă-mi-o mie, o citesc eu pentru amândoi, a spus Ioana, luându-mi scrisoarea din mână.

P.S. – Vezi? De-asta am îndemnat-o eu pe Ramona o carte întreagă să o sugă. Fiindcă era virgină și astfel, dacă îmi asculta sfatul, nu-și pierdea virginitatea. Ce băiat bun sunt! *Self high-five.*

P.P.S. – Știu că tu crezi că moldovencele sunt niște femei care fac sex de pe la 10-11 ani și sunt foate ușor de impresionat, ca să le aduci în pat. Dar să știi că în Suceava, unde tehnic e Bucovina, și nu Moldova (sigur ai auzit de Bucovina, c-ai băut apă plată măcar o dată), fiind o comunitate de oameni mai religioși, cu multe mănăstiri în jur, majoritatea fetelor vor să fie într-o relație, ca să facă sex. Sigur, sunt și excepții, fiindcă orice pădure are uscăturile ei, dar ce vreau să spun este următoarea treabă: așa cum, dacă reușești să conduci în București, poți să zici că știi să șofezi, așa și dacă reușești să fuți în Suceava, fără să fii într-o relație cu fata aia, poți să zici că te pricepi la cucerit fete. Sigur, așa era pe vremea mea. Acum naiba știe cum o mai fi, ar trebui să trag o fugă până acasă să verific această ipoteză :D.

CAPITOLUL 6

Îmi era și frică să citesc mai departe din ce-mi scrisese Ramona. De fapt, nu știu dacă neapărat frică sau mai degrabă jenă. Nu aveam o explicație pentru faptul că, după ce m-am chinuit ani de zile s-o fac a mea, acum, când și ea își dorește lucrul ăsta, nu mai vreau eu. Oricum, e foarte dificil pentru o femeie să facă o mișcare de genul ăsta, în care să-și exprime sentimentele. Foarte rar o să-ți spună ție o fată că-i place de tine, chiar dacă nu mai poate de dorul tău.

Văd din ce în ce mai des mai multe domnișoare care postează texte filosofice despre cum ele nu sunt înțelese de către bărbați și că oricum nu vor să fie înțelese de oricine, dar totodată scriu pe Facebook explicații pe care nu le-a cerut nimeni despre cum să-ți fie mai ușor să le înțelegi pe ele.

Și am observat că o sintagmă des întâlnită este: „Eu nu ofer chestii din prima, trebuie mai întâi să mă convingi/impresionezi/cucerești. Pentru că eu știu cât de mult pot să ofer într-o relație".

Păi, da, dar vezi tu... Problema e că doar tu știi. Este o idioțenie să ai așteptări de la un alt om să se poarte cu tine ca și cum ai fi făcută din cristal, dar tu, la rândul tău, să fii un copil prost crescut și răsfățat. E ca și cum te-ai duce la Carrefour, ai umple coșul cu tot felul de chestii și la casă ai spune:

„Eu nu vă plătesc pentru că vreau să mă convingă mai întâi produsele astea. Însă eu știu câți bani aș putea să ofer și va trebui să mă credeți pe cuvânt".

Îmi pare rău, prințeso, dar viața nu funcționează așa. Dacă toți am porni de la premisa asta, în cincizeci de ani ar dispărea populația planetei, fiindcă nimeni n-ar mai oferi nimic și astfel ne-am duce dracului.

Cât de egoistă poți să fii încât să crezi că cineva e dator să te impresioneze pe tine, iar tu tot ce trebuie să faci este să exiști? Ca și cum i-ai face cuiva o favoare că stai în preajma lui, nu e de parcă-ți place și ție de el sau ceva.

Înainte să fim plini de pretenții și așteptări, hai să ne mai uităm un pic și la noi. Că nu ajută pe nimeni că tu știi că ești minunată, dacă singurele persoane care știu asta sunteți tu și maică-ta. Pentru că așa o s-ajungi să ai cincizeci de ani, șase pisici și n-o să-nțelegi de ce s-a întâmplat lucrul ăsta, că tu primeai multe like-uri la pozele din club.

Dacă mereu stai să-ți dovedească cel de lângă tine că merită, pune-ți și întrebarea: „Oare eu merit?" Când a fost ultima oară când i-ai dat un mesaj să-l întrebi ce face? Aa, nu i-ai dat, c-ai așteptat să dea el, că doar tu ești miezul din dodoașcă. Când i-ai spus ultima oară că ți-e dor de el? Aa, nu i-ai spus, c-ai crezut c-o să pari vulnerabilă și că Pământul se-nvârte în jurul tău. Când i-ai spus ultima oară că vrei să vă vedeți? Nici asta nu i-ai spus, că tu ești Gheorghe Dracu' și aștepți să facă doar el lucruri pentru tine.

Dar nu-i nimic, e ok. Fiindcă tu știi câte poți oferi într-o relație.

Apropo, îți recomand birmanezele, am auzit că-s destul de ok.

Dă click pe această melodie înainte să citești mai departe: Demmo – Ai uitat.

Ioana mi-a luat plicul din mână, a scos scrisoarea și a desfăcut-o curioasă. A început s-o citească cu voce tare:

Eram doi copii frumoși care, deși poate n-o să mă crezi, s-au îndrăgostit unul de celălalt din prima clipă în care s-au văzut. Căci și eu am făcut asta, dar am făcut-o în felul meu. Fiecare om iubește diferit, până la urmă, nu?

Dar ce știam noi despre iubire pe vremea aia? Mereu am crezut că nu e ok să mă leg la cap, cum se zice, cu o relație. O s-apară cu siguranță altul, care o să te facă să te simți așa cum a făcut-o el, îmi ziceam. Și era adevărat, au tot apărut alții, însă nici unul nu a reușit să mă facă să mă conectez cu el, așa cum am făcut-o cu tine. Unii erau tipi mișto, alții mai puțin mișto, dar toți aveau același defect: nu erau TU.

Ioanei a început să-i tremure vocea, în timp ce îi fugeau cuvintele din gură. Era vizibil emoționată. Și gândește-te că ea nu era persoana căreia îi erau adresate rândurile astea, așa că poți să-ți imaginezi cum mă simțeam eu, în timp ce auzeam ce-mi citea ea. Parcă mă uitam la Botezatu făcând sex cu o femeie: cumva mă bucuram să văd că face asta, dar, pe de altă parte, simțeam că ceva nu e firesc acolo.

Să știi că pe mine amintirile mă dor și nu vreau să cred că tu chiar nu mai simți nimic pentru mine. Refuz să cred că doar eu sufăr în momentul ăsta...

Băi, ce-i drept, suferеam și eu. Doar că pentru Anemona. Chiar, oare ce-o face Anemona? *Fuck!* Andrei, concentrează-te! Povestești ceva aici. Așa, scuze. Deci... s-a întâmplat de o grămadă de ori chestia asta: cineva să sufere din cauza altcuiva care, la rândul lui, suferă după o a treia persoană. Însă eu eram obișnuit să fiu primul din ecuația asta. Eu eram ăla care suferea ca prostul de obicei și număram orele până când aveam s-o revăd pe Ramona, iar ea era cu gândul la alții. Era o postură nouă pentru mine.

...și să știi că-mi doresc enorm să rămâi cu mine. Nu știu ce-aș putea face pentru a te convinge, dar vreau să știi că n-am fost mai sigură pe nimic niciodată, decât pe ceea ce simt pentru tine. Pe tine chiar nu te doare când vezi că moare iubirea noastră?

– Wow! Sunt niște cuvinte foarte sincere și frumoase, astea pe care le citesc eu aici. Cred că Andi chiar este un băiat foarte mișto, dacă o fată îi spune toate lucrurile astea, a zis Ioana.

– Da, păi, ce pot să zic? De-aia e prietenul meu cel mai bun, am răspuns eu, râzând. Îl cunosc practic de când mă știu.

– Mi-ar plăcea și mie să cunosc un băiat ca el, să știi. Dar și un prieten de-al lui cred că e ok, știi tu, cine se-aseamănă se-adună, a spus ea, lăsând scrisoarea din mână.

– Așa e, i-am zis. Dar tu ce crezi c-ar trebui să facă Andi?

– Cred c-ar trebui să meargă s-o vadă și să discute cu ea. E clar că mai sunt încă sentimente între ei. Iar dacă el nu mai simte nimic pentru ea, ar trebui să fie corect și să îi zică și ei asta, să nu-i dea speranțe degeaba. Dar lasă-l puțin pe Andi și hai să ne concentrăm pe alte chestii acum.

Ioana s-a întors către mine și m-a sărutat. Fără să-mi dau seama, gura ei a astupat-o pe a mea. Avea niște buze foarte fine și o atingere extrem de delicată. Îmi plăcea ce se întâmpla, dar, într-o secundă, s-a tras înapoi.

– Scuze! Cred că m-a sensibilizat povestea pe care mi-ai zis-o, a spus ea, rușinată.

– Stai liniștită, nu e nici o problemă.

– Ba da, e. Nu trebuie să facem asta.

– E... eu zic să nu emitem judecăți pripite, i-am răspuns.

S-a uitat la mine, a zâmbit și m-a sărutat din nou. I-am pus mâna pe obraz și o mângâiam ușor, în timp ce mă bucuram de buzele ei superbe.

– E-atât de greșit, a murmurat ea.

– Și totuși, atât de frumos, i-am răspuns eu, sărutând-o cu și mai mare pasiune.

– Mda, a oftat ea.

– Și când te gândești că acum cinci minute mă-ndemnai să mă duc să vorbesc cu Ramona...

Dintr-odată, mai brusc decât adoarme Crin Antonescu în Parlament, Ioana s-a desprins, i s-a schimbat expresia feței și, vizibil șocată, a zis:

– Cine-i Ramona?

M-am uitat la ea mai mirat decât o pițipoancă de Loft căreia i se cere să pună bani la nota de plată și am spus:

– Ce?

– Cum, ce? Cine-i Ramona?

– Tu glumești, nu?

– Ți se pare că glumesc?

– Aș vrea să cred că da.

– Nu glumesc deloc. Îmi spui și mie cine-i Ramona?

Se pare că nu era chiar atât de inteligentă pe cât am crezut eu, totuși.

– Cum adică cine-i Ramona? Ramona e Romina, fata despre care-ți povesteam...

– Poftim? Cum adică? Ție-ți place de fata care îl iubește pe prietenul tău, Andi?

Ok, rectific. Era de-a dreptul retardată.

– Tu ești cu capul? Nu există nici un Andi și nici o Romina!!

– Adică m-ai mințit?

– Nu! Credeam că e destul de clar că eu sunt Andi și că despre mine era vorba în poveste!

– Tu ești Andi?

– Este iarba verde? E cerul albastru? Eu sunt Andi? Da – la toate.

– Nu-mi vine să cred că m-ai mințit!

– Mie nu-mi vine să cred că port această conversație. Nu te-am mințit cu nimic, eu am crezut că ți-ai dat seama că povestea pe care ți-am zis-o e chiar a mea.

– Poate dac-ai fi zis Andrei, și nu Andi, ar fi fost totul mai clar.

Da, eventual trebuia să-ți fi arătat și niște poze, să-ți desenez o hartă și să-ți joc acțiunea poveștii, ca să te prinzi și tu. În mijlocul certei noastre, se deschide ușa la cameră și intră Silviu.

– Ce faci, baby, aici? De ce nu stai cu restul lumii?, a întrebat.

– Silviu, sunt flatat și toate alea, dar o să creadă fata asta că suntem homosexuali, i-am răspuns eu.

– Ce?

– Mi-ai zis „baby“ și nu vrem să-și facă fata asta o impresie greșită, nu?

– Nu ție ți-am zis, idiotule. Ioanei i-am zis.

– Aa, vă cunoașteți?, am întrebat eu.

– Auzi la el, dacă ne cunoaștem. Ea e Ioana, iubita mea. De ea tot încercam să-ți povestesc de câteva zile.

Ioana s-a ridicat și a plecat cu Silviu. Eu am rămas cu scrisoarea în mână, cu buzele încă ude și mai confuz decât un ateu într-o biserică. Pe de-o parte, cumva, mă simțeam bine că-i sărutasem iubita lui Silviu, dar, pe de altă parte, nu era ok deloc, fiindcă Silviu putea să mă bată. Rău. Și nu cred că mi-ar fi plăcut mâncarea de spital.

P.S. – Suge-o, Ramona!, c-ai reușit să-mi strici combinația, în pana mea, fără măcar să fii prezentă. Incredibil.

P.P.S. – Băi, am eu o problemă sau femeia era idioată? Cum să nu-ți dai seama că eu eram Andi? Pe de altă parte, era totuși iubita lui Silviu. Nu putem avea pretenții atât de mari.

CAPITOLUL 7

Dacă-mi spunea cineva, în urmă cu doi ani, că Ramona o să-mi spună că e îndrăgostită de mine și că pe mine o să mă afecteze chestia asta la fel de mult cum îi afectează pe buzoieni cine e președintele Sloveniei, cred că te-aș fi stuchit între ochi. Stuchit, în dulcele grai moldovenesc, înseamnă scuipat. Sau, pentru sudiști, flegmat. Sau, pentru taximetriști, e ceea ce faci în intersecții.

De multe ori, avem impresia că suntem dependenți de ceva sau, mai rău, de cineva, însă e doar un miraj. Strălucirea noastră nu e dată de altă persoană din jurul nostru, ci noi alegem să încercăm să ne facem plăcuți în ochii unuia sau altuia, uneori uitând că ochii cei mai importanți sunt chiar ai noștri.

Zilele treceau, și eu nu știam ce să fac, să mă duc să stau de vorbă cu Ramona sau nu. Faza e că nu prea știam ce-am putea să vorbim, fiindcă eu nu-mi doream să fiu cu ea, eu o voiam pe Anemona. Stăteam și mă uitam pe geam ca protagonista unei telenovele și speram să se rezolve situația de la sine. Maică-mea nu pricepea ce se întâmpla cu mine, dar vedea că eram abătut. Știa că fiu-său e ca o femeie la ciclu și mereu se simte neînțeles de ceilalți, iar din acest motiv nu lua situația chiar în serios. Bine, mie mi se părea că se termina lumea, îți dai seama, dar așa ni se pare tuturor în clipa în care suntem puși într-o anumită situație, care nu ne place. Dar e o chestie de moment, după ce trecem peste și ne amintim de ea, ne gândim: „Doamne, ce prost am fost! Cum să mă agit în halul ăsta pentru nimic?"

O altă problemă pe care o aveam era că, pe lângă toate astea, noi cam toată ziua stăteam pe la casă, ceea ce-nsemna că urma să mă mai întâlnesc și cu Ioana. Și dacă-i spusese lui Silviu că se pupase cu mine, trebuia să mă fi bucurat mult de sărutul ăla, că, după ce mă desfigura Silviu, nu prea erau șanse să mă mai placă o fată vreodată.

Dar trebuie să-ți povestesc una dintre cele mai tari faze care s-au întâmplat la casă în perioada aia. Și, da, știu că, până în punctul ăsta al poveștii, pare c-am dus o viață de depravat pe-acolo prin Suceava, fiindc-am vorbit numai de petreceri, alcool, banane și alte de-astea. Iar dacă ți-am lăsat impresia asta... ei bine, ai dreptate, fiindcă acum urmează să-ți povestesc o fază care implică o... cum să-i spun eu... aș vrea să zic „prostituată" dar, dat fiind tariful pe care-l percepea: două țigări și o cola, e cam dificil s-o numesc așa.

Dă play la piesa asta în timp ce citești în continuare: Britney Spears – Oops, I Did It Again.

Era pe vremea aia prin Suceava o domnișoară pe care habar n-am cum o chema și n-am știut niciodată. Dar toată lumea îi spunea Macarena. Și fata asta, deși avea vreo cinșpe ani, cred că avea mari probleme cu spatele, fiindcă-i plăcea foarte mult să stea aplecată. Și dezbrăcată. Și nu singură. Nu pot spune că era prostituată, dat fiind tariful pe care-l percepea. Mai degrabă se întâmpla destul de des să fie prost situată.

Într-o zi noi am mers la fotbal și, după meci, am ieșit la o bere cu toții. Și acolo, din vorbă-n vorbă, un tip din alt cartier, Baloo (asta era porecla lui și nu, nu fiindcă era gras, ci fiindcă mânca în fiecare zi miere de albine: zicea el că-i creștea puța de la miere, iar noi, ca proștii, îl credeam), ne-a spus că știa el o fată și, dacă voiam să facem sexică, ne rezolva el. Tot ce trebuia să facem era să-i lăsăm să vină la casă cu ea, s-o caute la veveriță ei prima oară și, după aia, care cum mai voia. Era o fată foarte deschisă, ce pot să zic :D

Bineînțeles că noi am acceptat și a rămas că ne vedem cu toții în seara aia. Ideea era că noi eram vreo opt hăndrălăi și, oricât de mult și-ar fi dorit domnișoara să ne fumeze țigările la toți (ai văzut ce am făcut aici? Ți-am zis că se futea pe țigări și-acum am făcut acest joc de cuvinte, prin care poți să înțelegi că mă refeream efectiv la fumat... saaaaaau, poate mă refeream la supt. Vezi? De-aia sunt eu bestseller, dă-mă dracu :))), nu cred c-ar fi putut să ne ia pe toți plus ăia doi care urmau să vină cu ea. Drept care Silviu a avut o idee genială.

– Băi, băieți, ne-a zis, avem în față o zi de care o să ne-amintim cu toții și trebuie să fim în formă.

Zici că ne pregătea să invadăm Polonia, nu să futem o curvă, dar, mă rog, l-am lăsat să-și facă filmul.

– Dar cum rămâne cu fata de care-mi tot ziceai că ești super-îndrăgostit?, am intervenit eu, cu simțul etic.

– Andrei, tu trebuie să-nțelegi că una e femeia pe care o iubești și alta e femeia pe care o fuți, mi-a răspuns Silviu, într-o mare filosofie.

– Mda... eu sunt destul de sigur c-ar trebui să fie una și aceeași persoană. Uite, de exemplu, eu cu Anemona...

– Bă, da' mai lasă-mă cu Anemona ta, că m-ai terminat psihic! Nu te mai purta ca o femeie și treci peste. N-am văzut așa ceva.

După ce m-a efemenizat pe mine și s-a șters la subraț cu problema mea, s-a întors către ceilalți, să-și continue discursul:

– Din cauza faptului că suntem destul de mulți, eu zic să facem așa: jucăm doi câte doi piatră-foarfece-hârtie și ăia care câștigă fac sex azi cu fata. Și, după aia, vorbim cu Baloo s-o aducă și mâine și-o fut ceilalți patru. Și pentru că oricum rămânem patru pentru azi și cu ăia care vin cu ea o să fim șase, propun să intrăm câte doi. Unul o fute, celălalt îi dă...

Stop! Nu mi se pare ok să folosesc astfel de cuvinte, fiindcă totuși mă citesc și copii, și nu vreau să le stric eu viața. Că, săracii, nu aud nicăieri cuvinte urâte pe planetă, în afară de cartea mea, și-ți dai seama că trebuie protejați. Din cauza cărții *Suge-o, Ramona!* și a pieselor Deliei se iau note mici la BAC. Și asta se-ntâmplă că așa vă educăm noi copiii, ca niște depravați ordinari ce suntem. Și îmi cer scuze public pe calea asta, fiindcă i-am învățat pe tinerii din România despre sex și alcool. Așadar, în loc de cuvântul ăla urât și satanic, o să folosesc unul frumos și simpatic, ca să nu rănesc inocența nici unui cititor. Așa c-o să-i spunem „McSundae". Revenind, așadar, Silviu ne zicea:

– Unul o fute, celălalt îi dă McSundae, și după aia fac schimb. Termină ăștia, o lasă pe fată zece minute, să fumeze o țigară, și pe urmă intră următorii doi. Clar?

Îmi venea să-i spun: „Da, să trăiți!" Efectiv mi s-a scurs o lacrimă de la discursul lui. Ne-am apucat să jucăm piatră-foarfece-hârtie, să vedem care dintre noi urmau să primească generoasa, de mult dispăruta feciorie a Macarenei. Eu am jucat cu Silviu. Jucam pe regula doi din trei. Prima oară eu am dat foarfece și el piatră, deci m-a bătut. A doua oară el a dat hârtie și eu foarfecă, și l-am egalat. Urma să mai dăm o dată pentru totdeauna, iar miza era foarte mare. Pentru un bărbat, sexul (chiar și cu o curvă) este foarte important. Mai ales dacă tu ești cel care face asta, iar prietenul tău, nu. Ne-am pregătit sufletește, prietenii noștri erau în jurul nostru și deja puneau pariuri, iar emoțiile noastre creșteau. Ne simțeam de parcă juca Steaua cu Dinamo și ajunseseră la penalty-uri. Adică, hai, nu chiar Steaua-Dinamo, că vorbim totuși de o curvă. Să zicem... Poli-UTA, un meci de care nu-i pasă nimănui, în afara celor care-l joacă.

Ca o mică paranteză, vreau să spun că sunt absolut conștient de cât de sexist este ce-ți povestesc eu acum. Tu-ți dai seama că noi decideam cine făcea sex cu o fată pe care nici măcar n-o cunoșteam, printr-un joc retardat, de copii? Cred că singurul mod în care puteam să fim mai sexiști de-atât ar fi fost dacă decideam s-o futem pe fata aia, în bucătărie, în timp ce-o forțam să ne facă omletă și să spele pe jos. Nu știu cum ar funcționa exact asta, dar zic și eu. În fine, ne-am continuat jocul, iar eu am dat piatră și Silviu a dat hârtie, deci m-a bătut. N-am înțeles niciodată cum o hârtie poate să distrugă o piatră, dar mă rog.

– Haaa! Suge-o, Andrei! Macarena e-a mea în seara asta, mi-a zis Silviu. Dar stai liniștit, o să mă gândesc la tine când îmi dau drumu-n ea.

– Ce? Nu, te rog să nu faci asta. Cred că dacă te-ai pune-n genunchi și-ai începe să mi-o sugi fix în clipa asta, ar fi mai puțin gay decât ce ai zis acuma, i-am răspuns.

Ceilalți trei fericiți câștigători au fost Cătălin, Nicu și Costi care, în sfârșit, avea să-și piardă virginitatea. Bine, la cât de largă era, probabil, fata aia, nu știu dacă se pune. Dacă și-ar fi băgat-o într-o găleată, poate era un pic mai strâmtă, dar mă rog. El era fericit.

– Ok, hai să vă spun cum facem. Intră prima oară Baloo cu prietenul ăla al lui, după care intrăm eu și Cătălin și după aia Costi și Nicu, da? Să n-avem discuții diseară, a spus Silviu.

– Păi stai, bă! De ce intri tu primul?, a întrebat Costi, supărat.

– Eu am făcut regulile, eu intru primul. Plus că, după aia, o să vină și Ioana pe la casă și n-am chef să mă vadă pe acolo transpirat.

– Ce mă interesează pe mine? Zi-i să nu mai vină și tragem la sorți cum intrăm, a spus Nicu.

– Da, putem să tragem la sorți sau pot eu să-ți rup capul. Ce zici de asta?

– Bă, coaie, nu vorbi așa cu mine că te bat, să mor eu, a răspuns Nicu, nelăsându-se mai prejos.

– Nicolae! Nu mă enerva, că te zic lu' mă-ta că fumezi!

– Și eu te spun lu' frate-tău că fumezi, să vedem cine iese mai nașpa, i-a replicat Nicu.

– Hei, hei, băieți, a intervenit Cătălin. E lipsit de sens să discutați în contradictoriu, fiindcă toate falusurile noastre vor fi dezmierdate de aroma domnișoarei în această splendidă seară. Vă rog frumos, calmați-vă!

Bine, în realitate, el a zis: „Ho, bă, rataților! Terminați în plm cu căcaturile, c-o futem toți pe târfă diseară", dar hai să păstrăm o anumită decență, ok? Scriem o carte aici, totuși. Mulțumesc!

Este uimitor cum, atunci când vine vorba despre sex, băieții uită imediat de prietenii, tovărășie sau alte chestii de genul. Cele mai mari războaie cred c-au pornit din cauza unor femei. Da, sigur, istoria ne spune că al Doilea Război Mondial a izbucnit din cauza condițiilor pe care le-a primit Germania după Primul Război, a lui Hitler și a politicii lui expansioniste, dar eu, de fapt, cred că un polonez a futut-o pe Eva Braun și Adolf a zis: „Aa, da? Gura mă-tii de inferior. Dacă tu ai intrat în iubita mea cu puța, eu o să intru în țara ta cu Panzerul!"

Până la urmă, s-au calmat spiritele, cu intervenția super-fină a lui Cătălin, și ne-am dus cu toții la casele noastre, ca să ne pregătim de eveniment. Am zis că facem și o petrecere dup-aia, în cinstea lui Costi, care urma să se defloreze și să devină bărbat în adevăratul sens al cuvântului.

Acum venea partea aia nasoală în care trebuia să-i cer bani lui Alfred ca să cumpăr și eu o badoacă de bere și un pachet de țigări, că se anunța o noapte lungă și, probabil, distractivă. Am intrat în casă și am găsit-o în bucătărie, făcând mâncare.

– Ce faci, puiule? Ți-e foame?, m-a întrebat.

– Da, cred c-aș putea mânca ceva, i-am răspuns. Cu ce mă poți hrăni?

– Păi am făcut niște păstăi...

– Perfect!, i-am tăiat-o direct.

– Poftim?

– Păstăile-s minunate. Chiar asta voiam să mănânc.

– Ce ai, mă, băiete? Ți-e rău? Tu nu pui gura pe păstăi nici dacă te picur cu ceară.

– Nu știu despre ce vorbești, păstăile sunt preferatele mele.

Cred că uram păstăile mai tare decât urăște un bărbat să meargă cu iubita în mall.

– Aa, da? Păi să știi c-am făcut și dovlecei pane, a zis Alfred.

– Super! O să-i mănânc cu păstăi. Ești cea mai bună mamă!

Normal, ea știa că nu-mi plac dovleceii pane și c-aș fi preferat să mănânc o porție de carbid decât să pun gura pe-o asemenea mâncare, de-aia și blufa.

– Ești sigur că nu vrei să-ți fac niște cartofi prăjiți cu brânză?, m-a întrebat.

– Nu, mami! Tu ai muncit să faci mâncarea asta. Cum ar fi acum să vin eu și să te rog să-mi faci cartofi, după ce tu ai asudat în bucătărie să gătești altceva? Crezi că n-am și eu o inimă?

În momentul ăla, s-a uitat la mine cu o privire total neconvinsă și mi-a zis:

– Ce vrei?

– Poftim?

– Zi ce vrei, până nu-ți torn păstăile în poală.

– De ce-ai crede că vreau ceva?

– Andrei... te mai întreb o dată. Ce vrei?

– Acuma, c-aduci vorba, ai putea să-mi dai și mie 200 000, să ies și eu în oraș.

Adică 20 de lei noi, cum era pe vremea aia. Doar nu crezi c-o puneam să facă rată la bancă, să pot eu ieși în oraș. Alfred și-a luat poșeta, a scos 250 000 și i-a pus pe masă.

– În legătură cu păstăile alea... vrei și doi crenvurști lângă cartofii prăjiți?

Eu am zâmbit și am dat din cap. Trebuia să mănânc bine, că mă aștepta o seară foarte interesantă.

P.S. – Îți dai seama că de-acum înainte o să te simți foarte dubios când cineva o să te-ntrebe dacă nu vrei un McSundae, nu? Cu plăcere!

P.P.S. – Acum o să mă opresc din scris, că mă duc să mănânc niște miere de albine. Fără nici o legătură cu nimic :))

CAPITOLUL 8

Toată lumea era la casă și pregătirile erau în toi, de ziceai că ne vizita Papa de la Roma, nu Macarena. Băieții frezați, spălați, cu gume în gură, prezervativele pregătite, vodca la locul ei și calculatorul Pentium 3, pe care-l foloseam noi ca să punem muzică, avea Winamp-ul deschis. Tot ce mai rămânea era să vină invitata de onoare. Ceea ce e foarte ironic, fiindcă exact onoare nu avea fata aia.

Dă play la piesa asta: Don Omar – Diva virtual.

La un moment dat l-am văzut pe Baloo cum intra pe ușă, acompaniat de un prieten. În spatele lor s-a ivit o domnișoară blonduță, nu foarte înaltă, cu o fustă roșie pe ea, un tricou alb și niște tocuri pe care, clar, nu știa să meargă. Nu era deloc urâtă, avea pielea un pic înroșită de la soare, dar tenul îi era alb. Avea părul șaten, prins în două codițe, și brațele subțiri. Se uita la noi prin niște ochi negri mari și părea destul de timidă. N-a zis absolut nimic. Aproape că m-a făcut să cred că nici nu știa de ce venise. Nu era deloc vulgară, nu era machiată ostentativ și nici măcar nu era dată cu ruj. Era genul de fată căreia, dac-o vedeai pe stradă și ți-ar fi zâmbit, i-ai fi zâmbit și tu înapoi.

S-a făcut liniște în cameră și toți au început să se holbeze la ea.

– Hai să bem ceva, a intervenit Silviu, dându-și seama că era dubios ce se-ntâmpla.

I-a luat pe nou-veniți și le-a pus niște vodcă în pahare. Eu mă uitam la săraca fătucă, fiindcă știam în ce hal urma să fie sodomizată, și încercam să-nțeleg unde greșise în viață. De ce ajunsese să facă asta, care erau rădăcinile problemelor ei și ce relație avea cu părinții săi. Eu mai am defectul ăsta și văd în oameni niște chestii care, pur și simplu, nu sunt acolo. O să vezi și mai târziu în carte treaba asta.

Muzica a început să cânte, paharele se goleau și, la un moment dat, i-am observat pe Baloo și prietenul lui cum plecau alături de domnișoară și se duceau în ultima cameră. „Se pare că-ncepe nebunia", mi-am zis. Costi a venit la mine, mi-a adus niște bere și a zis:

– Bă, am emoții, să mor eu.

– Hai, frate, fii serios! Cu siguranță o să te uite în zece minute, nici n-o să mai știe c-ai fost și tu pe-acolo.

– Da, dar tot parcă am, așa, o stare ciudată.

– De la vodcă. N-ai ce să greșești, stai liniștit. Închide ochii și nici n-o să-ți dai seama când se termină.

Aveam și eu niște sfaturi în mine de ziceai că se ducea omul să-și facă analizele, nu să facă sex. Dar era cumva simpatic să-l văd plin de emoții, îmi aduceam aminte de prima mea noapte alături de Anemona, când efectiv îmi tremurau chiloții.

Noi, restul, ne-am văzut de treabă pe-acolo, mai fumam o țigară, mai ascultam o melodie, mai băgam câte un shot și tot așa. După ceva timp, Baloo și prietenul lui s-au întors în cameră, și-au pus câte un pahar de bere și i-au făcut semn lui Silviu că era ok să meargă. Ăsta și-a aranjat părul, l-a luat pe

Cătălin de-o aripă și duși au fost. Mie încă nu-mi venea să cred ce se întâmpla. Nu-nțelegeam cum funcționa treaba asta, ce-i spuneau fetei când intrau în cameră? „Hei, bună, am venit și noi să ne bucurăm de-o seară romantică în trei. Ia și tu șervețelul ăsta și șterge-te un pic, înainte să începem"? Nu știu, habar n-am, dar ideea era că ăștia doi plecaseră să-și facă treaba, iar noi am rămas în camera unde era petrecerea. Când m-am uitat la telefon, am văzut un mesaj de la Ramona. De fapt, scuze, ÎNCĂ un mesaj. Mi-a dat în perioada aia mai multe SMS-uri decât mi-a dat în toată viața mea.

„Încă aștept un răspuns de la tine. Sper să vină în curând. Te pup."

Femeie, noi avem o prostituată la casă și tu vrei să-ți dau ție răspunsuri? Eu mă gândeam la ce răspunsuri aș fi dat poliției dacă fata aia, care era și minoră, se apuca să facă vreo nasoală. Deși mă gândeam că, dacă și ei erau minori, cumva era ok și că n-o să trebuiască să-mi vizitez prietenii la închisoare, în Botoșani.

Cum stăteam eu cu ochii în telefon și cu gândurile în Codul Penal, ce-mi văd ochii? Apare Ioana, zglobie ca o gazelă. În continuare la fel de frumoasă și strălucitoare. Când am observat-o, mi-am ferit privirea, fiindcă ultima oară când mă văzusem cu ea, nu funcționase așa bine pentru mine. Mă făceam că aveam treabă pe-acolo.

– Ce faci, Andrei?, mi-a zis ea.

Căcat. Ce făceam acuma?

– Bună, Ioana! Ce mai faci tu în această seară minunată?, i-am răspuns.

– Hai, lasă prostiile! Zi-mi unde-i Silviu!

– Ăăă... Silviu, Silviu... Îmi pare cunoscut numele ăsta, încercam eu să trag de timp.

– Andrei, pe bune! Chiar n-am chef de glume. Plus că mai sunt încă supărată pe tine.

– De ce să fii supărată? Ce-am făcut eu?

– Mai ai tupeul să mă-ntrebi ce ai făcut? Mi-ai spus o poveste atât de frumoasă și m-ai sărutat!

Ce trebuie să-nțelegi tu la muzica pusă pe Winamp este că, în momentul în care schimbai melodia, se făcea liniște vreo două-trei secunde, până începea noua piesă. Și, bineînțeles, cineva s-a decis să facă asta exact în clipa în care eu am răspuns:

– Ba tu m-ai sărutat pe mine!

În clipa aia, în cameră era mai liniște decât în capul Andreei Tonciu. Efectiv se auzeau greierii. Toți și-au întors privirile spre noi fiindcă, da, auzise toată lumea.

– Și fix așa i-am spus Anemonei prima oară când ne-am sărutat, am încercat eu să mă scot.

„Doamne, ăsta iar vorbește despre aia", „Dacă mai aud o dată numele ăsta, îmi tai urechile" și „Mamă, ce i-am dat-o lu' Macarena. Noroc c-am mâncat multă miere de albine", s-a auzit din jurul nostru.

– Oricum, nu trebuia să se-ntâmple chestia asta. Nu-i ok să mă pup cu prietenul cel mai bun al iubitului meu. El nu mi-ar face așa ceva niciodată.

Așa e, da, nu ți-ar face niciodată asta. Că mi-ar face mie, futu-l în gură. Dar nu contează asta, de multe ori proverbul „Ce ție nu-ți place, altuia nu-i face" trebuie aplicat. Eram, până la urmă, un suflet frumos.

– Da, sunt de acord. A fost o greșeală, i-am zis.

– Problema e că mi-a plăcut. Poate prea mult, a spus Ioana, lăsându-și privirea în jos.

În clipa aia a intrat pe ușă Silviu, cu atâta mândrie, de ziceai că tocmai îl bătuse pe Mayweather și-i luase centura.

A bătut palma cu băieții, a dat un pahar de bere peste cap și era transpirat.

– Mamă, frățioare, ce McSundae am băgat, să moară familia mea... Bună, iubita! Cum de-ai venit așa repede?, a spus el, schimbându-și tonul vocii într-unul de mielușel.

„Ce idiot! După ce m-am chinuit să trag de timp ca să nu-l dau de gol, n-are nici cinci secunde de când a intrat în cameră și deja a dat-o în bară", mi-am zis. Ioana a rămas cu gura căscată. Și nu în sensul bun, așa cum ne place tuturor să rămână iubitele noastre cu gura căscată. Trebuia să-l salvez pe imbecil. Așa că mi-a venit cea mai proastă idee din lume, dar Ioana precis n-a fost tocmai cel mai rapid spermatozoid, după cum aflasem cu câteva zile înainte, așadar era posibil să funcționeze.

– Și-acum stă bine spătarul?, am întrebat eu, fixându-l pe Silviu cu privirea.

– Ce spătar?, a zis el, total nelămurit.

– Spătarul scaunului pe care te-ai dus să-l repari. Ăla în care ai băgat tu CUIE, nu asta ai spus?

– Aaa... spătarul ăla... Da, e ca nou!

– Cuie?, a întrebat Ioana.

– Da, iubita. Am fost să-l ajut pe Cătălin, să vedem care-i treaba cu scaunul ăla din ultima cameră, ăla de se stricase, știi tu. Și am băgat în el niște cuie.

– Păi despre ăla vorbeam și eu, am plusat cu încredere.

S-au prins și ceilalți ce încercam eu să fac. Asta e mișto cu omonimele în limba română, mai ales când muzica e dată destul de tare. Că în loc de „cuie" poți să-nțelegi... mă rog, McSundae.

– Aaa, ăla pe care l-am stricat eu când am încercat să schimb becul și m-am urcat cu picioarele pe el?, a intervenit și Costi. Hai, mă, Ioana, parcă erai și tu aici când s-a-ntâmplat.

– Când era? Sâmbăta trecută, parcă, a completat și Cătălin.

– Da, da. Sâmbăta trecută. Sau în martie, nu mai știu exact, am zis eu.

Pentru că, fetelor, când vine vorba să-și acopere prietenul în fața iubitei lui, băieții sunt maeștri. Da, sigur, nu suntem capabili să lăsăm capacul de la WC în jos, după ce-l folosim, nu ne iese să ne prăjim două ochiuri și nu înțelegem exact ce-i aia fuchsia, dar în situații dintr-astea, avem toate cuvintele la noi, de zici că le citim de pe prompter.

Am început să vorbim cu toții unul peste celălalt, până când i-am înnebunit creierii Ioanei și a uitat de la ce se luase.

– Ba nu, mă. Cred că ăsta s-a stricat în noiembrie anul trecut. Ăla din bucătărie s-a rupt în martie, a spus Nicu.

– Da, corect, am replicat eu. C-a zgâriat și peretele când a căzut. Chiar așa, ar trebui să și văruim cu ocazia asta.

– Da, bă. Am eu un văr care poate să ne ajute, a zis Silviu.

– Care, mă? Mihai? Sau Robert?

– Flavius. Chiar… oare ce mai face Mihai?

– Cine e Mihai?, a întrebat Ioana.

– Cum, cine? Văru-meu.

– Păi nu era Flavius?

– Aa, nu. Flavius e un fel de… nepot de-al lui unchi-meu, a zis Silviu.

„Adică e frate-tău, boule?“, mi-am spus eu în gând. Norocul lui că Ioana nu era chiar cea mai inteligentă persoană de pe planetă, încât să facă legătura.

– Ce nebun e unchiu' lui Silviu, Ioana, n-ai idee. Odată, a venit și el pe-aici și a mâncat banane cu noi.

– Ha, ha! Ce tare. Nu știam că ai rude atât de cool, a zis ea.

– Da' cum, morții mă-sii. Cele mai tari rude eu le am. Și cei mai tari prieteni, a spus Silviu, uitându-se către mine.

Deci să recapitulăm: ăsta era omul care se combinase cu fata pe care o plăceam eu din clasa a șaptea, fără să clipească măcar. Iar acum eu îi salvam relația cu iubita lui. Dacă nici pentru asta nu ajung în rai, sincer nu știu pentru ce. Bine, ce-i drept, iubită pe care am sărutat-o și eu, dar n-am zis că vreau să stau în față, în Rai. Să fiu și eu pe undeva pe-acolo, doar. Scuze, poate ești bucureștean. Rectific: să fiu și eu pe undeva pe-acolo decât.

P.S. – Toate ca toate, dar WOW! Știi ce avea în comun Ioana cu Macarena? Că amândouă puneau botul la orice :D

P.P.S. – Omonimele sunt cuvinte care au aceeași formă, dar pot avea înțelesuri diferite. De exemplu, „m-am dat cu lac pe unghii/am înotat în lac“. Ce am zis eu mai sus, și anume „cuie“ și „M...cSundae“, sunt paronime. Dac-ai picat în capcană, practic e un fel de suge-o, cititorule!

CAPITOLUL 9

Între timp, Costi a mai băgat un shot de vodcă și a luat de pe masă o sticlă de bere, turnându-și un pahar plin ochi. Avea emoții și trăgea de timp cum tragi de-o femeie virgină în club. Silviu stătea de vorbă cu gagică-sa la zona VIP, ceilalți invitați dansau și beau, iar eu așteptam să văd dacă fata aia mai putea să primească două persoane... în... ea, practic.

Am văzut cum Nicu s-a dus către Costi și a început să-i spună chestii, iar eu am devenit curios, așa c-am mers și eu acolo.

– Mulțumesc mult de tot, frate, ești un prieten adevărat, l-am auzit pe Costi spunându-i lui Nicu.

Nicu, în schimb, n-a zis nimic. Când am ajuns și eu lângă ei, Costi s-a îndreptat către Nicu și l-a luat în brațe. „Stai să vezi că ăștia se fut între ei, până la urmă“, mi-am zis.

– Ce s-a-ntâmplat? De ce sunteți fagoți?, am întrebat.

– Lasă-ne, bă, în pace. Tu nu știi ce-a făcut omul ăsta pentru mine, a zis Costi, după care l-a pupat pe Nicu pe frunte.

– Ok, asta-i deja ciudat. Știu c-o să-mi pară rău c-am întrebat, dar ce-a făcut Nicu pentru tine?

– Omul ăsta renunță la un McSundae ca să mă lase pe mine să mă duc singur la Macarena. Zi și tu dacă nu e cel mai frumos gest din lume.

Nicu, în continuare, nu zicea nimic.

– Ok, sunteți retardați, am zis eu.

– Ba nu! Nicu, să știi că n-o să uit niciodată ce-ai făcut pentru mine. O să mă revanșez față de tine, îți promit, a zis Costi, aproape cu lacrimi în ochi. Ăsta e momentul pe care-l așteptam de atâta timp și, în sfârșit, se întâmplă. N-aș fi vrut ca prima oară când fac sex să mai fie un băiat acolo, iar Nicu a înțeles asta.

Costi a dat mâna cu fiecare tip din cameră înainte să plece, de ziceai că se ducea pe front. Toți i-am urat baftă și, ca să fiu sincer, chiar am rămas vag impresionat de gestul lui Nicu. Pentru că nu e-n firea unui bărbat să refuze sexul, mai ales atunci când nu trebuie să facă nimic pentru a-l primi. După ce a plecat prietenul nostru, care avea să devină non-virgin în scurt timp, am vrut să-l felicit pe Nicu.

– Să știi că mă bucur c-ai ales să-l lași pe-ăsta să meargă singur. Nici mie nu mi-ar fi plăcut să fac sex pentru prima oară cu o fată și să mai fie un bărbat în cameră. Cu atât mai puțin să mai fie și-n ea. Deci, bravo!

– Bă, știi care-i faza? Am băgat o banană afară și nu prea mă pot mișca de-aici. Mă duci și pe mine până pe un scaun, te rog? Sau îl rog pe unicornul de lângă tine?

Și uite-așa, ordinea s-a restaurat în univers. Acum totul avea sens din nou. L-am luat pe Nicu, l-am pus pe un fotoliu pe-acolo și-acum așteptam să termine Costi (și la propriu, și la figurat), ca să fie seara completă. Mi-am mai pus un pahar de bere și deja începeam să mă amețesc și eu. Ceea ce nu era neapărat rău, fiindcă-mi mai trecea și mie dorul de Anemona. Deja trecuseră câteva zile și eu nu știam absolut nimic de ea. Nu mi-a dat nici un semn, nici un mesaj, nimic. Și de ce să-mi fi dat? Până la urmă avea tot dreptul să fie supărată pe mine, nu aveam cum să-i reproșez nimic.

Dă play la melodia asta: Mira – Dragostea nu se stinge *(global session).*

Cum stăteam eu și mă revărsam în gânduri și regrete, parc-am simțit, așa, un fior pe șira spinării. Aveam un sentiment ciudat, de parcă urma să se întâmple ceva, dar nu-mi dădeam seama ce anume. Când am ridicat privirea, am observat cum pe ușa camerei în care eram noi intra o fată. Nici bine nu m-am dezmeticit, și mi-am dat seama c-o cunoșteam pe fata respectivă, și nu de ieri, de azi. Nu voiam s-accept că ce vedeam eu era adevărat. Cine crezi că era? Greșit! Era Paula. Dar te-ai gândit că era vorba de Ramona, nu? Ha-ha, te-am păcălit iar. Nu sunt chiar atât de previzibil, s-avem pardon. Chiar mă simt un pic jignit acum, fiindcă te-ai gândit că vei ghici așa ușor. Nu era, bă, Ramona. Paula era cea care a intrat în cameră. Dar, imediat după ea, a intrat și Ramona.

Efectiv mi-a stat inima în loc. N-o mai văzusem din seara aia în care ne-am sărutat. O priveam parcă în slow-motion, ca într-o comedie romantică proastă, și, da, știu c-am făcut comparația asta și în volumul I, dar e cartea mea și scriu ce vreau eu, ok? Era incredibil totuși cum îmi spuneam că nu voiam s-o văd și refuzam să vorbesc cu ea, dar în clipa în care mi-a umbrit privirea, mi s-au înmuiat picioarele mai repede decât o înghețată lângă o lava cake care stau în aceeași caserolă. Da, bă, voi ăștia, care faceți livrare. Puneți naibii înghețata într-o caserolă separată, că nu știu dacă înțelegeți voi cum funcționează fizica, dar, dacă pui ceva rece lângă ceva fierbinte, ăla rece se topește. Cine-ar fi crezut, nu? Dacă voiam ceva lichid lângă prăjitura mea, îmi cumpăram naibii un suc. Dar divaghez.

Ideea este că toți pățim chestia asta. Adică ne impunem să nu ne mai intereseze o persoană și ajungem chiar să credem că nu mai simțim nimic pentru ea și că suntem imuni la orice vine din partea ei, dar apoi o vedem și se duce dracului tot planul nostru mai repede decât iese Dinamo din Cupele Europene.

Au început să-mi transpire mâinile, inima-mi bătea mai repede și aveam o stare foarte agitată. Nu-mi dădeam seama dacă aveam emoții sau îmi venea ciclul. Habar nu aveam cum să mă comport și încercam s-o ard super-cool, îți dai seama. Mi-am aprins o țigară și mă uitam spre ea super-fermecător și cuceritor, așa, cu ochii mici. Cel puțin așa credeam eu că arăt. În realitate, ai fi zis că-mi intra soarele în ochi. Dar, dacă vrei s-o ardem poetic, asta se și întâmpla, tehnic vorbind. Cea care a fost soarele meu atâția ani era cea care-mi acoperea privirea, deci, da, pot să spun că soarele mi-a intrat în ochi.

M-am ridicat și m-am dus către ea. Oricum trebuia să vorbim, nu era de parcă puteam s-o ignor și să sper că n-o să mă vadă, fiindcă eram în aceeași cameră, deci, mai devreme sau mai târziu, tot asta s-ar fi întâmplat.

– Hei!, am spus, pe un ton atât de dubios, de-ai fi zis că vorbeam cu doctorul care se pregătea să-mi facă o colonoscopie.

– Bună, Andrei! Mă bucur să te văd, a răspuns ea.

Trebuia s-o joc bine pe-asta. Să fiu calm, sigur pe mine și să nu aduc vorba despre faptul c-o cam ignorasem total în ultima vreme. Nu era momentul să fiu slab.

– Știi, am văzut că mi-ai tot scris și că m-ai sunat de multe ori, am citit și scrisoarea de la tine, dar n-am apucat să-ți răspund, c-am avut multe pe cap.

Hai, coaie, serios? Mi-a luat fix o fracțiune de secundă să spun cel mai prost lucru posibil. Singura chestie mai nasoală pe care puteam s-o zic era: „Eu cred că femeile sunt inferioare bărbaților și n-ar trebui să aibă drept de vot. Și urăsc evreii".

– Nu asta contează acum. Am venit să te văd și să stăm un pic de vorbă. Dar nu despre noi, hai să punem pauză în seara asta. Vreau să mă distrez și-atât. Aveți și voi ceva de băut pe-aici?

Am luat o sticlă de vodcă de pe masă, am turnat un sfert de pahar și peste i-am turnat suc de afine. Era preferatul ei. Apoi m-am dus la frigider și i-am pus un singur cub de gheață, fiindcă știam că așa-i place. Când m-am întors, lângă ea era Silviu și deja îmi veneau tot felul de déjà-vu-uri în minte.

– Ia uite, Andrei. A venit Ramonica să te vadă, ce zici de asta?

Nu știu dacă poți să-nțelegi penibilul situației. Era greșit din toate punctele de vedere peisajul ăla: fata stătea de vorbă cu omul care o bătuse, după ce se combinase cu el chiar dacă știa că mie-mi plăcea de ea. El acum îmi spunea că venise Ramona să mă vadă pe mine, iar eu, cu o oră mai devreme, îi salvasem lui relația cu o fată pe care o sărutasem cu câteva zile înainte. Singura chestie care ar fi putut face situația și mai dubioasă era să apară și Anemona pe-acolo. Și nici bine n-am terminat gândul ăsta, c-am simțit o mână pe spate. Când m-am întors, nu mi-a venit să cred. Anemona era. Băi, ești dement? Nu se poate așa ceva. Și normal că nu se poate, fiindcă nu era nici o Anemona. Alo! Aici scriem chestii care chiar s-au întâmplat, nu *Sărmana Maria*.

Ramona era clar timorată în preajma lui Silviu, dar, fiind cu toții prieteni, era destul de dificil să se evite. Bine măcar că nu suferea de sindromul Stockholm, că asta mi-ar mai fi lipsit, să se combine ăștia din nou.

– Da, am văzut și eu. Chiar ei îi aduceam paharul ăsta de vodcă, i-am răspuns eu stânjenit.

– Ți-am zis vreodată cât de mult îl iubesc eu pe omul ăsta?, a întrebat Silviu, uitându-se la Ramona.

– Nu... nu cred!, a zis ea.

– Serios! N-aș putea niciodată să-i fac rău, ne știm de prea mult timp.

Și eu, și Ramona ne-am uitat la el, apoi unul la altul și am început să râdem. În general, când beau, băieții pot avea două stări: ori sunt foarte iubăreți și-și fac declarații de dragoste unul altuia spunându-și cât de mult se apreciază unul pe celălalt și cum sunt ei frați până la moarte, ori devin violenți și vor să-i dea pumni în nas unei alte ființe. Ei bine, Silviu era ambele. Niciodată nu știam la ce să ne așteptăm de la el, fiindcă atunci când avea alcool în sistem era mai imprevizibil decât Guță în platou la Acces Direct.

Abia se ținea pe picioare și m-a luat pe mine de gât, mai mult sprijinindu-se de mine. Zici că i se certau adidașii între ei.

– Bă, da' Costi oare ce dracu' face?

– Nu știu, bre, lasă omul în pace, i-am zis.

– Hai, las-o naibii. Cât McSundae să dai? Nici măcar nu-i așa bună la asta, mi-a șoptit el. Știu ce facem, am o idee!

Nebunul a dat muzica mai încet, s-a urcat pe un scaun și le-a făcut semn tuturor să vină către el. Oamenii s-au adunat, curioși de ce voia ăsta de la ei, și nu mi-a venit să cred ce mi-au auzit urechile:

– Mulți dintre voi poate nu știți, dar în momentul ăsta, în care noi bem aici și ne simțim bine, prietenul nostru Costi devine bărbat. Noi i-am adus o parașută, ca să facă și el sex, și propun să ne luăm cu toții câte un pahar și să mergem spre ultima cameră. De-acum ar trebui să termine și el, și-n clipa în care face asta, intrăm peste ei să-l sărbătorim și să-l udăm cu alcool. Dar, bă! În liniște, da?

Sincer, era chiar o idee bună, și toată lumea a fost de acord. Am umplut paharele cu vodcă, am acidulat berile, am dat muzica și mai tare decât era înainte și am pornit tiptil spre ultima cameră. Acolo era o ușă care avea un gemuleț, acoperit pe dinafară cu o perdeluță. Noi puseserăm aia acolo, ca oricine ar fi vrut să intre în cameră să se poată asigura mai întâi că nu era cineva deja înăuntru cu treabă. Ne-am gândit la toate chestiile, îți dai seama. Am făcut în fața ușii un cârd de vreo șaișpe inși de ziceai că se dădeau tigăi moca-n camera aia. Silviu era primul, iar eu și Ramona, fix lângă el. Ceilalți erau în spatele nostru, fiindcă nu sunt personaje relevante în cartea asta, așa că dă-i în puii mei. Silviu le-a făcut semn tuturor să tacă și să stea puțin, ca să verifice el care era treaba înăuntru, apoi a tras perdeaua un pic la o parte. A făcut ochii mai mari decât Kanye West când i-a luat Taylor Swift fața lui Beyoncé. S-a apropiat un pic de geam, de parcă voia să se asigure că ce văzuse era adevărat. Și, în fix două secunde, a izbucnit în râs, dar era genul ăla de râs pe care am învățat cu toții să-l scoatem atunci când colegul nostru idiot zicea o chestie foarte amuzantă și eram la oră cu cel mai nașpa prof. Râsul ăla silențios, care mai mult se vede decât se aude. Silviu mi-a făcut semn să vin să mă uit. M-am apropiat de geam, am aruncat o privire și am văzut o imagine pe care nici până acum n-am reușit să mi-o scot din cap. Am început să râd și eu de parcă eram în '98 și ascultam o casetă cu „Vacanța Mare". Toată lumea era curioasă să afle motivul pentru care ne amuzam noi atât de tare și veneau toți să se uite și ei. Știu că fizic e imposibil și sunt sigur că, dac-am mai încerca o dată, n-am reuși, dar îți jur că ne uitam șaișpe oameni printr-un gemuleț. S-ar putea să exagerez un pic de dragul hiperbolei, dar hai să mergem cu varianta asta. Bineînțeles, la unison, când au văzut ce se-ntâmpla în camera aia, au izbunit cu toții în râs și încercam să ne facem unul pe celălalt să tăcem, ca să nu ne-audă puișorii dinăuntru. Fiindcă imaginea care ne-a făcut să avem reacția asta era următoarea: Costi era fără tricou și stătea cu pantalonii în vine, în genunchi. Macarena era dezbrăcată pe pat. Și omul... *wait for it*... ÎI DĂDEA LIMBI. Iar după aia, ca să fie tabloul complet, a și sărutat-o. Pe gură. Cu limba. Cu care i-a dat... știi ce? Nici nu mai contează. Oribil, oricum.

P.S. – Și asta s-a întâmplat deoarece Costi nu făcea sex cu o zdreanță, el făcea pentru prima oară dragoste. De fapt, noi eram niște insensibili ordinari, care nu înțelegeam că nu degeaba porecla lui era Sentiment.

P.P.S. – Aș spune: Suge-o, Cristi! la faza asta, dar, la cum am văzut cu toții mai sus, ăsta făcea de toate cu oricine. Așa că n-am să spun, că poate mă trezesc naibii cu el pe sub birou.

CAPITOLUL 10

Îți dai seama cât de dubios a fost pentru noi să vedem scena aia. Nici nu știu care era partea cea mai proastă: că-i dădea limbi unei fete care, pe lângă faptul că se futuse cu jumate de Suceava, abia ce terminase de făcut sex cu șase prieteni de-ai lui sau pasiunea cu care o săruta.

Noi ne-am întors în camera în care era petrecere, muzică și mult alcool, fiindcă aveam nevoie cu toții să bem ceva, ca să ne clătim sufletele. Deși era genul de imagine pe care n-o poți uita vreodată, ci trebuie să înveți să trăiești cu ea: exact ca și cum tu, ca bărbat, ai fi acolo când naște soția ta.

Absolut oribil.

Dă play la piesa asta, ca să ai noroc în viață: LANA & ELIZIO – Just Call Me Miss.

Nimeni nu avea curaj să vorbească despre ceea ce văzuserăm cu toții, era clar că nu mai aveam cum să-l respectăm pe Costi niciodată și, la câți eram acolo, sigur avea să afle toată Suceava ce făcuse. Gândește-te că orașul ăla nu e chiar o metropolă, deci, în cazul în care faci ceva greșit, în secunda doi află toată lumea. Dar, hei, nu e chiar așa nasol că sunt sucevean, se putea și mai rău. Puteam să fiu din Botoșani.

Ideea e că nu puteam să lăsăm acest mic incident să ne strice seara, așa că ne-am văzut de petrecerea noastră. Eu mă uitam la o țigară cum se stingea ușor între degetele mele, în care clipă Ramona s-a așezat lângă mine.

– Tu îți dai seama că vom trăi cu imaginea asta pe retină tot restul vieții?, a zis ea.

– Eu totuși sper că există suficient de mult alcool pe planetă cât să ne-o șteargă din memorie.

– He, he. Dac-ar fi ajutat alcoolul, mi-a răspuns ea serioasă, aș fi reușit și eu să te uit pe tine.

Mi-am dat seama că nu mai glumeam. „Parcă nu voiai să discutăm despre noi în seara asta. Parcă voiai să te distrezi și atât", mi-am spus. Apropo, textul ăsta din ghilimele, ca să-nțelegi exact cum mi l-am spus eu în gând atunci, ar trebui să-l spui cu vocea aia pe care o folosești când imiți pe cineva. Vocea aia de „nia nia nia nia nia". Perfect, acum ai înțeles cum trebuie, fiule, ești pregătit să trecem mai departe.

– Ramona, uite ce e...

– Șșt!!, mi-a spus ea, punându-mi un deget pe buze. Nu vreau să te scuzi, vreau doar să te-nțeleg.

Ei bine, acum aveam trei soluții:

1. Să-i spun adevărul și să afle că eu mă-ndrăgostisem, de fapt, de altă fată și să-mi pierd orice șansă cu ea. Lucru pe care nu prea îl voiam, că doar nu eram idiot, nu? Orice bărbat are nevoie de o soluție de siguranță pentru cazul în care nu-i iese combinația cu fata pe care o vrea cu adevărat. Știu, fetelor, e oribil ce spun eu aici. Dar faptul că e nașpa nu-l face să fie mai puțin adevărat.

2. Să-i spun că nu se întâmplase nimic și să încerc să schimb subiectul, riscând să se oftice pe mine, fiindcă nu luam în serios discuția noastră sau pe ea.

3. Și, bineînțeles, să mint. Să mint așa cum n-am mințit vreodată. Să inventez o poveste prin care-i explicam cum eram eu, de fapt, neînțeles și că nu-mi dădusem seama că-i făceam rău dacă nu-i răspundeam la zecile de telefoane și sutele de mesaje. Nu mă judeca, te rog frumos! C-ai făcut și tu asta de o grămadă de ori. Când vorbeai cu cineva care nu te-ncânta în mod deosebit în clipa aia și ai început să-i dai scuze precum: „Nu e momentul potrivit în viața mea" sau „Nu știu dacă sunt pregătit/-ă" sau „Nu vreau să te pierd ca prieten/-ă".

Eu am ales o combinație între toate astea trei.

– S-au întâmplat atâtea lucruri între noi în ultimii ani, încât am vrut să-mi iau niște timp să mă gândesc la ce e mai bine pentru noi. Nu cred c-aș suporta să te am și să te mai pierd încă o dată, de asta vreau să iau decizia cea mai bună. Și am vrut să fac asta singur, fără să fiu cu tine sau cu altcineva în timpul ăsta.

– Eu totuși cred că cele mai bune decizii se iau în doi, a spus ea zâmbind.

– Da, e posibil. Dar am vrut să stau un timp doar eu cu mine, înainte de a-ți da un răspuns. Nici mie nu-mi place să fiu singur, îți dai seama. Mi-e dor și mie să simt o fată lângă mine, pe care s-o iubesc și să mă iubească, pe care s-o sărut fiindcă mă bucur c-o văd și care să mă-ntrebe dacă sunt bine când privesc în gol, fumând o țigară.

– Păi eu vreau să-ți ofer toate astea, tot ce mai rămâne e să-mi spui că ți le dorești de la mine, și sunt a ta.

– Asta e și problema. Că, de când mă știu, mi-am dorit lucrurile astea de la tine și acum, că pot să le am, mi-e frică, i-am spus eu, șocându-mă și pe mine cu acest moment de sinceritate.

– De ce să-ți fie frică?, a întrebat ea.

– Mi-e frică pentru că nu-mi dau seama de ce se va întâmpla dacă n-o să meargă între noi. Suntem tineri, dar timpul trece. Poate o să ne dorim să fim cu alți oameni... iar, dacă se-ntâmplă asta, eu ce fac? Nu știu cum e să exist fără să mă gândesc la tine, nu pot să mă trezesc fără să-mi inunzi gândurile și nu înțeleg ce-ar trebui să fac dacă se va dovedi că în realitate nu tu ești pentru mine și nu eu sunt pentru tine.

– Păi da, ai dreptate. Dar, pe sistemul ăsta, hai să nu mai traversăm niciodată strada, ca nu cumva să ne calce mașina. În viață trebuie să ne asumăm riscuri. Sunt șanse mari să pierdem, dar, dacă există măcar o șansă la un milion să câștigăm, pentru mine e suficient.

Oricât de mult aș fi vrut să nu fiu de acord cu ea, avea dreptate. Chiar m-a sensibilizat, de ziceai că eram o fată beată într-un club, căreia DJ-ul i-a spus că e frumoasă. Practic, eram ud tot. Obosisem să mă mai lupt cu mine. Anemona nu avea de gând să se mai întoarcă și nu credeam c-o s-o mai văd vreodată. Am privit-o pe Ramona în adâncul ochilor, mi-am așezat palma peste mâna ei și m-am apropiat s-o sărut. Mă-ndreptam spre buzele ei emoționat și stângaci. Ea a închis ochii și aștepta s-ajung. Fix în clipa aia, s-a auzit un zgomot care ne-a făcut pe amândoi să tresărim și să ne uităm în aceeași direcție. Pe ușă, izbind-o cu piciorul, a intrat Costi. Avea în mână badoaca de bere pe care o luase la plecare, goală pe jumătate. A ridicat-o în aer și a urlat:

– Gata!! Am devenit bărbat, băăăă!!!

A luat o înghițitură de bere, iar noi ne uitam toți la el, fără să zicem nimic.

– Ce-aveți, bă? Bucurați-vă pentru mine! Hai să bem! Să cânte muzica, să danseze fetele și să se umple paharele!

Noi am început să râdem în hohote, dar am zis să-i facem jocul bietului pămpălău. Costi a luat o sticlă de vodcă de pe masă, a dus-o la gură, a băut o gură zdravănă și i-a întins-o lui Silviu.

– Vreau să beți toți cu mine, să marcăm momentul. Ia, Silviu!

– Da... nu, merci! Eu am aici în pahar, sunt ok.

– Păi hai să-ți mai pun, a zis Costi.

– Nu, nu! Îmi ajunge cât am aici.

– Ok... Unde-i Nicu?, a spus el uitându-se prin cameră. Aa, uite-l pe nenorocit. Nicu, vino-ncoace să te pup, că mi-ai făcut viața frumoasă!

– Nu, coaie, stai liniștit!, a răspuns Nicu într-o clipă.

– Vino, mă, încoace, că ești fratele meu!, a zis Costi, luându-l pe Nicu în brațe.

– Bă, nu mă pupa, că-ți fărm capul!, a urlat Nicu, încercând să scape din brațele nebunului.

– Ok, sunteți ciudați! Eu mă pun să beau, faceți ce vreți voi.

N-am avut inimă nici unul dintre noi să-i spunem că-l văzuserăm cu toții cum pupa în penis jumătate de Suceava. Ramona m-a luat de mână și m-a tras înapoi pe canapeaua pe care stăteam mai înainte.

– Unde rămăseserăm, deci?, mi-a zis ea.

– Păi cred că vorbeam despre noi. Ți-am spus, vreau să fiu sută la sută sigur, dacă e să facem chestia asta.

– Sută la sută sigur nu cred că poți să fii vreodată în legătură cu nimic, cu atât mai puțin din punctul de vedere al femeii pe care s-o iubești.

– Ba da. Vreau să fie perfectă, i-am răspuns eu naiv.

– Ești prea pretențios, Andrei. Nici una n-o să fie suficient de bună pentru tine, mi-a spus, privindu-mă direct în suflet.

M-am uitat la ea și aș fi vrut să-i răspund. Dar n-am putut. N-ar fi înțeles. Era foarte greu să-i spun că-mi doream o femeie care să mă învingă cu un zâmbet, că voiam o femeie care să mă facă să mă simt cel mai important bărbat din lume și să priceapă că ea e lumea mea. Îmi doream o femeie care să știe când nu am chef sau timp de ea și să nu caute, după aia, „să-mi arate ea mie". Voiam o femeie pe care s-o ador și să nu mai văd nici una în jurul ei. Voiam să mă uit la alte femei pe stradă doar pentru a-mi reconfirma pentru a mia oară că iubita mea e cea mai frumoasă. Voiam o femeie pe care s-o iubesc nebunește și care să-mi înțeleagă demența. Voiam o femeie care să-mi pună mereu întrebări, care să poarte șosete colorate și care, din când în când, să-mi facă masaj la tâmple, când vin obosit de la birou. Voiam o femeie care să-mi limpezească sufletul, nu să mi-l îngreuneze. Și voiam să râdă mult. Voiam să râdă mereu, pentru că știa că eu nu puteam să mai râd. Îmi doream o femeie care să rămână. Voiam o femeie căreia să-i fie frică să nu mă piardă. Și, cu toate că și-ar da seama că și eu sunt terifiat, să nu dispară cumva din viața mea, să nu profite de asta. Voiam o femeie care să-mi facă față, care să înțeleagă o glumă și care să poată să-mi dea o replică. Voiam o femeie care să-mi fie mama unei fetițe și a unui băiat, care să ne lumineze bătrânețile. Voiam o femeie care să se uite cu mine la meci și să-mi cumpere de ziua mea jocuri pentru X-box. Voiam o femeie cu care să merg în Dubai de Revelion și care să tremure când îi sărut fiecare părticică a corpului ei bronzat. Voiam o femeie care să mă învețe mereu cum să fac dragoste și voiam o femeie care să mă inspire. Voiam o femeie despre care să scriu. Să scriu la fel cum am făcut-o și despre tine.

– Așa e, ai dreptate. Sunt prea pretențios, i-am spus și am luat-o în brațe.

În clipa aia, a apărut Silviu și s-a trântit lângă noi.

– Ia uite, ce avem noi aici... s-au împăcat porumbeii?, a întrebat.

– Boss, aveam și noi un moment aici și tu ai venit și te-ai pișat pe el, i-am răspuns.

– Scuze, bă, dar sunt traumatizat. Cum să-i dai limbi ăleia, ești nebun? Asta înseamnă că, practic, mi-a supt-o și mie?

– Ok, nu vreau să asist la discuția asta, a zis Ramona, ridicându-se. Merg să-mi torn ceva de băut.

– Ai grijă să nu bei din sticla lui Costi, i-am spus eu, zâmbind.

Am rămas cu Silviu, poștind o țigară Ronson. Eram și noi destul de amețiți, dar, per total, fusese o seară bună.

– Ascultă ce-ți zic eu, Andrei. Noi o să rămânem prieteni toată viața, simt eu asta.

Nu era adevărat, n-am rămas.

– Atâta timp cât nu-mi mai furi iubitele, Silviu, i-am răspuns.

– Hai, bă! Încă mai vorbim despre asta? Credeam c-ai trecut peste. Am făcut și eu o greșeală, o să-mi amintești până mor de treaba asta? Ea s-a dat la mine, n-am putut să rezist. Adică uită-te și tu cât de bună e, n-ai cum să mă-nvinovățești.

Am ridicat privirea și mi-am dat seama câtă dreptate avea Silviu. Chiar că era bună rău de tot. Cu fundul ăla rotund și bombat, efectiv cred c-a făcut mai mulți bărbați să moară de ciudă decât Bogdan Stancu în atacul naționalei. Era mereu zâmbitoare și parcă-i relaxa pe cei care o priveau prin inocența care părea că i se citește pe chip. Iar cum o admiram eu, aproape salivând, am observat că stătea de vorbă cu o persoană cu care clar nu mi-aș fi dorit să schimbe nici măcar două cuvinte.

P.S. – Știu că e greșită ideea asta pe care o avem noi, bărbații, că, dacă una a făcut amor cu mai mulți bărbați, iar tu-i dai limbi, practic i-ai pupat pe-ăia în pupe. Dar, pana mea, ăsta făcuse chestia asta la nici zece minute după ce o futuseră alți doi prieteni de-ai lui. Atât am avut de zis despre asta.

P.P.S. – Îți dai seama c-aș fi putut să-ți spun cu cine vorbea, că doar nu-mi e greu. Dar am ales s-o ard misterios, ca să devii tu curios și să citești mai departe. Vezi? Sunt sincer cu tine. Dacă tot ai dat bani pe carte, măcar atât să-ți ofer și eu: sinceritate. Deși, de banii pe care i-ai dat pe cartea mea, o futeai o lună pe Macarena.

CAPITOLUL 11

Ultima persoană cu care mi-aş fi dorit ca Ramona să stea de vorbă era Anemona. Dar pe listă, foarte aproape în seara aia, era Ioana. Pentru că ştii cum se întâmplă când stau fetele de vorbă. Încep să discute despre nimic şi, de la două discuţii despre rimel şi mascara, ajung să vorbească despre cât de porci sunt bărbaţii, cum sunt ele neînţelese şi-şi arată poze de pe telefoane cu cei care le-au făcut să sufere. Norocul meu că era anul 2007 şi nu prea erau telefoane şmechere, pe care să ai poze, dar tot nu puteam să le las să stea prea mult la poveşti. Deja nu mai auzeam ce-mi spunea Silviu, fiindcă singurul lucru la care mă puteam concentra era să găsesc un motiv destul de credibil ca să mă duc acolo, să le întrerup discuţia.

M-am ridicat şi m-am dus către ele, fără să am un plan clar în cap. Orice era mai bine decât nimic, aşa că aia era. Am ajuns lângă ele. „Hai, creier, ajută-mă să zic ceva inteligent", îmi tot spuneam.

– Hei, fetelor. Voi ştiaţi că pinguinii pot fi homosexuali?

„Ok, creier, eşti concediat." S-au întors către mine şi nu înţelegeau ce voiam exact să spun cu minunata propoziţie care-mi ieşise pe gură.

– Ce?, a întrebat Ioana

– Nu, nimic, nu contează. Despre ce pălăvrăgiţi voi aici?

– Uite, tocmai aflam de la noua mea prietenă, Ioana, niște lucruri foarte interesante, a răspuns Ramona.

– Ăăă... De exemplu că pinguinii pot fi homosexuali?, am întrebat.

– Nu. Tocmai îmi povestea cum are o mare problemă și mi-a cerut sfatul.

Poți să dai play la piesa asta pentru ceea ce urmează: Rihanna & Eminem – Love the Way You Lie *(part 2).*

Ok, știi cum îți spuneam, cu câteva capitole-n urmă, că e bine să le spui problemele tale unor persoane pe care nu le cunoști, fiindcă s-ar putea să primești niște sfaturi bune și obiective? Ei bine, m-am răzgândit. E cel mai prost sfat pe care am putut să-l dau vreodată: să nu faci niciodată așa, că s-ar putea ca persoanele alea, care sunt necunoscute pentru tine, să le fie cunoscute unor oameni apropiați ție. Începeam să mă panichez.

– Ce problemă, Ioana? Tu n-ai nici o problemă, totul e minunat în viața ta, i-am spus eu, încercând să salvez situația.

– Nu, Andrei. Fata chiar are o dilemă, și mă gândeam că poate o ajutăm împreună s-o rezolve. Fii atent: să presupunem că cineva are un iubit, da? Și la un moment dat, la o petrecere, fata aia cunoaște un alt băiat care, întâmplător, citește o scrisoare de dragoste. El, băiat bun cum este, i-o dă și ei să citească, fiindcă e clar că scrisoarea aia e pentru toată lumea. După care băiatul îi povestește despre fata care-i scrisese acea scrisoare și domnișoara noastră, total sensibilizată, îl sărută. Și acum, personajul nostru principal fictiv nu știe dacă mai vrea să fie cu iubitul ei sau cu băiatul misterios și romantic pe care l-a sărutat. Ce zici tu c-ar trebui să facă?

– Ce tare! Povestea fetei ăsteia e chiar ca povestea mea, a zis Ioana.

Ce? N-am zis niciodată că mi-a plăcut doar de fete inteligente, ok? Nu mă mai judeca, lasă-mă-n pace, că aveam o situație de rezolvat aici.

– Ioana, dragă, nu vrei tu să pui niște vodcă în pahare?, i-am zis încercând s-o trimit de-acolo, ca să pot vorbi cu Ramona. Sau, cum îi spuneam eu în momentul ăla, cu Satan.

– Nu, sunt bine. Vreau s-aud sfatul, că-s curioasă. Poate-l aplic și eu.

Doamne, parc–aș fi vorbit cu un câine.

– Zi, Andrei. Ce-ai sfătui-o tu pe săraca fată să facă? În condițiile în care băiatul ăla cu scrisoarea i-a spus fetei care i-a scris-o că are nevoie să fie un pic singur, să-și dea seama de ce vrea, și că nu-i arde în momentul ăla de fete. Și ea, ca proasta, l-a crezut și s-a gândit să-i ofere spațiu, ca să ia omul o decizie. Ăăă? Hai, că-s curioasă!

Nu știam ce căcat aș fi putut să răspund. Tehnic, avea dreptate, dar, când o auzeam din gura ei, parcă suna mai rău decât mi se părea mie că era. Ai simțit vreodată c-ar fi mișto să ai un buton de pauză, pe care să-l apeși într-o anumită situație, ca să te poți gândi vreo două luni la ce-ai putea să spui? Dacă da, mi-ar fi prins bine și mie telecomanda aia în clipele respective.

– Nu-i chiar așa cum crezi, Ramona! Hai să ieșim afară, să discutăm despre asta, te rog.

– Ha, ce tare! Ramona o chema și pe fata aia care ți-a dat scrisoarea, a zis Ioana, debordând de inteligență.

În clipa aia am văzut cum creierașul ei se forța din toți neuronii să reușească și ea să facă legăturile. Stai puțin… așa, încă un pic. Imediat urmează. O vedeam cum i se măreau ochii.

Încă oleacă (oleacă înseamnă puțin – pentru non-moldoveni). Hai că vine, am încredere în tine, Ioana. Și, în clipa următoare, i-am văzut grimasele.

– Stai!! Tu ești... acea RAMONA?, a întrebat ea. Nu pot să cred!

Bravooo! Să-i dea careva un premiu. Deșteaptă te-a mai făcut mama. Dar nu-i nici o problemă, cu IQ-ul tău și la felul în care arăți, o să te descurci minunat la ASE.

– Hai că s-a prins și hamsterul, treaba-i bună. Bravo, mămică. Ai un os, a zis Ramona.

– Heii! Nu cred că trebuie să vorbești așa cu mine, nu-i frumos, i-a replicat Ioana.

– Fă, tu mai bine ți-ai preocupa nuca aia pe care o numești creier cu gagică-tău care a futut o târfă în camera ailaltă, până s-ajungi tu aici.

– Ce???

Doamnelor și domnilor, se pare că adevărata Ramona a revenit printre noi. Haideți s-o primim așa cum se cuvine. Pentru că asta știa ea să facă. Îți crea o imagine despre ea care te făcea să crezi că e o fată minunată și că poate fi o ființă umană, cu emoții pozitive și empatie, după care se-ntâmpla ceva care-i scotea personalitatea la iveală. Și, în clipele alea, până și diavolul se băga sub pat, acoperindu-se cu o pătură.

– Ramona, taci dracu' din gură! Nu-i treaba ta ce e între ei.

– Ba da, a devenit treaba mea în clipa în care ți-a băgat limba pe gât.

Oricât de ciudat ar suna, era totuși uimitor cum știa să-și apere ceea ce credea că e al ei. În momentul în care cineva atenta la un bun de-al ei (fiindcă noi nu eram oameni pentru ea, eram niște piese în marele ei puzzle) nu mai conta nimic și-i făcea rău fără să se gândească de două ori. Silviu, observând că era ceva în neregulă acolo, s-a ridicat de pe canapea și a venit către noi.

– Ce faceți, puișorilor, aici?, a întrebat el inocent. Ioana, tu plângi?

– Normal că plâng, porcule. Cum ai putut să faci așa ceva?

– Ce-am făcut?

Silviu se tot uita la mine, cerându-mi niște răspunsuri din priviri, dar în clipa aia nu mai puteam să-l ajut. Am ridicat din umeri și mă pregăteam să urmăresc show-ul.

– Nenorocitule!! Te urăsc! Să te ia naiba și pe tine și pe târfa aia!

– Despre ce vorbești, femeie?, a țipat Silviu.

– Cum ai putut, mă? Cum ai putut? Să faci sex cu altă fată, mai ales în timp ce eu sunt în cealaltă cameră?

– Dar n-am făcut, iubita. Nu ți-am zis c-am bătut cuie? Hai, liniștește-te.

A încercat s-o ia de mână, ca s-o calmeze, dar Ioana s-a smucit imediat.

– Lasă-mă! Și eu care credeam că e ceva frumos între noi... Doamne, ce proastă sunt!

– Nu, baby! Dar nu te-ai înșelat, chiar e ceva frumos între noi și nu-mi doresc să se termine. Știi că sunt îndrăgostit de tine până peste cap!

– Daaaaa! Văd! Și te fuți cu altele în același timp, mare dragoste mai e și asta.

– Iubita, te rog să mă ierți! Îți jur că nu e cum crezi tu. Serios, eu doar cu tine vreau să fiu.

Nu-mi venea să cred că îl vedeam pe Silviu în postura asta. Mai avea un pic și plângea. Se pare că avea dreptate când spunea că, într-adevăr, se îndrăgostise de fata aia. El nu era un tip care să se exteriorizeze sau să-și spună sentimentele cu voce tare. Dar, aparent, oricât de dur ai fi ca bărbat, tot se găsește o fată care să te facă mielușel.

– Nu vreau să mai vorbesc cu tine niciodată!, a zis Ioana și i-a aruncat paharul cu vodcă în față.

– Iubirea mea, hai să discutăm un pic. Ești puțin nervoasă, înțeleg. Dar să știi că tu ești cel mai bun lucru care mi s-a întâmplat și nu vreau să te pierd. Serios îți spun. Ești totul pentru mine.

Wow, pe mine, unul, m-a impresionat.

– Stai, Silviu, liniștit. Nu te mai agita chiar așa, că și ea s-a sărutat cu prietenul tău cel mai bun, a zis Ramona cu zâmbetul pe buze.

– Poftim?!

Gata, inima mea s-a oprit acolo. Cam asta fusese și cu viața mea. Deci, practic, era „Suge-o, Andrei!" la propriu, fiindcă urma să mă hrănesc cu paiul de-atunci încolo.

– Da, da. Exact cum ai auzit!, a confirmat Ramona și a mai sorbit o gură de vodcă.

– Cu cine s-a pupat?, a urlat ăsta.

– Cum cu cine? Cu prietenul tău, Andrei.

– Ce?!

– Da, fix cu el. Ironic, nu?

Bun, deci bacul la sport n-aș mai fi putut să-l dau, c-ar fi fost cam greu să fac asta după ce-mi rupea ăsta picioarele. Mai punea și paie pe foc dracul ăla de Ramona. Dintr-odată, Silviu și-a mutat privirea spre mine ca un lunetist.

– Bă, coaie, e-adevărat ce zice Ramona?

– Ăă...

– Zi, bă! E-adevărat?

– Tehnic, da, dar stai să-ți explic.

Îl vedeam cum se enerva și cum i se umflau venele pe frunte. Tot ce puteam să sper era să-i explodeze capul până apuca să-mi spargă mie fața.

– Ioana! Așa e?, a întrebat el.

– Da, porcule, așa e. M-am sărutat cu Andrei!

– Nu pot să cred!

– Da! Și să știi că s-a și futut cu el!, a completat Ramona.

– Ce?, a zis Silviu.

– Poftim?, a zis Ioana.

– Tu ești proastă?, am țipat și eu.

– Da, fix cum auzi. Și cred că nici măcar nu s-a gândit la tine, când era cu ea în ea, să știi...

– Ce dracu' faci, măă? Ești cu capul?, țipam eu ca o domnișoară.

– Nu-i adevărat!, a zbierat Ioana.

– Ei, hai. Nu fi timidă acum, a răspuns Ramona. Mi-a zis că fute mult mai bine decât tine, Silviu.

Gata, până aici mi-a fost. „Tatăl Nostru, care ne ești în ceruri, sfințească-se numele Tău, vie împărăția Ta, facă-se voia Ta..."

– Și cică i-a și supt-o, a zis Ramona.

Silviu se uita la mine în continuare, fără să spună nimic, și-l vedeam cum își încorda pumnul. Pana mea, dacă e să fim sinceri, i-am salvat o dată relația în seara asta, deci ar fi trebuit să mă ierte. Plus că și el o futea pe Macarena în camera cealaltă acum două ore, nu prea putea să și-o ardă super-gelos acum. Astea erau practic gândurile unui om care urma să fie călcat de tren. Deja mă-mpăcasem cu ideea că urma să am nasul strâmb toată viața.

– Se lăuda c-a avut două orgasme, Silviule.

În clipa aia, creierul lui Silviu a dat comanda: „Ok, băieții, toată forța noastră se va strânge în pumn. Hai, băieții! Augh

augh augh!“ N-a mai rezistat. I-am văzut pumnul cum își lua avânt și l-am privit cu încetinitorul, de zici că eram într-un film de acțiune din ’95. Urma să fie unul dintr-ăla, așa cum îi spunem noi moldovenii, din fundul grădinii. Clar urma să-mi încurce toate amintirile. Petarda a fost aprinsă, de-acum așteptam să explodeze. Și, mai hotărât ca niciodată, pumnul lui Silviu și-a pornit călătoria spre mine. Plutea prin aer suav. În mintea mea, s-a făcut liniște totală și, într-un mod bizar, eram pregătit de ceea ce m-aștepta. Îl vedeam venind. Nu știam exact cum trebuie să procedezi când urmează să fii lovit, dar am decis să-mi încordez maxilarul și s-aștept execuția. Se apropia din ce în ce mai tare de falca mea, iar mie-mi bătea inima de ziceai că eram în pat cu Scarlet Johansson. Pumnul lui Silviu a ajuns la doar câțiva centimetri de fața mea, dar deja totul începea să se întunece. Nu mai aveam ce face. Dintr-odată, am văzut cum pumnul lui Silviu trecea de mine. „Un’ te duci, boss?“, m-am gândit. Palma i s-a deschis și a aterizat direct în fața frumoasă a Ioanei, care a căzut pe comodă.

Silviu s-a uitat la mine cu fața plină de ură și mi-a zis:

– Acuma suntem chit!

Și-a aprins o țigară și a plecat. Ioana a început să plângă și avea buza spartă, iar Ramona m-a privit în ochi și a spus:

– Ai scăpat de data asta, dar o să plătești pentru cum m-ai făcut să mă simt zilele astea. Ioana mi-a povestit și că târfa aia de la Constanța a venit la tine și, crede-mă, o să-ți pară rău. Poate nu mâine, poate nu săptămâna viitoare, dar o să vină momentul. Și-atunci când o veni, îți promit c-o să te doară de o sută de ori mai tare decât m-a durut pe mine. Dacă mai e să curgă lacrimi între noi doi, o să fie doar ale tale. Îmbâcsitule!

După care și-a luat poșeta și a plecat. Iată că Silviu, pentru a doua oară, demonstrase că la un moment dat va fi un soț absolut minunat pentru o femeie căreia probabil îi va mânca zilele și-o va face să blesteme ziua în care l-a cunoscut.

P.S. – Pe moment, n-am dat atât de multă atenție amenințării Ramonei, dar pe vremea aia n-aveam eu idee cât adevăr era în promisiunea ei. A așteptat câțiva ani momentul potrivit, dar, când l-a identificat, nu m-a iertat. Deci, suge-o, Ramona!

P.P.S. – În timp ce eu îi țineam Ioanei o compresă cu apă rece peste buză și încercam s-o liniștesc, pe ușă s-a ivit Macarena. S-a uitat la noi și a zis:

– Aveți să-mi dați și mie o țigară?

Am scos pachetul din buzunar și i-am făcut semn să se apropie. Mi-a luat o țigară, a aprins-o și s-a așezat lângă noi.

– Dar ce-a pățit fata? a întrebat ea.

– Căcat, s-a tăiat când se bărbierea. Tu ce crezi c-a pățit? A luat o palmă peste față!

– Păi de ce? Cine i-a dat-o?

– Iubitul ei. Știi tu, băiatul ăla în tricou roșu, pe care l-ai cunoscut mai devreme.

– Aa, da, îl țin minte. Mamă, ce puță mică avea!

Și, uite-așa, totul a căpătat sens în clipa aia și am înțeles cu toții de unde erau frustrările și ieșirile lui nervoase. Orice bărbat care lovește o femeie merită să fie răstignit pe-o cruce întoarsă, în timp ce este pensat la coaie cu un compas încins, de un om legat la ochi, care are Parkinson.

CAPITOLUL 12

O vreme, nu l-am mai văzut pe Silviu. Era clar că aflaseră toți prietenii noștri ce făcuse în seara aia și am decis să rupem legăturile pentru o vreme. După ce a terminat liceul, a plecat din țară și a lucrat în construcții. Ioana a depus plângere împotriva lui la poliție și, împreună cu tatăl ei, care era un om oarecum important prin Suceava, a reușit să-i facă lui Silviu cadou un cazier de toată frumusețea. După vreo doi ani pe-afară, s-a întors în Suceava și s-a făcut taximetrist. Își petrece zilele într-un Logan și seara iese cu prietenii și bea până uită de el, ca orice moldovean realizat. Trăiește din amintirile liceului și de fiecare dată are aceleași povești despre cât era el de tare în urmă cu zece ani. Sigur știi genul ălora care erau șmecheri pe la 17-18 ani, și toate fetele îi plăceau, iar tu te gândeai că nu era corect ce se întâmpla. Dar pot să-ți spun să stai liniștit. Poate că n-ai avut tu cele mai multe prietene în liceu, poate nu știai să dai cu pumnul ori s-o arzi super-dur, dar să știi că există în viață un echilibru și nimic nu rămâne la voia întâmplării. Toți cei pe care-i știu că erau așa în timpul liceului acum sunt ăia care-mi aduc mie prânzul când ies la restaurant să mănânc. Așa că stai fără grijă, totul va fi bine cu tine.

E valabil și pentru fete. Uită-te ce s-a ales de gagicile alea care erau cele mai populare și pe care le invidiai tu în clasa a noua. Probabil sunt măritate în momentul ăsta cu câte unul care era mișto cândva, dar acum s-a îngrășat și poartă tricouri polo cu gulerul ridicat, câștigă opt milioane pe lună și singurele lor realizări în viață sunt ratele pe care le-au făcut ca să-și cumpere frigider. Locuiesc la părinții lui, ea probabil face unghii sau machiază alte fete și are pe Facebook „nume prenume nails/make-up". Sigur, sunt și cazuri mai fericite, cu fete de genul ăsta care s-au combinat cu unul cu bani și o ard numai prin mall-uri și vacanțe. Dar ai încredere în mine când îți spun că fericite nu sunt. Ele doar pozează în femei împlinite, ca să compenseze adevărul. Iar adevărul e că ăla probabil le înșală cu orice fată apare în calea lui, pe ele le fute doar atunci când își mai aduce aminte și, oricum, le fute-n scârbă, fiindcă e sătul de faptul că și-a luat lângă el o femeie doar pentru a se afișa cu ea.

Nici cu Ramona nu m-am mai văzut din seara aia. Pe de-o parte, a fost o ușurare, fiindcă aveam și eu nevoie să copilăresc puțin. Parcă se întâmplase totul prea intens în viața mea de licean. Era mai bine așa și cu siguranță nu-mi pare rău de felul în care s-a petrecut viața mea de adolescent. M-am îndrăgostit pentru prima oară în clasa a șaptea, iar a doua oară am făcut-o când eram deja la liceu. Am cunoscut două tipuri de femeie total diferite: una dintre ele – ambițioasă până la punctul în care deja nu mai era o calitate, pasională, foarte frumoasă și răzbunătoare. Asta m-a secat de tot ce însemnam eu și mi-a devenit obsesie. Pe de altă parte, am aflat și ce înseamnă dragostea alături de o fată care pentru alții era o târfă, iar pentru mine era totul. M-a învățat că aparențele înșală și că orice om are o poveste de care, dacă-ți faci timp s-o asculți, s-ar putea să te îndrăgostești. M-a învățat să fiu bărbat și pentru asta nu pot decât să-i mulțumesc. În clipa aia, nu știam că urma să ne reîntâlnim după cinci ani la București și să decidem să ne dăm o șansă adevărată.

Când Anemona a ales să plece de la Constanța și să se mute în București pentru mine, am înțeles cât de adevărat grăia cel care zicea că „iubirea nu are limite". Nici distanța, nici anii, nici faptul că nu mai vorbiserăm de multă vreme n-au putut să topească sentimentele. Și chiar dacă amândoi credeam că trecuserăm peste, în clipa în care ne-am revăzut, absolut toate planurile și gândurile noastre s-au pus pe hold. N-a mai contat nimic, ce făceam eu, ce făcea ea, unde eram eu, unde era ea sau chestii de genul ăsta. Iubirea și-a spus cuvântul.

După ce am terminat liceul, eu am plecat la facultate la Cluj. Din păcate, nu prea am ce să-ți povestesc de acolo, fiindcă nu am făcut mare lucru. Îmi doream carieră și, în timpul meu universitar, m-am concentrat pe asta. Dar cred că ar trebui să-ți povestesc puțin cum am ajuns să fac stand-up și, mai ales, cum am ajuns să mă mut la București, ca să-ți fie mai ușor să-nțelegi ce s-a întâmplat între mine și Anemona după ce mi-a lăsat apartamentul gol și m-a părăsit.

Dă play la melodia asta pentru ce urmează: Cabron & Pacha Man – Arată-le la toți.

Așadar, prin clasa a douășpea, am văzut pe net niște filmulețe cu niște băieți care stăteau pe o scenă cu o bere în mână și făceau glume. N-am înțeles prea bine ce era chestia aia exact, dar mi-a plăcut la nebunie. Culmea, băieții ăia pe care i-am văzut atunci, azi îmi sunt colegi și facem spectacole împreună. Știi că se spune că trebuie să muncești până când idolii îți devin rivali și pot să confirm cu mâna pe inimă c-așa e. Ideea e că eu am memorat glumele alea pe care le-am văzut pe

YouTube și le spuneam colegilor mei de la liceu în pauze și ne super-distram. Încet, încet, de fiecare dată când eram pe la câte un party sau acasă pe la niște amici, mereu se găsea câte unul să-mi spună: „Bă, Andrei, zi-ne-o un pic pe-aia cu femeile și baia". Zici că eram lăutar. Singura diferență era că eu nu eram plătit și oamenii care mă ascultau pe mine terminaseră gimnaziul.

Am început să mă interesez mai mult despre ce înseamnă acest „stand-up comedy" și am aflat că în SUA exista conceptul ăla de câteva zeci de ani. Cred că vreo câteva săptămâni m-am uitat, pe net, doar la filmulețe de genul ăsta ale comedianților străini. Asta se întâmpla în anul 2008. Apoi am plecat la facultate la Cluj și m-am gândit că sigur trebuia să fie pe-acolo niște baruri în care se făcea umor de genul ăsta. Și, într-adevăr, am găsit un astfel de loc. Ba mai mult, era o trupă din Cluj, Comedica îi zicea, care se ocupa cu treaba asta și, spre norocul meu, făceau o preselecție pentru un nou membru. Am decis să mă duc să îmi încerc norocul și să văd care era treaba pe-acolo. Când am ajuns, nu mi-a venit să cred ce-am văzut. Erau vreo treizeci de oameni care, la fel ca și mine, se credeau amuzanți și veniseră la preselecție. Au fost trei probe: în prima a trebuit să facem un mic monolog amuzant fiecare; în a doua a trebuit să învățăm o scenetă de-a trupei și s-o jucăm în fața lor și, la a treia, fiecare dintre noi a trebuit să vină cu un text propriu de stand-up comedy și să performeze. Toată preselecția asta s-a întins pe vreo două săptămâni și, la finalul lor, m-au ales pe mine ca nou membru al trupei. Și e foarte amuzant lucrul ăsta, fiindcă ei căutau, de fapt, o fată. Putem trage o concluzie clară de aici: ori am fost atât de amuzant încât au trecut peste faptul că își doreau o colegă, ori nu sunt eu chiar atât de masculin.

Și, alături de oamenii ăia, am început să văd și eu cum se face treaba asta cu stand-up-ul. Un an de zile nu am urcat pe scenă deloc, am stat doar în spate, am scris și rescris glume de o mie de ori, veneam la repetițiile lor, și tot așa. Apoi, în sfârșit, mi-a venit și mie rândul să apar în lumina reflectoarelor la un show. Colegul meu a urcat primul, și-a terminat numărul, apoi urma să vin eu și după mine încă cineva. Așa că m-a prezentat și, când mă pregăteam să urc, s-a luat curentul în barul respectiv și nu mai mergeau nici luminile, nici muzica, nici microfonul. Noi ne-am uitat unii la alții și ne-am gândit: „Ei... cât poate să dureze o pană de curent?" Îți spun eu cât poate să dureze: două ore. Publicul a fost foarte ok, fiindcă a rămas în bar, însă în alea două ore de pauză îți dai seama că n-au citit Schopenhauer, ci au băut. Și uite-așa, după ce a revenit curentul, fratili tău a urcat pe scenă. Și nu am apucat să vorbesc nici măcar un minut, că unii de la o masă au început să mă huiduie. Dar nu la modul delicat, așa, în șoaptă. Oamenii intraseră în funcția stadion și urlau din toate puterile. Na, ce căcat fac acum?, mă gândeam. Am încercat să-i fac să se oprească, dar nu am reușit. Eram super-emoționat, palmele îmi erau mai ude decât femeile din patul lui Brad Pitt și simțeam că-mi explodau creierii. Mi-am terminat însă materialul, am coborât de pe scenă și m-am îmbătat groaznic, jurându-mi că nu o să mai fac stand-up niciodată. Dar uite că nu m-am ținut de promisiune. Asta e partea interesantă cu creierul uman. Că treci printr-o experiență nasoală și, imediat după ce se termină, spui că e ultima oară când te pui într-o astfel de poziție. Iar apoi, timpul trece, începi să uiți exact ce ai simțit în clipele alea, încerci să te convingi că poate exagerezi un pic și că nu a fost, în realitate, chiar atât de rău și o mai faci o dată. Exact ca la beție. Când te trezești a doua zi după o noapte în care ai băut cât întreg județul Vaslui și te doare capul de abia-l ții pe pernă, îți vine să iei WC-ul în brațe și stomacul te urăște, în gândul tău se aude repetitiv: „Nu mai beau niciodată!“ Dar după aia, weekendul viitor, ieși în oraș, te vezi cu niște prieteni și te gândești: „Hai că beau și eu o bere, ce se poate întâmpla?“ Și în dimineața următoare îți juri din nou că nu mai pui gura pe alcool.

Așa am făcut și eu în ceea ce privește stand-up-ul. Am continuat să o fac până când s-a auzit de mine la București și „Teo, Vio și Costel“ m-au rugat să le deschid un spectacol, ca să mă vadă și ei. Am făcut treaba asta, le-a plăcut foarte mult de mine și mi-au spus că dacă doream să-mi fac o meserie din asta, cu siguranță aș fi putut. Singurul lucru pe care trebuia să îl am în vedere era faptul că ar fi fost necesar să mă mut la București. Eu eram în anul III și am decis să-mi termin facultatea și apoi să iau o decizie în legătură cu aspectul ăsta.

M-am întors la Suceava după ce mi-am dat licența și am hotărât să îmi iau un an să mă gândesc până mă apucam de masterat. Mai făceam spectacole de stand-up, cât puteam și eu, și încercam să învăț tot ce puteam despre treaba asta. Îmi aduc aminte că primul meu spectacol în alt oraș decât cel în care locuiam a fost la Huși. Au fost vreo doișpe oameni în public, incluzând barmanul și chelnerița.

Eu, normal, trebuia să îmi iau banii din bilete, dar patronul de acolo a fost băiat bun și a zis că-mi dă niște bani de la el, fiindcă din bilete strânsese un total fulminant de 70 de lei. Și mi-a dat 40 de euro și am fost cel mai fericit om în seara aia. Dar nu era problemă, fiindcă eu nu mă apucasem pentru bani de treaba asta și nici nu îmi imaginam c-aș fi putut trăi vreodată din asta. Am făcut o grămadă de show-uri cu săli aproape goale, dar important pentru mine era să acumulez experiență pe scenă și de asta încercam să fac orice spectacol mi se oferea.

Problema pe care o experimentam însă era că toți prietenii mei se angajaseră. Eu câștigam suficient din stand-up cât să am bani de cheltuială, mai ales că stăteam acasă, nu plăteam chirie sau mâncare. Însă ei nu mai puteau să iasă la bere oricând, nu mai aveau cum să meargă în club miercurea și toată ziua erau la muncă. Ce pot să-ți spun este că în perioada aia am văzut toate serialele și filmele care existau, fiindcă n-aveam ce să fac altceva toată ziua.

Alfred mi-a făcut rost de un post la ea la serviciu și mi-a zis că, dacă voiam, puteam să mă angajez acolo, să fac masterul la Suceava și toată viața să lucrez în locul ăla, că nu mă dădea nimeni afară, decât dacă făceam sex cu fiica șefului, îmi xeroxam fundul sau alte chestii dubioase. Salariul era frumușel, aveam unde să cresc la job și era totul în regulă. Problema era că trebuia să rămân în Suceava și chestia asta nu prea îmi plăcea. Pe de altă parte, managera băieților de la București mă tot suna și mă întreba dacă mă hotărâsem să mă mut în Capitală. Eu trăgeam de timp, fiindcă era o decizie destul de importantă pentru mine, mai ales că nu cunoșteam pe nimeni acolo, nu aveam unde să stau și, cel mai important, trebuia s-o conving pe maică-mea să mă lase. Pune-te puțin în locul meu. Cum le explici părinților tăi că tu vrei să te muți în alt oraș ca să faci o chestie de care ei nu au auzit niciodată și că probabil nu vei fi plătit pentru asta? Fiecare mamă își dorește pentru fiul ei să aibă un job stabil, să facă niște bănuți, să-și ia o nevastă cu care să-i facă niște nepoți, și toată lumea să fie fericită. Am avut ceva discuții cu ea, însă nu prea îi plăcea ideea. Îți dai seama că nici eu nu eram sigur de nici una dintre variante, fiindcă îmi era frică să mă duc la București, că nu aveam idee de ce aș fi găsit acolo. Cât despre job-ul pe care îl aveam de la ea, suna interesant, dar cu siguranță m-aș fi plafonat dacă rămâneam acolo. Și nu îmi doream asta.

Și câteva luni am stat așa, în stand-by, fără să am un plan viabil. Până într-o seară când Alfred a venit de la serviciu, s-a schimbat, am stat la masă și apoi m-a chemat pe balcon, să fumăm o țigară.

– Să știi că nu e bine pentru tine să stai acasă toată ziua, fără să faci nimic. Trebuie să faci o alegere.

– Știu, mama, dar nu-i atât de ușor, i-am răspuns.

– Andrei, de-acum ești mare. Nimic nu-i ușor în viață, mereu va trebui să faci alegeri. Dacă tu decizi să le ignori, asta nu înseamnă că ele vor dispărea și nici că se vor rezolva de la sine.

– Off! Nu știu ce să fac!

– Hai să vedem care sunt opțiunile: deci poți să te angajezi la mine la muncă, te apuci de master la Suceava și le faci în paralel sau pleci la București și îți urmezi visul.

– Îți dai seama că prima variantă e mai sigură pentru mine. Dar a doua e mai tentantă. Doamne, de ce trebuie să fie atât de greu? De ce nu pot să le fac pe-amândouă?

– Vrei să-ți spun părerea mea?, m-a întrebat ea.

– Normal.

– Eu zic așa: dacă tu vii la mine la serviciu, postul ăsta poți să-l ai toată viața fără vreo problemă. Dar dacă tu, în doi ani de zile, îți dai seama că de fapt ai fi vrut altceva și decizi să pleci la București, în cazul în care nu îți iese acolo, eu nu te pot reangaja la mine. Așa că părerea mea este să pleci la București, stai acolo șase luni și vezi care e treaba. Dacă iese bine, vei fi fericit. Dacă nu, te întorci acasă și te angajezi la serviciu la mine și măcar nu o să ai regrete, fiindcă vei ști că ai încercat.

Eu nu vreau să te forțez să faci ceva ce nu te definește, iar peste zece ani să ne întrebăm amândoi „cum ar fi fost dacă" și să mă învinovățești că atunci când a fost momentul nu te-am lăsat să iei decizia pe care o considerai tu corectă.

În clipa aia am știut ce aveam de făcut. Mama mi-a dat cel mai bun sfat pe care l-am primit în toată viața. În secunda următoare, am pus mâna pe telefon, am sunat-o pe femeia care urma să-mi devină manager și am anunțat-o că veneam la București. Iar din clipa asta încolo, știi și tu ce s-a întâmplat.

A fost foarte greu la început. Am plecat la București și nu aveam unde să stau, am dormit o săptămână în agenția de turism a unui prieten de-al bunicului meu până mi-am găsit chirie, am mâncat omletă și cartofi prăjiți un an de zile, nu aveam prieteni și eram într-un oraș imens, pe care nu îl cunoșteam. Tot ce aveam era un vis. Dar uneori asta e suficient.

În patru ani de zile am devenit unul dintre cei mai apreciați comedianți de la noi, am scris cea mai vândută carte din țară, se face film despre viața mea, apar prin ziare și pe la televizor, am ajuns la Kiss FM, am la activ câteva sute de spectacole în aproape toate orașele din România – și toate astea, până la 27 de ani. Ce încerc să-ți spun prin aceste rânduri este următorul lucru: în orice domeniu ai lucra, este vorba despre 10% talent și 90% muncă. Dacă tu îți dorești un anumit lucru, nu lăsa pe nimeni să-ți spună că nu ar trebui să-l faci. Dă-i dracu' pe ceilalți, majoritatea n-o să-ți vrea binele și n-o să se bucure de succesul tău, dacă va veni. Dar ăsta e un lucru bun, fiindcă așa o să-ți triezi oamenii care te înconjoară și vei înțelege vorba aia care spune: „Dacă nu ai fost alături de mine în timpul luptei, nu te aștepta să fii în timpul succesului". Fă-i să te respecte, nu să te iubească, și ăsta e singurul sfat pe care aș putea să ți-l dau.

În al treilea an al meu de București, după ce am scris *Suge-o, Ramona!*, datorită ei m-am reîntâlnit cu Anemona, când am avut un spectacol la Constanța. Fără să te plictisesc cu prea multe detalii pentru că știi deja ce și cum, ea și-a lăsat la o parte toată viața ei, prietenii de acolo, familia și orașul în care trăise aproape treizeci de ani și s-a mutat în Capitală pentru mine. Eu nu aveam cum să mă duc la malul mării, dat fiind domeniul în care lucrez, așa că, după multe discuții, liste, analize SWOT și chestii de genul ăsta, am decis împreună să vină ea în Capitală și ne-am mutat împreună.

Povestea noastră de dragoste a fost minunată până într-o dimineață, când am venit acasă și am găsit apartamentul gol. Cu o seară înainte de asta, eu mă întâlnisem cu Ramona, pe care n-o mai văzusem de mulți ani și, în fine, am concretizat titlul cărții.

Și din punctul ăsta încolo, ce-a urmat e o adevărată nebunie.

P.S. – Mereu sfatul părinților este cel mai bun pe care îl poți primi. Și pe aceste considerente, vreau să-i mulțumesc mamei mele, fiindcă a știut cum să gestioneze o situație dificilă și să-l îndrume pe fiul ei să ia cea mai bună decizie a vieții lui.

P.P.S. – Nu știu dacă-ți dai seama, dar în toată prima parte nu am avut nici o scenă de sex. O fi bine, o fi rău, nu știu. Dar ce pot să fac e să-ți dau un sfat: pune-ți un pahar de vin, ia-ți un ulei de masaj, o cremă de mâini sau pregătește dușul, fiindcă vine partea a doua.

PARTEA A II-A

ANDREI

CAPITOLUL 1

Călugărițe, drumuri proaste, inundații, ger, operație de apendicită, igrasie, datorii, coadă la ANAF, burți păroase, profa de religie, cățeluși morți... Te gândești la orice, numai să nu-ți dai drumul. Dar tipa asta era atât de bună, încât am ajuns doar până la „inundații".

Dă play la piesa asta, ca să intrăm în același peisaj: Raving George feat. Oscar and The Wolf – You're Mine.

Femeia și-o ardea ca un pornostar. Avea părul brunet și îl ținea strâns într-o coadă. Știam că-mi citise cartea și era destul de clar că asta-i plăcuse cel mai mult la mine: felul în care știa că urma să o scriu, așa că se decisese să-mi dea inspirație. A împărțit vodca dintr-o sticlă în două pahare și fumam împreună aceeași țigară. Am început să discutăm despre căcaturi care chiar nu contează și trăgeam de timp, să se asimileze alcoolul, ca să intrăm în filmul corect. Eram amândoi conștienți că aveam la dispoziție doar seara aia și că nu o să ne mai vedem niciodată, după ce ea pleacă. Promisiunile false și vrăjeala nu-și aveau locul între noi în clipele alea, nimeni nu încerca să impresioneze pe nimeni. Eram doar noi doi și vorbeam cu sufletele dezbrăcate. Nici nu mi-am dat seama când am ajuns în camera mea cu draperii roșii sau când buzele mele au început să se plimbe ușor peste pielea ei bronzată. Nu o sărutam. Doar respiram asupra ei și simțeam cum i se făceau buburuze peste piele. Era de parcă-i cântam pasiune peste corpul ce se revărsa peste lenjeria neagră pe care o aveam pe pat. Iar asta fiindcă singura lenjerie pe care o mai aveam era cea de pe pat. Degetele mele îi căutau buzele, iar în momentul în care s-au întâlnit, gura ei s-a încleștat asupra lor, umezindu-le. Emana o energie sexuală teribilă și mirosul de tutun al degetelor mele i-a năpădit gustul de vodcă din gură. I-am pus toată mâna pe față, iar apoi am coborât ușor spre gâtul care mă aștepta acolo ca o căprioară în fața leului. Când am strâns-o, a gemut puternic, s-a uitat la mine și apoi a zâmbit obraznic, de parcă mă încuraja să mai fac o dată. Și-a mușcat buza de jos și mă privea de parcă deja ne sincronizaserăm sufletele. Corpurile noastre încă așteptau... Dar nu mai puteau.

Avea un tatuaj pe coapsă care mă fascina. Era portretul unei femei și era într-o singură culoare făcut, mai puțin buzele, care erau roșii. Foarte sexy arăta, crede-mă. Oricum, am avut mereu o slăbiciune pentru tipele tatuate. Fiindcă dacă o femeie suportă să lase niște ace să intre în pielea ei, înseamnă că nu e în relații atât de reci cu durerea. Și, până la urmă, dacă faci sex și nu o tragi un pic pe fata aia de păr sau nu îi bagi măcar câteva degete în gură, până se îneacă un pic, de ce căcat o mai faci? Nu am înțeles niciodată sexul ăla banal, în care ne aprindem niște lumânări, punem o melodie romantică pe fundal și stăm în aceeași poziție timp de jumate de oră, prefăcându-ne că încă ne place unul de celălalt. Nu, frățiwear, nu știu cum o faci tu, dar eu în stilul ăsta mă plictisesc teribil și încep să mă gândesc la altceva.

Deja gâfâiam și-mi ieșea din plămâni tot tutunul pe care-l inhalasem din țigări. Eram deasupra ei și îi priveam părul răvășit de pe frunte, în timp ce transpirația de pe mine curgea pe ea. Cred că e singurul moment când poți să spui că transpirația poate fi ceva sexy. În rest, ne ferim cu toții de ea ca de dracu', dar în momentele alea, dacă faci ce trebuie, chiar și ceva considerat nasol poate deveni sexy. Bine, mai puțin Ozana Barabancea. Ea nu poate deveni sexy niciodată.

– Vreau să termini în mine, mi-a zis, și în clipa aia, efectiv mi-a dat șah mat.

Haideți să vă spun, fetelor, cum e chestia asta cu terminatul înăuntru. Deci tu, în momentul ăsta, ești o domnișoară drăguță, da? Perfect. Gândește-te că ești în pat cu bărbatul visurilor tale. Totul a fost splendid până atunci, te-a luat cu mașina de-acasă și te-a dus la un restaurant scump, a râs la glumele tale, a spus lucrurile potrivite exact în momentele în care trebuia, iar apoi a plătit consumația. După ce v-ați ridicat de la masă, ca un gentleman, s-a oferit să te conducă el acasă, iar înainte să cobori, te-a pupat pe obraz și ți-a urat noapte bună. Însă tu voiai mai mult și a fost minunat modul în care el nu a fost insistent și nu te-a presat deloc, arătându-ți astfel că nu vrea doar sex de la tine, ci te place ca om. Așa că l-ai poftit la tine în casă, iar acolo ați ajuns în pat. El te-a sărutat fix unde îți doreai să fii atinsă, te-a dezbrăcat adorându-te și admirându-te cu fiecare articol vestimentar pe care îl scăpai de pe tine. Ați început să faceți se... dragoste, și a fost minunat. Te-a ținut în brațe pe tot parcursul serii, nu s-a mișcat nici prea repede, nici prea încet, nici prea puternic, nici prea sensibil, a fost o combinație între tot ce ai visat tu vreodată. Te-a iubit, te-a respectat și te-a privit în ochi de la început până la final. Iar fix în clipa în care tu te apropiai de un orgasm apoteotic și deja dădeai ochii peste cap, el se oprește și zice: Na, de-aici fă-ți tu cu mâna. Ei bine, cam așa e și pentru noi în momentul în care trebuie să o scoatem, fix când vrem să ne dăm drumul. E practic o labă mai scurtă, dar tot labă e. O labă cu ataș.

Bine, acuma nu zic să rămâneți gravide la fiecare partidă de sex, doar vă spuneam că pentru noi e un sentiment absolut minunat și că ne bucurăm foarte mult atunci când aflăm că luați anticoncepționale.

Mă uitam la ea și-i vedeam pasiunea cum se stingea. E amuzant să vezi nebunia din ochii unui om înainte să te aibă. Nebunia, dorința și pasiunea pe care le exprimă ochii ăia însetați de tine și îmbătați de vodcă. Iar imediat după ce se termină momentul ăla rușinos cu care Biserica nu e de acord, parcă intri într-o stare de visare și de relaxare, pe care nimeni nu poate să ți-o ia. De asta pe mine mă enervează femeile care, după ce am făcut sex, vor să fie ținute în brațe imediat după sau, mai rău, vor să vorbim despre asta. Boss, lasă-mă puțin să mă bucur și eu de momentul ăsta. Fumez și eu o țigară, mă uit câteva minute în tavan și îmi golesc creierul de o serie de amintiri ca să le fac loc ăstora din seara asta. Plus că ești și transpirată, ți-a curs machiajul peste tot, mie-mi pompează venele de pe tâmple, curg apele pe mine ca pe Dunăre... Serios, ai răbdare câteva minute, că te iau după aia în brațe și-ți spun noapte bună.

Tipa s-a întors cu spatele spre mine și a tras pătura peste ea. „Aoleo, să vezi că vrea să rămână aici“, mi-am zis. Iar asta pentru mine era o problemă. Nu îmi plăcea să rămân la cineva după ce am făcut sex și, cu atât mai mult, uram să rămână cineva la mine. Nu mă înțelege greșit, sunt sigur că ești o tipă grozavă, fiindcă de asta mi-a și plăcut de tine. Dar vezi tu, noaptea am băut, am mâncat banane și am făcut tot felul de chestii dintr-astea, deci e clar că ne plăcem. Dar dimineața, când suntem treji și mahmuri, e foarte dubios pentru toată lumea prezentă. Eu nu-s cel mai frumos bărbat nici când sunt aranjat, așa că îți dai seama cum arăt dimineața. S-ar putea să ai regrete când te trezești, și e păcat să umbrești o amintire frumoasă cu întrebări precum: „Doamne, Dumnezeule, ce-am făcut? Oare cât am putut să beau aseară?" și „De ce doarme cu capul pe noptieră băiatul ăsta?" Fiindcă m-ai împins tu toată noaptea, de-aia. Dar la celelalte două, nu cred că vrei să afli nici tu și, sincer, nici eu răspunsul. Așa că nu mai bine chemăm noi un taxi și mergi la tine acăsucă și te afunzi în perna ta preferată, adormind cu zâmbetul pe buze? Bine, mai era și alt motiv pentru care nu voiam să rămână la mine. N-am putut s-o las pe alta să doarmă pe locul Anemonei. Ăla era patul nostru și încă mirosea a ea. Nu voiam pe altcineva acolo, atunci când soarele răsare. Na, bine, am recunoscut. Nu mai țipa la mine! Huo!

Aveam o problemă foarte mare în clipa aia, și anume trebuia să îi spun fetei ăleia, într-un mod elegant și delicat, să plece acasă.

– Hei!, am zis timid.

N-a răspuns. Am pus o mână pe ea și am început s-o strâng ușor.

– Heiii!, încercam să țip la ea într-un mod drăguț.

Nu voiam nici să par isteric, dar cumva mi-ar fi plăcut să priceapă c-ar cam fi trebuit să se trezească.

– Mmm…, a zis – mă rog, a mieunat – și s-a întors cu fața la mine.

M-a luat în brațe. Grozav, fix de asta aveam nevoie. Acum, fata asta credea că eu am izbucnit în romantism.

– Dar ce faci, adormi?, am întrebat-o, în timp ce o zgâlţâiam uşor. Nu adormi!

– Nu adorm, a murmurat. Îmi odihnesc un pic ochii.

Aveam în faţă o decizie destul de complicată. N-aş fi vrut să pară c-o trimit acasă şi că sunt eu naşpa, dar nu ştiam nici un în mod simpatic în care aş fi putut s-o fac pe ea să plece fără să se oftice. Aşa c-am început să îmi evaluez opţiunile. Uram să fac asta, dar trebuia să mă gândesc la lucrurile pe care le învăţasem de la Anemona. Întrebarea era cum fac eu o fată de care îmi place să plece acasă la ora patru dimineaţa, fără să mă urască toată viaţa ei? Fiindcă asta e chestia. Şi, dacă umbli cu o fată fără să vrei ceva serios de la ea, nu te purta naşpa cu ea. N-o face să te urască şi să-şi piardă încrederea în rasa masculină doar pentru că nu-ţi doreşti tu o relaţie cu ea. Şi-ţi spun şi de ce: în primul rând, ca să nu fii muist. Iar în al doilea, gândeşte-te că fata aia are prietene. Ce ştim noi că le place fetelor să facă? Exact, să bârfească. Aşa că dacă tu te porţi aiurea cu o fată, aia îi va povesti prietenei ei ce de căcat eşti tu. Care la rândul ei poate mai povesteşte la una sau două tipe. Şi astfel ajungi în punctul în care o să-ţi placă şi ţie la un moment dat de cineva. Şi, când domnişoara de care te-ai îndrăgostit tu şi căreia ai vrea să-i inseminezi pântecul, pentru a-ţi duce numele mai departe, o să se intereseze despre tine, ghici ce-o s-audă de la alte fete? Că eşti un căcat cu ochi. Şi astfel o să mori fără moştenitori, fiindcă fata visurilor tale n-o să vrea să iasă cu tine nici măcar la un suc.

Însă mi-a venit în momentul ăla o idee genială, care ştiam că o va face să plece instantaneu de la mine şi, mult mai important, să nici nu mă urască. M-am uitat către ea, m-am ridicat într-un cot şi i-am zis:

– Carmen! Trebuie să-ţi spun ceva!

– Mmm... nu vrei să-mi spui mâine, mai bine?

– Nu, i-am zis. Trebuie s-o fac acum. Te trezești un pic, te rog?

A ridicat privirea și s-a uitat la mine pe jumătate adormită.

– Ce s-a-ntâmplat?

– Ok, fii atentă. Știu că nu ne cunoaștem de multă vreme și eu chiar cred că ești o fată absolut minunată...

– Dar?

– Dar ce?

– Mereu urmează un „dar“, mi-a spus.

– Ai dreptate. Urmează un „dar“, însă nu cred că e neapărat ceva rău.

– Ok, te-ascult, mi-a zis ea, devenind serioasă.

– Așa... deci... ce voiam să îți spun este că deși nu ne știm de atât de multă vreme, trebuie să-ți mărturisesc ceva. Carmen..., i-am spus și i-am luat mâna în palma mea.

– Andrei?!

– Carmen, cred că te iubesc!

– Poftim?!

– Da, gata, am spus-o. Te iubesc!

– Ăă... Mulțumesc... cred, a răspuns ea, bâlbâindu-se vizibil.

– Vai ce mă bucur că mi-am luat asta de pe suflet. Acum pot și eu să dorm liniștit. Hai, vino la mine-n brațe și hai să ne punem la somn, i-am zis.

– Ăă... Da. Știi, tocmai mi-am amintit că mâine trebuie să fiu undeva de dimineață și cred că mai bine plec acasă.

– Ei, fii serioasă! Cum să pleci acasă? Rămâi aici în seara asta.

– Mă bucur că vrei asta, dar cred că mi-e mai ușor așa, mi-a spus, în timp ce își căuta hainele prin pat. Plus că nici nu am trusa de machiaj la mine, trebuie să mă schimb și eu de hainele astea... Stai liniștit, că ne vedem noi mâine.

– Hmm... nu știu dacă pot mâine.

– Aa, nu e problemă. O lăsăm pe săptămâna viitoare sau vedem noi. Vorbim la telefon.

Deja era îmbrăcată și s-a dus în baie.

– Poți să-mi chemi și mie un taxi, te rog?, a strigat de acolo.

Am luat telefonul și am făcut ce mi-a cerut domnișoara. Cum era aia? Dorința ta e poruncă pentru mine.

– Vine în patru minute, i-am zis. E ok?

– Daaa! E super, mulțumesc!

M-am ridicat și eu din pat, m-am dus pe hol și o priveam cum se încălța. Avea privirea confuză și cred c-au fost cele mai ciudate patru minute din viața ei. Se uita la mine și, efectiv, nu știa ce să îmi spună.

– Îmi descui, te rog, ușa?

– Sigur că da, i-am răspuns.

A ieșit din casă, a chemat liftul și a plecat ca din pușcă. Eu m-am întors la mine în cameră, mi-am desfăcut o bere și mi-am aprins o țigară. Zâmbeam, dar eram obosit. În seara aia abia mă întorsesem de la Constanța, fiindcă fusesem să o caut pe Anemona. Din nou. Știu că pare ciudat, dar am stat acolo câteva zile și m-am dus prin locurile în care obișnuiam să mergem împreună, în speranța că poate apărea. Nu puteam să accept c-o pierdusem.

P.S. – Carmen nu mi-a mai scris niciodată să ne întâlnim, dar nici nu m-a urât. Am mai vorbit pe Facebook, ne-am mai văzut întâmplător prin oraș, dar nu am mai vorbit despre ce s-a întâmplat în seara aia. Pot spune însă că am rămas în relații bune și chiar m-a ajutat mai târziu să mă combin cu o prietenă de-a ei. Dar asta e altă poveste. Ce trebuie tu să înțelegi din ce am scris eu mai sus este că femeile, oricât de mult și-ar dori dragoste și stabilitate, nu vor să simtă că te-au cucerit atât de repede. Orice fată are nevoie de povestea ei de dragoste, iar la asta se ajunge în timp, nu se arată din prima săptămână. Așa că, dacă vreodată vrei să te evite o fată, spune-i că te-ai îndrăgostit de ea înainte să decideți că sunteți într-o relație.

P.P.S. – Dat fiind că multe persoane care mi-au citit povestea au impresia că mă cunosc și că știu exact cum sunt eu ca om, le-am rugat pe fetele despre care știam că voi scrie în volumul II să pună pe hârtie câteva rânduri despre mine și, la finalul capitolelor în care vorbesc despre ele, o să pun și ce au scris ele. Așadar, ce urmează să citești e scris de Carmen:

Am observat că tot mai multe tinere din secolul vitezei, așa cum îmi place mie să-i spun, sunt efectiv „drogate" de celebritate. Habar n-au cu ce se mănâncă, însă vor celebritate, frate. Cât mai multă... că are balta pește!

Dacă dai bine pe sticlă, nu scapi neasaltat de o droaie de femei. Blonde, brunete, roșcate, tunse bob, cu breton sau fără... sunt toate pe tine! Partea proastă e că unele chiar sunt nasoale. Și când spun nasoale... I mean it!

Andrei părea de departe genul ăsta de „băiat de TeVe"... mai ales după ce a scos primul volum din Suge-o, Ramona!

Recunosc, nu-i citisem cartea. Simțeam că era mult mai mult decât o simplă carte. Simțeam că este genul de bărbat cu mai mult de doi neuroni. Și nu mă refer doar la partea sexuală... Pentru că nu, nu e deloc un romantic! E mai mult de atât.

Curiozitatea m-a împins să îi scriu într-o seară, cu riscul de a fi băgată în aceeași oală cu restul fetelor care dau send pe Facebook fără ca măcar să gândească înainte.

Nu mare mi-a fost mirarea când am primit răspuns la mesajul meu destul de repejor, și unul foarte afirmativ. După două zile de vorbit, l-am convins (nu-mi dau seama cum) să vină la mine. Aici sunt eu modestă, știu. :)

Nu o să intru în detalii despre cum a fost sexul cu el. Nu despre asta vreau să scriu. Și parcă nu i-aș face nici reclamă, pentru că este încă la stadiul în care își alege bine (sper) partidele.

Îl cam excită inteligența. Rău (aviz amatoarelor).

Am reușit să avem discuții destul de frumoase, zic eu, însă ce mi-a plăcut cel mai mult la el a fost sinceritatea debordantă. Realmente debordantă. Nu este deloc ceea ce pare când se aude la matinal, nici în show-urile lui de stand-up, nici ce impresie mai au unii.

În esență, este om. Un om care a trecut prin mai multe etape, puțin sau mai mult nefericite să spunem, dar din care a învățat. Și se vede.

Acuma, fetelor, pentru faptul că nu este el romantic, chiar aveți cum să spuneți „Suge-o, Andrei!“ Dar cred că ține foarte mult de... voi.

Cu drag,
C.

CAPITOLUL 2

După ce a plecat Anemona a fost oribil. În primul rând fiindcă nu știam ce se-ntâmplase. Adică, bine, era destul de clar că-i spusese Ramona ce făcusem și că ea nu putuse să-mi ierte același lucru pentru a doua oară. Mai ales în condițiile în care deja locuiam împreună, deci eram într-o relație oficială.

Am încercat să dau de ea în fiecare zi. O strigam în somn, o sunam, îi scriam SMS-uri și mesaje pe Facebook, pana mea, dac-aș fi putut, i-aș fi trimis și mesaje telepatice sau porumbei voiajori. Însă nimic nu mergea. Nu voia să mai audă de mine. Ca să fiu sincer, și dacă mi-ar fi răspuns, nu-mi dau seama ce-aș fi putut să-i zic. Am realizat că eu nu-mi doream să vorbească neapărat cu mine, că nu e ca și cum aveam o explicație plauzibilă și onestă, care să ne facă pe amândoi să râdem de situația prin care treceam, să ne sărutăm și să trecem mai departe ca și cum nimic nu s-ar fi întamplat. Știi că, atunci când suferim sau am făcut ceva nasol, suntem destul de imbecili. Noi spunem că ne dorim să fim iertați, dar ce e iertarea, până la urmă? Nu cumva iertarea e cel mai egoist lucru din lume? Că noi, când spunem „iartă-mă", în traducere liberă spunem: „Aș vrea să ne prefacem că ce-am făcut eu nu s-a întâmplat niciodată și să ne iubim din nou ca la început. Aș vrea să nu mai conteze pentru tine că ți-am luat inima și m-am căcat pe ea, așa că, hai, termină cu prostiile și fă-mi un masaj la picioare".

Am avut o stare proastă multă vreme. Știi cum după o despărțire ai impresia că nu vei mai găsi pe nimeni care să-ți suporte toate căcaturile și că nu se va mai uita nimeni niciodată la tine? Și ai impresia că ești cel mai urât, cel mai prost și că trebuie neapărat să te apuci să-ți cumperi pisici, pentru că sigur o să mori singur? Ei bine, așa mă simțeam eu. Pentru că și chestia asta cu despărțirea e foarte interesantă. De multe ori rămâi cu cineva doar pentru că ți-e frică. Ți-e frică să o iei de la început, să faci încă o dată toate chestiile alea pe care le-ai făcut de atâtea ori: du-o la suc, povestește-i despre tine, ascult-o când vorbește, prefă-te că te interesează ce zice, suge-ți burta, comandă-ți salată când ieșiți în oraș și multe altele. Pe când, atunci când ești cu cineva de mai multă vreme, nu mai e cazul de toate astea, ba mai mult, vă bateți de la sosul de usturoi.

Dar îmi era atât de dor de ea. Doamne, cât de dor îmi era...

Dă play la piesa asta cât citești, ca să vii în filmul meu de atunci, Ruby feat. Dorian Popa – Bună, ce mai zici.

Nu știu dacă am simțit o durere mai mare vreodată în viața mea. Era ca și cum cineva îmi scotea măseaua de minte fără anestezie, în timp ce îmi făcea circumcizie și mă epila inghinal cu ceară. Aș fi dat orice să pot să-i mai aud glasul o singură dată, să o simt cum mă mângâie pe spate, între umeri, cum mă trage la pieptul ei și mă strânge acolo până când deveneam unul singur. Eram învins... Cam ca Dinamo în... practic orice meci cu Steaua.

Tu înțelegi cum e să stai în pat și să faci un mini-infarct de fiecare dată când îți sună telefonul? Știam că plânge, puteam să simt asta. Dar nu voia să mă audă. Nu voia să știe de mine. Dar puteam s-o învinuiesc? Am sunat-o de atât de multe ori încât, la un moment dat, nu m-aș fi mirat să mă sune ăia de la Orange, să-mi spună: „Ho, coaie, că nu-ți răspunde. Termin-o".

Știi care era cea mai nasoală parte? Că știam că meritam tot ce venea spre mine și, în clipa aia, cum te mai justifici? Știam că era vina mea. Ce-ți mai spui tu ție, ca să nu te mai simți atât de aiurea? Gândește-te ce era în sufletul maică-mii când mă suna în fiecare zi și mă întreba ce am, ce-i cu mine. Au fost unele dintre cele mai dificile minciuni pe care a trebuit să le spun vreodată. Mereu mă întreba dacă sunt răcit. Pentru că așa îmi suna vocea: răgușită și întreruptă. Iar eu încercam să o duc cu vorba, să o păcălesc și să-i spun că totul era bine. Ce altceva să fac? Ce era să-i spun? „Nu, mamă, nu sunt bine. Am pierdut-o pentru că sunt un prost."

Ca o paranteză... boss, știu că e gay ce zic eu aici, dar așa era situația. Și nu îmi e ușor să scriu rândurile astea. Nu-mi face plăcere să îmi aduc aminte de chestiile astea, crede-mă.

Stăteam închis în lumea mea și în fiecare seară... ce în fiecare seară, hai să fiu gay până la capăt, dacă tot am început: în fiecare minut îmi aminteam de aceeași zi frumoasă când eram la Mamaia și mă holbam ca un imbecil la o fată cu zâmbet frumos și cu părul blond.

Aveam impresia că toată lumea știa ce făcusem și că toți se uitau urât la mine și mă judecau. Dar la mine cine se mai gândea? Ce era în sufletul meu cine știa? Mă simțeam ca Papp în meciul cu Partizan, doar că eu greșisem la patru goluri în finala Champions League, nu în preliminarii.

Alin, săracul, după ce a făcut mişto de mine o vreme şi din „pizdo" nu m-a scos, la un moment dat şi-a dat seama că nu e de glumă. A aruncat alcool pe gâtul meu mai mult decât s-a băut luna asta în Vaslui. Ok, asta e imposibil. Mai mult decât s-a băut în ultima oră în Vaslui. Dar cred că şi pentru el era o imagine destul de macabră să vadă un vlăjgan de 1,95 m, la bustul gol, plângând în cadă. Şi el merge în fiecare vară în Vamă, crede-mă, a văzut multe lucruri, dar nu cred că l-a şocat ceva mai tare decât atunci când m-a găsit în faţa blocului cu capul în braţele administratoarei blocului, cântându-i *Oriunde ai fi*. Şi administratoarea avea vreo 72 de ani. Ajunsesem rău de tot. Tot ce mi-aş mai fi dorit era doar o secundă de ea... Am alunecat pe o fâşie de dragoste şi mi-am rupt gâtul. Se pare că iubirea noastră s-a sinucis.

În fiecare zi mă gândeam însă la vorbele ei. Îmi suna mereu în creier felul în care îmi spunea: „Dacă o poveste nu s-a terminat cu bine, înseamnă că nu s-a terminat cu adevărat". Mi-am agăţat mult speranţele de aceste vorbe, pentru că ele erau tot ce mai aveam.

P.S. – Suge-o, Andrei! Atât.

P.P.S. – După câteva luni în care nu am atins nici o femeie, fiindcă mi se părea cumva, în capul meu, că o înşelam pe Anemona, administratoarea aia de 72 de ani parcă nu arăta chiar aşa rău. Adică, după vreo câteva pahare de vodcă, probabil n-aş fi zis nu.

CAPITOLUL 3

Fără doar și poate, asta a fost perioada cea mai grea din viața mea. Culmea, pe plan profesional, îmi mergea minunat, dar la capitolul liniștea sufletului meu, era horror. De multe ori, tind să cred că nu le poți avea pe amândouă în același timp: când îți merge bine în profesie, te concentrezi acolo și n-ai timp să te implici în chestii romantice. Iar când n-ai mare lucru de făcut la muncă și n-ai responsabilități prea mari, ai timp să-ți cauți sufletul-pereche și să investești într-o relație așa cum trebuie.

Mă simțeam oribil în fiecare zi, aveam o stare de nervozitate în fiecare clipă și voiam să dau cu pumnii în pereți. Și în capul meu. Și în capul Ramonei. Dar ce s-ar fi schimbat?

Dă play la piesa asta, ca să înțelegi mai bine cum mă simțeam în clipele alea: Sonny Flame – În sufletul gol.

Nu mai controlam nimic, efectiv trăiam doar ca să nu mor. Mă robotizasem. Mergeam la radio și la spectacole, îmi făceam treaba și trebuia să par super-vesel și fericit, ca să-i fac să râdă pe cei care mă ascultau, dar eu eram mort pe dinăuntru. Cel mai nasol era că nu puteam să dorm și mă culcam pe la 3-4 în fiecare noapte, iar dimineața la 6 eram în picioare. Și nu voiam să dorm pentru că știam că o voi visa. Și știi care era partea cea mai nasoală? Că o visam de fiecare dată când închideam ochii, era în brațele mele și totul era perfect, dar dintr-odată mă trezeam și eram singur în pat. Și era frig și îmi venea să mă dau cu capul de noptieră.

De multe ori luăm decizii proaste în viață și ne trezim, la un moment dat, că nu știm cum să procedăm mai departe. Mereu aveam o stare de parc-aș fi avut BAC-ul a doua zi. Niciodată nu stăteam bine în pat, nici un fel de mâncare nu mai era la fel de gustos și nu mai aveam răbdare să fac nimic: nu puteam să mă uit la un film, să ies în oraș ori să stau de vorbă cu un prieten, fără să o pomenesc pe Anemona. Mă simțeam incomplet și nu știam ce să mai fac să-mi treacă. Sincer vorbind, cred că asta a fost pentru prima dată în viața mea când simțeam că nimic nu mai avea sens, că nimic nu mă mai putea face să simt ceva, în afară de suferință și dezamăgire. În fiecare weekend, să beau. Fie c-o făceam acasă, fie că ieșeam în oraș și plecam ultimul din bar, rezultatul era același. Ajunsesem tipul ăla pe care barmanii se bucurau să-l vadă, fiindcă știau că va consuma mult; și totuși se uitau cu milă și le părea rău de el. Dar nu îmi mai păsa de mult de asta, tot ce conta pentru mine era să îmi îmbib creierul în alcool și să-mi amintesc de toate lucrurile frumoase pe care le trăisem cu Anemona. Cum am plecat eu la mare cu ai mei și m-am holbat la ea, în recepție, douăzeci de minute. Cum mă ruga să-i cânt manele pe messenger înainte să se pună la somn. Cum a venit la Suceava și a stat de vorbă cu maică-mea în timp ce pregăteau împreună prânzul.

Mereu aveam în minte o imagine cu ea zâmbind și întorcându-și capul într-o parte. Nu știu cum să ți-o descriu, dar asta era amintirea ei cea mai vie. A fost un moment între noi când a zâmbit și părea să nu aibă nici o grijă pe lume și că totul era perfect. Poate nu era totul perfect, dar când îmi zâmbea ea, mie mi se lumina sufletul și nimic altceva nu mai conta în afară de noi doi. Cum am putut, oare, să fiu atât de prost? Nu puteam să iau un taxi în seara aia? Nu puteam să nu ies și să stau acasă cu Anemona și să facem bruschete, pe care apoi să le mâncăm și să ne spunem unul altuia că ne miroase gura a usturoi? De fiecare dată ne gândim: oare cum am fi putut să procedăm altfel într-o anumită situație? Și încercăm să ne găsim scuze și ne dorim să ne vină ideea unei soluții miraculoase, care să rezolve problema instant. Dar ideea asta nu vine niciodată, pentru că nu mai ai ce face și, oricât de mult nu vrei să recunoști uneori, e prea târziu.

Nu suportam să mă uit în oglindă, nu voiam să-mi aud numele, efectiv mă uram. Gândește-te cât de nașpa e să trebuiască să trăiești zilnic cu o persoană pe care o detești, mai ales când persoana în cauză ești chiar tu. Dacă mă duceam noaptea la toaletă, nu aprindeam lumina, fiindcă nu voiam să mă văd și sigur mi-aș fi dat un pumn în meclă. Și nu voiam asta. Nu de alta, dar nu aveam nevoie și de șapte ani de ghinion, pentru că am spart oglinda.

Și câteva luni tot așa am dus-o. Niciodată nu știam în ce zi a săptămânii eram, ce să fac să treacă timpul mai repede și, mai ales, ce mai făcea Anemona. După momentele în care îmi doream să nu mai exist și mă-nvinovățeam pentru tot ce se întâmplase, a venit o perioadă în care am început să am ceva cu ea. Mă enerva să cred că era fericită și că-i era bine în timp ce eu treceam prin chinurile iadului ca s-o uit. Dar trebuia s-o uit, nu puteam să mai continui așa. Singura necunoscută era cum fac să nu mă mai gândesc la ea. Așa că am început să fac multe dușuri în fiecare zi. Cumva, simțeam că îmi spălam vina. Cred că nu am fost niciodată atât de curat, așa cum am fost pe vremea aia. Și gândește-te că eu sunt moldovean, deci chiar era ceva ieșit din comun ce făceam eu. Am început să-mi pun spectacole prin țară, să mai vorbesc cu alte fete, îmi făcusem chiar și cont de Tinder, deși știam că nici una dintre ele n-ar mai fi fost ca Anemona, dar trebuia să ies din pasa asta.

Fără să-mi dau seama, au trecut câteva luni de când ea plecase și eu nu voiam nicicum să accept asta. Cumva, speram că la un moment dat voi auzi cheile cum intră în yală, ușa se va deschide, iar ea va apărea în sufragerie. Cred că bărbații suferă mai tare decât femeile. Adică, da, femeile sunt mai sensibile și pun suflet într-o relație foarte repede, iar dacă se întâmplă ceva nasol, ele plâng, suspină, mănâncă înghețată, stau cu prietenele și ajung la concluzia că „ăla era un bou", dar, după toate astea, trec peste și sunt bine. Pe când un bărbat ajunge mai greu în punctul ăla în care să se implice și să iubească, dar, dacă ajunge să o facă și intervine o despărțire, s-a dus dracului viața lui. Clar, femeile sunt mai puternice decât bărbații. Drept dovadă, atunci când vine vorba de o răceală, ele merg la serviciu sau la școală, gătesc, se machiază, se aranjează, zâmbesc și își fac părul cu placa. Noi, dacă răcim, zici că suntem pe moarte. Stăm numai în pat și ne plângem încontinuu de orice. Așa eram și eu. Dar toate astea aveau să se schimbe curând.

P.S. – În fond, mustrările de conștiință sunt cele care îți ucid spiritul încet, dar sigur. Nu tristețea, nici suferința, ci faptul că știi că, dacă ai fi procedat altfel într-o singură secundă, totul ar fi fost diferit.

P.P.S. – Cu oricine vorbeam, indiferent de subiect, găseam eu o metodă să aduc vorba despre Anemona și despre cum suferea eu și nu îmi găseam liniștea. Practic, mi-am scos din sărite toți prietenii. Nu știu dacă îți dai seama, dar tindem să ne plângem foarte tare în situațiile de genul ăsta. Ce vreau să spun este că, dacă ai trecut printr-o despărțire și prietenii tăi încă vor să iasă cu tine, ar trebui să le fii recunoscător.

CAPITOLUL 4

Când ai o problemă, oamenii din jurul tău se împart în două categorii:

1. cei care te ascultă și îți dau un sfat util, bazat pe ceea ce le povestești tu;

2. cei care îți spun: „Stai liniștit, totul va fi bine".

Cu alte cuvinte, ei îți transmit că nu vor să le mai vorbești despre asta, probabil n-au auzit nici un cuvânt din ce le-ai spus și închid discuția prin replica asta. „Stai liniștit, totul va fi bine" înseamnă, de fapt, „n-am chef să continui această conversație, așa c-o să spun ceva, ca să taci dracului din gură".

Ei bine, eu nu mai aveam nici din ăia, nici din ăilalți. Cât să mă tot cheme la sucuri și prin oraș și eu să-i refuz? S-au săturat și ei. Așa că stăteam în casă toată ziua și trăiam din amintiri.

Într-o zi, însă, un apel m-a trezit din somn. În mod normal, îmi dau telefonul pe silențios când mă pun la somn, dar în noaptea aia uitasem să o fac. Știu că în primul volum, când sufeream, îmi înecam amarul în Cola și Dota. Dar nu mai aveam 17 ani, nu puteam să mai fac asta. Acum mi-l înecam în Cola și FIFA, ca un bărbat adevărat. Partea proastă, la treaba asta, era că mă îngrășasem. Partea bună era că am luat Champions League cu o echipă din liga a 3-a engleză. Era sâmbătă dimineață, dormisem trei ore și telefonul îmi suna încontinuu, iar eu nu aveam curaj să răspund. Se auzea melodia *Oriunde ai fi*, ăsta era ringtone-ul pentru atunci când mă suna ea. Prima oară, am crezut că visez. Dar, dacă visam, de ce căcat aș fi visat O-Zone? Nu puteam să visez și eu măcar o Nicki Minaj? Dar nu. Nu visam. Mi s-a ridicat părul pe mâini, inima îmi tremura și nu-mi dădeam seama cum să reacționez. La capătul celălalt al telefonului era chiar ea. Era Anemona. Creierul îmi spunea: „Hai, bre, răspunde odată, că o să închidă și n-o să-i mai auzi vocea. Indiferent ce-ți va spune, nu are cum să fie mai rău decât să nu te bucuri de vocea ei încă o dată". Mi-am făcut mii de scenarii în câteva secunde... Îmi doream să-mi spună că mă iertase, că-i era dor de mine, să-mi spună că nu mă uitase și că nu putea trăi fără mine.

Am apăsat butonul verde. Și am dus telefonul la ureche. Am deschis gura mai timid ca un virgin la prima întâlnire cu fata visurilor lui. Adică gen mai timid decât mine la prima întâlnire cu Ramona.

Dă play la piesa asta, înainte să citești: Randi – Calc pe suflete.

– Alo?, zic eu.

– ...

– Anemona? Iubire?

Se auzea cum respiră.

– Spune ceva, baby. Vorbește cu mine. Te rog!

– ...

– Offff! Anemona! Te rog din tot sufletul meu, m-am chinuit câteva luni să dau de tine, să te văd, să te-aud, să te simt, să te sun... Te implor! Spune-mi ceva.

– Andrei?, mi-a spus cu vocea tremurândă.

– Da... Andrei. Eu sunt, Andrei. Ce faci? Ce mai faci?, am întrebat-o.

– Bine, ce să fac... am vrut să te-aud. A trecut atât de mult timp, mi-a răspuns.

– Așa e, a trecut, dar nu contează asta. Vorbește cu mine...

– Nici nu știu ce să-ți spun...

Inima mi-a luat-o la goană și a început să bată mai tare în pieptul meu decât bat jandarmii în protestatari. Nu puteam să cred că-i auzeam din nou vocea, așa cum se-ntâmplase de atâtea ori în visele mele.

– Spune-mi ce vrei tu, doar vorbește-mi, i-am zis.

– Off... nu credeam c-o să-mi fie chiar atât de greu.

– Nu are de ce să îți fie. Sunt eu... Andrei. Andrei al tău.

Regretele mă copleșeau și mai tare în clipele-alea, când îmi aminteam cum se terminaseră lucrurile între noi. Mă simțeam ca atunci când vii beat acasă și îi mănânci mâncarea colegului tău de apartament. Chiar dacă dai vina pe altcineva, tot te simți vinovat atunci când vorbești cu el.

– Andrei, voiam să-ți spun că îmi pare rău.

– Nuu! Nu spune asta. Mie îmi pare rău și am simțit asta în fiecare zi care a trecut de când ai plecat.

– Ei... tu nu ai nici o vină, mi-a zis. Nu ai avut de ales.

– Ba da, Anemona, mereu ai de ales. Iar eu am făcut alegerea greșită, dar îți promit că nu se va mai întâmpla niciodată așa ceva. Am nevoie să mă ierți și să vii înapoi.

– Andrei, nu am cum să fac asta. Am luat-o pe drumul ăsta o dată și nu a mers, nu o să o mai fac și a doua oară.

– Cum nu a mers? Ne era atât de bine împreună. Serios, viața mea a fost un calvar de când ai plecat, mai ales că știu că e doar vina mea.

– Nu mai spune asta, serios. Chiar nu a fost vina ta. Imaginează-ți cât de greu mi-a fost mie să mă mut din orașul în care am trăit toată viața în alt oraș, unde nu aveam nici un prieten, nici o cunoștință, nici job, nici nimic. Am crezut că pot face asta, am crezut că iubirea e suficientă, dar n-a fost așa. Dumnezeu știe că am încercat și, chiar dacă nu eram fericită acolo, mereu mi-am zis că tu nu meriți să mă despart de tine doar fiindcă nu am reușit eu să mă acomodez în București.

Nu prea înțelegeam ce se întâmplă, dar nu voiam să pun întrebări prea multe. Îmi doream doar s-o aud și mă bucuram de chestia asta. Însă, în cele ce urmează, o să fii martor la momentul în care probabil am fost cel mai prost om de pe planetă. Eu am pretenția de la mine că sunt un tip oarecum inteligent, dar mai departe am fost efectiv de-a dreptul retardat. O să te prinzi tu, când o să fie cazul. Ține-te bine.

– Baby, despre ce vorbești?, am întrebat-o.

– Știam că, dacă o să stau de vorbă cu tine, o să mă convingi să rămân. Dar nu puteam, Andrei. Trebuie să mă crezi.

A început să plângă. Și eu simțeam același lucru, dar măcar unul dintre noi trebuia să fie bărbat. Adică eu.

– Eram fericită cu tine, nu spun că nu. Dar uram aglomerația din București, uram faptul că nu știam deloc orașul, nu aveam nici o prietenă acolo, stăteam toată ziua în casă și îmi părea rău pentru job-ul pe care-l lăsasem la Constanța. M-am prefăcut mult timp pentru tine, în speranța că o să treacă toate astea și se va pune și viața mea pe picioare, dar nu a fost așa. Nu mai puteam să mă păcălesc singură. Într-o zi m-a sunat fosta mea șefă și mi-a propus să mă întorc la cabinetul ei de avocatură. I-am spus că nu am cum, fiindcă nu mai locuiesc în Constanța. Și ea mi-a zis că ar vrea să fim parteneri, nu să lucrez pentru ea. Și oricât de mult am încercat să pozez într-o fată care nu își dorește o carieră și oricât de mândră aș fi fost de ceea ce faci tu, nu am reușit. Și pentru asta îmi pare enorm de rău, dar nu puteam să fiu cineva în care nu mă regăseam.

Eram uluit. Nu îmi venea să cred ce auzeam și, sincer, nici nu-nțelegeam foarte bine ce se-ntâmpla.

– Baby, ce tot spui acolo?, am întrebat.

– Cu toată starea mea și cu îndoielile pe care le aveam, ăsta parcă a fost imboldul de care aveam nevoie. M-am sfătuit și cu maică-mea și ea mi-a spus același lucru: să fac ceea ce simțeam. Și ce simțeam era că locul meu nu era acolo. Așa că mi-am făcut bagajele și am plecat înainte să te întorci tu din club. Nu puteam să mă mai mint singură și să rămân într-un loc în care eram nefericită.

– Poftim?!

– Erai bărbatul pe care îl iubeam și știam că, dacă te-aș fi auzit, aș fi cedat. Așa că mi-am scos cartela când am plecat și mi-am schimbat numărul de telefon. Trebuia să fiu puternică și să gândesc cu creierul, nu cu inima. Îmi pare rău că ți-am făcut așa ceva, dar se pare că, între noi doi, orașul a fost mereu problema.

– Adică ce vrei tu să-mi spui este că m-ai părăsit fiindcă nu te-ai acomodat la București?

– Păi...

– Pe bune?!, am țipat.

– Andrei, nu te enerva. Încearcă să te gândești o secundă și la mine. Tu aveai totul acolo: carieră, prieteni, chirie... Eu te aveam doar pe tine. Și se pare că nu a fost suficient. Tu erai destul de mult plecat, și nu îți spun asta ca pe un reproș, însă cu turneele, spectacolele și alte chestii dintr-astea, eu stăteam mai mult singură acasă. Și simțeam că înnebunesc.

– Nu pot să cred! Asta a fost motivul pentru care ai plecat? Asta te-a determinat să renunți la tot ce aveam noi și să fugi ca o lașă? Vorbești serios?!

Simțeam cum îmi fierbea sângele în creier și vedeam roșu în fața ochilor. Mi se părea incredibil ce auzeam.

– Ok... a fost o greșeală să te sun, a spus ea.

– O greșeală?! A fost o greșeală să îmi spui și mie adevărul? Să aflu și eu după atâtea luni în care mai aveam puțin și mă biciuiam singur de cât de vinovat mă simțeam că tu, de fapt, ai dat un pic de greu și de-aia ai plecat?

– De ce să te-nvinovățești singur? Ce tot o dai cu învinovățitul ăsta?

– Că eu credeam c-ai plecat fiindcă ai aflat că te-am înșelat cu Ramona, de-aia!!

Da, exact. Atât de prost am fost.

– Ce-ai făcut?, m-a întrebat ea, schimbându-și tonul vocii.

– Ce-am făcut?, am zis, dându-mi seama cât de idiot fusesem.

– M-ai înșelat cu Ramona?

– Ăă... Nu?, practic am întrebat-o eu pe ea.

– Adică eu mi-am făcut o sută de mii de procese de conștiință că am plecat fără să-ți spun nimic, și tu, în tot timpul ăsta, m-ai înșelat cu Ramona?!

Nu știu dacă înțelegi în ce situație complicată mă aflam eu acum. Anemona credea că eu avusesem treabă cu Ramona după ce plecase ea. Adevărul era că eu o înșelasem cu Ramona în seara în care a plecat ea. Dar aveam impresia, total corectă de altfel, că nici una dintre variante n-ar fi fost în avantajul meu. Așa că am decis să iau o abordare de femeie și să încerc să deviez discuția.

– Tu vorbești despre procese de conștiință? Eu am stat atâta timp încercând să dau de tine, crezând că ai aflat despre chestia asta și ți-a frânt inima, iar tu, de fapt, ai plecat din lașitate? Wow!

– Cum poți să ai curajul să îmi reproșezi tu mie chestii? Da, eu am plecat, dar măcar nu te-am înșelat. Poate că am fost lașă, dar tu m-ai trădat, și asta, dragă Andrei, e de o mie de ori mai rău.

– Ce să-ți povestesc... Dacă nu îți spuneam eu, nici nu aflai.

– Mda, așa este... ai rezolvat problema. Dar îți mulțumesc, serios. Tocmai mi-ai confirmat că am luat cea mai bună decizie. Îți urez o viață frumoasă!

– Ce de treabă ești tu! Lasă, e ok... sunt sigur că și următorul tău iubit o să scrie o carte despre tine și o să te facă să te simți așa cum te-am făcut eu. Abia aștept s-o citesc.

– Auzi, știi ce? Suge-o, Andrei! Mă bucur că am plecat.

– Da? Și eu mă buc...

Și mi-a închis.

P.S. – Mai ții minte momentele de mai devreme, când mă plângeam că nu puteam să dau de ea și că aș fi dat orice ca s-o mai aud o dată? Ei bine, ai grijă ce-ți dorești, că s-ar putea să ți se întâmple. De unde naiba era să știu eu că ea nu aflase niciodată de Ramona și că plecase din cu totul și cu totul alte motive? Iar eu am stat ca prostul și m-am învinovățit în fiecare oră a fiecărei zile, din momentul ăla. *Fuck this shit!* Dacă mă întrebi pe mine, ea a fost cea care m-a înșelat.

P.P.S. – Acum, dacă mă-ntrebi, pot să înțeleg de ce a plecat. Fiindcă și mie mi-a fost enorm de greu când m-am mutat în București ca să-mi urmez visul, dar măcar eu am făcut-o pentru mine, nu pentru altcineva. Pe când ea a renunțat la visul ei ca să mă urmeze pe mine. Dar asta spun cu mintea mea de-acum, la rece. În clipele alea, însă, nu vedeam așa lucrurile. Din acest motiv nu e bine să iei decizii atunci când ești nervos sau excitat. Niciodată nu vor fi cele mai bune, după cum o să vezi în cele ce urmează.

CAPITOLUL 5

Mamă, ce ofticat eram. Nu îmi venea să cred că stătusem atâta vreme și mă învinovățisem pentru ce se întâmplase și, de fapt, plecarea Anem... ei (că nu vreau să-i pronunț numele în momentele astea. De-acum, o să-i spunem „fata aia de la mare") nu avusese nici o legătură cu mine. Ok, nu mă-nțelege greșit: eu știu, ce-am făcut a fost super de căcat, fiindcă am înșelat-o, dar faptul că ea m-a părăsit doar pentru că nu s-a adaptat în București... mi se pare un act de lașitate. *Come on*, avem 17 ani? Dacă m-ar fi părăsit fiindcă aflase ce am făcut, n-aș fi putut să-i reproșez nimic și aș fi trăit mereu cu sentimentul de murdărie pe suflet. Dar ea nu a plecat de-asta. Iar cel mai grav mi se pare că n-a avut curajul să discute cu mine lucrurile astea și să-mi spună ce simțea. Până la urmă, dacă nu poți să comunici cu omul pe care se presupune că îl iubești și cu care împarți totul, de la sentimente până la apartament, atunci cu cine căcat faci asta? De-aia se despart majoritatea oamenilor. Fiindcă atunci când apare o problemă refuzi să o discuți cu omul de lângă tine, te macini tu în interior și ajunge să te obsedeze până când faci un căcat precum ăsta pe care l-a făcut fata aia de la mare. Primul pas în a accepta că e o problemă este să discuți despre ea. Hai să-ți dau următorul exemplu: am o prietenă care are un iubit. Și iubitul ei suferă de ejaculare precoce. Ideea e că primele dăți când au făcut ei sex, el și a ars-o foarte bine (nu pe ea, evident) și i-a zis că „baby, ești atât de frumoasă, încât efectiv n-am cum să nu mă termin în două minute". Și ea l-a crezut, fiindcă omul a știut ce să-i zică și să o flateze. Și chestia asta merge o vreme, dar după cinci ani de relație, ești la modul: „Dude, chiar nu sunt atât de frumoasă. Ai tu o problemă". Și faza super-fucked-up este că el nu o minte, el chiar crede asta. Și tipa a încercat să îi explice că e o problemă, dar se poate rezolva, însă el nu vrea să audă. Așa că îți dai seama că ea a început să îl înșele cu alți tipi și, serios, uită-te în ochii mei și spune-mi că o poți învinovăți. Toate astea pentru ce? Pentru că unul din cei doi membri ai relației nu a avut curaj să comunice cu celălalt și s-a dus naibii încă o poveste de dragoste.

Dă play la melodia asta: Andra – E vina ta.

Eu eram maxim de rănit în orgoliu și mă simțeam exact ca Iisus, adică trădat. Singura diferență era că eu nu puteam să transform apa în vin. Dar puteam să cumpăr alcool. Și fix asta am și făcut. Extrem de des. Adică hai să-ți spun așa: în perioada aia am băut atât de multă vodcă de parcă aveam în corp deficiență de grâu, nu se mai găsea deloc pâine pe planetă și singura chestie din grâu care se mai găsea era vodca. Ceea ce e bine, fiindcă, probabil, dac-aș fi avut și pâine, aș fi tras vodca prin ea.

Ideea e că nu sunt neapărat mândru de acțiunile pe care urmează să ți le povestesc, dar eu gândeam așa: am suferit jumătate de an după femeia alături de care credeam că urma să-mbătrânesc și s-avem copii care să crească, iar nouă să ni se albească părul împreună și să stăm vara sub cireș în curtea casei noastre de la țară, sorbind dintr-o cafea, eu completând un rebus, iar ea împletind șosete din lână pentru nepoții noștri superbi. Dar se pare că nepoții noștri vor rămâne desculți, fiindcă pula șosete din lână, că bunica nu vă iubește și m-a părăsit. Vezi ce-ai făcut, Anem... tu??

Sunt mulți bărbați care trec printr-o despărțire ori au fost înșelați de cineva sau dezamăgiți și apoi efectiv urăsc toate femeile de pe planetă și vor să le facă să sufere, ca să se răzbune pe... nici ei nu știu pe cine, că nu are nici un sens. Ia-ți o secundă și gândește-te la ce faci. Deci tu, practic, fiindcă te-a rănit una la un moment dat, vrei să te răzbuni pe ea, rănind alte fete. Pe care ea nu le cunoaște și nu va afla niciodată că le-ai rănit. Sună minunat pân-aici, are mult sens. Dar oare faptul că tu vrei să faci benevol pe cineva să sufere pentru că altcineva te-a făcut pe tine să suferi nu te face exact ca persoana respectivă? Cum ești tu mai bun decât ea? Scoate-ți curul din creier, îndrăgostește-te de altă fată și treci mai departe. Viața e de căcat, știm toți asta, nu ești cu nimic special. Am trecut cu toții prin așa ceva. Pana mea, să spui că te apuci să fuți în stânga și-n dreapta doar ca să te răzbuni pe o tipă care te-a făcut să suferi la un moment dat e ca și cum ai spune că ți-a fost rău de la un McPuișor și-o să dai foc la toate șaormeriile din țară, ca să le-arăți tu lor.

Eu nu voiam să fiu cu alte fete ca să mă răzbun pe Anemona, doar îmi doream să recuperez lucrurile pe care nu le făcusem atâta vreme cât fusesem cu ea. Așadar, din cauză că trăisem atât de mult cu sufletul încărcat de vină, crezând c-o rănisem și o îndepărtasem pe fata aia, și că era doar vina mea, m-am decis să profit la maximum de faptul că eram în Capitală, sunt oarecum cunoscut și că fetele tind să mă placă. Am ajuns la concluzia că relațiile sunt ca șosetele: bagă-ți picioarele-n ele.

Nu mă mai interesa nimic. Mi-am pus viața amoroasă pe airplane mode.

Problema era că nu prea mai aveam încredere în mine. În sensul că eu învățasem să fiu bun pentru fata aia și știam ce-i plăcea și ce nu-i plăcea, ce trebuie să-i fac, unde s-o ating, cum s-o sărut, în ce poziție avea orgasm și toate chestiile de genul ăsta. Dar știam lucrurile astea doar pentru ea. Dacă altei tipe nu i-ar fi plăcut ce-i plăcea fetei ăleia de la mare? Singura tipă cu care fusesem de când plecase ea era Cătălina și cu ea mai făcusem sex și înainte să se mute fata aia de la mare în București. Deci nu era ceva nou. Și, oricum, când ne-am văzut, eu eram destul de beat și ea suficient de bună încât să nu mai conteze toate chestiile de mai sus. Plus că m-am cam gândit la fata aia în timp ce eram în pat lângă (pe, în spatele, sub) Cătălina. Și nu voiam să mai fac asta, voiam să mă bucur de orice persoană nouă. Dar dacă trebuia să ies cu vreuna cu care trebuia să mă duc în oraș, să mergem la film sau, și mai rău, să stăm de vorbă? Ce căcat făceam eu atunci? Dar mi-am zis că asta e, cunoscusem vreo două fete până în clipa aia, făcusem și sex cu câteva, cumva-mi trăisem viața. Urma să devin foarte bun la FIFA și doctor în labă și aia era.

După ce mi-am lansat cartea, însă, viața mea s-a schimbat destul de mult din mai multe puncte de vedere. În privința relației mele cu publicul feminin, treaba stătea cam așa:

1. erau fetele alea care voiau să mă fută pentru că l-ar fi bifat pe ăla care a scris *Suge-o, Ramona!*;

2. erau fetele alea care voiau să mă cunoască, să vadă cum sunt în realitate, față de carte;

3. erau fetele alea care voiau să mă facă, în sensul că voiau să-și demonstreze lor că ele sunt mai bune decât ăla cu *Suge-o, Ramona!* și nu pică la vrăjeală ieftină de Suceava.

Iar partea cea mai dubioasă era că începusem să-mi trăiesc viața prin prisma cărții. Adică nu voiam să mai fac lucruri doar așa, de dragul de a le face, ci mereu mă gândeam: „Oare ăsta ar fi un capitol bun?", „Oare aş putea să scriu despre fata asta?", şi tot felul de chestii de genul ăsta. Deci nu ai dreptul să mă judeci pentru ceea ce vei citi în continuare, pentru că, practic, tot ce-am făcut, am făcut pentru tine. Cu plăcere :D

Oricum, niciodată nu mi-a plăcut să mă culc cu o tipă doar ca s-o bifez pe o listă. Și lucrul ăsta ți-l recomand și ție: decât să faci sex cu zece fete de nota 6, mai bine faci sex cu una de 9. Dacă ești cu amicii tăi și le spui că ți-ai tras-o cu zece tipe, ei clar o să-ți ceară poze. Și dacă tu știi că nu-s chiar așa mișto, o să te eschivezi și n-o să le arăți. Dar dacă fuți o fată foarte mișto, înainte să deschizi subiectul cu prietenii tăi, tu ai poza deja pregătită. Eventual, o alegi pe-aia în costum de baie, pentru că, da, toate fetele au măcar o poză în costum de baie pe Facebook.

Planul era făcut și eu eram gata să-l execut, cum ar spune Uzzi. Tot ce-mi trebuia, de-acum, era s-apară o fată cu care să mă conectez la un anumit nivel și care să-mi redea încrederea în mine. Și, uite-așa, într-o seară, eram pe-acasă și mă pregăteam de un spectacol în Regie. Mai aveam cam o oră până trebuia să plec, așa c-am intrat pe Facebook și am început să mă uit pe-acolo. Și nu știu de unde și până unde, m-am gândit să văd dacă eu am primit vreun poke vreodată. Dar așa, random. Putea să mi se facă poftă de mămăligă cu brânză, putea să mă roadă curiozitatea în legătură cu vremea din Africa de Sud. Dar nu, pe mine fix atunci m-a interesat să văd poke-urile. Intru acolo și încep să studiez piața. Și văd tot felul de copile, adolescente, băieți (în primul rând, tu, ca băiat, de ce ai da poke unui alt băiat?) și tot felul de alte persoane. Dar, printre toți oamenii ăștia, văd o tipă foarte interesantă: în primul rând avea un zâmbet splendid, era tatuată mult și avea sânii mai mari decât semnul cu adidas de pe tricoul unui cocalar. M-am uitat să văd câți ani avea, am văzut că era de-o seamă cu mine, m-am uitat să verific dacă era în vreo relație, nu era, zic: Gata, e barosăneală corectă. Partea proastă însă era că locuia la Londra. Eu nu sunt tare bun la geografie sau la anatomie, dar știu sigur că n-o am atât de mare încât să-mi ajungă dintr-o mișcare de buci de la București la Londra. Adică maxim până-n Manchester, dar Londra era totuși cam departe. Dar, până la urmă, m-am gândit să-i dau *Add*, fiindcă nu poți să știi niciodată ce se poate întâmpla.

P.S – Din seara aia, mereu verific poke-urile. Pentru că, nu-i așa, nebănuite sunt căile Domnului... Zuckerberg.

P.P.S. – În fond și la urma urmei, așa sunt bărbații, nu? Se justifică. Din femei am ieșit, în femei vrem să intrăm. *Good enough for me.*

CAPITOLUL 6

În general, e bine să-ți creezi niște punți, chiar dacă nu se vor concretiza pe moment. Pentru că, atunci când vine vorba de femei, chestia e simplă: poate-n clipa aia nu e cel mai bun timing, dar ce trebuie tu să faci este să-i dai de înțeles unei tipe că undeva, cândva, tu ți-ai dori să vă vedeți. Și informația asta se va stoca în capul ei și chiar dacă nu se va întâmpla nimic fix atunci, ea va ține minte că tu ți-ai manifestat intenția. Uite, să-ți explic mai simplu: e ca și cum tu, în fiecare zi, te-ai duce la un magazin și te-ai uita la aceeași bucată de brânză. Nu cumperi niciodată, dar, dacă faci chestia asta destul de des, vânzătoarea o să știe că pe tine te interesează produsul ăla. Chiar dacă nu întrebi niciodată cât costă sau câte calorii are. Și, la un moment dat, o să te întrebe ea dacă n-ai vrea s-o guști. Brânza, desigur.

Așa că, urmând modelul pe care tocmai ți l-am prezentat, i-am dat *Add* domnișoarei de la Londra și am salutat-o. Am început să discutăm, mi-a spus chestii despre ea, eu i-am spus lucruri despre mine. Era deja foarte mișto, fiindcă aveam în comun chestii și lucruri. Mi-a zis cât de mult i-a plăcut cartea mea și că ar vrea să mă cunoască. Ce-i drept, eu încă mă gândeam la fata de la mare, ca să fiu total sincer. Dar nu era de parcă trebuia să stau toată ziua în casă, uitându-mă-n tavan, fără să stau de vorbă cu nimeni, în speranța că eu și ea ne vom împăca. Am mai făcut greșeala asta o dată, cu Ramona, și, chiar dacă-n clipa aia ți se pare o idee bună să te autoizolezi și să-i dai la o parte pe toți ceilalți, dorindu-ți ca astfel să o apropii cât mai mult pe ea, dă-te un pas mai în spate, dă-ți două palme și revino-ți. Nici o femeie nu vrea să fii agasant și, crede-mă, nici una nu se udă-n chiloți dacă tot ce se-ntâmplă în viața ta o implică și pe ea. Plus că asta e valabil la ambele sexe, o relație poate să se ducă la fel de neașteptat precum a venit. Dacă tu te-ai dedicat sută la sută și i-ai dat la o parte pe toți ceilalți din viața ta, când fata o să-ți spună bye-bye, într-o bună zi, o să te trezești singur cuc și va trebui să-ți faci alți prieteni, fiindcă cei vechi nu prea o să te mai bage în seamă. Și ai încredere în mine când îți spun, nu vrei să treci singur printr-o despărțire, fără să ai pe cineva prin preajmă.

În fine, ideea este că am tot stat de vorbă și era destul de clar că flirtam. Ce se putea întâmpla, până la urmă, de la o conversație nevinovată? Ei bine, îți spun eu ce se putea întâmpla. La un moment dat i-am spus că mă jucam FIFA pe Xbox și ea a zis că și ei îi plăcea să se joace. Și îmi imaginez că realizezi cam cât de sexy a sunat pentru mine chestia asta. Era ca și cum i-ai spune unui pilot de curse că-ți place să conduci. I-ar plăcea la nebunie. Sau ca și cum i-ai spune unui bucătar că-ți place să speli vasele. Ar însemna enorm pentru el. Sau de parcă i-ai zice unui dinamovist că-ți place să mergi la sală, fiindcă vrei să devii mai slab cu fiecare an ce trece. Când mi-a spus că-i plăcea să se joace, i-am zis că poate o să jucăm ceva și împreună. În doi, cum ar veni. Ca să-nțelegi mai bine toată treaba, discuția dintre mine și ea avea loc într-o marți. După ce am stabilit c-o să jucăm FIFA, Ariana, fiindc-așa se numea domnișoara, mi-a zis că aș face bine să pregătesc joystick-urile, fiindcă ea vineri vine în țară, că are de rezolvat niște chestii. Faza dubioasă era că eu nici măcar nu aveam două controller-e și a trebuit să cumpăr unul ca să putem juca împreună. Da, știu, nici mie nu-mi vine să cred cât efort a trebuit să depun. Fiind practic abia ieșit dintr-o relație, eram ca o căprioară inocentă și, cumva, încercam să îmi spun că fata asta nu voia neapărat să facem sex sau ceva, ci doar își dorea să ne cunoaștem, să stăm la o vorbă împreună, poate să mergem un pic în oraș, să ne plimbăm sub clar de lună și să fumăm o țigară pe o bancă în parc.

Dă play la piesa asta în timp ce-ți plimbi ochii pe rândurile care urmează: Jason Derulo – Want You to Want Me.

În cele două zile pe care le mai aveam de așteptat, îți dai seama că am făcut ce-ar face orice bărbat adevărat: mi-am cumpărat ceară depilatoare, cremă de calmare a pielii după epilare, mi-am luat cremă de corp, două parfumuri, bețișoare parfumate pentru cameră, odorizant și deodorant. Pe sistemul: sexul a fost nașpa rău, dar, vai, ce frumos miroase totul. Mi-a dat mesaj vineri și mi-a zis că a aterizat și că e destul de obosită, așa că aș face bine să pregătesc ceva alcool pentru diseară. Am întrebat-o ce-ar vrea să bem și mi-a zis că ei îi place berea, dacă și eu sunt ok cu asta. Și eu eram ceva de genul: Stai așa... ce-mi spui tu mie este că știi să joci FIFA și bei bere? E clar. O să-i dau jos chiloții și o să aflu că are penis. Până la urmă, dacă nu e mai mare decât al meu, asta-i treaba. Na, și chiar să fie cazul așa, dacă beau suficient de multă bere și-mi pune pe față sânii ăia imenși, aș putea să fac o excepție. Încercam să îmi dau seama ce era în neregulă cu ea, fiindcă părea totul prea bine: bere, FIFA și sex? Come on, dacă îmi făcea și un masaj la tălpi, era visul oricărui bărbat.

M-am dus la Carrefour și am cumpărat 12 beri, ca să fie. Le-am luat la 0,33 și trebuia să aleg un brand care să fie suficient de scump cât să nu par sărac, dar suficient de ieftin cât să nu cheltuiesc prea mulți bani. Așa că am luat Tuborg, nu m-am aruncat chiar la Corona, că totuși m-am născut în Suceava. Poți să scoți omul din Moldova, dar nu și Moldova din om. Și așa urma să dau două milioane pe un controller, deja ieșeam în minus. Tot ce aveam în cap, în momentul ăla, era: „Vai, am cheltuit deja două milioane jumate pentru tine. Să te ferească Dumnezeu să nu te fuți".

Mi-a dat fata mesaj să-mi ceară adresa, i-am dat-o și mi-a zis că ajunge în douăzeci de minute. Ea venea, teoretic, să jucăm FIFA și să ne cunoaștem mai bine. Practic, deși nu voiam să recunosc, era destul de probabil ca ea să fie prima fată nouă căreia urma să mă dăruiesc, după tot ce însemnase pentru mine Anemona. M-am dus la baie și am început să vorbesc cu mine și să-mi țin un discurs motivațional. Trebuia să fie bine, trebuia să îmi recapăt încrederea în mine și, cel mai important, trebuia să nu mă fac de căcat. Fiindcă, vezi tu, de când cu cartea asta, era foarte multă presiune pe mine, dacă mă întâlneam cu o tipă care îmi citise povestea. Pentru că, nu știu cum naiba, ele au înțeles că io-s un fel de Casanova modern, deși în prima carte am povestit c-am făcut sex cu vreo nouă fete în șapte ani. Ok, au fost mai multe scene de sex, dar multe dintre ele erau cu aceeași femeie. În fine, cert este că, pe lângă faptul că eram total nesigur pe mine, mai aveam și ditamai presiunea pe umeri, să nu o dezamăgesc pe Ariana.

În timp ce eu îmi făceam toate gândurile astea, stând în fața oglinzii din baie și încurajându-mă că arătam bine în seara aia (nu, nu arătam), m-a întrerupt sunetul interfonului. Am fugit către el, după care l-am mai lăsat să sune de vreo două ori, ca să nu pară că eram prea nerăbdător, apoi am deschis. Am descuiat ușa cu migală și am văzut cum liftul se ducea spre parter. Înghițeam în sec și aveam emoții mai mari decât atacanții lui Dinamo când scapă singuri cu portarul. Niciodată nu a urcat atât de greu liftul ăla, dar într-un final a ajuns. Din el a ieșit o tipă brunetă, cu părul nu foarte lung, prins cu o clamă pe-o parte, îmbrăcată cu o pereche de blugi albaștri precum înaltul cerului într-o amiază senină (erau niște blugi albaștri normali, dar am vrut să mă cac puțin pe mine) și un maiou negru (pentru că, da, „maiou" se scrie, nu „maieu". Vezi? Super-educativ sunt!), care-i strângea sânii unul lângă celălalt de parcă erau certați și cineva își dorea să-i împace cu forța. Gen: „Stați aici unul lângă altul și-o să trebuiască să discutați la un moment dat". S-a uitat la mine și mi-a zis:

– Bună! Eu sunt Ariana!

Eu am privit-o și am răspuns:

– Bună și ție! Eu sunt...

...efectiv pe punctul de a-mi da drumul. Avea o voce atât de sexuală și de feminină, încât am ajuns la concluzia că trebuia să vorbesc eu mai mult în seara aia, fiindcă altfel riscam să rămânem amândoi cu chiloții uzi, și-atât. Mi se pare interesant cât de diferiți suntem din punctul ăsta de vedere: adică femeile, când devin ude în partea de jos, înseamnă că sunt gata pentru sex, iar bărbații, când devin uzi în același loc, înseamnă că sunt gata de zile. Oficial, sexul s-a terminat în clipa aia, deci gata, te-am pupat, ne vedem dimineață, acum lasă-mă să dorm. Și, da, asta este încă una din observațiile mele care nu-ți schimbă viața cu nimic și nu ajută pe nimeni, dar e totuși interesantă.

Am poftit-o pe fată în casă, am mers în camera mea și, ca orice bărbat excitat și viril, am deschis Xbox-ul. Fiindcă eu aveam de jucat FIFA în seara aia, îți dai seama. Nu pot să spun că n-a fost un pic surprinsă când a văzut că eu chiar scoteam controller-ele și începeam să aleg echipele, dar mi-a făcut jocul. Și la propriu, și la figurat. Problema era că, exact așa cum era și normal, habar n-avea să țină joystick-ul în mână, darămite să mai joace și FIFA. Și-acuma, zi și tu, ce spune despre un om următoarea situație: la tine acasă vine o tipă super-bună, pe care n-ai mai văzut-o niciodată, îți spune să cumperi alcool, are sânii super-mari și nu poartă sutien, tu ești singur și e ora unșpe noaptea, te privește evident plină de dorință și te sărută din priviri, iar tu... tu ce faci? Te oftici că nu știe să joace FIFA. Pentru că eu efectiv aveam o problemă cu faptul că mă păcălise. Coaie, ce bărbat normal face așa ceva? Tu înțelegi că eram dezamăgit de faptul că ea nu știa să umble pe joystick? Iar ea, probabil, era dezamăgită că eu o puneam să umble pe joystick în loc s-o las să umble la... *joy stick*.

Ariana era genul de femeie obișnuită ca bărbații să se dea la ea pe oriunde ar fi mers. Avea sânii ăia mari pe care nu și-i ascundea deloc, era înaltă, și tatuajul ăla de pe claviculă, pe la jumătate, se pierdea sub bluză și te făcea curios să vrei să-l vezi pe tot. Avea o privire hotărâtă, dar totuși calmă și felul în care vorbea îți crea tot felul de fantezii. Când eram lângă ea, mă simțeam constant într-un film erotic. Gesturile ei, mimica, privirile și zâmbetul ăla deloc întâmplător puteau să răpească mințile oricărui bărbat, să le pună o batistă îmbibată în cloroform pe față, să le facă să leșine, apoi să le bage în portbagajul mașinii, să le ducă-ntr-o pădure și acolo să abuzeze fizic și psihic de ele fără ca tu să îți dai seama ce se întâmplă. Știa exact ce voia și refuza să se ascundă după regulile societății care ne ghidează nouă deciziile.

– Cred că trebuie să mai exersez la FIFA, mi-a spus.

– Ar cam trebui..., am răspuns eu, cumva dezamăgit.

– Uite cum facem: tu mă înveți FIFA și-o să găsesc și eu niște lucruri pe care ai putea să le înveți de la mine.

Și sigur nu se referea la făcut clătite. Dar probabil ce voia ea să mă învețe, ca și în cazul clătitelor, putea să implice Nutella. Am luat două beri din frigider, le-am desfăcut și am ciocnit. Ea s-a așezat pe pat și mi-a făcut semn să vin lângă ea. Am început să vorbim și ceea ce mi se părea foarte interesant era că nu prea voia să-mi spună multe lucruri despre ea. La orice întrebare oarecum personală îi adresam, găsea o metodă să devieze discuția înspre altceva. Să-ți dau un exemplu. Eu o întrebam:

– Și? Cu ce te ocupi în Londra?

Iar ea răspundea:

– Nu stau de foarte multă vreme în Londra. Tu ai fost vreodată acolo?

Sau eu spuneam:

– Cum se face că o fată ca tine nu are un iubit?

Și ea îmi spunea:

– La fel cum un tip ca tine nu are o iubită.

Dar nu mă deranja foarte tare chestia asta, din contră. Misterul e tot timpul un lucru pozitiv și te face să-ți dorești mai mult de la cineva. Ideea e că știa foarte bine să joace acest joc și ceva ce-am învățat de la ea a fost: dacă cineva îți pune o întrebare la care nu vrei să răspunzi, soluția e simplă. Dacă e femeie, răspunde-i printr-un compliment. Gen, dacă te întreabă: „Unde ai vrea să mergi diseară?“, tu spune-i: „Nu locul e important, ci omul cu care mergi. Iar eu merg cu tine, deci putem sta și pe o bordură în fața scării". Ea va roși, se va rușina și va uita despre ce vorbeați. Iar dacă e bărbat, răspunde-i printr-o întrebare. Pe sistemul, dacă el te întreabă: „Și? Ai făcut sex cu Mirela?", tu îi zici: „M am văzut cu ea aseară și am mers să mâncăm o pizza. Cum se numea locul ăla unde ziceai tu că e pizza bună?" – și el se va apuca să-ți povestească despre restaurante și va uita subiectul. Ca o paranteză, eu am scris paragraful ăsta înainte să apară filmul *The Wedding Ringer* și știu că au și ei o fază asemănătoare cu ce am zis eu mai sus. Dar asta nu înseamnă că am copiat-o de-acolo, ci că e total adevărat. Dacă doi oameni s-au gândit separat la același lucru, e clar că au dreptate. Se știe!

Ideea e că bărbatul mereu va dori să-ți dea soluții și să te ajute. De asta există multe certuri între femei și bărbați. Fiindcă bărbații vor să-ți dea soluții, iar femeile vor să fie ascultate, atunci când se plâng. Dacă ea îți spune că a avut o zi groaznică la birou și că o doare capul, instinctul tău va fi să-i zici să ia o pastilă. Și ea se oftică, pentru că, în opinia ei, nu îți pasă de problemele pe care le are și ești un porc insensibil, care se gândește doar la el. Fiindcă ea voia doar să își spună oful, iar tu i-ai dat o rezolvare, și uite-așa începe cearta. Merge și invers. Dacă tu îi spui iubitei tale că Marcel nu vrea să mai vină la fotbal, ea o să te întrebe de ce nu mai vrea, ce s-a întâmplat, dacă s-a certat cu gagică-sa, dacă nu cumva are probleme la muncă, dacă n-a rămas în urmă cu ratele, dacă nu i s-au rupt adidașii, dacă mai are benzină la mașină, dacă există Dumnezeu, dacă avea dreptate Darwin și alte lucruri de genul ăsta. N-o face din răutate, ci pentru că vrea să-ți audă problemele, dar tu îți doreai de la ea o soluție, gen: „Păi sună-l pe Mihai și cheamă-l la fotbal". Și uite-așa începe cearta.

Ariana mă lăsa pe mine să vorbesc mai mult, îmi punea întrebări despre mine, despre carte și despre viața mea actuală, dar nu a vrut să știe nimic despre Anemona. Până la urmă, ce nu știi nu-ți poate face rău, nu? Am terminat berile și am mai desfăcut două. Partea mișto, la treaba asta, era că ne relaxam încet-încet și lăsam amândoi garda jos. Partea nașpa era că de la bere îmi venea să mă piș din zece în zece minute. Și era foarte nasol, fiindcă de fiecare dată când mergeam la baie, trebuia să mă și spăl puțin la puță, să mă șterg cu un șervețel umed și să mă dau cu parfum. Că, na... exact cum am zis mai sus: sexul nu a fost grozav, dar uite ce frumos miroase. Puța mea nu a fost niciodată mai curată. Chiar și ea se mira de igiena mea corporală subită. Parcă tot trăgeam de timp, deși era destul de clar ce urma să se întâmple. Din păcate pentru mine, în ecuația asta, eu eram femeia.

Când m-am întors a opta oară de la baie, m-am așezat pe pat, și Ariana m-a luat de mână. Se uita la mine fără să spună nimic. Nu știam cum să reacționez. Nu-mi plac momentele astea de contact vizual în tăcere, fiindcă simt nevoia să spun ceva, ca să salvez cumva situația. Așa că am început să vorbesc numai tâmpenii. Aveam emoții.

– Ce mi se pare mie interesant, i-am spus, este faptul că pinguinii pot fi și ei homosexuali. Știai asta?

Bravo, Andrei! Dă-o iar cu pinguinii, sigur de data asta o să meargă. Ea se uita la mine zâmbitoare și se apropia încet.

– Cumva, nu te-ai gândi că și animalele pot să se simtă atrase de același sex, am continuat eu. Sunt curios ce părere are Biserica pinguinilor despre asta. Ha-ha!, și am început să râd semi-isteric.

Ariana se apropia în continuare, ca și cum nici nu auzea ce-mi ieșea din gură. Pe ea o interesa doar ce urma să intre în gura mea, și anume limba ei. Simțeam cum îmi fierbea sângele în vine și nu înțelegeam de ce. Mie-mi place când o femeie preia controlul și pune stăpânire pe situație, fiindcă asta înseamnă că are încredere în ea și știe exact ce face. În general, eu nu prea fac primul pas, fiindcă niciodată nu văd semnalele și nu le judec așa cum trebuie. La fel a fost și cu Anemona în prima noastră seară pe plajă, când, dacă nu m-ar fi sărutat ea pe mine, nu ar mai fi existat *Suge-o, Ramona!* Și, în timp ce eu mă gândeam la pinguinii gay și la marșurile lor pentru drepturi, dintr-odată Ariana a ajuns direct în buzele mele și m-a atins timidă, dar totodată sigură pe ea. Fără s-apuc să realizez exact ce se-ntâmpla, mâna ei a intrat la mine în pantaloni mai ușor decât comunismul în Cehoslovacia. Ce a făcut bine Ariana a fost că nu mi-a dat mult timp să reacționez și m-a făcut să mă simt ca un Pentium 3 pe care încerci să instalezi GTA V, adică pur și simplu nu puteam să procesez.

P.S. – Da, știu, sunt complet retardat, dar mie tot mi-ar fi plăcut să joc niște FIFA în seara aia.

P.P.S. – Doi pinguini masculi, Jumbs și Kermit, de la o grădină zoologică din Kent, Marea Britanie, au devenit părinți. Cele două păsări formau un cuplu din anul 2012, după ce și-au abandonat partenerele și s-au îndrăgostit unul de celălalt. Recent, cei doi au adoptat un pui de pinguin. Puiul fusese abandonat de părinții săi pe când se afla încă în ou. Asta doar așa, ca să știi.

CAPITOLUL 7

Dă play la piesa asta: Sasha Primitive – Love Me.

Palmele ei îmi răsfățau pielea parcă din ce în ce mai mult la fiecare atingere. Mă săruta cu o pasiune dementă, de parcă filmul ăsta se derulase de nenumărate ori prin mintea ei și știa exact ce trebuia să facă în orice moment. Emoțiile mele se risipeau înspre buzele ei dornice de mine și deja încetau să conteze. O strângeam de mână și o sărutam, mușcându-i ritmic buza de jos, ca într-un dans al dorinței pe care ea îl cunoștea mai bine decât mine. O priveam fără să spun nimic, iar ea și-a dus ușor o mână pe spatele meu, sub tricou, și, ca și cum avea totul sub control, a început să mă zgârie cu unghiile adunând toți fiorii în sufletul meu.

Nu mai aveam răbdare, dar nici nu voiam să grăbesc lucrurile. M-am lăsat în jos și am început să îmi plimb limba pe gâtul ei, iar cu mâinile m-am scufundat în sânii ăia superbi. Am ciupit-o un pic, dar fără să o doară, ci doar atât de puternic cât să-i smulg un zâmbet. Nu mai fusesem niciodată cu o fată care să aibă sânii atât de mari și abia așteptam să scăpăm de maioul ăla care ne incomoda pe amândoi. Singurul regret pe care-l aveam în momentul ăla era că avea doar doi. Ea și-a desfăcut picioarele și eu am început să mă mișc ușor de jos în sus, în timp ce-o sărutam pe claviculă și pe umeri. A început să geamă, iar mie-mi plăcea la nebunie s-o ascult. Era ca și cum cineva pusese melodia mea preferată pe Repeat și totul se derula în fața mea, la nici jumătate de metru. Îmi răsuceam limba peste corpul ei, și una dintre bretelele maioului care stătea între mine și sufletul ei a picat. I-am luat ambele mâini în palme și i le-am ridicat deasupra capului, izbindu-le ușor de cadrul patului. A țipat.

Eu m-am lăsat cu totul pe ea și am început s-o sărut efectiv în toate locurile care nu erau acoperite de haine: am început de la ureche, am continuat pe gât și apoi deasupra sânilor. Dintr-odată, Ariana m-a-mpins ușor în sus și, dintr-o singură mișcare, a dispărut maioul de pe ea. Mi-am dat și eu jos tricoul instantaneu și am sărit direct în sânii ei, de parcă eram un recuperator, iar ei îmi datorau bani. Nu mă puteam sătura să îi ating și să îi simt. Ea gemea din ce în ce mai tare, iar mie înceta să-mi pese că aveam vecini. De pe sâni am ajuns pe abdomen și, de acolo, a fost doar o chestiune de timp până când i-au dispărut și blugii de pe ea. Avea un corp superb, niște picioare mai lungi decât fluviul Volga și lenjeria ei neagră se asorta perfect cu nuanța sufletului meu. S-a așezat ea peste mine și își unduia cu migală șoldurile în timp ce mâinile ei mi s-au așezat pe piept. Sânii ei se uitau direct în ochii mei, iar eu îi priveam total fermecat.

Proveneam din două lumi total diferite, care în acea noapte s-au unit. Mi-a dat jos tricoul și a început să își plimbe gura peste corpul meu. Îmi venea să-mi las capul pe spate și să închid ochii, dar nu voiam să fac asta, fiindcă aș fi pierdut spectacolul ce avea loc fix în fața mea. Mi-a desfăcut cureaua dintr-o singură mișcare, ceea ce a fost total impresionant, fiindcă nici eu nu pot să fac asta cu propria mea curea. Hai să-ți spun un lucru. Eu, la fel ca orice alt bărbat (în afară de iubitul tău, desigur, care te iubește și nu face chestii de genul ăsta), am văzut o grămadă de filme porno. Când am văzut ce îmi făcea Ariana, efectiv nu știam dacă mi se întâmpla cu adevărat sau mă uitam pe net. Și ea nici nu avea buffering. Mă atingea, gemea, scuipa, se îneca (da, știu, oribil) și, în tot timpul ăsta, se uita fix în ochii mei, de parcă se asigura că și eu eram sută la sută concentrat la ce mi se-ntâmpla și nu pierdeam nimic. Senzațiile care mă încercau erau de pe altă planetă și bineînțeles că am început să mă gândesc la alte chestii, ca nu cumva să mă fac de rușine precoce. La un moment dat și-a pus mâinile pe coapsele mele și se mișca doar din gât, din ce în ce mai repede, de parcă-și lucra trapezul. Eu am prins-o de păr și am strâns puternic; ea s-a uitat la mine și, cu o voce care m-a pătruns până în orgoliu, mi-a șoptit: „Mai tare". Știam că, dac-o lăsam să continue, n-aș mai fi fost capabil de nimic, așa că i-am ascultat sfatul și am tras-o de păr până când am adus-o la mine. Am izbit-o pe spate, i-am îndepărtat picioarele și m-am așezat peste ea. Ea și-a aruncat brațele în jurul meu, mi-a apropiat capul de gura ei și, în timp ce eu încercam să mă mișc lent și controlat, ea îmi respira greoi în ureche. Atunci am înțeles cu adevărat *Luceafărul*. Nimic nu mai conta în jurul nostru, muzica ne cânta în fundal și mirosul de țigară ne îmbiba păcatul. La un moment dat, am simțit-o cum se încordează, și-a ridicat picioarele mai sus și, efectiv, îngerii au început să cânte (sau cel puțin așa mi s-a părut mie că era sunetul ăla). A închis ochii și a înșfăcat pernele în mână, pielea a început să-i tremure ușor pe ea, iar un zâmbet palid i s-a instalat pe buze.

Pe mine nici nu mă mai interesa să termin și eu, și să-ți spun de ce. Cred că eram mai fericit decât ea, fiindcă ăla a fost momentul în care am realizat că nu am nevoie de o tipă anume, ca să am o noapte minunată alături de o femeie foarte mișto, și că există o grămadă de femei cu care pot să fac sex la fel de bine cum făceam cu Anemona – poate chiar mai bine. Între timp, se făcuse dimineață. Ne-am aprins o țigară în lenjeria murdară de pe noi, am luat sticla de bere pe jumătate goală care zăcea pe parchet și ne uitam unul la altul, zâmbind.

– Nu-mi pare rău că am venit de la Londra pentru asta, mi-a spus ea, extenuată.

– Ei… Nu ai venit din Anglia ca să faci asta. Ai venit să-ți rezolvi niște treburi și, ca bonus, s-a întâmplat și asta, i-am răspuns.

– Nu chiar. Treaba pe care voiam s-o rezolv în România… erai tu. De-asta am venit.

Am rămas șocat când am auzit asta. Nu-mi venea să cred ce-mi spunea, dar mă bucur că nu mi-a zis lucrul ăsta înainte să facem sex, fiindcă și-așa simțeam o tonă de presiune pe mine. Dacă mai știam și asta, era clară treaba. Aveam o grămadă de întrebări.

– Tu ești nebună? Dacă nu era bine? Sau dacă-mi dădeam drumul prea repede? Ai făcut trei ore cu avionul ca să faci sex trei minute?

– Păi, na, aia era. N-aveam de unde să știu ce se va întâmpla. Tot ce știam era că îmi doream să se întâmple, n-am stat să mă gândesc foarte mult la chestia asta.

– Ok, clar ești nebună.

– Așa e. Dar știi că tu ai o slăbiciune pentru femeile nebune, nu?

– Ba nu am, i-am răspuns revoltat. Îmi plac tipele normale și drăguțe.

– Mmm... Sigur că da. Cred c-ar trebui să-ți citești și tu cartea, ca să vezi exact cum sunt femeile care te atrag pe tine.

Chestia asta m-a pus pe gânduri. Oare chiar îmi plac femeile mai nebune? Oare chiar mă atrag doar tipele care au issues? Oare chiar relațiile mele au fost cu tipe total disfuncționale? Hai să vedem... Ramona, care mi-a futut toată viața de licean; Anemona, care venea și pleca din viața mea exact cum și când avea chef, deși era combinată; Carmina, care, atunci când ne-am despărțit, a aruncat cu un pahar după mine; și Alina, care... mă rog, Alina era cea mai dementă. Holy shit! Mie chiar îmi plac nebunele. Se pare că fiecare om care apare în viața ta, la un anumit punct, te ajută să te cunoști mai bine.

Eu a doua zi aveam spectacol la Brăila și am luat-o și pe Ariana cu mine, fiindcă știam că urma să rămân acolo până duminică. Am băut toată noaptea, am ajuns în camera de hotel pe la 3 jumate și ne-am futut în toate felurile, până când am leșinat amândoi, beți și obosiți. Duminică, ea a plecat înapoi în Londra. Problema cu Ariana era că ea ar fi vrut să ne apropiem mai mult, să mai vorbim prin mesaje, Facebook sau Whatsapp, dar eu clar nu eram în punctul ăla. Pentru mine, era ca și cum abia mă dezvirginasem, voiam să mai adun niște experiențe, pentru că abia ieșisem dintr-o relație. Și, mai mult decât atât, na... aveam și eu o carte de scris. Deci, cumva, e tot vina ta că Ariana s-a supărat pe mine când nu prea îi mai răspundeam la mesaje. Adică îi răspundeam, dar un pic mai greu. Maxim după o zi sau două.

P.S. – Știu la ce te gândești acum, și nu-i nevoie să mi-o zici. O să spun eu: Suge-o, Andrei!, fiindc-ai fost un nenorocit. Partea bună e că eu și Ariana suntem acum în relații super-ok. M-am întâlnit cu ea la circa un an de la povestea asta și i-am spus că n-aş fi putut să mă cuplez cu ea atunci, fiindcă eu îmi doream altceva. Şi cred că am procedat mai bine aşa cum am făcut decât să mă combin cu ea şi să o înşel de două ori pe săptămână, fiindcă, la fel ca orice bărbat care iese dintr-o relaţie, mai puţin Botezatu, eu îmi doream să fac sex cu mai multe femei. Dar, sincer, Ariana este motivul pentru care acest volum II există. Ea m-a învăţat trei lucruri foarte importante:

1. că lumea nu a început şi nici nu se va sfârşi cu un singur om;

2. sunt atras de tipele care sunt fucked up;

3. discuţiile despre pinguinii homosexuali chiar pot face o fată să se excite.

P.P.S. – Astea sunt rândurile pe care le-a scris Ariana despre mine:

Pe Andrei l-am cunoscut prin intermediul Facebook-ului, iar asta datorită unor prieteni care tot share-uiau texte din Suge-o, Ramona! *Fiind curioasă să îl văd pe autorul acestei cărţi, am dat Search pe net şi, după ce l-am găsit, am decis să „mă iau" de el. Nici prin gând nu mi-a trecut că îmi va răspunde. Dar, spre surprinderea mea, a făcut-o. Din vorbă-n vorbă, a cam început să mi se pună pata pe el şi să vreau să-l fut! Pe vremea aia, eram la Londra, aşa c-am decis să vin acasă şi să mă întâlnesc cu el. L-am vrăjit sub pretextul c-o să îl bat la FIFA. Ce bărbat n-ar reacţiona la asta?*

Pot spune că nu era tocmai genul de bărbat cu care să mi-o trag, dar avea ceva ce mă excita la culme. Poate felul în care mă privea – „dezorientat" –, poate felul în care se comporta, poate simţul umorului pe care îl avea sau accentul de moldovean... nu ştiu, cert e că voiam să îl fut! Rău!!!!

Andrei e genul de bărbat care știe cum să te facă să râzi, care știe exact ce să spună și când să spună și este exact genul de bărbat căruia vrei să i-o tragi. Măcar o dată! Are fix acel ceva ce te zăpăcește și te face să vrei să-l ai. Iar pe lângă asta e un om extraordinar, pe care, dacă ajungi să-l cunoști, o să-l iubești. Dar ai grijă ce-ți dorești, că, știi tu, s-ar putea să se-ntâmple.

CAPITOLUL 8

Cu Tinder și Facebook în viața mea, nu mai avea nici un sens să mă duc să cunosc oameni, gen afară din casă. Chiar mi se părea amuzant că majoritatea fetelor cu care mă match-uiam pe Tinder prima oară nu credeau că eram chiar eu și trebuia să le conving că nu era un cont fals. Și chiar nu pricep de ce. Toate mă întrebau: „Dar cum de ai tu cont de Tinder?" Chiar așa... ce bărbat normal la cap, care nu își dorește o relație, ar vrea să aibă o aplicație care îi permite să sară toți pașii ăia de vrăjeală în oraș și să cunoască fete care ar vrea să-l futā? Cel mai tare mă enervau alea cu care ajungeam să facem schimb de adrese de Facebook pentru a vorbi acolo și, la un moment dat, mă întrebau: „Și? Cu ce te ocupi?" Scrie, în pana mea, pe profilul meu! Mă enervează de mor.

În clipa în care oricare dintre noi vorbim cu un om care ni se pare cvasi-interesant pe net, prima chestie pe care o facem este să îi stalk-uim profilul. Noi, băieții, ca să ne asigurăm că nu sunteți grase, și voi, ca să vă asigurați că mașina din poze e chiar a noastră. Glumesc, dar știi și tu că facem chestia asta. Deci cu o singură privire pe profilul cuiva afli unde lucrează, ce școală a terminat, ce fel de prieteni are, cum arată ultimele lui trei iubite vii și ce mănâncă la micul dejun. E chiar atât de simplu. Poți să spui: „Da, dar poate nu toți ne uităm pe profil, că preferăm să aflăm direct de la omul ăla chestii despre el". Băi, eu știu un lucru: dacă vreau să cunosc o persoană și mai departe de Facebook, păi îmi fac temele, frățiwear. Mă uit să văd ce îi place, la ce filme se uită, ce face în timpul liber și tot felul de chestii de genul ăsta, ca ea să vadă că mi-am dat interesul și că mi-ar plăcea cu adevărat să-i intru în... grații. PENTRU CĂ MĂ INTERESEAZĂ!

Să întrebi pe Facebook, în 2016, pe cineva cu care vorbești, cu ce se ocupă e ca și cum i-ai zice „Și... cum te cheamă pe tine?"

Și tot din seria „Ce mă mai enervează pe Facebook" mai e o chestie. Și anume, momentul ăla în care îți scrie o domnișoară și zice: „Bună".

Din nou, aceeași strategie, te uiți la poze, vezi dacă e mișto, ca să știi dacă îi răspunzi, și apoi, dacă întrunește condițiile, îi spui și tu, ca prostul: „Bună".

Îți dă Seen, după care nu mai zice nimic. Băi, dar nimic! Cum ai putut să o dezamăgești până în punctul ăsta al discuției? Ce trebuia să-i zici ca să fie satisfăcător? „Bună, viitoarea prințesă a sufletului meu. Îți mulțumesc că mi-ai scris pe Facebook și voi încerca, din clipa asta până la finalul timpului, să te răsplătesc pentru asta. Și, nu, blugii ăia nu te fac să pari grasă."

Să faci asta e ca și cum ai ajunge acasă la un bărbat, îi dai jos tricoul, îi sfâșii blugii și, după ce l-ai dezbrăcat, deschizi televizorul și te uiți la Masterchef.

Ca să nu mai vorbesc de momentul ăla când îmi dă Add o fată și, superficial cum sunt, mă uit la pozele ei, ca să văd dacă-i dau Accept sau nu.

Și totul merge bine, e foarte frumoasă, nu pare să aibă iubit, nu are citate motivaționale la poze, dar apoi văd că e născută în 1998.

Ok, e majoră, dar va trebui să și vorbesc cu ea. Ce pana mea să o întreb, ce i-a picat la teză? Offfff.

Pune melodia asta, boss: Wiz Khalifa – We dem boyz.

Dar destul despre problemele mele virtuale. Hai să-ți spun ce s-a întâmplat în continuare. Eu nu prea mai voiam să mai locuiesc în casa în care stătusem cu Anemona, fiindcă totul îmi aducea aminte de ea. Așa că am vorbit cu Alin, prietenul meu de care ți-am mai povestit, să ne mutăm împreună. Am început să facem planul, să vedem unde ar fi cel mai bun cartier, câte camere ar trebui să aibă casa, cam câți bani am vrea să dăm pe chirie și tot felul de chestii dintr-astea. Ca să-nțelegi un pic cam cum era Alin, trebuie să-ți spun că el e genul de om foarte zgârcit la anumite chestii, dar care dă o tonă de bani pe alte chestii. Nu există o regulă clară după care cheltuiește el banii. De exemplu, dacă merge la un restaurant și o ciorbă costă 10 lei, i se pare mult prea scumpă și spune că ăia vor să-l jecmănească. După care face calculul, pe sistemul: „Păi de 10 lei, îmi cumpăr eu doi cartofi, o ceapă, un morcov și niște verdeață și-mi fac ciorbă acasă". El niciodată nu aruncă mâncarea, orice-ar fi. Am învățat de la el că orice aliment se poate pune la congelator, îl ții trei luni acolo, iar după aia, dacă îl scoți și îl pui în tigaie, alături de niște condimente, se poate mânca fără nici o problemă. Așa face Alin și, culmea, e încă în viață.

Dar, pe de altă parte, când a fost vorba să cumpărăm un prăjitor de pâine, mi-a spus că a găsit el unul foarte mișto și că era la reducere. Și eu eram la modul: „Perfect, cumpără-l". Ce nu știam eu era că toaster-ul vieții mele, la care se referea el, costa 380 de lei și era redus la 350. La fel de redus cum era și Alin când l-a cumpărat. Și, uite-așa, am ajuns să am în casă un căcat de aparat de prăjit pâine pe care eu am plătit 175 de lei. Sau, cum îmi place mie să spun, 17 ciorbe și un ardei iute.

Am stabilit că ar trebui să ne mutăm la Unirii, fiindcă e lângă Centrul Vechi (sau, cum îi spun eu, „locul unde se întâlnesc cefele cu țâțele") și e super-ușor de adus fetele acasă, când barul e aproape de unde locuiești. Fiindcă gândește-te așa: dacă te duci în club și te dai la una, până beți și până vă povestiți viața, se face ora 2. Până vă lingeți un pic în club și vă pipăiți în timp ce dansați, se face 3. Dup-aia, îi spui să vină la tine și plecați din club. Dacă tu stai la mama dracului și faci o oră pân-acasă, nu e bine. Că te urci cu ea în taxi și sunteți doar voi doi pe bancheta din spate, și ghici ce? Nu mai duduie muzica și trebuie să vorbiți, în timp ce chiar vă auziți. Sunt multe semafoare până la tine acasă și unele dintre ele vor fi roșii. Dacă trece prea mult timp între club și pat, alcoolul din creier se disipează și devii conștient de ce faci. S-ar putea ca, pe parcursul drumului, s-ajungeți să vă cunoașteți mai bine decât trebuie și, într-un final, fata să se răzgândească. Și chiar dacă nu o face, ajungeți la tine la ora 4 dimineața; până mai stați la o vorbă, se face ora 5 și iese soarele. Cine pana mea vrea să mai facă sex când e și beat, și obosit, și îi mai bate și soarele-n ochi?

Or, noi am gândit-o așa: dacă stăm aproape de Centrul Vechi, mergem acolo, agățăm și, dacă vrem să plecăm, în cinci minute suntem acasă. Și ce dacă blocul are bulină și putem să murim la orice cutremur? Măcar mori în centru, nu ca prostul, la periferie.

După ceva vreme, ne-am hotărât asupra unui apartament și l-am închiriat. În câteva zile am reușit să ne mutăm acolo și, uite-așa, eram doi băieți fără iubite, care locuiam în centrul Bucureștiului și voiam să facem cât mai mult sex. Nu unul cu celălalt, desigur. Alin era un tip la fel de înalt ca și mine, extrem de amuzant, și se făcea foarte ușor plăcut de toată lumea. În prima seară în noua noastră casă, am decis să marcăm momentul cu bere, aripioare la cuptor, sos picant și vreo două banane. Făceam asta destul de des și stăteam de vorbă despre căcaturi. Ne-am pus niște filmulețe funny de pe YouTube și ne-am așezat pe canapea.

– Cum mai ești?, m-a întrebat.

– În ce sens?

– Adică așa... cu toată faza cu Anemona.

– Aa... sunt bine, cred. Oricum, eram prea tânăr pentru o relație așa serioasă, i-am zis. Mai am o grămadă de fete de cunoscut în viața asta.

– Asta-i foarte bine. Până la 30 de ani, trebuie să facem toate căcaturile posibile și imposibile, ca pe urmă să ne facem o familie, poate să avem și noi copii și să putem fi fericiți toată viața. De asta trebuie să futem tot ce prindem la vârsta asta.

– Păi și ce? Nu putem s-avem familie și copii, dacă nu facem toate căcaturile astea înainte?, am întrebat eu.

– Putem. Dar nu vom fi fericiți. Că vom ajunge la 38 de ani, o să ne-apuce criza vârstei mijlocii și-o să credem că nu ne-am trăit viața, că n-am făcut sex cu suficiente femei și tot felul de prostii dintr-astea. Și, în momentul ăla, dacă te duci să fuți aiurea, n-o să pierzi doar o iubită, ca la 20 de ani. O să pierzi o familie. De-aia trebuie să le facem pe toate acum, ca să nu avem regrete peste cinșpe ani. Și mai ales că așa vom cunoaște toate tipologiile de femei și, atunci când vom decide că vrem să ne căsătorim cu una dintre ele, vom ști sigur că e cea mai potrivită.

Și chiar avea dreptate. Sunt o grămadă de cupluri care ajung să se căsătorească și să devină frustrați, fiindcă n-au făcut suficiente chestii în tinerețe și încearcă să le compenseze, făcându-le când nu mai e cazul. Eu nu-mi doresc ca, la 40 de ani, să-mi iau pe mine o geacă de piele, să mă duc în club și să mă dau la adolescente. Asta vreau să fac acum. Peste cinșpe ani, vreau să stau acasă cu soția mea, alături de copiii noștri, și să ne uităm la un film, în timp ce mâncăm floricele. De-asta te-ndemn și pe tine să faci lucrurile când e momentul lor. Fiindcă, după aia, vei fi doar penibil.

– Mare filosof ești tu, Aline!

– Păi dar cum pula mea altfel, mă?, a răspuns el, băgându-și botul într-o aripioară.

– Hai să punem un film sau ceva, cât mâncăm banana asta, dacă tot o ardem chill.

– Ce film, ești dement? Terminăm aripioarele, luăm o gură din banană și mergem în oraș. Trebuie să udăm apartamentul, nu?

Singura chestie dubioasă era că știam exact la ce se referea, când a zis „să udăm“ apartamentul. Dar pot spune că-mi plăcea noua mea viață. Era tot ce nu făcusem în facultate.

P.S. – În clipa în care eu făceam toate chestiile astea, care credeam eu c-o să mă facă să nu mai sufăr, în viața Anemonei se întâmplau lucruri mult mai importante. Dar mai avem până acolo.

P.P.S. – Vezi? Acuma te-am făcut curios și, practic, chiar dacă nu-ți place volumul II până în punctul ăsta, tot vrei să afli ce s-a întâmplat cu Anemona și trebuie să citești în continuare. Hai, recunoaște, știi că am dreptate.

CAPITOLUL 9

Am ieșit din scară, ne-am aprins câte o țigară și ne îndreptam falnici spre Centrul Vechi. Abia așteptam să ajungem și să începem să dăm shot-uri pe gât cum nu mai däduserăm vreodată. Ori era foarte frig afară, ori bananele și-au făcut efectul într-un mod dubios, cert e că drumul mi s-a părut foarte lung.

– Dacă tot e prima seară în care bem și ne întoarcem în aceeași casă, propun să facem turul barurilor. Bem un shot în fiecare dintre ele și ne oprim într-ăla unde vedem câte o fată care ne place amândurora, a zis Alin.

– Sună bine. Așa facem, i-am răspuns.

Am intrat în Sodoma și Gomora Bucureștiului, adică Centrul Vechi. Acolo se strâng tot felul de oameni, de la cele mai fițoase pițipoance, cu cele mai scumpe blănuri, la arabi veniți în România să studieze medicina mai ieftin; de la cei mai băieți de băieți, cu tricouri fake adidas din Obor, până la ultimele curve din căminele de la Grozăvești; și, bineînțeles, de la băieții ăia super-trași la sală, care mănâncă pâine cu steroizi în fiecare zi, până la oameni normali ca mine, ca tine sau ca Alin. Bine, Alin nu e chiar un om normal, că el se epilează inghinal cu penseta, dar despre asta nu aș vrea să vorbim foarte mult, că e deja suficient de dubios. Am intrat în primul bar, am comandat două beri și câte două shot-uri, ca să ne facem încălzirea.

– Cred c-o să fie interesant să stăm împreună, i-am spus lui Alin, în timp ce ne ciocneam halbele.

– Da, și eu cred la fel. Și stai liniștit, o s-o uiți pe Anemona. Știu că acum nu pare că e așa, dar crede-mă, dorul e ca gonoreea: doare rău, dar, la un moment dat, trece de la sine.

– Da, nu cred totuși că gonoreea trece de la sine, i-am răspuns.

Alin a luat un gât zdravăn de bere, apoi și-a șters barba cu mâneca hanoracului. S-a uitat la mine și a devenit mai serios.

– Andrei, eu ți-am povestit ție vreodată de Daiana?

– Nu cred. Cine-i Daiana?

– Daiana e-o tipă cu care am fost eu combinat vreo doi ani și, culmea, tot din Constanța era. M-a făcut femeia aia să simt niște lucruri pe care nu credeam că le voi simți vreodată. Era exact pe stilul meu. Ascultam aceeași muzică, ne plăceau aceleași haine, voiam să vedem aceleași filme, beam amândoi ca niște campioni și băgam banane în noi aproape în fiecare zi. Ca să nu mai spun despre cum ne futeam. Era absolut poetic de fiecare dată și nu ne plictiseam unul de celălalt nici o secundă. Era brunetă, avea sânii foarte mari, piercing în nas și era rockeriță.

– Ce drăguț, nu știam că tu ai... de-ăla, cum îi zice? Ăăă... Zi, să-i zic... Suflet, așa.

– Există un motiv pentru care am devenit cum sunt în momentul ăsta și tocmai asta îți povestesc acum. Mi-aduc aminte că odată eram cu Daiana la ea acasă și eram amândoi „bearți“...

– Cum erați?

– Bearți!

– Ce-i aia „bearți“?

– Beți și sparți. Bearți. Și, cum stăteam noi morți la ea în pat, am început să ne sărutăm, să ne-atingem din ce în ce mai intens și bineînțeles că am început să ne futem. După ce am terminat, am mers amândoi pe balcon și ne-am aprins câte o țigară, și ne uitam pe geam. Afară ningea, totul era alb în jurul nostru, zăpada strălucea pe trotuar și, pula mea... m-am excitat iar.

– Stai, te-ai excitat la zăpadă? Dacă pe tine zăpada te excită, e bine că n-ai copilărit în Suceava.

– Nu, idiotule. Tot peisajul ăla... Daiana goală, faptul că era frig afară, și îi vedeam chipul printre fulgi și la fiecare respirație scotea aburi pe gură, stelele de pe cer îi scoteau în evidență ochii și toate romantismele alea eminesciene, mi-au sculat pula. Și am pus-o capră peste balustradă, am intrat în ea și am mai făcut o dată sex. Asta-i una dintre cele mai romantice amintiri pe care le am și uneori, când nu pot s-adorm, mi-aduc aminte de momentul ăla.

– Păi cred și eu că e-o amintire frumoasă. Ninsoarea, liniștea nopții, fulgii care cădeau pe chipul ei...

– Nu, bă! Mie-mi plăcea că, din cauză că stătea capră, i-au sărit sânii ăia mari peste balustrada geamului și mi se părea că se vede genial cum atârnă în jos de la etaj.

– Așa... Și ce legătură are treaba asta cu mine și cu Anemona?

– Nici una. Făceam și eu conversație. Hai să mai bem un shot.

Alin i-a făcut semn chelnerului să mai aducă două shot-uri. Ne-am aprins câte o țigară (căci, da, copii. Pe vremea aia, încă se mai fuma în interior) și le-am dat peste cap.

– Ideea e că, oricât de bine te-ai potrivi cu o fată și oricât de minunat ar fi totul între voi, nu înseamnă că veți fi împreună tot restul vieții. Și dacă vă despărțiți, da, o să suferi și-o să doară ca dracu', dar la un moment dat va trece. Partea cea mai nasoală este c-o să-ți fie incredibil de greu să te mai atașezi de cineva, darămite să iubești din nou. Dar pentru asta există alcoolul, așa că nu trebuie să-ți faci griji. Hai să plătim și să mergem în alt bar.

Alin s-a ridicat de la masă și a mers spre baie. Voia să pară puternic, dar era clar că-l afectase ceea ce-mi povestise și că nu-i făcuse plăcere să-și amintească de fata aia. Părea totuși să aibă dreptate, dar nu aveam timp în seara aia să mă gândesc la împlinirea sufletului. Voiam să mă îmbăt și să las gândurile astea de om matur pentru altă dată.

– Și ziceai că gonoreea nu trece de la sine?, m-a întrebat Alin.

– Nu, frate, ești nebun? Trece cu tratament, i-am răspuns.

– Ah!, a zis el, oprindu-se. Și-a scos telefonul din buzunar, a apelat un număr și am auzit doar: „Alo, Maria? Cred c-ar fi bine să mergi la un ginecolog, când ai timp".

După mai multe shot-uri în mai multe baruri, ne-am oprit la un moment dat într-un club și am decis să rămânem acolo, fiindcă deja ni se certau adidașii între ei când mergeam. Când vrei să bei, ești cel mai zmeu la începutul serii și dai shot după shot, combini cu bere, bagi și niște vin cu whisky și absintul îți e cel mai bun prieten. Ai impresia că poți s-o ții așa toată seara, dar, după o oră, când alcoolul își face prezența în creier, e de parcă-ți fute unul o lopată-n ceafă și-ți dă restart la procesor. Partea proastă e că Windows-ul tău nu-și mai revine și-ți cere CD-ul și serial number-ul, ca să poată funcționa cum trebuie. Și bineînțeles că tu nu ai nici una dintre cele două la tine și intri în safe mode. Adică abia ții minte cum te cheamă, darămite să mai ții minte un cod din 18 litere și cifre. Cam asta e beția pentru un om: ca atunci când rulezi calculatorul în safe mode. Totul merge mai greu, tu crezi că poți face absolut orice, dar nu merge nici un program și-ți vine să le dai pumni în gură oamenilor, fără motiv.

Dă play la asta: The Chainsmokers – Closer.

Eu și Alin stăteam la bar și ne uitam la oamenii din jurul nostru să vedem dacă ne sare cineva în ochi. Nu prea înțelegeam eu care era faza cu locul ăla, dar era plin de puștoaice și de puștani, care erau maxim în anul 1. Cred că noi doi eram cei mai bătrâni oameni din club. Ăsta putea fi și un lucru bun, dar și un lucru rău. Cred că fiecare dintre noi și-a dorit la un moment dat să poată da timpul înapoi și să fie din nou în liceu sau în facultate, dar să aibă mintea de acum. Cu siguranță ai fi gestionat altfel anumite situații, știai pe ce lucruri să te concentrezi exact și era mult mai ușor să impresionezi în pat. La un moment dat, Alin m-a luat de bărbie și mi-a întors privirea spre partea stângă.

– Ia uite, frățiwear, acolo, și-o să vezi compania noastră din seara asta, mi-a spus.

– Alin, eu știu că ești foarte deschis din punct de vedere sexual, dar tu îmi arăți doi chelneri. Și, oricât de open minded aș fi, chestia asta n-aș încerca-o.

– Lângă chelnerii ăia doi, idiotule. Ce vezi tu lângă chelnerii ăia doi?

– Păi văd o masă cu mai mulți oameni, i-am răspuns.

– Vai de capul meu! Și dintre toți oamenii de-acolo, de la masă, nu îți sare nimic în evidență?

– Nu știu, or fi niște fete drăguțe acolo, ce pot să zic.

– Wow! Hai să facem altfel. O vezi pe tipa aia cu fustă roșie și cămașă albă?

– Da!

– Bun. Și, mai în dreapta ei, o vezi pe fata aia care are pantaloni negri din piele și sacou?

– O văd și pe ea.

– Perfect. Nu ți se pare că seamănă cu prima, doar că e îmbrăcată altfel?

– Nu știu, bă, care-i faza? l-am întrebat, deja enervându-mă.

– Tu ești chiar prost. Sunt ca două picături de rouă, deci sunt...

– Ude?

– Gemene, în pula mea!

– Și ce dacă sunt gemene?, am întrebat.

– Gândește-te așa: dacă era o tipă bună și ne plăcea de ea la amândoi, ar fi fost nașpa că unul dintre noi ar fi trebuit să dea înapoi. Dar acum, putem amândoi să futem aceeași fată, fără să futem aceeași fată. Andrei, noi cu ele nu facem sex, noi sfidăm legile fizicii.

– Da, bravo, mă! Hai, că m-ai făcut și să râd, i-am spus.

– Ai încredere în fratele tău că știe ce vorbește. Mai ales când bea. Mă duc să mă piș.

Stăteam singur la masă și mă gândeam la ce spusese Alin și ce idei avea în cap. Dar în clipa aia am realizat că nu avusesem niciodată în viața mea o perioadă dintr-asta de rebeliune, în care să nu îmi placă de nici o fată și să vreau doar să mă distrez. Mereu a fost cineva de care eram îndrăgostit, mereu voiam să cuceresc ori să nu dezamăgesc pe cineva și m-am cam neglijat pe mine, ca să zic așa. Ok, și-acum sufeream după Anemona (acum pot să-ți recunosc asta, fiindcă Alin e la baie și nu ne-aude), dar nervii pe care îi aveam erau mai puternici decât dorul. De cele mai multe ori, din păcate, orgoliul bate iubirea. În timp ce stăteam și îmi savuram berea cu gânduri filosofice în creier, din spatele meu apare Alin. Mi se părea foarte ciudat, fiindcă nu băusem atât de mult încât să văd triplu, dar totuși mai erau două persoane cu el.

– Haideți, fetelor, luați loc, nu fiți timide, a zis el și mi-a făcut cu ochiul.

Nu știu prin ce procedee artistice reușise, dar când s-a întors de la baie, a venit cu cele două gemene la masă. Cea cu pantaloni din piele s-a așezat lângă mine, iar cea cu fustiță roșie, lângă Alin.

– Bună, eu sunt Miruna, a spus cea de lângă mine și mi-a întins mâna.

– Hei! Eu sunt Andrei, îmi pare bine de cunoștință.

– Iar ea e sora mea, Marina. Și voiam să-ți spunem că... vai, ce emoții am...

– Stai liniștită, că nu te mușcă. Cel puțin, nu acum, a completat Alin.

– Ne-a plăcut foarte mult *Suge-o, Ramona!* și voiam să bem ceva cu tine. Dacă vrei și tu, normal.

Când am auzit asta, mi s-a luminat privirea și parcă seara părea brusc mai interesantă. I-am făcut semn chelnerului să ne aducă niște shot-uri, ca să devină lucrurile și mai intense decât erau deja.

– Și? De care personaj v-a plăcut cel mai mult din poveste?, le-am întrebat. Marina?

– Hmm... Mie cred că cel mai mult mi-a plăcut de Anemona. Mi se pare foarte tare cum ai scris despre ea și cred că orice femeie s-ar simți flatată să citească ceva despre ea.

„Wow, puteai să fii mai evidentă de atât?“, mi-am zis.

– Dar ție, Miruna?

– Sincer, mie cel mai mult mi-a plăcut de Alfred. Mi se pare foarte tare că ai o relație așa deschisă cu ea și că puteți să vă spuneți orice. Chiar, ea ți-a citit cartea?

– A citit-o, da.

– Păi și? Ce-a zis?

– Nu știu, că n-am avut curajul s-o întreb.

Am început cu toții să râdem. Am mai comandat niște alcool, am ciocnit și am stat la bârfă. Mi-a plăcut de Miruna, fiindcă mi-a spus că-i plăcuse cel mai mult, dintre toate personajele, de maică-mea, altfel tuturor le place de Anemona. Ea a ales să fie puțin mai deosebită și mi-a captat interesul cu chestia asta. Alin făcea glume, sticlele se goleau și toată lumea se simțea bine. El deja se concentra mai mult pe Marina, iar sora ei îmi sorbea mie toate cuvintele din gură. Nu mai era un dialog între toți patru, ci vorbeam doi câte doi. La un moment dat, l-am tot văzut pe Alin că îmi făcea semne pe la spatele fetelor (acolo unde ne doream amândoi să fim în noaptea aia) și nu pricepeam ce voia. Deja devenea mai ostentativ decât o pițipoancă într-un club, deci era clar ceva important.

– Alin, nu vrei să vii cu mine până la baie?, l-am întrebat, ridicându-mă de la masă.

– Da' ce ai, mă? Ești femeie? Ți-e frică să te pișì singur?

– Ăă... nu. Dar am impresia că și tu ai nevoie la baie.

– Nope!

– Băă! Crede-mă. Și, dacă e nevoie să-ți torn berea aia pe gât, ca să vrei la baie, așa fac. Hai odată!

– Ho, mă, că vin. Nu trebuie să te-agiți așa. Doamnelor, ne scuzați câteva minute.

– Nu-i nici o problemă, a zis Miruna. Mergem și noi până la toaletă cu ocazia asta. Să nu fugiți, da?

Fetele au plecat primele. S-a ridicat într-un final și Alin de la masă, după ce a băut o gură de vodcă din paharul Marinei (de parcă nu tot noi îl plăteam, d.oh!), și am mers la baie. Ne-am dus fiecare la câte un pisoar, iar Alin s-a uitat la mine și mi-a zis:

– Coaie, avem o problemă.

– Ce problemă avem?

– Mie-mi place mai mult cum arată a ta.

– Poftim? Bă, nu te mai uita la puța mea! Ce-i cu tine?

– Nu, bre. Nu puța ta. Geamăna. Îmi place mai mult de-aia a ta, mi-a spus.

– Tu ești complet retardat? Sunt GEMENE!! Arată fix la fel. Cum să-ți placă mai mult una decât cealaltă?

– Nu știu, boss. Hai să facem schimb!

– Să ce?! Dar ce facem aici, avem dublură la guma Turbo și negociem?

– Haide, mă. Dacă tot arată la fel, ce te costă?

– Nu mă costă nimic, dar ești complet idiot. Bine, fie. Când ne întoarcem, mă așez eu în locul tău și tu într-al meu. Ești fericit?

– Da! Pentru asta, îți fac mâine seară aripioare. Hai să mergem.

Am ajuns înapoi la masă și am schimbat locurile între noi. Fetele încă nu se întorseseră. Am rearanjat băuturile pe masă, am mai comandat câte un shot și așteptam să vină înapoi gemenele. Doar că, atunci când au revenit și au văzut că ne-așezaserăm invers, Miruna a venit tot lângă mine, iar Marina s-a pus din nou lângă Alin. El a luat shot-ul în mână și l-a îndreptat către noi, ca să ciocnim. Am făcut și noi același lucru și apoi l-am dat peste cap. Alin s-a apropiat de mine și mi-a șoptit la ureche:

– Așa, frate. Clar îmi place mai mult asta de lângă mine. Merci c-ai vrut să facem schimb, rămân dator.

Apoi mi-a făcut cu ochiul. Nu-mi venea să cred că efectiv nu se prinsese că stătea fix lângă aceeași fată lângă care stătuse și pân-atunci. Dar nu mai aveam energie să-i explic că era bou, așa c-am dat din cap politicos și i-am zâmbit. Faza e că deja se făcuse ora 2 noaptea și asta era o mică problemă. Fiindcă regula e-așa: dacă până la ora 3 nu sunteți la unul dintre voi acasă, nu mai are sens să vă futeți. Fiindcă dacă bei până la 4, pleci din club și, pân-ajungi acasă, se face 5. Când ajungeți, nu începeți direct să vă futeți, că, na... i-ai promis că „n-o să faceți nimic". Și mai beți o bere și acasă, mai stați la o poveste și nici nu-ți dai seama când se face 6 jumate și deja sunteți prea beți și prea somnoroși ca să vă mai simțiți bine. Așa că i-am făcut semn lui Alin să mergem până la baie, ca să stabilim planul pe care urma să-l aplicăm. Ne-am ridicat de la masă și le-am făcut semn că ne întoarcem imediat.

– Boss, e 2 noaptea. Hai, ce facem, le luăm pe fete cu noi sau ne-mbătăm și aia e?, l-am întrebat.

– Ce-ai, mă, ești dement? Sunt gemene și sunt și foarte mișto, nu putem rata o ocazie ca asta. E ca și cum ai vedea pe stradă un spiriduș și nu i-ai pune mâna pe cap.

– Ce? De ce să-i pui mâna pe cap?

– Cum de ce? Ca să-ți poarte noroc.

– De unde și până unde spiridușii îți poartă noroc, dacă le pui mâna pe cap?

– Nu știu, așa am văzut eu în *Game of Thrones*.

– Coaie, în *Game of Thrones* nu există spiriduși.

– Bă! Mă doare-n pulă de *Game of Thrones*. Încerc să-ți spun să le luăm pe fete acasă.

– Dar cum le-ai adus la masă totuși?

– Le-am întrebat dacă au citit *Suge-o, Ramona!* și mi-au spus că da. Și, după aia, le-am întrebat dacă nu vor să bea un shot cu autorul, și aia a fost.

– Doamne, mare bou ești, i-am răspuns râzând. Bun, hai să le luăm acasă. Cum facem?

– Stai liniștit, că mă descurc eu. Tu doar zâmbește simpatic acolo.

Ne-am încheiat la pantaloni, ne-am spălat pe mâini și ne-am întors la masă. Fetele șușoteau ceva când am ajuns noi, dar n-am prea înțeles ce anume. Oricum, nici nu mai conta.

– Și, fetelor? Ce ziceți? Vreți să vedeți camera în care s-au întâmplat o grămadă de povești din *Suge-o, Ramona!*?

Wow, Alin. Super-subtil. Cred că, dacă scoteai un prezervativ din buzunar și mi-l dădeai în fața lor, era mai puțin evident decât ai fost tu.

– Serios? Putem să facem asta?, a întrebat Marina.

– Normal că puteți. Luăm niște bere, mai avem noi acasă niște aripioare, băgăm vreo două banane și mai vedem dup-aia. Ce se poate întâmpla rău?

Ce pot să-ți spun este că, în momentul în care ieși la agățat, e foarte important să ai un wing-man bun. Un prieten care să te pună într-o lumină bună pentru fata de care-ți place ție. Fiindcă fetelor, deși își dau seama că spune intenționat chestii mișto despre tine, le place să fie mințite frumos și apreciază efortul. Niciodată n-o să reacționeze o tipă la „Bună! Te fuți?" Deși practic tu ai fost sincer. Trebuie să vadă că îți dai interesul să o faci să te placă, îi faci complimente, mai spui și o glumiță din când în când și, dacă ai noroc să nu fii total idiot, sunt șanse foarte mari ca până la finalul serii să îi placă de tine.

Iar acestea fiind zise, ne-am ridicat de la masă, am plătit consumația și am plecat spre locul unde credeau ele că s-a scris *Suge-o, Ramona!*

P.S. – Eram curios dacă și fetele alea s-au simțit, când au intrat în casa mea (deși nu era casa în care am scris *Suge-o, Ramona!*), așa cum m-am simțit eu când am mers la Humulești să văd bojdeuca lui Creangă. Mă uitam la biroul de-acolo și mă gândeam: „Bă, ești nebun? Pe scaunul ăsta a stat el și a scris *Amintiri din copilărie*, pe patul ăsta a dormit chiar el și-aia era scrumiera în care-și lăsa pipa". Bine, la ele, probabil ar fi fost ceva de genul: „Bă, ești nebun? Pe scaunul ăsta a stat Anemona goală, ăsta e patul în care au făcut ăștia doi sex și aia-i scrumiera unde-și stingeau bananele, înainte să se futā". Close enough.

P.P.S. – Femeile spun că apreciază cel mai mult la un bărbat sinceritatea și simțul umorului. Mmm, sigur că da. Arată-mi tu o femeie căreia tu-i spui: „Hei, fii atentă. Nu mă cunoști și nu te cunosc. Dar vreau să vii la mine în seara asta, să facem sex mediocru spre prost timp de maxim zece minute, că nu pot mai mult, iar dup-aia să pleci la tine acasă. N-am nevoie să-mi dai numărul tău, fiindcă e destul de evident că n-o să te sun niciodată. Ce zici?", și ea să spună: „Sigur, hai". Deci am lămurit-o cu sinceritatea, da? Hai să distrugem și mitul cu simțul umorului: ați auzit vreodată o tipă care să spună: „Fantezia mea sexuală e să fac un threesome cu Țociu și Palade. Să mă prindă amândoi și să-mi dea la bingo până-mi iese super-linie"? Nu? Așa mă gândeam și eu.

CAPITOLUL 10

Am intrat în casă cu două minute înainte să se facă ora 3. Timing-ul era perfect. Alin s-a dus să scoată patru pahare și să le umple cu alcoolul pe care-l cumpăraserăm de la non-stopul din colț, până se făceau fetele confortabile. Eu am fugit până la scrumieră să iau jumătatea de banană care ne rămăsese. N-aveam nevoie de una întreagă, în starea în care ne aflam cu toții. Am mai stat puțin de vorbă în bucătărie, după care Alin, la fel de subtil ca un elefant într-un magazin de porțelanuri, a zis:

– Și, Marina... vrei să-ți arăt camera din care l-a părăsit Anemona pe Andrei și i-a rupt sufletu-n două? Hai cu mine!

C-o mână a luat-o pe fată, în cealaltă a înșfăcat o sticlă de vin de pe masă și duși au fost. Eu trăgeam dintr-o țigară și o priveam pe Miruna. Era frumoasă. Avea părul lung și brunet, ochii negri, dar luminoși, iar zâmbetul parcă îi trăda urme de inocență. Stătea picior peste picior și, în momentul de liniște care ne înconjura, îmi mai arunca din când în când câte o privire emoționată. Parcă nu avea curajul să mențină contactul vizual prea mult timp. Era clar că o intimidam, și asta-i ceva ce îți dorești. În momentul în care reușești s-o domini, chiar și fără să spui nimic, abia atunci va lăsa garda jos și se va dezgoli în fața ta (și la propriu, și la figurat).

– Hai să mergem și noi în cameră, să stăm un pic mai confortabil, i-am spus.

„Să stăm mai confortabil?“ Wow, cred că e cea mai proastă scuză ever pe care am putut s-o scot din mine în clipa aia. Și dacă-i ziceam că vreau să aerisesc în bucătărie eram mai inspirat. Dar, până la urmă, amândoi ne doream același lucru, așa că nu a avut nimic de obiectat. S-a ridicat cuminte de pe scaun, și-a luat paharul cu ea și a pornit către camera mea. Eu am aprins veioza de pe noptiera din dreapta patului și m-am întins în pat. Ea a făcut același lucru, s-a lăsat pe spate, înfundându-și capul în perna mea albastră. Eu am luat laptopul și am pus niște muzică dintr-un playlist pe care l-am făcut special pentru situații de genul ăsta. E bine să fii mereu pregătit pentru orice, fiindcă nu știi ce-ți rezervă seara. Așa cum îmi spunea bunică-mea, trebuie să fii mereu epilat, să ai chiloți curați pe tine și muzică bună la îndemână.

Venise momentul ca eu să colectez premiul de casă nouă, iar tu să dai play la asta: The Weeknd – The Hills.

Fără să-i dau nici un semn, i-am înfipt o mână în gât și am tras-o spre mine. Am sărutat-o puternic și la final i-am mușcat buza de jos. A zâmbit și s-a apropiat mai tare de mine, mi-a pus mâinile pe față și ne-am afundat într-un dans pasional al buzelor noastre, care parcă se cunoșteau de-o viață. Aveau gust de cireșe de la începutul verii, perioada aia când sunt dulci și gustoase. Mâna mea s-a așezat pe coapsa ei și-o strângeam ușor, făcându-i tot corpul să reacționeze. În timp ce urcam ușor din atingeri, i-am simțit pielea. Nu purta ciorapi fini, ci jartiere care, apropo, sunt cel mai sexy lucru pe care l-a putut crea omenirea vreodată. Fusta deja i se ridicase, iar eu mi-am poziționat corpul între picioarele ei, atingându-i cele mai mari dorințe. Își unduia șoldurile de sus în jos, iar eu îi țineam isonul, înecându-mă cu buzele în gâtul ei. Mă hrăneam cu prezența ei, iar trăirile noastre se reuneau într-una singură, care ne făcea pe amândoi fericiți în momentul ăla.

Mi se pare că trăim într-o lume în care sexul e mult mai important decât ar trebui să fie. Bărbații plătesc pentru sex, femeile primesc beneficii pentru sex, peste tot apare sexul, și tot așa.

Dar ce uităm noi s-avem în vedere este că sexul chiar nu e nimic deosebit. Sex fac toate mamiferele. Vacile fac sex, câinii fac sex, chiar și pinguinii (care, să nu uităm, pot fi și homosexuali) fac sex. Orice bărbat poate să fută o femeie, indiferent cât e de înalt, inteligent, împlinit, scund, gras, slab, prost sau altele. Însă ce nu poate toată lumea este să creeze o conexiune, s-o facă pe femeia aia să capete buburuze pe piele pentru că i-a șoptit el cuvintele potrivite în clipa perfectă, să-i arunce o privire care s-o facă să se simtă mai dorită decât a făcut-o oricine să se simtă vreodată.

Mie asta mi se pare un lucru deosebit și este, după părerea mea, greu de făcut, dar extraordinar de frumos când se întâmplă. Și-atunci, de ce să pierdem timpul să facem sex cu oameni care nu trezesc nimic în noi? Nu mai bine ne uităm la un film?

Îmi doream să fie o amintire frumoasă.

I-am ridicat fusta până aproape de șolduri și simțeam c-o doresc din ce în ce mai tare. N-am mai avut răbdare să-i dau jos și cămașa, drept care i-am rupt nasturii (de fapt, i-am descheiat, dar, na... să par și eu mai macho) și m-am așezat peste ea. Ea mă săruta pe gât, bucurându-se de mirosul pielii mele, iar eu îmi făceam loc în amintirile ei. Gemea inocent și se uita în ochii mei speriată și excitată în același timp, de parcă nu știa de ce-i plăcea chiar atât de mult ce se-ntâmpla între noi. Respirația i se îndrepta greoaie peste urechea mea și eu încercam să mențin ritmul melodiei care ne cânta pe fundal. I-am luat mâna în palma mea, ne-am încrucișat degetele și am oprit timpul în loc. În jurul ei nu mai conta nimic, nici c-am vărsat scrumiera pe așternut, nici c-am dat cu genunchiul în veioza de pe noptieră și cu atât mai puțin faptul că vecinii băteau în țeavă. Cred c-am făcut o impresie foarte bună, pentru prima noapte ca noi chiriași ai apartamentului. Dar, vezi tu, asta-i chestia. Când faci sex, dacă ai timp să te concentrezi pe ce se-ntâmplă pe lângă tine, înseamnă că faci ceva greșit. Ar trebui să fii atent doar la persoana cu care ești în pat, fiindcă toate celelalte lucruri se pot rezolva și dup-aia. Nu trebuie să-ți distragă atenția nimic din ceea ce nu însemni tu sau ea. Doar voi sunteți importanți în momentele-alea. E ca și cum ai fi într-o bulă a timpului, și toate celelalte lucruri merg cu-ncetinitorul, ocolindu-vă pe voi.

Miruna a început să țipe din ce în ce mai tare și se ținea cu toată puterea de cearșaful ud și răvășit dintre noi. În momentul ăla, m-am ridicat de pe ea, am luat o pernă de pe pat, am aruncat-o pe jos și apoi am făcut și cu Miruna același lucru. S-a așezat cuminte în genunchi fără să înțeleagă dacă trebuia să se simtă jignită sau incitată. Mi se părea că emana o energie foarte interesantă, care parcă mă făcea s-o doresc din ce în ce mai tare, cu fiecare secundă care trecea. Nu știu exact ce se-ntâmpla, dar la un moment dat efectiv am amețit. Când am văzut asta, am prins-o puternic de păr, am ridicat-o, am luat-o în brațe și am trântit-o de perete. Am intrat în ea ca Napoleon în Rusia, adică fără să mă gândesc la ce făceam. Când i s-a lipit spatele de peretele rece, a țipat și mai tare. Eu mi-am poziționat mâinile peste fundul ei și am strâns-o cu toată puterea pe care o mai aveam și am simțit-o pe ea cum își împerechea mâinile în jurul umerilor mei încercând să-și mențină echilibrul. Nici nu mi-am dat seama când s-a terminat (ea) totul, dar știu că abia mă mai țineau picioarele. Ne-am trântit în pat unul lângă celălalt și ne-am aprins o țigară, osteniți.

– Doamne, ce intens a fost, mi-a zis Miruna, în timp ce-și desfăcea o sticlă cu apă. Cred că mâine o să am vânătăi pe spate.

– Mie-mi spui, i-am răspuns, trăgându-mi sufletul, mă dor picioarele de mor. N-am mai făcut sex în poziția asta de la eclipsă.

– Ha, ha! Nu știu când a fost ultima oară eclipsă, adică una dintr-aia care se vede chiar mișto.

– Păi cred c-a fost aia din 2000, nu mai ții minte? Când au apărut și bancnotele-alea de 2 000 de lei speciale pentru eclipsă.

– Aa, nu-mi amintesc.

– Nu se poate. A fost super-eveniment. Era în mijlocul zilei și ne-am oprit toți din ce făceam, ne-am cumpărat ochelari și ne uitam la eclipsă, precis ai făcut și tu asta.

– Nu prea cred c-am făcut, fiindcă eu în 2000 aveam un an.

– Stai, ce?!, am întrebat, c-un nod în gât.

– Da. M-am născut în '99.

Acuma, treaba e că eu nu știu multă matematică, dar noi eram în anul 2015, în clipa aia. Și deci 2015 minus 1999 egal cinșpe ani de pușcărie.

– Adică ce vrei să spui este că tu ai...

– 16 ani, da.

– Șșșt! Nu spune asta cu voce tare.

– Păi atâta am, ce vrei să fac?, m-a întrebat ea, amuzată.

„Oare ce e mai nașpa în pușcărie? Să fii futut în cur sau să-i mai faci câte un McSundae colegului tău de celulă, înainte să se culce?“, era singurul lucru la care mă puteam gândi.

– Nu, nu! Nu râdem, că nu-i ok. Cum să ai atâția ani? Și, mai mult decât atât, de ce ești atât de bună la pat? Și de ce arăți de cel puțin 25? Nu pot să cred!

– Andrei, relaxează-te, îți faci prea multe griji. Nu e de parcă m-ai violat sau ceva de genul.

– Putem merge la notar să spui asta și să legalizăm?, am întrebat-o.

Ea a început să râdă. Normal, ce putea să facă și ea? Eu deja îmi imaginam cum o să mă combin în pușcărie cu un tip păros și cu chelie pe nume Marcel (care, apropo, e un nume de bărbat care te-ar viola în somn fără nici o remușcare), iar ea râdea.

– Miruuuuu!, s-a auzit de pe hol. Nu mergem și noi acasă, că e deja ora 6 dimineața și se trezește tata.

„Aoleo! Aveți și tată? Adică un bărbat care, dac-ar afla ce s-a întâmplat, ne-ar ucide și pe mine, și pe Alin? Super!“

– Ba da, sunt gata în cinci minute, a răspuns ea, senină.

S-a ridicat de pe pat, și-a încheiat nasturii de la cămașă, și-a potrivit fusta, apoi și-a aranjat jartierele, iar toate astea le-a făcut cu o seninătate de nedescris. Eu eram panicat în pat și mă rugam să nu fie adevărat, și ea fredona melodii de la Ruby, ca și cum nimic special nu s-ar fi întâmplat. A ieșit pe hol. Acolo era doar Marina, dar nici urmă de Alin. M-am gândit că aflase și el ce vârstă aveau fetele și-i era rușine să mai iasă din cameră.

– Andrei, să știi că ne-a făcut o mare plăcere să te cunoaștem, a zis Marina.

– Da, chiar a fost plăcere, a completat Miruna.

– Da, sigur, am răspuns eu, bâlbâit. Și eu mă bucur c-am făcut împreună chestii total legale (băut, fumat, mâncat banane, futut... e clar, șaișpe ani au ele, șaișpe ani iau și eu).

– Ha, ha! Chiar că ești amuzant, a zis Marina. Dar nouă ne-a venit taxiul și trebuie să plecăm. Vezi că Alin doarme pe gresie în baie, n-am putut să-l mai trezesc atunci când am plecat.

Nici n-am mai avut putere să-ntreb de ce nu doarme în cameră, fiindcă singurul lucru la care mă puteam gândi era că, tehnic, eram pedofil. Fetele au ieșit din casă, iar eu am încuiat ușa după ele și am plecat să plâng sub duș. Dar nu prea puteam face asta, că acolo era nenorocitul de Alin, care sforăia pe trei voci.

P.S. – Suge-o, Andrei!, că de-acum înainte o să tresari la fiecare bătaie în ușă crezând că e poliția care a venit să te încătușeze și să te ducă la închisoare, unde o să te fută un deținut cu zece ani mai mare decât tine, ca să vezi și tu cum e.

P.P.S. – Pe de altă parte, hai să-ți demonstrez ce suflet hain și negru ai. Dacă eu intram în pârnaie, ca să mi se reducă sentința, aș fi scris niște cărți. Fiindcă nu aveam ce altceva să fac acolo, aș fi stat toată ziua la calculator și, într-un an de zile, aș fi scos și volumul III, și volumul IV sau V. Știu c-ai fi fost trist dacă mi s-ar fi întâmplat una ca asta, dar sunt sigur că o mică parte din tine, ascunsă undeva în adâncul inimii tale, s-ar fi bucurat să scot trei volume într-un an. Atâta doar, că probabil s-ar fi numit, toate, *Suge-o, Marcel!*

CAPITOLUL 11

Știi momentul ăla, când începe să-ți treacă răceala? Și, cumva, simți, după o perioadă în care nu puteai să te ridici din pat, îți era greu să-ți înghiți propria salivă, transpirai dacă, Doamne ferește!, clipeai un pic mai repede și te durea toată pielea pe tine, că dintr-odată ești capabil să te ridici în picioare și nu amețești când te duci la baie. Ei bine, așa mă simțeam și eu în perioada aia. După relația cu Anemona, parcă aș fi ieșit din convalescență și învățam să mă bucur din nou de lucruri simple, gen futut minore și altele de-astea.

Am tot ars-o o vreme cu tot felul de fete, care la început păreau interesante, dar dup-aia îmi dădeam seama că erau mai plictisitoare decât orice meci al lui Dinamo. Bine, eu am și tiparul ăsta greșit la femei, pentru că-mi plac pițipoancele. Așa e, sunt un om simplu și superficial, dar am scris o carte, deci cumva cred că se anulează una pe cealaltă.

Hai să vorbim un pic despre pițipoance, înainte să purcedem în poveste, că simt că mă judeci. Ideea e că nu îmi plac alea penibile, alea pe care le înjurăm cu toții. Mie îmi place o femeie care se aranjează, care are sânii mari și care se duce la salon să-și facă unghiile ori să se penseze. Cred că pot s-afirm fără vreo grijă că îmi place femeia care se respectă. Habar n-am, nici nu contează, până la urmă, atât de mult ce-mi place mie. Dacă-ți place ție ceva, acel ceva devine cel mai frumos lucru. Sau persoană. Dar trebuie s-o luăm cu începutul: hai să-ți povestesc cum am intrat în cea mai mare „friendzone" din viața mea.

Dă play la melodia asta, înainte să continui să citești: Outlandish – Aicha.

La un moment dat, pe vremea când încă scriam volumul I, tot vedeam o domnișoară pe la like-urile de pe Facebook ale poveștii și, nu știu de ce, mereu apărea prima pe la like-uri. La început n-am băgat de seamă, dar la un moment dat m-a intrigat și am devenit curios. Și am dat click pe profilul ei. M-am uitat pe-acolo pe la poze, pe la postări și mi-a plăcut ce am văzut. Însă am văzut și că era combinată și eu nu sunt genul de bărbat care se dă la femei care au prieten. Mi se pare o lipsă de respect față de tipul ăla. Și spun asta pentru că nici mie nu îmi place să văd că se dă un așchilopat la iubita mea. Deci, dacă ești genul ăla de bărbat și nu ai nici o problemă în a-ți încerca norocul la o femeie care are iubit, fii atent ce trebuie să faci: du-te la magazin și cumpără niște carne congelată de pui. Apoi vino acasă și lasă carnea la dezghețat. După ce faci asta, mergi în cameră la tine și așază carnea dezghețată pe birou. Tu pune-te pe scaun, tot la birou. Ești pregătit? Perfect. Acum dă-te cu capul de birou cât poți tu de tare, de trei-patru ori. Serios, e foarte important. Lovește-te cu muia de lemn până când începe să-ți joace creierul prin cap „dansul pinguinului". Nu-ți face griji, are loc destul să facă asta, pentru că sigur nu-i așa de mare. Ai terminat? Perfect. Acum ia bucățile de pui și pune-le pe ochi, ca să nu te-nvinețești.

Și deși nu sunt genul ăsta de bărbat, totuși i-am dat Add, pentru că... sunt bărbat. Nu genul ăla. Dar bărbat. Am văzut că avea o prietenă care și ea îmi dădea like-uri la poveste și i-am dat și ei Add. Hai să-ți spun cum am gândit-o pe-asta: dacă eu îi dau Add doar ei, o să pară că vreau să mă bag în seamă. Dar, dacă îi dau Add și prietenei sale, cu siguranță o să vorbească despre asta între ele, la un moment dat. Și voiam să aibă un dialog în care una îi spune celeilalte că i-a dat Add pe Facebook „ăla care-a scris *Suge-o, Ramona!*", știind că amândouă mă citesc. Și, în clipa aia, cealaltă ar zice: „A, da? Ce tare! Și mie". Pac, primul mindfuck. Dacă îi dădeam doar ei, probabil că s-ar fi simțit deosebită și nu voiam asta pe-atunci. E ca și cum ai planta o sămânță în creierul ei, ca să se simtă bine, iar apoi i-ai dezlipi-o cu tot cu un pic de membrană. Practic, i-am epilat creierul cu ceară în clipa aia. Acuma, eu nu știu dacă a avut loc dialogul ăsta sau nu, dar sper c-a avut loc. Știi că ți-am mai spus eu ție, dacă vrei să fuți o femeie, fute-i mai întâi creierul și restul vine de la sine.

Buuun. Ideea e că nici nu m-am băgat în seamă imediat cu ea, pentru că asta ar fi spus despre mine că i-am dat intenționat Add, ca să vorbesc cu ea. Și nu puteam s-o las să creadă asta. Deși ăsta era adevărul. Înțelegi acum cât de complicate sunt femeile? La noi, e mai simplu... dacă-ți dă una Add și îți și scrie imediat după și mai e și un pic drăgăstoasă, este clar că-ți vei insera penisul în ea. Ea știe asta, tu știi asta, toată lumea știe asta. Dar când vine vorba de situația inversă, e mult mai complex decât atât. Așa că am așteptat să treacă suficient timp între momentul împrietenirii virtuale și primul dialog. Asta e ca o regulă: dacă îți place de ea, nu te băga în seamă imediat cum v-ați împrietenit pe Facebook, fiindcă o să pari disperat. Ea se așteaptă să faci asta, deci mai ai răbdare un pic până să o faci. Ideea e că femeile reacționează bine atunci când faci ceva la care ele nu se așteaptă, fiindcă le surprinzi. Și, dacă reușești asta, pari un pic mai deosebit decât restul băieților care încearcă să le combine. Bine, asta nu înseamnă că trebuie să te duci la o femeie acasă și să te pișî în chiuvetă. Căci, da, va fi total surprinsă, dar nu în sensul în care-ți doreai, și astfel vor exista mai multe șanse ca Rusia să intre în UE decât să intri tu în fata respectivă.

Într-o seară, trebuia să fac o reclamă și se filma toată noaptea. Mi-am încărcat telefonul full de acasă că na..., sigur m-aș fi plictisit la un moment dat și mereu e bine să fii pregătit. Se făcuse ora 2 și s-a decis să luăm o pauză de jumătate de oră, ca să ne relaxăm și să mâncăm ceva. Așa că eu am scos telefonul din buzunar și, bineînțeles, am intrat pe Facebook. Și, băi, îți jur... prima poză care mi-a apărut a fost a ei. Am văzut-o și am vrut să-i dau like, dar mi-am dat seama că Facebook-ul nu are un buton de *I fucking love it* și am renunțat la idee. Și zic: hai să intru pe profil la ea, să văd ce-a mai făcut. Și, cum naviga fratili vostru pe profilul ei, ca taximetriștii în trafic, adică pe diagonală, ce-mi zăresc ochișorii? Se pare că domnița nu mai era într-o relație. Sau cel puțin nu mai apărea pe Facebook. Și-mi zic „Hm... probleme în paradis? Off, ce nasol!“ Dar în același timp sufletu-mi râdea ca Mendark din *Dexter's Laboratory*. Ha ha ha. Ha ha ha ha. Mă rog, ajută să-nțelegi râsul ăsta dacă știi desenul. Și-atunci, prietene, era momentul perfect să-i scriu. Și asta am și făcut.

Aicha era genul de fată care are bărbații la picioare. Și, din acest motiv, putea să aibă cam orice bărbat între picioare. Iar asta nu era neapărat un lucru bun pentru ea, fiindcă, vezi tu, o femeie care are o grămadă de tipi care se dau la ea, în primul rând dă peste tot felul de specimene, care o fac să-și piardă încrederea în regnul masculin. Pe de altă parte, cu cât crește numărul pretendenților, devine din ce în ce mai greu să îi spui tu ceva nou, să faci ceva ce nu a mai făcut nimeni pân-atunci sau s-o impresionezi în vreun fel. E exact sindromul chelneriței: știi că cel mai greu este să combini o chelneriță de club, pentru că la ea s-au dat miliarde de bărbați până la tine. Unii buni, alții răi, unii frumoși, alții urâți, unii săraci, alții cu bani. Ideea e că a auzit cam tot ce se poate auzi. Deci, dacă tu reușești să combini o chelneriță, poți să consideri că ești bun și poți să dai un self high five chiar în momentul ăsta. Serios. Oprește-te din citit și dă mâna cu tine. Ești un faraon.

Aicha avea chip de păpușică, dar personalitate de leoaică. Nu mergea la ea cu vrăjeală de genul: „Mi-am pierdut numărul de telefon, nu mi-l dai pe al tău?" Pentru că dacă făceai asta îți arunca o privire cu care se pișa în sufletul tău până simțeai gust de sare în gură. Știa să se folosească de atuurile ei și, deși era nesigură pe dinăuntru, nu te lăsa nici o clipă să vezi asta. Privirea ei spunea, practic: „Love me if you dare". Cam asta era atitudinea cu care și-o ardea. O fi bine, o fi rău?

Ideea e că nu mai țin minte exact ce i-am scris, dar important e c-am început să vorbim. Gândește-te că jumătatea aia de oră de pauză a trecut ca pensia lu' bunică-mea, adică pe nesimțite. Deci, teoretic, eu încă eram la o filmare și oamenii ăia de-acolo mă plăteau ca să-mi fac treaba și să fiu profi. Practic, eu băleam pe telefon și mângâiam un perete. Aicha îmi răspundea, de multe ori, așa cum aș fi făcut-o și eu și îmi plăcea chestia asta la ea. Am o problemă cu fetele care nu au o părere a lor sau nu pot să-și argumenteze un gând. Din cauza Anemonei, am ajuns să am nevoie de cineva care să mă stimuleze din mai multe puncte de vedere. Dă-mi voie să-ți explic la ce mă refer:

1. intelectual: foarte important este ca o fată să poată purta o conversație și să țină pasul într-o discuție, indiferent despre ce e vorba în ea;

2. umoristic: dacă n-ai simțul umorului și te ofensezi ușor, ești foarte mișto și sigur ești o fată grozavă, dar cu mine nu vei fi vreodată. Eu am nevoie de o tipă cu care să pot glumi, care să știe să încaseze o glumă și, cel mai important, să știe să dea o replică atunci când e nevoie;

3. sexual: dacă ajungi în pat și stai acolo ca o scândură și aștepți ca tipul ăla să te fută, ești o femeie incompletă. Serios, ar trebui să nu mai faci asta și să înțelegi că dragostea se face-n minim doi, cum ar zice fratele Velea.

Așa, acuma, că am mulțumit pudicii și mămicile cu aceste trei stimulente clișeice, hai să vorbim un pic și pe limba noastră. Treburile astea cu: „Ăăă... eu îmi doresc o femeie frumoasă, deșteaptă, care să știe să gătească și să îmi facă sex oral de ziua mea" sună foarte mișto, dar, în realitate, este mult prea banal și n-ar trebui să te mulțumești cu atât de puțin.

Vrei o femeie frumoasă? Asta e discutabil de la persoană la persoană. Mai departe... vrei o femeie deșteaptă? Ești sigur că vrei asta? Că s-ar putea să fie mai deșteaptă decât tine și n-o să-ți placă asta. N-o să ți se pară drăguț când tu scoți pe gură o chestie stupidă și-i vezi privirea. Privirea aia cu semne de întrebare în ochi, care-ți spune: „Oare chiar e-atât de prost sau doar glumește?" Mai departe... vrei să știe să gătească? Dar tu îți iei iubită sau menajeră? Ai o femeie în viața ta, deja, care știe să gătească: MĂ-TA. Când ți-e poftă de sarmale, dă-i ei un telefon și roag-o să-ți facă o oală și să-ți trimită. Nu mai trăim pe vremea părinților noștri, acum femeile lucrează cot la cot cu bărbații și uneori mai mult. Cine mai are timp de gătit? Aa... ok, putem găti împreună, ca să fim adorabili și simpatici, dar așa, să-ți gătească ea ție și tu să fii partea financiară în casă? Nu, boss, nu mai trăim în vremurile alea. Iar despre partea cu sexul oral, nici n-are sens să mai dezbatem. Doar mi-e milă de tine și atât.

Hai să-ți spun ce trebuie să-mi inspire mie o femeie, ca să-mi placă. E o singură regulă și se numește „The 4 D's". Sau „Cele 4 D-uri", dacă nu pricepi engleza:

1. dinți
2. discuții
3. dorință
4. *deep throat*

Hai să le luăm pe rând și să-ți spun despre fiecare ce și cum.

Dinți

După cum probabil știi deja din primul volum, eu am o mare slăbiciune pentru fetele cu dinți frumoși. Îmi place la nebunie când văd o fată zâmbind și îi văd contrastul dintre albul dinților și roșul rujului. Și culmea... urăsc Dinamo. Dar ce să faci, asta-i treaba. Unii bărbați se uită la țâțe, alții la cur... eu mă uit la dinți.

Discuții

Mie-mi place să discut cu oamenii. Îmi place foarte mult să îi ascult opinia, să văd ce crede când vine vorba de diferite subiecte, s-o văd cum reacționează când îi spun ceva mai ieșit din tipare. Ți-am mai spus, toată treaba asta e ca un joc de șah. Îmi place să-i urmăresc mutările, să văd cum le gândește, cum încearcă să mă domine. Pentru că asta spune despre ea că are personalitate. Vreau să poată vorbi despre Nietzsche folosind citate din Florin Salam, vreau să râdă când îi spun că „nu poate să-mi spună să bem un shot pentru că nu sunt doar o bucată de carne și că înțeleg că vrea să mă îmbete ca să mă folosească de parcă aș fi o cârpă și apoi să mă arunce" și, mai ales, vreau să știe când am lăsat gluma la o parte și trebuie să mă țină în brațe și să nu spună nimic.

Dorință

Partea asta e foarte importantă. Eu am nevoie să mă simt dorit și să-mi mângâi orgoliul cu mâinile date cu cremă. În sensul că eu știu că nu sunt ca alți bărbați, cu care ai mai fost tu vreodată, și am nevoie să văd că și tu știi asta, pentru că altfel îmi pierd interesul.

Deep throat

Eu nu am nimic cu femeile care nu fac sex oral. Pe bune, chiar sunt ok cu asta. Până la urmă, e problema lor dacă vor să fie niște insipide care nu știu să se fută cum trebuie. Băi, uite cum e... fiecare face în pat ce vrea. Dar nu pot să le suport pe tipele alea care cred că, dacă arată bine, e suficient și nu trebuie să mai facă nimic. Nu, draga mea, n-o să mă excit doar pentru că te-ai dezbrăcat tu, că nu mai sunt în clasa a noua, să mă ud tot dacă am văzut o țâță. Trebuie să faci mai mult de-atât, pentru că ce trebuie tu să pricepi este că, dac-ai ajuns la mine în pat, nu-mi faci o favoare. Și tu ai vrut asta, așa că nu te mai căca pe tine și hai să facem din asta o noapte de neuitat. Împreună. Amândoi. Nu tu să stai pe spate și io să-mping până încep să-mi curgă șiroaie de apă pe frunte. Că așa, fie că ești tu acolo, fie că e o pernă, pentru mine tot aia e. Măcar cu perna nu trebuie să-mi pun prezervativ.

Ți-am spus toate astea pentru că vreau să înțelegi că Aicha părea să bifeze câteva dintre D-uri. De *Deep throat* nu aveam de unde să știu, dar restul păreau să fie acolo.

Filmarea s-a terminat, noi vorbiserăm cam două ore și a rămas c-o invit cândva la un stand-up, să ne cunoaștem și personal. Dar aici apărea o problemă: eu până atunci tot ieșisem cu fete de care nu îmi plăcea decât pentru o noapte. De data asta însă, ceva se schimbase. În ceea ce-o privește pe Aicha, părea să fie diferit. Am ajuns și eu, într-un final, acasă și abia așteptam să îmi pun capul pe pernă și să dorm.

P.S. – Pentru fete: serios, când ești în pat cu un tip, mișcă-te și tu un pic. Știi cum știi că nu ești chiar cea mai bună femeie în așternut? Dacă după ce terminați ăla e mega-transpirat, îi ies venele pe la tâmple și răsuflă greu, iar tu arăți de zici că tocmai ce-ai terminat să te machiezi.

P.P.S. – Pentru băieți: dacă te-ai dat cu capul de birou pe bune, eu zic să te oprești din citit. Cărțile nu sunt pentru tine. Dar e ok. Poți să te faci fotbalist.

CAPITOLUL 12

Îmi plăcea ziua de sâmbătă. Oricât de târziu te culcai cu o seară înainte, erai relaxat, fiindcă știai că nu trebuie să te trezești a doua zi de dimineață. Mi-am făcut un obicei cu Alin ca în fiecare sâmbătă, indiferent la ce oră ne ridicam din pat, să mergem până în Piața Obor și să ne facem cumpărăturile. Luam legume proaspete, fructe, icre și tot felul de alte chestii și, când terminam, mereu ne opream să mâncăm mici și să bem o halbă de bere la o terasă de-acolo. După care ajungeam acasă, scoteam chestiile de prin pungi, mâncam niște slăninuță cu ceapă, mai dădeam gata o bere sau două și-apoi ne făceam amiaza, că deja eram obosiți și semi-beți. Nimic nu era diferit nici în sâmbăta aia. Eram în bucătărie cu Alin și fumam o țigară. El își scotea chestii din congelator și le punea într-o tigaie, încercând să-și gătească ceva. Mai trăgea un fum din țigară, mai lua o gură de bere și mai învârtea în mâncarea pe care spera să n-o ardă.

– Auzi, mă, tu știi câți ani avea Marina?, l-am întrebat.

– Cine-i Marina?

– Cum cine-i Marina? Geamăna aia de serile trecute, cu care ai făcut sex.

– Bre, eu am adormit în cadă. Crezi că am atât de multe amintiri din seara aia?, mi-a răspuns Alin.

– Corect. Păi dă-mi voie să-ți spun eu. Soră-sa avea șaișpe ani.

– Pe bune? Mamă… Și crezi că și Marina tot șaișpe avea?

– Tu faci mișto de mine? Erau gemene, normal că și ea tot șaișpe ani avea. Doamne!, am țipat eu.

– Vai de mine!

– Da! Erau minore.

– Nu pot să cred!, a zis Alin.

– Da, știu. Nici mie nu mi-a venit să cred că am făcut sex cu o minoră. Știu cum te simți.

– Nu, bă. Nu pot să cred că am făcut sex cu o minoră și eu nu mai țin minte. Doamne, cât de tare!

– Cum să fie tare, ești prost la cap? E ilegal. Putem face pușcărie pentru așa ceva, i-am zis eu nervos.

– Băi, coaie… hai să-ți explic altfel. Să faci sex cu două gemene e o realizare. Să faci sex cu două minore e extraordinar. Dar să faci sex cu două gemene minore este pur și simplu aur. E ca și cum ai vedea un unicorn. Trebuie să postez pe Facebook asta. Mi-ai făcut ziua mai frumoasă, trebuie să sărbătorim!

Ascultă melodia asta: Stefan Biniak – Tears.

A deschis frigiderul și a mai desfăcut două beri. Dansa prin casă, cântând „am futut minore gemene“, și era bucuros de parc-ar fi fost Crăciunul. Cum stăteam eu așa și mă uitam la Alin cum mișcă din fund în timp ce tăia ceapă, dintr-odată mi-a sunat telefonul.

– Vai de capul meu! Atât de gay îți sună ție telefonul?, m-a întrebat el.

Dar eu efectiv am paralizat și nu puteam să-i răspund, fiindcă din telefonul meu se auzea O-Zone cu *Oriunde ai fi*.

Uitasem să schimb ringtone-ul pe care îl setasem atunci când mă suna Anemona, fiindcă, sincer, nu credeam că o să-l mai aud vreodată.

– Coaie, dacă erai îmbrăcat în latex roz și masturbai un bărbat în clipa asta și tot era mai puțin gay decât ringtone-ul ăsta, a continuat Alin.

Eu deja nu mai puteam să-l aud și privirea mi se încețoșase. Toate amintirile mi-au inundat inima și tot ce credeam că începuse să conteze penru mine a dispărut. Credeam că eram pe drumul cel bun și că aproape o uitasem, dar modul în care a început să-mi bată inima când i-am văzut numele pe ecranul telefonului m-a făcut să pricep că nu eram deloc în punctul în care aveam eu impresia.

– E... Anemona.

Atât am putut să spun și m-am uitat la Alin ca și cum aș fi strigat după ajutor.

– Aa, shit! a răspuns Alin oprind ochiul de la aragaz. Nu contează, răspunde-i. Joac-o foarte cool, ca și cum ești super-pasiv și nu stai noaptea și asculți melodia din *Titanic* pe repeat, ca să adormi.

– Dar nu ascult melodia din *Titanic* pe repeat ca să adorm!

– Boss, e doar un perete între camerele noastre și nu-i atât de gros. Dar nu asta conteaz-acum. Răspunde la telefon și fii indiferent.

Am apăsat pe tasta verde, am dus telefonul la ureche. Fiecare dintre noi avem o persoană care ne trece peste toate sistemele de apărare și ne intimidează inexplicabil. Ei bine, se pare că pentru mine tot Anemona rămăsese. Însă nu puteam s-o las și pe ea să afle asta.

– Mdea!, am răspuns.

– Andrei, ce faci?

– Bine fac. Dar cu cine vorbesc?, am întrebat.

Alin îmi făcea semne că minunat mă descurcam.

– Poftim? Cu mine... adică... sunt eu, Anemona.

– Anemona... Anemona... Îmi sună cunoscut numele.

– Coaie, exagerezi!, a țipat Alin.

– Andrei, ești beat?, m-a întrebat Anemona.

– Nu. Ia zi, ce s-a întâmplat?

– Nu pot să-ți spun la telefon, dar trebuie să vorbim. E ceva ce trebuie să știi.

– Păi dacă nu poți prin telefon, trimite-mi un SMS, i-am zis eu, deși tot ce-mi doream să îi spun era că muream de dorul ei și nu voiam să mai ascult melodia din *Titanic* pe repeat în fiecare noapte.

– Nu, e ceva important. Sunt în drum spre București. Hai să ne vedem la o cafea peste vreo două ore.

– Hmm... Nu știu dacă am cum, s-ar putea să fie prea din scurt, i-am răspuns.

– Andrei, băga-mi-aș picioarele! Fă și tu un efort pentru mine, cred că merit măcar atât din partea ta. Nu te țin o săptămână, trebuie doar să-ți spun ceva și vreau să o fac personal. Poți, te rog frumos, să faci asta pentru mine? Doamne!

– Ok, ok. Dă-mi un semn când ajungi și ne vedem.

– Bine. Te sun mai târziu.

Am pus telefonul pe masă și am răsuflat îndelung. În primul rând, eram foarte curios să aflu ce trebuia să vorbim și în al doilea rând, nu știu dacă eram pregătit să mă întâlnesc din nou cu ea. Adică eu m-am tăiat ca maioneza numai când am văzut că mă suna, ce căcat era să fac atunci când aș fi văzut-o în fața mea? Probabil c-aș fi leșinat. Mi-am făcut o tonă de filme în cap împreună cu Alin.

– Poate a rămas gravidă înainte să plece înapoi în Constanța. Ce naiba fac? Nu sunt pregătit să am un copil, i-am spus.

– Ei, da. Nu trebuie să fii nici tu atât de negativist. Gândește pozitiv, poate e pe moarte, a răspuns Alin.

– Bă, eu vorbesc serios. Sau poate și-a dat seama că n-a procedat bine și vrea să ne împăcăm. Daaa, cât de frumos ar fi asta?

– Ar fi foarte frumos, m-aș bucura. Plus că oricum avem aici o cameră în plus, deci ar fi simplu să se mute și ea.

– Ce?

– Da, mă. Ne-ar prinde bine o mână feminină în casă, care să mai pună la spălat din când în când, să mai șteargă un praf, știi tu… treburi femeiești.

– Dar noi facem asta deja, i-am zis.

– Păi da, dar ele se pricep mai bine. Plus că noi facem curat doar atunci când e prea mare mizeria, dar ele au alt stil. Ele fac curat preventiv, înainte să nu-ți mai găsești șosetele printre peturile de bere.

– Stai, bă, că nu-i ca și cum știm sigur că asta vrea. Plus că și dacă-mi zice asta, poate n-o să vreau eu.

– Dude, tu aproape te-ai pișat pe tine când te-a sunat. Dacă îți spune că vrea să vă-mpăcați, te duci direct să-i cumperi inel.

– N-ai de unde să știi asta.

– Ba am. Stai liniștit.

Oricât de mult nu voiam să recunosc, avea dreptate. Faptul c-am început eu să fut în stânga și-n dreapta nu a reușit să umple golul lăsat de ea în sufletul meu. Puța mea era ocupată, dar inima – nu. Și, oricât de multe tipe ai bifa, nici un număr nu e suficient de mare ca să înlocuiască iubirea. Cât timp am filosofat noi în bucătărie, timpul a trecut și am primit un mesaj: „Acum intru în București. Spune-mi unde ne vedem".

P.S. – Urma să fiu din nou față-n față cu trecutul. Singurul mod în care poți să afli dacă ai reușit să uiți o persoană pe care cândva o iubeai cu toată puterea ta este să te întâlnești cu ea, s-o privești în ochi și să nu-ți dorești s-o iei în brațe. Amintirile să nu-ți inunde mintea, buzele să nu-ți tânjească după atingerea ei și ochii să n-o mângâie în timp ce se umezesc. Abia dacă reușești lucrul ăsta poți să spui că ești pregătit să treci mai departe.

P.P.S. – Ca o paranteză, desigur, dacă citești chestia asta și ești polițist, îți dai seama că nu-i adevărat ce-am scris eu aici în legătură cu gemenele alea. E pură ficțiune și nu s-a întâmplat niciodată.

PARTEA A III-A

ANEMONA

CAPITOLUL 1

Când m-am trezit, simțeam un gust ciudat în gură. Mă durea capul, aveam salivă pe bărbie și o mână îmi era amorțită. Mă uitam în jurul meu prin cameră și cu cât mai mult descopeream din încăpere, cu atât mai repede îmi dădeam seama că nu știam unde mă aflu. Eram la bustul gol, dar aveam pe mine blugii pe care-i purtam cu o seară înainte. M-am controlat în buzunare să văd dacă mai aveam portofel și toate alea. Am pus mâna pe locul unde trebuia să-mi fie telefonul, dar nu era acolo. Același lucru am văzut că se întâmpla și în buzunarul unde trebuia să am portofelul, ca și în cel unde trebuia să fie cheile. Nu găseam nimic. Mi-am mutat privirea mai jos și am observat că aveam doar o singură șosetă în picioare. „Unde Dumnezeu o fi cealaltă șosetă?“, m-am întrebat. M-am ridicat să o caut și am observat că lângă mine mai era cineva, dar nu mi-am dat seama cine era, fiindcă avea plapuma trasă peste chip. Capul îmi vâjâia de la alcool și-mi era dificil să merg. M-am uitat la ceas și era 3 după-amiază, iar eu în continuare îmi căutam șoseta. M-am uitat peste tot în camera aia, dar n-am văzut nici urmă de ea. Tu-ți dai seama că eu nu mai aveam la mine telefonul meu IPhone 6, portofelul cu toți banii în el și cu toate actele gen buletin, permis de conducere, carduri şi toate astea, iar cea mai mare grijă a mea era că nu-mi găseam şoseta?

M-am aşezat pe un fotoliu, mi-am aprins o ţigară şi încercam să-mi amintesc ce căcat se întâmplase. Deci ţin minte că eram în bucătărie şi vorbeam cu Alin despre ce ar trebui să fac atunci când mă vedeam cu Anemona.

– Indiferent ce-ţi spune în seara asta, nu trebuie să iei nici o decizie, mi-a zis Alin. Gândeşte-te că a trecut ceva timp de când v-aţi despărţit şi abia ai început şi tu să-ţi revii un pic.

– Stai liniştit, că nu cred c-a vrut să ne vedem ca să ne împăcăm, i-am răspuns.

– Nu contează dacă vrea să-ţi spună asta sau altceva. Important e că trebuie să ţii minte că există viaţă şi după Anemona. Atât.

– Da, dar e mult mai uşor de zis decât de făcut.

– Coaie, asta e cea mai proastă expresie din lume. Orice e mai greu de făcut decât de zis, fiindcă să spui ceva pe gură este al naibii de uşor. Uite: vreau să merg în sufragerie. Mult mai uşor de zis decât de făcut. Vreau să mă scarpin la nas. Am zis-o foarte repede. Expresia asta e total fără sens.

– Lasă, c-o să văd eu ce fac, degeaba plănuiesc de-acasă, fiindcă, odată ajuns acolo, nu mai contează ce-am discutat noi acum, i-am răspuns.

– Ce vreau să-ţi spun sunt trei lucruri. Primul dintre ele: de multe ori suntem mult mai puternici decât credem. Al doilea: sper că nu ieşi cu tricoul ăla pe tine, că pare că eşti împrumutat. Şi trei: schimbă-ţi dracului ringtone-ul ăla homosexual.

Până la urmă, eu ştiam un singur lucru, şi anume că, orice ar fi vrut Anemona să vorbim, mă bucuram enorm că urma s-o văd după atâta vreme. Cum trăgeam eu din ţigară, încercând să-mi înving ameţeala din cap, la un moment dat am auzit ceva sunând. M-am uitat în jurul meu, dar n-am văzut nici un telefon. Sunetul venea de undeva din partea stângă a camerei, așa că l-am urmărit ascultându-l atent, până am ajuns pe hol. Venea de undeva de jos. M-am pus în genunchi și încercam să mă concentrez ca să-l identific. Părea să fie telefonul meu, dar, pe de altă parte, suna ca un IPhone. Putea să fie al oricui. La un moment dat am văzut că mi se aprinseseră adidașii (la propriu) și, când am băgat mâna în ei, am găsit telefonul. Era într-adevăr al meu, dar nu înțelegeam cum căcat mă dusese capul să mi-l las fix acolo. Și, mai important decât atât, nu era nici urmă de șoseta mea nici pe hol. L-am deblocat și m-am uitat să văd ce se întâmplase. Aveam câteva apeluri pierdute, vreo patru mesaje, și Whatsapp-ul se înroșise. Le-am luat pe rând: apelurile erau de la două numere necunoscute, unul de la Alfred și altul de la Alin. În mesaje aveam un SMS de la maică-mea, care spunea: „Ai plecat la București și ai uitat că ai și tu o mamă? Mai dă și tu câte un telefon din când în când, că nu-ți cade mâna. Așa cum nici mie nu-mi cădea când îți făceam cartofi prăjiți de fiecare dată când voiai. Te pupă mama". Următorul era de la Alin și zicea: „Cois, ai murit? Dacă da, vezi că-ți iau eu laptopul". Și mai aveam două mesaje de la Orange. Dar când am intrat pe Whatsapp, abia atunci am văzut niște lucruri interesante. Cineva îmi scrisese de pe un număr pe care nu-l aveam: „Șoarece, ai belit pula cu mine. Te bat de te caci pe tine". Nu înțelegeam care era faza. M-am uitat la poza de pe Whatsapp și apărea o fată, nu un băiat. Ciudat. M-am uitat mai sus în conversație și am recitit-o. Prima propoziție era: „Dacă vrei să bem un shot, te aștept la bar. Am auzit că poate să facă minuni". După care aveam: „Ai plecat? Eu sunt la baie"; „Stai liniștit, nu-ți face probleme, poartă-te normal și neagă tot"; „Ne vedem în zece minute la barieră.

Să fii acolo". Interesant era că eu nu răspunsesem la nici unul din mesajele alea și nu pricepeam de ce. Am luat telefonul în mână și m-am întors pe fotoliu. Mi-am turnat un pahar de apă, fiindcă voiam să mă hidratez un pic, să-mi amintesc și eu ce naiba se întâmplase cu o seară înainte.

Aveam flash-uri despre cum mă lăsase taxiul în fața unui bar al cărui nume nu mi-l mai aminteam. Plătisem cursa și intrasem. Era un bar sumbru, în care mirosea a bere la dozator, lumina era difuză și părea genul de loc în care oamenii își lasă speranțele afară atunci când intră. Picioarele îmi tremurau cu fiecare pas pe care-l făceam și-mi tot repetam: „Trebuie să fii tare, Andrei. Trebuie să fii tare". Eram pur și simplu învins, dar nu voiam s-o las să vadă asta. Deși îmi făcusem o mie de planuri, parcă nici unul nu era suficient de bun pentru ceea ce avea să urmeze. Trebuia să mă lupt cu inima mea, dar știam că oricine ar fi câștigat, tot eu aș fi pierdut. Singurul lucru care mai lipsea era să înceapă să cânte pe fundal O-Zone cu *Oriunde ai fi*. Și, având în vedere că e povestea mea și scriu ce vreau eu în ea, ce să vezi, dintr-odată a început să cânte pe fundal fix *Oriunde ai fi*.

Îmi târâiam corpul spre mijlocul barului și-mi aruncam privirea după chipul pe care-l visam în fiecare seară. Când ochii mei i-au întâlnit pe-ai ei, a fost de parcă cineva mi-ar fi secerat inima și ar fi blocat-o în acea seară de iulie din urmă cu zece ani, de la Mamaia.

Era în continuare la fel de frumoasă cum mi-o aminteam, părul blond îi stătea perfect și zâmbetul ăla care mă fermecase de atâtea ori a făcut același lucru încă o dată. Parcă nimic nu se întâmplase între noi, ea nu plecase din viața mea și eu nu continuasem s-o caut în fiecare femeie pe care o întâlneam. M-am apropiat de masa la care era așezată, iar ea s-a ridicat.

Îmi imaginasem cum începea să alerge spre mine, ospătarii aprindeau artificii în jurul nostru, pe o rază apărea Dan Bălan care ne cânta live melodia ce se auzea pe fundal, iar noi începeam să ne sărutăm, afundându-ne într-un vârtej al iubirii pe care o simțisem cândva. Din păcate, n-a făcut toate astea, dar m-a luat în brațe măcar, când m-a văzut. Pentru prima oară după mult timp, am simțit căldură în suflet și am înțeles încă o dată că acolo era locul meu. Nu ne-am spus nimic preț de câteva minute. Eu mă uitam la ea și-mi aduceam aminte tot ce fusese între noi și ea, probabil, făcea același lucru. Cine ar fi crezut că doi copii care s-au cunoscut cândva la mare vor ajunge să trăiască așa o poveste de dragoste, care parcă se încăpățâna să nu se termine, deși amândoi încercaseră finalul de mai multe ori. Asta e chestia cu sentimentele, nu le poți păcăli. Poți încerca să-i minți pe ceilalți, la naiba, chiar și pe tine, însă ceea ce se simte nu poate fi fake-uit indiferent cât de mult ți-ai dori. Anemona și-a înfipt nasul în gâtul meu, făcând să treacă toți fiorii de pe planetă prin mine:

– Doamne, cât de bine miroși!, mi-a spus, parcă nedorind să-mi dea drumul.

Mai ții minte planul meu de a mă purta super-dandy relaxat? Ei bine, pot să spun că se cam dusese pe pulă în momentul ăla. Tot ce voiam era ca îmbrățișarea aia să nu se termine niciodată. Mi-am dat jos geaca, am pus-o pe spătarul scaunului, iar apoi ne-am așezat, am comandat câte ceva de băut și ne uitam unul la celălalt.

Dă play la piesa asta cât citești: Liviu Teodorescu – Târziu.

– Îți stă foarte bine cu tricoul ăsta, mi-a spus ea, timid.

„Ha! Muie, Alin!“, gândeam eu în clipa aia.

– Mulțumesc! Și tu ești la fel de frumoasă, nu te-ai schimbat deloc, i-am răspuns.

A zâmbit.

– Ce mai faci, ești bine?

Bine? Mă-ntrebi dacă sunt bine? Femeie, am ajuns s-ascult Céline Dion și am la ringtone O-Zone. Dacă asta înseamnă că sunt bine, nu vreau să mă gândesc cum e să fii rău.

– Da, sunt ok. Tu cum ești?, am întrebat-o.

– Sunt în regulă, ce pot să zic.

– Mamă, ce discuție sobră avem. Mi-aduc aminte că știam să vorbim unul cu altul, i-am spus și am început să râd.

– Da, e ciudat. Cine s-ar fi gândit?

– Eh... Viața e mereu surprinzătoare, după cum am văzut amândoi. Se pot întâmpla mereu lucruri la care nu te aștepți niciodată să se întâmple, i-am spus eu, înțepând-o.

– Da, ai dreptate. Apropo de neașteptat, cu Ramona ai mai vorbit?

– Când? Înainte sau după ce ai plecat din București?

– Tu chiar nu poți s-o lași baltă? Pe bune, ți-am explicat de ce am făcut asta și chiar mă gândeam c-ai înțeles și măcar o dată în viața ta te gândești și la altcineva, în afară de tine.

– Serios? Tu vorbești despre altruism? Ha! Dar tu la cine te-ai gândit atunci când ai plecat fără să spui nimic? Te-ai gândit vreo clipă și la cei din jurul tău, de exemplu la mine?

– Da, normal. Mereu e vorba doar despre tine și despre ce-ți dorești tu, ce te face pe tine fericit, ce ai tu nevoie și ce vrei tu să se întâmple. Tu, tu și iar tu!

– Cât de nesimțită poți să fii? Am venit acasă și am găsit casa goală, după ce cu o seară înainte am ieșit în oraș amândoi și era totul bine. M-ai mințit, Anemona, ai stat câteva luni și ai ascuns chestia asta de mine. Asta e problema cea mai mare.

Că nu ai avut încredere în mine să-mi spui ce te macină și ai ales să mă minți că era totul bine. Și, în realitate, tu ascultai Céline Dion și O-Zone!

– Poftim?

– Nu contează! Ideea e că ești o mincinoasă și o ipocrită!

– Ce tupeu ai să vorbești despre lucrurile astea, când tu ești cel care m-a înșelat pe mine.

– Da, dar nu știai asta! N-a fost ăsta motivul pentru care ai plecat, asta e și problema. Măcar dacă plecai din cauza asta, aș fi înțeles. Dar așa... maturizează-te, că nu mai ai douăzeci de ani!

– Știi ceva? Chiar sunt o proastă că am vrut să mă-ntâlnesc cu tine, a zis Anemona și s-a ridicat de la masă, și-a luat geaca și se îndrepta spre ieșire.

– Exact! Fă ce știi tu cel mai bine să faci – fugi! Fugi de o discuție, de probleme, de responsabilități, de iubire, de mine... Fugi de tot ca o lașă ce ești, am urlat eu.

Oamenii din bar se uitau la noi ca la felul paișpe. Dar nu mai aveam timp să-mi fie rușine sau să mă gândesc la ce credea unul sau altul. M-am ridicat și m-am dus după ea. A ieșit grăbită din bar, iar eu am apărut imediat în spatele ei.

– Anemona! Stai!

– Lasă-mă-n pace!, a țipat ea.

M-am întins și am apucat-o de o mână. Avea geaca umedă din cauza ploii de afară și îmi era greu să o prind cum trebuie.

– Ia mâna de pe mine!

– Anemona...

– Nu mă atinge! Lasă-mă!, a țipat din nou.

În clipa aia aia am tras-o puternic de mână și, într-o fracțiune de secundă, am adus-o fix lângă mine. Fără să-mi dau seama, dintr-odată și fără nici un fel de premeditare, mi-am izbit buzele de buzele ei și am sărutat-o. S-a oprit totul: și urletele, și nervii, și, dacă stau bine să mă gândesc, s-ar putea ca și ploaia să se fi oprit. Sau cel puțin așa mi-aduc eu aminte. Anemona și-a aruncat brațele în jurul gâtului meu, iar eu mi-am așezat palmele pe spatele ei, încrucișându-le.

– Nu... nu putem face asta, a murmurat ea.

Am sărutat-o din nou, și mai pasional de data asta.

– Vai, ce dor mi-a fost de tine!, i-am spus fără să-mi dezlipsec buzele de-ale ei.

– Uff!

– În sfârșit e totul complet și perfect.

– Andrei, nu spune asta...

– Ba da. Baby, mi-am imaginat asta de sute de ori, dar realitatea e de zece ori mai bună.

– Andrei...

– Șșșt! Nu spune nimic!

– Andrei...

– Șșșt!

– Andrei!!, a țipat ea. M-AM LOGODIT!

Ei bine... aici s-a terminat totul pentru mine. I-am dat drumul din brațe și m-am dat un pas în spate. Simțeam cum mi se înfundau urechile și cum intram în pământ ușor-ușor.

– Andrei! Spune ceva...

Ce pana mea puteam să mai spun? Ce mai era de spus? Cum o jucam pe asta? Îi spuneam felicitări și praz verde? Să faceți copii frumoși? N-aveam cum să fac asta, era fals, și ea știa foarte bine lucrul ăsta. Mă prefăceam indiferent și îi dădeam de înțeles că nu-mi păsa? If serios. Începeam să mă rog de ea să nu facă asta și-i spuneam c-o iubesc? Nici asta nu puteam face, pentru că nu mă lăsa orgoliul. Ideea e că, orice i-aș fi zis, cel mai important era să mă chinui să nu izbucnesc în plâns când aș fi deschis gura. Da, îmi venea să plâng, taci și tu dracului din gură...

–Andrei? Zi ceva! Orice.

Băi, ce puii mei? Eram din nou același puști care încerca să se combine cu fata de care-i plăcea și nu avea curaj să-i spună nimic. Parcă nimic nu se schimbase. Singura diferență însă era că nu mai eram un băiat de liceu, nu-mi mai permiteam să fiu așa emotiv. Acum conta cu adevărat. Plus că nu mai era vorba despre cum se combinase una de care-ți plăcea ție cu vreun coleg de-al tău. Era vorba de o logodnă. O logodnă, în pula mea! Era un bărbat care o ceruse în căsătorie, un bărbat care o întrebase dacă voia să-și petreacă restul vieții cu el, un bărbat care se pusese în genunchi, într-un restaurant de căcat, și se aplecase ca un căcat, plin de emoții de căcat, și scosese inelul de căcat. CĂCAAAAAT!!! Crezusem că nimic nu putea fi mai rău decât să nu vrea să audă nimic de mine. Dar în mod sigur nu luasem în calcul asta. Cred că, dacă mă întrebai care era ultimul lucru din lume la care m-aș fi așteptat, ca Anemona să se logodească era după... nu știu..., să devină Cristi din Banat cel mai ascultat om pe radio. Sau să se combine Obama cu Putin și să adopte doi copii chinezi. Sau să ia Dinamo titlul.

–Cum adică te-ai logodit?, am întrebat-o.

–Adică am cunoscut un tip care mă iubește și care are grijă de mine și... na... M-a întrebat dacă vreau să fiu soția lui: fără drame, fără shot-uri peste shot-uri în club și, mai ales, fără Ramone.

–...

–Deci, da..., a zis, trăgând lung aer în piept și evitând o lacrimă. Asta am vrut să-ți spun, adică să te anunț, de fapt. Știu că nu poți să te bucuri pentru mine sau să fii fericit și împăcat cu asta, dar vreau să știi că mereu vei rămâne în inima mea și că nu există seară să nu închid ochii și să nu mă gândesc la tine. Ai fost jumătatea mea. Uită-mă, te rog, fiindcă eu nu te voi uita niciodată.

Cum stăteam noi în fața barului, plouați și triști, fără să spunem nimic, a apărut o persoană în spatele nostru. Era chelnerița care ne servise înăuntru. S-a uitat la noi și, cu o voce tremurată, a zis:

– Îmi cer scuze că vă deranjez, dar... mie cine-mi plătește nota?

P.S. – Deci, să te uit, zici. Aaa, da. Sigur. Stai numai puțin, să deschid laptopul și să apăs butonul *Go back in time* și să selectez „nu te îndrăgosti de Anemona". Că atât era de ușor s-o uit. Pocneam din degete și gata, se ștergea totul cu buretele.

P.P.S. – Suge-o, Andrei!, dar de data asta se pare c-o sugi în fața ofițerului stării civile.

CAPITOLUL 2

Stăteam în continuare pe fotoliul ăla gri, cu un pahar de apă în mână, fără o șosetă în picioare și cu o țigară în gură. Pe de-o parte, îmi părea rău că-mi adusesem aminte ce se întâmplase, dar oricum era inevitabil. Mai devreme sau mai târziu, tot mi-ar fi dispărut mahmureala și ar fi fost înlocuită de amintiri. Însă tot nu știam unde eram, care era faza cu mesajele de pe telefon și unde dracu'-mi era șoseta. Deci să recapitulăm:

Anemona tocmai mă anunțase că s-a logodit și chelnerița aștepta să-i dea cineva banii pe consumația din bar. Am scos 20 de lei din portofel și i-am întins fetei. Tot ce voiam era să plec de-acolo. Tipa a luat banii și i-a băgat în buzunar.

– Îmi dau seama că este un moment prost, dar trebuie să vă spun că nota dumneavoastră e de 36 de lei.

– Cât? 36 de lei pentru două cafele amărâte?, am întrebat.

– De fapt... au fost două frappé-uri și... da, 36 de lei costă. Adică, mă rog, am rotunjit la 36, că de fapt e 17 lei 90 unul și prețul real e de 35 de lei și 80 de bani, dar m-am gândit că nu aveți așa mărunt. Și, na, am rotunjit până la 36, mi-a răspuns senină.

– Vai! Chiar crezi că de asta-mi pasă mie acum?, i-am spus, iar apoi am scos o bancnotă de 50 de lei și i-am dat-o. E ok așa, păstrează restul!

– Mulțumesc, dar stați să vă dau ăia 20 de lei înapoi, pe care mi i-ați dat prima oară. Numai o secundă, să-i scot din buz...

– Păstrează-i și pe ăia, te rog! Doar lasă-ne singuri, dacă se poate. Jesus!

– Vai, dar e prea mult. Pe bune, numai un pic dacă aveți răbdare...

– Te rog din tot sufletul meu. Păstrează banii ăia, dă-i unui cerșetor sau dă-le foc, efectiv nu-mi pasă ce faci cu ei. Tot ce-mi doresc e să port această conversație cu fata pe care o vezi în fața mea. Poți să-nțelegi asta?, am întrebat-o, ajungând deja la capătul răbdării.

– Ok, ok – și a plecat. Doamne, ce nesimțit! Ți s-a urcat vedetismul la cap, am auzit-o spunând în timp ce intra înapoi în bar.

– Da, un nesimțit care ți-a lăsat 34 de lei bacșiș! Să tot ai clienți nesimțiți ca mine!, am strigat eu.

Dă play la piesa The Motans – Versus.

Anemona nu mai spunea nimic și parcă aștepta de la mine să am măcar o reacție la ce tocmai aflasem. Am scos o țigară din buzunar, am aprins-o și m-am așezat pe bordură.

– Andrei, ce faci? Nu te așeza acolo, că e ud. Nu vezi ce plouă afară?, mi-a spus.

Eu nu spuneam nimic. Trăgeam fum după fum, mă uitam la ea cum stătea lângă mine, cu părul lipit de față, și mă chinuiam să-mi pun ordine în gânduri.

– Spune-mi ceva, te rog! Înjură-mă, țipă la mine, fă ceva. Nu suport să nu spui nimic!

Mă uitam la ea cu fața scârbită și îmi treceau prin cap milioane de gânduri. Nu puteam să cred că la nici un an după ce renunțase la mine, nu doar că se cuplase cu altcineva, ci se și logodise. Chiar nu-nsemnasem nimic pentru ea? Stăteam ca doi homeleși în ploaie, de zici că ne furase cineva cazemata. Mașinile treceau prin fața noastră cu viteză, fulgere în văzduh se vedeau și, imediat după, tunete puternice ne surzeau pentru câteva momente, parcă vremea ținea morțiș să descrie ce se petrecea în sufletul meu. Îmi doream să mai fiu acolo în acel moment mai puțin decât își dorește Șumudică să fie antrenor la Steaua.

Nu puteam s-o mai privesc, fiindcă-mi venea s-o înjur. Sau s-o sărut. Sau ambele. Atâtea emoții ce fuseseră între noi și se transformaseră în amintiri, iar mai târziu în rânduri, atâtea zâmbete în atâtea nopți ce ne alungaseră zilele monotone și câte cuvinte adânci care parcă se goleau cu fiecare secundă pe care o petreceam lângă ea, pe bordura aia rece. M-am ridicat, dar bucăți din mine încă erau pe ciment. Eram ud, nervos, resemnat și agitat sau, într-un cuvânt, îndrăgostit. Mi-am adus aminte cum îmi spusese ea cândva că, „dacă o poveste nu are happy-end, înseamnă că nu s-a terminat încă“, dar ghici ce? Majoritatea poveștilor nu au un final fericit, fiindcă, dac-ar avea, toți am fi super-happy și am zâmbi întruna. N-ar mai conta banii, ratele sau faptul că imbecilii ăia n-au dat încă drumul la căldură, deși suntem la finalul lui noiembrie. Dar uită-te atent în jurul tău... câți oameni vezi zâmbind? Deci nu, draga mea Anemona. N-ai avut dreptate nici o clipă, dar eu am fost prea orb și am ales să cred varianta ta frumoasă fiindcă suna mai bine. Poveștile se termină și fără happy-end. Cel puțin a noastră...

Am tras aer în piept și m-am uitat la ea încă o dată, știind că era pentru ultima oară. Am închis ochii și am acceptat că era momentul în care ne spuneam cu adevărat „adio", am înghițit în sec și am plecat. S-a ridicat și ea după mine.

– Andrei!, a strigat.

Nu m-am întors. Auzeam zgomot de tocuri în spatele meu.

– Andrei, vino înapoi! Cum poți să pleci așa?

„La fel de simplu cum ai plecat și tu, fără nici o explicație" , mă gândeam.

– Faptul că m-am logodit nu înseamnă că nu te mai iubesc pe tine!

Băi, sincer, cam asta înseamnă. Nu poți să iubești un om și să te măriți cu altul. Cine ești tu, Cersei Lannister?

– Întoarce-te, Andrei, te rog! Lasă-mă să-ți explic, a zis ea, cu un ultim efort.

De parcă mai era ceva de explicat. Și cel mai tare cred că mă deranja faptul că se comporta ca și cum reacția mea era nejustificată. Gândește-te la o persoană pe care o iubești tu, sau pe care ai iubit-o, și imaginează-ți cum ai reacționa dacă ți-ar spune că s-a logodit cu altcineva. Bine, dacă ești din Vaslui, nu-ți imagina, fiindcă știm cu toții cum ai reacționa.

La un moment dat, Anemona s-a oprit, dar eu am mers mai departe. Și la propriu, și la figurat. Mă simțeam ca Sara, soția lui Lot din Biblie, când trebuia să plece din Sodoma fără să se uite înapoi. Singura diferență dintre mine și ea era că eu nu mă transformam în stană de piatră. Doar sufletul meu. Și, mă rog, că eu eram bărbat și ea – femeie. Acum, că stau să mă gândesc, nu înțeleg de ce m-am comparat cu Sara, și nu cu Iov, că ăla era bărbat (era fratele lui Lot, deci cumnatul Sarei, care și ăla s-a uitat în spate și s-a transformat în stană de piatră, ca prostul). Iar în cazul în care te întrebi de ce știu toate chestiile astea, aș vrea să-ți reamintesc: am copilărit în Suceava, adică Bucovina. Acolo ești obligat să citești Biblia și când vrei să dai de carnet de conducere. Nu merge doar cu legislația. Dacă nu faci cruce înainte de traseu, ți se scad 5 puncte. Serios, suntem foarte religioși acolo. Noi, înainte să traversăm strada, ne uităm și în sus, să vedem ce zice Domnul. De-aia pleacă, de fapt, majoritatea celor din Suceava în Italia. Nu ca să lucreze acolo sau ceva, ci ca să fie mai aproape de Vatican.

În fine, ideea e că am lăsat-o pe Anemona în spatele meu și, chiar dacă mi se rupea inima s-o las așa și aș fi dat orice ca să mai pot sta măcar o secundă cu ea, știam că ăsta era cel mai bun lucru de făcut pentru mine. Uneori, deși simți că nu mai ai aer fără cineva și că viața ta nu are cum să meargă înainte, dacă îți face mai mult rău decât bine, cel mai bine e să te distanțezi. O să fie greu, o să doară și o să te îndoiești de tine în fiecare clipă, dar, crede-mă, e mai bine pentru sufletul tău.

Ce nu a realizat ea, probabil, este că, deși eu am plecat, voi rămâne cu ea mereu. Inima mea încă zace pe bordura aia rece.

Capul mă durea din ce în ce mai tare și nu eram sigur că era de la băutură. Șoseta tot nu mi-o găsisem, casa în care mă aflam n-o recunoșteam și mă chinuiam să-mi descifrez mesajele de pe Whatsapp. La un moment dat, o voce de fată mi-a rostit numele. Nu m-am clintit, fiindcă nu-mi părea cunoscută. Mi-era și frică să răspund. „Andrei!“, insista ea. Am pus paharul de apă pe masă, am lăsat țigara în scrumieră și am luat-o la pas spre dormitorul din care plecasem inițial. Am ajuns la ușă, dar pentru o secundă am ezitat să intru. Mi-era teamă, fiindcă nu-i știam numele și nu știam cum să fac să nu par cel mai mare idiot din lume, că habar n-aveam cum ajunsesem acolo sau ce se întâmplase. Am intrat în cameră, mahmur și semi-desculț, am ridicat ochii spre pat și, când am văzut-o, nu mi-a venit să cred cine era. Cum căcat se-ajunsese aici?

P.S. – Curvo...

P.P.S. – Unde mama dracului îmi era șoseta? Parcă intrase în pământ, nu se poate așa ceva. Suge-o, șosetă!

CAPITOLUL 3

Dă play la asta: Fais & Afrojack – Used to Have It All.

Îmi era extrem de greu să accept că în viața ei apăruse un alt bărbat, care-mi luase locul. Mă enerva gândul că exista altcineva care se juca în părul ei seara, înainte de culcare, care o lua dimineața în brațe și îi ura o zi minunată sau că ea îl ruga pe el să-i cumpere o cola, „că ea uitase să mai intre la magazin". Și, culmea, dintre toate amintirile pe care le aveam cu ea și dintre toate lucrurile și clipele pe care le trăiserăm împreună, cred că cel mai tare mă durea să știu că nu fusesem de neînlocuit pentru ea.

După ce am plecat și am lăsat-o pe Anemona în urma mea, am hoinărit pe străzi în căutarea, pe de-o parte, a unor răspunsuri pe care nu aveam să le primesc, iar, pe de altă parte, voiam să găsesc o șaormerie, că muream naibii de foame. Dacă hrană pentru suflet nu mai aveam, măcar corpul să nu mi-l înfometez. Și cum în București singurul lucru mai des întâlnit decât moldovenii sunt șaormeriile, imediat am găsit una. De fapt, nu: Mega Image-urile sunt mai dese decât moldovenii. Dar ele pot ține în ele mai puțin alcool decât un moldovean într-o seară bună.

M-am așezat la o masă, mi-am luat una cu de toate și extra-picantă, sorbeam dintr-o cola și mă uitam pe telefon. Nu voiam să merg acasă fiindcă știam că Alin m-ar fi întrebat ce se-ntâmplase și nu aveam încă tăria necesară să vorbesc despre asta. Și fii atent ce fază amuzantă: am început să mușc din șaormă și parcă era puțin nesărată, iar ăia nu mai aveau deloc sare, ai dracu'. Îți dai seama că nu puteam s-o mănânc așa, nesărată, și a trebuit să improvizez. Există o mică posibilitate să fi plâns în momentele alea, iar dacă mă citește vreunul din toți oamenii care au fost în seara aia acolo și au început să râdă când au văzut un vlăjgan de doi metri cu ochii în lacrimi, e pentru că voiam să-mi pice pe șaormă și să devină mai sărată. Logic.

Așadar, ca orice bărbat care se respectă și plânge într-o șaormerie, am deschis Tinderul și m-am apucat să caut acolo o tipă la fel de distrusă emoțional ca și mine. Mă tot uitam pe-acolo și vedeam tot felul de fete: „urâtă-urâtă"; „mamă, cât de nașpa-i asta"; „tu nici n-ai încăput toată-n poză"; „asta-i prea bună pentru mine"; „tu sigur ești femeie?"; „nu-mi dau seama exact unde ți se termină fața și unde-ți începe gâtul"; „nu te-aș fute nici cu pula altuia"; „tu ești motivul pentru care există homosexuali"; „de ce mi-ai dat ochi, Doamne?" – și tot așa. Dar, la un moment dat, mare mi-a fost mirarea când am văzut acolo o tipă care-mi părea cunoscută. Zic: „Nu se poate, ce să caute în București?" Intru să mă uit la poze, dau în dreapta și nu-mi venea să cred, dar părea să fie exact cine credeam eu că era. N-aveam cum să nu recunosc părul ăla cu tentă de roșcat și privirea curioasă, dar și dementă în același timp. Chiar dacă trecuse ceva timp de când o văzusem ultima oară, chiar dacă nu mai avea bretonul ăla pe care cândva încercam să i-l dau la o parte din ochi când o sărutam și chiar dacă zâmbea inocent ca o căprioară în acea poză, Alina nu se schimbase mai deloc în toți anii ăștia. Nici măcar nu știam dacă stătea în București sau poate că era venită doar în vizită pe aici, și sincer nu conta chiar atât de mult. Bineînțeles că i-am dat Match instantaneu și apoi am continuat să-mi văd liniștit și nonșalant de șaormă. Bine, de fapt, am stat câteva secunde cu inima oprită, fiindcă mă rugam la Dumnezeu, la Allah și la Iahve în același timp să-mi dea și ea Match. Chiar dacă eram prieteni pe Facebook, nu mai vorbiserăm de ceva vreme și ăsta ar fi fost un semn că amândurora ne-ar fi plăcut să ne reîntâlnim după atâția ani. Amuzant este cum funcționează destinul ăsta de care tot vorbim cu toții. Când am cunoscut-o pe Alina, eram într-un club din Suceava și eram total debusolat de ceea ce se întâmplase cu Ramona. Practic, ea a fost cea care m-a salvat în seara aia și m-a luat la ea acasă ca pe un cățeluș simpatic pe care-l găsești zgribulit de frig, plouat și trist prin oraș. Iar acum, fix în seara în care Anemona îmi dăduse sufletul pe răzătoare spunându-mi că se logodise, a reapărut Alina în viața mea, chiar și printr-o aplicație. Nu avea cum să fie întâmplător. Eu nu cred că există coincidențe, ci doar semne. E ca și cum viața te ia de mânecă, îți dă două palme după ceafă și-ți spune: „Boss, tu poate ai uitat de treaba asta, dar eu nu". Nu există surprize, există doar lucruri care nu s-au întâmplat încă. Se spune că iubim cu adevărat doar o singură dată în viață și de multe ori avem impresia că totul s-a terminat pentru noi și că nu vom mai găsi niciodată o persoană de care să ne îndrăgostim. Dar nu putem să ne oprim din căutare și să renunțăm, fiindcă asta ar însemna că niciodată n-o să fim fericiți. În clipa în care spunem că iubim pe cineva, de fapt e o stare a momentului și ceva ce credem fix în clipa aia. Însă, după ceva timp, dacă ne despărțim de acea persoană și ulterior cunoaștem și ne îndrăgostim de altcineva, ajungem să avem sentimente poate mai puternice pentru persoana respectivă. Și dacă asta e adevărat (și este), ce concluzie tragem de aici? Că, practic, pe cel dinainte nu l-am iubit sau, de fapt, nu eram îndrăgostiți? Nu! Într-un anumit moment al vieții noastre am simțit asta cu puterea și înțelegerea vârstei respective. Iar într-un alt moment, având sub preș experiențele trecute, simțim lucruri pentru altcineva, și alea vor fi mereu mai adevărate. Fiindcă deja ești mai călit și te cunoști mai bine decât în urmă cu ceva timp. Deci, până la urmă, viața nu este o călătorie, așa cum spun unii. Viața, de fapt, este o căutare. Și nu, nu cauți pe altcineva. De fapt, te cauți pe tine și de fiecare dată te găsești în altă persoană, în mod diferit.

M-am ridicat de la masă și am plecat, dar tot nu voiam să merg acasă. M-am uitat la ceas și am văzut că era numai 9 seara. Ce ironic, era prea devreme pentru mine, dar prea târziu pentru noi. Mergeam spre necunoscut. Și nu, nu e o încercare de figură de stil, ca să te impresionez, doar că eu nu știu nici în ziua de azi Bucureștiul foarte bine și, efectiv, nu știam unde mergeam. Noroc că se mai oprise ploaia, că nu voiam să răcesc doar ca să fie cadrul mai dramatic.

Oricât de mult mi-ar fi plăcut să mă mai plimb, ca să pară și mai tragic ceea ce scriu în momentele astea, chiar mă dureau picioarele și m-am urcat în primul taxi pe care l-am văzut. Am oprit în Centrul Vechi și am decis să mai beau ceva înainte s-o iau spre casă. Nu știam exact ce voiam, un suc, o bere, 50 de vodcă, o sticlă de spirt, nu prea conta, alcool să fie. Am intrat într-un local mai retras, m-am așezat la bar și mi-am comandat o vodcă cu gheață. Așa cum am învățat eu din filmele americane, ăsta era momentul în care barmanul trebuie să simtă că eu sufăr, să se bage în vorbă cu mine și să fie un psiholog mai bun decât Freud, iar sfaturile lui să-mi schimbe percepția asupra vieții. A venit cu paharul, mi l-a pus în față și, cu o voce caldă și plină de iubire, mi-a zis:

– Vezi că scaunul ăla e rezervat. Dă-te și tu mai încolo!

M-a atins cu miere pe suflet, efectiv. Ca și cum seara nu era suficient de obscură până în punctul ăla, am mai și dat de cel mai antipatic barman din București, ca să fie totul bine. M-am ridicat și m-am dat mai încolo, mi-am tras băutura în față și mă uitam în pahar. În jurul meu nu era nimeni, doar la o masă mai în spate era un cuplu de tineri care se pupau și se sorbeau din priviri ostentativ. Exact ce aveam nevoie să văd. Am intrat pe Facebook, și zici că se vorbiseră cu toții să se pună într-o relație fix în clipa aia. Numai poze din vacanțe, numai cupluri fericite pupându-se în selfie-uri și numai descrieri dintr-alea: „Tu ești tot ce-mi doresc și-mi îndeplinești toate visele“, de zici că toți erau combinați cu peștișorul de aur.

Ce mi se pare mie amuzant este că există o mare diferență între ceea ce spunem că ne dorim și ce ne dorim cu adevărat. De exemplu, dacă întrebi femeile ce-și doresc de la un bărbat, o să-ți spună că vor un tip care să arate bine, să fie pe picioarele lui, să fie sensibil, să-și dorească o familie, să nu le înșele, să fie bun la pat și să fie la locul lui. Dar, totodată, multe dintre ele se îndrăgostesc de idioți. Pentru că e o mare diferență între ceea ce vrem să ne placă și ce ne place, de fapt. Pe hârtie, se poate ca un bărbat să bifeze toate calitățile de mai sus, dar ție, în realitate, să nu-ți placă de el. Fiindcă mereu e vorba de mai mult decât teorie, e vorba de chimie.

Pe de altă parte, să luăm ca exemplu bărbații. Și nu vreau să generalizez. O să mă dau exemplu pe mine: dacă mă-ntrebi pe mine ce fel de femeie îmi place, ți-aș spune că-mi plac blondele, îmi plac ochii verzi, îmi place simțul umorului, ador să scrie corect gramatical și-mi place să știe să-mi dea o replică. Știi cu câte femei de genul ăsta am fost? Cam cu câte femei a fost și Cristi din Banat, adică 0. Și nu mă înțelege greșit... Mi-a plăcut la nebunie de fiecare tipă cu care am fost vreodată, dar, din nou, practica bate teoria.

Și, până la urmă, ce e iubirea? Era o definiție pe net care zicea că iubirea e atunci când tu îmi furi în fiecare zi ciocolata din ghiozdan, iar eu o pun în fiecare zi în același buzunar. Foarte drăguț, într-adevăr, dar oare asta o fi? Sincer, nu cred. Ce trebuie să înțelegi încă din start este că nu există oameni perfecți și nu poți să iubești absolut totul la o persoană. Ok, ai văzut tu în telenovele că așa se poartă, ai observat că așa o ard ăștia în cântecele de dragoste, dar hai să fim sinceri. Viața reală e un pic diferită.

Sunt destui oameni mult mai înțelepți decât mine care au încercat să dea o definiție iubirii, și cred că e de prisos să fac și eu asta. Nu cred că pot defini eu iubirea și nici nu cred că am vreun drept să o fac. Fiecare iubește în felul lui și are propria definiție pentru acest sentiment. Hai să ți-o spun pe a mea: eu cred că iubești pe cineva atunci când îi iubești mai mult calitățile decât îi urăști defectele. Pentru că hai să fim serioși: te scoate din minți că-și lasă șosetele lângă pat de fiecare dată. Sau poate că vrei să-l strângi de gât când nu-și spală farfuria și stă chiuveta plină o săptămână. Și cu siguranță te umple de nervi când preferă să vadă meciul în loc să se uite cu tine la *Game of Thrones*. Știu, fetelor, e oribil. Însă, când îți zâmbește și te ia în brațe, când îți spune dimineața: „Ești cea mai frumoasă fată din lume, iubirea mea“ sau când te ia de mână pentru că vede că te-ai speriat la un film, îți dai seama că vasele, șosetele și meciurile chiar nu mai contează și ți se face pielea de găină. Și, din această cauză, a doua zi, pui ciocolata în același buzunar.

După ce am terminat paharul (ok, paharele), am plătit nota și am plecat spre casă. Voiam să uit cât mai repede seara aia, să dorm și apoi să văd ce căcat făceam cu viața mea din punctul ăsta. Nu mai puteam să stau cu speranța că poate Anemona se va întoarce, fiindcă în seara aceea devenise clar că nu se va mai întâmpla asta. Am băgat cheia în ușă, am intrat în casă și m-am trântit în pat. Am dat drumul la televizor, am tras plapuma peste mine și zapam din telecomandă. Însă telefonul a început să-mi vibreze.

P.S. – Clar nu era seara mea. Parcă tot universul avusese o erecție masivă, mă luase de cap, mă trântise în genunchi și zisese, din toată inima: „Suge-o, Andrei!"

P.P.S. – Asta cu barmanii care te consolează și te lasă să le povestești viața e doar un SF de film american. La noi, dacă barmanul îți aduce comanda corectă, nu se strâmbă că i-ai lăsat prea puțin bacșiș și nu îți scuipă în băutură, poți să te consideri mulțumit. Și are sens, fiindcă dacă un barman ar sta cu tine două ore să-ți asculte problemele, ar da naibii faliment barul în timpul ăla, că n-ar avea cine să mai prepare băuturile.

CAPITOLUL 4

Nu pot să neg că mi-a furat un surâs mesajul pe care îl primisem. Era de la Eva și, în stilul ei caracteristic, îmi scria: „Domnul Sugeoramona, ce faceți?" Avea un stil aparte de-a vorbi cu mine, era foarte degajată și în același timp serioasă. Dar îmi plăcea că trecea peste clișeele lipsite de substanță gen: „Bună, ce faci?", „Salut" sau „Hei" și că mereu era un pic mai deosebită. De foarte multe ori, asta contează mai mult decât ți-ai putea imagina. Bineînțeles că nu i-am răspuns pe loc, deși am văzut mesajul. Nu voiam să pară că nu am treabă și că stau cu telefonul în mână, să fiu pe fază în cazul în care-mi scrie cineva. Ce mi s-a părut însă interesant era că reușise să mă facă să-mi iau gândul pentru o clipă de la seara dezastruoasă pe care o avusesem. E foarte important să nu pari mereu disponibil în fața unei persoane de care îți place, pentru că deși toate femeile vor să simtă că sunt cele mai importante pentru tine, în clipa în care simt asta, nu le mai place. Și poate crezi că nu are sens, dar are. Pentru ea tu ești o provocare și își dorește să te facă pe tine să o placi, să o admiri și să te îndrăgostești de ea. Iar în clipa în care toate chestiile astea s-au întâmplat, provocarea a dispărut. Și atunci, dacă tu nu vei ști să i-o oferi, ea va căuta o alta în altceva sau, mai grav, în altcineva. Ideea e să nu o faci să se simtă cea mai importantă persoană din viața ta, fără de care tu n-ai putea trăi, respira sau zâmbi, chiar dacă e adevărat. Fă-o doar să bănuiască asta, dar fără să fie vreodată sută la sută sigură. Și astfel provocarea va continua pe termen nedefinit, se va numi relație și va duce la momente splendide între voi doi.

Dă play la această melodie pentru cele ce urmează: P. Diddy – Last Night.

După câteva minute i-am răspuns și i-am spus că tocmai ajunsesem acasă și ascultam muzică. Bineînțeles că i-am spus asta ca să mă întrebe ce melodie ascultam, ca eu să-i pot da o piesă cu un mesaj. Fiindcă așa se face, lasă muzica să vorbească pentru tine dacă nu te pricepi la cuvinte. Cu siguranță o să-ți dea și ea o melodie care îi place, imediat după aia, și, dacă e fată deșteaptă, îți dă o piesă ca răspuns la ce i-ai dat tu. Mi se pare și mie amuzant că eu îți dau ție aici sfaturi despre cum să faci nu-știu-ce, despre cum să faci nu-știu-cum și tot felul de chestii ca să înțelegi mai bine femeile, dar în tot timpul ăsta tipa de care am fost eu îndrăgostit în ultimii cel puțin cinci ani este logodită cu altul. Ideea e că toate sfaturile astea merg foarte bine atâta vreme cât nu ești foarte implicat. Dacă poți să îți păstrezi calmul și să judeci la rece, o să-ți fie foarte ușor. Dar fiecare dintre noi avem o persoană în fața căreia regulile mor și cuvintele se împletesc între dinți înainte să iasă. Și la mine era în mod clar Anemona, fiindcă ea m-a învățat să fiu așa. Cu oricare alta îmi era mai mult decât ușor să-mi dau seama ce îi place să audă, cine vreau să fiu și cum să o joc pentru a o impresiona. Aa..., și foarte important: înainte să faci toate astea, e bine să fii sincer cu tine și să evaluezi situația corect. Adică să te gândești dacă tipa respectivă s-ar putea uita la tine. Și nu în sensul că tu ești urât și ea e frumoasă, fiindcă asta nu contează mai deloc. Uită-te la mine, eu nu sunt un bărbat frumos, cu ochi albaștri și cu un zâmbet care-ți ia mințile. Și crede-mă că toate tipele despre care am scris și în volumul I, și în volumul de față erau mult mai mișto ca femei decât sunt eu ca bărbat. Dar trebuie să vezi dacă ceva din ce ai tu să-i oferi (nu neapărat material) ar putea să o impresioneze vreodată. Să-ți dau un exemplu. Eu sunt bun la cuvinte și sunt un tip charismatic, pot să-i povestesc o grămadă de chestii, și-ncă bine, o țin interesată și o fac să râdă mult. Dar dacă tipa de care-mi place e una pentru care singurele calități pe care le vrea la un bărbat vin doar de la Pandora, apreciază mai mult numerele decât cuvintele și pe alea le vrea și străine, și cu multe zerouri, iar tot ce înțelege ea prin „profunzime" este modul în care vrea să fie curățată tapițeria de la mașina mea, e clar că eu nu voi avea cum să o impresionez nici dacă îi dau ani din viața mea. Ce vreau să spun e că, dacă sunteți din filme total diferite, nu prea are sens să încerci. Fă-ți o labă, gândește-te la ea în timpul ăla și toată lumea e fericită: tu, că ți-ai dat drumul, și ea, că nu va ști niciodată că ești un dubios și te-ai masturbat cu gândul la ea.

Am stat un pic de vorbă cu Eva, dar nu era nimic important. Discuțiile alea de tatonare, pentru a-l cunoaște un pic mai bine pe celălalt și a te convinge dacă e ok să ieși cu el sau nu. Asta, din punctul de vedere al fetelor, că la noi, la băieți, dacă are sub 55 de kile și clipește în mod regulat, clar ieșim cu ea. „Să știi că încă aștept să mă inviți în oraș", mi-a scris. Trebuia să-i dau un răspuns inteligent, care să mă facă să par și deștept, și funny, dar și spontan în același timp. Așa că i-am scris: „Nu te panica că o să te invit" – și am dat Enter. Deci, pe lângă faptul că i-am scris o porcărie monumentală total fără sens și fără substrat, am mai băgat și o cacofonie acolo, ca să mă asigur c-o să par de-a dreptul idiot: „Wow, ador bărbații care fac pentru mine cacofonii", mi-a răspuns. Chiar eu, care-s mai nazist decât Hitler când vine vorba de gramatică, să fac așa o cacofonie? Nu mai aveam ce să-i răspund ca să mă scuz, trebuia să mi-o asum și să trec mai departe: „Hei, mi-ai citit cartea, știi doar că nu fac greșeli din astea. A fost o neatenție", i-am zis eu cu un aer super-cool. „Așa e. Dar cartea aia a fost corectată de o editură înainte să fie lansată. Cine știe ce alte greșeli mai făcuseși tu prin ea", mi-a răspuns și mi-a dat ecran albastru. Îmi plăcea totuși că mă înțepa așa, pentru că sarcasmul este arma oamenilor inteligenți. „Te pup, mă duc să-mi fac un duș. Cacofonim în altă zi", mi-a scris Eva, terminând discuția. Eu am rămas boldit în telefon, în continuare șocat de ce tâmpenii putusem să scriu. Clar nu era seara mea cea mai bună. Am pus telefonul pe noptieră, mi-am aruncat din nou ochii spre televizor și mă gândeam la ale mele. N-au trecut două minute și iar a vibrat, nenorocitul. L-am luat din nou de pe noptieră și l-am deblocat. Mă uitam în el și aveam impresia că display-ul efectiv îmi zâmbea, fiindcă apărea afișat mesajul care-l poate face pe un bărbat fericit preț de câteva secunde, și anume: *You have a new match on tinder*. Am intrat repede să văd despre cine era vorba și, așa cum speram, era Alina.

Amintirile îmi reveneau una câte una în creier și puzzle-ul începea să prindă contur. Stăteam în continuare pe patul dintr-o cameră pe care nu o recunoșteam, aveam o super-stare de greață și încercam să fac cumva să nu pară că nu îmi aduceam aminte cum ajunsesem la fata care mă privea cu ochii blânzi.

– Nu te doare capul?, m-a întrebat.

– Ba da, mă doare rău, i-am răspuns. Cred că e de la alcool.

– Eu n-aş fi aşa sigură, mi-a zis şi s-a ridicat din pat. Şi-a strâns halatul în faţă şi a ieşit din cameră.

– Cum adică? Dar de la ce e, dacă nu de la băutură? Hei, unde pleci?, am strigat după ea.

După câteva momente a revenit în cameră şi ţinea în mână nişte piept de pui congelat. L-a pus pe pat.

– Ia! Pune-ţi asta la cap, ca să nu faci cucui, mi-a spus.

– Ce cucui? De ce-aş face cucui?, am întrebat-o, surprins.

– De la lovitură. Nu-ţi aminteşti?

– Nu. Ce lovitură?

– Păi tu ce ţii minte de noaptea trecută?

– Mi-aduc aminte că eram acasă şi vorbeam pe Tinder cu Alina. Am stat un pic la poveşti, mi-a zis că s-a mutat acum ceva timp în Bucureşti şi că lucrează aici. Şi cam asta e tot ce-mi aduc aminte.

– Păi scoate-ţi telefonul din buzunar şi reciteşte conversaţia, sigur o să te ajute. Şi de ce mama naibii ai doar o şosetă în picioare?, m-a întrebat ea.

I-aş fi zis dac-aş fi ştiut, dar din păcate nici eu nu dispuneam de această informaţie. Procesorul meu avea lag, aparent. I-am ascultat totuşi sfatul şi am scos telefonul. Am intrat din nou pe Tinder şi am reluat conversaţia, ca să-mi umplu spaţiile goale din minte în privinţa serii trecute.

– Şi cum? Eşti de un an în Bucureşti şi n-ai dat nici un semn şi tu?, i-am scris Alinei.

– Andrei, ştii că frumos e ca băiatul s-o invite pe fată în oraş, nu invers, mi-a replicat ea în stilu-i caracteristic.

– Da, dar nu ştiam că eşti aici.

– Asta-i adevărat. Dar puteai să mă mai întrebi ce mai fac şi ţi-aş fi spus.

– Ăsta e un reproş?

– Nu. E o afirmație. Apropo, mi-a plăcut mult cum ai povestit în carte despre mine. Deși m-ai făcut să par un pic nebună...

– Hei, nu te-am făcut eu să pari un pic nebună. Tu chiar ești :))

– Șșșt! Nu mai spune asta. Rămâne secretul nostru :D

– Normal. N-o să știe nimeni, niciodată.

– Și deci... mi-ai dat Match. Asta înseamnă că îți place de mine? (Emoticonul ăla cu maimuțica aia de-și acoperă ochii pe care nu putem să-l punem în carte, că nu e color.)

– Ce pot să zic... m-ai prins. Ești un pic simpatică, dacă e să fiu sincer. Deci să-nțeleg că și ție îți place de mine?

– Aa, nu. Nu prea știu exact cum funcționează aplicația asta. N-o am instalată de mult timp :))

– Ha-ha-ha! Asta spuneți toate. De ce nu vă asumați, dacă ați dat like unui băiat? De ce trebuie s-o ardeți ca și cum vouă, de fapt, nu vă place de el?

– Pentru că nu vrem să pierdem avantajul. Dacă tu te bagi în seamă cu mine pe Facebook, trebuie să mă impresionezi, fiindcă tu mi-ai scris mie. Or, aici, dacă și eu îți dau like ție, e clar că îmi place de tine și tu deja știi asta. Și-atunci nu te vei chinui la fel de mult să mă faci să te plac. Ce-i așa greu de înțeles? :))

– Aaa... ok. Da, acum are sens totul.

– Dar tu știi că aplicația asta e pentru futut, nu?

– Nu creeeeed! Serios?!

– Da, da...

– Păi, stai... tu de unde știi? Că parcă nu înțelegeai exact cum funcționează și ți-ai instalat-o de puțin timp.

– Am căutat pe Google. (Emoticonul ăla care-și dă ochii peste cap.)

– Alina, baby, asta-i o propunere?

– Nu.

– M-am gândit eu.

Tot citind discuția mea cu Alina de seara trecută, singurul lucru la care mă rugam era să n-o fi băgat pe-aia cu pinguinii.

– Și ce faci tu acum?, m-a întrebat ea.

– Ce să fac, mai înainte am venit acasă. Nu am avut chiar o seară plăcută și am zis că mai bine nu mai stau prin oraș, că cine știe ce se mai întâmplă.

– Hmm... și când ne-am cunoscut noi n-ai avut o seară tocmai plăcută, dar până la urmă a devenit foarte mișto. Cel puțin așa cred eu.

– Da, ai dreptate. A început cum nu se poate mai prost și s-a terminat, la fel ca și tine, cum nu se poate mai bine.

– Ha-ha! Fi-ți-ar glumele tale! Dar ce s-a întâmplat totuși?

– Ei, mai multe. O să-ți povestesc eu altă dată, că nu am acum dispoziția necesară pentru asta.

– Mkay. Cum vrei tu, nu insist. De Ramona ce mai știi, ai mai ținut legătura cu ea?

– Nu mai știu mare lucru. Atâta doar, că nu mai e în țară, slavă Domnului. În rest, nu mare lucru.

– Se pare că nu ești la curent cu noutățile, din câte observ.

– Adică?

– Adică nimic, stai liniștit.

– Hai, zi acum, nu mă lăsa neterminat :))

– Nu cred că te-am lăsat niciodată așa, din câte îmi amintesc.

– Ai dreptate, din nou. Dar spune-mi totuși, că m-ai făcut curios.

– Ei, lasă. O să-ți povestesc altă dată, că acum nu am dispoziția necesară :))

– Vai, ce mă enervezi!

– Uuu... și ce faci tu când te enervezi?

– Lasă, mai bine să nu știi.

– De ce? N-am fost cuminte, tati?

– Alina... termin-o :)) Nu e ok ce faci.

– Dar ce fac?

– Nu ești cuminte.

– O, nu. Și ce ai de gând să faci în legătură cu asta? O să mă pălmuiești?

– Mamă, ce nenorocită ești! Te joci cu inima mea în halul ăsta.

– Auzi?

– Aud.

– Nu vrei să ne vedem? Iar asta, dragul meu Andrei, este o propunere.

P.S. – Asta a fost una dintre cele mai ciudate nopți din viața mea. Pe măsură ce îmi tot aminteam frânturi din ce se întâmplase, tot mai repede ajungeam la concluzia asta. Păcat că tot cu „Suge-o, Andrei!“ urma să se termine.

P.P.S. – După cum am putut și eu observa, atunci când o ușă se închide, alta se deschide. Așa că, dacă uneori cineva sau ceva alege să dispară din viața ta, nu te gândi neapărat că e un lucru rău. Poate era nevoie de un loc liber în sufletul tău ca să încapă toată fericirea ce urmează să intre.

CAPITOLUL 5

Nouă, băieților, nu ni se întâmplă zi de zi ca o fată să ne ceară să ne vedem. În general, noi suntem cei care invită în oraș, care încearcă să impresioneze și care promit marea cu sarea, că poate-poate pică ceva. Și de cele mai multe ori suntem refuzați. Așa că îți dai seama că în clipa în care am citit ce-mi scrisese Alina, mai ales în seara în care aveam cea mai mare nevoie să nu dorm singur, am sărit în aer mai repede ca șervețelele în cluburi. M-am dus direct în baie, am făcut un duș din ăla lung (că noi facem duș din ăsta doar când știm sigur că futem în seara aia), m-am dat cu toate cremele pe care le-am găsit prin baie, am golit parfumul (și pe-al lui Alin, ca să fiu sigur), mi-am luat chiloții ăia buni, de firmă, șosetele alea curate în picioare și am ieșit din casă mai rapid decât Dinamo din cupele europene.

Ca să intri mai bine în lumea mea, pune melodia asta pe fundal: What's UP – Taxi.

Alina îmi spusese să ne vedem la ceva bar de pe lângă gară. Eram în taxi și mergeam către ea, moment în care taximetristul s-a întors către mine, m-a privit lung (stai liniștit, coaie, nu e de parcă trebuie să te uiți la drum sau ceva) și mi-a zis:

– Cred că te știu de undeva.

– Aa, nu. Am eu o față din aia comună, i-am răspuns, neavând chef să stau la povești cu nimeni.

– Nu se poate! Eu am memorie de crocodil, mi-a spus el, sigur pe sine.

– Lacrimile sunt de crocodil.

– Poftim?

– Lacrimile sunt de crocodil, memoria e de elefant.

– Ce pula mea vrei acolo, cu elefanții tăi, bre? Zi de unde te știu și lasă-mă cu animălurile.

– Păi, eu vrei să-ți spun? Habar n-am.

– Auzi...

– Da?

– Ție-ți place de Bendeac?

– Ce?

– De Bendeac îți place?

– Da, nu știu, presupun că e ok, i-am răspuns.

– Mie deloc nu-mi place. Mai mult îmi place *Las Fierbinți*.

Și s-a oprit. N-a mai zis nimic, s-a uitat la drum și mânuia volanul cu migală. Eu mi-am scos telefonul din buzunar și am început să butonez aiurea, ca să pară că eram ocupat. După cinci minute de liniște i-am auzit iar vocea.

– Ție-ți place *Las Fierbinți*?, m-a întrebat.

– Nu știu, nu prea am urmărit. Dar presupun că e ok.

– Păi e ok, bă. Nu ca Bendeac. Mamă, nu-l suport pe-ăla. Pe Janina o știi?

– Pe cine?

– Pe Janina din *Las Fierbinți*.

– N-o știu, că ți-am zis că nu prea m-am uitat.

S-a întors din nou la condus, de data asta dezamăgit cumva de mine. A dat drumul la radio, a deschis geamul și a scos o țigară din pachet.

– Vrei o țigară?, m-a întrebat.

– Nu, mulțumesc, sunt bine.

– Dar nu fumezi?

– Ba da.

– Și de ce nu vrei o țigară?

Aoleo, n-am mai răspuns la atâtea întrebări de la Bacalaureat, îmi ziceam în sinea mea.

– Păi am fumat înainte să cobor din casă, serios, chiar nu vreau.

– Sigur?

– Sigur.

Și-a aprins omul țigara, a tras un fum strașnic din ea și a schimbat postul de radio. După alte cinci minute de liniște și pace între noi, s-a întors iar către mine:

– Mamă, ce-aș fute-o pe Janina, Doamne, Dumnezeule. Bă tu știi cum? Așa de rău aș fute-o pe fata aia, mamă, cum e Janina. Vai, cât aș da la ea. Întruna!!

– …

– Băăă! Aș fute la Janina ca în hoții de cai, știi cum? Și pe ea m-aș pune și sub ea și pe stânga și pe dreapta, aș fute-o de la 10 seara până în ianuarie anul viitor. Tu n-ai fute-o pe Janina?

– Știi, am încercat eu să mă scuz, ți-am spus că nu m-am uitat la film și nu știu cum arată exact Ja…

– Cum să nu știi cum arată, bă, Janina? E perfectă. E glezna lui Dumnezeu, e fecioară-ntre flori, e o minune în deșert…

– Pâinea lui Dumnezeu, fecioară între sfinți și oază în deșert, vrei să spui?

– Păi și io ce-am zis?

– Mda… oricum nu știu cum arată, dar îmi imaginez că e frumoasă, la cât de plastic ai descris-o.

– E cea mai frumoasă. E ca Anemona din cartea lui ăla cu „suge-o". Ai citit-o?

– Păi știi...

– N-ai citit tu, bă, că ești incult. De undc să citești tu? Eu cred că tu te uiți la Bendeac, așa am impresia.

– Nu mă uit la nimic, că n-am timp. Dar cartea aia...

– Suge-o, Raluca. Sau Ruxandra. Sau morții ei, oricum, am luat-o că era ceva cu supt pe copertă.

– Super, ce pot să zic.

– Da, bă, ia și citește-o că e tare.

– Știu cartea, i-am spus nervos. Și o știu pentru că eu am scris-o.

– Ce-ai făcut, bobiță?, mi-a spus, punând o frână de-am dat cu capul de tetiera din față.

– Da, eu sunt autorul cărții, am replicat mândru.

– Fugi, bă, de-aici. Tu ești... cum îi zice, mă, lu' ăla... Adrian Ciolanu?

– Andrei Ciobanu.

– Așa, ăla. Tu ești?

– Da, eu sunt.

– Mamă, ce tare! Păi acuma, că ești cunoscut, e o onoare să te duc. Auzi... Pe Bendeac îl cunoști?

– Vai de capul meu, nu-l cunosc. Nici pe el, nici pe Janina.

– Păi de-aia, bă, nu știi de Janina. E ca Anemona. Chiar, cum ai putut s-o lași, mă, să plece? Și s-o înșeli? Adică nu zic, că și io o înșel pe Viorica, nevastă-mea, dar n-o las, bă, să afle. Să plece de-acasă, auzi...

– Păi știi, n-a fost chiar așa. De fapt...

– Eee, n-a fost, pe dracu' să te pieptăne. Ai lăsat tu bunătate de fată, așa ceva n-am văzut în viața mea, de când sunt eu.

– Dar ea m-a lăsat pe mine, nu eu pe ea. E mai complicat de-atât.

– Da' bravo, mă. Eu, dacă eram c-o fată ca aia, mă lăsam și de băutură, îți zic. Vrei o gură de bere?, m-a întrebat, scoțând din torpedo o sticlă.

– Nu, mulțumesc.

A luat mâinile de pe volan, a deschis berea cu bricheta și a luat un gât din ea. Nu-mi venea să cred ce mi se întâmpla. Deci pe lângă faptul că m-a certat taximetristul că n-o știam pe Janina, pe lângă că a început să-mi scoată ochii din cauza Anemonei de zici că eram fiu-său și luasem 3 în teză, a mai început să și bea la volan. În clipa aia, tot ce mai lipsea era să îmi spună că era orb și că el, de fapt, nici n-avea carnet de conducere.

Am ajuns într-un final la destinație, după ceea ce mi s-a părut a fi cel mai lung drum din viața mea. Înainte să cobor, s-a mai întors o dată spre mine:

– Boss, eu știu că vorbesc mult și că sunt un om plin de defecte, dar să știi c-ar trebui s-o cauți pe Anemona. Ok, poate am băut și eu două beri și vorbesc prostii, însă iubirea adevărată vine greu. Așa am pățit și io cu Viorica.

– Ok, mulțumesc de sfat, i-am spus, dorindu-mi să ies odată din mașină.

– Și încă ceva. Tu ai auzit de Nietzsche?

– Da.

– Eu, nu.

– Poftim?

– Opșpe lei. Și nu te mai uita dracu' la Bendeac, mi-a spus și a mai luat o gură de bere.

I-am plătit omului și am coborât fără să mai știu cine eram și ce se întâmplase exact în ultimele cinșpe minute. Am intrat în bar plin de emoții și am început să mă uit pe-acolo. Oamenii care erau înăuntru se simțeau bine, râdeau cu gura până la urechi, halbele de bere curgeau râuri și pe scenă era o formație care cânta romanțe. Am răscolit cu privirea pierdută prin jurul meu, dar Alina nu ajunsese încă. Am ieșit înapoi afară, ca să nu stau ca prostul în mijlocul barului, singur, și mi-am aprins o țigară. Am scos telefonul din buzunar și am văzut că aveam un mesaj nou: „Andrei, îmi pare super-rău, dar a intervenit ceva. E ok să ne vedem un pic mai târziu sau mâine? Scuzeeeee. Alina". Hai, frate, serios? Gura mă-tii, Alina. Fix în seara în care aveam nevoie de cineva să mă-mbete și să mă facă să uit de tot ți-ai găsit să m-amâni? Sper să cazi pe scări când ieși din bloc – era ceea ce gândeam. Dar îți dai seama că nu puteam să îi scriu asta. În schimb i-am răspuns: „A, da, nici o problemă. Dă tu un semn mai târziu". Am terminat țigara, am chemat un taxi și-mi doream din tot sufletul să nu mă-ntrebe și ăsta de Janina și Bendeac, că probabil l-aș fi dat cu capul de bord, la ce nervi aveam. Stăteam și priveam pierdut în zare și mă simțeam cel mai ghinionist om din lume. Tot ce voiam era să ajung în patul meu, să-mi trag plapuma peste cap și să mă mint că acolo nu mi se putea întâmpla nimic rău. Am urcat în mașină, m-am așezat fix în spatele șoferului, ca să nu aibă gânduri de a discuta cu mine, și mă uitam pe geam. Eram ofticat și obosit, nu mai aveam chef de nimic și mă simțeam efectiv epuizat psihic. Mă enervase și Alina, că mă scosese din casă degeaba, toată partea cu Anemona fusese oribilă și-mi mai futuse și-ăla creierii cu Janina lui. Dar, cel mai important, făcusem și duș degeaba. Ceea ce pentru mine, ca om născut și crescut în nordul Moldovei, este efectiv risipă de apă. Dintr-odată a început să-mi vibreze telefonul și mă gândeam: „Dacă, Doamne ferește, e Alina și-mi spune că s-a răzgândit și vrea să ne vedem acum, chiar c-o înjur“. Dar când m-am uitat pe ecran am văzut efectiv ultimul nume la care mă așteptam să-mi apară acolo.

P.S. – De asta niciodată nu o să meargă facultatea de psihologie în România. Că atâta vreme cât există preoți și taximetriști, n-o să se ducă nici dracu' la psiholog.

P.P.S. – În cazul în care o știi pe Janina (care am aflat că e Geanina) din *Las Fierbinți*, spune-i că ar fi mai bine pentru ea să evite să meargă cu Pelicanul o vreme.

CAPITOLUL 6

Am tras puternic aer în piept și am răspuns la telefon. N-aveam încă tărie suficientă să-i ignor apelurile, chiar dacă mi-aș fi dorit.

– Da...

– Andrei, nu-mi place cum au rămas lucrurile între noi, mi-a spus Anemona.

– Nici mie, dar ce putem face acum? Asta-i situația, am răspuns, încercând să fiu glacial.

– Toată povestea noastră a început superb, am trecut prin atâtea lucruri împreună și avem atâtea amintiri legate unul de celălalt încât mi se pare păcat să se termine așa.

– Mda...

– Serios. Hai să fim doi oameni civilizați, care știu să respecte iubirea ce a fost și încă mai este între ei. Uite, eu încă nu am plecat din București. Sunt cazată la hotelul O*******. Poți să vii până aici, te rog?

– Ce rost mai are, Anemona?

– Are. Vreau să-ți ofer rămas-bunul pe care ți-l datorez încă din noaptea în care am plecat din casa noastră. Te aștept.

Și a închis telefonul. Aveam două opțiuni mari și late:

1. să gândesc cu emoțiile, să mă duc la hotel și să aflu la ce cameră era cazată pentru a-i mai vedea o dată ochii;

2. sau să gândesc cu creierul, luând astfel decizia cea mai înțeleaptă, să îmi văd de treaba și de viața mea și să nu cedez tentației de a mă mai întâlni cu ea o dată, fiindcă era clar că nu putea duce la nimic bun pentru mine și că doar mi-aș fi făcut rău singur.

La 345. La 345 era cazată. Am bătut la ușă, dar nu a deschis nimeni. Am mai bătut o dată și o voce din cameră mi-a spus că era deschis. Am apăsat clanța (ceea ce, pe undeva, speram să și primesc) și am intrat în ea (ceea ce, pe undeva, speram să și fac).

Dă play la Salvatore Ganacci feat. Enya and Alex Aris – Dive ca să vii cu noi în scena asta.

Era destul de întuneric acolo și Anemona nu spunea nimic. Mă privea fără nici o expresie pe față, dar în ochii ei puteam să văd totul. Avea în mână o banană (și nu, nu e un oximoron pentru „penis". E un oximoron pentru joint :D) și își plimba unghiile lungi peste ea. Lumina difuză din cameră mă dezinhiba și parcă mă îndemna să intru în lumea ei plină de senzații, de care îmi era dor fără să le fi simțit vreodată. Body-ul ei Calvin Klein era suficient de transparent încât să nu vezi nimic și îndeajuns de opac încât îți arăta, de fapt, totul. Era genul de femeie care îți ține vie fericirea prin prezența ei, iar pielea ei măslinie era acoperită de urmele dorinței mele.

A luat bricheta în mână și se mângâia cu ea peste buzele alea cărnoase care începeau de deasupra bărbiei și se terminau peste buzele mele. Nu spunea nimic, dar felul în care se uita la mine mă făcea să înțeleg că se simțea în siguranță și că se afla fix în locul în care își dorea să fie. A aprins bricheta și își mișca palma peste flacără de parcă voia să îmi transmită că-i plăcea să se ardă. Și la propriu, și la figurat. Eu stăteam pe pat, lingeam un pahar de vodcă și mă bucuram de spectacolul pe care îl aveam în față. Corpul ei tonifiat părea o pictură de colecție a lui Rembrandt care a scăpat din muzeu fiindcă își dorea să fie admirată numai de mine, nu de ochii tuturor celor care și-ar dori asta. La un moment dat a scăpat bricheta din mână și am urmărit-o amândoi cum pică pe podea. Instinctul meu a fost să sar și să o ridic, dar ea m-a oprit. Mi-a pus o mână fermă în piept și m-a împins cu două degete înapoi în pat. S-a întors cu spatele spre mine, și-a îndepărtat picioarele și s-a aplecat să o ia de jos fără să-și îndoaie genunchii nici o clipă. Am făcut ochii atât de mari încât mi-am mutat sprâncenele pe frunte și îmi doream să-mi tatuez acea imagine pe retină, ca să nu dispară niciodată. S-a aplecat atât de adânc încât efectiv am văzut cum scria „nielk nivlac" pe topul ei, cum stătea cu capul în jos. Și abia atunci am înțeles că, de fapt, nu scăpase bricheta, ci o lăsase să pice. Avea ceva ce n-am simțit la multe alte fete. Un *je ne sais quoi* care mă făcea să-mi doresc să fac lucruri pe care n-ar trebui să le fac. Parcă simțeam cum fiecare părticică din corpul ei îmi striga numele și nu mai rezista nici o secundă fără atingerea mea.

M-am apropiat de ea, i-am pus mâinile pe umeri și am întors-o cu fața spre mine. Bricheta a căzut din nou, dar de data asta nu am mai lăsat-o să o ridice, fiindcă deja ridicase altceva. Sânii ei se sprijineau de pieptul meu și cu degetul mare am început să-i mângâi buza de jos în timp ce rujul ăla roșu, care putea să aprindă orice fantezie, i se întindea în jurul gurii. Nu cred că a existat ceva mai frumos vreodată decât momentul în care m-a privit cu ochii mari și ușor speriați, ca un copil care tocmai urma să fie certat de părinți fiindcă a spart vaza aia de pe masa din sufragerie. Îi țineam chipul în mână și am sărutat-o cu putere, iar ea și-a pus ambele palme peste antebrațul meu și parcă nu știa dacă vrea să mă împingă în depărtare ori să mă tragă spre inima ei, pe care o simțeam cum bătea din ce în ce mai tare. La un moment dat s-a rupt din sărutul nostru și, fără să-mi dau seama, și-a mișcat capul într-o parte până când un deget de-al meu a alunecat în gura ei și ea a început să se joace cu limba peste el. Buzele alea timide au devenit brusc pline de păcat, iar toate gândurile mele s-au cumulat în unul singur: perfecțiunea chiar există în fiecare dintre noi, depinde doar de unghiul din care privești. Iar unghiul din care o priveam eu devenea din ce în ce mai strâns, pe măsură ce ea se lăsa tot mai tare în jos, până în punctul în care a ajuns să stea în genunchi. Și-a luat de la mână un elastic pe care și l-a pus în păr, s-a uitat la mine, mi-a zâmbit și, în clipa aia, efectiv mi s-a înmuiat tot corpul (a se observa ce joc fin de cuvinte am făcut aici. Gen „înmuiat", mă rog, ai înțeles tu).

Nu era deloc silențioasă și asta era al dracului de excitant. Se vedea că nu e una dintre tipele alea care fac chestia asta fiindcă știu că i-ar plăcea lui și, na, fac și ele o faptă bună. Nu, din contră, se vedea în mod clar că savura fiecare moment, iar în situația de față, eu eram fiecare moment. Tot haosul din universul meu se liniștea din ce în ce mai tare și picături de transpirație îmi apăreau pe frunte. Simțeam că nu mai rezist, așa că i-am înfipt o mână în păr și am ridicat-o în picioare. Am trântit-o pe pat, m-am aplecat și am luat bricheta, m-am dus pe masă și am desfăcut banana. M-am apropiat de pat și am tras-o de picioare spre mine. Am tras un fum, am așezat-o pe marginea patului, i-am dat ei banana și l-am făcut pe Calvin Klein să dispară. Am început s-o sărut pe gleznă și-mi plimbam apăsat limba peste piciorul ei. Când am ajuns la genunchi, am mușcat-o un pic, iar ea a tresărit. Am zâmbit în sinea mea, dar nu m-am oprit. Am continuat spre coapsa ei, apoi pe șold și m-am oprit pe abdomen. Avea gust de căpșune, și singurul lucru la care mă puteam gândi era că aș avea nevoie de niște frișcă. Am întins palmele în sus, i-am cuprins sânii și am strâns-o puternic. Limba mea continua să-i contureze forme inexistente peste suflet și la un moment dat și-a ridicat un pic fundul ăla superb și mi-a strâns capul între coapsele ei. Nu mai auzeam nimic, dar îi puteam simți gemetele pline de pasiune din felul în care îi vibra tot corpul.

Imaginează-ți ce imagine superbă aveam eu când ridicam privirea și-mi apăreau sânii ei ghiduși (am vrut să spun obraznici, dar nu am înțeles niciodată cum pot fi niște sâni astfel. Ce căcat îi face să fie obraznici? Nu termină tot din farfurie? Răspund urât când vorbești cu ei? Nu pricep care e faza.), iar pe ea o vedeam cum trăgea câte un fum și-l dădea afară întrerupt de gemete. Mi-a pus mâna în cap și mă direcționa de parcă încercam să parchez cu spatele și practic se folosea de mine, dar nu mă deranja asta. Dintr-odată, un țipăt puternic a zguduit liniștea nopții și parcă fiecare celulă din corpul ei s-a relaxat; și-a aprins o țigară și se uita cu ochii pierduți în tavan. A mai tras un fum și mi-a pasat banana de parcă mi-aș fi câștigat dreptul de a-mi rupe capul alături de ea. Cu vocea tremurândă și cu sufletul în bucăți s-a uitat la mine și mi-a zis:

– Vreau să te simt în mine din nou, Andrei.

De câte ori mi-am imaginat noaptea asta în capul meu nici nu mai țin minte, dar niciodată nu m-am apropiat atât de mult de trăirile pe care le aveam atunci. Am venit în pat, m-am așezat peste ea și îi veneram fiecare respirație, fiecare freamăt al corpului ei fierbinte și fiecare mușcătură a buzelor. Dacă aș spune că am început să facem sex nu aș face dreptate momentului pe care-l cunoșteam amândoi în seara aia pentru prima oară. Era de parcă ne învăluise pe amândoi un râu de dorință și de futut după care tânjeam de prea mult timp. I-am ridicat picioarele pe umerii mei, am început să mă mișc din ce în ce mai repede și îi priveam sânii cum parcă i se desprindeau de corp. S-a prins cu mâinile de marginea patului și, în timp ce eu creșteam intensitatea mișcărilor, efectiv a început să dea cu palmele în perete. A lăsat capul pe spate și s-a cufundat într-o lume a ei, plină de plăceri vinovate și miros de alcool. Înghițea în sec și se chinuia de plăcere, iar eu am mușcat-o de picior atât de tare încât urmele din suflet i s-au mutat pe corp. A țipat zâmbind și apoi a scrâșnit din dinți, făcându-mi inima să pompeze mai tare (și nu doar inima), ca și cum eram la câteva minute de infarct. Cu o mișcare rapidă m-am ridicat de pe ea, am întors-o cu fața în jos, i-am băgat o mână în păr și am izbit-o cu fața în pernă. Cu cealaltă mână, înainte de a mă pune înapoi acolo unde îmi simțea lipsa, i-am dat o palmă peste fund, făcându-i pielea să vibreze precum plăcile tectonice. Un geamăt înfundat s-a auzit din adâncimea pernei și fix atunci am tras-o de păr, arcuindu-i spatele ca pe un Stradivarius neprețuit.

Șiroaie de transpirație îmi curgeau pe frunte și de acolo cădeau peste corpul ei gol, parcă răcorindu-l. Toată căldura ei mă făcea să-mi fie imposibil să-i mai rezist. M-am lăsat greoi peste ea, iar abdomenul meu i-a acoperit spatele, împingând-o și mai tare în saltea. Mi-am băgat o mână și i-am strâns un sfârc între degete. Chiar dacă o durea, era o durere plăcută, care se potrivea firesc în momentul nostru. Cealaltă mână i-am încolăcit-o în jurul gâtului și mă mișcam numai din șolduri. Creșteam ritmul din ce în ce mai evident, respirația ei se îngreuna și devenea obositoare, iar patul scârțâia din toate încheieturile. A început să se contracte și îi simțeam pulsul pe interior cum accelera ca un Ferrari. Gemetele se înmulțeau și deveneau din ce mai intense până când, într-o clipă, liniștea nopții a fost spulberată de un țipăt eliberator. Tremura cu fiecare părticică a corpului ei, a lăsat capul cu fruntea udă peste perna mototolită, iar eu am picat ostenit lângă ea. Ăla a fost momentul în care fantezia a devenit realitate și viitorul s-a făcut prezent. Dac-ar fi putut, chiar și hainele noastre care zăceau lângă pat și-ar fi aprins o țigară, de bine ce fusese.

P.S. – Nici o clipă nu mi-aș fi imaginat că o să ajung în seara asta în pat cu Anemona. Dar, pe de altă parte, mai nimeni de pe planetă nu s-a gândit că Trump va ieși președinte, deci se pare că nu putem fi siguri de nimic, niciodată. Decât că Dinamo nu va lua titlul. Asta clar nu se va întâmpla.

P.P.S. – „nielk nivlac“ e Calvin Klein scris invers. Îmi imaginez că te-ai prins și tu singurel, dar am zis să fiu sigur, totuși.

CAPITOLUL 7

Dă tare în căști melodia asta: Carla's Dreams – Te rog.

Anemona stătea cu capul pe mâna mea, eu fumam o țigară și priveam amândoi în tavan. Eram mult mai liniștiți și calmi acum și puteam vorbi ca doi oameni normali, fără să țipăm unul la altul, fără nervi și fără să pasăm vina.

– Și logodită, zici..., am spus eu.

– Așa se pare, mi-a răspuns.

– Știai că o să mă dărâme și totuși ai vrut să aflu. De ce?

– Păi, în primul rând, am vrut să știi motivul pentru care am plecat din București. Iar în al doilea rând, vreau să-ți refaci și tu viața, fără să te mai gândești la mine.

– Ușor de zis...

– Andrei, adevărul e că pentru noi e foarte greu să fim împreună. Eu mi-am trăit viața, am făcut toate căcaturile posibile, am băut, m-am drogat, m-am futut, am pierdut nopți, am dormit zile și tot așa. Dar m-am plictisit de toate astea. Vreau stabilitate acum, vreau plictiseală și monotonie. Vreau normalitate.

– Și cu mine nu puteai avea toate astea?, am întrebat-o.

– Nu puteam. Tu nu ai o viață normală, o carieră normală și nu faci chestii banale. Eu am nevoie de un om lângă mine care lucrează de la 9 la 5, vine acasă și îmi dă mie toată atenția lui. Tu pleci prin țară cu spectacolele, te știu o grămadă de oameni, vor gagicile să te futã... nu pot suporta toate chestiile astea.

– Știi că mai trebuie să vreau și eu, nu e suficient că vor ele.

– Da, dar tu ești un tip ocupat, ai treabă mereu... nu mai vreau chestiile astea. Am nevoie să mă simt prioritatea numărul unu pentru persoana cu care sunt. Iar cu tine nu voi avea niciodată asta. Și să știi că o să-ți fie foarte greu să găsești o tipă care să accepte stilul tău de viață. Toate spunem că vrem distracții, ieșiri, cluburi și adrenalină, dar asta până la un punct. La un moment dat, toate ne dorim un contabil lângă noi. Fiindcă știm că nu ne-ar înșela, nu ar risca să ne piardă și, cel mai important, nu ne-ar putea răni. Cu tine nu aș fi avut niciodată garanția asta. Poate nu acum, poate nu peste doi ani, dar la un moment dat tot va apărea una care va fi mai mișto decât mine, fiindcă tu mereu vei avea opțiuni.

– După tot ce s-a întâmplat între noi chiar crezi că te-aș fi lăsat pentru alta, care ar fi apărut în viața mea la un moment dat?

– Andrei, nu știu dacă m-ai fi părăsit sau nu. Asta e mai puțin important. Ce contează e că prin prisma a ceea ce faci și prin cea a cărții, mereu vor exista șanse mari să apară una care să-ți placă mai mult. Și oricât de puternice sunt sentimentele mele față de tine, tipul cu care m-am logodit e playing it safe. El nu are cum să mă facă să sufăr.

– Nu știu ce să zic. Cred că până la urmă cel mai important e ceea ce simți, nu ce faci sau cum ești, i-am răspuns.

– Dragule, nu poți să mai crezi asta la vârsta ta. Dar ține minte, eu te cunosc de când aveai șapteșpe ani și știu ce suflet frumos ești. Meriți toate lucrurile minunate care ți se întâmplă și îmi doresc să te bucuri de ele. Nu ai nevoie de cineva care să te-aștepte acasă și să te oprească din a experimenta toate chestiile pe care eu le-am experimentat deja. Cel puțin nu acum.

– Dar eu pe tine te vreau. Nu am nevoie de tipele și de experiențele de care îmi spui.

– Pe mine mă vrei în momentul ăsta. Așa cum ai vrut-o și pe Ramona până să mă cunoști pe mine. Hei, știi că mereu te-am învățat de bine. Când aveai șapteșpe ani, am apărut eu în viața ta. În curând faci două'șapte, poate apare altă „Anemonă“, a spus ea râzând.

– Adică ce încerci tu să-mi spui este că lucrul care este cel mai bun în viața mea, și anume cariera, este și lucrul care-mi dăunează cel mai mult?, am întrebat eu semi-sictirit.

– Da. În sensul că nu le poți avea pe ambele. Ori alegi cariera și te concentrezi pe treaba asta și pe toate avantajele pe care ți le oferă, ori alegi familia. Nu le poți face la aceeași intensitate pe amândouă.

– Wow! Adică atâta vreme cât voi avea succes, nu voi fi fericit?

– Andrei, știi că mereu am fost sinceră cu tine. Nu e că nu vei fi fericit, dar va fi foarte greu să ai o relație stabilă. Fiindcă, da, e foarte mișto să-ți vezi iubitul pe scenă, aplaudat de toată lumea, e un sentiment minunat când oamenii zâmbesc atunci când aud numele tău și orice femeie ar fi mândră să fie cu cineva ca tine. Dar, pe de altă parte, mereu va simți că te împarte cu publicul și niciodată nu vei fi al ei sută la sută.

– ...

– Simt că nu mă crezi, dar fii atent. O să-ți pun o întrebare și nu vreau să îmi răspunzi cu voce tare. Gândește-te bine și spune-ți răspunsul ție în gând.

– Ok...

– Dacă ar fi să alegi între stand-up, *Suge-o, Ramona!*, autografe, poze cu oamenii sau bani și o relație cu mine, ce ai alege?

– Dar nu mi se pare o alegere justă, i-am răspuns. Nu e corect!

– Știu, dar până la urmă, ce e corect pe lumea asta? Răspunde-ți doar ție, nu trebuie să spui nimic. Dar indiferent care ar fi alegerea ta, asumă-ți-o și comportă-te în consecință. Uite, hai să-ți spun ceva amuzant, ca să te scot puțin din starea asta.

– Nu știu dacă ai cum, dar spune-mi.

– Băiatul ăsta cu care m-am logodit ți-a citit cartea și e super-fan de-al tău.

– Poftim?, am întrebat-o zâmbind.

– Daaaa! Și nu doar atât. După ce a terminat de citit *Suge-o, Ramona!*, mă-ndemna și pe mine să o citesc, fiindcă-și dorea să comenteze pe baza cărții și el nu știa că eu... na... știu povestea.

– Ha-ha! Nu pot să cred!

– Știiiu. Și mai mult decât atât, îmi tot spune cât de tare e Anemona lui Ciobanu și că mereu și-a dorit o iubită așa cum e ea și că, dacă aș citi cartea și eu, aș putea să înțeleg mai bine ce îi place lui. Tu îți dai seama? Și io-s la modul: „Dude, glumești?“

– Vai, nu îmi vine să cred așa ceva. E minunat. Păi și de ce nu îi spui că tu ești Anemona?

– Doamne ferește! Nu pot să-i spun asta. Nu vreau să știe detalii despre trecutul meu. Din punctul lui de vedere, eu sunt o tipă foarte cuminte, care a mai avut doi iubiți înaintea lui. Și nici nu trebuie să afle mai mult.

– Iartă-mă, dar chestia asta este extrem de amuzantă pentru mine. Deci, pe scurt, te-ai logodit cu un tip căruia i-ar fi plăcut să fie în locul meu și nu are nici cea mai vagă idee că eu îmi doresc să fiu acum în locul lui?

– Cam așa ceva...

Am izbucnit amândoi în râs și ne-am luat în brațe. Ne rostogoleam în pat cu pătura peste noi ca și cum absolut nimic nu s-ar fi întâmplat în seara asta sau în ultimii zece ani. După un timp, Anemona s-a ridicat din pat și a mers spre baie.

– Să știi că mă-ntorc la Constanța în seara asta. Lui Rareș nici nu i-am spus că vin la București.

Pe bune, Rareș? M-ai lăsat pe mine ca să te combini cu unul pe care-l cheamă Rareș?, mă gândeam. Nu am nimic cu numele ăsta, dar pe bune, RAREȘ?? În cazul în care te numești Rareș și citești chestia asta, trebuie să înțelegi că s-ar putea să fiu puțin subiectiv când spun asta, și îmi cer scuze, dar cred că este cel mai urât nume de băiat de pe planetă. Știi mulți oameni pe care îi cheamă Rareș și sunt realizați în viață? Ok, poate că nu e vina ta că părinții te-au botezat așa, dar, pana mea, cred că singurul semn mai evident că te-au făcut la beție și nu te-au vrut ar fi fost avortul. Până și Mirel e un prenume mai reușit.

M-am uitat la ceas și am văzut că era de-abia miezul nopții. Cumva, mă simțeam ușurat pentru că avusesem discuția asta cu Anemona, însă ceea ce-mi spusese m-a pus un pic pe gânduri. Mereu a știut să spună lucrurilor pe nume și să nu se ferească de mine, chiar dacă, poate, ceea ce urma să aud nu era neapărat pe placul meu. M-am ridicat din pat, m-am îmbrăcat și așteptam să iasă Anemona din baie. Am bătut la ușă, am împins-o un pic și am privit-o. Nu cred că m-aș putea sătura vreodată de frumusețea ei.

– Mă lași și pe mine acasă?, am întrebat-o. Că e în drum.

– Aa, da, sigur. Stai să termin de făcut duș și mergem.

– Perfect! Mai fumez o țigară în cazul ăsta.

– Am o idee mai bună, mi-a spus. Nu vrei să ne mai luăm rămas-bun o dată?

P.S. – Este uimitor cum totul devine mai calm după ce faci sex. Se spune că sexul de împăcare este cel mai bun, fiindcă după ce ți-ai golit corpul de toată nebunia care-ți vâjâia în cap chiar nu mai ai nici un chef să te cerți. Dacă i-ar fi făcut o labă cineva lui Hitler pe 31 august 1939 noaptea, sigur nu mai invada Polonia a doua zi, fiindcă tot ce și-ar fi dorit ar fi fost să stea în pat, să mănânce pizza și să se uite la filmulețe cu pisici.

P.P.S. – Pe tine te-aș fi ales, dacă mai are vreo importanță.

CAPITOLUL 8

Mașina s-a oprit și parcă nu prea voiam să cobor. Oricât eram de împăcat cu mine și cu ceea ce tocmai se întâmplase, tot îmi mai doream câteva clipe. Asta-i chestia cu noi, oamenii, că mereu vrem mai mult. Atunci când ne dorim ceva, facem tot posibilul să atingem acel vis și, în clipa în care suntem acolo, apare altă dorință. Dacă-ți dorești cel mai mult să te bage o fată în seamă, te chinui să faci cumva să se întâmple treaba asta. Și, în clipa în care o face, te oprești? Nici gând. Îți dorești să îți dea numărul ei de telefon. Și mergi și îi dai de băut și povestești toată seara cu ea, arătându-i ce ființă minunată ești tu și toate alea. Apoi îi ceri numărul și ea ți-l dă. Tehnic, ți-ai atins scopul, dar vrei mai mult. Acum îți dorești să ieșiți la un suc. Și îi scrii peste câteva zile (să nu îi scrii niciodată a doua zi, ca să nu pară că ești disperat), vă vedeți la un ceai și ți-ai îndeplinit și dorința asta. Dar nu e suficient nici acum. Vrei ca la finalul serii să vă sărutați. Și uite-așa, vă plimbați prin oraș, romantic, smulgi flori de pe drum și i le așezi ei în păr, îi povestești cum nu ai mai simțit niciodată așa o conexiune cu o altă persoană, stați pe o bancă și vă spuneți lucruri pe care știți că vrea să le audă celălalt și la finalul serii, o conduci acasă, iar acolo se întâmplă ceva magic. Înainte să intre pe ușă, buzele voastre se ating în mireasma caldă a fluturașilor din stomacul vostru. Și pleci acasă fericit. Fericit, dar nu și mulțumit. Acum, că v-ați sărutat, în mod clar vrei s-o și futi. Și se întâmplă și asta la un moment dat și, dacă totul e foarte mișto, îți dorești să fiți împreună, să vă puneți într-o relație pe Facebook, să vă cunoașteți părinții, să plecați în vacanță, să vă mutați împreună, să vă luați un câine, să vă logodiți și tot așa, până când îți dai seama că sunteți căsătoriți de zece ani și te întrebi cum a zburat timpul în halul ăsta. Așa suntem construiți noi și așa se întâmplă lucrurile cele mai frumoase: cu pași mărunți. Totul vine treptat, și asta pentru că, de fiecare dată când ne atingem un vis, imediat apare altul. Ăsta e motivul pentru care există cele mai frumoase lucruri pe planetă: pentru că noi suntem veșnic nemulțumiți. Din cauza asta și din cauza lenei. Crezi că Edison a inventat becul fiindcă voia el să facă un bine omenirii? Nu, probabil că omul s-a plictisit să caute zacuscă în cămară cu lanterna, să se asigure că avea baterii mereu și că nu dădea cu capul de prag de fiecare dată când îi era foame. Crezi că ăla care a inventat telecomanda a făcut-o pentru că voia să le arate semenilor săi că există soluții mai simple? Nu, probabil că a fost traumatizat când era mic, de părinții lui, la cât a fost pus să schimbe canalele la televizor (fiindcă atunci când eram copii toți am fost, la un moment dat, telecomenzile părinților noștri) și, fiindcă îi era lene să se tot ridice de pe canapea să schimbe postul, a făcut el o invenție care îi permite să facă asta în timp ce stă în cur și mănâncă semințe. S-ar putea ca Dumnezeu de asta să fi inventat oamenii, de fapt. Că uneori, efectiv, îi era lene să se ducă să-și ia o bere din frigider.

– Să știi că îmi pare bine că te-am sunat, fiindcă nu voiam să se termine urât lucrurile între noi, mi-a spus Anemona. Hai să mai fumăm o țigară și după aia mă duc.

– Oricum, indiferent de ce se va întâmpla, sunt sigur că și tu știi că noi suntem făcuți unul pentru celălalt. Chiar dacă nu ești cu mine acum, chiar dacă te-ai logodit cu altcineva, chestiile astea nu contează. Ceea ce-a fost între noi nu dispare pur și simplu, i-am zis, devenind sentimental.

– Știu asta, Andrei. Dar viața mea e acolo, prietenii mei sunt acolo, familia mea e acolo și uneori trebuie să iei decizia rațională. Și eu fix asta am făcut. Îmi doresc să fac și eu un copil și am nevoie să știu că persoana de lângă mine este mereu acolo când am nevoie de ea, și asta e cel mai important. Uneori, iubirea se mai și învață, să știi.

– Nu vreau să accept asta. Dacă aș face-o, înseamnă că tot ce știm despre viață, tot ce-am fost învățați de mici este greșit. Lasă-mă să cred că fiecare dintre noi avem un suflet-pereche și că atunci când îl găsim nu mai contează nimic în jurul nostru.

– Asta se întâmplă doar în povești, Andrei. În viața reală lucrurile sunt mai complicate de-atât. Bucură-te de ceea ce ți se întâmplă și nu te uita înapoi. În inima mea, oricum, nimeni nu o să poată să te înlocuiască niciodată.

Acum e momentul să dai play la această piesă: B.U.G. Mafia – Viața noastră.

Am mai sărutat-o o dată, am stins țigara și m-am dat jos din mașină. Anemona a plecat, iar eu mă îndreptam spre casă cu sufletul îndoit. Eram mai debusolat decât Borcea când a luat Steaua Cupa Campionilor și, încă o dată, tot ce-mi doream era să stau în pat. Am intrat în casă, mi-am aruncat cheile pe cuier și am mers în bucătărie. Acolo era Alin, care călca în picioare niște sticle de plastic, scoțând aerul din ele.

– Ce faci, prinţeso? Te-ai întors? Pun bani deoparte pentru nuntă?, m-a întrebat.

– Ce nuntă, bă?

– Miroşi a sex. Deci v-aţi împăcat, nu?

– Nu ne-am împăcat. Nu se însoară nimeni, stai liniştit.

– Păi şi-atunci de ce miroşi a sex?, m-a întrebat, venind mai aproape de mine. Cu cine ai făcut sexică?

– Cu Anemona, dar nu a însemnat nimic. A plecat înapoi la Constanţa, s-a terminat totul. Şi ce căcat faci cu sticlele alea?

– Le pregătesc pentru reciclat, ţărane. Că sunt un adevărat ecologic, mi-a răspuns el superior.

– Ecologist, adică?

– Dac-ai înţeles ce-am vrut să zic, de ce mă fuţi la cap acum? Mai bine zi-mi de ce a vrut Anemona să vă întâlniţi?

– Ca să-mi spună că s-a logodit.

– Ce?

– Da. Şi-a refăcut viaţa acolo, îi e bine şi mai e şi logodită. Asta-i treaba.

– Lasă, bro, stai liniştit, că rata de divorţ în România e foarte ridicată. În maxim cinci-şase ani se desparte de ăla, nu-ţi face griji.

– Daaa, sigur că da. Şi ce-ar trebui să fac eu, până atunci?

– Cum ce? Să bei, să uiţi, să te distrezi şi să fuţi. Ia uite, am făcut şi o poezie.

Alin a deschis frigiderul, a scos de acolo două beri, le-a desfăcut şi le-a pus pe masă. Am ciocnit şi am luat câte o gură zdravănă din ele. După ce le-am terminat, am mai scos două, şi Alin a avut ideea genială să bem şi nişte ţuică pe care o avea el de la maică-sa. Şi ca să fie treaba completă, am mâncat şi o banană. Am început să ne ameţim, dar nu era nici o problemă, fiindcă eram la noi acasă și puteam oricând să ne culcăm.

– Bă, nu ți-e foame?, l-am întrebat.

– Ba da, aș putea mânca ceva. Ce-avem prin frigider?

– Păi stai să vedem, i-am răspuns și m-am dus spre frigider. Avem așa: gheață, bere, jumate de sticlă de vin, ojă... De ce căcat avem noi ojă în frigider?

– Coaie, nu pune întrebări ale căror răspunsuri nu vrei să le afli, mi-a spus el. Ce mai avem?

– Așa... o pungă cu țelină, muștar, carne de pui expirată...

– De unde știi tu că-i expirată? Ai tu puteri supra-omenești, să simți asta?, m-a întrebat Alin, deranjat.

– Dude, efectiv scrie pe caserolă cu markerul: „carne de pui expirată".

– Aaa, da. O țin eu s-o dau la câinii de lângă bloc.

– Nici măcar n-o să-ntreb. Ideea e că nu avem nimic de mâncare.

– Păi stai, mă, că nu e problemă. Mai ai pliantul ăla de la pizzerie, de ți l-am dat zilele trecute?

– Ia uite cum nu ești tu prost degeaba. Da, e-n geacă.

– Păi adu-l încoace și hai să comandăm pizza, ca faraonii.

M-am dus pe hol să iau pliantul salvator. Am ajuns la cuier, dar geaca mea nu era acolo. Am mers să o caut în cameră la mine, tot nu era. M-am întors în bucătărie.

– Bă, geaca mea e-aici?, l-am întrebat speriat pe Alin.

– Care geacă?

– Cum, care geacă? N-am decât una. Geaca mea, aia albastră.

– De ce-ar fi geaca ta în bucătărie?

– Nu știu, dar poți să nu mai răspunzi la întrebările mele cu alte întrebări?

– Dar nu are sens ce zici. Ce să caute o geacă în bucătărie? E ca și cum m-ai întreba dacă periuța ta de dinți e la mine pe noptieră sau dacă liftul e pe gresie în baie. Te-a luat țuica, pare-mi-se.

– Bă, tu nu-nțelegi că nu-mi găsesc geaca? Și fără geacă, n-avem pliant. Și fără pliant, pula pizza.

– Andrei, nu te juca cu mine! Unde căcat ți-ai pus geaca?

– Nu știu, că dac-aș ști nu te-aș mai întreba pe tine, nu?

– Nu se poate. Trebuie să ne dăm seama, n-are cum să dispară chiar așa.

– Păi da. E totuși o geacă.

– Dă-o-n pula mea de geacă, eu de pliant vorbesc.

– Băi, ești nesimțit? E geaca mea, mi-a cumpărat-o maică-mea, mă omoară dac-am pierdut-o.

– Plus că două pizza moca, tu-ți dai seama ce-mi faci?

– Vai, îmi cer scuze că-ți distrug viața fiindcă nu găsesc un căcat de pliant. Geaca mea era de la Zara, bă, săracule!

– Ok, hai să ne calmăm și să ne concentrăm. Când ai venit acasă, nu aveai geaca pe tine. Sigur ai plecat cu ea? Unde ai fost în ultimele două săptămâni?, m-a întrebat Alin panicat.

– Normal c-am plecat cu ea, că era frig. M-am îmbrăcat, am mers la bar să mă văd cu Anemona, am ajuns acolo, mi-am dat geaca jos, am pus-o pe spătarul scaunului...

– Hai că pân-aici e bine. Mai departe ce s-a-ntâmplat?

– Am vorbit cu Anemona, i-am spus că e ipocrită, ea s-a ofticat pe mine, s-a ridicat, a plecat din bar și eu m-am dus după ea.

– Mamă, ce bou ești...

– Da..., cred că am uitat-o acolo, i-am zis eu, resemnat.

– Nu de asta, bă. Cum să-i spui că-i ipocrită? Tu chiar nu știi nimic despre femei? Aa..., și deci pliantul e încă la barul ăla.

– Cred că da. Asta dacă... știi tu, NU MI-A FURAT CINEVA GEACA!

– E clar! Mergem să recuperăm pliantul.

– Ce?

– Da, mă! Îmbracă-te!

– Cu ce căcat să mă-mbrac, dacă geaca mea e-acolo?

– Bă, dar mai termin-o cu geaca ta și gândește-te și la mine. Aproape c-aveam două pizza moca și din cauza ta am dat banii în vânt. Mergem în barul ăla și recuperăm bucățica aia de hârtie care ne va potoli foamea în seara asta. Am zis!

– Și geaca mea...

– Și geaca ta, ce?

– S-o recuperăm.

– A, da, sigur. Și geaca ta, clar. Dar în primul rând pliantul.

– Dacă vrei, merg doar eu, n-are sens să mai ieși și tu, i-am spus.

– Nu, lasă, că vin și eu mai bine.

– Dude, serios. Chiar n-are nici un rost, pe bune. Mă duc, iau geaca și mă întorc.

– Nu, nu. Vin și eu. Tu vrei să-mi furi pliantul, lasă că știu eu.

Acestea fiind zise, după ce am dat ochii peste cap până mi-am privit fundul creierului, am chemat un taxi și am plecat amândoi și amețiți, și un pic sparți, să recuperăm geaca și pliantul. Ce se putea întâmpla? Ei bine, îți spun eu ce se putea întâmpla.

P.S. – Copii, stați departe de banane, fiindcă așa ajungi paranoic, obsedat de pliante și, cel mai grav, ecologist.

P.P.S – Contrar a ceea ce crede toată lumea, iubirea nu te învață niciodată nimic, nici măcar să iubești. Suferința te învață să iubești. Și suferința vine din dezamăgire. De asta învățăm cel mai mult de la oameni, fiindcă ei te vor dezamăgi cel mai mult.

CAPITOLUL 9

Am ajuns din nou în barul în care fusesem acum câteva ore și deja mă simțeam ca în *Ziua cârtiței*. Acolo era aceeași atmosferă debusolantă, doar că la ora asta muzica era dată mai tare, mirosul de țigări era mai pronunțat și era mai plin. M-am dus cu Alin direct la masa unde stătusem cu Anemona, dar când am ajuns acolo, ce să vezi, era ocupată de alți oameni și nu era nici urmă de geaca mea.

Poți să pui piesa asta ca să intre mai bine următoarele rânduri: Lorena – Pizza Pizza.

– Na..., se pare că s-a dus naibii geaca mea de la Zara, i-am spus lui Alin, întristat.

– Hei, mi-a răspuns el, nu trebuie să te oftici. Chiar n-ai de ce. Până la urmă eu sunt cel care nu mai primește pizza moca în seara asta.

– Vai de capul meu! În primul rând aveai șapte pizza acolo, trebuia să mai comanzi trei ca să ajungi la zece. Oricum nu primeai nici o pizza gratis în seara asta.

– Coaie, astea-s detalii. Și m-ai și cărat până aici degeaba.

– Eu te-am cărat? Tu ai vrut să venim, ca să luăm căcatul ăla de pliant.

– Aa, da. Corect. Păi hai să-l luăm.

– Wow, eu cum de nu m-am gândit la asta, oare? De unde puii mei să-l luăm, dacă nu mai e geaca mea aici?

– Lasă, mă, că știu eu cum facem. Hai după mine.

Alin s-a apropiat de bar, iar eu, ca o soție conștiincioasă ce sunt, m-am dus după el fără să pun întrebări. Acolo era chelnerița căreia îi lăsasem bacșiș suficienți bani cât să-și construiască un sens giratoriu în Bârlad și care mă făcuse nesimțit după aia. Speram totuși să nu mă recunoască. Alin s-a apropiat de ea și i-a spus:

– Nu te supăra, ai cumva un pix și o foaie?

Un pix și-o foaie? Ce căcat, vrei să-i faci diagrama zodiacală sau să îmi găsești geaca?, mă gândeam eu. Fata a dat din cap conștiincios (așa cum ne place nouă să faceți) și a scos o fițuică din bar și un pix din buzunar, punându-le pe amândouă la dispoziția prietenului meu beat, spart și incoerent. Alin le-a luat, și-a scos telefonul din buzunar, s-a uitat puțin în el, apoi a scris ceva pe foaie și i le-a dat fetei înapoi.

– Uite, a spus el, am trecut aici numărul de telefon al prietenului meu, care a fost mai devreme în bar la voi și, super-inteligent fiind, și-a uitat geaca aici. Dac-o găsești, cumva, poți să îi dai un mesaj pe numărul ăsta, te rog? Merci frumos!

Fata a luat foița, a zâmbit și a zis:

– Nu era mai simplu să mă întrebi dacă nu am găsit o geacă uitată în bar?

– Ce a vrut prietenul meu super-inteligent să spună, am intervenit eu, este: N-ai găsit cumva o geacă pe spătarul unui scaun?

– Și un pliant pentru pizza, a adăugat Alin.

– Iartă-l pe prietenul meu, dar în ultima vreme nu e chiar el.

– Ha-ha, ar trebui să-i dai un Snickers, a răspuns ea râzând.

– Deci ai găsit cumva geaca mea?, am întrebat-o.

– Da, ți-ai uitat-o pe spătar când ai fugit în ploaie după iubita ta.

– Nu e iubita lui, a intervenit Alin. Era...

– Aa, da, nuuu, era o..., încercam eu să născocesc ceva.

– Prostituată!, a spus Alin, mândru.

Wow, Alin, mulțumesc. Acum clar m-ai făcut să arăt mult mai bine în fața ei. Nu ne doream să creadă că am iubită, normal. Hai să o facem să creadă că plătesc pentru sex și fata a plecat țipând din bar că nu ne-am înțeles la preț sau ceva, îmi spuneam în gând.

– Hai mai bine să-ți aduc geaca, nu?, a spus chelnerița.

S-a dus până în spatele barului, iar în câteva zeci de secunde s-a întors cu o geacă albastră din fâș în brațe.

– Asta e?, ne-a întrebat.

– Verificați, domnișoară, în buzunar să vedeți dacă e vreun pliant acolo, a zis Alin nerăbdător.

– Asta e, mulțumesc frumos, i-am spus fetei luându-i geaca din mână.

Am controlat-o în buzunar, am scos nenorocitul de pliant de-acolo și i l-am lipit lui Alin pe frunte.

– Na, mă, inaptule. Fă borș cu el!

– Da, într-adevăr, sunt doar șapte pizza cumpărate, a zis el, dezamăgit. Domnișoară, a continuat urcându-și privirea pe chelneriță, nu vreți să comandați o pizza? Sau poate vor colegii dumneavoastră să mănânce... știu eu un loc mișto.

– Ăăă... nu, mulțumesc. Am mâncat cu toții.

– Hai, mă, să mergem. Lasă fata în pace. Mulțumim mult, i-am spus fetei.

– Ce să mergem, bă? Trebuie să sărbătorim! Mai stăm aici și bem o bere, că suntem fericiți. Domnișoară, noi ne așezăm la o masă și o să vă rog să ne aduceți două dintre cele mai scumpe sticle de Ciuc pe care le aveți în bar. Plătesc eu!

Ne-am tras două scaune, ne-am trântit la o masă și ne-am aprins câte o țigară. Alin ținea în mână pliantul ăla de ziceai că era copilul lui nou-născut, îi zâmbea și mai avea puțin și îl mângâia.

– Auzi, bă?, mi-a zis.

– Ha?

– Pe cine combinăm noi să cumpere două pizza în seara asta, oare?

– Frate, mă omori cu pizzele alea. Deci îți jur că nu mai pot, i-am răspuns eu exasperat.

– Dar ce ai cu pizza mea?, m-a întrebat Alin, mirat.

– Pizza, pizza și iar pizza! Numai despre asta ai vorbit în seara asta. Aș vrea să ți-o comanzi doar ca să pot s-o iau, să mă duc în baie, să mă spăl pe picioare în chiuvetă, apoi să mă epilez la subraț tot în chiuvetă, să n-o clătesc deloc și s-o șterg după aia cu pizza ta. Pe bune, deci...

Între timp chelnerița a venit să ne aducă la masă comanda și m-a prins în mijlocul discursului meu despre nenorocita aia de pizza cu care-mi futuse ăsta creierii toată seara.

– ...nu vreau să mai aud de ea niciodată, nu-mi doresc s-o mai pomenești în preajma mea și vreau să înțelegi că îmi faci rău de fiecare dată când o aduci în discuție. Nu se va întâmpla nici acum, nici mai târziu, nici mâine, niciodată, și te rog să nu mai insiști, fiindcă n-o mai doresc. Nici în viața mea, nici în casa mea și cu atât mai puțin în discuțiile noastre. Te rog frumos!, am conchis, am răsuflat adânc și am luat sticla de bere de pe masă.

Chelnerița a prins doar ultima parte a discursului meu, s-a uitat la mine cu o privire din aia de mamă, mi-a zâmbit și s-a întors în bar.

– Bine, mă, hooo! Calmează-te, mi-a spus Alin, după ce am rămas doar noi doi. Hai să ne bucurăm c-am recuperat...

– C-am recuperat ce, mânca-mi-ai sfincterul?, am zis eu, nervos.

– C-am recuperat geaca, voiam să spun. Dar niciodată nu mă lași să termin propozițiile până la final. Hai mulți ani! Să trăim cu geci de la Zara, a spus Alin și a întins sticla.

– Mulți ani, am răspuns și am ciocnit. Hai să schimbăm subiectul, că m-a terminat psihic seara asta.

– Da, sunt de acord. Despre ce să vorbim?

– Hmm... Păi nu știu, orice.

– De exemplu?

– De exemplu... ăăă... tu știai că pinguinii pot fi homosexuali?

– Să mori tu! Pe bune?

– Da, frate, ești nebun? Cine s-ar fi gândit la așa ceva?

– Păi, stai... și gen, dacă fac sex unul cu celălalt, înseamnă că... și a izbucnit în râs.

– Înseamnă că ce, mă?, am întrebat eu, curios.

Ăsta nu se mai putea opri din râs.

– Înseamnă că... ha-ha-ha...

– Că ce, bă?, am întrebat eu amuzat.

– Că-și fac unul altuia... cioc?

Am început amândoi să râdem la această glumă proastă, exact ca doi oameni care au consumat prea devreme o banană, într-o noapte care părea să se termine prea târziu. La un moment dat mi-a vibrat telefonul. M-am uitat și aveam un mesaj pe Whatsapp de la un număr pe care nu îl recunoșteam: „Dacă vrei să bem un shot, te aștept la bar. Am auzit că poate să facă minuni". Nu înțelegeam de la cine era și am început să mă uit în jur, dezorientat. Și, dintr-odată, la bar, am văzut-o pe chelnerița care tocmai îmi dăduse geaca înapoi, uitându-se la mine cu un zâmbet larg pe față.

P.S. – Stăteam pe pat, cu punga de gheață lipită de cap. Mahmureala începea să-mi dispară și începeam să-mi amintesc din ce în ce mai clar ce mi se întâmplase cu o seară înainte. Tipa care era lângă mine se dusese să-mi facă o cafea. Nu mai e mult până când o să afli cine era domnișoara, dar ca să nu te mai țin în suspans atât de mult îți spun așa: era o tipă despre care am scris deja în cartea asta. Mai ai puțină răbdare, că trebuie să înțelegi toată povestea.

P.P.S. – Cred că, în punctul ăsta, cel mai mare coșmar al vieții mele ar fi un pinguin care ține în cioc o felie de pizza. Unii oameni vorbesc despre fotbal prea mult, despre politică sau despre mașini. Eu nu – obsesia mea a trebuit să fie pinguinii homosexuali. Nu puteam să fiu și eu un om normal la cap. Și mă mai mir că-mi plac nebunele.

CAPITOLUL 10

Nu prea înțelegeam exact ce se întâmpla și nu-mi dădeam seama dacă mesajul era pentru mine sau o fi fost greșeală. M-am uitat la poza de pe Whatsapp și mi-am dat seama că, într-adevăr, persoana care-mi scria era chelnerița din bar. Care, da, avea numărul meu de telefon, fiindcă i-l dăduse Alin cu ceva clipe în urmă, când încercam să recuperăm geaca. Dar nu pricepeam cum de-mi dădea mesaj să mă cheme să bem ceva, așa, de nicăieri. Nu sunt eu genul ăla de tip care să primească numere de telefon pe nota de plată de la chelnerițe sau după care se uită toate fetele când intru în bar.

– Băi, boss, i-am zis lui Alin, mie tocmai mi-a trimis un mesaj pe Whatsapp fata de la bar, care mi-a dat geaca.

– Ce? Pleacă, mă, de-aici. Dă să văd, mi-a răspuns el, total încrezător în mine.

– Uite, i-am spus și i-am întins telefonul.

– Imposibil așa ceva. Dar de unde are numărul tău?

– Tu i l-ai dat, berbecule, mai-nainte.

– A, da. Corect!

– Ce vrea, oare, de la mine?, l-am întrebat pe prietenul meu total înțelept.

– Probabil că vrea să-ți recolteze probe biologice... Ce căcat să vrea? Să beți ceva. Du-te acolo, bea un shot cu fata și poate o combini să-mi dea și mie un shot gratis.

– Păi, cum? Mă duc așa, pur și simplu?

– Dar ce, mă? Te duci s-o iei de nevastă? Mergi, bei shot-ul și vezi tu de-acolo. Vrei să-ți desenez o hartă?

– Coaie, tu n-ai niște pizza, după care vrei să plângi? Lasă-mă, că mă duc, nu mă brusca, i-am spus eu, mai timid decât o babă la spovedanie.

– Lasă, că te-ajută iar fratele tău. Te duci pe super-atitudine, ea te-a chemat pe tine, deci ai avantaj. Ți-o arzi mega-misterios și răspunzi din două-trei silabe. Și-o lași pe ea să vorbească mai mult. Totul e clar?

– Da, să trăiți!

– Hai, bagă viteză.

Hai cu noi în bar punând melodia asta: duduie în boxe Bitza & Grasu XXL – Fac ce vor.

M-am ridicat de pe scaun super-încrezător, în slow-motion și cu ochii proiectați către ea și bineînțeles că mi-a căzut geaca de pe spătar. M-am aplecat stângaci după ea, am pus-o la loc și m-am mai ridicat o dată, văzându-l pe Alin cum își dădea o palmă peste frunte.

– E-o minune că nu ești virgin, mi-a spus.

I-am arătat muie și mi-am continuat defilarea. Niciodată n-am știut cum să fac să fiu sexy, să am o privire dintr-aia de matador și o atitudine care să dea femeile pe spate. Știi că sunt tipii ăia care se duc în club, vorbesc cu 3 000 de fete, îi zâmbesc pe sub mustăți chelneriței, cer numărul de telefon al dansatoarei de pe boxă, le dau de băut gagicilor random pe-acolo și sunt atât de fermecători încât și barmanul i-ar fute? Ei bine, eu sunt mai mult tipul ăla care stă în colțul canapelei într-un club, bea vodcă cu suc de mere cu paiul și, probabil, dă pe el fix atunci când poartă o cămașă albă. Nivelul meu maxim de sexiness este dacă reușesc să mă duc la o tipă de la bar și să nu mă-mpiedic până ajung la ea. Dacă se întâmplă treaba asta, din punctul ăsta încolo, eu o consider o seară reușită. Eu, când sunt în club sau în oraș, am la fel de mult sex-appeal ca Sheldon din *Teoria Big Bang*. În sensul că atitudinea generală pe care o eman în jur e de multe semne de întrebare: „De ce ține berea aia de parcă sticla e din cristal?“, „Oare e constipat în clipa asta?“ sau, preferata mea: „Ăla e-un om viu sau e un ou fiert?“. Ce încerc să-ți spun este că sunt la fel de sexy ca picăturile de ochi. Dar, dacă toate chestiile dubioase nu se întâmplă și reușesc, printr-o circumstanță fericită, să vorbesc cu fata de care îmi place, de-acolo mă descurc. Toată problema mea se desfășoară până în punctul ăla.

Am ajuns într-un final la bar, m-am așezat stingher pe un scaun de acolo și cu super-inspirație de moment, stăpânire de sine și charismă, am zis:

– Tu mi-ai dat mesajul ăla? – de parcă o certam.

– Mmm... da, păi, te-am văzut cu fata aia acum câteva ore... cum te-ai dus după ea atunci când a ieșit din bar, și mai înainte te-am auzit din greșeală cum îi spuneai prietenului tău să nu-ți mai aducă aminte de ea și am zis să te invit să bem ceva, a spus ea, în timp ce umplea două shot-uri.

– Aaa, păi, nu, că mai înainte nu era vorba despre...

– Șșșt!, mi-a spus chelnerița punându-mi un degete peste buze. Nu-i nevoie să te justifici. Mi se pare că doar bărbații adevărați au curajul să fie sentimentali, așa cum ai fost tu. Eu sunt Roxana, apropo.

– Îmi pare bine, Roxana. Eu sunt Andrei, i-am zis și i-am strâns mâna în palma mea transpirată.

Am luat shot-ul de pe masă, am ciocnit și l-am dat peste cap. Roxana a mai umplut două pahare și am făcut cu ele același lucru.

– Și? Cu ce te ocupi, Andrei?

– Fac stand-up comedy, i-am răspuns.

– Mamă, ce tare! Asta înseamnă că mă poți face să râd încontinuu, și mie îmi place mult să râd.

– Da, normal că te pot face să râzi. Dar trebuie să-mi dai 25 de lei ca să fac asta, i-am zis.

– Ha-ha! Ce amuzant ești. Îți dau și 25 de lei, nu e problemă, că am avut mai devreme un client care mi-a lăsat bacșiș vreo 30 de lei.

– Ce idiot, i-am spus și am zâmbit.

– Hei, nu e idiot. Chiar să știi că era foarte drăguț tipul. Noroc că am numărul lui de telefon.

– Înseamnă că poți să îi scrii zilele astea, poate vă vedeți. Sunt sigur că și el a crezut că ești drăguță.

– Zilele astea? Dar în seara asta ce are?

– Păi nu ești la muncă?, am întrebat.

– Sunt la muncă acum, dar termin în două ore.

– Așa mult îți ia să termini?, am glumit eu.

– Ei, depinde. Dacă îmi place mult cu cine o fac, pot să termin și în câteva minute. Munca, desigur.

– Da, sigur, nici nu mă gândeam la altceva.

– Off, stai să-mi desfac încă un nasture la cămașă, că trebuie să merg să mai iau o comandă de la masa aia din dreapta, și sunt numai băieți acolo, a spus Roxana.

– Și cu decolteul mai mare iei mai bine comanda, nu?, am întrebat-o zâmbind.

– Îți dai seama că da. Și comanda, și bacșișul merg mai bine cu un decolteu zâmbitor. Mă duc să mai fac și un pic de treabă. Mai stai, nu?

– Da, clar. Merg și eu la prietenul meu, să mă asigur că nu s-a înecat cu propria salivă, până te mai eliberezi și tu un pic.

Eu m-am ridicat și am mers către masa mea, iar Roxana s-a pierdut prin mulțimea de oameni care erau în bar, dornici să-și înfunde creierii în alcool. Alin citea eticheta sticlei de bere și era super-concentrat, de zici că se uita în cartea de fizică.

– Și? Trăiesc fericiți până la adânci bătrâneți?, l-am întrebat, așezându-mă la masă.

– Ha? Cine?

– Personajele din super-lectura ta.

– Ce lectură?

– De pe etichetă, bă!

– Dar nu citeam. Mă uitam la sticla de bere, că mi se pare genial cum berea e galbenă, dar prin sticlă pare verde. Dar lasă asta, tu ce cauți aici? De ce nu ești cu fata?, mi-a reproșat el.

– Stai, bre, că mai are și ea de făcut niște treabă. Plus că nu pot să te las singur aici.

– Ce? Tu nu știi codul băieților?

– Ba da. Greed is good, e codul, i-am spus.

– Nu la Warcraft, idiotule. Codul, în situații de genul ăsta, e următorul: dacă prietenul tău are șanse să fută, îți folosești toate resursele ca să-l ajuți și nu-l încurci cu nimic.

– Ok, ar trebui să nu te mai uiți la *Cum am cunoscut-o pe mama voastră*. Știi că Barney în realitate e gay, nu?

– Serios! Eu stau aici cât vorbești cu fata și, dacă mă plictisesc, chem un taxi și plec. Nu e panică, mi-a spus și a împins berea spre mine. Ce-ați vorbit la bar?

– Mi-a spus că m-a văzut când am venit aici cu Anemona și c-a sensibilizat-o că m-am dus după ea în ploaie, și că m-a auzit mai înainte când vorbeam atât de frumos cu tine despre ea.

– Despre care ea?

– Despre Anemona.

– Dar noi n-am vorbit despre Anemona.

– Știu, dar când ți-am spus ție să mă lași dracului cu pizza ta nenorocită, ea a auzit doar ultima parte și credea că-ți povestesc despre fata care mi-a rănit sufletul. Am încercat să-i spun c-a fost o neînțelegere, dar...

– Tu ești retardat complet? Cum să-i spui c-a înțeles greșit? Dacă fata a auzit ceva care a făcut-o să te placă, acel ceva devine adevărul absolut general valabil pentru totdeauna. Doamne!

– Păi da, bă, dar nu-mi place să mint, am zis eu.

– Vai de capul meu! La faza asta nu minți, ci doar n-o contrazici când greșește. Bă, serios, cum căcat ai făcut sex până acum?

– Hai, lasă-mă-n pace și bea acolo, am răspuns iritat.

Am mai băut o gură de bere, am mai stat un pic la povești și, la un moment dat, Roxana a venit la noi cu trei shot-uri. A pus tava pe masă și ne-a zis:

– Hai să bem!

– Dar ce sunt astea?, am întrebat eu.

– Andrei, nu pune întrebări inutile. Dacă fata a venit cu alcool gratis, e nepoliticos să-ntrebi chestii, m-a contrat Alin.

– Sunt shot-urile mele preferate. Luați paharul în mână mai întâi, apoi băgați două degete în el...

– Cum adică să băgăm două degete în el?, am zis eu, nedumerit.

– Adică fix așa cum se-aude.

– Păi da, dar cum le bag?

– Exact ca și cum le-ai băga în pizdă, mi-a răspuns ea tranșant.

– Aa, ok...

– Așa, și, după ce faci asta, dai shot-ul peste cap și apoi îți miroși degetele.

– Tu vorbești serios? De ce să ne mirosim...

– Andrei, fă cum spune fata și termină cu întrebările, că nu suntem la școală, a zis Alin.

Așadar, am introdus cu migală două degete în pahar, am băut apoi alcoolul din el, iar la final ne-am mirosit degetele, și o senzație de mentă mi-a năvălit în corp de parcă cineva mă spăla cu pastă de dinți pe suflet.

– Ei? Cum a fost?, a întrebat Roxana.

– Holy shit, am zis, cum se simte asta.

– Da, foarte tare, cum te ia mirosul ăsta. Mult mai mișto decât atunci când inhalezi prenadez, a conchis Alin.

– Mă bucur că v-a plăcut! Mai vreți încă unul?, a întrebat Roxana.

– Normal!, a spus Alin.

– Hai, că mai duc niște comenzi și mă-ntorc, a zis ea.

Roxana a luat paharele de pe masă, a mers înapoi la bar, și noi deja eram amețiți bine de tot, dar seara părea totuși să se încheie cu bine. Primeam băutură moca, o fată mișto părea să se dea la mine și Alin nu mai pronunțase cuvântul pizza de o oră.

– Coaie, trebuie să faci sex cu fata asta diseară, mi-a zis.

– Ce? Ba nu, de fapt, nu trebuie.

– Ce-ai, bă? Normal că trebuie. Te-a chemat la bar, ai stat de vorbă cu ea, ți-a dat de înțeles că te place, ți-a adus shot-uri moca la masă... ar fi o crimă să nu faci sex cu ea în punctul ăsta. Fii atent, când vine cu alcoolul, o să treacă pe lângă tine și, în clipa aia, tu, bam, îi dai o palmă peste fund.

– Da... n-o să fac asta, că nu sunt de la țară, am răspuns.

– Tehnic, ești din Suceava, dar asta e-o altă discuție. Bă, ai încredere în mine. Nu-i dai ca melteanul și râzi ca prostul după aia. Îi dai și tu sublim, așa, dar rămâi ferm și serios. Și când se întoarce spre tine și te privește, te uiți fix în ochii ei și ridici o sprânceană, dar fără să zâmbești. Pe stilul: *I'm your daddy*. O să-i placă, îți promit. Dacă se supără pe tine, când ajungem acasă, jur că-ți fac eu o labă, ca să nu zici c-ai rămas bolohănit sau ceva.

– Lasă-mă, bă, că nu fac așa ceva.

– Dude, te-am sfătuit eu vreodată de rău? Fii atent: dacă se oftică pe tine, fac eu curat în casă două luni de-acum înainte și-ți fac aripioare de fiecare dată când vrei tu. Ok?

Nu știu dacă a fost de la alcool sau de la banana de mai devreme, cert este că am acceptat să-l ascult pe Alin, așa că atunci când a trecut Roxana pe lângă mine cu tava de shot-uri în mână, i-am dat o palmă peste fund și la final am strâns-o câteva secunde, apoi i-am dat drumul. Ea s-a întors către mine, eu m-am uitat la ea și mi-am ridicat o sprânceană, iar ea în clipa aia, contrar a tot ceea ce m-așteptam eu, a zâmbit, și-a umezit buzele cu limba și a mers mai departe. Alin se uita la mine aprobator, iar eu nu puteam să cred că funcționase.

N-au trecut nici cinșpe secunde de la faza asta și, în timp ce Roxana așeza băuturile pe masă, parc-am avut impresia că se făcuse mai întuneric acolo decât era până atunci. O durere strașnică a început să mă copleșească în umărul drept și am observat cum ambele fețe zâmbitoare care mă priveau până atunci dintr-odată au devenit serioase. Când m-am uitat în spate, am văzut un tip chel, mare și cu barbă cum se uita la mine în timp ce o mână i se prelungea până pe umărul meu și mă strângea cu degetele de zici că voia să mi-l subțieze cu vreo zece centimetri. Cu o voce groasă și pătrunzătoare, mi-a zis:

– Un' te crezi aici, bă, țăranule? Crezi că ești la bordel?

P.S. – Cred că a fost pentru prima oară în viața mea când i-am dat unei fete o palmă la fund. Adică, mă rog, fără să fim dezbrăcați.

P.P.S. – Pe de altă parte, îmi părea oarecum rău că Roxana reacționase bine, fiindcă mi-ar fi plăcut să-l văd pe Alin cum face curățenie timp de două luni și aripioare în fiecare seară. Dar, ce să faci, nu le putem avea pe toate în viață.

CAPITOLUL 11

Hai să-ți spun care-i partea proastă atunci când bei. Dacă alcoolul ți s-a dus la creier, ajungi să crezi lucruri care îți distorsionează un pic realitatea, cum ar fi că blonda aia mișto de la bar s-a uitat la tine toată seara și, clar, poți să te duci să te bagi în seamă la ea, că sigur o să fie bine, că ești în stare să mai bei cel puțin cinșpe shot-uri de tequila, fiindcă în mod clar tu nu ești beat, ci doar puțin amețit. Sau, chiar dacă un tip e mult mai mare decât tine și este evident pentru toată lumea că a fost implicat în mai multe bătăi decât ai fost tu implicat în partide de sex (inclusiv cele cu mâna ta stângă), normal că e o idee bună să te pui cu el, fiindcă, până la urmă, tot două mâini și două picioare ai și tu, ca și el. Ce nu realizezi în momentele alea este că alcoolul e tocmai ca prietenul ăla al tău din liceu care te încuraja să faci tot felul de căcaturi, ca să râdă de tine. Pe sistemul: „Normal că e o idee genială să iei mașina alor tăi și să mergem la discotecă la țară, chiar dacă tu ai șapteșpe ani și tot ce ai condus a fost bicicleta lui bunică-tău", sau: „Da, du-te și bagă-te în seamă cu Ramona și dansează cu ea, o să fie super-fun", futu-te-n gură, Silviu.

Dă play la asta: Randi – Prietena ta.

Eu simțeam mâna domnului ăluia cum îmi strângea umărul ca în menghină, mă uitam la el și nu știam exact ce să răspund la întrebarea aia, fiindcă nu pricepeam de unde venea. Știi bărbații ăia superbi de pe copertele de reviste pentru culturiști? Ei bine, tipul ăsta arăta ca și cum ar fi mâncat doi dintr-ăia. I se vedea fiecare mușchi pe corp, era chel și avea pe gât un tatuaj cu niște cuțite în flăcări, pe care-l făcuse, probabil, ca să-și acopere zvastica pe care și-o tatuase la optșpe ani. Ce încerc să spun este că băiatul ăsta era genul ăla de tip care, dacă se uita un pic mai intens la tine, probabil îți făcea o vânătaie, și nu-ți doreai să fii nerespectuos cu el, indiferent de ce-ți spunea și cât de mult sens avea pentru tine.

– Dar ce-am făcut, dacă nu vă supărați să împărtășiți și cu mine?, am întrebat eu pe un ton mai umil decât o enoriașă în fața Preafericitului.

– Așa te porți cu chelnerițele noastre? Du-te la mă-ta acasă în Dragalina și dă-i ei palme la cur, dacă ai chef de futut, mi-a răspuns el cu o voce foarte groasă.

– Tehnic, asta ar implica faptul că eu fac sex cu mama mea, dar aveți dreptate, nu trebuie să intrăm în detalii. A fost o glumă palma aia, știți, eu și domnișoara ne cunoaștem…

– Carlo, nu înțeleg care-i problema ta, a intervenit Roxana. Nu ești iubitul meu, nu ai dreptul să faci faze dintr-astea.

– Stai, Roxănico, potolită, că eu doar am vrut să te ajut. Nu trebuie să te superi acum.

– Dac-o să am nevoie de ajutorul tău, o să ți-l cer. Pe bune, acum!

– Bine, dar am și eu niște reguli pe care trebuie să le respect, nu-i ok să interacționezi așa cu clienții noștri, a spus el, schimbându-și tonul vocii.

– Vai, ce mă enervezi! Mi-ai stricat seara, a țipat Roxana, a dat un shot peste cap și a plecat înjurând.

– Na, uite ce-ai făcut, mi-a spus Carlo.

– Scuze... ce AM făcut? Eu?

– Băiete, uite ce-i... o să-ți spun doar o singură dată și sper să-ți intre bine în capul ăla nespart încă. N-ai voie s-o atingi pe Roxănica, n-ai voie să te uiți la Roxănica, de fapt, pula mea, n-ai voie nici măcar să te gândești la Roxănica, fiindcă dacă o faci, te pictez în steagul Americii și te trimit la talibani. Clar?

– Da, dar știi că talibanii practic nu prea mai sunt acum cea mai mare amenințare pentru...

– Bă, clar?, a urlat el.

– Clar, să trăiți!, am răspuns și am înghițit în sec.

Carlo a plecat de la masa noastră, parcă lăsând în urma lui o dâră de steroizi și de energizant. Eu mă uitam la Alin, iar el se uita la mine și o vreme n-a spus nimeni nimic. În momentul în care se întâmplă o treabă de genul ăsta trebuie să te întrebi: „Oare chiar merită fata aia să îmi spargă fața un bodyguard pentru ea?“ Orice om inteligent ar fi răspuns: „Nu! Nimeni nu merită asta“ – și și-ar fi văzut de treabă. Dar cine a zis că eu sunt un om inteligent? Așa cum mi se întâmplă de fiecare dată, doar pentru că mi-a spus cineva că nu pot avea un lucru și că e interzis pentru mine, asta doar mă face să îl vreau și mai mult. Și exact așa funcționează toți oamenii, suntem atrași de pericol, fie că vrem, fie că nu. Încă de când eram mici, dacă părinții noștri ne spuneau că nu avem voie să umblăm la priză, în secunda doi ceva din sufletul nostru ne făcea să ne dorim să lingem ștecherul. Până să ne spună ei ceva despre asta, noi nici nu eram conștienți că exista obiectul respectiv, dar după ce ni s-a spus că nu e voie, am început să ni-l dorim. Bineînțeles că pot să-ți dau exemplul clasic din Biblie, cu Adam și Eva, care aveau voie să facă absolut orice în afară de a mânca dintr-un măr. Și ce-au făcut ei? Exact, au mâncat mărul. Asta e natura umană, ne dorim să avem ceea ce știm că nu putem avea fiindcă astfel ne demonstrăm nouă că putem sparge imposibilul. Vezi? Toți vrem să nu fim cuminți, toți avem chestia asta la nivel subconștient. Din acest motiv, și fetelor le place, în pat, să le mai dai câte o palmă peste cur sau le excită când le tragi de păr, fiindcă e o chestie care le face să simtă că încalcă regulile. Uite, să-ți mai dau un exemplu, ca să vezi cum funcționează creierul uman: după ce în Olanda s-au legalizat drogurile și prostituția, consumul lor a scăzut dramatic, fiindcă acum nu mai era o chestie care te putea băga în belele dacă erai prins. Era ceva perfect legal și normal, ca și cum ai duce gunoiul. Dar ia să le interzicem un an oamenilor să ducă gunoiul, să vezi ce se întâmplă atunci. Și uite de-asta nu avea cum să funcționeze comunismul niciodată, fiindcă, cel puțin din '80 până în '90, Ceaușescu a încercat să interzică absolut tot. Și, cu cât îi spui mai mult unui om că nu are voie să facă ceva, cu atât își va dori mai mult să facă lucrul ăla și, dacă te opui, aparent te va împușca în ziua de Crăciun.

Dacă reușești să controlezi niște oameni fără ca ei să-și dea seama că îi controlezi, abia atunci vei putea să îi conduci și să-ți fie bine. Nu mă crezi? Uită-te câți oameni au votat PSD-ul. În fine, ideea e că, prin această discuție filosofică, eu încerc să îți spun trei lucruri:

1. dacă până atunci nu eram atât de vrăjit de Roxana, după ce a venit ăsta și mi-a explicat că nu aveam voie să intru în contact cu ea, clar a devenit femeia perfectă;

2. și în relații e la fel, dacă tu îi interzici iubitului tău niște lucruri, chiar dacă el poate nu voia să le facă până să-i spui tu de ele, în clipa în care au devenit inaccesibile, brusc sunt și

atractive. Dacă, de exemplu, tu îi spui iubitului tău că are voie să te înșele cu oricine în afară de nenorocita aia de Irina, ghici cu cine te va înșela?

3. PSD-ul e nașpa.

– Vezi? Nu trebuia să îi dai cu palma la cur, mi-a spus Alin.

– Poftim? Tu ești prost la cap? Tu ai fost cel care mi-a zis să fac asta.

– Și dacă eu îți spun să te-arunci într-o fântână, o faci?

– Bă, tu ești cu vaca?, am izbucnit eu.

– Eu ți-am zis că dac-o să faci asta, o să-i placă ei. Și am avut dreptate. Deci nu vreau să fiu cârcotaș, dar trebuia să fii și tu mai subtil.

– În primul rând, nu-nțeleg de ce mereu se întâmplă asta, i-am răspuns.

– Asta, ce? Te referi la faptul că de fiecare dată când pare că ți se întâmplă ceva bun, imediat au loc niște evenimente care te fac să devii pierzătorul unei situații care era clar în favoarea ta, de parcă ai scrie o carte despre viața ta și încerci să faci publicul să-și mențină interesul?

– Ce? Nu. Mă refeream la faptul că toată lumea, înainte să-ți spună ceva nasol, te previne înainte, gen: „Nu vreau să fiu de căcat, dar... urmează să fiu“; sau: „Nu vreau să te jignesc, dar... ești grasă“. De ce nu pot oamenii să spună direct ce vor să spună, și aia e?

– Păi tu, când faci sex, n-o uzi pe tipă înainte, ca să n-o doară? Așa și aici, îl previi un pic înainte, ca atunci când îi spui lucrul ăla nasol pe care probabil nu vrea să-l audă, să nu doară la fel de tare, mi-a zis Alin, în nemărginita-i înțelepciune.

M-am uitat către bar, dar n-am mai văzut-o pe Roxana. M-am gândit că se supărase pentru ce se întâmplase mai devreme și plecase, așa c-am decis cu Alin să ne terminăm și noi berile și să plecăm spre casă. Dar bineînțeles că în clipa aia mi-a vibrat telefonul și aveam un mesaj pe Whatsapp de la ea: „Ai plecat? Eu sunt la baie“. O idee foarte proastă era ca eu să mă duc să o aștept în fața ușii de la baie, ca să pot vorbi cu ea, să-mi explice care era faza cu tipul ăla. Cea mai proastă idee însă era ca eu să decid că mai bine mă duceam direct în baie, fiindcă acolo nu ne deranja nimeni. Îți dai seama, eram într-un bar în care oamenii beau mult alcool, care erau șansele să aibă cineva nevoie la baie? Așa că m-am ridicat de la masă, i-am spus lui Alin care era planul meu măreț, am băut o gură de bere pentru curaj (deși, la cât alcool băgasem în mine în seara aia, pot să spun că eram destul de încurajat) și am pornit către toaletă, uitând total că toate experiențele din viața mea care au implicat o baie nu s-au terminat niciodată cu bine. Am intrat mai stingher decât un ateu într-o biserică, am tras ușa după mine și mă minunam de cât de curată este baia fetelor, prin comparație cu cea a băieților, unde, nu știu de ce, mereu e ud pe jos. Cred că cel mai dubios lucru care se putea întâmpla în momentul ăla era ca Roxana să fie constipată sau ceva și eu să îmi doresc discuții romantice prin crăpătura ușii de la WC în timp ce femeia stătea pe tron și se scremea. Pentru că, da, regret să te dezamăgesc, dar și femeile fac caca. Uneori se constipă, alteori au diaree, și tot așa. Fix ca și noi. Să te gândești la asta data viitoare când o vezi pe iubita ta.

– Roxana?, am strigat. Andrei sunt, trebuie să vorbim.

– Andrei, ce cauți aici?, a întrebat ea.

– Pe tine. Hai să discutăm, te aștept aici.

– Păi intră, sunt aici, în cabină.

Am deschis ușa și am văzut-o pe Roxana stând în genunchi deasupra WC-ului, cu spatele spre mine.

– Aoleo, ți-e rău?, am întrebat-o. Vrei să te țin de păr?

– Ce? Nu mi-e rău, mi-a răspuns ea întorcându-se spre mine.

– Păi, ce faci acolo?

– Cum ce fac? Priz...

Întrerupem acest dialog pentru un anunț special. Dat fiind faptul că unele lucruri care s-au întâmplat în seara aia pot fi considerate de legislația din România (sau de oriunde în altă parte) total ilegale, nu o să le povestesc ca atare. Deci, o să reluăm dialogul astfel încât moralitatea mea să nu poată fi pusă la îndoială.

– Păi ce faci acolo?

– Cum ce fac? Mănânc niște portocale.

– Portocale?

– Da, portocale. Mai am jumătate de felie pe colacul WC-ului, vrei să guști și tu?

– Nu știu ce să zic, n-am mâncat niciodată portocale. Nu cred că-mi plac, i-am răspuns.

– Păi dacă n-ai mâncat niciodată, n-ai de unde să știi că nu-ți plac. Hai, nu e mare chestie, ia și tu doar o gură.

– Dar e igienic să mănânci de pe colacul unui WC?, am întrebat-o.

– Normal că e, l-am șters înainte, a răspuns ea.

– Da, mă-ndoiesc că așa funcționează germenii, i-am răspuns. Dar eu sunt ok, nu cred că vreau. Plus c-am și băut în seara asta. Dar, spune-mi, care e faza cu băiatul ăla?

– Care băiat, Carlo?, mi-a răspuns ea, în continuare stând cu capul deasupra WC-ului. Ne-am futut și noi de câteva ori și prostul s-a îndrăgostit de mine, iar acum crede că poate să-mi facă crize din astea, de gelozie, de parcă am fi împreună.

– Păi nu sunteți?

– Nu. Doar pentru că am făcut sex nu înseamnă că suntem un cuplu, come on, suntem în 2015.

– Dar el stă random pe-aici, ca să te verifice pe tine?

– Nu, drăguțule, este bodyguardul barului. Am mai prins uneori seri târzii cu el la muncă și, na, eram beată și excitată și îi mai făceam câte un McSundae din când în când.

– Așa, fără nici un motiv?

– Cum fără nici un motiv? Tocmai ce am spus că eram beată și excitată, mi-a zis și și-a înfipt capul înapoi în WC.

După ce-a mâncat și cealaltă jumătate de portocală, Roxana s-a ridicat, a inspirat adânc și a venit spre mine. Avea părul răvășit și încă avea urme de portocaliu pe la gură, de parcă băgase capul în făină. Se uita la mine cu ochii pierduți și parcă își măsura fiecare pas cât să fie super-sexy și apăsat. Mergea pe gresia din baia aia friguroasă de parcă era pe catwalk. Eu stăteam lângă chiuvetă și o priveam cum se apropia. A ajuns lângă mine, dar nu și-a oprit pașii, eu am început să mă dau tot mai în spate și, încet-încet, m-a împins până în chiuvetă. Și-a lipit tot corpul de al meu de parcă mă prinsese într-o capcană, și m-a sărutat pasional. Se mișca foarte repede, ca și cum își dorea să sară toate etapele astea inutile, m-a luat în brațe și a început să geamă ușor. În momentul ăla, eu am întors-o, am urcat-o pe chiuvetă și i-am depărtat picioarele. Ea și le-a încolăcit în jurul meu, mi-a pus mâinile pe față și începeam amândoi să uităm că eram într-o baie a unui bar obscur din București. La un moment dat, s-a auzit cum s-a deschis ușa. Cineva a intrat, iar nouă ne-au înghețat inimile.

P.S. – „Discoteca“, dragi copii, era clubul de pe vremea când eram eu tânăr. Tot cam același lucru ca și azi, iar diferența dintre club și discotecă este că, pe vremea noastră, muzica de acolo avea și versuri, în prețul de la intrare aveai și consumație și singurii oameni de-acolo care aveau pastile erau cei răciți, care umblau cu Nurofenul în buzunar.

P.P.S. – Dacă ești polițist și încă nu te-ai oprit din citit la partea cu minorele, să știi că, în mod clar, și capitolul ăsta e totală ficțiune.

CAPITOLUL 12

Bagă piesa asta înainte să citești: John Cena – Theme Song.

Eu eram speriat c-o să-mi dea bodyguardul ăla cu pumnul în ochi, iar Roxana probabil era speriată c-o să-și piardă job-ul. Amândoi ne uitam înmărmuriți spre ușa care parcă nu se mai termina din a se deschide. Prima oară am văzut un picior de bărbat cum pășea în baie și m-am scăpat un pic pe mine. Eram mai panicat decât suporterii României atunci când iese Tătărușanu pe o centrare. Persoana care a intrat în toaletă însă era Alin.

– Ce ziceți, mă, copii?, a întrebat el jovial.

– Vai de capul meu, ce m-ai speriat, să-mi bag picioarele. Credeam că e bodyguardul ăla, i-am răspuns eu ușurat.

– Păi de-asta am venit. Că m-a întrebat ăla unde ești, fiindcă a observat că nici Roxana nu e la bar... Ha, ce tare! Am zis labar.

– Și tu ce i-ai spus?, l-am întrebat.

– Labar, n-ai auzit?

– Nu, mă, ce i-ai zis bodyguardului?

– Aaa... I-am spus că nu știu unde ești și că pe Roxana nu o cunosc. Apoi l-am întrebat dacă nu vrea să comande o pizza, ca să completăm pliantul ăla.

– Și a mai zis ceva?

– A mai bombănit el ceva chestie, cum că, dacă te prinde cu ea, îți jupoaie toată pielea de pe corp și o folosește pe post de prezervativ data viitoare când o fute pe mă-ta, sau ceva de genul ăsta.

– Andrei, fii atent... hai, că eu mă duc la bar înapoi. Mai stați un pic aici și ieșiți și voi după aia, și vezi că tura mea se termină cam în douăzeci de minute și putem să plecăm liniștiți. Îți dau eu mesaj, a spus Roxana și a ieșit din baie.

Am rămas doar eu cu Alin în toaleta fetelor și ne uitam unul la altul fără nici o reacție pe fețe.

– Ai observat că nu sunt pisoare aici?, m-a întrebat.

– Păi normal că nu sunt pisoare în baia fetelor. De ce căcat ar fi... De fapt, știi ce? Ai dreptate, nu sunt pisoare, nu m-așteptam la asta, i-am spus eu, ironic.

– Și care-i treaba cu fata asta, până la urmă? Ai futut-o?

– Când s-o fut, c-am stat în baie efectiv cinci minute?

– Ehe! E suficient timp să-ți dai drumul, a răspuns Alin.

– Păi și ea?

– Și ea, ce?

– Și ea își poate da drumul în doar cinci minute?

– Păi ce, unde scrie că trebuie să-și dea drumul și ea? Ce, e nevastă-ta?

– Trebuie să fie nevastă-mea, ca să vreau să aibă și ea orgasm în timpul sexului? Cât de puțin poți să respecți femeile, coaie? Doamne!

– Bă, vorbim despre o femeie pe care-ai fi fost dispus s-o fuți într-o baie. Nu-mi ține mie lecții de moralitate.

– Da, o futeam într-o baie, dar o făceam și pe ea să aibă orgasm, chiar dacă locul nu e cel mai romantic din lume. Ce trebuie tu să înțelegi..., îi spuneam lui Alin, când mi-a vibrat telefonul. Aveam un mesaj. Mi-a trimis Roxana mesaj. Cică: „Stai liniștit, nu-ți face probleme, poartă-te normal și neagă tot". Ce mama dracului vrea să spună cu asta?

Nici bine n-am terminat propoziția, că în baie apare Carlo, bodyguardul meu preferat din seara aia.

– Ce faceți, păduchilor?

– Uite, voiam și noi să facem un pipi, am răspuns eu emoționat.

– Eu înțeleg că sunteți pizde, dar ați venit să vă pișați în baia fetelor?, a întrebat el cinic.

– Poftim?, a întrebat Alin.

– Sunteți în baia fetelor, săracilor!, a țipat bodyguardul.

– Pff... n-are cum. Doar nu suntem atât de proști încât să nu vedem semnul ăla total comprehensibil de pe ușă, l-am completat eu.

– Băi, căcatule, tu nu veni cu cuvinte din astea la mine, că te ia mama dracului, a spus Carlo, nervos. Stați amândoi ca două vite în baia fetelor, degeaba.

– Ok, ne-ai prins, am zis. Dar nu stăm degeaba, să știi.

– Coaie, stai..., a încercat Alin să mă întrerupă.

– Stai liniștit, omul trebuie să afle. E ok să-i spunem adevărul, n-avem ce să mai facem.

– Ade... adevărul? Să i-l spunem? Noi? Lui?

– Da, Alin. Ok, fii atent. Adevărul adevărat este că am venit la baie amândoi fiindc-a trebuit să ne ștergem adidașii. C-ai văzut că plouă afară, era noroi și ne-am murdărit un pic.

– Aa, da? V-a lovit pe voi așa, dintr-odată, să vă ștergeți adidașii, a răspuns Carlo total sceptic.

– Păi, da.

– Bine, mă, mânca-mi-ați curul, și cu ce vă ștergeți voi adidașii? Cu mâna?

– Chiar, Andrei, a întrebat Alin, cu ce ne ștergem noi adidașii, când e clar că n-avem șervețele umede?

M-am uitat la el buimac, apoi am intrat într-o toaletă și am rupt o bucată mare de hârtie igienică.

– Hârtia igienică se rupe dac-o bagi în apă, și-ți ștergi adidasul cu ea, așchilopatule!, a spus Carlo.

– Alte idei geniale mai ai, Andrei?, a întrebat Alin.

– Ăă... normal că se rupe. D.oh! Nu pentru asta era hârtia igienică. Am rupt-o ca s-o punem pe WC, să nu murdărim colacul cu talpa atunci când ne-apucăm să ne ștergem adidașii.

– Mhm, a spus Carlo suspicios. Și până la urmă cu ce-i ștergeți? Că tot n-am înțeles.

– Cum cu ce?, l-am întrebat eu zâmbitor. Cu șoseta!

– Poftim?

– Băi, ești prost?, a întrebat Alin.

– Ia hai, s-o văd și pe-asta.

– Păi nu, că mi-am dat seama că nu sunt chiar atât de murdari și nu cred că are sens.

– Aa, deci te bat, clar, a spus Carlo suflecându-și mânecile de la bluză.

– Dar, dacă mă uit mai atent, ar putea fi un pic prăfuiți.

Așa că mi-am scos adidasul din picioare, mi-am dat jos una dintre șosete (care era albă, că îți dai seama că, la norocul meu, n-avea cum să fie neagră), m-am apropiat de chiuvetă, am dat drumul la robinet, am îmbibat șoseta în apă, m-am dus înapoi lângă WC, am pus piciorul pe hârtia igienică și am început să-mi șterg adidașii cu propria șosetă. Alin râdea de se pișa pe el, iar Carlo se uita la mine ca la un nebun. Am repetat acțiunea, am schimbat adidasul, am început să frec acolo cu drag și spor și mă pregăteam să termin. „Vai, Roxana, poate nu te fuți în seara asta“, mă gândeam, în timp ce-mi frecam papucul cu șoseta.

– Dacă mă uit bine, cred că și bocancii mei sunt un pic murdari, a spus Carlo, în timp ce se apropia de mine.

– Aa, nu, nicidecum. Sunt la fel de curați ca și sufletul tău, uite, efectiv mi se oglindește chipul în ei, am răspuns. Tu ce zici, Alin?

– Băi, nu știu ce să zic... parc-ar merge un pic frecați, ca să fiu sincer.

„Când ajungem acasă, te sufoc prin somn cu perna“, mă gândeam.

– Uite, mă, zice și tovarășul tău. Hai, fii și tu băiat bun și dă-le un pic cu șoseta peste ei, a spus Carlo, împingându-și piciorul ăla împuțit pe colacul de la WC.

Și, da, poate că sunt un autor publicat, care a scris un bestseller, poate că am apărut și eu pe la televizor, mă cunosc cu aproape toată lumea din showbiz și oamenii plătesc bilet ca să mă vadă la spectacole, dar se pare că niciodată nu ești prea sus ca să stai în genunchi în fața unui băiat plin de mușchi, să îi ștergi bocancii cu propria ta șosetă. Mă simțeam ca Cenușăreasa și bodyguardul ăla era cele două surori ale mele, în sensul că era cât doi oameni.

– Vezi c-ai ratat un punct pe partea stângă, mi-a spus Alin amuzat.

– Tu n-ai treabă să-ți faci poze cu pliantul sau ceva?, i-am răspuns.

– Îmi pare rău, dar trebuie să filmez asta.

– O să-ți pun diluant în mâncare și-o să te omor câte un pic în fiecare zi dacă faci asta.

Alin a scos telefonul din buzunar și l-a îndreptat spre noi. Ca să fie toată treaba completă, în timp ce eu lustruiam de zor acolo, o fată a intrat în baie și ne-a privit mai stupefiată decât un porc care intră din greșeală într-o măcelărie. Pentru că, nu știu dacă îți dai seama, dar ce a văzut ea era un bărbat cât casa de mare, care stătea în picioare într-o baie, în fața lui un alt băiat care stătea în genunchi și, lângă ei, un al treilea băiat, care filma toată treaba. Singurul lucru care putea să mă facă să par mai gay decât atât era dacă țineam în mână o poză cu Botezatu. Fata și-a cerut scuze și a ieșit instant din baie, lăsându-ne să terminăm liniștiți (nu în sensul ăla). După ce i-am făcut ăluia bocancii mai strălucitori decât zâmbetul domnului Castor în reclama la pasta de dinți, m-am ridicat în picioare și m-am dus să mă spăl pe mâini.

– Păi și cu șoseta ce faci? O iei înapoi în picior acum?, a întrebat Carlo zâmbind.

– Chiar, Andrei, cu șoseta ce faci?, a zis și Alin.

– Ăăă... păi... nu, normal că n-o iau înapoi. Mai am o grămadă de șosete acasă, n-o să-i simt lipsa uneia. Pe asta o arunc, bineînțeles, am spus eu și m-am îndreptat către coșul de gunoi.

– Hai, aruncă aia și dați-i drumul din baie, ne-a ordonat Carlo.

Zis și făcut. Am scăpat de șoseta care practic îmi salvase curul în seara asta și ne-am dus înapoi la masă. Alin râdea cu gura până la urechi și se asigura că își salva filmulețul cu care putea să mă umilească întreaga mea viață de atunci înainte. Am trecut pe lângă bar, m-am uitat deznădăjduit la Roxana și am mers către masa noastră, unde ne așteptau două beri pline și reci. Probabil ni le adusese cât fuseserăm noi în baie și se pișase Carlo în inima mea, picătură cu picătură. Singurul gând care îmi trecea prin cap era că seara avea totuși să se termine cu bine, fiindcă urma s-o fut pe chelnerița aia până-și uita numele de familie. Mai ales în situația dată, când toată bărbăția mea fusese lovită ca o carne de pui ce urmează să devină șnițel. Am luat o gură de bere să-mi alin un pic amarul (ceea ce e total cretin să spui atunci când bei bere, fiindcă nu poți să-ți alini amarul cu ceva ce are gust amar, dar mă rog) și am simțit cum îmi vibra iarăși telefonul. Era mesaj de la Roxana și-mi zicea: „Ne vedem în zece minute la barieră. Să fii acolo". Și uite-așa, noaptea mea neagră s-a luminat, heruvimii au început să cânte *Oda bucuriei* și puța mea să zâmbească.

– Coaie, trebuie să plecăm, că mi-a dat asta mesaj să ne vedem la barieră, i-am spus nerăbdător lui Alin.

– Stai, bre, că mai avem bere. Nu putem s-o lăsăm aici, că e păcat de banii pe care i-am dat pe ea.

– Coaie, ai primit-o moca de la chelneriță, de ce te caci pe tine?

– Oricum ar fi, e risipă de alcool, și mie nu-mi place treaba asta. Plus că le-am dat mesaj Ra...

– Băi, tu nu pricepi că plecăm?, l-am întrerupt. Nu mă interesează cui ai dat mesaj, berea ia-o cu tine, dar hai să mergem. O bei tu acasă. Sau las-o aici și-ți cumpăr eu un sixpack de bere de pe drum. Numai hai să plecăm odată!, i-am spus eu ferm.

Am reușit să-l conving pe zgârcit să ne ridicăm de la masă și să părăsim barul ăla, în care probabil că n-o să mai calc niciodată. Ne-am luat gecile pe noi și am ieșit afară. Era un frig de-ți înghețau oasele, ploua mărunt și practic îmi ștersesem adidașii degeaba, fiindcă urma să-i murdăresc iarăși. Am mers vreo zece minute pe jos prin vremea aia superbă, am ajuns la barieră și o așteptam pe Roxana, dârdâind de frig. Alin ținea berile pe care le luase din bar, câte una în fiecare mână, și sorbea când dintr-una, când din cealaltă. La un moment dat, a apărut și Roxana, galantă ca o gazelă, cu o glugă trasă pe cap și cu o pungă în mână.

– Sper că ai niște alcool acasă, mi-a spus și a venit la mine să mă sărute.

– Asta să fie cea mai mare problemă a noastră din seara asta, i-am zis fericit.

– Atunci, cheamă și tu un taxi și hai să mergem.

Am scos telefonul din buzunar, am intrat pe aplicație și am dat comandă de o mașină. Urma să vină în patru minute și mi-a scris că mai întâi trebuia să lase un client în zonă. Fix în clipa aia, am primit un mesaj pe Whatsapp. Zicea: „Șoarece, ai belit pula cu mine. Te bat de te caci pe tine“ – și era de la Roxana.

– Ce glume proaste ai în tine, ha-ha!, am zis eu uitându-mă către ea.

– Ce? Despre ce vorbești?, m-a întrebat ea nedumerită.

– Hai, nu te preface că nu știi.

– N-am idee despre ce vorbești, mi-a zis ea serioasă.

– Tocmai am primit un mesaj de la tine în care-mi spui că-mi rupi capul. Despre asta vorbesc, i-am spus râzând.

– Nu ți-am dat nici un mesaj, ai înnebunit? Nici nu mi-am scos mâinile din buzunar. Plus că sunt lângă tine, de ce să-ți dau mesaj?

– Păi uite și tu... am mesajul ăsta de pe numărul tău, i-am zis și i-am arătat telefonul.

S-a uitat pe ecran și s-a făcut albă la față.

– Andrei...

– Da?

– Ăsta nu e numărul meu, e telefonul de la bar. De pe el ți-am dat mesajele din seara asta, mi-a spus Roxana, super-serioasă.

– Poftim? Păi și atunci de la cine este...

O voce puternică a străfulgerat liniștea nopții:

– Vino-ncoace, futu-ți morții și răniții mă-tii, să-ți fut! Te omor, băga-mi-aș pula în toată mă-ta!

Ne-am întors toți trei și l-am văzut pe Carlo cum alerga spre noi, scoțând fum pe nas (bine, era doar abur de la frig, dar, chiar și așa, era înspăimântător) și înjurând întruna. Taxiul nu ajunsese încă, nu era nimeni în jurul nostru și eu efectiv nu știam cum să reacționez.

– Alin, ce facem?, am întrebat.

– Stai liniștit, lasă-l să vină și vorbim cu el, nu te panica, mi-a spus el încercând să mă liniștească.

Ce nu știi tu despre el este că, deși pare un tip mereu pus pe glume și pe dat sfaturi stupide, Alin e cât mine de înalt, a trăit printre punkeri toată viața lui, a fost membru de galerie și bătăile cu jandarmii erau sportul lui de weekend. N-a lipsit de la nici un protest din București în perioada lui de glorie, a jucat baschet de performanță și se arunca în cap de pe scenă la concertele la care mergea. Deci pot să spun că aveam încredere în el, în cazul în care se întâmpla ceva de genul ăsta vreodată. E foarte important, în situații dintr-astea, să știi că te poți baza pe cel de lângă tine, fiindcă altfel riști să începi să comentezi și să te dai tu mare smardoi și, dacă izbucnește vreo bătaie, să rămâi singur ca prostul. L-am văzut pe Alin cum lasă o bere jos, își scoate bricheta din buzunar și o strânge puternic în pumn. Carlo a ajuns în zona în care eram noi și a venit fix în fața mea.

– Bă, handicapatule, nu ți-am zis că-ți sparg fața dacă te prind cu Roxănica?

– Pleacă de aici, Carlo, ce naiba faci?, a țipat Roxana.

– Taci, fă, că nu-i treaba ta!, i-a răspuns el ca un gentilman adevărat. Zi, bă, ratatule!

– Păi...

Și-atât. Asta a fost tot ce am putut să scot din mine.

Carlo se tot împingea în mine și eu mă dădeam din ce în ce mai în spate, cu pași mici.

– Zi, bă, ți-am spus sau nu ți-am spus?, mă întreba el pe un ton din ce în ce mai ridicat.

– Carlo, pe bune! Termină cu prostiile și du-te acasă. E viața mea și fac ce vreau eu, mă fut cu cine vreau eu și-o sug cui vreau eu în baie. Ai înțeles?, a urlat Roxana din nou.

– Deci i-ai dat un McSundae în baie, jegosule?, m-a întrebat Carlo.

– Roxana, băga-mi-aș picioarele, deloc nu m-ajuți. Taci din gură!, am țipat.

– Nu-i zici tu ei să tacă, bă, papagalule!, m-a amenințat Carlo în timp ce se tot împingea în mine.

– Bă, lasă-l în pace și termin-o cu prostiile, a intervenit Alin din spatele nostru.

– Taci și tu din gură, că după ce termin cu el, vin la tine, i-a răspuns Carlo.

– Vino acum, dacă tot ești așa șmecher, a replicat Alin.

În momentul ăla, Carlo m-a prins pe mine de piept și m-a izbit jos, iar eu am alunecat pe asfaltul ud până sub barieră. Alin și-a dat geaca jos, iar bodyguardul se-ndrepta spre el. În clipa aia ne-a venit taxiul și din el au coborât două persoane. Erau Raluca, prietena noastră (o ții minte din primul capitol?), și iubitul ei, Adrian. Care iubitul ei Adrian era și ăla un munte de om, tatuat pe braț, cu cercel în nas, copil crescut în Berceni, din tată boxer și mamă tot boxer, probabil. Eu, când i-am văzut, am dat să mă ridic, să merg spre ei, și din cauză c-am vrut să fac asta foarte repede, am futut un cap de bariera aia de mi-am încurcat amintirile între ele. Următorul lucru pe care mi-l amintesc este că m-am trezit în casa aia pe care n-o cunoșteam, țineam o bucată de piept de pui congelat în creștetul capului și încercam să-mi aduc aminte cum ajunsesem acasă la Raluca. (Nu te așteptai la asta, nu? Suge-o, cititorule!)

Mi-a povestit ea că se întâmplase în felul următor: ea vorbea prin mesaje cu Alin în seara aia și îi povestea că ea și Adrian erau prin oraș și c-ar fi fost tare să ne vedem. Ăsta le-a zis că io combinam cu o chelneriță dintr-un bar și că nu putea să plece, dar, dacă voiau, puteau să vină ei acolo, să stea la o bârfă până putea pleca Roxana de la muncă. Iar când deciseserăm s-o ușchim din bar, Alin le dăduse mesaj să nu mai vină, dar ei erau deja pe drum și stabiliseră să ne vedem la barieră, și marele noroc făcuse să ajungă fix la momentul potrivit. Cică ăștia mă urcaseră în taxi cu Raluca și ea mă dusese la ea acasă, iar ei rămăseseră să rezolve situația. Partea asta chiar nu mi-o amintesc nici în ziua de azi. Până la urmă Roxana plecase acasă, iar Carlo nu mai avusese curaj să sară la bătaie, fiindcă probabil Adrian și Alin l-ar fi jucat în picioare, oricât de bodyguard ar fi fost el.

Stăteam în continuare pe pat și-o ascultam pe Raluca povestindu-mi evenimentele de seara trecută, sorbeam dintr-o cafea și mă bucuram că eram bine.

– Cred că ar trebui să mergem la un doctor totuși, să ne asigurăm că nu ai vreo comoție sau ceva, mi-a spus Raluca.

– Ei, da, fii serioasă. Eu sunt din Moldova, la noi te duci la doctor doar dacă ești pe moarte. Sunt bine, am doar un cucui.

– Nu știu ce să zic, ai dat foarte tare cu capul de bariera aia de metal.

– Stai liniștită, sunt ok. Bine că nu ne-am luat bătaie sau ceva, i-am răspuns.

– Mda... Măcar atât. Dar, spune-mi, ai apucat să vorbești cu Alin despre mine?

– Despre tine?

– Da! Nu ți-a zis?

– Ce să-mi zică?

– Mă mut cu voi, mi-a spus Raluca cu un zâmbet până la urechi.

P.S. – Îți dai seama că în momentul ăsta, în lume, există un filmuleț cu mine ștergând bocancul unui bărbat, da?

P.P.S. – Nu-mi dau seama dacă atunci când mi-am șters adidașii cu șoseta am fost cel mai creativ om de pe planetă sau cel mai prost om din univers. Cum căcat să faci așa ceva? Umilința de a-i șterge bocancii unui bodyguard a durut de zece ori mai tare decât orice pumn ar fi putut să-mi dea vreodată. Și, până la urmă, tot am plecat acasă bătut și nefutut. Ai cam supt-o, Andrei.

PARTEA A IV-A

BUCUREȘTI

CAPITOLUL 1

Există bărbați care fac sex pentru a bifa în orgoliul lor un număr cât mai mare de femei, există bărbați care fac sex fiindcă iubesc sau sunt îndrăgostiți de cineva și există bărbați care fac sex pentru a proiecta niște amintiri într-o altă persoană, încercând să retrăiască la nesfârșit același moment. Bine, mai sunt și ăia care fac sex doar fiindcă s-au săturat de labă și, na, până la urmă, 150 de lei pe oră nu e chiar o sumă atât de exagerată. Cred că e suficient de ușor să-ți dai seama în care categorie mă încadram eu. Nu, nu în ultima. Suge-o!

Dar, apropo de prostituate, mama lui Alin ne-a trimis într-o zi pachet. Glumesc, maică-sa nu era escortă, dar mereu făceam glume între noi pe sistemul „yo mama", și știu că Alin va citi povestea asta, deci suge-o, Alin! Dar, pe bune acum, apropo de prostituate, vreau să spun un lucru: aud multe voci masculine care spun: „Domnule, eu nu înțeleg oamenii care merg să dea bani ca să facă sex. Păi eu n-aș face niciodată așa ceva, e sub demnitatea mea. Nu poți să plătești ca să dai și tu o puță". Și mi se pare foarte amuzant, fiindcă oamenii ăștia au impresia că ei fut moca. Ceea ce e total greșit și neadevărat. Să-ți explic. Există două moduri în care poți să faci sex, excluzându-l pe cel cu prostituatele:

1. dacă ești într-o relație sau ești căsătorit;
2. dacă ieși în oraș cu o fată pe care vrei să o curtezi. De fapt, nu „curtezi“, că nu suntem în 1842. Pe care vrei s-o combini.

Hai să le luăm pe rând: dacă ești într-o relație, teoretic faci sex când vrei tu. Fiindcă ai mereu o femeie lângă tine, care se presupune că te place (chiar dacă ea se gândește la Smiley când faceți voi sex), și dormiți împreună noaptea, vă treziți împreună, împărțiți aceeași cadă și același pat. Și dacă tu seara o iei în brațe, o mângâi puțin, o săruți pe gât și ai noroc să nu fie pe stop, să n-o doară capul, să nu fie *Românii au talent* la televizor, să nu fie obo, supi sau depri ori să fie reclame (că, oricum, la cât durează reclamele la noi, ai timp să faci sex, să te speli după aia, să rămână gravidă tipa, să nască și să-l vezi pe copil premiant în clasele I-VIII), ajungeți să faceți sex. Și tu crezi că asta e gratis. Chiar să fie? Dă-mi voie să-ți spun doar atât: ca femeia ta să vrea să facă sex cu tine, trebuie să-i menții fericirea. Și asta nu-i ușor, se face cu vorbe frumoase, complimente, înțelegere, empatie, zâmbete și cadouri. Multe cadouri. Și, crede-mă, în orice moment al anului te-ai afla, mereu ești aproape de o dată la care trebuie să-i cumperi un cadou. Dacă ești în 23 noiembrie, urmează Moș Nicolae și Moș Crăciun, deci trebuie să iei cadou, dacă ești în ianuarie, urmează Ziua Îndrăgostiților, ai pus-o, iarăși tre' să-i iei cadou; dacă ești în februarie, urmează 1 și 8 martie, deci s-a dus dracului salariul; dacă ești în aprilie, urmează Ziua Copilului și, na, trebuie să-i iei cadou, că e și ea un copilaș mic și scump (cel puțin așa îți spune ea); dacă ești în iunie, sigur urmează ceva aniversare a voastră, poate împliniți patru luni de când ați stat prima oară împreună într-o stație de autobuz și, oricum, tu o să uiți și ea o să-ți amintească și va trebui să îi iei cadou mai scump decât ai fi luat dacă te interesa și nu uitai, ca un porc ce ești; iar dacă e iulie, probabil e ziua ei în august și tot trebuie să-i cumperi un cadou. Iar tu vii și-mi spui mie că tu fuți moca? Ha!

Dacă ieși în oraș cu o fată pe care vrei s-o combini, e și mai rău. Fiindcă, na, în primul rând trebui s-o duci într-un loc unde să mâncați ceva, și nu poți să-i spui: „Hei, fată! Să nu-ți cumperi nimic mai scump de 30 de lei, bine?" Tot ce poți să faci e să ai încredere în ea și să numeri paginile pe care le dă la meniu, rugându-te să nu ajungă până la categoria „pește și fructe de mare", fiindcă alea-s scumpe, și cineva o să stea să spele niște vase după aia și ăsta n-ar fi un first date reușit. Plus că ăla ar fi singurul miros de pește pe care l-ai simți în seara aia.

Ideea e că stați acolo și mâncați, în timp ce tu faci rugăciuni în gând și-i ceri Domnului să nu cumva să vrea și desert, că s-a dus naibii toată lichidarea ta, beți șaișpe sucuri și bineînțeles că trebuie să ciocniți și un pahar de vin. Ca să nu pari calic, trebuie să cumperi toată sticla, doar n-o să-i dai o jumate de pahar, că tu vrei s-o fuți, nu s-o împărtășești. Plus că îți dorești să se și amețească un pic, fiindcă, na, știi tu... ești urât. După ce ați terminat toată treaba asta, nu poți s-o inviți la tine să faceți sex, ca ghiolbanul, așa că îi propui să vedeți un film. Problema e că ea crede că tu chiar te-ai referit la un film, așa că trebuie să o duci la cinematograf. Acolo, nu poți să cumperi un popcorn pentru amândoi, că vrei să faci impresie bună, așa că îi cumperi nachos. Dacă ești din Vaslui, nachos sunt ca niște chipsuri, doar că mai scumpe. Știi tu, chestiile alea din supermarket care stau pe lângă spirtul Mona. Și supermarketul e ca mai multe buticuri la un loc. În fine, după ce se termină filmul și o iei în brațe la fazele înspăimântătoare, te prefaci că-ți vine să caști de șaptezeci de ori ca să-i pui mâna pe după gât și te apropii de ea să-i spui chestii la ureche doar ca să îi simți mirosul, chemi un taxi și plecați spre casă. Iar ea îți spune că s-a simțit foarte bine și că ar fi cool să vă mai vedeți și altă dată. Iar tu, clar un pic dezamăgit, accepți. Și vă mai întâlniți de câteva ori timp de trei săptămâni și, după aia, poate, dacă ai noroc, se aliniază planetele și ea e la ovulație, te lasă să-i pui mâna pe o țâță. Iar după ce trece o lună sau două, timp în care multă labă se va fi dat la tine în sufragerie, ajungeți să faceți dragoste romantic, la tine în dormitor. Deci, da, este super-ieftină mișcarea asta. O stradă de curve futeai de banii ăia. Concluzia este că toți plătim pentru sex, diferă doar moneda.

Au trecut câteva luni bune de la toate treburile astea, timp în care n-am făcut mai nimic în afară de muncă, spectacole și alcool. Mult alcool. În ceea ce-o privește pe Anemona... mă resemnasem. Știam că abia atunci când va dispărea din amintirea mea mă voi simți liber. Partea proastă e c-am înțeles greșit lucrurile, fiindcă am crezut că nu voi mai putea cunoaște niciodată o fată ca ea, care să mă facă să simt tot ce ni se spune că e iubirea. Și, multă vreme, nu i-am dat nici uneia vreo șansă, ca s-o cunosc și să văd cum e ca om, fiindcă eu mereu porneam de la premisa că, oricât de mult ar fi încercat și oricât de potrivită ar fi părut, avea cel mai mare defect din lume: nu era EA. Chiar am pățit o fază de genul ăsta cu o tipă și am înțeles clar că nu eram pregătit să mă implic din nou într-o relație.

Dă play la melodia asta înainte să citești: Maximilian – Domnișoare.

Pe Corina am cunoscut-o la o petrecere de zi, unde ea se ocupa de... n-am înțeles exact de ce anume, fiindcă n-am ascultat chiar tot ce mi-a spus. Ideea e că eram amândoi pe-acolo. Am început să vorbim, să facem glumițe și tot felul de chestii dintr-astea, iar la un moment dat mi-am luat inima în dinți și am întrebat-o dacă nu voia să mergem să mâncăm ceva când își termina treaba. Spre surprinderea mea, a acceptat și, după ce am așteptat pe-acolo ca prostul patru ore și m-am uitat la toți hipsterii din București cum își etalau bărbile, de parcă n-ar fi doar păr crescut pe față, ci o super-putere care face femeile să se ude instant, a venit și momentul să ies cu fata. Cumva, aveam impresia că urma să merite efortul, fiindcă părea o tipă foarte mișto. Părul îi era blond precum o păpădie în iulie, avea un zâmbet atât de frumos de ziceai că pe-acolo se deschideau porțile Raiului și pielea ei era bronzată cu nuanțe uniforme de apus. Nu ți se pare că seamănă cu cineva pe care o cunoaștem deja? Era exact ce spuneam mai sus, însă eu nu mi-am dat seama de asta în momentul ăla. Faza e că era o tipă foarte frumoasă și m-a surprins c-a fost de acord să iasă cu mine. Era genul de fată la care toți băieții din încăperea în care se află ar vrea să se dea, însă puțini au curajul necesar. Iar cei care-și iau totuși inima-n dinți în general sunt refuzați și se întorc la masa lor mai rușinați decât Napoleon după incursiunea în Rusia. Nu de admiratori ducea ea lipsă, fiindcă avea toată atenția din lume. Însă ce nu avea și-și dorea cu jind era toată atenția unui singur tip care să vadă puțin mai departe de chipul ăla corect sculptat și de ochii ei tăioși, dar blânzi. Dându-mi seama de chestiile astea, am decis să nu încerc s-o impresionez cu chestii materiale, gen s-o duc la un restaurant mai de fiță sau să comand nu-știu-ce sticlă de șampanie, fiindcă eram sigur că ieșise în oraș cu tipi mult mai bogați ca mine, care o duseseră în locuri mult mai scumpe decât aș fi putut s-o duc eu vreodată. Așa că știam eu un pub undeva prin centru, am luat un taxi și am mers acolo. Ne-am așezat la o masă și am început să stăm de vorbă: eu îi spuneam lucruri despre mine, ea mi-a povestit chestii din viața ei și am început să click-uim mai repede decât un mouse într-un joc de Dota. Din vorbă-n vorbă, am aflat de la ea că fusese combinată cu vreo trei cântăreți cunoscuți în showbiz-ul nostru, ceea ce avea să creeze niște situații ciudate pentru mine mai târziu, atunci când mi-au venit unii dintre ei ca invitați la emisiune, dar asta-i altă poveste. Ideea e c-am început să bârfim tot felul de picanterii despre oamenii ăștia, i-am mai zis și eu niște chestii pe care le știam despre unul și altul și, uite-așa, au trecut câteva ore bune. Au început să se tot golească mesele în jurul nostru, chelnerii ne întrebau ostentativ dacă mai era ceva ce-am vrea să ne aducă, dar noi eram în bula noastră și nu prea băgam în seamă toate astea. Într-un final, exasperați de nesimțirea noastră, unul dintre oamenii care lucrau acolo a venit la noi și ne-a spus că ei ar cam fi vrut să închidă și, dacă puteam să plătim și noi și să plecăm dracului odată, ar fi fost minunat. Bine, n-a zis chiar așa, dar sigur asta gândea. Problema mea era că seara alături de Corina părea să se apropie de final și nu-mi plăcea deloc asta. Parcă mi-aș fi dorit să mai putem sta un pic împreună, fiindcă-mi făcea mare plăcere să stau la povești cu ea. Însă nu știam dacă sentimentul era reciproc sau stătuse cu mine atâtea ore din politețe, iar în sinea ei nu se perindau cumva tot felul de gânduri gen: „Nu pot să cred, ăsta mai începe să povestească ceva“; „De ce oare n-am plecat eu acasă?“ sau: „Doamne, ce nas mare are!“ Asta e faza la mine, niciodată n-am fost bun la citit semne. Adică nu-mi dau seama când o fată mă place, că eu am impresia că oamenii doar încearcă să fie drăguți, și-atât. Nu știu unde e limita între a fi o persoană decentă și a-ți plăcea de cineva. Adică, la mine, și dacă suntem amândoi dezbrăcați în pat, eu desfac cutia de prezervative, iar tu tragi de pantalonii mei de parcă ți-am furat telefonul, nici atunci nu sunt sută la sută sigur că-ți place de mine.

Am ieșit din pub-ul respectiv și mă chinuiam să mă gândesc la ceva care să m-ajute să mai trag de timp și s-o mai țin cu mine, dar care să nu fie totuși foarte evident. Stăteam în fața ușii, mi-am aprins o țigară și trăgeam din ea fumuri foarte mici, ca să se termine mai greu (așa cum își dorește și prietena ta în ceea ce te privește), să am astfel timp să născocesc ceva chestie deșteaptă, care s-o convingă să mai stăm. În timp ce prin capul meu se plimbau toate gândurile astea care mă sugeau de vlagă, Corina s-a uitat la mine și mi-a zis:

– Hei, nu prea am chef să merg acasă. Nu vrei să mai facem ceva?

– Ăăă... da, nu sună deloc rău ce spui tu acolo, i-am răspuns cu o bucurie imensă, de zici că aveam un majorat în suflet.

– Dar ce-am putea, oare, să mai facem?, a întrebat ea.

„Sex. Clar sex", spunea o voce din capul meu, pe care nu puteam s-o las să iasă la suprafață. Ideea e că trebuia să mă gândesc la ceva care să fie diferit de chestiile cu care era ea obișnuită și pe care probabil că le tot auzise de la diverși tipi cu care ieșise în ultimii ani. Dacă reușești s-o surprinzi plăcut pe fata cu care ai ieșit la o întâlnire, ai un mare plus în ochii ei, fiindcă astfel o să ieși în evidență față de ceilalți cu care a mai fost și o să pari diferit. Și orice femeie de pe planetă își dorește „diferit", în dauna lui „ca toți ceilalți". Bine, acuma nu te apuca să te duci la ea acasă și să aștepți în curul gol în fața ușii, ca s-o surprinzi când îți deschide. Pentru că 1. asta nu-i o surpriză plăcută, fiindcă probabil ai sfârcurile ciudate și păr pe buric; și 2. s-ar putea să deschidă taică-său.

Până la urmă însă, mi-a venit o idee foarte fâșneață pentru a-i răspunde la întrebarea „ce să facem oare?" fără să aibă trei litere, să se termine cu „x" și primele două să fie „s" și „e".

P.S. – Chiar dacă era foarte mişto Corina, ştiam că-mi plăcea de ea doar fiindcă semăna cu Anemona. Eram conştient de asta, dar încercam să fac o chestie falsă cu speranţa că, până la urmă, avea să devină ce trebuia. Însă, aşa cum ne învaţă celebrul filosof contemporan Sorinel Copilul-de-Aur, „copia n-are valoare".

P.P.S. – Ştiu c-am făcut mai devreme în capitolul ăsta gluma aia despre cum puţa fetelor miroase a peşte, dar eu chiar nu sunt de acord cu zicerea asta. Adică, pân-acum, eu niciodată n-am simţit chestia asta la nici una dintre fetele cu care am fost. Cred că treaba asta e-o chestie de igienă personală, şi nu o caracteristică general-valabilă. Că şi puţa băieţilor, dacă nu faci duş şi-ţi faci trei labe pe zi, iar chiloţii îi schimbi doar când e sărbătoare roşie în calendar, s-ar putea să aibă miros de peşte. Mort.

În oţet...

De mere...

Putrezite...

Într-un WC...

Înfundat...

Cu un sconcs...

Transpirat...

Îmbrăcat în spandex. Poftă bună, dacă mâncai cumva în timp ce citeai :))

CAPITOLUL 2

Îți spun sincer, nu sunt cel mai deștept tip de pe Pământ și sunt o grămadă de lucruri din jurul meu pe care nu le înțeleg. Să-ți dau niște exemple: nu pricep de ce are Katy Perry o melodie care începe cu versurile: „Te-ai simțit vreodată ca o pungă de plastic". Pur și simplu, n-are nici un sens, cum căcat să te simți ca o pungă de plastic? Singurele persoane care s-au simțit, probabil, ca niște pungi de plastic sunt curvele, fiindcă poți să bagi multe chestii în ele.

Uite, altă chestie: nu pricep de ce există ciocolată cu stafide și de ce ai strica un lucru atât de bun precum ciocolata punând în ea lucrătura diavolului când era beat și drogat, adică stafidele.

Nu pricep de ce oamenii merg cu viteză mare când văd semaforul din fața lor că e roșu. Fiindcă, dacă ajungi mai repede la el, nu știu dacă-ți dai seama, dar ai mai mult de așteptat până se face verde.

Nu înțeleg de ce există popcorn cu aromă de ciocolată și cum funcționează o chestie care trebuie să fie sărată, acoperită cu o chestie care trebuie să fie dulce. E ca și cum ai spune că gătești un substantiv cu aromă de piuliță și ți se pare că are gust de alb. Vezi? La fel de mult sens are și popcorn-ul cu ciocolată.

Nu înțeleg de ce la McDonald's, între 6 și 10 dimineața, nu-ți vând decât produse de mic dejun. Coaie, dacă voiam să mănânc omletă, stăteam dracului acasă. Așa că dă-mi în paștele mă-tii un dublu-cheese cu cartofi, că, dacă-mi mai spui o dată de McToast, te bag sub tejghea și-ți dau un McSundae.

Nu înțeleg de ce, atunci când ai Waze-ul pornit și încerci să schimbi adresa, pentru a fi atent la trafic, el îți spune c-ar trebui să te uiți în parbriz, și nu în telefon, iar tu trebuie să setezi că ești pasager. Păi, futu-ți gura mă-tii, ca să fac manevra asta și să te-anunț că sunt pasager nu trebuie să mă uit în telefon, deci clar că nu mă uit la drum?

Nu înțeleg de ce există Antena 3.

Nu înțeleg de ce pinguinii pot fi homosexuali.

Nu înțeleg de ce mă sună maică-mea și de fiecare dată mă întreabă cum e vremea în București.

Nu înțeleg de ce există pizza cu chestii sănătoase pe ea, gen broccoli. În momentul în care ai luat telefonul și ai decis să-ți comanzi pizza, e clar că nu ăsta a fost răspunsul la întrebarea: „Hmm… aș mânca ceva mai dietetic. Oare ce să-mi iau?".

Nu înțeleg de ce există bere fără alcool. Oamenii consumă bere ca să bea ceva care-i îmbată mai greu și nu se fac pulbere din trei pahare. Dar berea e nașpa la gust, nimeni n-o bea de plăcere, nimeni n-o bea fiindcă-i place gustul de amar în gură. Nimeni n-a spus vreodată cuvintele: „Da, e super-delicioasă prăjitura asta, îmi place mult. E ca o bere". Deci, dacă scoți partea cu alcoolul din ea, înseamnă că o bei pentru gust. Și dac-o comanzi doar ca să bei mizeria aia amară în timp ce ești treaz-trezuț, n-are absolut nici un sens ce faci, ești o rușine de om și ar trebui să fii pocnit peste coaie cu o paletă de ping-pong. Pe sistemul ăsta, ar trebui să bei și vodcă fără alcool. Se numește apă. Dacă ești cu mașina și vrei să bei, lasă naibii mașina acolo și-o iei mâine. Plus că de-asta e făcut alcoolul, ca să faci căcaturi: să te iei la bătaie prin cluburi, să conduci pe contrasens sau să te combini cu gagica celui mai bun prieten al tău (futu-te-n suflet, Silviu). Cert e că nimeni n-a început vreodată o poveste interesantă cu „și după ce am băut trei beri fără alcool..."

Nu înțeleg de ce există adidași cu toc.

Nu înțeleg de ce există treninguri XXL, fiindcă, dacă porți mărimea aia, e clar că nu ai mare nevoie de trening.

Nu înțeleg de ce bisericile trebuiesc să fie resfințite. Sfințitul e ca varul? După ceva timp se duce? Plus că biserica e Casa Domnului, n-ar trebui să fie sfântă de când e construită până când o bombardează musulmanii?

Și mai sunt o droaie de alte lucruri pe care nu le înțeleg în viața asta. Dar un lucru îl știu și-l înțeleg foarte bine: dacă vrei să te placă o tipă care a acceptat să iasă cu tine, trebuie s-o faci să vadă că ești un tip mai interesant decât ceilalți cu care a mai avut ea treabă. Așa că eu, atunci când m-a întrebat Corina ce vreau să facem, am ales să nu îi propun să mergem într-o cafenea, un club sau într-un alt pub, fiindcă oricine ar fi făcut asta. În schimb, i-am zis:

– Hai să mergem pe jos. Să ne plimbăm, ce zici?

– Să ne plimbăm? Păi, unde?, a întrebat ea cu ochii bolditi.

– Nu știu, oriunde. Haide, o să-ți placă, ai să vezi.

Poți să pui melodia asta cât citești în continuare: Corina – A ta.

S-a uitat un pic dubios la mine, dar n-a avut mare timp de reacție, fiindcă am luat-o de mână și duși am fost. Cred c-am mers vreo câțiva kilometri și am stat la povești despre tot felul de chestii din vieţile noastre. Îmi plăcea de ea, în continuare părea o fată super-mişto. Singura mea problemă era că eu încă mă gândeam la Anemona, dar speram că asta va dispărea cu timpul. Pentru mine, plimbarea noastră a reprezentat două ore pe care nu le-am simţit când au trecut şi o companie de invidiat. Pentru ea, plimbarea noastră a fost un sacrificiu dureros. Şi nu, nu fiindcă eram eu super-plictisitor şi-i vorbeam despre pinguini homosexuali, ci pentru că avea tocuri în picioare. Mie mi-a spus cândva o fată că nu există senzaţie mai frumoasă pentru o femeie decât momentul în care îşi dă tocurile jos din picioare. Poate orgasmul, dar nu de fiecare dată. Aşa că era destul de clar că, din moment ce se plimbase cu mine atât timp având chestiile alea în picioare, probabil şi ea se simţea bine în compania mea. După ce am trecut prin jumate din sectoarele Bucureştiului, ne-am aşezat pe nişte scări, i-am pus geaca mea peste umeri, fiindcă deja se lăsase frigul, şi am mai stat şi acolo în jur de o oră. Mi-ar fi plăcut s-o sărut şi să-i bag mâna în păr, lăsând-o astfel fără aer, dar îmi era prea frică de un refuz şi era păcat să încheiem seara aia superbă cu o chestie naşpa. Aşa că am preferat să chemăm un taxi, s-o duc acasă (la ea), s-o pup pe obraz şi să stabilim că ne vedem şi a doua zi.

La următoarea întâlnire m-am gândit că nu puteam s-o plimb şi cealaltă jumătate a Bucureştiului şi că trebuia să găsesc altceva. Aşa că am stabilit cu ea să ne vedem mai pe seară şi să mergem să bem. Aşa s-a şi întâmplat: ne-am întâlnit în apropiere de Centrul Vechi şi bineînţeles că am intrat acolo. Am zis că nu stăm foarte mult nicăieri, dar mergem în mai multe locuri şi bem câte un shot în fiecare. E foarte important, dacă faci chestia asta cu o fată, să alegi nişte shot-uri un pic mai slabe, ca să nu pară că vrei s-o îmbeţi, fiindcă după ce le bea pe primele două, o să te refuze la al treilea. Nu te arunca la tequila sau jagger, că în primul rând sunt prea tari și, în al doilea rând, pe astea le primește de la toți tipii cu care iese. Fii un pic diferit, încearcă și tu un kamikaze, un B52 sau un kozonak, fiindcă astfel o s-o faci să se simtă în siguranță în preajma ta și să lase garda mai jos (exact acolo unde vrei și tu s-ajungi în seara aia). Noi am ales kamikaze și am băut câteva shot-uri în mai multe locuri, iar la un moment dat s-a întâmplat o fază amuzantă într-unul din baruri. Noi așteptam băuturile, și barmanul a pus într-unul dintre shot-uri mult mai multă vodcă decât în celălalt și i l-a înmânat Corinei, cu paiul alături, și mie mi-a făcut din ochi. Asta-i o chestie care în general merge: dacă ai un prieten barman, poți să vorbești cu el ca atunci când vii cu câte o tipă să beți shot-uri să i le facă pe-ale ei mai tari, ca să se îmbete mai repede. Fiindcă tu o ții de vorbă pe fată cât prepară ăla shot-urile, și ea nu vede că al ei are mai mult alcool. Însă barmanul din barul ăla a fost prea vizibil când mi-a făcut cu ochiul, plus că i-a dat și un pai Corinei. Eu n-o cunoșteam atât de bine pe ea și n-aveam de unde să știu dacă ea știe cum se bea kamikaze și că n-are de ce să primească pai la el. Iar dacă ea știa lucrul ăsta, picam eu de prost, fiindcă părea că făcusem intenționat treaba aia cu barmanul, ca s-o îmbăt mai repede. A trebuit să gândesc repede și ce am făcut a fost în felul următor: i-am luat shot-ul din față și l-am băut eu cu paiul, iar pe-al meu i l-am dat ei. Și, când am ieșit afară, i-am explicat toată situația cu o sinceritate ieșită din comun. I-am spus că, probabil, barmanul a vrut să m-ajute s-o îmbăt mai repede și de asta i-a dat ei shot-ul ăla și că de-aia l-am băut eu, fiindcă nu sunt genul ăla de băiat. Și merge și strategia asta, fiindcă astfel tu pari un băiat super de treabă, care vede în ea o persoană interesantă, o fată inteligentă, cu care ai ce discuta și o companie desăvârșită, iar țelul tău final nu este să faci sex cu ea și doar atât. Ea se simte protejată în preajma ta, iar tu... tu te vei simți protejat mai târziu, când îți vei pune prezervativul. Deci poți să încerci și asta, dacă ai un prieten barman. Să vorbești cu el să facă același lucru, iar în fața fetei tu iei shot-ul și o aperi de barmanul cel rău, care a vrut să te ajute s-o îmbeți mai repede ca să-ți inserezi penisul în ea, pentru că tu nu-ți dorești asta, tu ești altfel. Dai shot-ul ei pe gât, iar apoi îi explici de ce ai făcut chestia asta. Femeilor le place să se simtă protejate și să vadă că un băiat le ia apărarea când sunt în primejdie. Sunt sigur că în Epoca Pietrei erau băieți care vorbeau cu ursul să vină să le sperie femeile, ca ei apoi să-l alunge, protejându-le astfel pe fete, ca să pară că sunt eroi și să facă și ei sexică. Dar, serios acum, dacă reușești să fuți cu tactica asta, dai o bere prima oară când mă vezi, da?

După ce am ieșit de acolo, Corina mi-a spus c-ar vrea să mai stăm un pic la aer, fiindcă începea să se amețească. Eu am fost de acord fără prea mari obiecții, că oricum nu voiam atât de mult să ne apropiem mai tare în seara aia, fiindcă nu mi-o puteam scoate naibii din cap pe Anemona. Am plecat din Centrul Vechi, am făcut stânga și a trebuit să trecem pe lângă toți taximetriștii care fluierau și urlau după ea, de ziceai că dăduse Steaua gol în prelungiri. Ne plimbam pe străzile surprinzător de pustii ale Bucureștiului (toți meltenii de capitală erau ori în Centrul Vechi, ori la manele, ori așteptau ăia să prindă o cursă mai lungă) și pot să spun că nici la sală n-am făcut atâta cardio cât am făcut în două date-uri cu Corina. Ea îmi povestea ceva despre fratele ei care o înșelase pe iubita lui, sau ceva de genul ăsta, dar eu nu mă puteam gândi decât la faptul că absolut orice posesor de penis de pe lumea asta ar fi chemat-o pe tipa asta la el acasă, ar fi luat o pastiluță albastră și ar fi făcut sex cu ea toată noaptea, până trezea și vecinii din scara alăturată. De fapt, nici n-ar fi chemat-o, ar fi luat-o cu forța, numai să nu rateze o asemenea partidă, fiindcă în mod clar ar fi meritat cinșpe ani de pușcărie pentru așa o fată. Și eu ce făceam?! Mă plimbam cu ea, la cinci metri distanță, încercând să stau mai departe de ea decât Iohannis de problemele României.

Și nu făceam asta pentru că uitasem să fac duș când am ieșit din casă (chiar dacă uitasem să fac duș când am ieșit din casă), ci pentru simplul fapt că femeia asta îmi amintea de Anemona. Părul ei lung și blond, zâmbetul impecabil, faptul că-și mușca puțin buza de fiecare dată când zâmbea ca o franțuzoaică nemernică, privirea inocentă și, în același timp, incredibil de perversă, sânii rotunzi, pe care-i admiram timid prin cămașa ei transparentă... Tot, dar absolut tot mă făcea să-mi amintesc de Anemona și să-mi fie din ce în ce mai teamă să mă apropii de fata asta.

Cel mai tare mă enerva că orice bărbat ar fi turnat Dom Pérignon pe Corina la LOFT, iar eu îi rupeam tocurile pe Magheru, fără să știu ce căcat să-i mai spun sau s-o întreb, ca să continue să vorbească și să nu realizeze că mi-era mai frică de ea decât îi este unei babe din Vaslui de nepotul ei când bea. Ca să vezi cum ți-o trage viața: încerci să te fuți aiurea ca să poți uita singura persoană care a însemnat ceva pentru tine vreodată și ajungi s-o cauți, ca un nebun, în fiecare femeie pe care o întâlnești. Și când reușești să găsești una care pare un om foarte mișto și, pe lângă toate astea, mai și seamănă cu femeia pe care o vrei, tu te pierzi în prezența ei mai rău decât Scufița Roșie în pădure. De-asta e greșit ca după o despărțire să cauți pe cineva care să semene cu cea care a fost înainte, fiindcă, în mod ironic, persoana care ar trebui să te facă s-o uiți pe femeia care ți-a frânt inima este chiar persoana care te face să-ți amintești cel mai mult de ea.

Corina îmi tot dădea hinturi subtile de genul „am obosit", „mi-e foame", „e frig afară", „hai în pizda mă-tii să mă fuți odată", iar eu, în sfârșit, am decis să-i rezolv toate problemele dintr-o singură decizie. Am hotărât să fac ceea ce trebuia să fac, fiindcă era clar că nu mai puteam să amân inevitabilul. Exact, am dus-o la McDonald's. Unica problemă pe care o aveam era că frig tot urma să-i fie, pentru c-am mers la drive-in, că era târziu și singura parte din ea care urma să fie fututǎ era ficatul, din cauza mâncării de acolo. Dar, hei, am bifat două din patru. Cine-i mare barosan? Tananana. Și nu, nu i-am dat un McSundae.

Dar uite-așa, la ora 4 dimineața, stăteam cu Corina pe-o bancă murdară de pe Magheru, mâncând cartofi prăjiți într-o tonă de ulei, mirosind a usturoi și a alcool contrafăcut din Centrul Vechi, și mă chinuiam pe-o scândură de lemn de un metru să stau cât mai departe de dracul ăsta îmbrăcat într-un înger de la Victoria's Secret. Că eu am văzut-o pe sora lui Gigi Hadid și, sincer, cred că îngerii de la Victoria's Secret sunt mai frumoși ca ăia din rai. Și, bineînțeles, după ce ne-am uns cu sos de maioneză și am băgat în noi 6 000 de calorii, exact ca și tine probabil, și Corina se aștepta s-o chem la mine. Însă eu am decis să fiu super-galant și respectuos până la capăt, pe scurt super-gay, și să chem un taxi, ca s-o duc acasă la ea. Ceea ce am și făcut, iar când am ajuns în fața porții ei, la fel ca și c-o seară înainte, am pupat-o pe obraz și i-am propus să ne vedem și ziua următoare. Ea s-a uitat la mine un pic ciudat și a ezitat câteva secunde înainte să-mi răspundă.

P.S. – Îmi și imaginez ce era în capul Corinei în serile-alea. Gândește-te cât de dubios mi-o ardeam: nici nu mă dădeam la ea până la capăt, totuși făceam toate chestiile ca să pară că mă dădeam la ea. N-o pupam, dar o duceam la băut. N-o chemam la mine, dar îi propuneam să ne vedem și a doua zi. Tot ce pot să zic e că, judecându-mi acțiunile de atunci, dacă s-a gândit că sunt schizofrenic, ar fi fost cel mai bun lucru pe care l-ar fi putut gândi despre mine.

P.P.S. – De câte ori am zis McDonald's și tot felul de nume de produse de la ei în cartea asta, ar trebui să-mi dea mâncare gratuită toată viața. Dar dacă s-ar întâmpla chestia asta, probabil m-aș face de 150 de kile și sigur n-o să mai existe și un al treilea volum.

CAPITOLUL 3

Eram în baie și mă spălam pe dinți. Mă uitam în oglindă și nu știam cum să trec peste blocajul pe care-l simțeam față de Corina și să reușesc s-o separ de Anemona. Faptul că acceptase să ne vedem și în a treia zi a fost mai surprinzător pentru mine decât să ia Dinamo titlul, dar n-aveam de ce să mă plâng. Problema era că mă simțeam de parcă mă întâlneam cu omul căruia-i îi răpisem copilul și trebuia să aleg doar locuri publice, în care sunt mulți oameni, ca să fiu sigur că nu face chestii dubioase pe-acolo. Încercam pe cât posibil să evit locurile în care să rămânem doar noi, fără nimeni în jurul nostru, dar faza era că nu mai știam pe unde s-o duc. În timp ce eu meditam în chiloți, cu un picior ridicat pe cadă, Alin a intrat peste mine.

– Vezi că probabil de luna viitoare se mută Raluca în camera noastră liberă. Că m-am gândit că, dacă împărțim chiria în trei, o să dăm mai puțin fiecare, mi-a zis el mândru.

– Wow, adică dacă împărțim o sumă de bani în mai mulți oameni, crezi c-o să vină o sumă mai mică de plătit pentru fiecare dintre noi? Alin, ar trebui să te-apuci de afaceri, i-am răspuns.

– Tu n-ai de plâns după Anemona, sau ceva? Hai, ieși din baie că vreau să termin o planșă la un joc.

– Păi și trebuie să faci asta în baie?

– Da, e jocul meu de WC. Nu pot să-l joc dacă nu mă cac în timpul ăla. Dar tu de ce te speli pe dinți, te vezi cu vreo fată în seara asta?

– Băi, da. Adică am cunoscut o tipă foarte mișto și m-am tot întâlnit cu ea zilele-astea și diseară ieșim din nou. Numai că faza nașpa e că-mi aduce aminte de Anemona. Are părul blond ca al ei, pielea bronzată, zâmbetul la fel de curat, ochii limpezi și calzi și buzele afrodisiace.

– Mhm. Deci n-ai futut-o, nu?

– Nu prea, i-am răspuns rușinat.

– Nu prea? Cum adică „nu prea" ai futut-o? Ai futut-o doar un pic? Ai băgat-o doar pe jumate? Ți-ai dat drumul în pantaloni? Ce înseamnă „nu prea"?

– Nu, bă. Nici măcar n-am pupat-o. Nu știu care e faza, dar seamănă prea mult cu Anemona și mi-e foarte greu să mă apropii de ea. Plus că nu știu dacă sunt pregătit să mă cuplez chiar acum cu cineva și, chiar dacă știu că tot ce-mi doream era să găsesc o tipă ca Anemona, nu mi-am dat seama că va fi așa dificilă situația asta. Uneori, nici eu nu mă mai înțeleg, nici eu nu știu ce vreau și mi se pare foarte complicată viața.

– Da, sigur. Mai povestește-mi, a zis Alin.

– Ce să-ți povestesc?

– Orice, nu știu. Ce angoase mai ai, ce te apasă pe suflet, ce-ți place și ce nu-ți place. Serios, mai spune-mi despre problemele tale, în timp ce eu mă cac pe mine. Ieși afară din baie, idiotule! Și fute-o pe fata aia, nu mai fi fagot, tristule! s-a auzit prin ușa de la toaletă, după ce am ieșit.

Teoretic, Alin avea dreptate. Dar practic nu era ca și cum mie nu mi-ar fi plăcut să fie totul ok și să nu am mereu în minte chipul Anemonei când o vedeam pe Corina. În fine, eu încă aveam încredere c-o să-mi treacă toate tâmpeniile pe care le aveam în cap și că totul va fi în regulă până la urmă. Ca un adevărat gentleman, am chemat un taxi, am mers s-o iau de acasă pe fată și, când am ajuns, m-am dat jos, ca să-i deschid ușa de la mașină. Apropo, n-ai idee cât de mult contează gesturile astea mici pentru ea. Dat fiind că trăim într-o țară de melteni și de PSD-iști (adică de melteni și de melteni), dacă tu te porți frumos cu ea, îi vorbești zâmbind și ai o atitudine caldă în ceea ce-o privește, îți garantez c-o să aprecieze. Deschide-i portiera, ține-i ușa la restaurant, trage-i scaunul când vă așezați la masă... dacă faci chestii de genul ăsta, cu siguranță o să-i placă mult de tot și o să crești în ochii ei la fel de tare ca penisul tău când te uiți la filme cu Scarlet Johansson. Dacă nu se-ntâmplă asta, înseamnă că tipa cu care ai ieșit e-o țărancă proastă și tu tot câștigi, fiindcă nu-ți dorești să fii cu o țărancă proastă, nu? De ce ți-ai dori asta? Plus că, dacă voiai să fii c-o țărancă proastă, o sunai pe mama lui Alin :D.

Am decis să mergem să mâncăm ceva, așa c-am oprit la un restaurant. Ne-am așezat la masă, am comandat ceva de mâncare și ne-am luat câte un pahar de vin. Faza e că efectiv nu mai știam despre ce să mai discut cu ea fără să aduc conversația într-un punct mai personal. Nu voiam să mă pun într-o situație în care știam că n-aș fi fost confortabil.

– Fii atentă, o să-ți spun ceva super-dubios, am zis.

– Ia să vedem.

– Tu știai că pinguinii pot fi homosexuali?

– Poftim?!

– Serios. Pinguinii sunt printre puținele mamifere care pot să nutrească sentimente de iubire față de același sex. Trăim într-o lume nebună, sau ce?, am continuat eu, încercând să fiu amuzant.

Corina a început să râdă.

– Și de ce știi tu chestia asta, mă rog?

– Păi, din cauza facultății.

– Cum așa? Ai învățat asta la facultate?

– Nu. Dar între Suceava și Cluj sunt peste 300 de kilometri. Mașină nu aveam, așa că mergeam cu trenul. Laptop mi-am cumpărat abia în anul II, așa că, în primul an de facultate, șapte ore dus și șapte ore întors nu prea aveam ce face în tren. Și, din cauza asta, am citit absolut toate porcăriile (bine, nu chiar toate porcăriile, că n-am citit *Fluturi*). Și într-o carte scria chestia asta despre pinguini, mi s-a părut super-interesant și am căutat pe net să văd dacă e adevărat. Și, ce să vezi, așa era.

– Wow! Uite, să-ți spun și eu ceva dubios, dacă tot suntem la capitolul ăsta. Eu n-am mers niciodată cu trenul.

– Poftim?!

– Pe bune, mi-a spus ea rușinată.

– Dă-i dracului de pinguini, hai să vorbim despre asta. Cum să nu mergi niciodată cu trenul?

– Nu știu, mereu mă duceau ai mei cu mașina, când eram mică, și, na, am crescut și n-am mai apucat să fac și chestia asta.

– Vai, săraca fată bogată. Și ce alte chestii n-ai mai făcut?, am întrebat-o.

– Nu cred că mai sunt lucruri așa normale pe care să nu le fi făcut, cred că doar ăsta e. Mă rog, m-oi duce eu undeva, la un moment dat.

– Păi, da, nu e de parcă-i așa greu de făcut treaba asta, i-am răspuns și am mai sorbit o gură de vin, observând cum se așeza liniștea peste masa noastră. Și... mâine ce faci?, am întrebat-o, încercând să lungesc această conversație.

Dacă nu funcționa cu asta, următoarea întrebare era: „Și, îți plac lucrurile și chestiile?"

– Păi, mâine trebuie să plec puțin din București, că m-au trimis ăștia de la muncă tocmai la Târgu-Mureș, să fac niște cursuri de nu-știu-ce naiba...

– De maghiară, probabil. Ha-ha!

– Andrei, ai ceva cu ungurii?, m-a întrebat Corina, cu o sprânceană ridicată.

– Ce? Eu? Nu, n-am nimic, a fost doar o glumă proastă, am încercat eu să mă scot.

– Tu știi că eu sunt din Arad, nu? Cunosc o grămadă de unguri...

– Scuze, scuze! Chiar nu am nimic cu ei, am făcut și eu o glumă nevinovată...

– Nevinovată? Serios? Nu există nimic nevinovat când vine vorba de unguri. Că ne vor țara, dracu' să-i ia!

Am rămas șocat. Se pare că micuța blondă inocentă era, de fapt, xenofobă. N-aș fi ghicit nici într-un milion de ani așa ceva, dar, te rog, mai spune-ne tu cum stă treaba cu ungurii, micuțule Adolf.

– Tu vorbești serios?, am întrebat-o râzând.

– Da! Îi urăsc pe bozgorii ăia nenorociți. Dac-aș putea, i-aș împușca pe toți pe un stadion și aș transmite pe Pro TV.

– Eiiii... cred că exagerezi totuși, am încercat eu s-o mai domolesc. Sunt și ei oameni.

– Să se ducă să fie oameni în țara lor și să ne lase pe noi în pace. Vai, dacă ieșea Vadim președinte, bine mai era. Că ne scăpa odată pentru totdeauna de căcații ăștia de unguri.

Nu mai știam ce să zic în clipele alea. Singurul lucru care mă bucura era faptul că nu-mi comandasem gulaș.

– Da, nu știu ce să zic. Până la urmă, e loc pentru toată lumea în țara asta...

– Nu și pentru unguri, nu pricepi?, m-a întrerupt ea. Aș construi o groapă mare de tot, aș umple-o cu lei flămânzi și i-aș arunca pe toți acolo.

Între timp, a venit chelnerița la masă. „Sper să n-o cheme Ildiko, fiindcă am pus-o amândoi", mă gândeam.

– Nu vă supărați, ne-a spus Anca (așa scria pe ecusonul ei, slavă Cerului), dar în loc să vă aduc două ape plate mici, pot să vă servesc cu una mare și două pahare. Nu e mai bine așa?

– Igen... adică, da, ba da... Facem cum spuneți dumneavoastră, i-am răspuns eu emoționat. Ce apă aveți?, am încercat să schimb subiectul.

– Păi, avem Perla Harghitei...

– Nu! Nu! Dorna, doamnă. Spuneți-mi c-aveți Dorna, am țipat eu din răsputeri.

– Avem și Dorna, mi-a zis ea confuză.

– Din aia aduceți. Că sigur aia a fost prima în frigider, și i-am făcut cu ochiul Corinei.

– Dar să știi că nu sunt rasistă sau ceva, mi-a spus ea.

„Nu știu dacă va avea sens pentru tine ce-ți voi spune, dar și prin simplul fapt că mi-ai spus că nu ești rasistă, pentru că n-ai nimic cu ungurii, ești super-rasistă. Fiindcă asta înseamnă că tu consideri că ungurii sunt altă rasă. Deci mai rasistă de atât nu prea poți să fii." Dar nu puteam să-i spun asta, îți dai seama.

– Nuuu, normal că nu ești rasistă. Ești un pic pasională, i-am răspuns.

– Și patrioată!, a conchis ea.

– Da, clar, ăsta e cuvântul pe care-l căutam.

– Mă bucur că mă înțelegi, a spus Corina, în timp ce chelnerița a venit și ne-a pus mâncarea pe masă. Eu îmi comandasem pește cu salată (că voiam să pară că mănânc sănătos și că nu rup carbohidrații la fiecare masă), iar ea își luase o lasagna care mă făcea să-mi urăsc peștele din farfurie. Nu era ceva personal, sunt sigur c-a fost un pește foarte bun când era în viață și că avea grijă de copiii lui și le dădea bani să-și cumpere chestii, dar lasagna aia mă făcea să-mi curgă balele.

– Vrei să guști?, m-a întrebat Corina.

– Ăăă... nu, mulțumesc! E delicios peștele meu, i-am răspuns, înghițind în sec.

– Sigur nu vrei? E super-bună!

„Sper să te îneci“, mă gândeam eu. Plus că nu puteam avea încredere în gusturile unui om care n-a mers niciodată cu trenul. Ciudato!

– Nu, merci! Sunt bine, i-am zis și am început să-mi asezonez salata cu lacrimi de ciudă.

În timp ce mâncam mizeria aia de pește pe care am mai și dat o grămadă de bani, mi-a venit o idee foarte tare. Am așteptat să terminăm masa, am plătit nota și apoi am chemat un taxi.

– Unde mergem, Andrei? Ne grăbim undeva?, m-a întrebat Corina curioasă.

„Clar, nu în Budapesta“, mă gândeam.

– Stai liniștită, c-o să vezi.

Ne-am urcat în mașină, i-am șoptit șoferului care era destinația și-am pornit. Acum îmi dau seama că era, probabil, destul de dubios pentru ea să fie în taxi cu un tip pe care-l cunoștea de 48 de ore, asta noaptea, iar el să nu-i spună unde o ducea și doar să zâmbească, frecându-și palmele. Ideea e că drumul n-a fost lung, și ea n-a stat prea mult timp speriată, c-am ajuns repede. Când s-a uitat pe geam, nu i-a venit să creadă unde o adusesem: eram la gară. Iar ăsta, dragii mei, a fost unul dintre cele mai romantice gesturi pe care le-am făcut în ultimii ani. Am mers la casă, am întrebat care era primul tren spre Ploiești (că alea merg din oră în oră), am cumpărat două bilete și apoi i-am prezentat gara. I-am explicat care e faza cu peroanele, unde sunt cei mai buni covrigi și cele mai mișto merdenele, i-am arătat boschetarii care dorm pe-acolo, ce să mai... vis a fost. Ne-am urcat în tren și am mers cu el timp de 45 de minute, până la Ploiești. Corina era ca un copil mic și se uita fericită pe geam, îmi punea tot felul de întrebări despre tren, și eu îi răspundeam de parcă făcusem armata la CFR. Ea se tot apropia de mine, dar eu mereu îmi găseam altceva de povestit, mă uitam în altă parte, mă legam la șireturi și tot felul de chestii dintr-astea, care să-mi permită să nu stau foarte aproape de ea. Problema e că, nefiind cel mai inteligent om din familia mea, nu mă dusese capul să întreb când era și primul tren înapoi spre București, atunci când luasem biletele. Așa că am ajuns la Ploiești și bineînțeles că am mers la casa de bilete și acolo ni s-a spus că primul tren spre Capitală era a doua zi dimineață, propoziție care nu era tocmai ceea ce mi-ar fi plăcut să aud. „Ce căcat facem acum?“, mă gândeam eu în timp ce număram țiganii din gară, care se uitau pofticioși la îngerul meu blond. Bine măcar că nu erau unguri. Și mi-am dat seama că altă soluție nu exista, decât să luăm un taxi înapoi. Tu vezi prin câtă tevatură am trecut eu pentru o fată pe care nici măcar nu încercam s-o fut?

Dar, stai, că romantismul meu nu s-a oprit aici. Când ne-am urcat în mașină, am observat că domnul șofer asculta Kiss Fm.

Și mi-a venit o super-idee. I-am dat mesaj DJ-ului care avea emisiune la ora aia și l-am rugat să citească pe post ce îi spun eu, ca o dedicație, și apoi să pună melodia Duke Dumont – *Ocean Drive* (la care poți și tu să dai play acum). Și cum stăteam noi pe bancheta din spate a Loganului, care nu prindea niciodată mai mult de 80 km la oră, mirosul din țigara taximetristului ne alinta simțurile, fiindcă ne spusese că era prea frig ca să deschidă geamul, și hurducați de fiecare groapă din drumul total românesc dintre București și Ploiești, la un moment dat, băiatul de la radio a zis: „Hei, hei! Salutări la toată lumea, dar în special ne bucurăm pentru Corina, care în seara asta a mers pentru prima dată în viața ei cu trenul. Bravo, Andrei! Bravo, Corina! Drum bun spre București!“ În clipa aia, ei i s-a șters zâmbetul de pe față, eu nu mai auzeam ce ne povestea taximetristul despre amenda pe care o luase el pe nedrept, iar ochii noștri nu se mai puteau desprinde unul de celălalt. M-am apropiat de ea fără să mă mai gândesc la nimic altceva, am prins-o de după gât și am sărutat-o pentru prima oară. Tot drumul care ne mai rămăsese până în Capitală, ne-am pupat încontinuu și, exact cum era și normal, am întrebat-o dacă nu voia să vină la mine în seara aia. A dat Domnul!

Probabil exasperată de ultimele noastre două seri și dat fiind că urma să plece o săptămână din oraș, a acceptat. Ce nu știa însă era că eu n-o chemasem la mine ca să intru-n ea ca ungurii în Panonia, ci o chemasem ca să nu pară că eram un pămpălău, iar planul meu era să-i dau de băut, s-o îmbăt și s-adoarmă, iar a doua zi să-i povestesc ce bine ne futuserăm.

P.S. – Bărbații, în general, cheltuiesc bani și încearcă să le îmbete pe femei ca să le fută mai ușor. Dar eu, în seara aia, am făcut exact inversul: am scos-o la masă, am făcut un gest super-romantic pentru ea, pe urmă am chemat-o la mine, ca s-o îmbăt, și toate astea ca să pot să NU o fut mai ușor. Wow!

P.P.S. – Eu cred că de-aia pinguinii sunt printre puținele păsări care nu pot să zboare. Fiindcă sunt homosexuali și Dumnezeu îi pedepsește pentru asta.

CAPITOLUL 4

Am intrat în lift. O vedeam pe Corina cum, efectiv, mă viola din priviri. Își mușca buza. Eu transpiram. Nu trebuia să mă panichez, aveam un plan bine pus la punct, aveam casa plină de vodcă (nu pentru c-aș fi fost alcoolic și aș fi băut în fiecare seară, ca s-o pot uita pe Anemona, Doamne ferește!), era doar o chestiune de timp, deci, până când reușeam s-o îmbăt pe Corina. Totul era sub control.

Atmosfera de atunci eram cam cum e melodia asta: Cristiana Răduță – Amor.

Ea a făcut un pas spre mine și, cu degetul arătător, subțire și lung, mi-a atins buzele, iar apoi a coborât încet pe pieptul meu, apoi pe tricoul meu și apoi, pe...

– Ha, ce chestie amuzantă, am tresărit eu, îndepărtându-mă de diavol. Eu stau la apartamentul 65 și te-ai gândi cumva că stau la etajul 6, nu?! Ce să vezi?! Stau la 7! Cât de tare e chestia asta?!

OK, m-am panicat. Corina s-a uitat jenată la mine și pun pariu că le-a scris tuturor prietenelor ei să le spună că a ieșit cu un papagal idiot.

– Ce frumos e la tine! Și ce cald e..., a spus ea, intrând în casă și încercând să își dea jacheta jos.

– Cald?! Nu, nu e cald. Să nu cumva să te dezbraci! Adică, nu mă înțelege greșit, orice bărbat ar vrea să te vadă goală. Nu, nu goală, Doamne!, am vrut să spun că sunt convins că îți stă superb bluzița asta transparentă, prin care se vede absolut totul, doar că la mine în casă e curent, iar blocul nu este izolat cum trebuie, și eu mereu răcesc. Chiar n-aș vrea să răcești și tu.

„Băga-mi-aș pula. Mai rău de-atât nu puteam s-o dau. Mai bine-i spuneam din nou despre pinguini“, mă gândeam.

– În regulă, a chicotit ea. Mă dezbrac mai târziu, a adăugat, în timp ce-mi făcea, pervers, cu ochiul.

Am intrat în cameră și Corina s-a așezat pe pat, s-a întins pe-o parte și a început să se joace, în cel mai obscen mod posibil, c-o șuviță aurie de păr, invitându-mă din priviri lângă ea. În momentul ăla, am făcut ceea ce absolut orice om sănătos la cap ar fi făcut: m-am așezat pe scaunul de la birou.

– Mamă, ce răcoare e-aici! Eu m-aș înveli, în locul tău, am zis cu o voce tremurată, înghițind în sec și simțind cum mi se scurgeau picăturile reci de transpirație pe toată fața.

Corina se uita la mine, nedumerită. Pun pariu că s-a gândit, de cel puțin zece ori în ultimul minut, să plece dracului acasă. Așa c-a trebuit să iau inițiativa:

– Ha, ce idee mișto mi-a venit! Vrei să vezi poze cu mine de când eram mic?! Tu știi ce bine ieșeam în poze pe vremea aia?

Și nici n-am lăsat-o să răspundă, c-am și scos toate cele șaișpe albume prăfuite.

– Andrei, dacă ai de gând să-mi arăți poze cu tine în curul gol pe canapeaua lu' bunică-tău sau poze cu tine și cei doișpe verişori ai tăi sprijinind soba de teracotă, trebuie să-mi dai ceva de băut, mi s-a adresat ea, deloc zâmbăreață.

– Sigur, sigur.

M-am ridicat, m-am dus la frigider, am scos sticla de vodcă, am luat două pahare și le-am umplut cât am putut eu de mult. Zici că eram la Subway, la refill-ul moca, și voiam să pun cât mai mult lichid în pahar. I-am dat fetei paharul, mi-am luat și eu unul și am băut amândoi câte o gură.

– Aoleo, i-am spus, am uitat să ciocnim. Hai noroc! – și am întins paharul spre ea.

– Dar tocmai am băut, Andrei, mi-a răspuns ea.

– Știu, dar n-am ciocnit, deci nu se pune. Hai, nu mă lăsa cu paharul în aer, că nu e frumos, i-am zis eu fluturându-l.

L-a întins și ea pe al ei, am ciocnit și am mai luat câte o gură de vodcă.

– Aoleo, am spus din nou.

– Ce s-a mai întâmplat acum?, a întrebat ea iritată.

– Păi, cum ce s-a întâmplat? N-am zis pentru ce am ciocnit. Trebuie să bem din nou.

– Tu vorbești serios? Abia am lăsat paharul jos de la gură.

– Da, dar, dacă n-am spus pentru ce-am ciocnit, e ca și cum am fi băut degeaba, am încercat eu să o conving, ridicându-mi din nou paharul în aer.

– Ok, fie. Pentru ce ciocnim?

– Să fie pentru... fericire.

Am ciocnit și am băut.

– Și pentru iubire, am continuat eu și am întins iar paharul.

Am ciocnit din nou.

– Și pentru dragoste...

– Dragostea e-același lucru cu iubirea, mi-a răspuns ea nervoasă.

– Păi, da. De-aia bem din aceeași vodcă.

Și am ciocnit și băut din nou. După ce am terminat eu cu sinonimele pentru dragoste, iubire, amor, sentimente și toate astea, deja dăduserăm pe gât, și eu, și ea, cam 100 de grame de vodcă. Mă rog, 100 de mililitri, că vodca e lichidă.

– Andrei, tu încerci să mă îmbeți?, m-a întrebat ea tranșant.

„Tehnic, da, dar nu din motivul pentru care crezi tu. De fapt, din fix motivul opus“, îmi spuneam.

– Cine, eu? Nu, cum să crezi asta?! Vreau doar să ne simțim bine împreună în seara asta și să...

– Fiindcă țin să-ți spun, m-a întrerupt ea, luându-mi paharul din mână, că nu-i nevoie să mă îmbeți ca să facem prostioare.

– Prostioare?!

– Mmm, da. Prostioare, lucruri dubioase pe care nu mulți oameni le-ar înțelege, ba chiar le-ar condamna, mi-a spus Corina băgându-și un deget în gură. Știi la ce mă refer, nu?

– Cred că da.

– Atunci spune-mi, vreau să te aud!, mi-a ordonat.

Așa că m-am apropiat de urechea ei și i-am șoptit cel mai imoral și păcătos lucru la care m-am putut gândi în clipa aia:

– Ungurii au fost primii în Transilvania.

Corina s-a tras de lângă mine, s-a ridicat în fund și a țipat:

– Tu-ți bați joc de mine?!

– Nu, cum să-mi bat joc de tine?! Dar credeam că la asta te referi. Uite, hai să-ți pun niște vodcă, să te calmezi.

– Vai, m-ai terorizat cu vodca aia, să mor eu.

– Serios, stai numai să-ți umplu paharul, iei o gură de vodcă și-o să vezi c-o să te simți mai bine.

– Doamne, mă ia durerea de cap cu tine, jur.

– Și știi cu ce trece durerea de cap?, am întrebat-o jucăuș.

– Îți jur, dacă zici vodcă, iau sticla aia și ți-o dau de cap.

– Ok... nu trebuie să lovești vodca, nu ți-a făcut nimic, i-am spus eu și am luat sticla de pe masă.

– Bine, fii atent. Îmi cer scuze că m-am enervat. Mă duc până la toaletă să mă spăl puțin pe față, să putem continua de unde am rămas.

– Sigur, sigur. Du-te liniștită, avem tot timpul din lume, i-am răspuns.

S-a ridicat îmbufnată, a trântit ușa după ea și a plecat din cameră. Ca să fiu sincer, până-n clipa aia, planul meu mergea destul de bine. Parcă eram un pic mândru de cum mă descurcam în toată situația aia. Mi-am aprins o țigară și zâmbeam la tavan. Am auzit cum ieșea Corina din baie și m-am apucat să umplu din nou paharele cu alcool. Problema era că, atunci când a intrat în cameră, mi-a picat fața în pahar: era goală.

– Știi că eu mâine dimineață trebuie să plec spre Târgu-Mureș, deci nu avem chiar tot timpul din lume, mi-a spus și a venit lângă mine în pat.

– Wow!, a fost singura chestie care mi-a ieșit pe gură, înainte ca sfârcul ei să mi-o astupe.

„Aia e, trebuie s-o fut“, mă gândeam. Îți dai seama că aveam lângă mine o femeie superbă, care voia să facă sex cu mine, și eu mă plângeam că nu puteam să fac asta, fiindcă prea îmi amintea de fosta mea iubită? Păi tu crezi că, pe vremea lui Ștefan cel Mare, oștenii lui își permiteau să facă figuri dintr-astea când se duceau și făceau sex în pivniță cu servitoarele din castel? Noi, în secolul XXI, ne transformăm din ce în ce mai mult în femei: dacă nu e temperatura potrivită, dacă nu miroase așa cum ne dorim, dacă nu cântă melodia aia care ne place pe fundal și dacă n-a închis ochii atunci când ne-a sărutat, nu putem să facem sex. Ăia bărbați adevărați, bă, nu noi.

Ăia stăteau pe un pat de paie, turcii îi atacau, era groaznic de frig, The Weeknd nu exista, și tot reușeau să și-o țină sculată. Iar noi, dacă sună un pic telefonul și ne distrage – s-a dus naibii sexul în seara aia.

Am întors-o cu spatele spre mine (ca să nu mai văd chipul Anemonei în ochii ei) și am trântit-o pe pat cu fața în jos, am dat paharul de vodcă peste cap, i-am dat ei o palmă peste cur și am început s-o sărut de pe coloană spre gât. Mâna mea îi strângea cu putere fesele, iar limba mea i se-mpiedica în piele. A început să geamă ușor, și eu deja mă-mpăcasem cu soarta mea oribilă, acceptând că trebuia să fac sex cu acest exemplar minunat de femeie superbă. La un moment dat, i-am văzut pe umăr o aluniță și mi-a venit o idee genială:

– Știi că ai o aluniță pe umăr, nu?, am întrebat-o.

– Da, sunt plină de alunițe, mi-a spus ea. Probabil că sunt norocoasă, hi-hi.

– Da, probabil. Dar știi că arată ciudat alunița asta?

– Cum adică ciudat? Lasă naibii alunița și continuă ce făceai acolo, mi-a spus Corina.

– Da, corect, ai dreptate.

Am început să o sărut din nou și i-am simțit corpul cum se relaxa și se scufunda în lenjerie. I-am înfipt o mână în păr și i-am împins capul în pernă, iar cu cealaltă mână încercam să-mi dau jos tricoul de pe mine. Gura mea a ajuns pe gâtul ei și, mai apoi, am început s-o sărut pe ureche.

– Să știi că io am avut o mătușă care avea o aluniță așa ca tine, i-am șoptit.

– Poftim?

– Da, serios. Și ea a crezut că era norocoasă.

– Ce tot îndrugi acolo? Nu mai vorbi, te rog frumos, mi-a spus.

– Ok, bine.

Am continuat s-o sărut pe ureche, apoi am întors-o cu fața în sus și mi-am unit buzele cu ale ei. I-am luat palmele în mâinile mele, le-am ridicat în sus spre capătul patului și m-am așezat peste ea. Mi-am tras puțin capul și m-am uitat direct în ochii ei, am zâmbit timid și i-am zis:

– Cancer.

– Ce?!

– Cancer a făcut mătușa-mea.

– Tu vorbești serios?!

– Să mor eu. De la aluniță. Ar trebui să te duci la un doctor să ți-o verifice.

– Wow..., a zis ea, după care s-a ridicat de pe pat și s-a dus să își caute hainele în baie.

– Corina, hei! Dar ce faci? Nu poți să mă lași așa. Păi, cum, doar m-amăgești un pic și după aia mă lași bolohănit?, am țipat după ea, forțând nota, recunosc.

S-a întors după câteva minute, dar era doar în chiloți și sutien. „Oho-oh", m-am gândit eu, „numai nu se dă bătută fata asta, Doamne"!

– Cred că cel mai bine e să nu grăbim lucrurile și să le lăsăm să se întâmple atunci când e momentul lor. Așa că hai mai bine să dormim, a spus.

– Dacă tu așa simți, eu nu mai insist, îți respect decizia, i-am zis. Hai în pat și promit că încerc să mă controlez, să nu sar pe tine.

– Cred că e cel mai corect așa. Până la urmă, ai spus și tu, avem timp. Umple-mi și mie paharul ăla de vodcă, te rog!

– Vezi? Ți-am zis eu că vodca rezolvă totul. Mai puțin problema din Ținutul Secuiesc, dar asta-i altă discuție.

P.S. – Corina a plecat a doua zi dimineață și a stat o săptămână la Târgu-Mureș. Am mai vorbit de-atunci, ba chiar am rămas prieteni destul de buni. Însă n-am avut curaj niciodată să-i spun care a fost adevăratul motiv pentru care nu s-a legat nimic între noi. Dar va citi cartea și cu siguranță va înțelege și ea mai bine seara aia dubioasă, despre care n-am mai vorbit de-atunci.

P.P.S. – Și acum e partea în care îți arăt ce a zis Corina despre mine, când am rugat-o să-mi trimită ceva scris de ea în legătură cu ce a fost între noi doi. Faza e că ea nu știe care e adevăratul motiv pentru care noi nu am făcut sex niciodată și o să afle atunci când va citi rândurile de mai sus. *Îmi pare rău că n-am avut curaj să-ți spun adevărul.*

Hmmm... Andrei, Andrei. Nici nu știi cât de greu îmi este să scriu câteva cuvinte despre tine. În ciuda aparențelor, chiar ești un om minunat. Cele mai frumoase amintiri cu tine rămân tot alea când am mers de nebuni cu trenul până la Ploiești, plimbările pe jos sau mâncarea de la Mc pe o bancă. Oricum, alături de tine pot spune c-am avut parte de cea mai adolescentină experiență de la 25 de ani. Plimbări îndelungi de mână prin parcuri pe înserate și totuși primul sărut nu mai venea. Deja începusem să-mi fac griji, ținând cont că citisem puțin din cartea ta și știam de la prietenele mele cam care e treaba acolo. Nici nu știi de câte ori m-am întrebat: „Oare sunt urâtă, oare are probleme cu coloana și de-aia nu se apleacă odată să mă sărute și pe mine", și tot felul de astfel de gânduri, dar asta până în cea de-a treia zi, când minunea, în sfârșit, s-a produs. Ții minte când am fost în pub-ul ăla din Centrul Vechi să bem și barmanul a crezut că vrei să mă îmbeți și mi-a dat să beau cu paiul? Era bine dacă erai pe aceeași lungime de undă cu barmanul :D . Dar, până la urmă, ți-ai făcut curaj să mă săruți frumos în taxi, după o dedicație la radio și o călătorie cu trenul. Iar după toate astea, în sfârșit, ai reușit și tu să mă inviți la tine (greu, greu). O sticlă de vodcă, două pahare, tu beat, eu dezbrăcată și tot nu se întâmpla nimic... Hmm... deja era ceva suspect, deja începusem să cred că toată cartea ta era, în realitate, doar un paravan sub care să-ți ascunzi adevărata orientare sexuală și deja teoria mea începea să prindă tot mai mult contur, ținând cont și de toate coincidențele, precum cea când vorbeam de un anumit cântăreț de care ți-am spus că e posibil să fie de cealaltă parte a baricadei, iar tu mi-ai spus că e și că știi din sursă foarte sigură (în mintea mea era atunci: „normal că știi din sursă sigură, sigur ai avut treabă cu el, dacă cu mine nu vrei să ai :D), glumele dintre tine și prietenul tău Alin... deja erau prea multe lucruri care se legau. Sincer, m-am gândit la un moment dat să plec, însă mă simțeam prea bine în compania ta. Dimineața a fost cu atât mai grea cu cât știam că la ora 11 trebuia să fiu în mașină, dar era atât de bine în brațele tale, că nu mai voiam să plec deloc.

Cu toate că între noi nu s-a întâmplat nimic, apreciez la tine faptul că ești bărbatul care înainte să mă dezbrace de haine m-a dezbrăcat de secrete și vreau să cred că ai reușit să mă cunoști așa cum sunt.

Și, cine știe?, poate odată și-odată... :)))

CAPITOLUL 5

După ce mi-am dat seama că nu eram încă în punctul în care să mă pot implica într-o relație, fiindcă o căutam pe Anemona în toate fetele și, dacă o găseam în vreuna, ei bine, asta era o problemă și mai mare, am revenit la planul inițial de casual sex cu tot felul de fete. Așa că, fiindcă îmi era lene să depun efort mare pentru asta, am început să mă uit prin lista de Facebook, să văd cu cine aș putea să-mi pierd timpul, în caz de ceva. Și, discutând cu mai multe fete, mi-am dat seama că e foarte greu să fii gagică și să arăți bine, fiindcă o să se bage în seamă la tine toți dubioșii cu IQ-ul mai mic decât membrii trupei Hi-Q (ca să eliminăm orice dubiu între cele două cuvinte), în cele mai dubioase moduri.

Acum o să fiu hater, deci pune piesa asta: B.U.G. Mafia – Supranatural.

Hai să lămurim de la început un lucru. Oameni proș… mai puțin inteligenți au existat dintotdeauna: și pe vremea lui Ștefan cel Mare, și pe vremea lui Ceaușescu, și, bineînțeles, există și acum, dar, până la Internet, nu aveau vizibilitate. Diferența dintre proștii de atunci și cei de-acum este că oamenii proști de-acum au la îndemână Internetul, ca să arate la toată lumea cât sunt ei de imbecili. Internetul îți dă posibilitatea să afli informații despre orice în câteva secunde, să vezi ce film vrei tu la ce oră vrei tu și să fii la curent cu tot ce se întâmplă pe planetă. Asta e partea bună. Partea proastă a netului este că îi dă posibilitatea și unui academician, dar și lui Marcel din Fetești să-și spună părerea despre absolut orice. Și, dacă e să știm un lucru despre români, este că iubim să ne dăm cu părerea în legătură cu orice subiect.

Înainte, dacă erai prost la tine în sufragerie, nu știau decât apropiații tăi și maxim doi-trei vecini. Și Facebook-ul nu ajută deloc la treaba asta. Ar trebui să existe niște reguli, mai ales când vine vorba de agățat pe Internet, și cine nu le respectă să nu mai aibă voie să vorbească pe chat sau ceva.

În primul rând, dacă o fată ți-a dat like la o poză, nu vrea neapărat să te și fută. Tu, ca bărbat, dacă ți-a dat o fată like la o poză, în capul tău este: „Clar mă vrea". Însă nu e chiar așa. S-ar putea ca ei să-i fi plăcut peisajul din spatele tău sau poate că i-a plăcut chiar de tine. Dar i-a plăcut cum ai ieșit în poza respectivă, nu a simțit un fior rece pe spate în clipa în care ți-a văzut postarea și își dorește să facă dragoste carnală cu tine și să-ți facă vânt cu niște frunze în timp ce te hrănește cu boabe de struguri și îți masează tâmplele pentru tot restul vieții. Nu fi prost!

Apoi, dacă ție îți place de o fată, nu trebuie să îi dai like la toate pozele de profil. Știi că era, la un moment dat, reclama aia la Sprite, care zicea: „Femeile știu când ești disperat"? AȘA ESTE! Știi ce arată cea mai mare disperare din lume? Când o tipă are un album de 283 de poze și tu i-ai dat like la toate. Dacă tu ai avut timp, în viața ta, să te uiți la 283 de poze și să le dai like, probabil fata aia nu știe sigur dacă ar trebui să-i fie milă de tine sau să sune la poliție. Regula e destul de simplă:

1 like = îmi place poza, 2 like-uri = îmi place de tine, 3 like-uri = îmi place mult de tine și aș vrea să ne cunoaștem. Dacă tu ai ajuns la 3 like-uri și nu ai primit nici unul înapoi, cu mare regret în suflet trebuie să ți spun că între tine și fata aia nu va fi nimic. E rău, așa e. Dar știi ce poate fi mai rău? După alea 3 like-uri, să-i mai dai 280.

Numero tres: dacă numele tău pe Facebook este „Marean Distrugătoru" sau „Vasile Valoare" și mai ai și pe profil „lucrez la portofelul lu' tata" sau „boss la Facebook", probabil nu ești nici valoros, nici distrugător, ci doar un pic penibil. Unei femei nu trebuie să-i spui cât ești tu de minunat, fermecător sau romantic pentru că, ghici ce? Toți facem asta. Încearcă, mai bine, să-i arăți că tu ești așa. Că, știi cum e? De zis, oricine poate să zică orice. Și, la câți dârlăi în călduri se dau la o fată frumoasă în fiecare zi și spun toți aceleași chestii, ultimul lucru pe care și-l dorește fata este ca, la finalul zilei, să mai apară încă unul care s-o facă din nou să-și piardă încrederea în regnul masculin.

În al patrulea rând, nu uita că prima impresie contează și pe Facebook. Dacă tu alegi ca primul lucru pe care i-l scrii unei tipe să fie „ce faci păpușe", probabil că ești mai imbecil decât o pungă de la Kaufland. Ce-ți imaginezi tu că se va întâmpla după asta? O să rămână impresionată de capacitățile tale lingvistice? Sau o să fie exaltată pentru că ai vrut s-o faci să înțeleagă că e frumoasă ca o păpușă? În capul tău, probabil, răspunsul ideal la replica asta e: „Bine, frumosule, de când așteptam să-mi scrii. Sunt deja dezbrăcată, vino la mine acum!" Dar ține minte... dacă se întâmplă ca răspunsul ei să fie într-adevăr ăsta, păi atunci ea e cea care e mai imbecilă decât o pungă de la Kaufland.

Și, nu în ultimul rând, crede-mă când îți spun că nu există nimic mai puțin sexy pe net decât momentul ăla când îți apare unul pe chat și îți scrie: „ke faki frumoas-o nu vrey s-a ne kunoshtem“. Cred că singurul lucru mai nașpa decât asta e-o gleznă cu păr pe ea. Și la asta cu cratimele există două categorii de oameni. În primul rând, sunt ăia care nu pun niciodată nici o cratimă și nici un alt semn de punctuație și le iese o frază de genul: „mam gandit car fi frumos sa ne cunoastem la o cafea ce zici vrei sau nu vrei astept raspuns te pup“. Și mai există ăia care pun prea multe cratime, că poate-poate or nimeri ei una bună, și le iese ceva de genul: „ma-m gandit ca a-r fi frumos s-a n-e cunoastem l-a o cafea... ce zici... vrei s-au nu vrei... astept raspuns... t-e pup“.

Hai să ne dăm un pic silința, băieți. Nu trebuie să pară c-am terminat două facultăți, dar haideți măcar să facem cumva să pară că am terminat clasa a patra.

Nu mă înțelege greșit. Nu vreau să insinuez că doar bărbații și-o ard prost pe Facebook, Doamne ferește! Așa cum nu există pădure fără uscături, așa și pe net, există distinse domnițe care trec de barajul penibilului mai ușor decât trece Messi de adversari. Unele fete nu pot sau nu le ajută bibilica să priceapă că, dacă scrii pe Facebook citate precum: „Poți să te askunzi, dar nu te poți askunde“, probabil nu se vor combina cu un tip de calitate. Asta doar dacă tipul are 1,50 m, 183 de ani și îl cheamă Irinel, dar nu vrem asta, nu-i așa?

Ideea e că toată lumea de pe Pământul ăsta își dorește să pară inteligentă și, bineînțeles, nimeni nu-și dorește să pară prost. Dar știi care e faza ciudată, când ești prost? Că tu nu știi că ești prost. Și atunci, ce faci? E foarte simplu: se ia una poză în chiloți și în sutien, făcută în fața oglinzii, desigur. Se adaugă o poziție sexy, cu picioarele crăcite, eventual, și, în mod firesc, se adaugă un citat foarte adânc despre viață, efemeritatea destinului și nonșalanța spiritului liber. Ce-aș vrea eu să vă spun este că, dacă tu ești o fată care face treaba asta, crede-mă, când o să vadă un tip acea poză, nu se va gândi: „Doamne, ce personalitate profundă are această domniță! Oare sunt eu suficient de bun pentru ea?“ Îți dai seama că nu. Singura întrebare pe care ți-o ridică o astfel de poză e „Oare cât are tariful?“

Deci, dacă vrei să nu pari o femeie ușoară pe Facebook, sigur, s-ar putea să funcționeze cu citatele inspiraționale luate de pe net. Dar știi ce s-ar putea să funcționeze și mai bine? Să nu-ți mai pui poze în chiloți.

Când s-a terminat nebunia cu Hi5-ul, am crezut c-o s-o terminăm, odată pentru totdeauna, și cu pozele de lângă sobă. Dar unele fete chiar se încăpățânează să ne demonstreze că nu-i așa. Fetelor! Soba nu e sexy! Nu a fost, nu este și nici nu va fi vreodată. E ok că aveți o sursă de încălzire acasă, dar nu e cel mai bun cadru pentru pozat. Mai ales dacă lângă ea e și o carpetă cu „Răpirea din Serai“. Mâine-poimâine, să ne așteptăm să vă vedem cum vă pozați pe lângă radiatoare, calorifere electrice sau aeroterme?

Dacă soba ar fi sexy, modelele de la Victoria's Secret n-ar mai defila pe o scenă, ci ar defila pe lângă sobe. Nici un băiat nu s-a uitat vreodată la o femeie foarte frumoasă, zicând: „Uu, baby, ești atât de frumoasă și perfectă. Dar știi ce te-ar face și mai frumoasă? Dac-am avea o sobă în cameră“. NU! Nimeni! Niciodată!

Pe de altă parte, la fel ca și la băieți, există și în cazul fetelor tot felul de domnișoare pentru care numele lor real nu e suficient de cool și atunci au nevoie de un pseudonim. Așa că, fiind vedete la ele în bloc, își schimbă numele pe Facebook și-și pun tot felul de penibilități de genul: „Bubulina ByBy“

sau „Deea Deutza". Absolut odios. Însă ce e și mai sinistru de atât sunt domnișoarele care își pun nume de genul: „Yubita Tah", „Mirela Periculoasa" sau „Alina Sufletel Frumos".

Și știi ce fac fetele astea? Când vorbesc între ele își spun una alteia „iubita" obsesiv, la fiecare început și sfârșit propoziție. Pe sistemul: „Iubita, am fost aseară în club, iubita, și am văzut acolo un tip drăguț, iubita. Dar să-l fi văzut, iubita, ce gropițe avea în obrăjori. Off, Iubita, m-am îndrăgostit". Dacă faci chestia asta și vorbești așa, fă-ne tuturor un serviciu: ia un ciocan și lovește tare laptopul cu el. O să primești instant 1 000 de like-uri la fiecare poză. Știi ce zic, iubita?

Încă ceva: cu toții avem buze. Așa suntem noi, oamenii, făcuți. Unele mai frumoase, altele mai urâte, unele mai groase, altele mai subțiri. Nu-s cu nimic deosebite, nu ne ghidăm viața după forma lor și nu luăm decizii bazate pe faptul că există ele pe fața noastră. Sunt doar buze. Însă există niște fetișcane care au impresia că ce le face cu adevărat bărbaților sufletul să zâmbească este dacă ele își țuguiază buzele și fac fața aia de câine ud. Ok, hai să fim corecți. Unele sunt chiar simpatice, când nu sunt exagerate, dar majoritatea sunt oribile. Dacă tot simți nevoia să-ți dai buzele cu atâta ruj încât să arate ca și cum tocmai s-a gătit o omletă pe ele, și vrei apoi să-ți faci o poză, măcar du-te lângă o sobă, ca să fie treaba treabă.

Însă cred că lucrul care mă enervează cel mai tare la aceste pițipoance este că, pe lângă toate chestiile penibile pe care le fac pentru a ieși în evidență, vor să împartă și tot cu toată lumea. În sensul că se pozează absolut peste tot. Dacă sunt într-o mașină, se pozează în mașină. Dacă merg la manichiură, trebuie să-și pozeze unghiile după aia, neapărat. Dacă merg la nuntă, trebuie să-și pozeze rochia și machiajul. Bă, peste tot. Și postează absolut tot pe Facebook.

Crede-mă, nimeni nu-i atât de curios în legătură cu ce faci tu. Pentru că, dacă vrea cineva să știe dacă ai făcut tu baie, ce-ai mâncat sau cu cine te-ai uitat la un film, O SĂ TE ÎNTREBE!!! Până atunci, nu ne bombarda cu informații dintr-astea, fiindcă, știu, te va șoca, dar noi putem să ne continuăm viața și fără să știm tot ce faci tu. Mulțumesc!

P.S. – Vezi? Și uite-așa, din cauza Facebook-ului, intri în depresie. Suge-o, Facebook!

P.P.S. – Oricum, era mai productiv să stau pe WC o oră sau să traduc cartea lui Iohannis în suedeză decât să scriu capitolul ăsta. Căci oamenii care fac lucrurile pe care le-am enumerat mai sus nu o să-l vadă niciodată, pentru că, știi tu, asta implică să știi să citești.

CAPITOLUL 6

Ideea e că o vreme am decis că era mai bine să stau în depresie și să mă joc FIFA, ca să încerc să trec peste toată povestea cu Anemona, fiindcă era destul de clar că nu mă aflam în punctul în care era ok să cunosc femei vii. Problema era că eu voiam s-o uit, dar ea nu se lăsa uitată. Așa că pot să-ți spun că m-am înecat în ciocolată, cola și labă. Ceea ce are sens cumva, fiindcă ciocolata se știe că e afrodisiacă, deci îmi plăcea mai mult de mine, după care cola îmi dădea energie și, practic, laba dura mai mult. Uneori îmi aprindeam niște lumânări parfumate, îmi găteam o cină romantică înainte, adică la modul: dacă nici eu nu merit efortul, atunci cine? Partea proastă a fost că m-am îngrășat vreo câteva kile; partea bună a fost că am aflat câte labe pot să dau într-o zi. După a cincea, deja ejaculezi fiere. După a opta, începe să doară. Deja la a douăspea e parc-ai freca un fular și trebuie să te piși un pic, ca să te păcălești că te-ai terminat.

Pe cât posibil, evitam să ies din casă, dacă nu era absolut necesar să fac chestia asta. Mă duceam o dată pe săptămână la Carrefour ca să-mi cumpăr toate proviziile de care aveam nevoie și mergeam doar la radio, la filmări și la spectacole. În rest, cred că scaunul meu de pe care mă joc pe X-box a făcut mulaj după bucile mele și nu mai pot sta pe el decât eu, până la finalul timpului. Alin mai intra din când în când pe la mine prin cameră, ca să se asigure că n-am murit, dar în rest m-a înțeles și m-a lăsat în pace. Într-o zi, însă, a trebuit să merg până la un pub cu un tip care voia să fac stand-up acolo. M-a dus el cu mașina până la locul cu pricina, ne-am uitat pe-acolo și a rămas că mă gândesc. Omul mi-a mulțumit frumos și mi-a dat de înțeles că nu se întorcea cu mașina, să mă ducă tocmai până în centrul Bucureștiului, că era trafic mare și făcea mult timp. Dar mi-a zis că, dacă iau metroul, imediat ajung acasă și mi-a explicat că eram foarte aproape de stație. Trebuia doar să fac prima la dreapta, apoi stânga, apoi stânga iarăși, apoi să mă întorc, să traversez, să fac dreapta și imediat stânga, să înconjor sensul giratoriu, să fac pace între Israel și Palestina, să repar un tractor verde, să înțeleg femeile și imediat făceam prima la dreapta și era metroul. Eram pe undeva pe la Apărătorii Patriei și de vreo jumătate de oră încercam să ajung la stația aia blestemată. Eram disperat, mă dureau picioarele, transpirasem la cât de mult mă-nvârtisem pe acolo, muream de foame și mi se închisese iPhone-ul din cauza frigului. Cum e posibil să dai treizeci de milioane pe un telefon care se închide pentru că e prea frig?! Ăia care au inventat căcatul ăsta de telefon n-au prevăzut că în unele țări din lumea asta e puțin friguț?! Suge-o, Steve Jobs! De fapt, nu, că ăla-i mort. Suge-o, celălalt tip care l-a înlocuit pe Jobs și nimeni nu știe cum îl cheamă, dar toată lumea știe că e homosexual. Exact ca unii dintre pinguini.

Pentru cei care cred că nu știam cum să ajung la metrou pentru că sunt un îngâmfat ordinar și am aere de vedetă, trebuie să vă reamintesc: eu sunt din Moldova, iar pentru noi, „a fi sub pământ" are o cu totul altă conotație. Plus că era ireal de complicat să te uiți pe harta aia, ca să-ți dai seama în ce direcție trebuia să mergi. Plus că niciodată nu știu pe unde trebuie să cobor ca să nimeresc linia care îmi trebuie mie, niciodată nu știu pe unde trebuie să urc pentru a ieși la suprafață acolo unde am eu treabă, și tot felul de treburi dintr-astea complicate, care implică logică și viziune în spațiu, două elemente cu care eu mă simt foarte puțin confortabil. La ce orientare am, nu m-aș mira să cobor la metrou la Unirii și să ies în Beijing. Poate râzi de mine acum, dacă nu stai în București, dar o să vezi și tu, când o să treci pe aici, că metroul e lucrătura diavolului și de-aia e pe sub pământ.

Dă play la asta: Smiley – În stație la Lizeanu.

Când eram aproape convins că trebuia să găsesc o bancă pe care să mă culc, pentru că Apărătorii Patriei, practic, e mai aproape de Brașov decât de centrul Bucureștiului și era clar că nu aveam nici o șansă de a ajunge acasă în următoarele trei zile, am văzut un om pe stradă. Pe acolo nu circulă multă lume, mai ales dacă e puțin mai pe seară, fiindcă, na... te uiți și tu la știri. Așa că, atunci când am văzut o persoană care forța violul pe străzile alea, am decis să mă apropii. Era o tipă înaltă, brunetă, pe tocuri, care părea să știe încotro mergea. Așa că, disperat, când am ajuns în dreptul ei, am abordat-o:

– Doamne, n-ai idee cât de mult mă bucur să te văd! Cu toate că, dacă privea puțin în jos, își dădea seama cam cât de bucuros eram s-o văd. Știi cumva cum pot ajunge la stația de metrou Apărătorii Patriei?, încercam eu să fiu cât mai amabil, în timp ce îi admiram ochii superbi. Mamă, ce țâțe avea!

Pentru că, vezi tu, problema pe care o experimentezi atunci când nu ai contact cu o persoană de sex opus mai mult timp este că riști să te exciți și dacă vezi un pom fructifer, darămite o tipă mișto. Așa că a trebuit să port dialogul ăsta cu ea dintr-o poziție un pic aplecată și total nefirească, pentru că nu mă gândisem la posibilitatea asta atunci când îmi luasem blugii ăia slim fit pe mine, înainte să ies din casă.

– Hmm..., nu știu nici eu exact, pe hartă arată că nu mai e mult de mers, mi-a răspuns gagica arătându-mi spre telefonul ei.

– Aaa, perfect! Atunci mă țin după tine, că eu am rămas fără baterie!, am exclamat, încercând să mă gândesc la păr în mâncare, la Ernest sau la orice altceva care să mă scape de erecția aia.

Și nu știu dacă de vină a fost poziția mea dubioasă, faptul că mă holbam la țâțele ei sau că transpirasem ca un crenvurst la fiert, dar gagica s-a uitat lung la mine și efectiv a plecat, cu un mers care era mai mult spre alergat. Eram disperat, așa că m-am ținut după ea, am fugit ca pentru un semi-maraton până la metrou, am făcut trei întinderi și ceva ce sigur părea să fie ruptură de mușchi, dar, după trei mii de calorii arse, am ajuns. Tipa mă aștepta la intrare. Când m-a văzut, s-a uitat pervers la mine, și-a desfăcut un nasture de la cămașă și mi-a spus:

– Ia te uită! Mă bucur c-ai găsit calea cea bună!

Cred că nu există om pe lumea asta care să fie mai atras de nebune decât mine. Bine, mai e tipul ăla căruia nevastă-sa i-a mușcat penisul (la modul că trei doctori s-au chinuit să i-l coasă la loc) doar pentru că uitase să plătească factura la gaz. Ăla chiar că are probleme. Ideea e că eu nici până în ziua de astăzi nu îmi pot explica de ce sunt atras numai și numai de nebune, dar un lucru era cert: trebuia să-i iau măcar telefonul tipei ăleia. Nu în sensul de să i-l fur. Gen să-i dau un număr. OMG, să-i cer Facebook-ul, na!

Așa că am mers împreună până la metrou și se părea că ne îndreptam spre aceeași erecție... direcție, scuze, dar era foarte bună gagica. Ne-am așezat unul lângă celălalt și nu-mi venea să cred cum se holbau la ea bărbații din jurul nostru. De la ultimul boschetar care trăgea prenadez din pungă până la omul ăla respectabil care-și duce servieta într-o mână, iar în cealaltă ține o carte, toți își aruncau privirea mai mult sau mai puțin vizibil către decolteul ei.

– Hai să facem cunoștință, i-am spus întinzându-i mâna, eu sunt Andrei.

– Oo, nume de sfânt, protectorul României, sunt impresionată, mi-a răspuns ea unindu-și palma cu a mea. Rahela, încântată.

Nu mai cunoscusem pe nimeni cu numele ăsta până atunci, în afară de profesoara mea de latină, pe care o chema Rahila și mi-a mâncat doi ani din viață cu limba asta mai urâtă și mai moartă decât erecțiile lui Viorel Lis.

– Ce nume interesant ai, nu l-am mai auzit până acum, i-am zis.

– Ei, nu e de sfânt, ca al tău, dar tot din Biblie vine, mi-a răspuns ea. Și cu ce treabă mergi prin centru?

– Păi mă duc acasă, acolo stau. Sunt burghez, ce pot să spun, stau în centrul Capitalei, am glumit eu.

– Hmm... Mai degrabă filistin, a răspuns ea zâmbind.

– Dar tu?

– Eu mă duc până la o prietenă, să învățăm împreună pentru un examen, că avem săptămâna viitoare. Oricum s-ar putea să-l pic, fiindcă n-am apucat să mă uit deloc peste materie.

– Ei, fii serioasă. Ai timp până săptămâna viitoare, sunt sigur c-o să te descurci bine. Pari fată isteață.

– Mda, Dumnezeu știe. Om trăi și-om vedea ce va fi. Dar cum de nu știai unde e gura de metrou, n-ai mai mers cu trenul ăsta subteran?, m-a întrebat.

– Ba da, normal. Doar că eram tocmai în Apărătorii Patriei și... cum să-ți spun, eu cunosc Bucureștiul așa cum cunosc și femeile: doar zonele importante, i-am spus râzând.

– Adică sufletul?, mi-a răspuns, cu un zâmbet ghiduș în colțul gurii.

– Da, sigur, și sufletul.

Îmi plăcea de ea, era o fată liniștită și sigură pe sine, avea răspunsurile potrivite și părea să se amuze la glumele mele proaste, deci era ok. Și, cel mai important, în metrou stăteam așezați, deci nu trebuia să-mi mai ascund atracția față de ea. Pentru că, fiind mai aproape de ea, simțindu-i mirosul și văzându-i și mai bine ochii (țâțele – clar vreau să zic țâțele), nu puteam să mai scap de umflătura din chiloți.

– În curând urmează Unirii, hai să ne ridicăm, mi-a spus Rahela.

– Nu, sunt bine, i-am răspuns stânjenit.

– Păi trebuie să coborâm!

– Da, știu. Dar m-am gândit să mai merg o stație. Mă duc până la Universitate, să-mi cumpăr ceva de acolo.

– Și la Unirii nu sunt magazine?

– Ba da, dar eu vreau să-mi iau de la Universitate. Stai liniștită, coboară tu, nu e problemă.

– Offf! Vrei să vin cu tine?, m-a întrebat.

– Nuuuu! Ai de învățat, trebuie să iei examenul, și-așa e târziu, nu mai ai mult timp.

– Păi mai devreme ziceai că mai e mult până săptămâna viitoare și că am timp, m-a contrat ea.

– Ăăă…, da. Dar știi cum e, timpul tace și trece, numai mâine nu-i poimâine, better safe than sorry.

– Ok, ești ciudat! Dar ce vrei să-ți cumperi, de e așa mare graba?

„Jesus, ești de la SRI?“, mă gândeam eu. „Hai, creier, gândește. Spune ceva inteligent.“

– Ăăă… trebuie să-mi iau…

„Zi ceva, orice.“

– …mâncare pentru pești.

„Bine măcar că n-ai zis mâncare de pinguini.“

– Și poți să iei doar de la Universitate?, a întrebat ea suspicioasă.

– Da, păi e un magazin acolo, de unde iau mereu. Peștele meu e pretențios, nu e ca ceilalți pești. Știi că se spune că trebuie să ai grijă ce fel de pește îți alegi, fiindcă îl vei avea multă vreme.

– Ce drăguț că ai pește. Și eu aș vrea să am pește. Cum îl cheamă pe peștele tău?

„Vai, dar nu mai ajunge odată metroul ăla în stație?“

– Ăăă… îl cheamă… Marcel.

– Marcel? Ce fel de nume-i ăsta?

– Cum adică? Marcel the fish. Sună super-bine.

– Da, cred. Și n-ai vreo poză cu el? Că m-ai făcut curioasă acum.

Norocul meu a fost că, în clipa aia, a ajuns, după multe rugi și acatiste de-ale mele, metroul în stație. Rahela a trebuit să coboare.

– Hei, dar spune-mi cum ești pe Facebook, ca să-ți trimit acolo o poză cu Marcel, am apucat să-i zic.

Ea s-a uitat la mine, a zâmbit și mi-a dat Facebook-ul ei. Ușile s-au închis, metroul a plecat și eu am putut, în sfârșit, să mă ridic de pe scaun. Am coborât cu o stație mai târziu decât trebuia, iar apoi m-am întors. Dar i-am luat măcar Facebook-ul fetei care mă salvase, să nu mor în Apărătorii Patriei. Și uite-așa, după mult timp, am cunoscut și eu o domnișoară, fapt pentru care mâna mea stângă era super-recunoscătoare, fiindcă efectiv se simțea abuzată.

P.S. – Ca o paranteză, îți dai seama cât de amuzant era dialogul dintre mine și Rahela, când eu îi povesteam despre peștele meu Marcel, dac-am fi fost două domnișoare într-o intersecție?

P.P.S. – Da, folosesc mâna stângă, și ce dacă? Mi se pare normal să folosești mâna cu care ai cea mai bună dexteritate atunci când dai o labă. Și, din moment ce eu scriu cu stânga, mi se pare cel puțin firesc s-o folosesc și la acest lucru atât de drag nouă, bărbaților. Ciudat mi se pare că în toată țara se spune „o să dau o labă“, numai în București este: „o să mi-o iau la labă“. Ca să vezi ce egoiști sunt bucureștenii, mereu vor doar să ia chestii.

CAPITOLUL 7

Stăteam în bucătărie cu Alin și fumam o țigară. El ungea niște aripioare cu sos picant și se pregătea să le bage la cuptor.

– Dar cum de se mută cu noi Raluca și nu se mută cu gagică-său?, l-am întrebat.

– Păi nu vrea să mai stea cu mă-sa. Și zicea că nici cu Adrian nu vrea să se grăbească, pentru că așa a făcut și cu fostul, s-a grăbit să se mute cu el și s-au despărțit într-o lună.

– Aa... Păi și n-o să fie ciudat să stăm noi doi dârlăi în casă cu o fată? Că una e că suntem prieteni și ieșim la băute, dar alta e să locuim împreună, i-am zis un pic îngrijorat.

– Nu cred, bă. Plus c-o să fie ok și pentru noi, c-o să spele vasele, o să dea cu aspiratorul, o să scoată rufele din mașină... știi că noi urâm să facem chestiile astea, m-a liniștit el.

– Da, dar tu realizezi că ne luăm colegă de apartament, și nu menajeră, nu?

– Lasă, că facem cu rândul. O săptămână eu, o săptămână tu, două luni ea, și tot așa...

– Super. Și când se mută?, l-am întrebat.

– Zicea că de la 1, deci în vreo două săptămâni. Dar lasă asta, zi mai bine dac-ai futut-o pe-aia.

– Pe care aia?

– Aia de-mi ziceai tu de ea că-ți aduce aminte de Anemona și erai foarte gheu în prezența ei.

– Cum eram?

– Gheu!, a zis Alin sigur pe el.

– Gay, vrei să zici?

– Dar ce, erai mai mulți?

– Nu, bă, dar așa se zice. Un gay, doi gay. Nu există gheu.

– Du-te, mă, și te pișă. E un gheu, doi gay.

– Ba nu, idiotule, e ca la ardei. Doar nu zici un ardeu, doi ardei.

– Nu. E un ardel, doi ardei.

– Nu e, mă, așa. E un ardei, doi ardei. Ca și la gay. Un gay, doi gay.

– De fapt, da, are sens ca gay să fie ca la ardei.

– Normal că are, am aprobat eu mândru.

– Că de la amândoi te ustură curul. Ha-ha-ha. Prostule!

– Mda...

– Deci zi, mă, i-ai dat la caca sau nu fetei ăleia?, a insistat el.

– Nu, mă, lasă-mă-n pace, am răspuns eu timorat.

– Doamne ferește, ce ardeu ești! – și a început să râdă.

Pune piesa asta pe fundal cât citești în continuare: Rag'n'Bone Man – Human.

– Dar lasă, fraiere, c-am agățat-o pe una la metrou în seara asta și să vezi ce bună e, o să mori de ciudă.

– Aoleo, iar îmi vii acasă c-o pițipoancă dintr-aia de-a ta?

– Nu, asta chiar e mișto și e fată deșteaptă. Cel puțin așa părea, între Apărătorii Patriei și Unirii.

– Păi ar cam fi cazul să mai fuți și tu ceva, c-o să mori de atâta labă. Cred că, dacă-ți intru în istoric la Mozilla, numai peste link-uri de la YouPorn o să dau, mi-a zis.

– În primul rând, dacă vrei să știi, eu nu mă uit la filme de pe YouPorn, ca tine, i-am replicat eu.

– Păi nici eu nu mă uit la alea, că acolo nu găsesc japoneze care plâng în timp ce-și dau drumul. Eu mă uit pe Motherless. Dar tu pe ce te uiți?

– Eu mă uit pe perfectgirls.

– Hmm, nu-l știu. Cum e?

– Păi, e tare. În primul rând, nu sunt filme porno, pur și simplu. Sunt dintr-alea care au și o poveste, înțelegi cum au ajuns ăia să facă sex, nu doar așa, se dezbracă și se fut. Și sunt multe de la Tushy și Blacked pe perfectgirls.

– Aa, da. Sunt mișto alea de pe Tushy, îmi plac și mie. Dar eu mă uit direct de pe site-ul lor, mi-a spus Alin.

– Eu nu mă uit acolo, că dacă vrei să le vezi direct pe site-ul lor trebuie să plătești.

– Păi, da.

– Adică tu ți-ai făcut cont cu bani?

– Păi, da.

– Vai de capul meu! Nu pot să cred, i-am spus și am izbucnit în râs.

– Ce vrei, bă? La mine, laba e sacră și eu merit tot ce e mai bun în materie de pornache. Pentru un bărbat, momentul când e singur în camera lui, își dă jos chiloții și deschide paișpe tab-uri diferite cu filme porno e ca o poezie sublimă, care-i încununează ziua. Trebuie să-i dai tot ce poți tu labei tale, iar ea, la rândul ei, îți va dărui înzecit înapoi.

– Wow, efectiv mi se scurge o lacrimă.

– Și mie mi se scurge după ce-mi fac o labă, dar nu o lacrimă.

– Coaie, tu înfrângi scopul masturbării. Toată ideea labei este că nu te costă nimic. Și tu, când sunt atâtea filme porno gratis pe net, plătești ca să te uiți pe site-ul ăla?

– Păi tu de ce te uiți pe Netflix când există FileList? Ăăăă?

– Păi, că apreciez munca actorilor și a celor care au lucrat la filmul ăla, i-am răspuns eu sigur pe mine.

– Păi și cum căcat e diferit pentru filmele porno? Nu și ăia au muncit să poți tu să fii dubios la tine-n cameră, înainte să te culci?

Și discuția a durat încă vreo jumătate de oră, pentru că, fetelor, vă spun cu mâna pe inimă că toți băieții, dacă stau la povești între ei, inevitabil ajung, la un moment dat, să discute și despre labă. Și, dup-atâta discuție pe acest subiect, a trebuit să mă retrag în camera mea și să am un date romantic de trei minute jumate cu Peta Jensen, ca să pot funcționa în continuare fără erecții în metrou. Dar asta s-a dovedit a fi totuși o mișcare proastă, fiindcă fata asta de-am menționat-o mai devreme (una dintre actrițele mele preferate, de altfel) este o brunetă mișto cu sânii mari. Și știi cine mai era o brunetă mișto cu sânii mari? Exact, tipa de la metrou. Efectiv nu mi-o puteam scoate din cap. Așa că mi-am ridicat mâinile de sub birou, am închis-o cu lacrimi în ochi pe minunata Peta Jensen și am căutat-o pe Facebook pe Rahela. Am găsit-o relativ repede, fiindcă îți dai seama că nu erau atât de multe Rahele pe-acolo. Știu că în general e bine să aștepți câteva zile până să îi scrii unei fete pe care abia ai cunoscut-o, dar mă aflam într-o situație critică, fiindcă-mi explodau coaiele. Așa că m-am băgat în seamă cu ea și, culmea, a fost foarte vorbăreață din prima clipă. Ideea e c-am vrăjit noi ce-am vrăjit și eu am decis să-mi iau inima în dinți și s-o întreb dacă nu voia să ieșim un pic să ne plimbăm. Am băgat-o pe aia cu: „Știu că ai de învățat, dar, dacă stai încontinuu și faci doar asta, n-o să se mai lipească nimic de tine. Așa că mai bine ieși un pic să-ți aerisești creierii și apoi să vezi cum vor intra informațiile în tine (și nu doar informațiile, speram eu)". Ea n-a protestat foarte mult și i-am promis că vin eu și o iau cu taxiul, fiindcă sunt mega-gentleman. Dar știi și tu că lucrurile nu sunt niciodată așa simple și, atunci când treaba pare că merge prea bine ca să fie adevărat, bineînțeles că viața te pocnește în coaie. Așa s-a întâmplat și acum, fiindcă Rahela mi-a spus că abia așteaptă să vadă o poză cu Marcel the fish. Și eu, cum sunt un om care gândește mult mai mult decât ar trebui, mi-am dat seama că, dacă ieșeam cu fata asta și eram super-charismatic toată seara și reușeam s-o conving să vină la mine, sigur voia să-mi vadă peștele (nu, nu e un eufemism), și realizezi și tu că aveam o mare problemă pentru că... știi tu, pula pește. De ce oare i-oi fi spus că mă duceam să cumpăr mâncare pentru pește, nu știu nici eu. A, ba da: pentru că sunt idiot. „De unde mama dracului fac eu rost de un pește?", mă tot întrebam. Fiindcă, în primul rând, ăsta e cel mai inutil animal pe care poți să-l ai în casă. Efectiv stă într-un acvariu, fără să facă nimic, fără să scoată vreun sunet, fără să te poți juca cu el și fără să trebuiască să ai grijă de viața lui. Efectiv, uiți că-l ai în casă. Pe sistemul ăsta, mai bine îți cumperi un tablou, că e fix același rezultat. M-am dus înapoi în bucătărie, unde Alin ronțăia dintr-o aripioară:

– Coaie, trebuie să ne luăm un pește, i-am zis pe un ton super-grav.

– De ce, mă? Peștele lu' mă-ta nu-ți mai place?, mi-a răspuns el râzând.

– Bă, n-am chef de glume acuma. Serios, de unde căcat fac rost de un acvariu cu un pește la ora asta?

– Are rost să mai întreb de ce?

– Cum, de ce? Că tre' să ies cu una și am apucat să-i spun că am un pește și ea e super-încântată de asta și, dacă vine la mine, trebuie să i-l arăt, și noi n-avem pește, i-am răspuns eu grăbit.

– Bă, eu nu știu cum te pui în situații dintr-astea, să moară ce-am mai scump. Nu poți și tu să faci sex ca toți oamenii normali? Ba pe una n-o fuți că-ți amintește de nu-știu-cine, ba-i spui alteia că ai pește, ce căcat e-n neregulă cu tine? De ce trebuie să fie totul atât de complicat?

– Pentru că m-a distrus Anemona, de-aia! Că nu mă mai pot îndrăgosti de vreo tipă normală, fiindcă țin încă la ea, n-am mai făcut sex de nici nu mai știu când și fata asta are țâțe mari și eu n-am pește, i-am spus eu lui Alin, plângându-mi de milă. De ce n-am peșteeee?

– Ho, mă, gata! Am eu un prieten care are acvariu acasă, îi dau un telefon și-l rog să... ei bine, să-mi împrumute peștele pentru o seară. Ceva ce n-a spus nimeni nimănui vreodată, țin să menționez. Dar te duci să-l iei, mi-a impus Alin.

– Mă duc, mă duc, i-am răspuns fericit.

– Dar fii atent... dacă n-o fuți pe fata asta și ți-am luat peștele degeaba, ascultă la mine, nu mai ai voie să pronunți cuvântul „Anemona" în casa asta timp de două luni.

– Ho, mă, nu exagera și tu!, am răspuns eu prompt.

– Dude, am înțeles, te-a rănit fata. Se întâmplă, o pățim toți. Dar trebuie să mergi mai departe cu viața ta, nu poți rămâne blocat aici. Nu poți spera mereu că poate se va întoarce la tine, fiindcă femeia e în alt oraș, e logodită și ți-a spus că s-a terminat totul. Mai devreme sau mai târziu, trebuie să te-ndrăgostești de altcineva.

– Știu asta, dar se pare că nu e încă momentul. O s-ajung și acolo, cu timpul.

– Ok, ia-ți cât timp ai nevoie. Dar trebuie să-ți revii și trebuie să-nțelegi că viața nu începe și nici nu se termină cu un singur om. Ai iubit-o și sunt sigur că și ea te-a iubit pe tine, dar nu trebuie s-o cauți pe ea în altele. Găsește altceva, și mai frumos, într-un suflet care poate o să te iubească mai mult.

– Offf!, am zis eu emoționat.

– Stai, stai... ce căcat faci, bă?, a țipat Alin.

– Scuze, mi s-a părut că e unul din momentele alea care cer o îmbrățișare, i-am răspuns luându-mi brațele din jurul lui.

– O singură dată dacă mai faci asta, îți bag o umbrelă pe gât și-o deschid, jur!, mi-a zis el în timp ce mă-mpingea de frunte. ÎN PARTEA CEALALTĂ, CITITOR PERVERS CE EȘTI!

Ok, poate aveam și eu o pasă mai sensibilă în vremea aia, dar tot sunt de acord că momentul și discursul ăla meritau o îmbrățișare bărbătească. Dintr-aia cu două palme peste omoplat, cum fac rapperii. Ideea e că mi-a dat Alin adresa, am fost să iau acvariul cu peștele vieții, a trebuit să mă prefac că nu observam privirile ciudate ale omului în timp ce eu îi luam cu împrumut animalul (coaie, tu deții un pește. Dintre noi doi, tu ești dubiosul!), să-i explic apoi taximetristului că nu îi vărsam apă pe banchetă, să merg acasă și să găsesc un loc pentru căcatul ăla de pește și apoi să îi fac poze, să le am în telefon. Știu c-am mai spus-o, dar să te ferească Dumnezeu și Maica Domnului să nu te fuți, Rahela.

P.S. – Pun pariu că, în timp ce citeai capitolul ăsta, te-ai oprit și ai intrat pe site-urile porno pe care le-am menționat eu mai sus, ca să vezi și tu care-i treaba cu ele. Hai, recunoaște, micuțule căpitan, nu te sfii.

P.P.S. – Că tot am vorbit despre asta, topul meu arată cam așa: Peta Jensen, Adriana Chechik, Lisa Ann, Franceska Jaimes și Asa Akira. Băieții o să-nțeleagă. Fetelor, voi puteți sări peste paragraful ăsta.

CAPITOLUL 8

– Wow, cât de drăguț poate să fie peștele tău, a zis Rahela, sorbind cu finețe dintr-o limonadă.

– Păi știi cum se spune, fiecare animal seamănă cu stăpânul lui, am replicat eu, dârz și mândru, de parcă era al meu.

– Ha-ha! Vezi că trufia-i unul dintre păcatele capitale.

– Da? Și celelalte sunt Paris, Londra, New York, Roma, Berlin și Madrid, nu?

– Doamne, ce glumă proastă ai putut să faci, a zis ea zâmbind.

– Și atunci de ce râzi? Apreciezi cumva glumele proaste?

Dă-i un play acestei melodii: Wheatus – Teenage Dirtbag.

Am continuat să ne distrăm și să povestim tot felul de chestii, savurând niște bere – eu, iar ea – un ceai de mentă. N-are sens să-ți povestesc încă o dată tot small talk-ul pe care l-am avut cu ea cât am stat în barul ăla, fiindcă nu asta e important. Dacă ieși cu o tipă, ideea e să cauți subiecte comune și să fii tu sincer în ceea ce îi spui. Faza e că mi s-a părut totuși că merge prea bine totul, mai ales că era o fată pe care o cunoscusem chiar în ziua aia. Problema pe care o are orice băiat, când vine vorba de un date, este cum să facă s-o întrebe pe fată dacă nu vrea să vină la el, să vadă un film/să nu mai stea în frig/să bea un vin/să-i vadă peștele, fără ca ea să simtă c-o cheamă la futut. Și aici e dubios, pentru că, oricum ai da-o și orice intenții pure ai avea tu de fapt, „nu vrei să mergem la mine?“ va suna la fel, indiferent care e motivația ta ulterioară. Așa că, pe lângă ce vorbeam cu Rahela, în fundul creierului meu încercam din răsputeri să găsesc o justificare frumoasă pentru ea, ca să pot s-o invit la mine după ce plecam din bar. Se făcuse aproape miezul nopții când am plătit nota și am ieșit de acolo, plimbându-ne un pic prin centrul Bucureștiului (că, după toată experiența alături de Corina, trecusem pe world class la plimbări).

– Și? Plănuiești să mai înveți în seara asta pentru examen?, am întrebat-o, reamintindu-i practic că avea de învățat, de parcă eu nu țineam cu mine și cu viața mea sexuală în toată ecuația aia.

– Aa, nu cred. E târziu deja și colega mea probabil doarme la ora asta. Ea e mai tocilară, așa, se culcă devreme, nu pierde nopțile, nu bea, nu fumează... nu prea face nimic.

– Păi nici tu nu bei și nu fumezi, i-am zis.

– Așa e, dar eu mai pierd câte o noapte din când în când, mi-a răspuns în timp ce-și fixa privirea într-a mea.

– Am înțeles. Dar, dacă a adormit, tu cum mai intri în casă?, am revenit eu cu o întrebare și mai idioată decât cea de mai devreme.

– Ei, păi nu mai merg la ea. O să mă duc acasă la mine, numai că nu știu dacă mi-am luat cheile. Stai să mă uit în geantă..., a zis ea și a început să se scotocească prin poșetă.

A durat un pic, fiindcă fetele au acolo absolut tot ce-ar putea să le trebuiască vreodată, de la șervețele demachiante la trening și adidași, pentru că niciodată nu știi când ai chef de niște ture de stadion.

– Nu pot să cred!, a oftat Rahela. Nu mi-am luat cheile de acasă, le-am lăsat la colegă-mea. Faza e că nu mă gândeam c-o să stăm așa mult... Off!!

– Aoleo! Păi și ce faci, unde dormi?, am întrebat-o eu, ca să m-asigur că premiul pentru cel mai cretin om din România ajungea în brațele mele.

– O să le sun pe colegele mele de apartament, să văd care e trează la ora asta, mi-a zis în timp ce-și scotea telefonul din buzunar. Poate își spun rugăciunile sau ceva...

– Ha-ha! Da, clar. Și, dacă nu-și spun rugăciunile, s-ar putea să fie tot în genunchi, știi ce zic?

– Doamne, Dumnezeule! Imposibil așa ceva.

– Ce s-a-ntâmplat?

– Mi s-a închis telefonul, cred că am rămas fără baterie. Nu, deci nu se poate!, a răbufnit Rahela.

„Hai, Andrei, acum e momentul să zici ceva inteligent și să nu ratezi șansa“, îmi spunea creierul meu.

– Păi stai liniștită, că nu e problemă asta. Îți dau eu să suni...

Clipă în care, efectiv, creierul meu s-a înecat, și-a dat o palmă peste față și m-a dezmoștenit.

– N-am cum să sun de la tine, că nu le știu numărul pe de rost. Na, aia e, o să dorm pe o bancă.

– Fii serioasă, am intervenit eu, doar nu te las la greu. Uite, vino până la mine să-ți pui telefonul puțin la încărcat, îl deschizi și e rezolvată problema.

„Aaaaaaleluia!, a început să cânte la mine în cap“ și creierul meu a bătut palma cu urechile pe interior.

– Ok, hai să facem așa, a confirmat ea.

Așa că ne-am pornit spre mine și mi s-a confirmat că luasem o decizie foarte bună că-l împrumutasem pe Marcel the fish pentru cazul în care voia să-l vadă fata când ajungeam. Deși singurul pește pe care voiam să i-l arăt era carasul (ha-ha-ha, ce glumă bună!). Am intrat în casă, am poftit-o la mine în cameră și i-am pus telefonul la încărcat. Noi ne-am așezat pe pat și am început să stăm la taclale. Mai o vrăjeală, mai un compliment, și ne tot apropiam unul de celălalt, până când, într-un final, inevitabilul s-a produs: mi-a zis să-i arăt peștele. Nu, glumesc, dar cât de tare ar fi fost? De fapt, ne-am sărutat. Și în clipa în care m-am văzut cu limba în gura ei, fiind sătul de labă și mai excitat decât un sfârc atins de o buză, mi-am intrat în modul „preludiu“ și am început cu mângâieri, respirații sacadate, mușcături de buză și tot felul de chestii de genul ăsta.

Ca o paranteză, hai să discutăm un pic despre acest concept numit „preludiu“, fiindcă știu că pentru unii e mai misterios decât asasinatul lui JFK. Ideea e în felul următor: dacă ți s-a întărit și ridicat organul pe care-l ai între picioare, asta nu înseamnă că e momentul în care începe sexul. Fiindcă, vezi tu, ție o să ți se scoale și dacă te freci câteva minute de o scoarță de copac. La femei, în schimb, e un pic mai complicată treaba și, dacă vrei să le placă și lor, ar fi drăguț din partea ta să le uzi cât de tare poți înainte. Ideal ar fi să intri în ele ca Franța în UE, adică foarte ușor. Fiindcă, dacă tu te grăbești ca ghiolbanul și vrei să faci sex chiar dacă femeia din patul tău e la fel ca oja pe unghii după zece minute, adică super-uscată, o s-o doară ca dracu'. Încearcă să-ți bagi tu un deget în nas. Merge, nu? Dar ia încearcă să bagi trei, și vezi dacă-ți place senzația. Nu mă-nțelege greșit, nu sunt eu Dumnezeul sexului și îți dau acum lecții de așternut, dar ce pot să îți garantez este că, dacă te concentrezi pe preludiu un pic mai mult, o săruți pe sâni, o mângâi pe fund, îi sufli în ureche un pic, îți plimbi unghiile peste corpul ei dezgolit și alte chestii de genul ăsta, chiar dacă n-o să aibă orgasm, tot o să-i placă sexul cu tine. Fiindcă dacă o exciți foarte tare, cam orice i-ai face după aia, o să se simtă bine. Eu nu cred că există noțiunea de bun sau prost la pat (excluzând, bineînțeles, cazurile extreme de ejaculare precoce sau micropenis), cred că totul, de fapt, stă în preludiu și în cât de mult îți dai interesul să-i placă și ei partida de sex, pentru că, până la urmă, și femeia care a acceptat să-și desfacă picioarele pentru tine este tot un om care are nevoi și dorințe, și nu eprubeta în care-ți depozitezi tu moștenitorii.

Așa că mi-am ascultat propriile sfaturi și am coborât artileria grea, sărutând-o pe Rahela absolut peste fiecare bucată de piele care nu era acoperită de haine. Gât, ureche, față, încheietura mâinii, gleznă, tot! Ea a început să geamă ușor și mi-am dat seama că era momentul să trecem la următorul nivel. Deși era îmbrăcată, am început să-i pun și eu o mână pe fund, îmi mai treceam din când în când mâinile și peste țâțele alea superbe, Dumnezeu să le dea sănătate, și deja treaba mergea în direcția potrivită. În general, am multă răbdare și nu sar pași, dar acum era un caz deosebit, fiindcă eram foarte aproape să-mi umezesc chiloții de cât eram de bolohănit. Așa că am început să fiu din ce în ce mai tupeist, până când i-am desfăcut nasturele de la blugi și am încercat să bag mâna în ei. În clipa aia, însă, Rahela m-a oprit.

– Nu..., stai, mi-a zis.

– Șșșt! Stai liniștită, i-am răspuns.

Am luat mâna de-acolo mai repede decât aruncă adolescenții mucul de țigară când trece un vecin pe lângă ei. Dar nu aveam de gând să mă dau bătut cu una, cu două. Până la urmă, cu toții am trecut prin situații de genul ăsta și cu toții am crezut că tot ce trebuie să facem e să mai insistăm un pic. Așa c-am reluat tot procesul, iar am sărutat-o peste tot, am ținut-o în brațe, i-am spus vorbe dulci la ureche, însă n-am uitat nici o clipă că nasturele ăla rămăsese descheiat. După ce am mai păcălit-o câteva minute, pac, iar am dus mâna către fericire, am dat să intru și, a dracu', iar m-a oprit.

– Nu-i o idee bună, hai să ne oprim mai bine, a murmurat ea.

– Ei... e păcat să ne oprim chiar acum, am încercat eu s-o conving.

– Păi, din contră, păcat e să nu ne oprim, a replicat ea.

„Hai să încerc și altfel", mi-am zis. Bam, am reluat sărutările, pac, i-am băgat o mână-n păr, zdrang, i-am dat o palmă peste fund și deja gemea și patul sub ea. I-am băgat mâna pe sub bluză și am început să-i masez țâțișoarele alea moi cum frământa bunică-mea aluatul, am pișcat-o un pic de sfârcuri și, în clipa aia, eram destul de sigur că era inundație la ea în chiloței. Așa că mi-am luat inima în dinți (de fapt, în dinți aveam urechea ei, dar ai înțeles ideea) și m-am dus iar către Area 51. Cum am băgat un pic mâna, iar m-a oprit. „Aia e, o să-mi ia capul foc și o să ejaculez pe nări", mi-am zis.

– Nu putem face asta, serios, a spus ea.

– Dar ce s-a întâmplat?, am întrebat-o eu, la capătul răbdărilor.

– Nu s-a întâmplat nimic, doar că nu-i o idee bună să facem asta.

Și, în clipa aia, am făcut un lucru de care nu sunt neapărat mândru, dar m-am decis să-i spun adevărul și am sperat că i se va face milă de mine.

– Rahela, uite ce e... eu n-am mai făcut sex de ceva timp și-mi cer scuze dacă am fost prea îndrăzneț, doar că m-am super-excitat și, na, am și eu un suflet.

– Offf, a răspuns ea.

– Serios! Și, efectiv, a devenit dureros fizic pentru mine, pentru că simt că explodez. Și tu ești o fată foarte mișto, iar eu chiar te doresc din tot sufletul meu (am auzit eu replica asta în *Salome*).

– Îmi pare rău, Andrei...

– Nu trebuie să-ți pară rău și nu trebuie să faci nimic din ce nu-ți dorești să faci. Eu doar am vrut să-ți spun exact care e situația mea și de ce, probabil nejustificat, am grăbit lucrurile.

– Aww, sărăcuțul de tine. Faza este că e prea devreme să facem sex, abia ne-am cunoscut. Sexul se face după căsătorie, a spus ea zâmbind.

– Ha-ha, da, știu. Dar putem să ne logodim în seara asta și mergem mâine la prima oră și ne căsătorim.

– Ești funny, a spus ea râzând.

– Serios, la 7 dimineața suntem la starea civilă, găsim niște nași pe drum și aia e. Promit!

Rahela s-a uitat la mine cu o privire jucăușă, s-a arcuit puțin și, cu multă migală, și-a dat jos pantalonii de pe ea. Din următoarea mișcare, i-au dispărut și chiloții, iar mie nu-mi venea să cred că mă victimizasem un pic, mă plânsesem câteva minute și imediat primisem ce voiam. Deci așa se simte să fii femeie.

– Uite, sex nu facem, dar, dacă vrei, te las să mă pupi un pic.

– Pfff... clar!, am răspuns eu și am zburat între picioarele ei.

Mă gândisem că, dac-am ajuns acolo, o excit și mai tare și, după aia, sigur o păcălesc să facem și sex. Dar o luam treptat.

Ideea e că am început să-mi mișc limba ca ventilatorul, am dat efectiv tot ce aveam din mine și am încercat să-mi aduc aminte toate tehnicile din toate filmele porno pe care le văzusem. Singurul gând pe care-l aveam în cap era: „Vezi, Andrei, ce prost ești că mereu dădeai skip peste partea asta, când te uitai la Peta Jensen?“ Rahela gemea din ce în ce mai tare și eu mă bucuram ca mireasa în ziua nunții că planul meu funcționa. Zgomotele ei au început să se intensifice, devenea din ce în ce mai vocală și parcă mi se părea că era ușor ciudat ce auzeam. La un moment dat, începuse să gâfâie și să scoată tot felul de sunete stranii. „Te caci pe tine, chiar nu-s așa bun“, mă gândeam. Dar, dacă fetei îi plăcea, doar nu era să mă opresc ca prostul. Ideea este că, de la o vreme încolo, deja mi se părea din ce în ce mai dubios ce auzeam și am decis să ridic un pic capul să văd dacă fata era ok. Și imaginează-ți cum am belit eu ochii și am trecut cu privirea peste abdomenul ei, peste sâni, peste bărbie, gură și nas și, când am ajuns la ochii ei, am realizat că ea nu gemea de plăcere, ci plângea în hohote. Băi, dar știi cum plângea? Zici că ne uitam la *The Notebook*. „Hai, frate, n-oi fi eu cel mai bun la treaba asta, dar atât de praf să fiu, încât să te fac să plângi?“, mă gândeam în sinea mea. Și, fără să mă mișc de acolo, practic cu botul fix acolo unde eram și până să observ asta, am întrebat:

– Hei, ești ok? Ce s-a întâmplat?

Iar ea, cu fața acoperită de lacrimi, gâfâind și sughițând, mi-a spus:

– Iisus ne vede!

P.S. – Aș spune „Suge-o, Andrei!“, dar nu pot, fiindcă Iisus ne vede.

P.P.S. – Am scris intenționat că New Yorkul e capitală, când de fapt Washingtonul este capitala Americii, ca să văd: ai avut răbdare până la finalul capitolului sau deja mi-ai pus eticheta de incult și te-ai apucat să-mi trimiți mesaj pe Facebook că sunt idiot și că nu știu geografie? Vezi? Uneori e mai bine să nu reacționezi impulsiv, deci „Suge-o, cititorule!“ :D

CAPITOLUL 9

Play this shit: Arctic Monkeys – Do I Wanna Know?

Ia și joac-o pe asta. Imaginează-ți că ești fix în locul în care eram eu, exact în momentul în care eram eu și fata începe să plângă și îți spune că „Iisus ne vede". Ce faci în clipa aia? Te oprești? Continui? Habar n-aveam cum să reacționez sau ce să-i spun, efectiv am rămas șocat. M-am ridicat de acolo, m-am șters cu mânecuța la gură și m-am așezat lângă Rahela. Stătea cu picioarele încrucișate și-și tampona fața cu colțul plapumei. Mă uitam la ea și chiar nu-mi venea în cap nimic ce-aș fi putut să-i spun sau cum s-o consolez, în condițiile în care nici nu înțelegeam exact care era problema.

– Hei..., am zis cu o voce tremurată.

– ...

– Ești ok? Vrei să-l aduc pe Marcel the fish să te înveselească?, am încercat să glumesc.

– Nu, lasă-mă-n pace!, mi-a răspuns ea printre lacrimi.

– Dar ce s-a întâmplat? Știi că poți să-mi spui, am zis.

– Am crezut c-o să fie ok dacă te las să intri în templul meu, dar n-am putut, până la urmă.

„Templul tău? WTF?", mă gândeam.

– Stai liniștită, nu-i nici o problemă. Plus că nici n-a durat așa mult, adică e posibil ca Iisus nici să nu fi apucat să vadă mare lucru, am glumit eu.

– Andrei...

– Pe bune, acum. Poate-și fierbea un ou sau își făcea un ceai și n-a fost pe fază în clipa asta. Pe cuvânt!

– Termină, a zis ea oprindu-se totuși din plâns.

– Plus că tocmai de-acolo, din ceruri, și dacă se uita spre noi, sunt șanse mici să fi văzut ce făceam. E distanța mare între noi și El. Plus că nici nu mai vede așa bine, că nu mai e nici El la prima tinerețe, încercam eu să tot fac glume.

– Ce prost ești, mi-a spus Rahela zâmbind.

– Serios! Eu abia văd scrisul la film, dacă-s un pic mai departe, darămite să vadă tocmai din cer până la mine-n dormitor. Stai liniștită, nici n-a observat.

Am reușit s-o liniștesc pe nebună cât de cât, și-a luat înapoi pantalonii pe ea și nu știam cum să fac acum să-i spun să plece acasă. Că, după așa o fază dubioasă, nu e ca și cum mai puteam să stăm de vorbă și să ne cunoaștem mai bine, de parcă nimic nu s-ar fi întâmplat. Nu știu dac-am avut vreun moment mai penibil din punct de vedere sexual în toată viața mea, care să-l poată bate pe ăsta. Nici nu-mi dau seama care dintre noi trebuia să se simtă mai prost în toată ecuația asta: eu, fiindcă începuse fata să plângă ca steliștii după meciul cu Middlesborough, sau ea, fiindcă problema ei cea mai mare era c-o vedea Iisus și nu mai ajungea în Rai. Dar, fiind un suflet super-sensibil și, mai ales, pentru că nu suport să văd o femeie plângând (chiar dacă e dementă), am luat-o în brațe și am început să o legăn suav, încercând să o fac să priceapă că nu era absolut nici o problemă și că nu era așa grav ce tocmai se-ntâmplase. Ea s-a cuibărit la pieptul meu și mă strângea cu mâinile care-i stăteau împreunate peste spatele meu. Cred c-am reușit s-o fac să simtă că era în siguranță. Am stat așa, fără să spunem nimic, în jur de douăzeci de minute, în care timp eu contemplam viața la mănăstire. După această experiență, laba începea totuși să arate destul de bine, în comparație cu sexul. Că de la sex, uite ce pățești: rămâi traumatizat. Plus că, dacă-ți dai o labă, poți să te întorci cu spatele sau să stai sub plapumă, și Iisus nu te vede.

– Știi… când vine vorba de sex, am niște limite și niște reguli destul de clare, mi-a spus Rahela în timp ce se juca în părul meu.

„ZICI? Nu mi-aș fi dat seama, dacă nu-mi spuneai", mă gândeam eu.

– Ei, fii serioasă. Cred că toți avem, i-am răspuns, încercând să-i spun cam ce ar fi vrut s-audă.

– Faza e că eu sunt virgină, mi-a mărturisit ea rușinată.

– Poftim?!

– Da, știu. Sunt o ciudată.

– Stai… adică vrei să spui că n-ai făcut niciodată sex?, am întrebat eu surprins.

– Cam așa ceva.

– Meam! Nu-mi vine să cred, la asta chiar nu m-așteptam.

– Păi ți-am spus că eu cred că sexul ar trebui făcut doar după căsătorie, a replicat ea.

– Mi-ai zis, dar eu am crezut că era o glumă și că gen eram simpatici și ne prosteam. Nici o clipă nu mi-am imaginat că vorbești serios.

– Ei bine, vorbeam serios.

– Offf!

– Îmi pare rău, Andrei. Chiar îmi place de tine. Iar faptul că ai fost sincer cu mine și mi-ai spus că n-ai mai făcut sex de foarte multă vreme…

„Multă, nu foarte multă. Hai să nu exagerăm totuși."

– ...și că nu ți-a fost deloc rușine să te faci de râs în fața mea prin ce mi-ai zis...

„Hei, alo! Cum m-am făcut de râs? Parcă femeile apreciau sinceritatea."

– ...chiar mi-aș fi dorit să pot face sex cu tine.

– Și mie mi-ar fi plăcut, dar ce să facem acum? Nu putem să-l supărăm pe bărbos, nu?

– Ceva de genul, mi-a răspuns ea zâmbăreață.

– Știi de ce-mi pare cel mai rău?, am întrebat-o.

– De ce?

– Păi, dacă tu ești virgină, înseamnă că n-ai mai văzut nici o puță de băiat. Și, gen, dacă făceam sex, puța mea ar fi fost cea mai mare și cea mai frumoasă pe care ai fi văzut-o vreodată. Știi tu, că era singura, am încercat eu să glumesc.

– Eee... Andrei, eu am zis că sunt virgină, nu că n-am văzut nici o puță de băiat.

– Ce, cum?

– Dacă n-am făcut sex, nu înseamnă că n-am făcut alte lucruri, a chicotit ea.

Băi, eu nu știu exact cum funcționează treaba asta cu abstinența și cu religia, dar nu cred că trebuie luată ad litteram. Adică sunt destul de sigur că, atunci când spun ăștia că „sexul se face după căsătorie", se referă la toate tipurile de sex. Dar, hei, ce știu eu, sunt doar un biet comediant care-și împarte cu tine poveștile. Dar tipa asta clar era nebună.

– Să știi că-mi pare rău că te-am lăsat cu blue balls, mi-a spus ea, ridicându-se de pe pat.

– Ei, nu-ți face probleme. Nu ești nici prima, nici ultima, i-am răspuns resemnat. Bine măcar că nu l-am mâniat pe Domnul.

– Știu că ție ți se pare ieșit din comun, dar să știi că pentru mine e chiar o chestie importantă, asta cu religia. Dar, uite, dacă vrei, îți arăt ce-mi place mie să fac cel mai mult. Ce zici?

Ce puteam să mai zic? În punctul ăsta, și dacă venea Alin și se oferea să-mi facă un McSundae, acceptam.

– Sigur, de ce nu?, i-am răspuns curios.

– Vino aici și pune-te pe scaun, mi-a spus ea ghidându-mă spre birou. Dar nu vreau să ți se pară ciudat.

– Rahela, crede-mă, după seara asta, definiția mea pentru „ciudat" a căpătat cu totul și cu totul alte valori, i-am zis.

– Bine, hai încoace.

M-am conformat cuminte și mi-am schimbat locul. M-am pus pe scaunul de la birou și așteptam să văd care era chestia ce-i plăcea ei cel mai mult s-o facă. Aveam o grămadă de variante care-mi inundau capul: poate-i place să recite din psalmi sau poate-i place să traducă Biblia în engleză, dar din păcate (sau din fericire) nici una dintre variantele astea nu era cea corectă. Rahela a venit în fața mea, s-a așezat în genunchi, și-a pus mâinile pe coapsele mele și m-a privit în ochi:

– Ești pregătit?, m-a întrebat zâmbind obraznic.

– Da, sunt mai mult decât pregătit. Am o vagă idee că ce-ți place ție să faci cel mai mult îmi va plăcea și mie la fel de mult, i-am spus.

– Sper, a răspuns ea.

Și, dintr-odată, mi-a desfăcut cureaua și mi-a tras blugii în jos. În sfârșit, lucrurile luau o turnură normală și eram, cumva, fericit fiindcă, până la urmă, un McSundae clar e mai bun decât ce puteam eu să-mi fac singur. Mi-a dat jos și boxerii, făcându-i să-mi alunece ușor înspre glezne. M-a tras mai aproape de ea, mi-a zâmbit și, lăsându-și capul în jos, i-am simțit atingerea mâinii. „Bine c-acuma Iisus nu te mai vede, futu-ți gura mă-tii", era gândul care-mi bântuia creierii. Toate semnele indicau că urma să se-ntâmple un singur lucru, și anume încununarea verbului din titlul cărții. Însă ce a făcut Rahela, de fapt, n-aș fi gândit niciodată. Pentru că și-a apropiat fața de mine, mi-a luat puța în mână și... efectiv, a început să se bată cu ea peste față. Atât! douăzeci de minute s-a bătut cu ea peste față, scoțând tot felul de gemete ciudate și sunete de excitare, întrebându-mă de cinșpe ori dacă îmi plăcea și schimbându-și obrazul la fiecare câteva bătăi.

Dacă-ți dădeam cinci milioane de încercări să ghicești care era chestia care îi plăcea ei cel mai mult s-o facă, pot să bag mâna în foc că „să se bată cu puța peste față" n-ar fi fost una dintre ele. Femeia era, clar, sărită de pe fix și cel mai dubios lucru dintre toate era că nici când o pupam eu peste tot, nici când o trăgeam de sâni și nici când îi făceam sex oral nu păruse la fel de excitată ca atunci când se lovea ea singură peste față cu o bucată din mine. În timp ce o priveam cum efectiv își lua super-plăcere din ceea ce făcea, singurul gând care-mi trecea prin cap era dacă, atunci când se spovedește, îi spune preotului și acest mic amănunt al vieții ei. Mă rog, nu mic. Mediu.

P.S. – Mai ții minte, la începutul cărții, când îți spuneam că, dacă ai impresia că tu ești fucked-up, ai răbdare să citești povestea asta? Ăă, cum e? Nu te simți mai bine în pielea ta?

P.P.S. – Suge-o, Rahela! Serios, nu te mai bate cu ea peste față. Suge-o, și atât!

CAPITOLUL 10

La cum arătau lucrurile, s-ar fi zis că aveam să mă revirginez la loc și n-aș mai fi avut noroc să fac sex vreodată cu o fată măcar semi-normală. Norocul meu că Peta Jensen era mereu acolo când aveam nevoie de ea, și-mi mai lumina din singurătate. Toată treaba era că, trecând prin aceste experiențe nasoale, îmi aduceam aminte mereu de Anemona și de cât de mișto era totul cu ea. Orice partidă de sex dintre noi doi era o capodoperă, ca o pânză pictată de Rembrandt în zilele lui bune. Știi ce se spune, că nu știm s-apreciem un lucru atunci când îl avem și cel mai tare îi simțim lipsa atunci când dispare din viața noastră. Ei bine, am ajuns să dau dreptate acestei vorbe. Nu știu dacă era din cauză că îmi găseam eu tot felul de scuze ca să nu fiu cu altcineva, fiindcă îi simțeam încă lipsa Anemonei sau chiar aveam ghinion, cert e că aveam o pasă mai proastă decât Torje în orice meci.

Dă-i să rupă căștile: Sweet Kiss – Alin Alin.

Iar pe lângă faptul că nu mai simțisem atingere feminină pe corpul meu de la meciul cu Scoția, mă mai și scotea din sărite faptul că Alin făcea mai mult sex decât Daniela Crudu după un sezon bun la Capatos. Băi, al naibii, zici că era la maraton pe vremea aia și aproape în fiecare seară trebuia s-o dau pe Peta Jensen mai tare, ca să le acopere pe femeile lui Alin, care urlau, de zici că le tăia. Și camerele noastre aveau un perete comun, ceea ce nu ajuta foarte mult. În general, el futea mai mult în deplasare, așa că n-am avut privilegiul să mă bucur foarte mult de incantațiile minunate pe care le auzeam printr-un zid prea subțire construit, pentru că, futu-i în gură de muncitori, probabil furaseră materialul. Dar nu știu ce-l apucase acum, că pe toate le aducea la noi acasă, și eu eram martor auditiv la fiecare dintre futaiurile lui. Și nu gemetele și urletele mă enervau cel mai tare. Ce mă scotea din sărite era faptul că veneau acasă pe la douășpe noaptea și apoi stăteau la povești o vreme. Dar niciodată nu era la fel: o dată începeau să facă sex după douăzeci de minute, altă dată începeau după două ore, și niciodată nu știam dacă puteam sau nu să mă culc în liniște. Abia acum înțelegeam și eu cum se simțea maică-mea când venea la mine Anemona, ne puiam ca iepurii toată noaptea (mă rog, treizeci de minute) și ea încerca să doarmă. Dar ăsta e-un gând prea dubios pentru a-l explora mai mult, așa c-o să-l las, cum de multe ori te lasă și pe tine gagică-ta, neterminat.

Deși toate evenimentele astea nu mi se păreau deloc amuzante în timp ce le trăiam, unul dintre ele a fost mult prea tare ca să nu ți-l povestesc și ție. Într-o seară stăteam liniștit în cameră la mine și citeam (mă uitam iarăși la *Titanic*, de fapt, dar nu vreau să par mai trist decât eram). Când, dintr-odată, liniștea căminului nostru masculin a fost distrusă de o bătaie în ușă, ca și cum cineva s-ar fi izbit în ea cu putere. În mod normal, m-aș fi ridicat din pat să verific ce se întâmplase, dar, stând în casă cu Alin de câteva luni, nu mai reacționam la chestii de felul ăsta, pentru că de cele mai multe ori era el, care, probabil, beat fiind, nu nimerea cheia în yală și încerca să treacă prin ușă. Așa că am stat liniștit în pat. Îți dai seama că puteam fi jefuiți în orice moment, pe vremea aia, fiindcă eu, și dac-auzeam că era cineva pe hol, vorbește în șoaptă și intră în fiecare cameră, tot pe Alin l-aş fi bănuit până când vedeam că un necunoscut îmi fură televizorul. Ideea e că, și în seara aia, tot el era de vină. Venise acasă acompaniat de o domnișoară (din ce-am putut să-mi dau seama după chicotele pe care le-am auzit după ce au intrat în apartament), s-a dus în bucătărie și a desfăcut o sticlă de vin, apoi s-a închis la el în cameră. „Here we go again", mi-am zis, „stai să vezi că iar nu dorm în seara asta". Bineînțeles că a început să se audă cum vorbeau și nu știu cât de bine pot să traduc în scris ce fel de sunete ajungeau la mine, dar treaba era cam așa:

– Bla bla bla bla bla. (cu voce groasă)

– Hihihihihi! (voce subțire)

– Să știi că bla bla bla bla. (voce groasă)

– Vai, hihihihi! (voce subțire)

– Oooo, eu bla bla bla bla pe tine (voce groasă).

– Ce obraznic ești, hihihihi! (voce subțire)

– Bla bla bla, Andrei este cel mai mișto om pe care-l cunosc, mă bucur că am onoarea să fiu contemporan cu el și să-l privesc când doarme. (voce groasă)

– Hihihi, cred și eu că te simți onorat, mi se pare normal. (voce subțire).

Mă rog, sigur era ceva de genul ăsta. Paharele de vin se ciocneau, fata se îmbăta din ce în ce mai tare, ăsta îi mai spunea câteva vorbe dulci și treaba părea să meargă exact așa cum trebuia. După aproximativ jumătate de oră, s-a lăsat un con de liniște (ăsta era semnalul meu că trebuia să-mi pregătesc căștile, fiindcă începuse preludiul). „Gata, hai, că-ncepe nebunia lui Alin", mi-am spus în timp ce îmi alegeam playlist-ul pe care să-mi plâng în continuare de milă. Nici bine n-am dat play la O-Zone – *Oriunde ai fi* și nici nu mi s-a instalat chipul Anemonei cum trebuia pe retină, că, dintr-odată, pizda aia de care mă despărțea doar un perete a început să facă precum toți dracii. Dar și tipa gemea. M-am gândit că, precum orice meci al Stelei din sezonul ăsta, începe fulminant și se termină în lacrimi, așa că nu-mi făceam mari probleme. Dar de la un punct încolo, zgomotele mergeau crescendo și nu spre tăcândo, așa cum îmi doream eu. Sunete de palme peste habar n-am unde, gâfâieli încheiate cu tuse și țipete isterice se auzeau din cealaltă cameră a apartamentului unde eu plăteam chirie și îmi doream să mai stau și după seara asta. După o vreme, fata aia urla din ce în ce mai tare și, na, nu puteam să-i deranjez pe oameni în timp ce făceau dragoste ca-n filme, dar mi-a venit o idee totuși, ca să nu ne trezim cu poliția la ușă. Fiindcă-ți dai seama că ăsta era un dialog dubios la o oră târzie, pe casa scării. Așa c-am luat lingura din cutia de înghețată pe care o aveam pe noptieră (fiindcă, da!, și noi mâncăm dulciuri când suferim, nu doar voi, ok?), m-am dus către caloriferul din camera mea și am început să bat ușor în el, ca să-l fac pe Alin să creadă că deranja vecinii și să evităm să fim evacuați în seara aia. Tu înțelegi că eu am ajuns să-mi bat singur în țeavă, da? Perfect, mergem mai departe. Zgomotele lor ignorau cu pasiune încercarea mea disperată de a-i face să realizeze că nu locuiam într-o vilă din Pipera și că mai erau oameni care voiau să doarmă în casa aia, în scara aia, în cartierul ăla și așa mai departe. Așa că am început să bat și mai tare cu lingura în țeavă, exact ca un bătrân nefutut și invidios. Doar că bătrân eu nu eram. Fiind total ignorat de ceilalți membri ai apartamentului meu, am considerat că-mi făcusem datoria civică față de doamna administrator și m-am lăsat păgubaș. După alte zece minute s-a auzit un sunet care nu venea din interiorul casei: erau bătăi în ușă. „Doamne-ajută să fie pizza aia pe care n-am comandat-o", mă rugam eu în gând. Ăștia nici vorbă să se oprească, le păsa și lor că probabil urma să luăm amendă așa cum îi pasă lui Dragnea de problemele țării. Așa că mi-am dat seama că eu eram cel care trebuia să rezolve această problemă și m-am ridicat să aflu (ca și cum nu era clar) care era problema. Am ajuns la ușă, am descuiat, am spus *Crezul* și am deschis ușa. În fața mea, pe scară, un domn la vreo 35 de ani, în chiloți și maiou, cu mustață și chelie, roșu la față și cu o țigară în gură, mă privea cu ochii boldiți.

– Bună seara!, i-am spus, prefăcându-mă că nu aveam nici cea mai vagă idee despre ce căuta el la ușa mea, la ceas târziu în noapte.

– Nu cred că-i așa de bună, mi-a răspuns el.

– Sau așa.

– Spune-mi sincer, a continuat, tu ești chiar nesimțit?

– Ăăă..., dar ce-am făcut, șefu'?, am întrebat eu nevinovat.

– Cum, nu știi ce-ai făcut?

– Păi... nu cred că e totuși atât de grav, am încercat eu să îl scot pe Alin.

– Deci mă iei și la mișto, nu?, s-a enervat el, venind mai aproape de mine.

În clipa aia m-am căcat pe mine de frică, pentru că, unu, omul părea destul de amenințător, și, doi, n-aveam prin preajmă nici o barieră de care să pot da cu capul. M-am uitat la el și i-am zis:

– Înainte să mai spuneți sau să mai faceți ceva, vreau să vă spun un singur lucru.

– Zi mai repede.

– Să știți că... Iisus ne vede.

– Ce?!

– Da, da.

– Bă, tu-ți bați joc de mine?!

– Nici vorbă, i-am răspuns eu. Dar e ceva cu ce vă pot ajuta, totuși?

– Da! Vreau să-mi spui un lucru.

– Vă rog.

– Pentru ce paștele mă-tii bați în țeavă? Ai trezit-o pe nevastă-mea, mi-a zis el.

– Aaa, despre asta era vorba?

– Păi despre ce altceva?

– Aaa, nu, nimic. Am bătut în țeavă fiindcă se auzeau niște zgomote puternice. Dar eram sigur că nu de la dumneavoastră, clar era de mai jos. Dar m-am gândit că dăm din țeavă în țeavă, pân-ajunge la ăla vinovat.

– Aoleu, e clar că nu ești sănătos, a răspuns el chemând liftul. Te las în pace, dar să nu mai bați în țeavă, s-a înțeles?

– Clar! Și să știți că, dacă auziți sunete ciudate, nu e de la noi, am strigat eu după ce s-a urcat în lift.

Am închis ușa, m-am întors în camera mea și am început să-l judec pe vecinul meu c-a trebuit să folosească liftul, ca să coboare un etaj. Vezi? De-aia suntem așa grași în țara asta.

Și Alin al dracu': cât am stat de vorbă cu ăla la ușă, a făcut-o pe aia să tacă și să nu mai țipe ca toate lighioanele. Dar, cum am ajuns la mine în cameră, s-a reluat circul. Iarăși mare gălăgie, de zici c-aveam în casă un concurs de care urlă mai tare, pe care fata aia clar îl câștiga detașat. Ideea e că treaba asta a mai durat undeva la jumătate de oră, iar după aia au fost cinci minute de liniște, urmate de țipete groaznice. La faza asta chiar m-am speriat, pentru c-am mai făcut și eu sex, am văzut și filme porno, dar în halul ăla n-am crezut că poate cineva să fie de excitat încât să se audă așa ceva. Erau tot felul de bufnituri și de chestii care păreau a fi aruncate, iar eu nu știam cum să reacționez, așa că m-am dus pe hol ca să mă asigur că de la noi din casă venea jihadul ăla de mi-l percepeau urechile. M-am apropiat de ușa lor ca o vecină curioasă și mi-am lipit capul de lemnul rece. „Aaaaaaaaaaah", se auzea în mod repetat. Nu știam ce să fac: pe de-o parte, nu era treaba mea viața sexuală a lui Alin, dar, pe de altă parte, nici nu-mi doream să fiu complice la crimă. Aveam în față o alegere complicată: puteam să mă prefac că nu auzisem nimic, să-mi pun căștile pe cap, să dau muzica la maximum și să sper c-a doua zi n-aș fi dat declarații la poliție sau puteam să deschid ușa la camera ăstuia, să verific dacă era totul în regulă. Numai că, dac-alegeam opțiunea a doua și, de fapt, nu se-ntâmpla nimic, cum îi explicam eu ăstuia de ce intrasem peste el în timp ce procrea cu prezervativ? Am stat și m-am gândit câteva minute și, alimentat de ce auzeam dinăuntru, am luat o decizie: fie ce-o fi, am hotărât să intru și să văd dacă ăștia mai erau în viață. Așa că am deschis ușa camerei lui situate în apartamentul nostru de la etajul 7 al blocului și l-am văzut pe distinsul meu coleg dezbrăcat, pe balcon, în timp ce o ținea pe fata aia de șolduri, deasupra balustradei, pe jumate ieșită în afară, țipând: „Ajutoooor! Vrea să m-arunce de la etaj. Ajutoooor!" Poți să-ți dai seama că nu era chiar imaginea pe care-mi doream s-o am în fața ochilor într-o noapte de miercuri. Fata se zbătea ca un pește în năvod, Alin îi dădea palme peste cur și eu încercam să calculez dacă am bani să mă mut într-o garsonieră. Norocul meu a fost că nu m-au văzut și am reușit să plec de acolo exact la timp ca să pot să plâng sub duș. N-au trecut câteva minute și s-a auzit ușa la camera lor, iar apoi zgomot de pași pe hol.

– Te dau la poliție, criminalule!, țipa fata în timp ce, probabil, se îmbrăca.

Eu m-am făcut că dormeam și n-am ieșit din cameră, iar într-o clipită tipa a ieșit din casă, zguduind scara din temelii când a trântit ușa. Când mi-am dat seama că era ok să părăsesc încăperea, m-am dus glonț în cameră la Alin, să aflu ce se întâmplase.

– Ce-ai făcut, bă, dubiosule?, l-am întrebat.

– Ce să fac? Sex, mi-a răspuns el calm.

– Păi și de ce urla aia „ajutor“ ca descreierata?

– E nebună, ce să-i fac eu?

– Dar tu ce i-ai făcut?

– Băi, eu nu i-am făcut nimic, dar fii atent. Tipa avea niște țâțe foarte mari, știi? Și, după ce am băut niște vin și am mâncat o banană, am început să ne futem și noi, ca băieții. Mă rog, nu ca băieții, dar înțelegi tu...

– Așa...

– Și, na, îți dai seama, am început să-i dau palme peste țâțe, am strâns-o un pic de gât, am tras-o de păr și tot felul de chestii dintr-astea.

– Mhm. Și partea în care ea striga după ajutor unde e?

– Păi, stai că-ți spun. Și, la un moment dat, cum eram noi acolo unu-ntr-altul, mi-am dat seama că are țâțele exact ca Daiana, fosta mea gagică, aia de ți-am povestit. Și ce m-am gândit? Ea are țâțe mari, eu am balcon, hai să-mi retrăiesc fantezia. Și ne-am ridicat, i-am zis să luăm o gură de aer și am păcălit-o. Am ajuns pe balcon, am început s-o sărut, s-o mai ating un pic și dintr-odată, pac, am întors-o cu spatele la mine, am aplecat-o și ea s-a prins de balustradă. Am început să facem sex și mă cam enerva că nu-i picau țâțele cum îi picau Daianei. Și m-am gândit s-o împing un pic mai în față, ca să-mi fac și eu filmul. Și tot nu-i săreau țâțele peste balustradă. Și atunci, dorind s-o ajut, am aburcat-o un pic de șolduri și am ridicat-o mai sus, cât să fie cum îmi doream eu. Și-atunci a început să urle ca nebuna că ajutor, că mă omori și faze dintr-astea.

– Stai așa... prietena ta Daiana ce înălțime avea?, l-am întrebat eu.

– Nu mai știu, cred că 1,70 sau ceva de genul.

– Păi de-aia îi picau țâțele peste balustradă, idiotule. Că era înaltă. Asta, fiind mai mică de statură, nu ajungea pân-acolo și, când ai ridicat-o de cur ca să-ți faci tu fantezia, ai dat-o pe jumate în afara balconului de la etajul 7 și a crezut că vrei s-o omori. Doamne, ce idiot ești, i-am zis râzând.

– Pfff... La asta nu m-am gândit, a răspuns el, cu revelația în ochi.

– Vai de capul meu! Dac-o scăpai, ce căcat făceai?

– N-o scăpam, mă, fii serios, m-a asigurat el.

– Păi și când a început să urle după ajutor, ce-ai făcut?

– Cum ce-am făcut? Ce-ar fi făcut orice bărbat normal în locul meu.

– Adică ce?

– Mi-am dat drumul instant.

– Ce pot să-ți spun este că mi-e milă de aia care o să-ți fie nevastă. Și-ți promit că, dac-o să faci, o să le dau copiilor tăi să citească povestea asta, ca să știe și ei ce tată depravat au.

– Auzi, mă? Dar tu de unde știi că fata asta era mică de înălțime?, m-a întrebat Alin pe un ton confuz.

– Ăăă...

– ???

– Păi... pentru că... am intrat peste voi în cameră, c-am crezut c-o omori și... v-am văzut?

Un moment de tăcere.

– Hai, bă, zi c-ai văzut-o când pleca, vii cu basme dintr-astea la mine, a răspuns el râzând. Hai să bem o bere și să-mi povestești ce femei ai mai dezamăgit în ultima vreme.

P.S. – După ce și-a văzut moartea cu ochii, atârnând goală de la etajul 7, cred c-ar trebui să-i fac fetei ăleia cunoștință cu Rahela, fiindcă sigur are nevoie de apropiere de Iisus.

P.P.S. – Știi că e o expresie des folosită, asta cu „n-am mai făcut ceva de la meciul cu Scoția", prin care vrei să sugerezi că un anumit lucru nu s-a mai întâmplat de multă vreme. Ei bine, ultimul meci al României cu Scoția a avut loc în 2004, deci, practic, expresia asta înseamnă „de treișpe ani". Da, știu, sunt amuzant la petreceri.

CAPITOLUL 11

Timpul tot trecea și eu nu reușeam să găsesc o domnișoară cu care să mă împerechez, fără a face copii, și situația devenea din ce în ce mai gravă. De fapt, stai, că împerecheatul implică să facem și copii, iar asta era ultima chestie de care aveam nevoie. Deci, clar, nu de împerechere aveam eu nevoie în vremea aia. Îmi doream doar să exersez tehnica făcutului de copii, pentru ca atunci când m-aș fi decis la treaba asta, să știu exact cum stau lucrurile. Dac-o mai țineam în ritmul ăsta, cu siguranță aș fi uitat procedeul și aș fi reînceput să cred în barză.

Alin își vedea de treburile lui în continuare și-mi tot făcea în ciudă, făcând o tonă de sex pe noapte. Partea proastă la chestia asta era că mă făcea să-mi dau seama de cât de tristă era viața mea. Partea bună era că nu mai aveam nevoie de filme porno ca să mă masturbez. Plus că am avut ocazia să aflu mai multe lucruri despre mine și să mă cunosc mai bine, în perioada aia.

Știai că, dacă te așezi timp de câteva minute pe mână și apoi îți dai o labă, ai o ușoară senzație că te masturbează altcineva? Ei bine, dacă nu știai, acum e timpul să încerci să faci asta. Nu, nu acum, te rog eu, nu chiar acum, dar zic așa, pe viitor. Eu stăteam cam jumătate de oră cu fundul pe mâna dreaptă, apoi o scoteam și cu cea stângă îmi țineam mâna complet amorțită și de fiecare dată mă terminam într-un mod divin. Și mă gândeam la Ariana Grande. E genial, merită să încerci. Nu să te gândești la Ariana Grande, fiindcă n-aş vrea să-mi împart fantezia, ci faza cu mâna amorțită.

Treaba cu laba mergea absolut perfect. Până într-o zi când, sătul de sunetele care se auzeau din camera lui Alin, m-am gândit să duc laba la un alt nivel. Așa că m-am așezat pe mâna aia ca și cum viața întregii planete ar fi depins de laba mea. Ca și cum laba asta avea să vindece SIDA și cancerul și să facă filtrele de pe Instagram să dispară ca să ne dăm și noi seama, în pula mea, cum arătați voi, de fapt. M-am așezat pe mână până când efectiv am uitat de existența ei. La propriu. Nu-mi mai simțeam mâna deloc, așa că, după câteva ore, am scos-o. Și era complet albastră. Și rece. Am fost convins că mâna îmi va fi amputată și asta ar fi fost tragic pentru existența mea. Pentru că n-aş mai fi putut să scriu niciodată și, mult mai important decât asta, cum aş mai fi putut eu să mă joc FIFA cu o singură mână?

Era clar. Trebuia să mă fut. Dar nu mai făcusem sex de așa mult timp încât, practic, eram din nou virgin. Și știi cine vrea să se fută cu un virgin care, probabil, s-ar termina în fix două minute?! Exact! N i m e n i. Mă rog, în afară de iubita lui Trăistariu. Sau iubitul.

Eu chiar nu-mi dau seama cum găsesc toți fraierii câte o tipă cu care să facă sex ocazional, care să nu rămână la tine după aia și să stea trează toată noaptea ca să te privească în timp ce sforăi și-ți curg bale din gură, care să nu te sune de șaizeci și șase de mii de ori pe zi, care să nu vrea să vă puneți într-o relație pe Facebook, care să nu te care până la Amărăștenii de Jos să-i cunoști toate rudele care vă vor întreba, la fiecare cinci secunde, când vă căsătoriți. Efectiv, am ajuns să accept chiar și asta, numai să fac și eu sex cu cineva. Eram dispus să cunosc toate rudele și să râd la toate glumele nesărate ale tatălui ei, să mănânc mâncarea groaznică a mamei și să mă prefac că bunicul nu s-a bășit la masă. Doamne, cât de nedreaptă e viața: România nu are autostrăzi, chiar dacă ai o echipă bună la FIFA, jucătorii tăi joacă extrem de prost, un tip plictisitor o futea pe femeia visurilor mele, probabil în poziția misionarului, gândindu-se dacă are cămașa călcată pentru o nouă zi, la fel de plictisitoare ca el, la birou. Da, oameni buni, viața chiar e nedreaptă.

Așa că, pentru a-mi rezolva urgent problema, am hotărât să vorbesc cu managera mea și să-mi pun niște spectacole prin țară, poate se-ntâmpla minunea în afara Bucureștiului. Zis și făcut: am început să plec prin diferite orașe, însă, după cum îți spuneam și în primul volum, norocul nu ține niciodată cu cel care vrea să fută, așa că nu s-a întâmplat nimic de genul ăsta. Însă două dintre aceste deplasări trebuie să ți le povestesc, fiindcă s-au întâmplat chestii interesante. Una dintre ele a avut loc la Constanța, iar cealaltă – la Galați. Hai să le luăm pe rând.

Play this, baby: Dorian – Mare albastră.

De obicei, când am spectacole la Constanța, nu rămân acolo peste noapte, fiindcă nu e distanța chiar atât de mare și este autostradă (mă rog, vorba vine) între cele două orașe, deci se merge repede. Însă în weekendul ăla am decis să nu merg cu mașina până acolo, ci să iau trenul. Și nu aveam cu ce să mă întorc după show, așadar am decis să rămân acolo, mai ales că orașul ăla îmi mai surâsese o dată aruncându-mi în cale o femeie extraordinară. Am ajuns la Constanța, m-am cazat, am mâncat ceva și apoi m-am culcat, ca să fiu odihnit pentru spectacol. După ce m-am trezit, am profitat că mai erau câteva ore până când trebuia să fiu în clubul respectiv, așa că am decis să mă alint: mi-am umplut o cadă plină cu apă, mi-am pregătit să mă uit la ceva (nu, nu cu Peta Jensen), mi-am pregătit două beri reci și m-am afundat în cadă, privind un film de acțiune cu multă bătaie (era un film romantic, de fapt) în care personajul principal s-a luptat cu toată lumea și i-a împușcat pe toți la final (era *A Walk to Remember*). După ce m-am super-relaxat cam o oră în acest mediu minunat și total masculin, a trebuit să ies, fiindcă, dacă mai stăteam acolo cinci minute, cred că m-apucam să-mi fac și unghiile. M-am îmbrăcat, mi-am chemat un taxi și am pornit către locul unde urma să am spectacol. Mi se pare că meseria asta pe care o am eu, de comediant, se aseamănă destul de mult cu cea de curvă: și noi, și ele trebuie să facem fericiți niște necunoscuți și, la final, după ce prestăm, ne luăm bănuții, indiferent dacă a fost sau nu mulțumit clientul.

Am urcat pe scenă, mi-am făcut treaba, oamenii au râs și s-au distrat, deci toată treaba părea să fie bună. După show au venit mai mulți dintre cei care fuseseră în public să facem niște poze, să le semnez cărțile și tot felul de chestii de genul ăsta. Ideea e că în cluburile în care fac stand-up este de obicei întuneric, dacă vine cineva și vrea să facă o poză cu mine, trebuie să folosească blițul ca să iasă cum trebuie și să se înțeleagă ceva din ea. Și știi senzația aia, când e noapte și ai impresia că ești mega-adorabil, așa că scoți telefonul din buzunar, să te tragi în poză? Și știi cum, după aia, câteva secunde nu mai vezi bine din cauza blițului? Ei bine, imaginează-ți cum e să faci chestia asta de câteva zeci de ori în jumate de oră, ca să-nțelegi cam cum îmi joacă mie ochii în orbite după ce mă pozez cu oamenii. Nu mă plâng, Doamne ferește!, mă bucură că vin oamenii la mine și vor să plece cu o amintire de la spectacolul meu, dar era necesar să știi treaba asta ca să înțelegi ceea ce a urmat. După ce s-a mai liniștit treaba și eu încă eram semi-orb, mă pregăteam să mă duc la masa mea și să stau de vorbă cu patronii, să bem ceva și, bineînțeles, să-mi iau banii. Încercam din răsputeri să nu dărâm nici o masă în calea mea și efectiv mă simțeam ca Daredevil (doar că eu nici nu prea aud bine). La un moment dat m-a apucat cineva de braț și am auzit o voce care mi-a zis:

– Pot să fac și eu o poză cu tine?

M-am întors și nu reușeam să disting mare lucru, dar, după parfumul pe care-l folosea (și, bineînțeles, după voce), părea să fie o fată.

– Sigur că da, dar cine ne face poza? Sau vrei selfie?, am întrebat eu.

– Nu, nu. E ok, ne face el, mi-a răspuns fata, arătându-mi în stânga noastră.

Efectul blițurilor începea să-mi treacă, deja nu mai vedeam în ceață, și abia atunci am reușit să văd că persoana cu care mă pregăteam să mă pozez era Anemona. Nu-mi venea să cred, chiar nu mă gândeam s-o mai văd vreodată după seara aia din București. Dar trebuia să fiu stăpân pe situație, fiindcă eram totuși în public, ne vedeau oameni și nu cred că era o idee bună s-o iau în brațe, plângând. Sincer, faptul că văzusem filmul ăla de acțiune cu două ore în urmă n-a ajutat foarte mult la stabilitatea mea emoțională.

– Hmm... tot Gucci Rush văd că folosești, i-am spus eu în timp ce-mi puneam o mână peste umărul ei, ca să putem face poza.

– Mhm, unele lucruri nu se schimbă niciodată, a răspuns ea.

„Bine că parfumul nu l-ai schimbat, dar iubitul, da“, mă gândeam eu.

– Așa e, unele lucruri e bine să rămână la fel. Ți-a plăcut spectacolul?, am întrebat-o.

– Da! Dar, hai, nu mai vorbi câteva secunde, ca să putem face poza, mi-a tăiat-o ea direct.

Blițul s-a declanșat, dar noi încă am rămas îmbrățișați.

– Hai, pupă-l pe obraz, nu fi rușinoasă, Anemona, i-a spus prietenul ăla care ne făcea poza.

Deși era vizibil stânjenită, s-a conformat. Și-a așezat buzele peste fața mea nebărbierită și a stat așa câteva secunde, până când s-a mai făcut o poză. Sute de amintiri și mii de senzații îmi treceau prin corp în momentele alea și, pe undeva, îmi doream să mai facem vreo câteva poze în postura asta. Nu multe, doar până se umplea cardul ăla de 32 de giga.

– Hai, iubire, acum fă-mi tu mie o poză cu Andrei, a spus bărbatul care ținea telefonul în mână. Nu vrei să ai doar tu o amintire cu el, nu?

Anemona m-a privit crispată, băiatul ăla s-a apropiat și m-a luat în brațe, iar eu încă îmi căutam fata pe podeaua clubului.

P.S. – Dacă te-ai gândit mai devreme: „Ce prost e ăsta, la curve se dau banii înainte“, eu spun să nu mă mai judeci pe mine, că nu știu cum funcționează exact prostituția, și să-ți găsești o iubită.

P.P.S. – Dacă vrei și tu să-mi urmezi exemplul și să stai în cadă în timp ce te uiți la un film sau la un serial, fă-ți un bine și încarcă laptopul înainte, ca să nu stai cu el în priză în baie. Fiindcă n-am vrea să mori electrocutat. Vezi ce mult țin eu la tine? Glumesc, eu vreau doar să cumperi cartea, deci, dacă apuci să citești rândurile astea, poți să faci duș și cu laptopul la încărcat. Că, dacă a trebuit să-ți spun eu că apa și curentul electric nu merg împreună, probabil ești fan *Trăsniți în NATO*.

CAPITOLUL 12

Dă play la Sean Mendes – Treat You Better.

Cum adică „iubire“? Asta era tot ce puteam să procesez în momentele alea. „Poate-i frate-său“, mă gândeam. Dar nu avea cum să fie, deoarece știam că avea doar o soră mai mică. „Poate i-a crescut barbă soră-sii“, încercam eu să mă mint singur. În timp ce toate gândurile astea îmi treceau prin cap, mâna acelui bărbat pe care îl uram deja fără să-l cunosc măcar stătea pe umărul meu și eu trebuia să zâmbesc frumos pentru poză. Știu că omul nu avea nici o vină și că Anemona nu mă părăsise din cauza lui, dar tot îmi doream cu fiecare părticică a corpului meu să-i dau cu pumnul în ochi. După ce s-a făcut poza, omul mi-a întins mâna în semn de prietenie, dar eu nu asta vedeam. Poate pentru voi era doar o mână, dar pentru mine aia era partea corpului său cu care o mângâia pe cap (se juca cu țâțele ei) pe femeia după care sufeream eu. Și, în clipa aia, mi-ar fi plăcut să fiu John Abruzzi și el să fie T-Bag din *Prison Break* (în cazul în care n-ai văzut serialul ăsta, în primul rând să-ți fie rușine. În al doilea rând, John Abruzzi îi taie mâna lui T-Bag atunci când evadează toți opt. În al treilea rând, dacă plănuiai să te uiți la el, tocmai ți-am futut finalul sezonului 1). În schimb, am dat noroc cu el.

– Felicitări, Andrei, a fost un spectacol minunat. Am râs de m-am pișat pe mine, mi-a zis el.

– Ăăă... mulțumesc frumos! Mă bucur că te-ai simțit bine, am răspuns eu cordial.

– Rareș, îmi pare bine, mi-a spus.

„Ce nume de căcat ai", am vrut să spun. În schimb, i-am zis:

– Andrei, de asemenea. Dar, hai, că eu trebuie să plec, fiindcă am o...

– Cum să pleci? Abia s-a terminat spectacolul, hai să bem ceva.

– Nu pot să beau.

– De ce nu poți?

– Pentru că... sunt cu mașina.

– Prostii! Ai spus pe scenă că rămâi în seara asta aici, poți să lași mașina la club, mi-a zis el, futu-l în gură, că fusese atent la spectacol.

– Și în mașină, am continuat eu, am antibioticele pe care le iau, fiindcă sunt bolnav.

– Aoleo, dar ce-ai pățit?, m-a întrebat.

– Am... răcit.

– Și iei antibiotice pentru răceală?

– Am răcit tare de tot. Cough! Cough! am încercat eu să mimez un sunet de tuse.

– Stai liniștit, nu există ingredient mai bun pentru răceală decât niște tărie. Doar suntem moldoveni, ce naiba?, mi-a spus el râzând. Vai, dar ce prost sunt...

„Așa e", mi-am spus în gând.

– Iubire, hai încoace. Am uitat să ți-o prezint pe iubita mea, Anemona!

– Iubita ta, deci...

– Scuze, e logodnica mea, dar nu m-am obișnuit încă. N-a trecut mult timp de când am decis s-o cer în căsătorie, s-a scuzat el. Dar nu e tare că are același nume ca și fata din cartea ta?, a spus el și a început să râdă.

„Nu, nu e tare. Ești prost. Du-te-n pula mea“, mi-am zis în gând. Anemona mi-a întins mâna și mi-a zâmbit. Eu am făcut același lucru, mai puțin partea cu zâmbitul.

– Serios, hai, mai stai zece minute cu noi la o vorbă, mi-ar face mare plăcere. Zi-i tu, iubire, a spus Rareș.

– Ăăă... da. Mare plăcere, într-adevăr, a replicat Anemona, clar stingherită.

– Hai să mergem la masă la noi, măcar să ne terminăm băuturile. Am adus și cartea și mi-ar plăcea să mi-o semnezi, dacă vrei.

Super. O să-ți scriu pe ea: „Sper să te calce mașina în timp ce faci accident vascular“, mă gândeam eu. Omul ne-a condus pe amândoi la masă și ne-am așezat. Cred că nu am fost atât de rușinat niciodată în viața mea. De fapt, ba da, a mai fost momentul ăla când a intrat Alfred peste mine în timp ce frecam puțuca, dar s-a întâmplat doar o dată. Cred. Sper. Stăteam și ne uitam unul la altul, eu nu spuneam nimic, Anemona sorbea cu paiul dintr-un pahar de vodcă, parcă dorindu-și parcă să se îmbete mai repede, iar Rareș îmi povestea cât de mare fan al meu era.

– Băi, deci e prima oară când te văd live. N-ai idee de când îmi doream să ajung la un spectacol de-al tău. Și ieri, când am auzit că vii în Constanța, am luat biletele instantaneu. Bine, Anemona n-a fost așa de încântată, fiindcă lucrează mâine de dimineață, dar am convins-o, până la urmă.

– I-auzi. Ei, o fi fană Bobonete, i-am zis eu zâmbind.

– A, nuuu. Adică și ea ți-a citit cartea și i-a plăcut foarte mult, chiar avem două exemplare acasă, unul eu și unul ea. Dar era faza asta că trebuie să se trezească mâine devreme. Oricum, să știi că ești foarte tare. Și toată povestea aia cu Anemona… șaule, m-a rupt. Chiar îi spuneam și Anemonei mele că mi-ar fi plăcut s-o cunosc pe tipa aia, mai ales că e de-aici, din Constanța.

– He-he! Ai grijă ce-ți dorești, i-am răspuns eu.

– Știu că poate auzi des asta, dar pe mine chiar m-a rupt cartea aia a ta. Serios, zi și tu, iubire, ce-ți spuneam.

– Ei, lasă, probabil are treabă omul, a răspuns Anemona.

– Zi-i, măi, iubire, că n-are treabă, mai stăm aici la un pahar, a intervenit el.

– Da, na, i-a plăcut foarte mult cartea ta. Chiar îmi spunea că, dacă aflu vreodată cine-i Anemona din poveste, să-i fac și lui cunoștință cu ea, mi-a zis cu un ton de parcă citea prospectul la Smecta.

– Pe bune, a continuat Rareș, știi cum au cuplurile, în filme, o listă cu mai multe vedete cu care dacă au ocazia să și-o tragă, nu se pune ca înșelat? Ei bine, așa e Anemona ta pentru mine. I-am zis lui iubi.

Eu am pufnit în râs în momentul ăla. Clar, Dumnezeu are un simț al umorului foarte bine dezvoltat, din moment ce am ajuns să fiu în această situație, în seara aia.

– Măi, Rareșe, să știi că pari un tip cool, tu așa, i-am spus eu amuzat de toată situația. Dar, spune-mi, cum te-ai cunoscut cu logodnica ta?

– Eee… povestea e lungă, mi-a răspuns.

– Nu contează, avem timp, i-am zis și mi-am tras scaunul mai aproape de masă.

– Spune-i tu, iubire, că știi că eu nu mă pricep la povestit – și s-a uitat la Anemona.

– Da, chiar, spune-mi tu, iu... birea lui Rareș, am subliniat eu.

– Nu e chiar așa interesant, sigur găsim altceva ce să vorbim, a încercat ea să se eschiveze.

– Nu, nu! Chiar sunt curios, i-am zis. Sunteți un cuplu tare frumos și aș vrea să vă aflu povestea.

– Ok, a acceptat ea, terminând paharul de vodcă. Rareș e client la mine la firmă și a avut niște probleme pentru care a apelat la noi. Eu sunt avocat, ca să înțelegi mai bine povestea. Și tot trecea pe-acolo în fiecare zi și, na, m-a invitat în oraș, am ieșit de câteva ori și aia a fost, a spus ea la fel de încântată de parcă lucra la call center-ul unei firme de săpat puțuri.

– Wow, foarte drăguț, am spus eu ironic.

– Hai, iubire, că n-a fost chiar așa de simplu, a completat Rareș. Tare greu s-a lăsat curtată. M-a refuzat de o grămadă de ori înainte să-mi dea voie s-o scot la o cafea. Veneam zilnic pe-acolo, mereu îi aduceam flori, îi trimiteam cadouri la fiecare set de acte pe care trebuia să i le dau și, la un moment dat, într-o zi, am mers la ea la birou și am găsit-o plângând. Și, în clipa aia...

Anemona s-a ridicat brusc în picioare.

– Mă scuzați, eu merg până la toaletă. Mai vrea cineva ceva de la bar? Rareș? Andrei? – s-a uitat la mine și mi-a făcut semn din ochi să găsesc o scuză ca să merg după ea.

– Nu, baby, eu sunt bine, a spus Rareș.

– Nici eu nu vreau, bay... Beirut e-o țară pe care aș vrea s-o vizitez cândva, am spus eu, ceea ce probabil a fost cea mai cretină propoziție pe care am zis-o în seara aia. De fapt, n-a fost cea mai cretină, fiindcă-i spusesem și lui Rareș că-mi părea bine să-l cunosc.

Anemona a plecat de la masă și am rămas doar eu cu Rareș, cel mai mare dușman al vieții mele, așa cum îl vedeam eu în clipa aia. Eu eram Batman, el era Joker. Eu eram Sherlock, el era Moriarty. Eu eram abecedarul, el era Vanghelie.

– Așa, și cum îți spuneam…, a continuat Rareș.

– E foarte mișto povestea, dar trebuie să te întrerup. Mi-a făcut semn patronul să merg până la el, probabil că vrea să-mi dea banii. Hai că mă-ntorc imediat, i-am spus și am plecat de la masă. Am trecut pe lângă bar și m-am dus direct către baie. În fața ușii mă aștepta Anemona, roșie la față.

– Ok, trebuie să terminăm cu chestia asta fiindcă nu mi se pare amuzantă, mi-a zis.

– Cum nu? Eu mă super-distrez, am răspuns.

– Ce să-ți zic. Serios, dacă ne luăm după Rareș, o să stăm toată noaptea aici. Inventează și tu o scuză sau ceva, ca să putem pleca.

– În primul rând, nu știu de ce ești TU atât de ofticată pe mine, fiindcă TU ai venit la show-ul meu, i-am zis.

– Știu, crezi că eu n-am rămas șocată când am văzut că a luat bilete? Dar ce puteam să fac, n-aveam cum să-i spun: „Hei, știi, eu nu pot să vin la spectacol, fiindcă m-am futut cu tipul de pe scenă".

– Ei, hai… am făcut și dragoste, i-am spus eu amuzat.

– Serios, Andrei. E prea mult pentru mine. Ajută-mă să pot să plec de-aici, te rog frumos.

– Ok, bine, am cedat eu. Mai fumez o țigară și-i spun că trebuie să plec.

– Merci! Și deci… Până când stai în Constanța?, m-a întrebat.

– Ar trebui să plec mâine pe la prânz, i-am zis.

– Nu poți să mai stai o seară?

– De ce să mai stau?

– Păi mă gândeam că poate ne vedem un pic mâine, la o cafea. Dar nu pot decât după 9 seara.

– Și Rareș?, am întrebat-o.

– Mă descurc eu cu Rareș, mi-a zis. Deci zi, mai stai sau nu?

– Am auzit că în Constanța sunt cele mai mișto cafele din țară, i-am răspuns, deci clar trebuie să mai stau.

– Ok, îți scriu eu mâine. Hai la masă acum, să nu intre Rareș la bănuieli, mi-a zis și a plecat. Am mai stat și eu câteva minute, ca un dubios, în fața băii fetelor, apoi am urmat-o.

P.S. – Ăsta-i punctul în care trebuie să-ți reamintesc că numele din povestea asta, la fel ca și cele din volumul I, sunt fictive. Adică numele real al Anemonei nu e ăsta, e un nume mai des întâlnit, și de-aia lui Rareș nici măcar nu i-a trecut prin minte posibilitatea ca Anemona lui, de fapt, să fie Anemona noastră.

P.P.S. – Uneori, lucrurile care par a fi oribile pot deveni cele mai frumoase. Chiar dacă ceva n-a fost așa cum ți-ai fi dorit tu într-un anumit punct, nu înseamnă că nu va fi bine. Înseamnă doar că va fi diferit. Hai să-ți dau un exemplu: după ce am dat examenul de capacitate, eu îmi doream foarte mult să intru la un anumit liceu și un anumit profil din Suceava. Deși aveam o medie destul de mare, vreo 9,50 sau ceva de genul ăsta, n-am reușit să intru unde voiam. Diferența a fost de o sutime. În momentul ăla, directoarea liceului ăluia a sunat-o pe maică-mea și i-a zis că, dacă vreau, pot să vin la ei la liceu, dar la alt profil. Și alegerea pe care o aveam eu de făcut era următoarea: să merg în locul unde voisem mereu să ajung, dar să studiez altceva față de ceea ce-mi doream, sau să mă duc la următorul liceu de pe lista mea (la care intrasem), însă la profilul pe care eu îl visam. După multe discuții cu Alfred, tabele SWOT făcute și tot felul de chestii de genul ăsta, am decis să mi depun dosarul la celălalt liceu, în ideea în care urma să mă mut în semestrul II și să fie exact cum îmi dorisem. Faza e că, atunci când am văzut cât de mișto era acolo unde ajunsesem, ce tari erau profesorii și cât de bine mă simțeam, atunci când a venit vremea să mă mut, n-am mai vrut eu și, până la urmă, am trăit patru ani de vis într-un loc în care nici nu voisem să fiu în primă fază. Așadar, ce încerc să-ți spun este că indiferent în ce situație te afli și oricât de la pământ crezi că ești, când nimic nu pare a merge așa cum vrei tu și ai impresia că toate sunt împotriva ta, tot ce trebuie să faci e să ai puțină răbdare. Cu cât e ploaia mai urâtă și mai întunecată, cu atât soarele va răsări mai tare ulterior.

PARTEA A V-A

HAWWAH

CAPITOLUL 1

Bun. Hai să recapitulăm situația în care mă aflam. Când credeam că nu mi se poate întâmpla nimic mai rău decât faptul că redevenisem virgin, că nu mai câștigasem un campionat la FIFA de la FIFA '98, că Alin pierduse a mia oară cheia de la apartament și iar trebuia să schimbăm yala (futu-te-n inimă, Alin!), că uitasem să plătesc factura la Internet (și asta însemna că nu mai puteam să downloadez a șaptezecea oară Titanicul, și să mănânc înghețată, și să plâng că moare Jack), știi ce a trebuit să fac? Să stau la masă cu bărbatul care o fute – mediocru – pe femeia visurilor mele și să-l ascult cum îmi spunea cât de tare sunt eu (da, sunt mereu tare când mă gândesc la gagică-ta), și să mă prefac că eram complet în regulă că ei doi erau împreună. Dacă m-ai fi pus să aleg între toată treaba asta și epilatul inghinal cu ceară, aș fi fost deja la salon la doamna Gina, cosmeticiana, așteptând să se încălzească ceara și programându-mi următoarele trei ședințe de epilat și de smuls pielea de pe cea mai de preț zonă a corpului meu (mă rog, după bicepși, evident).

Ideea e că, la ora 21, trebuia să mă văd cu Anemona, dragostea vieții mele, cea mai frumoasă femeie de pe planetă, îngerul coborât pe Pământ pentru a mă învăța ce e iubirea și, cel mai important, femeia care ar fi putut să mă scape de labă. Chiar și pentru o seară.

Așa că m-am trezit la 8 dimineața și am ieșit să alerg în jurul hotelului ca să fiu fit, să vadă Anemona ce pierdea. După ce am alergat fix cinci minute și aproape am făcut stop cardiac, m-am întors la hotel și am fumat o țigară. Apoi am băut o cafea, am mai fumat o țigară (mă rog, vreo trei, dar ce încerc eu să-ți spun este că duc un stil de viață super-green) și mi-am comandat un mic dejun sănătos, care avea să-mi dea energie pentru ziua ce avea să-mi schimbe viața. După ce am terminat de mâncat burger-ul, am mai înmuiat o dată cartofii prăjiți în sosul de usturoi și m-am dus să îmi fac o baie. Nu, nu să mă joc cu propriul corp, ci să mă relaxez, pentru că eram foarte stresat. Dar, știi tu, dacă tot eram acolo... nu se știe niciodată.

O baie și trei labe mai târziu (nu mă judeca, eram chiar foarte stresat, ok?), am început să mă gândesc cu ce să mă îmbrac. Da, doamnelor, și noi facem asta. Dar nu pentru că avem un miliard de haine, ci pentru că, de fiecare dată, ne gândim ce tricou să luăm pe noi care să pară cât-de-cât curățel. Norocul meu că nu aveam prea multe opțiuni, fiindcă tot ce-mi pusesem în bagaj erau două tricouri, o pereche de șosete spălate și chiloți de schimb. Adidași și blugi aveam deja pe mine, fiindcă doar nu mă pornisem în curul gol cu trenul din București în Constanța. Așa că eram pregătit țuț-a-ntâia pentru întâlnirea mea cu Anemona. Îi spusesem cu o seară înainte la ce hotel eram cazat și era stabilit că la ora 9 venea să mă ia de acolo, ca pe o mimoză sensibilă ce sunt. Nu știu care e faza cu mine, dar de cele mai multe ori, când am emoții sau trebuie să merg într-un loc important, mă stric la burtă. Deci, de la 7 jumate, eu am stat, practic, pe budă, ca să fiu sigur că nu experimentam surprize neplăcute în seara aia. M-am îndopat cu imodium atât de tare, că probabil nici dacă mă tăiai nu-mi mai curgea sânge. Am făcut baie în Smecta, am mâncat griș crud și am tras cafea pe nas, ca să nu existe nici o posibilitate să mă cac pe mine prin Constanța. După toate pregătirile astea, a sosit, în sfârșit, momentul mult-așteptat, să-mi privesc iubirea în ochi. Am ieșit din hotel, mi-am aprins o țigară și m-am așezat pe scările din fața lui, așteptând să coboare Anemona pe o rază putredă de lumină, direct în viața mea. Sau poate venea cu troleul, nu știu exact. După câteva minute, a apărut. Era mai frumoasă ca niciodată, părul ei blond umbrea lumina lunii, iar zâmbetul ei, la fel de năucitor, proiecta povești de dragoste în sufletul meu.

– Wow! Arăți splendid, i-am spus și apoi am ucis romantismul aruncând mucul de țigară pe o mașină.

– Mulțumesc frumos! Ești pregătit pentru o seară de neuitat?, m-a întrebat ea.

– Cred că da. Dar ce i-ai zis lui Rareș?, am întrebat-o suspicios.

– I-am spus că ies cu fetele în oraș. Dar, hei, seara asta nu e despre el. E doar despre noi, așa că hai să mergem.

– Unde mă duci?

– Din câte îmi aduc eu aminte, parcă-ți plăceau surprizele. Nu mai pune atâtea întrebări și ai încredere în mine, mi-a spus ea zâmbind.

M-a luat de mână, ne-am urcat în mașina ei și duși am fost. Străbăteam orașul împreună, ea conducea, și eu nu-mi puteam dezlipi ochii de la chipul ei. Nu mai conta nimic în clipele alea, nici că era logodită, nici că seara era, de fapt, un miraj și de a doua zi lucrurile reveneau la normal, nici că nu știam unde mergem, nici că nu mai făcusem sex din mezozoic, absolut nimic.

– Mamă, știu o piesă atât de tare, Doamne! Vrei să ți-o pun?, a întrebat Anemona.

– Foarte mult aș vrea să mi-o pui, i-am răspuns eu ghiduș.

– Ha-ha! Deloc previzibil. Dar, serios, e foarte tare melodia. Aprinde-mi și mie o țigară, te rog, și dă-mi-o.

– Păi, dar nu ți-o dau eu?, i-am spus amuzat.

– Pe asta chiar n-am văzut-o venind. Dar, hai, termină cu prostiile și ascultă piesa, mi-a zis Anemona râzând.

În boxele mașinii a început să se audă, cu volumul dat la maximum, piesa asta pe care te încurajez s-o asculți și tu cât citești: Raluka feat. Killa Fonic – *Dulce otravă*. Boxele bubuiau, Anemona fredona versurile, iar eu îmi hrăneam sufletul cu zâmbetul ei. Totul era perfect în clipa pe care o trăiam atunci și mi-ar fi plăcut ca seara aia să nu se mai termine niciodată. Treceam pe lângă toți oamenii din jur, dar ne simțeam invizibili, și asta era exact ceea ce cândva ne doream amândoi. Anemona a deschis geamul și a început să chiuie și să țipe, cât să audă absolut toată lumea, dar pe noi nu ne interesa ce credeau ceilalți. Se vedea că se simțea și bine și că practic avea nevoie de puțină adrenalină, ca să nu uite că încă trăia, chiar dacă alesese să ducă un stil de viață cuminte, fad și plictisitor alături de un om care era la fel. Îi era dor de ceea ce fusese, puteam să observ asta cu ușurință. A tras mașina într-o parcare și mi-a spus că trebuia să coborâm. S-a dus către portbagaj, l-a deschis și a scos de-acolo o sticlă de vodcă.

– O să las mașina aici în seara asta. Din punctul ăsta, folosim taxiul, ok?, a zis ea.

– Da, normal. Dar ce facem cu sticla aia de vodcă?, am întrebat-o.

– Nu ți-am spus să nu mai pui întrebări și să ai încredere în mine?, a zis ea, apoi m-a luat de mână și a pornit înainte. Se pare că nu ajunseserăm încă unde-și dorea.

– Ok, șefu', așa facem!

Cum ne apropiam de plajă și auzeam apa mării, mi-am dat și eu seama că eram în Mamaia. Mă uitam în jurul meu și încercam să-mi dau seama pe unde anume ne aflam, dar nu reușeam. Trecuse ceva vreme de când nu mai ajunsesem pe-acolo. Când ne-am apropiat de nisip, Anemona și-a dat jos tocurile din picioare și mi-a făcut semn și mie s-o urmez. Am ajuns la un șezlong, aproape de mare, și ne-am așezat.

– Ăsta e șezlognul pe care, acum aproape zece ani, am petrecut prima noastră seară împreună. Eram noi doi și o sticlă de vodcă, exact cum suntem și acum, mi-a spus.

– Nu pot să cred că ți-ai amintit, i-am răspuns emoționat.

– Nu era nevoie să-mi amintesc, fiindcă n-am uitat niciodată. Asta vreau să facem în seara asta, Andrei.

– Ce anume? Să stăm pe plajă și să ne-mbătăm?

– Nu. Să nu uităm.

– Eu, unul, știu că n-am cum să uit... să te uit, i-am spus cu vocea tremurândă.

– Vreau să facem astăzi tot ce-am făcut în seara aia în care ne-am cunoscut. Seara aia despre care tu ai scris o carte ce m-a făcut să mă simt cea mai importantă femeie din lume.

– Păi chiar ai fost cea mai importantă, i-am zis.

– Știu..., dar nu e cazul să ne întristăm. În noaptea asta, bucuria-i cuvântul de ordine. Hai să bem, a zis Anemona și a dus sticla la gură. Dar, vezi, ai grijă..., trebuie să-ți spun încă de pe-acum că eu am un iubit și n-aș vrea să înțelegi greșit seara asta.

– Așa mi-ai spus și acum zece ani, am zis eu și i-am luat sticla din mână.

– Știu!, a răspuns și mi-a zâmbit timid.

Eu o admiram în continuare înmărmurit, fiindcă nu-mi venea să cred la ce se gândise. Și ce era și mai surprinzător era cât de bine îi ieșea. Chiar mă simțeam ca la șapteșpe ani. Stelele îi colorau pielea, nisipul ne ținea cald la picioare, iar valurile mării mă îndemnau s-o sărut. Nimic nu putea să ne strice fericirea pe care o îmbrățișam în clipele alea amândoi.

– Fuck! Îmi sună telefonul, a tresărit Anemona.

P.S. – Ok, nimic în afară de asta. Suge-o, telefonule!

P.P.S. – Da, fetelor. Și bărbații se uită la *Titanic* și plâng pentru că nu înțeleg de ce nesimțita de Rose nu l-a lăsat și pe Jack să se urce pe scândura aia, pentru că era evident că aveau loc amândoi. Țăranco!

CAPITOLUL 2

Dă play la melodia asta înainte să citești: Carla's Dreams – Document.

–Alo?, a zis Anemona cutremurând liniștea nopții. Aa, nu știu dacă am cum, tu pe unde ești? Mhm... Mhm...

Eu stăteam și mă uitam la ea cuminte, fără să zic nimic.

–În Mamaia? Dar ce cauți acolo?, a întrebat ea. Aaa... așa deci. Foarte drăguț. Nu știu ce să zic, nu cred că pot...

Habar n-aveam cu cine vorbea, dar tot ce-mi doream era ca seara noastră să nu se termine chiar înainte de a începe.

–Păi, eu sunt în Constanța, n-am chef să vin tocmai până-n Mamaia, e prea departe. Plus c-am și băut ceva. Lasă că ne vedem mâine, dacă e. Da, mai stă, e ok. Bine, hai, te pup! Bye!, a zis și a închis telefonul.

A luat sticla de vodcă și a mai luat o gură zdravănă, apoi s-a așezat picior peste picior.

–Te-au dat dispărută?, am întrebat-o.

–Aa, nu. Raluca era, nu știu dac-o mai ții minte, prietena mea cu care lucram la hotel în vara când ne-am cunoscut.

–Daaaa, o țin minte. Vai, ce mai face?

– Ce să facă, bine. E măritată acum, are și copil. Ce-a mai trecut timpul, nu?

– Să știi că da. Voia să vă vedeți?

– Da, dar mai mult voia să te vadă pe tine, că i-am zis că ne întâlnim. Cică era prin Mamaia.

– Păi stai... noi tot în Mamaia suntem. De ce i-ai zis că ești în Constanța?, am întrebat-o eu confuz.

– Am crezut că vrei să fim numai noi doi în seara asta. Dar nu e problemă, a continuat ea, scoțându-și telefonul din buzunar, o sun și-i spun să vină încoace.

– Aaa, nu! E super-ok așa, n-are sens s-o mai deranjezi, am răspuns eu stânjenit. Dar ce tare! S-a întâmplat fix ca acum zece ani, i-am spus.

– Păi da, normal. Ți-am zis că vreau să-ți recreez noaptea aia și-o să facem tot ce am făcut atunci.

– Tot, tot?, am întrebat-o pe un ton năzdrăvan.

– Absolut tot, mi-a zis sigură pe ea.

– Dar, stai... cum puteai tu să știi c-o să sune și-n seara asta, ca să fie la fel ca data trecută?

Anemona a ridicat din umeri și a zâmbit.

– Nu pot să cred! Tu ai pus-o să-ți dea telefon și să-ți spună că-i aici. Doamne, nu ești normală!

Am început să râdem amândoi. Briza mării ne stingea gâturile mari de vodcă pe care începeam să le bem tot mai des, iar sunetul apei care se izbea de mal era ca o melodie superbă, pe care nu avusesem voie s-o mai ascult de multă vreme.

– Și? Cum îți priește viața de femeie logodită?, am întrebat-o.

– Ce pot să zic, e interesant. Mergem duminica și facem piața, ne îmbrăcăm asortat atunci când ieșim în oraș, mai puține mahmureli, știi tu, chestii dintr-astea.

– Foarte frumos, exact stilul tău, am spus eu amuzat.

– Oamenii se mai schimbă.

– Uite, vezi? Aici nu sunt de acord. Eu nu cred că o persoană poate să se schimbe. Da, sigur, poate încerca să facă sau să nu mai facă anumite lucruri de dragul celui de lângă ea, dar asta nu înseamnă că nu și le mai dorește, ci doar că alege să fie un pic altfel. Deci, tehnic, nu poți să spui că s-a schimbat.

– Nu contează dacă le face forțat sau nu, important e că nu se comportă cum ar face-o în mod normal.

– Păi și asta e bine?

– Ce anume?

– Să nu poți să fii tu în preajma omului cu care se presupune c-o să-ți petreci restul vieții.

– Ce discuții deep avem și noi, a spus Anemona.

– Dar spune-mi... îl iubești?

– Andrei, nu face asta.

– Asta, ce? E-o întrebare simplă: da sau nu, i-am zis. Nu e ceva așa complicat.

– Păi, a spus ea, ducând sticla de vodcă la gură, el mă iubește pe mine foarte mult. Serios, efectiv ar face absolut orice pentru mine. Încă din ziua aia când m-a văzut plângând la birou, deși nu ne cunoșteam atât de bine, a mers la șefa mea de-atunci și i-a spus că avea treabă urgentă cu mine și m-a dus la o cofetărie. Mi-a spus că, dacă mâncam ceva dulce, sigur se rezolva, orice aș fi avut...

– Eu nu mă-ndoiesc de ce simte el pentru tine. Dar te-am întrebat pe tine, ce simți tu?

– Nu vreau să fiu copil și să cred că pot să mai am parte de dragostea aia de la douăzeci de ani, dragostea aia care-ți înmoaie picioarele când îl vezi pe cel de lângă tine, care te face să nu te intereseze de nimic altceva, dragostea aia de care ți-e poftă atunci când nu-l ai pe omul ăla lângă tine... știi tu, dragostea aia pe care o simțeam noi.

– Hmm... nu cred că ține de vârstă chestia asta. Nu vreau să fiu de căcat, dar eu simt chestiile alea pe care le-ai enumerat tu mai sus și la două'șase de ani, atunci când sunt cu tine, i-am zis. Cred că e vorba mai degrabă despre persoana potrivită, nu despre vârsta pe care o ai.

– În fine, ideea e că probabil, cu timpul, o să mă-ndrăgostesc și eu de el. E un om bun, are grijă de mine, nu-mi dă bătăi de cap și sunt liniștită. Cu trecerea anilor, o să vină și iubirea, așa cred.

– Anemona... iubirea funcționează invers. Nu de la minus la plus.

– Adică?

– Adică nu poți să stai cu cineva și să speri să-ți crească sentimentele. Ele trebuie să fie acolo, și timpul doar să le consolideze. Nu poți să faci ceva din nimic. Gândește-te așa: dacă tu ai o casă doar pe un nivel, în timp, poți să-i mai construiești câteva etaje. Dar ai nevoie de fundație, că nu poți să contruiești etajele-alea pe nimic. Așa și la tine, dacă acel ceva nu există deja, nu poți plusa. Nu poți adăuga chestii la ceva ce nu există, mi-am terminat eu pledoaria.

– Mamă, al naibii, ce filosof te-ai făcut, a zis ea râzând.

– Da, păi... am și scris o carte, am glumit eu.

Gândește-te la cât de greu e s-o asculți pe fata despre care știi că e perfectă pentru tine povestindu-ți despre relația ei cu altcineva, imaginează-ți cum e s-o vezi că se consumă în timp ce tu încerci să îi dai sfaturi obiective despre ce crezi că ar trebui să facă. E ca și cum ai fi spectator la meciul în care trebuia să fii căpitanul echipei și te uiți la echipa ta cum pierde, dar nu ai cum să faci nimic s-o salvezi.

– Eu cred că, decât să-mi explici iubirea, mai bine îți încălzești gâtul cu niște vodcă, fiindcă trebuie să-mi cânți în curând.

– Să-ți cânt?

– Normal! Crezi că numai eu fac în seara asta lucrurile pe care le-am făcut prima oară când am stat amândoi aici? Nu, domnule Ciobanu, și dumneavoastră trebuie să faceți la fel, mi-a zis ea și mi-a întins sticla de vodcă. S-a așezat mai confortabil pe șsezlongul pe care stătea, s-a înfofolit în geacă și mă privea, dând viață amintirilor noastre atât de îndepărtate, care parcă se întâmplaseră într-o altă viață. Mă uitam la ea și realizam de ce mă îndrăgostisem cu aproape zece ani în urmă.

– Ok, ești pregătită?, am întrebat-o.

– Da!

– Asta-i bine, fiindcă eu nu sunt, am râs eu.

– Am încredere în tine, mi-a zis.

– Bine faci. Ahem!, mi-am dres gâtul. Ce vrei să-ți cânt?

– Știi foarte bine ce vreau să-mi cânți, a răspuns. Hai, s-auzim!

Am tras aer adânc în piept, am mai luat o gură de alcool și am început:

– „Am privit-o-n ochi... ultima oară, lacrimile curgeau, erau atât de amare... Mă ruga să n-o uit, simțea că-i ultima vară, iar eu îi spuneam: așa iubirea nu moare..."

Anemona a început să râdă.

– „Nu știam că era ultima noapte, când puteam fi atât, atât de aproape... îmi amintesc doar, vorbe deșarte, când o priveam, în ultima noapte... Ultima privire mi-a rămas în amintire, ca un vis, ca o poveste dispărută-n nori..."

A început să cânte și ea cu mine.

– „Oriunde-ai fi... eu te voi găsi, oriunde tu ai fi, eu te voi iubi... oriunde-n noapte sau zi te voi găsi, în sinea mea când voi iubi... dulcea mea..."

Iar eu am început să cânt mai tare:

– „Anemonaaaaaa... te voi găsi."

S-a uitat la mine cu ochii pierduți, surprinsă probabil de faptul că nu uitasem varianta pe care i-o cântasem atunci. Ne aflam într-un cadru perfect, stăteam la o bucată de noapte pe un şezlong, pe plajă, nici urmă de altcineva prin jurul nostru, vântul bătea cât să ne oblige să ne îmbrățișăm și luna îi dezmierda ei părul, iar mie – dorinţele. Mă simţeam din nou ca în liceu, eram iarăşi puştiul ăla din Suceava care venise la mare ca s-o uite pe colega lui de bancă și se îndrăgostise de o fată care avea să-i pună stăpânire pe suflet.

– Și uite că m-ai găsit. Din nou, a spus Anemona, apropiindu-se de mine. Inima-mi bătea din ce în ce mai tare, palmele au început să-mi transpire și buzele îmi tremurau. Mă simţeam ca înainte de teză și nu știam cum să reacționez. Uimitor cât de natural era totul în preajma ei, spre deosebire de toate celelalte femei pe care le cunoscusem după ce-a plecat ea. Parcă nu trebuia să mă chinui să spun lucrurile potrivite, nu eram nevoie să-mi controlez fiecare mișcare și eram incredibil de relaxat. Marea mirosea a iubire în noaptea aia și ne legăna privirile, încrucișându-le. Chipul superb al Anemonei, lipsit de orice grijă a lumii noastre, mă fascina. Dintr-odată, am observat-o venind și mai aproape de mine și, într-un vuiet de simțiri colorate, m-a sărutat. Mi s-au tăiat picioarele și efectiv am ameţit. Nu era prima oară când ne sărutam, dar parcă așa s-a simțit... A fost un sărut atât de intens și de pasional, încât am avut impresia că era primul din viața mea. Anemona și-a pus degetele peste buzele mele, iar apoi și-a lăsat mâna în jos, mângâindu-mă pe gât.

– Așa da! Cred că, dacă mă lăsam în baza ta, nu se mai întâmpla niciodată asta, mi-a spus ea zâmbind.

– Păi... da, probabil că ai dreptate, am răspuns eu timid.

– Exact ca acum zece ani, nu?, mi-a zis și a ridicat sticla în aer.

– Știi că practic au trecut doar nouă, nu?, i-am spus zâmbind.

– Ei, rotunjim și noi. Și, oricum, nu 9 a fost mereu numărul tău de la fotbal?

– Nu-mi vine să cred c-ai ținut minte și asta, i-am răspuns șocat.

– Din păcate, n-am prea putut să uit nimic din tot ce are legătură cu tine.

– Sau din fericire, am corectat-o eu.

– Sau din fericire, corect. Să știi că mai am niște surprize pentru tine în seara asta. Hai să mergem până la mașină, că trebuie să iau ceva de-acolo. Plus că s-a făcut și frig și cred că e mai bine să ne retragem.

– Ha-ha! De data asta, n-am înțeles „să ne-o tragem“, dar mă bucur că-ți aduci aminte chiar și asta, i-am zis și am început să râd.

– Nu asta ai înțeles? Of, cred că trebuie să fiu mai explicită, mi-a răspuns ea și s-a ridicat de pe șezlong. Hai să mergem!

P.S. – Ultima oară când am fost cu o tipă, noaptea, în mașina ei, nu s-a terminat atât de bine. Situația, nu tipa. Off, concentrează-te puțin și nu te mai gândi la sex. Jesus!

P.P.S. – Este incredibil cum toate căcaturile care mi se întâmplaseră în ultima vreme au încetat efectiv să mai conteze în clipa în care am văzut-o pe Anemona. Nu știam ce urma să se mai întâmple în seara aia, dar uneori e mai bine să lași lucrurile să continue de la sine decât să încerci să le controlezi tu. Ai putea să ai parte de niște surprize. De-asta ți se întâmplă chestii interesante atunci când bei, fiindcă nu mai deții controlul sută la sută și abia atunci când nu-ți mai pui o mie de întrebări legate de fiecare lucru s-ar putea să iei cea mai bună decizie. Sau sifilis, depinde, cum ți-e norocul.

CAPITOLUL 3

Stăteam pe bordura din fața mașinii ei, într-o parcare la fel de pustie precum sufletul meu, și mâncam o banană. Mi-era destul de clar că Anemona nu era fericită cu viața pe care și-o alesese și-acum, că-l cunoscusem pe gagică-său, puteam să și înțeleg de ce. Nu era un tip nașpa, nu părea c-ar fi prost sau alte chestii de genul ăsta, însă era mai banal decât un bilet de autobuz. Nu ieșea cu nimic în evidență, îi plăceau lucruri simple, avea nevoi primare și singurul efort intelectual pe care-l făcea era când trebuia să hotărască dacă-și cumpăra hârtie igienică portocalie sau albă. Nu vreau să spun că eu eram mai bun decât el, dar eu eram mai bun decât el. Ce? Ăsta-i adevărul. Faza e c-am rămas un pic dezamăgit de alegerea ei, fiindcă Rareș părea mai mult genul de tip pe care l-ar fi ales Ramona: o alegere sigură, cu care poți să faci rată pentru a-ți cumpăra frigider, te scoate sâmbăta la grătar, alături de alți oameni la fel de plictisitori ca el, și e mulțumit dacă-i faci un sex oral de ziua lui. Oare despre asta e vorba, de fapt? Până la urmă, toate femeile își doresc lângă ele un pariu sigur, care să fie acolo oricând au ele nevoie și să le dea supă de pui atunci când sunt răcite, în dauna unuia cu care clar se potrivesc mai bine, dar nu au niciodată certitudinea că va fi toată viața lângă ele? Pentru că eu mă gândesc așa: dacă și o femeie precum

Anemona tot asta și-a ales, înseamnă că eu sunt cel idealist, care crede că toți avem o jumătate pe care trebuie s-o găsim, cu care să ne potrivim în toate și care ne dă senzații dubioase în stomac la fiecare privire. Se pare că nu există, de fapt, suflete-pereche, ci doar compromisuri. Despre asta să fie vorba, în realitate, când discutăm despre iubire? Dacă răspunsul e da, înseamnă că toate filmele, toate cântecele sau cărțile de dragoste au mâncat căcat cu găleata, și nimic nu-i atât de complicat cum ne place nouă să credem.

– Hai, mai dă-mi să trag un fum, că apoi sun la un taxi, mi-a zis Anemona.

– Păi unde mergem?, am întrebat-o.

– E surpriză, mi-a spus ea cu un zâmbet în colțul gurii.

– O să te cred pe cuvânt, fiindcă ultima oară când mi-ai făcut tu o surpriză, ei bine... știi și tu care a fost.

– Da... cele patru lucruri pe care nu le-ai mai făcut niciodată. Mi-ar plăcea să-ți mai pot face o surpriză de genul ăsta și în seara asta, dar cred că, după zece ani, mi-ar fi cam greu să mai găsesc astfel de lucruri. Erai mic atunci... și inocent.

– Și-acum tot inocent sunt, să știi, i-am zis eu zâmbind.

– Daaaa, cel mai inocent tu ești. Mă mir că nu te pun ăștia papă, a spus ea râzând.

– Păi, nu au cum, că nu-s catolic. Altfel, sigur m-ar pune...

– Ce-i drept, îți stă bine îmbrăcat în alb, cred c-ai fi un papă bun.

– Așa e, aș fi. Bine, mai puțin la partea cu băieții minori, dar în rest, aș fi super. Papa Andrei Ciobanu Primul.

– Cred că e Papa Andrei Ciobanu Întâiul, de fapt, a spus ea amuzată.

– Sau Papa Andrei Ciobanu Number 1, adevărat.

– Oficial, a completat ea.

Am început să râdem amândoi și cred că bananele începeau să-și facă efectul destul de repede. Bine, nici faptul că le combinaserăm cu aproape jumate de sticlă de vodcă nu a ajutat foarte mult, însă, până la urmă, o viață avem, nu-i așa? Anemona a chemat un taxi, ne-am urcat în el și am pornit spre următoarea destinație, eu neștiind ce mă aștepta și-acolo. Oricum, alături de ea, nu putea să fie vorba de ceva care să nu-mi facă plăcere, așa că mi-am pus creierul pe pauză și am decis să mă las dus de val. După vreo cinșpe minute de mers cu mașina, ne-am dat jos și am ajuns în fața unui club. Am intrat acolo și Anemona m-a dus direct la bar, a comandat patru shot-uri și le-am dat peste cap, fără pauză între ele. Barmanul se uita complice la noi, apoi ne-a mai dat câte un shot din partea lui, s-a apropiat de mine și mi-a zis:

– Foarte tare cartea, frate! Efectiv m-a ținut treaz câteva nopți, până când am terminat-o. Când apare volumul al doilea?

– Merci frumos, mă bucur că ți-a plăcut. Volumul al doilea ar trebui s-apară în 2017, dacă merge totul conform planului.

– Ei, hai, că nu mai e așa mult, a zis el. Hai noroc și distracție plăcută în Constanța!

Am ciocnit și cu el, am băut și băuturile-alea, și deja privirile începeau să ni se încețoșeze, iar judecățile să ni se întunece.

– Nu recunoști clubul ăsta?, m-a întrebat Anemona.

– Nu cred, am răspuns. Am mai fost aici?

– Mă gândeam eu că n-o să ți se pară cunoscut, că l-au renovat ăștia. Dar ăsta e clubul ăla unde am mers atunci când ai venit la mine, am băut, ne-am distrat și apoi am mers în baie și...

– Vai! Nu pot să cred! Ăsta e?, am întrebat-o eu, cu ochii mari.

– Da, mi-a răspuns râzând.

– Arată total diferit.

– Știu, păi, au trecut aproape zece ani, totuși, era dubios dacă arăta la fel. Dar baia să știi că nu e foarte schimbată, a spus ea chicotind.

– Doamne, ce nebuni eram pe-atunci! Să știi că n-am mai făcut niciodată sex în baie, tu ai fost prima și ultima cu care am făcut chestia asta.

– Aww, ce drăguț. Deci am rămas singura fată cu care ai făcut un anumit lucru.

– Ei, încă ești singura din mai multe puncte de vedere, am completat-o eu.

S-a uitat la mine fără să spună nimic. Muzica bubuia în boxe, oamenii din jurul nostru se distrau, barmanii umpleau paharele, iar eu eram acolo cu femeia visurilor mele. E-adevărat că nu era cea mai fericită circumstanță aia în care ne aflam noi, însă, până la urmă, tot ce conta era ce se întâmpla, nu cum se întâmpla. Carpe diem, nu? Parcă așa era aia de și-o tatuează toate pițipoancele pe claviculă.

La un moment dat, a început să se audă pe fundal Calvin Harris feat. Rihanna – *This Is What You Came For*.

– Vai, cât îmi place piesa asta, mi-a spus Anemona. Hai să dansăm!

– Știi că mie nu îmi place să dansez, sunt ok. Stau aici la bar și beau o apă, să mă mai hidratez. Dansează tu, i-am spus. „Știi cât de mult îmi place să te privesc dansând“, mi-am spus.

Așa că Anemona a început să se miște, iar eu o priveam admirativ, fiindcă știam ce urma să se întâmple. Nu pot să explic în cuvinte, dar avea fata asta un stil de a-și undui fiecare părticică din corp pe ritmul muzicii, de nu-ți venea să crezi. Fiecare beat al piesei parcă trecea prin sângele ei și exploda în exterior. Avea o expresie a feței extrem de sugestivă, ochii și-i ținea închiși, și parcă melodia aia fusese scrisă și produsă doar ca să danseze Anemona pe ea, făcând-o mai frumoasă. Bineînțeles că din ce în ce mai mulți oameni s-au oprit din orice făceau, și toate privirile automat s-au întors către fata aia blondă care parcă se excită atunci când dansează. Cu orice nou moment petrecut în preajma ei, aveam un zâmbet amar pe față, fiindcă eram conștient că nu va mai fi niciodată a mea. Femeile începeau s-o urască, fiindcă iubiții lor se uitau doar la ea; bărbații și-ar fi dorit s-o futǎ. Eu cred că e mai greu să fii o tipă mișto, decât să fii urâtă. Fiindcă, dacă ești o fată frumoasă și arăți bine, din cauza asta ai ajuns să fii sătulă de toți tipii care se bagă în seamă la tine absolut peste tot (Facebook, sală, club, oraș etc.). Și problema nu-i că se bagă în seamă, fiindcă știm amândoi că îți place atenția. Sunt două probleme aici:

1. genul de oameni care se bagă în seamă;
2. felul în care îți vorbesc și te privesc te deranjează.

Că se comportă de parcă, pe lângă țâțele alea mari sau curul ăla tonifiat, nu mai e nimic interesant la tine și te frustrează asta. Fiindcă, dac-ai vedea că nu poți să porți niște discuții cu oameni inteligenți, dac-ai vedea că te depășesc anumite subiecte sau ai fi corectată atunci când scrii chestii, poate c-ai înțelege. Dar ți se pare nedrept, fiindcă știi că ești o tipă isteață și uneori o invidiezi pe prietena aia a ta care e grasă, și iubitul ei totuși o place și o iubește pentru felul ei de a fi, pentru ceea ce reprezintă ca om, și nu pentru că vrea să-și dea drumul între sânii ei. Mai mult decât atât, până la urmă, n-ar fi o problemă că se bagă în seamă toți cocalarii, interlopii, culturiștii sau machidonii. Dar, vai, cât de mult ți-ar plăcea să vadă un pic peste „vreau s-o fut pe asta diseară" și să vrea totuși mai mult. Tu n-ai nevoie de o relație. Tu ai nevoie să fii salvată. Exact așa simţeam şi în legătură cu Anemona, însă eu mereu am avut chestia asta şi simt nevoia să intervin dacă mi se pare că o fată se află în pericol (indiferent de felul pericolului). Psihologii îi spun „complex mesianic", dar nu are sens să ne pierdem în tehnicalităţi.

Ce căcat cauţi tu lângă unul ca Rareş?, mă întrebam eu în tot timpul ăla în care ea dansa. Fără să-mi dea prea mult timp la dispoziţie pentru a pricepe ce-mi dădea cu virgulă, Anemona a venit mai aproape de mine şi mi-a atins corpul cu corpul ei. S-a întors cu spatele, şi-a poziţionat fundul direct pe nasturii blugilor mei şi a început să-l mişte din ce în ce mai ritmat. Faptul că nu mai atinsesem un corp de femeie de multă vreme nu pot să spun că mi-a fost de ajutor în situaţia aia, aşa că bineînţeles c-am început să mă gândesc la declinarea a doua din limba latină, la negrul de sub unghii şi la Rareş, ca să nu mi se scoale şi să mă fac de căcat în tot clubul ăla. Anemona s-a întors către mine, m-a luat în braţe şi m-a sărutat. În momentul ăla am fost atât de fericit, încât au început să-mi ţâşnească unicorni din ureche, alături de curcubeie feerice şi zâmbete de copil (asta putea fi şi de la banane, dar o să spunem că era de la sărut). Eram mai bucuros decât atunci când îmi picase un jucător de legendă la FIFA, şi în sufletul meu efectiv cântau manele. Clubul parcă se învârtea cu noi doi (asta putea fi şi de la alcool, dar o să spunem că era de la sărut), iar eu nu-mi dădeam seama dacă ceea ce auzeam era basul melodiei sau artificiile imaginare care pocneau deasupra noastră. Anemona i-a făcut semn barmanului să ne mai dea două shot-uri, iar el, fiind martor la tot ce se întâmplase mai devreme, s-a conformat rapid.

– Vrei să mă-mbeţi şi să profiţi de mine?, am întrebat-o.

– Nu știu, vrei să te îmbăt și să profit de tine?, mi-a răspuns în timp ce-mi înmâna shot-ul de tequila.

– Depinde ce înseamnă asta, i-am zis.

Anemona mi-a luat mâna în mâna ei, a ridicat-o la nivelul pieptului, a turnat niște sare pe degetul meu, iar apoi, dintr-o mișcare simplă și lentă, a lins toată sarea și a rămas cu degetul meu în gură. Mai ții minte cum îți spuneam, mai devreme, că mă gândeam la toate chestiile cele mai nasoale care-mi veneau în minte, doar ca să nu mi se scoale? Ei bine, în clipa asta, nu mai funcționa nici una dintre ele.

– Mergem?, m-a întrebat Anemona, cu privirea plină de păcat.

P.S. – Mi se părea de necrezut cum reușeam să fiu atât de relaxat în preajma ei, fără să-mi pun o sută de întrebări, fără să-mi fac o mie de scenarii și fără să-mi măsor de milioane de ori fiecare gest. Totul decurgea în mod natural și, când eram cu ea, simțeam că nu-mi doream să fiu în nici un alt loc, cu nici o altă persoană. Și, deși sunt sigur că și ea simțea la fel, în continuare nu eram împreună. Nu era corect, dar, pe de altă parte, iubirea nu e matematică, deși se pare că eu sunt la fel de slab la amândouă.

P.P.S. – Oricum, rămân la concluzia că alcoolul e foarte bun în situații de genul ăsta. Unul dintre comedianții mei preferați are o glumă care îmi place foarte mult și mi se pare foarte adevărată. Jim Jefferies zice așa: „Nu am încredere în oamenii care nu beau alcool, fiindcă toate poveștile lor se termină cu: Și-apoi am ajuns acasă".

CAPITOLUL 4

Era aproape două. Am ajuns la hotelul unde eram cazat, am trecut pe lângă ocheadele pline de judecată ale paznicului, am intrat în lift și ne îndreptam spre camera mea. Ne sărutam frenetic și, atunci când s-au închis ușile glisante, Anemona m-a izbit de oglinda liftului și m-a prins de prohab.

– Doamne, ce dor mi-a fost de tine!, mi-a șoptit.

Dă play la melodia asta ca să vii cu mine în poveste: DJ Khaled feat. Nicki Minaj, Chris Brown, August Alsina, Jeremih, Future & Rick Ross – Do You Mind.

N-am putut să reacționez în nici un fel și, chiar dacă-mi plăcea foarte mult ce se întâmpla, îmi dădeam seama că mă păcăleam singur. Tentația e mai puternică decât rațiunea. De cele mai multe ori, deși realizezi că nu e bine ce faci, nu te poți abține și îți cauți scuze cu care să-ți justifici acțiunile. Iar chestia asta o faci doar față de tine, pentru că, dacă tu consideri că ai procedat corect într-o anumită situație, indiferent de ce cred ceilalți, măcar ești împăcat cu tine. Să-ți dau un exemplu: cu toții suntem de acord că e greșit să-ți înșeli iubita. Însă, dacă o faci, o să încerci să găsești niște motivații complexe și trase de păr până când ajungi să le crezi și tu. Și-o să-ți spui c-ai făcut chestia asta fiindcă ești stresat de la muncă și, până la urmă, dacă nimeni nu află niciodată, nu e mare chestie. După aia, o să-ţi spui că doar o partidă de sex nu se pune, dacă nu a implicat sentimente, și că tu știi clar c-a fost doar o aventură și n-a însemnat nimic mai mult. Iar apoi o să cauți confirmarea altor oameni care au făcut și ei același lucru și-o să ajungi la concluzia că ceea ce nu știi n-are cum să te rănească și o să poți dormi liniștit noaptea. Iar în situația în care mă găseam în momentul ăla, culmea, nu eu eram cel care făcea ceva greșit, dar tot eu mă simțeam prost. Dar asta pentru că știam prin ce trecusem eu după ce o înșelasem pe Anemona cu Ramona și cum regretasem în fiecare zi chestia asta, crezând că tocmai ăsta fusese motivul pentru care pierdusem iubirea vieții mele.

Am ieșit din lift și am continuat să ne sărutăm tot drumul până la cameră, apoi cu greu am nimerit să bag cartela și am intrat. Anemona m-a trântit pe pat și s-a așezat peste mine. Și-a aruncat geaca pe covor, mi-a dat și mie tricoul jos și efectiv mă devora. Nu știu dacă ăsta era stilul ei ori i se-ntâmpla doar cu mine, dar nu m-am simțit niciodată mai dorit de o femeie așa cum pățeam cu ea. A început să-și miște șoldurile ușor de jos în sus, de parcă mai era încă pe ringul de dans, mi-a luat mâinile și le-a așezat atent pe fesele ei și a început să se joace cu un deget peste buzele mele. Părul mi s-a ridicat pe tot corpul și fiorii au început să danseze peste pielea mea. Cu toate lucrurile care se întâmplaseră în seara aia, mi-am dat seama că aveam mare nevoie de ce se întâmpla, dar aveam și mai mare nevoie de Anemona lângă inima mea. Poate părea un act de lașitate că n-am lăsat pe nimeni să se apropie de mine în tot timpul ăsta și poate că, din afară, am dat impresia că-mi puneam singur piedici în calea fericirii din cauza dorinței mele capricioase de a-mi termina povestea alături de cea cu care începuse, însă e mult mai ușor să judeci din exterior. Și tu ai iubit pe cineva atât de mult încât ai simțit că orice respirație devine inutilă în lipsa persoanei respective, dar, chiar și așa, poate mă judeci în clipa asta și nu înțelegi de ce nu m-am forțat să trec peste și să fiu cu altcineva. Însă, oricât de mult mă învinovățești sau mă condamni pentru deciziile mele, sunt sigur că, pe undeva, mă înțelegi și realizezi că, în situația mea, poate și tu ai fi procedat la fel.

Anemona și-a aruncat bluza peste veioza care lumina duios încăperea. Tatuajul ei cu *Je ne regrette rien* parcă insista să-mi dea dreptate în toate acțiunile mele și mă făcea s-o doresc din ce în ce mai mult. Se pare că, pentru mine, Anemona era ca mersul pe bicicletă: n-aveam cum s-o uit niciodată (sau îmi plăcea să stau călare pe ea, depinde cât de sensibil ești). Îmi simțeam pielea fierbinte cum parcă se cerea dezbrăcată de haine și fiecare sărut pe care-l simțeam pe corp era ca o gură de aer. Femeia asta devenise pentru mine și agonie, și extaz, în același timp, iar în momentul ăla nu mai conta nimic. Eram doar noi doi, într-o cameră din Constanța, vărsând pasiune unul pe celălalt. Am întors-o cu fața în sus și m-am așezat peste ea, i-am strâns ambele mâini la piept și-i simțeam inima cum se chinuia să-i evadeze din piept. Am observat că-și făcuse un tatuaj nou, pe claviculă, și mai scria ceva pe pielea ei fină. Am zâmbit atunci când l-am văzut.

Îmi plăcea atât de mult de ea, încât mă durea. Pe de-o parte, era tot ce-mi doream de la o femeie. Era inteligentă și amuzantă, de fiecare dată când o vedeam zâmbind mă topeam ca zăpada în martie, îmi plăcea la nebunie felul în care-i mirosea pielea aia fină și albă, atunci când o făceam să râdă simțeam ca o victorie și-mi doream s-o țin strâns la pieptul meu și să nu-i mai dau drumul niciodată. Dar, pe de altă parte, faptul că era total instabilă și imprevizibilă mă făcea să nu-mi dau voie să stau în preajma ei mai mult decât trebuia. Fiindcă, deși eram conștient de faptul c-aș putea să mă îndrăgostesc de ea în orice clipă de neatenție, știam că, așa cum m-ar fi putut răni ea, n-ar fi putut să mă rănească nici o alta. Imaginează-ți c-ai fi alergic la alune. Și, la un moment dat, te-ai afla pe-o insulă pustie, n-ai mai bea apă și n-ai mai mânca nimic timp de trei zile. Iar dintr-odată, cineva ar veni la tine cu o friptură suculentă, niște cartofi prăjiți cu brânză, un pic de mujdei de usturoi și o sticlă de Cola rece. Dar, în friptura aia delicioasă și superbă, ar fi alune pisate. Cam așa era Anemona pentru mine. Oricât de mult mi-aș fi dorit s-o simt, s-o savurez și să-mi potolesc urletele din creier cu ea, știam că, într-un final, m-ar ucide. Cam asta era alegerea pe care o aveam de făcut. Puteam să mor cu ea în clipele alea și nici că mi-ar fi păsat. Dar ea, oare, ar fi murit cu mine?

O sărutam pe tot corpul, iar respirația ei devenea tot mai greoaie. Îmi era din ce în ce mai dificil să mă stăpânesc și toate simțurile mi-o luaseră razna. Ne uitam unul la celălalt și înțelegeam tot, fără să fie necesar vreun cuvânt. Timpul se oprise în loc pentru noi încă o dată, eu îmi plimbam fața nebărbierită peste sânii ei moi și simțeam cum pielea ei mirosea a fericire.

– Nu putem face asta, i-am zis.

– Ba da, vreau să te simt în mine, mi-a răspuns ea.

– Și eu vreau lucrul ăsta mai mult decât orice, dar nu pot să-l fac.

– De ce nu, s-a întâmplat ceva?, m-a întrebat.

– Da.

– Ce?

– Totul, i-am răspuns și m-am ridicat de pe ea.

Tot alcoolul mi-a părăsit instant creierul și eram mai lucid ca niciodată.

– Cum adică totul?

– Anemona, oricât de mult te vreau și oricât de mult m-aș urî pentru ceea ce urmează să fac, n-am de ales. Nu mai pot continua așa, i-am zis.

– Așa cum?

– Așa... cu toată treaba asta dintre noi. Ești a altcuiva, ai ales să pleci de lângă mine și nu poți să îmi ceri ca, de fiecare dată când ne vedem, să mă comport ca și cum nimic nu s-ar fi întâmplat, să ne futem și-apoi să ne vedem fiecare de viețile noastre.

– ...

– Serios. Chestia asta mie-mi face mai mult rău decât bine. Tu mâine te-ntorci la iubitul tău și la viața ta de cuplu, iar eu trebuie să plec înapoi la București și să plâng după tine. Tu ai idee cum e să te caut în fiecare fată și să nu te găsesc niciodată? Crezi că mie mi-e ușor s-adorm în fiecare noapte cu gândul la tine și să mă trezesc dezamăgit, fiindcă sunt singur în pat?

– Nu cred că ți-e ușor, dar m-am gândit că te simți bine și tu alături de mine. Și de fiecare dată când ne întâlnim, eu...

– Asta e și problema, am întrerupt-o eu. Că mă simt bine doar alături de tine. Și faptul că, de fiecare dată când ne întâlnim, se-ntâmplă același lucru mie-mi dă speranțe. Și niciodată n-am să reușesc să te uit, în ritmul ăsta.

– Păi nici eu nu te-am uitat, doar vezi și tu că, de fiecare dată când ne vedem, cedez în fața ta și trec peste toate principiile pe care le am, ajungând, într-un fel sau altul, tot cu tine în pat.

– Văd. Tocmai de-asta îți spun lucrurile astea. Din punctul meu de vedere, e clar că nu îl iubești pe Rareș, iar tu știi bine asta. Și nu mi se pare corect față de nici unul dintre voi chestia asta. Crezi că el, dac-ar ști asta, și-ar dori să vă căsătoriți?

– El știe că sentimentele mele nu sunt la fel de puternice ca ale lui și a fost de acord cu asta, mi-a tăiat-o ea.

– Fii serioasă! Una e când unul iubește mai mult și altul mai puțin și alta e când nu e deloc iubire din partea unuia dintre voi. În adâncul sufletului, știi și tu că greșești.

– Bine că știi tu mai bine, mi-a zis.

– Nu trebuie să fii savant să-ți dai seama că nu m-ai uitat nici tu pe mine, chiar dacă nu vrei să recunoști. Lasă-l pe el, ia-mă pe mine.

– Nu pot să fac asta, i-aș frânge inima.

– Și, prin ce faci acum, oare nu mi-o frângi pe a mea? Nici nu mă vrei, dar nici nu mă lași în pace, și eu chiar nu mai pot continua așa. Trebuie să te hotărăști dacă îți dorești să rămâi într-o relație de compromis și să te întrebi toată viața „ce-ar fi fost dacă" sau ești dispusă să-ți asculți inima, fără să te mai gândești la restul lucrurilor.

– Nu-i așa ușor, Andrei. Offf, a spus ea aprinzându-și o țigară.

– Niciodată n-o să existe un moment mai bun decât acum. Oricât de mult am amâna o decizie, până la urmă tot va trebui s-o înfruntăm și să facem o alegere. Mai devreme sau mai târziu, tot va trebui să faci o alegere care să te facă pe tine fericită. Fie că sunt eu, fie că este el.

– Crezi că-i atât de simplu? Ce vrei să fac?, a țipat ea. Să merg acasă și să-l anunț că-l părăsesc, fiindcă nu l-am iubit niciodată? Să-i spun că, în ziua în care m-a găsit plângând la birou, muream de dorul tău și-mi părea rău pentru ce făcusem? Vrei să afle că, de fiecare dată când e în mine, eu mă gândesc la tine? Asta-ți dorești?

– Nu, nu asta îmi doresc. Tot ce îmi doresc eu este să fii sinceră cu tine și să faci ceea ce crezi tu că e bine.

– Te urăsc în momentul ăsta, știi, da?, a spus ea aproape plângând.

– Nu mă urăști. Dar am nevoie să înțelegi că eu îmi doresc o relație cu tine, nu doar niște firimituri. Chiar dacă sună ciudat ce-o să-ți spun acum, și probabil c-o să regret, nu îmi doresc doar să ne futem când ne vedem. Îmi doresc mai mult decât atât, i-am zis.

– Știu, Andrei...

– Și nu uita, eu te-am iubit numai pe tine și mi-am dat seama că nimeni nu-ți poate lua locul. Mingea e în terenul tău, e mutarea ta. Gândește-te bine, pune în balanță totul, fă o analiză SWOT dacă e nevoie și fă ceea ce crezi că e necesar. Eu o să mă opresc aici. Am obosit...

P.S. – Suge-o, Andrei!, știu deja că la asta te gândești. Dar cel mai trist e că eu mi-am dat sigur să o sug.

P.P.S. – Probabil că patruzeci la sută dintre cei care citesc povestea asta se gândesc acum: „Doamne, ce idiot ești! Cum să n-o fuți?“, ceilalți patruzeci la sută își zic „Așa e, asta a fost decizia matură. Bravo, Andrei!“, iar zece la sută dintre voi se întreabă ce scria pe clavicula ei. O să afli până la finalul cărții, promit.

CAPITOLUL 5

După toată treaba pe care am trăit-o la Constanța, m-am întors la București cu sufletul împăcat, fiindcă știam că făcusem tot ce era omenește posibil pentru a o recupera pe Anemona. În sfârșit, am avut și eu closure și am realizat că, din clipa aia încolo, nu mai ținea nimic de mine. Se vedea că Anemonei nu-i picase bine ce-i spusesem și că unele chestii o duruseră, însă, de cele mai multe ori, adevărul e cel mai greu de acceptat. Din când în când, cu toții avem nevoie de o trezire la realitate, fie că vine din interiorul nostru, fie din partea altcuiva. Ideea e că eu m-am întors acasă super-relaxat și împăcat cu toată situația. Am înțeles că orice aș fi făcut eu și oricât m-aș fi chinuit, lucrurile s-ar fi așezat, până la urmă, tot cum ar fi vrut ele și că, dacă Anemona avea sentimente pentru mine, aș fi aflat la un moment dat. Dacă nu, tot era un lucru bun, fiindcă o relație nu poate funcționa când și-o dorește doar unul din doi.

– Ce faci, boss, cum a fost la Constanța?, m-a întrebat Alin din dreptul ușii.

– Bine, voiam să joc o FIFA, i-am răspuns. A fost bine la Constanța, mișto show-ul.

– Mă bucur s-aud asta. Mai ai de plecat pe undeva?

– Da, plec weekendul viitor în Moldova (n-o să-ți spun orașul exact, fiindcă nu vreau să se afle cine sunt oamenii despre care urmează să-ți povestesc, așa că îți spun doar regiunea în care era). De ce?

– Întreb și eu. În ce zi pleci?

– Vineri seară am spectacol, mă-ntorc sâmbătă, i-am răspuns.

– Nu vrei să stai până luni?, m-a întrebat el.

– Ce căcat să fac până luni acolo? Am vineri show-ul și mă întorc sâmbătă. Dar de ce?

– Voiam s-o chem pe una la mine și s-o fut în patul tău, că m-am plictisit de-al meu, a răspuns Alin.

– Ce să faci?, am întrebat eu surprins.

– Da, mă. Ce te superi așa, doar nu e prima oară când fac asta.

– Cum adică nu e prima oară?

– Păi am mai făcut asta când ai fost tu plecat prin țară, mai schimb și eu decorul.

– Deci, când eu plec de acasă, tu faci sex la mine în pat?

– Yeap!

– Wow. Nici nu știu ce să zic despre asta.

– Păi n-ai ce să zici. Dar lasă, mă, nu te oftica. Măcar unul dintre noi să facă sex în patul tău, a zis el și a început să râdă.

– Ha-ha, ce să-ți povestesc. Păi și în afară de sex la mine în pat, ce faci weekendul ăsta?

– Nu știu încă, n-am nici un alt plan. Mi-aș downloada niște filme (a se citi „m-aș duce și mi-aș cumpăra niște filme sau aș merge la cinematograf, pentru că noi clar nu piratăm de pe FileList), că nu prea mai am chef de ieșiri. Plus că am cuponul ăla de pizza, dau o comandă, mai bifez o căsuță și, uite-așa, ajung să le primesc pe-alea gratis.

– Hai, mă, fii serios, stai în casă ca loserul?

– Zise băiatul care n-a vrut s-o fută pe una că semăna prea mult cu fosta lui iubită, m-a înțepat el.

– Da, dar măcar eu nu le arunc de la balcon.

– S-a-ntâmplat o singură dată, ok? Nu se pune.

– Da, mă, așa e. Ai dreptate. Auzi...

– Ce-i?

– Nu vrei să vii cu mine în Moldova? Sunt tipe foarte mișto acolo, chiar e unul din orașele în care majoritatea femeilor sunt frumoase. Mai ieșim și noi din casă.

– Păi nu știu, ce să facem acolo?

– Citim Dostoievski. Ce căcat să facem? Ne-mbătăm, ieșim după show în club, chestii dintr-astea...

– Meh... nu știu ce să zic, mi-a spus Alin.

– Hai, bă, să mergem, o să-ți placă, ai să vezi.

– Bine, hai că vin. Dar nu ne rupem capul, mergem pe relaxare, ok?

– Da, bre, stai liniștit, l-am asigurat eu. Auzi... n-ai chef să facem niște aripioare?

– Adică să FAC niște aripioare, vrei să zici?

– Da, dar stau și eu cu tine, cât le faci, și apoi mâncăm amândoi.

– Wow, ce de treabă ești tu. Hai, mișcă-ți curul în bucătărie și pregătește o banană, mi-a zis Alin și a ieșit din cameră.

Dă play la piesa asta cât citești: Desiigner – Panda.

Tot ce trebuia să mai fac, să fie toată treaba bună, era să îmi găsesc o fată mișto cu care să am și eu contact sexual, iar orașul respectiv era locul potrivit pentru planul meu. Săptămâna aia a trecut destul de repede, n-am făcut mare lucru, dar ziua cea mare a venit și am plecat către Moldova. Am ajuns în orașul în care aveam show, ne-am cazat și bineînțeles că ne-am desfăcut câte o bere.

– O cameră cu două paturi n-ai găsit?, m-a întrebat Alin.

– M-am gândit că iau numai cu un pat, ca să te poată lua și pe tine cineva în brațe în cazul în care visezi urât și începi să plângi.

– Coaie, eu vorbesc serios. Tu sforăi, eu sforăi, cum crezi c-o să funcționeze asta?

– Nu știu, boss, încercăm s-adormim amândoi deodată. Sau vedem, poate unul dintre noi va dormi în altă parte, dacă-nțelegi ce vreau să zic.

– Înțeleg. Speri să găsești o altă fată pe care să n-o fuți, mi-a spus Alin sarcastic.

– Nu, mă, gata. Încep să trec peste depresia cu Anemona, reintru în joc, ca să zic așa. Cât de tare ar fi să găsim și aici două gemene? Preferabil majore, nu cum au fost alea două din București.

– Aaa, da, ce amintiri frumoase, pe care eu nu le mai am. Dar să știi că sunt fericit că s-a întâmplat treaba aia cu Marina și Miruna.

– De ce?

– Fiindcă, de când eram mic, mi-am dorit să intru în Marină. Și, în sfârșit, am reușit.

– Ce prost ești, i-am zis eu râzând. Hai noroc! – și am întins berea spre Alin.

– La ce oră ai spectacolul?, m-a întrebat.

– La 9, dar o să-ncep la 9 jumate.

– Păi, e bine. Acum e 3, terminăm berea și putem să dormim o oră, ca să fim în formă diseară.

– Hai să terminăm berea asta, mai desfacem câte una, mâncăm o banană și abia după aia ne odihnim, l-am corectat eu.

– Îmi place mai mult planul tău, așa facem.

Mă bucuram că mă simțeam bine în legătură cu ce se întâmplase la Constanța și eram împăcat cu mine însumi în legătură cu Anemona și astfel, în sfârșit, puteam și eu să mă comport ca un om normal de vârsta mea și să nu mai plâng în pernă, urmărind o iubire pe care nu știam dac-o mai puteam îndrepta vreodată asupra mea. Drept care, după ce am mai dat pe gât câteva beri și ne-am înfumurat creierii cu o banană, m-am întins în pat. M-am întors cu spatele la Alin și am închis ochii, dar, cum mă foiam eu pe acolo, i-am atins piciorul cu talpa mea.

– Alin, vreau să te întreb ceva.

– Ce?

– Tu, în momentul ăsta, ești în chiloți?

– Șșșt! mi-a răspuns el. Ia și te culcă acolo.

– Bă, ești nebun? Este extrem de gay ce facem noi acum, i-am zis.

– Coaie, nu pot să dorm decât în chiloți. Și e foarte ironic să mă facă gay tipul care n-a putut să facă sex cu una fiindcă-i amintea de alta și, mai important decât atât, pe care l-am prins în baie în timp ce-și rădea părul de pe piept. Ești sigur că vrei să continuăm această conversație?, m-a întrebat.

– Ăăă... somn ușor, am vrut să zic, de fapt.

Asta e partea nașpa când prietenul tău te cunoaște mai bine decât ar trebui. Fiindcă știe despre tine lucruri pe care n-ai vrea să le știe nici maică-ta. Dar, pe de altă parte, și eu știam despre el că-și pensează părul de pe coaie, deci, cumva, scorul era egal.

După câteva ore bune de somn, ne-am îmbrăcat și am mers în locul în care aveam eu spectacol. Am ajuns acolo, toată treaba bună, oamenii foarte primitori, sala plină, deci lucrurile păreau să fie cum trebuia în seara aia. Managerul de acolo m-a rugat să le spun oamenilor din public că era super-party acolo și c-o să fie mare distracție, deci să rămână și după show. Iar apoi m-a luat deoparte și mi-a spus c-ar fi tare dac-aș rămâne și eu, fiindcă astfel o să mai stea și oamenii. Așa încât am convenit cu Alin să nu plecăm deocamdată în altă parte și să vedem care era treaba pe-acolo. Am urcat pe scenă, am făcut show-ul, la final le-am transmis celor din public ce mă rugase managerul și m-am dus și eu la masa mea, să beau ceva cu Alin. Partea proastă era că în alea două ore cât am stat eu pe scenă, Alin a tot băut și avea deja un avans destul de mare în fața mea. Deci, mi-am comandat trei shot-uri, ca să recuperez din mers. Am mai semnat niște cărți, am mai făcut poze cu oamenii și, dintr-odată, lumina s-a stins în locul respectiv, au început să bată stroboscoape și alte dintr-astea, muzica se auzea din ce în ce mai tare și era clar că se dăduse drumul la club. DJ-ul a început să spună chestii în microfon, iar pe boxele din fața lui s-au urcat două fete care ar fi vrut să fie animatoare. Erau îmbrăcate mai mult dezbrăcate, una în alb, cealaltă în negru, dar amândouă erau foarte frumoase. Una era mai pe stilul pițipoancă, părea să aibă implanturi și daddy-issues, adică exact cum îmi place mie, iar cealaltă părea un pic mai cuminte, avea un chip de căprioară rătăcită într-o cușcă a leilor, ochii albaștri, părul blonduț, prins într-o coadă lungă și pe chip îi răsărea un zâmbet larg și atrăgător.

În tot timpul ăsta, a venit la mine o fată care fusese la spectacol, mi-a zis că era ziua ei și m-a întrebat dacă nu voiam și noi să dăm niște shot-uri cu ea. Bineînțeles c-am acceptat instantaneu, fiindcă eu am învățat de la bunică-mea două lucruri foarte impotante:

1. pe întuneric, orice vacă e neagră;
2. băutura moca nu se refuză niciodată.

Alin se uita fermecat la animatoarele respective și efectiv îi curgeau balele din colțul gurii. Mi-am dat seama că treaba era gravă când n-am reușit să-l distrag nici măcar pomenindu-i de alcool.

– Coaie, m-am îndrăgostit, mi-a spus.

– Ce, mă?

– Vai, cât de frumoasă e fata aia, Doamne, Dumnezeule!

– Care fată, bre?

– Aia-n alb. Blonda care dansează pe boxa din dreapta.

– Aaa, te referi la tipa aia care se freacă pe fese cu cravata ăluia din fața ei? Sigur, e foarte frumoasă. Probabil târfă, dar frumoasă.

– Bă, nu vorbi așa de viitoarea mea soție, mi-a zis el. Uite și tu ce „tetonas“ are.

– Ce are, bă? Tetanus?

– Nu, bre, „tetonas“. Țâțe, în spaniolă.

– Ești retardat. Hai că vine fata aia cu shot-urile, că e ziua ei și vrea să bem cu ea și prietenele ei.

– Care fată? m-a întrebat el.

– Cum, care, bă? Aia cu care am vorbit mai devreme. Aoleo, e gravă treaba.

– Nu știu despre ce vorbești, n-am văzut pe nimeni în afară de zeița aia care-și mișcă trupul lasciv pe boxa din fața DJ-ului.

Între timp, sărbătorita noastră a venit la noi cu niște pahare și o sticlă de Jagger, le-a așezat pe toate trei pe bar și mi-a zis:

– Faci tu onorurile?

– Sigur că da, i-am răspuns, și am umplut paharele cu alcool.

– Dar prietenul tău nu bea cu noi?, a întrebat ea.

– Nu știu exact, deocamdată văd că e fascinat de fata în alb care dansează pe boxă.

– Cine, Denisa?

– Nu știu cum o cheamă, e animatoarea aia din fața DJ-ului. Aia care-și toarnă acum paharul ăla de apă peste sâni.

– Da, mă, e Denisa. O cunosc. Dacă vrei, pot să vă fac cunoștință cu ea, nu e problemă, mi-a spus și apoi a dat shot-ul peste cap.

P.S. – Nu vreau să spun că animatoarele sunt curve, departe de mine gândul ăsta. Plus că locul în care eram noi nu era chiar un club cu pretenții, ca să aibă animatoare. Alea erau două fete plătite cu 50 de lei pe seară ca să miște din cur pe boxe. Animatoarele alea adevărate, care sunt în cluburile cu prestigiu, sunt cu totul și cu totul altceva. Chiar am cunoscut câteva fete de genul ăla și, înainte să le judeci pentru ceea ce fac, ar fi bine dac-ai afla mai multe despre ce implică job-ul lor. Hai să nu judecăm pripit, zic.

Dar tipa aia, prin ceea ce făcea acolo și, mai ales, după ce mi-a zis și fata asta, a cărei zi de naștere era, nu prea mai aveam nici un dubiu că era curvă. Plus că o să vezi și tu în continuare c-o să-mi dai dreptate.

P.P.S. – Cred că trebuie să discutăm un pic mai mult despre vorba pe care o știam eu de la bunică-mea, și anume că „orice vacă pe întuneric e neagră“. Ce vrea să spună autorul este că, dacă ajungi cu una în pat și e întuneric, nu prea mai contează dacă e frumoasă sau urâtă. Atâta vreme cât n-o poți vedea, o fuți, și aia e. Știe Ruby ce știe când zice „Stinge lumina“.

De ce nu mi-am amintit eu de vorba asta când a fost treaba cu Corina, n-o să știu vreodată. În loc să trec prin toate pățaniile alea, puteam să sting becul, și aia era. Și, da, bunică-mea îmi dădea astfel de sfaturi, fiindcă, vezi tu… Moldova.

CAPITOLUL 6

Dă play la piesa asta, înainte să citești: T.I. – Whatever You Like.

Trecuse cam o oră de când eram în clubul respectiv, deja se umpluse de lume, eu stăteam în continuare de vorbă cu Daniela (că între timp aflasem și numele sărbătoritei), iar Alin se holba la domnișoara aia cam cum mă uitam și eu la Anemona din holul hotelului în vara în care am cunoscut-o.

– Tu vrei să mă îmbeți ca să profiți de mine?, am întrebat-o pe Daniela.

– De ce, asta crezi?

– Nu cred nimic, doar te întreb. Deci, am dreptate?

– Andrei, și dac-ai fi avut dreptate, chiar crezi că ți-aș fi spus?

– Ce-i corect, e corect, i-am răspuns. Dar care-i faza cu fata asta de pe boxă?, am întrebat-o eu începând să investighez situația.

– Păi e o fată dintr-un sat de pe lângă noi, s-a mutat în oraș de ceva vreme și dansează aici în weekenduri.

– Dar sunteți prietene?

– E mult spus prietene. Ne știm, cred că e mai corect formulat.

– Am înțeles. Și ce e de capul ei?

– Păi nu știu atât de bine, dar am mai auzit și eu chestii despre ea. Acuma, nu știu câte or fi adevărate, dar nu e chiar ușă de biserică, să zic așa.

– Tocmai i-a băgat unul niște bani la chiloți, mi-am imaginat și eu că nu e chiar Filofteia.

– Dar, ți-am zis, dacă vrei, pot să-i fac prietenului tău cunoștință cu ea când o lua vreo pauză, că văd că se uită numai acolo. Mă mai duc un pic la mine la masă, vorbește cu el și îmi spui dacă vrea s-o cunoască, ok?

Am dat din cap că da și m-am întors să-i spun lui Alin că, dacă vrea, poate să intre în vorbă cu domnișoara aia minunată. Dar, ca să înțelegi mai bine, locul în care eram noi nu era chiar club. Era un pub, de fapt, dar în weekenduri se transforma în discotecă. Și folosesc termenul ăsta fiindcă fix așa era: băuturile erau mai ieftine decât într-un club, DJ-ul nu era chiar DJ (nu exista pupitru, el punea muzică de pe scena pe care făcusem și eu stand-up, care era totuși destul de mare cât să fie și două mese pe ea, dar nu era foarte înaltă) și nu era un loc de fiță, în care cocalarii să-și etaleze ceasurile, iar prințesele – decolteurile obținute pe bază chirurgicală. Ideea e că oamenii cu bani din orașul respectiv nu veneau pe-acolo, ci preferau un alt loc din oraș, despre care o să vorbim un pic mai târziu. Cum stăteam eu de vorbă cu Alin, a apărut lângă noi DJ-ul locului:

– Băieți! Nu vreți să veniți acolo, la mine, să stați în spatele meu?, ne-a întrebat.

– Ce? De ce să venim acolo? Stăm bine la bar, i-am zis.

– Păi, nu stați bine. Fiindcă șmecherii de-aici stau pe platformă, în spatele meu, nu la bar, ne-a explicat el.

– Cum adică?

– Da, bă. Nu are voie oricine să stea acolo, numai ăia care au valoare. Și astfel restul oamenilor din club...

– Din pub, l-am corectat eu.

– Tot aia, a continuat el, ideea e că oamenii de aici văd cine stă în spatele DJ-ului și știu cine e șmecher.

– Pleacă, mă, de-aici, i-am zis. Tu vorbești serios?

– Da!, mi-a răspuns el cu o privire serioasă.

– Și eu nu pot să nu fiu șmecher și să rămân la bar?, l-am întrebat.

– Păi, nu prea poți, că tocmai ai avut spectacol la noi, nu poți să stai aici, cu săracii.

Nu-mi venea să cred ce-mi zicea băiatul ăla. Aveam impresia că eram într-o comedie pentru proști și că mă filma cineva cu camera ascunsă, ca să vadă cum reacționam când un tip care poartă ochelari de soare în club îmi spune astfel de inepții.

– Hai să mergem acolo, mi-a zis Alin. Să fim și noi șmecheri, dacă trebuie...

– Bine, mă, hai. Dar stăm acolo ca la expoziție, ne vede toată lumea... E total dubios, i-am spus.

– Știu, dar o văd și eu mai bine pe fata aia superbă dacă stăm acolo. Și poate mă bag în seamă.

– Lasă, bă, c-am vorbit eu cu Daniela, și-ți face cunoștință cu ea.

– Cine-i Daniela?, m-a întrebat el cu privirea paralizată.

– Vai de capul meu! Fata aia cu care am stat eu în ultima oră, cât ai fost tu prea ocupat să-ți uzi tricoul cu bale.

– Nu știu, eu n-am văzut nimic, a răspuns Alin.

– În fine, nu contează. E-o tipă.

– Dar zici că-mi face cunoștință cu fata de pe boxă?

– Da, mă!

– E foarte tare Daniela, în cazul ăsta.

Mi-am dat o palmă peste frunte, am luat băuturile de pe bar și am mers în spatele DJ-ului, ca să fim și noi șmecheri. De acolo, le vedeam pe fetele care dansau pe boxă mult mai bine, ce-i drept, doar că le vedeam din spate. Ceea ce nu era neapărat un lucru rău. Am stat un pic pe acolo, DJ-ul ne-a întrebat dacă nu voiam să bem ceva, noi am acceptat, iar el a scos de sub pupitru o sticlă de whisky.

– Vezi? Asta e partea bună să fii DJ. Ai propria sticlă de Jack sub pupitru, mi-a zis el mândru.

– Mhm, am reacționat eu total neimpresionat. Și bei tu singur o sticlă întreagă?, l-am întrebat.

– Nu, mi-a răspuns, dar cine crezi că mai are, în tot clubul ăsta, o sticlă numai a lui? E vorba de șmecherie aici.

– Am înțeles. Păi, și, dacă tu ești șmecher că ai sticla ta de Jack, de ce o ții sub pupitru, unde n-o vede nimeni?

– Păi, ce-s nebun, s-o țin pe masă? N-am cum, că n-am luat-o de la bar. Am cumpărat-o din market, nu poate să mă vadă patronul cu ea.

– Ok. Și, dacă să ai sticla ta înseamnă să fii șmecher și tu o ții sub masă, unde n-o vede nimeni, asta nu-nseamnă... de fapt, știi ce? Chiar nu mai contează, hai să bem ceva și să nu mai vorbim despre asta, i-am zis debusolat.

– Aia zic și eu. Vrei să-ți pun o piesă?

– Ce piesă?

– Nu știu, orice piesă vrei tu. Îmi spui mie și eu pot să pun orice, că doar eu sunt DJ-ul, fac ce vrea pula mea aici.

– De exemplu, să ții alcoolul sub masă.

– Da, mi-a dat el dreptate, fără să-și dea seama că făceam mișto de el.

– Nu, e ok muzica pe care o pui tu, n-am nici o preferință.

– Dar îmi zici dacă vrei, că io pun orice.

– Ok, merci!

– Serios, ce vrei tu.

– Am înțeles, mulțumesc.

– Alex Velea, Toto Cutugno, Vali Vijelie... Eu sunt ca șaorma, am de toate, mi-a spus el râzând.

– Sau mă faci să-mi fie rău.

– Poftim?

– Nimic, am înțeles, ești ca șaorma.

Alin era în continuare deconectat de tot ce se întâmpla în jurul nostru, eu eram amuzat de situație, iar dansatoarea Denisa l-a luat pe un tip din public, l-a urcat pe boxă și s-a așezat peste el în timp ce-i ținea mâinile pe țâțele ei. Clar era genul de fată pe care ți-ai dori-o de nevastă, îți dai seama.

– Ce-a mai zis Daniela aia, când facem cunoștință cu animatoarea?, m-a întrebat Alin.

– Nu știu, hai că mă duc s-o întreb, i-am zis.

Așa că am plecat din spatele DJ-ului și am încetat să mai fiu șmecher, am intrat în mulțimea de muritori care mai erau prin club și am început să o caut pe Daniela. Am ajuns la masa ei, și nu era acolo. M-am gândit că s-o fi dus fata la baie și am decis s-o aștept. Am stat acolo vreo zece minute, și nici urmă de Daniela pe nicăieri. Până la urmă, m-am dus la oamenii de la masa ei și am început să-i întreb pe ei dacă știau pe unde se dusese sărbătorita. Am aflat de la ei că plecase în alt club, locul în care își făcea ea ziua, de fapt. Cică venise aici doar pentru show-ul de stand-up și mai stătuse un pic, să îi cinstească și pe cei cu care venise la spectacol, dar ziua și-o făcea în clubul ăla de fițe din oraş. După ce am aflat toate astea, m-am dus la Alin să-i spun că nu prea mai avea cine să-l bage în seamă cu fata aia, fiindcă Daniela plecase în altă parte. Deci singura soluție era ca el să-și ia inima în dinți, să mai bea un shot sau două și să meargă singurel direct la tipa de pe boxe. Așa că, bineînțeles, am chemat un taxi și am plecat s-o căutăm pe Daniela în celălalt club.

– Nu te-am văzut niciodată să n-ai curaj să te bagi în seamă la o tipă, i-am zis lui Alin.

– Ce vorbești, Franț? Nu e de curaj aici. Nu știu la câte animatoare ai încercat tu să le vorbești, dar, dacă te văd bodyguarzii că faci chestia asta, în cel mai bun caz te dau afară din club.

– Și în cel mai rău?

– Te bat. Și-abia pe urmă te dau afară din club.

– Am înțeles. Dar tu realizezi că fata, probabil, e o târfă, nu? Adică ești conștient de treaba asta, da?

– Andrei, nu mai judeca oamenii atât de superficial, ok? Poate că fata are o condiție precară acasă, tatăl ei i-a părăsit de când era mică și a plecat în Italia, mama ei abia se descurcă cu salariul minim pe economie, mai are două surori și un frate și a fost nevoită să danseze dezbrăcată prin cluburi, spre deliciul tuturor bărbaților de acolo, care arătau de parcă lucrau la aceeași spălătorie, iar cu puținii bani pe care îi câștigă, le cumpără fraților săi mai mici rechizite și hăinuțe. Plus că tu ai văzut ce țâțe are?

– Da, corect. Se poate să fie cum zici tu, l-am aprobat eu. Saaaaau... e o târfă, i-am zis râzând.

– Lasă c-o găsim pe Daniela...

– Aa, acum știi cum o cheamă, mânca-mi-ai curu'!

– Repet, o găsim pe Daniela și facem cunoștință cu fata de pe boxă...

– Denisa, coaie. Denisa o cheamă.

– Așa, cu Denisa, și-o să vezi că e cum zic eu. Dar Daniela e singura mea speranță să pot sta un pic de vorbă cu fata de pe boxă într-un cadru mai liniștit decât discoteca aia.

– Ok, abia aştept, i-am răspuns.

– Alexandra şi Ioana.

– Ha? Ce Alexandra şi Ioana?, l-am întrebat.

– Aşa cred că le cheamă pe surorile ei mai mici de care are grijă.

– E clar, eşti idiot.

Am ajuns în faţa celuilalt club, iar acolo situaţia era total diferită. În primul rând, avea parcare, hai s-o luăm de-aici. Care era plină de BMW-uri, gipane, tot felul de maşini scumpe şi fiţoase, era un covor roşu pe scările de la intrarea în club şi, în faţa clubului, erau doi tipi care fumau câte un trabuc. Am trecut pe lângă ei şi am ajuns într-un holişor plin de oglinzi, care avea mochetă dintr-aia groasă pe jos, şi, la jumătatea lui, erau doi bodyguarzi. Mai întâi, ne-au percheziţionat ăştia şi, după ce-am trecut de ei, mai erau încă patru bodyguarzi, care ne-au cerut câte 20 de lei ca să intrăm. După ce le-am dat banii (şi aş vrea să subliniez sintagma „DUPĂ CE LE-AM DAT BANII"), ne-au spus că nu aveam voie să intrăm în club. Bineînţeles că am întrebat „de ce" (în sensul de „cum Paştele mă-tii să-mi iei banii şi după aia să-mi spui că nu mă laşi să intru, borî-te-ar soarta de imbecil?") şi oamenii, foarte senini şi deloc îngrijoraţi, mi-au răspuns: „Că aşa vrea pula mea". Dar eram prea aproape de Daniela ca să renunţăm acum, şi trebuia să găsim o metodă să ajungem în nenorocitul ăla de club.

P.S. – Se pare că bodyguarzii ăştia nu ştiau că eu stătusem în celălalt club în spatele DJ-ului, deci clar eram super-şmecher şi nu aveau cum să nu mă lase să intru. D.oh!

P.P.S. – În majoritatea cluburilor, bărbaţii trebuie să plătească intrare, iar fetele – nu. Mie asta mi se pare extrem de sexist. Să-ţi spun de ce: treaba asta se întâmplă fiindcă se merge pe principiul „pizda vinde". Și-atunci, dacă tu lași fetele să intre moca, acolo unde sunt ele, o să apară și dârlăii în călduri care vor să scape de coșuri. Ăia vin acolo, fac o tonă de consumație, ca să le cucerească pe domnișoare (fiindcă în club nu se vede BMW-ul), și astfel clubul câștigă. Și atunci, fetelor, trebuie să înțelegeți că sunteți folosite mișelește de către patronii acestor afaceri ca să profite financiar de voi. Femeile sunt obiectificate de către politica asta a cluburilor și lucrul ăsta e din cale-afară de misogin. Deci eu zic să refuzați să fiți parte din această conspirație masculină și să nu acceptați să fiți folosite în acest mod, iar soluția este să plătiți și voi bilet când intrați în club. Problema e că n-o să accepte ăia de la intrare, deci soluția reală este să plătiți voi biletul băieților cu care mergeți în club și astfel o să vă simțiți femei adevărate și independente. Nu? Nu merge? Off, bine… măcar am încercat.

CAPITOLUL 7

Eu înțeleg că și bodyguarzii au menirea lor într-un club, pentru că altfel, cu siguranță, ar începe oamenii beți pe-acolo să se bată între ei din cauza fetelor și știu că există niște reguli pe care trebuie să le respecte și ei. De exemplu, nu ai voie să intri în club dacă ești vizibil beat, dacă ești îmbrăcat în pantaloni scurți sau trening ori dacă ești drogat. Dar, frate, tu înțelegi că pe mine n-a vrut să mă lase să intru în clubul ăla fiindcă nu aveam cămașă albă?

– Îmi pare rău, dar „că așa vrea pula dumneavoastră“ nu-i un motiv să nu mă lăsați să intru, i-am zis eu încercând să par inteligent.

– Bă, mă lași? Tu vii la club fără cămașă albă și mai faci și figuri cu mine?, mi-a răspuns el cu accent de periferie.

– Poftim?

– Ce nu pricepi? N-ai cămașă, nu intri. Cum vii la club fără cămașă albă, ai înnebunit?!

– Păi, știți, am un tricou negru pe mine, i-am zis, nu cred că e-o ținută indecentă sau necorespunzătoare. Adică, în București, de exemplu, așa merg îmbrăcat în club și n-am nici o problemă, i-am spus, gândindu-mă că, dacă aude că vin de la București, o să fie super-impresionat.

– Aaa, ești de la Capitală, deci. Păi de ce n-ai zis așa?

- Păi nu știam că are vreo importanță, i-am răspuns.

– Normal că are. Acuma clar nu intri în club. Uite și la ăștia, i-a spus colegului său, vine de la București să ne fută nouă femeile, auzi!

– Cred că nu ne înțelegem. Haideți să revenim: dumneavoastră n-aveți nici un motiv real să nu ne lăsați să intrăm și aș vrea să vorbesc cu un manager, vă rog!, i-am spus eu, ca și cum rațiunea și bodyguarzii ar putea avea ceva în comun.

– Vezi că e pe panoul ăla un număr, sună la ăla și-o să vorbești cu managerul. Dar la ora asta nu cred că-ți răspunde, fiindcă omul e în club și n-aude, mi-a zis el amuzat.

– Păi, dacă e-n club, chemați-l puțin până afară, vă rog.

– N-am cum să părăsesc postul.

– Dar sunteți patru oameni aici, sigur că puteți. Că mai rămân trei, și nu se-ntâmplă nimic.

– Bă, dar ia dă-i drumul de-aici și nu te mai certa cu mine, a urlat el.

„Ok, cum fac eu să-l păcălesc pe ăsta să mă lase să intru?", mă gândeam eu. Dacă-i spun că-s cel mai vândut scriitor din țară, nu cred că are vreo relevanță, că asta ar implica să știe să citească. Dacă fac scandal aici, cu siguranță n-o să intru și mă mai și bate. Dacă încerc să-i explic că n-are nici un motiv să nu mă lase să intru, e inutil, fiindcă am mai încercat asta. Ce căcat să fac? Cum stăteam eu și mă gândeam la opțiunile pe care mi le-a dat viața, din spatele meu se aude:

– Andrei? Hai, vino-ncoace, a spus Alin și mi-a făcut semn de după bodyguarzi.

– Ce?

– Vino, mă, mai repede. Am rezolvat, hai odată!

Am trecut pe lângă noul meu prieten din seara aia și pe lângă colegii lui, am ajuns lângă Alin, care mă aștepta la garderobă, și mi-am dat geaca jos.

– Ce căcat i-ai zis de ne-a lăsat să intrăm?, l-am întrebat.

– Nu i-am zis nimic. Doar că-s mult mai simpatic decât tine, și, na, mi-a răspuns Alin.

– Hai, bă, zi ce i-ai spus.

– Nimic, bă! I-am dat un milion, și aia a fost. Stai atâta să te cerți cu el, era clar ce voia. Faza cu cămașa era vrăjeală dintr-aia ieftină.

Am intrat în club și, culmea, faza chiar nu era vrăjeală ieftină, fiindcă absolut toți băieții de-acolo aveau pe ei cămașă albă. Zici că eram la reuniunea MISA ori ceva de genul ăsta. Eram singurii doi oameni care erau îmbrăcați în tricou, din tot clubul ăla. Normal că toți s-au uitat direct la noi și am atras toată atenția. Fiindcă, probabil, toată lumea de-acolo nu înțelegea ce fel de șmecheri eram noi, dacă reușiserăm să intrăm fără să purtăm cămașă albă. Mai ales că nici unul din noi nu părea să-l cunoască pe DJ și nici nu ne-am așezat în spatele lui. Ăștia din clubul respectiv se vedea că erau oameni mai cu bani și mai fițoși: probabil, erau patronii spălătoriilor în care lucrau ăia din clubul celălalt.

Am făcut o tură pe-acolo și, într-un final, am găsit-o pe Daniela. Ea a rămas surprinsă când m-a văzut și nu înțelegea de ce o caut. A trebuit să-i explic toată situația de mai devreme, s-o fac să înțeleagă de ce-ar fi trebuit să ne-ajute (deși nici eu nu știam asta foarte bine) și, cel mai greu, s-o conving să plece de la ziua ei, să vină cu noi cu taxiul în celălalt club și apoi să-i facă lui Alin cunoștință cu o fată a cărei moralitate, probabil, era mai ușoară decât un avion de hârtie. După mai multe shot-uri date pe gât, rugăminți care mai de care mai creative, promisiuni de bilete la toate spectacolele mele, autografe pe cărți, citit volumul II în premieră, dedicații la radio și alte minciuni la care m-am gândit eu în momentele alea, Daniela a acceptat să meargă înapoi alături de noi.

Dă play la piesa asta pentru cele ce urmează: Justin Bieber – Boyfriend.

Am ieșit în fața clubului, am luat un taxi de-acolo și duși am fost. Ne-a luat vreo zece minute să ajungem dintr-un loc într-altul și, la câte sacrificii se făcuseră în seara aia pentru Denisa vieții mele, chiar eram curios care avea să fie deznodământul. Nu are sens să mai lungesc inutil povestea, ideea e că, până la urmă, Daniela a adus-o pe animatoare și i-a făcut cunoștință cu Alin. Și, din punctul ăsta încolo, s-au întâmplat două lucruri care, din punctul meu de vedere, au făcut să merite toate eforturile din seara aia:

1. Discuția lui Alin cu fata

Înainte să vină Denisa să-l cunoască pe Alin, Daniela ne-a propus să mergem după aia cu ea înapoi la ziua ei și să bem în celălalt club, dar am stabilit că o să o întrebe ăsta și pe animatoare dacă voia să vină cu noi și, dacă era, numai bine o combina acolo. Așadar, după muncile sisifice pe care le făcuserăm cu toții ca să ajungă Alin în punctul ăsta, a venit, în sfârșit, și momentul cel mare. Nu mă înțelege greșit, tipa era foarte frumoasă și arăta absolut fabulos, dar problema era că, în mod sigur, se futuse cu jumătate din orașul ăla. De două ori. Luna asta. Trează. În momentul ăla, Daniela m-a tras deoparte și mi-a zis:

– Nu vreau să sune dubios ce-ți spun, dar nu cred că e o idee foarte bună pentru prietenul tău să se combine cu Denisa.

– Ei, stai liniștită, nu se combină. Dacă e, doar o fute în seara asta și-atât, i-am răspuns eu, super-sensibil.

– Andrei, nu cred că mă înțelegi. Când ți-am zis că fata nu are o reputație prea bună, mă refeream la faptul că are o reputație. Și un preț.

– Fii serioasă, toți avem un preț, dacă stăm bine să ne gândim, am filosofat eu.

– Nu, nu mă înțelegi. Ea are un preț fix. Pe oră.

– Nuuu! Stai, ce? Nu se poate așa ceva.

– Ba da, e-adevărat. Și să știi că e și destul de prostuță, nu prea o duce capul.

Am început să râd cu gura până la urechi. Efectiv nimic nu mi se păruse mai amuzant în viața mea decât momentul în care am aflat că tipa despre care-mi spunea Alin că era un suflet neînțeles, care avusese o soartă cruntă s-a dovedit că era prostituată. Și știi că e vorba aia, că un prieten, când te vede c-ai băut prea mult, te oprește, iar un prieten bun îți mai dă de băut și apoi te filmează? Ei bine, asta am decis și eu să fac în seara aia. Mai ales că nu uitasem faza când mă făcuse să-i șterg adidașii bodyguardului din București. Am rugat-o pe Daniela să nu spună nimic despre asta, că o s-o fac eu, și ne-am întors către porumbei. Ca o paranteză, ca să înțelegi și mai bine ce s-a întâmplat, știi că există expresia aia, că „sunt cu remorca după mine", care vrea să spună că ești cu iubitul sau iubita? Ei bine, ține minte treaba asta pentru ce urmează. Când am ajuns lângă cei doi, l-am auzit pe Alin cum îi zicea:

– Știi, noi vrem să plecăm de-aici și să mergem în partea cealaltă. Nu vrei să vii și tu cu noi, să mai stăm la o vorbă?

– Ba da, aș veni, dar nu știu dacă am cum, a răspuns ea.

– Cum să n-ai cum? În viață, totul depinde de alegerile pe care le facem, și sunt convins c-ai mai luat decizii dificile pân-acum. Dar asta nu-i una dintre ele, acum trebuie să faci doar ce ți dictează sufletul, iar eu cred că cel mai bun lucru e să vii cu noi, i-a spus Alin, încercând să poarte un dialog inteligent cu o fată care era mai proastă decât un cuier.

– Păi nu pot să vin, că-s aici cu bagajul, a zis ea.

– Aa, ești cu bagajul după tine? Am înțeles ce vrei să zici, i-a zis Alin, în mod clar neînțelegând ce voia să-i transmită fata.

– Da, a răspuns ea.

– Păi nu contează, ia-l și pe el cu tine.

– Și, cum, vin cu voi în altă parte și-mi iau și bagajul cu mine?

– Sigur că da, doar n-o să stai numai cu el acolo, nu? E-n regulă, stai liniștită. Dar înțeleg de ce te-ar deranja să vii cu bagajul, ești o fată cu bun-simț și-mi place asta la tine, i-a zis el.

– Aaa... și tu ești cu bagajul?, a întrebat ea.

– Hei, toți avem un bagaj pe care-l cărăm cu noi mai mereu, fie că este unul moral, fie că e vorba de-un iubit. Dar nu contează asta, hai să mergem și să ne simțim bine împreună în seara asta, chiar dacă avem bagajele după noi.

– Bine, hai că vin, a spus ea.

Îmi imaginez că este evident că în punctul ăsta eu efectiv mă pișam pe mine de râs când auzeam discuția dintre ei doi, mai ales când îl vedeam pe Alin cum încerca să poarte discuții super-inteligente cu această fată care părea că tot ce înțelegea din ce-i spunea el era: „Potențial client discută cu mine. Au trecut trei minute și potențial client încă n-a scos banii".

Am făcut împărțeala și am decis să luăm două taxiuri: într-unul mergeam eu cu Daniela și Alin, iar în celălalt urma să vină Denisa alături de prietena ei, cealaltă animatoare din seara aia, și, bineînțeles, de bagajul Denisei. Am stabilit să ne vedem în fața clubului de fițe, iar noi am ajuns înaintea lor și le aşteptam acolo. Iar atunci s-a întâmplat cel mai amuzant lucru din univers. Un alt taxi a oprit lângă noi, iar din el a ieşit pe-o portieră Denisa, pe cealaltă portieră colega ei animatoare şi, din faţă, şoferul. Alin a bulbucat ochii cât cepele. Bărbatul s-a dus către portbagaj, l-a deschis şi de-acolo a scos un ditamai trollerul pe care i l-a dat Denisei. Eu am început să râd isteric, de ziceai că eram drogat.

– Ce-i cu ăla?, a întrebat-o Alin.

– Cum adică? Ţi-am zis că sunt cu bagajul, a răspuns ea sigură pe sine.

– Păi, şi el unde-i?

– Cine?

– Bagajul!, a ţipat Alin.

– Ăsta-i bagajul, a ţipat şi ea.

– Care ăsta?

– Trollerul.

– Dar de ce ai un troller după tine?

– Cum de ce? Ţi-am zis că-s cu bagajul, şi tu ai zis că-i ok. Aici am toate schimburile mele, că doar nu vin la club îmbrăcată-n costumul de dans.

– Bine, dar bagajul unde e?

– Trollerul e bagajul, bă! am intervenit eu. Nu se referea la gagică-său, se referea efectiv la bagaj, i-am zis printre lacrimi de râs.

2. Experienţa din club

Ţin să-ţi amintesc faptul că, în urmă cu jumătate de oră, noi nu fuseserăm lăsaţi să intrăm în clubul respectiv fiindcă nu aveam cămăşi albe. De data asta, ne-am întors în acelaşi loc, tot fără cămăşi albe, doar că voiam să băgăm şi un troller cu noi. Am intrat pe holul respectiv ca într-o aventură: eu mergeam cu Daniela mai în față, iar Alin, Denisa și trollerul erau mai în spate. Când ne-au văzut, bodyguarzii au rămas stop-cadru, îți dai seama. Nimeni, niciodată, nu încercase să bage un troller în club, eram sigur de asta. Niciodată nu se mai confruntaseră cu așa o situație și nu știau cum să reacționeze. Au început să se sfătuiască unul cu celălalt, au răsfoit nu-știu-ce manual cu regulamentul de ordine interioară și, până la urmă, dacă-ți vine să crezi, ne-au lăsat să intrăm, fiindcă nu scria nicăieri că nu era voie cu trollerul în club. În momentul ăla am zis c-o să leșin de râs. Dar n-am făcut asta, fiindcă mai trebuia încă să-i văd fața lui Alin când afla că fata aia pe care încerca el s-o impresioneze, de fapt, aștepta o ofertă și o sumă. Așa că am intrat în club și m-am dus să iau de băut. Când m-am întors l-am auzit pe Alin cum îi zicea Denisei:

– Te văd că nu ești chiar în largul tău, dar vreau să știi că e ok. Același sentiment mă încearcă și pe mine.

– Ce sentiment?, a întrebat ea, cu creierul obosit.

– Același. Nu simți și tu că nu e locul tău aici?

– Păi, locul meu chiar nu-i aici.

– Exact asta spuneam și eu.

– Că de-obicei stau la masa aia din colț, a completat ea, spre amuzamentul meu total.

– Exact așa cum zicea și Bukowski, a mai încercat Alin o dată, în viață trebuie să găsești ceea ce iubești și să-l lași să te ucidă.

– Cine?

– Bukowski, unul din autorii mei preferați. Sigur ai citit și tu din el, a zis Alin.

– A, nu. Eu citesc mai mult bloguri, n-am răbdare să citesc cărți.

– Eh, dacă stai să te gândești, până la urmă, și blogurile sunt tot un fel de cărți, a încercat el să-i justifice idioțenia.

Eu m-am dus până la masa Danielei, să bem un pahar împreună, și am mai stat un pic la povești cu ea, iar când m-am întors, am văzut că Alin bea o bere la bar și Denisa discuta cu doi țigani masivi și musculoși.

– Cine-s ăia, mă? Frații pe care-i întreține ea?, l-am întrebat pe Alin, amuzat.

– Băi, nu știu ce să zic, dar s-ar putea ca fata asta să nu fie chiar foarte inteligentă, mi-a răspuns el.

– Zici?

– Cam da. Adică eu încerc să vorbesc cu ea despre Baudelaire și Schopenhauer și cred că, din toate propozițiile mele, tot ce-a înțeles ea a fost cuvântul „și".

– Mhm. Dar faptul că-și ia limba în gură cu unul din țiganii ăia nu te deranjează?, l-am întrebat cu un zâmbet dintr-o ureche în cealaltă.

– Ce?!

– Dacă ăla-i frate-său, au o relație tare ciudată, să știi, i-am zis.

– Nu e frate-său, bă! A venit o fată la ea și i-a spus să se ducă până la băiatul ăla, să stea de vorbă cu el, dar nu știu de ce dracu' se pupă.

Ce nu știa Alin, însă, era că fata aia, probabil, era matroana și că țiganul respectiv era omul care plătise pentru compania ei în seara aia. Denisa a revenit lângă noi, a mai cerut un shot de la bar, apoi s-a scuzat și a zis că iese până afară, dar se întoarce repede. Și uite-așa a plecat din club și cel mai amuzant lucru din lume a fost că, tot timpul cât a fost ea afară, gen vreo douăzeci de minute (sau cât durează o muie într-o parcare), Alin a stat în club și a avut grijă de troller.

P.S. – După toată faza aia, i-am povestit și lui că tipa era prostituată, de fapt, și că ea credea că el știa asta și era un potențial client, dar, când văzuse că el nu zicea nimic de futut, se reorientase și plecase la ăla. Bineînțeles că venise înapoi să-și ia trollerul și, imediat după aia, gagica aia care o trimisese la țigan o luase cu mașina și o dusese acasă. Sau la următorul client. Se numește țeapă. N-ai mai luat țeapă? Forza, Steaua, hey-hey!

P.P.S. – Ceea ce-i nedrept în viață, însă, este următoarea treabă: doi oameni inteligenți, care au cariere de succes și își permit multe lucruri, decid să devină părinți, fac un copil și ăla iese urât. Și doi țărani analfabeți dintr-un sat uitat de lume din Moldova constată, într-o seară, că nu e curent și decid să se fută, că n-au ce să facă altceva, nu se protejează, că nu știu ce-i ăla prezervativ, iar peste nouă luni iese o fată absolut superbă, cu trăsături minunate și delicate, care e proastă ca noaptea, și visul ei în viață e să participe la „Mireasă pentru fiul meu“. Scuze, să „partikipe“.

CAPITOLUL 8

Vreo patru luni au trecut de la episodul ăsta, iar viața mea începea să aibă un curs normal și fără prea mari evenimente. Mă simțeam din ce în ce mai bine cu felul în care evoluau lucrurile, aveam o carieră frumoasă, stăteam în centrul Bucureștiului și aveam lângă mine niște prieteni foarte buni. Raluca se mutase și ea cu noi, până la urmă, și toată treaba mergea ca pe roate. Ne întâlneam seara cu toții în bucătărie, mâncam banane, beam bere, făceam glume, râdeam unii de alții și eram fericiți.

Imediat după ce ne-am întors din orașul ăla din Moldova, al cărui nume tot n-o să ți-l spun, am ieșit în oraș cu Alina și am făcut și eu, în sfârșit, sex. A fost foarte amuzant, că noi am ieșit să bem și, la un moment dat, Alina mi-a spus că nu i se părea corect că atunci când mă futuse ea eram mai grăsuț (fiindcă eram în perioada aia în care suferam după Anemona și-mi înecam amarul în Dota și în Cola), iar acum mă apucasem de sală și arătam bine, și ea nu știa cum era să fută varianta asta a mea. Bineînțeles că de atât a fost nevoie și am mers la mine acasă și ne-am futut toată noaptea. Iar apoi, dimineața, ne-am mai futut o dată, ca să mă vadă și pe lumină. O vreme, am rămas fuck friends, dar, până la urmă, ea s-a combinat și ne-am oprit din înțelegerea noastră.

După aia, o vreme, n-am avut nici o relație și doar m-am bucurat de viață și de ceea ce poate oferi ea. O singură întâmplare amuzantă a avut loc în perioada aia, cu o tipă pe care am cunoscut-o pe Tinder, în Brașov, dar nu am apucat să mă văd cu ea acolo. Așa că a venit ea în București, într-un weekend, ca să ne întâlnim. Aa… și a băut oțet, ca să ne putem vedea. Dar faza e că am rugat-o și pe ea să scrie ceva despre mine și a povestit toată întâlnirea noastră într-un mod foarte amuzant, așa că n-are sens s-o mai fac eu mai întâi și apoi să-ți arăt ce a scris ea, ci o să-ți dau direct varianta ei:

Dar înainte de asta, pune pe fundal Jah Cure – Before I Leave.

Vineri seara, ca orice tipă mega-mișto și independentă, și singură, și deloc nefericită, m-am decis să mă uit la seriale și să mănânc înghețată, să mă plâng că sunt grasă și apoi să mai mănânc puțină înghețată, că, dacă tot sunt grasă, măcar să fiu fericită. Așa c-am bălosit toată seara la replicile mișto ale lui Mr. Big și papucii ultra-scumpi ai lui Carrie și am uitat să verific căcatul ăla de Tinder. Ce nu știți voi este că, în aceeași seară, băiatul ăsta mișto, despre care o să scriu, avea spectacol. Avea spectacol la zece minute de mine, tipa care plângea deasupra unei cutii de înghețată și care, din nou, nu și-a verificat căcatul ăla de Tinder, că altfel ar fi văzut că tipul îi scrisese.

Și uite-așa, cei doi nu s-au întâlnit în seara aia. Pentru că unul dintre ei a fost proastă. Dar dimineața, când s-a trezit gagica, a văzut că tipul îi dăduse match și că-i scrisese. OK, de aici trebuia să fie simplu. Dacă-i scrisese, e clar că-i plăcea maxim de ea, nu? Sau că era în Brașov și voia să dea o puță. Either way, tipa se gândea că era mega-simplu să dea o replică inteligentă și să-l combine pe tip. Și știți ce-a făcut? A dat o replică de căcat și era clar că tipul n-o să-i mai răspundă. Că el era și semi-faimos și mai avea și bemweu, deci era clar că putea să combine tipe mai puțin dubioase.

Așa că, după ce-a văzut că n-o ducea deloc capul, tipa și-a dat notificările pe mut. Două pizza și un borcan de Nutella mai târziu, s-a decis să intre pe Tinder, poate-poate reușea să găsească un fraier s-o scoată în oraș, să mănânce și să bea pe gratis și să nu se mai gândească la faptul că e și grasă și tare proastă.

Tipul îi răspunsese. Plecase din Brașov, logic. Și nu știu cum, dar tipul chiar vorbise cu ea. Aparent, îi plăceau nebunele. Știu că pare ireal, dar au început să vorbească pe Facebook, apoi pe Whatsapp, apoi tipa s-a gândit că trebuia neapărat să se vadă cu el. Dar cum să intrigi un tip smart și funny? E simplu. Îi trimiți poze sexi cu tine în timp ce el e la meeting-uri. Și, uite-așa, tipa asta și-a făcut tot felul de poze, goală, semi-goală, porno, semi-porno, în cadă, pe canapeaua bună din casă, la birou… Peste tot, ca să fiu mai explicită. Dar, cel mai important, fără cap. Și era foarte important pentru ea să nu își facă poze în care să i se vadă fața, nu doar pentru că, peste zece ani, urmează să fie președinte, ci și pentru faptul că, în momentul în care încerca să își facă o poză sexi, la față arăta ca o oaie speriată și constipată.

După șapte mii de selfie-uri în chiloți, tipul mișto a chemat-o la el. În București. Și știți care era cea mai mare problemă a ei? Cum naiba o să se cace acolo? Cum naiba te caci, dacă stai un weekend întreg cu un tip mișto? Și sunt sigură că toate femeile de pe lumea asta au aceeași problemă. Mă rog, după căutări serioase pe Google și analizat tehnici de căcare în liniște, tipa și-a luat inima în dinți și i-a spus că venea.

Așadar, s-a dus la epilat, la pensat, la pedichiură, la manichiură, la coafor, la dentist, la ginecolog, la mall, mă rog, s-a pregătit. Și, ghici ce? Joi seara, în condițiile în care vineri trebuia să plecc, tipei a început să i se facă rău, să i se umfle sânii, s-o doară burta, să vrea să mănânce ciocolată și să plângă la Titanic. *Era clar. TIPEI ÎI VENEA CICLUL!*

Așadar, tipa asta, seara la ora 10, l-a sunat pe prietenul ei cel mai bun și l-a târât după ea la toate farmaciile din oraș. Era disperată. Și nu pentru că voia să facă sex (Doamne ferește!), ci pentru că, dacă era pe stop, o durea burtica, îi ieșeau coșuri (și nu știu dacă v-ați prins, dar în viața reală filtrele de pe Instagram chiar nu funcționează), se balona, mânca precum o vacă gestantă și nu știu cât de bine ar mai fi funcționat tehnicile de căcare în liniște, în cazul ăla. Deci, era de căcat. La propriu.

La prima farmacie, tipa le-a spus doamnelor trecute de cincizeci ani că vrea ceva să nu-i mai vină ciclul că… mergea la mare. N-a funcționat. Alea n-au vrut să îi dea nimic, că nu era sănătos. Păi, bine, dar să sângerezi cinci zile, CINCI ZILE, fără oprire, e sănătos?! Până și un animal sălbatic moare dacă sângerează cinci zile, dă-o naibii de treabă.

La a doua farmacie, tipa știa exact ce să zică. A încercat să îl convingă și pe prietenul ei să meargă cu ea, dar ăla se crăcăna de râs în fața farmaciei și o filma pe nebună încercând să se forțeze să plângă.

A intrat în farmacie. În dreapta ei, la tejgheaua de lângă, un tip mega-simpatic. OK. Acum trebuia să se isterizeze ca o nebună, dar să îi dea de înțeles tipului că făcea mișto. Așa că s-a uitat intens la el, cu rimelul scurs și mucii până la genunchi, și i-a făcut cu ochiul. Iar tipul, cum era el, așa, brunețel și înalt și cu zâmbetul lui sclipitor și fermecător, a rupt ușa de la farmacie, lăsându-le pe doamnele farmaciste să strige după el că-și uitase cardul cu nea Arșinel la ele.

Ideea era că tipa trebuia să se concentreze. Trebuia să facă tot posibilul să facă rost de niște pastile care să-i întârzie naibii menstruația. Așa că, plânsă toată, le-a spus frumos doamnelor că ea, a doua zi, se mărita. Că nu voia să-și păteze rochia albă și incredibil de scumpă, că se balona și se bășea la cununia civilă, de față cu atâtea rude de seamă. Și nimic, frate. Nu tu o pastilă, nu tu un zâmbet, nimic. Dar măcar n-a văzut băiatul ăla ce nebună era gagica. Îl combina ea mai târziu.

Și uite-așa a plecat spre a treia farmacie. A scos două milioane de pe card, pregătită să dea o șpagă, să-și arate o țâță, să stea în poala unui babalâc. Basically, ar fi făcut orice.

A intrat în farmacie serioasă, și-a desfăcut geaca, să i se vadă decolteul aproape inexistent, și s-a dus la farmacistă, spunându-i că ea voia să plece la București să facă sex și voia să nu-i mai vină ciclul. Fix așa. Farmacistele au început să chicotească, își dădeau coate pe-acolo de parcă erau la vreo întrunire a virginelor lucrătoare la farmacii de căcat de cartier. Nici banii nu le-au făcut să fie mai amabile. I-au spus tipei să nu se mai streseze, că, dacă băiatul o plăcea, o plăcea și așa. Virginele naibii.

Și-a plecat de acolo cu un nou scop în viață. Să inventeze niște pastile special concepute ca să poți să faci sex, să le iei de câte ori vrei tu pe an și să faci sex ca un animal proaspăt scăpat de la zoo. Să faci sex și să țipi și să-i pui capac băiatului ăluia semi-faimos. Să te fuți dracu' în weekendul ăla pentru care te-ai stresat așa mult. Mă rog...

Norocul ei că tipa era super-smart și și-a dat seama că n-avea nevoie de farmaciste bătrâne și neatinse de bărbații lor. Că ea era independentă și deșteaptă și sfida ciclul și pe Dumnezeu cu ideile lui de căcat, cum că femeile tre' să sângereze o dată pe lună.

Și știți ce-a făcut? A căutat pe Google „remedii naturiste ca să nu-ți mai vină ciclul". Mă rog, de fapt, a căutat „I REALLY

NEED TO GET LAID PLS HELP WHAT SHOULD I DO I THINK IM GETTING MY PERIOD I REALLY NEED TO BE FUCKED". Și a găsit remediul miraculos: OȚETUL. Da, doamnelor și domnilor, acea substanță ieftină și inofensivă, pe care cu toții o folosim la salate (sau, mă rog, să ne spălăm pe cap), urma să îi schimbe viața și să revoluționeze medicina și religia și să se pișe pe Catena și farmacistele ei. Și pe Arșinel.

Era o singură problemă – pentru ca oțetul să funcționeze, acesta trebuia consumat, în doze mici bineînțeles, de trei ori pe zi. Era 11 și 15. Joi seara. Având în vedere că era disperată și efectiv nu mai avea timp, gagica asta a făcut un lucru de care nu e tocmai mândră. Obligația mea este să vă spun să nu cumva să încercați să beți otrava aia. Acum, dacă vreți să faceți sex…

Gagica s-a dus în bucătărie, a umplut un pahar de 250 ml cu oțet de mere, și-a făcut trei cruci, a încercat să își amintească Crezul, Tatăl Nostru, orice alte rugăciuni cu îngerași și zei ai menstruației întârziate, s-a prins de nas și a dat rahatul ăla conceput în Iad pe gât. I-a venit să vomite de cel puțin zece ori, dar, dac-o vomita, otrava aia nu mai avea nici un efect. Au luat-o frisoanele, transpirațiile, halucinațiile, s-a gândit până și să sune la 112, dar dacă îi făceau ăia spălături stomacale?! Trebuia să reziste.

S-a târât până la pat și, tremurând, s-a gândit cum ar fi fost dacă ajungea pân-acolo și, după tot chinul ăsta, tipul nu voia să facă sex cu ea?! Cu ultimele puteri, s-a ridicat din pat și și-a pus în bagajul cu șapte mii de haine un briceag. Just in case. Dacă ăla nu voia să facă sex cu ea, după toate căcaturile și umilințele prin care trecuse, măcar să se asigure că nici n-o să mai facă sex cu altcineva vreodată. A, v-am zis că era nebună, nu?

Vineri dimineața, și-a început ziua ca orice om care duce un stil de viață sănătos. Două cafele și jumă' de pahar de oțet. Partea bună era că încă nu-i venise ciclul, iar partea proastă – că îi era atât de rău încât, cu fiecare costumaș sexi pe care îl mai îndesa în bagajul ăla nenorocit, mai vomita un pic. Dar situația era sub control.

Bineînțeles că nu își luase bilet de tren din timp și nici nu se machiase și nici nu își aranjase părul, deci, practic, era pe fugă. După zece țigări fumate și trei mii de apeluri nervoase la toate companiile de taxi din orașul ăla de căcat, a plecat. Mai erau cinșpe minute până când pleca afurisitul ăla de tren. Hai, zece, că numai coborâtul celor două etaje cu bagajul ăla imens a durat o veșnicie. Gagica mergea la București să facă sex, dar era aproape sigură că ajungea la urgențe la Floreasca. Ori de la oțet, ori de la hernie.

A ajuns la gară într-un final. Și-a luat bilet, s-a urcat în tren și, din cauză că fraiera nu se machiase, n-a ajutat-o nimeni să urce rahatul ăla de bagaj. Uite un sfat prietenesc. Dacă știi că ești proastă și iei toată casa după tine când pleci pentru două zile undeva unde e clar că n-o să porți decât o pereche de chiloți (și nici aia) machiază-te naibii, dă-te cu un parfum, fă să pari curățică, să-ți urce vreun libidinos bagajul ăla în tren și să nu mori în provincie. Îmi mulțumiți voi mai târziu.

O hernie inghinală și una de disc mai târziu, gagica se afla în tren și două ore a stat și s-a stresat încontinuu. Se gândea că, dacă tipului nu o să îi placă de ea (pentru că, vedeți voi, tipa îi trimisese numai poze fără cap acestui tip mișto), dacă-i venea ciclul, dacă nu funcționau tehnicile de căcare, dacă tipului nu i se scula… chestii la care toate femeile se gândesc, de altfel.

Mai era jumătate de oră. Și tipa era nemachiată. Așa c-a mai târâit o dată geanta incredibil de grea după ea și s-a dus la toaletă să se machieze, să își facă părul cu placa, să se spele la subraț… chestii obișnuite.

După zece minute, cineva a început să bată isteric la ușă. Putea și să se cace pe el, tipa nu ieșea de-acolo până nu arăta demențial. Sau, mă rog, până nu reușea să arate mai puțin rău decât de obicei. După fix douăzeci de minute, și-a strâns placa, fixativul, rimelul, fondul de ten, blush-ul, pudra fixatoare, rujul rezistent la transfer, spray-ul de corp, parfumul, deodorantul, șervețelele umede, fardurile, pensulele, pasta de dinți și apa de gură și a ieșit zâmbitoare din toaletă. Faza nașpa era că persoana frustrată și isterică pe care gagica asta o înjurase de toți sfinții în timp ce se dădea liniștită cu eyeliner era o gravidă căreia stătea să-i explodeze vezica în trenul inter-regio numărul 1386, gravidă care douăzeci de minute încercase să găsească o toaletă decentă și funcțională în care să se pișe glorios. Uite de-asta n-o să fac eu copii vreodată. Că, atunci când ești gravidă, ești nesimțită și deranjezi oamenii de la toaletă. Să-ți fie rușine.

Și gagica a coborât. Pe peronul ultra-aglomerat din Gara de Nord, toți oamenii alergau, se împingeau, înjurau, scuipau semințe și încercau să-și facă loc printre sutele de călători grăbiți să ajungă acasă. Mai puțin ea. Parcă mergea cu încetinitorul, oprindu-se la fiecare doi pași. Nu știm încă dacă faptul că abia se mișca era influențat de cele două hernii dezvoltate pe drum sau de faptul că nu mâncase nimic toată ziua, ca să pară mai slabă, dar cert este că tipa avea emoții. Mari.

N-a mai avut cum să tragă de timp, pentru că Andrei o aștepta pe peron (da, e-atât de drăguț) și au ajuns să se întâlnească. Primul ei instinct a fost să-i întindă mâna și să facă și ei cunoștință, ca doi oameni normali, dar apoi s-a gândit că avea palmele extrem de transpirate și l-ar fi speriat pe săracul băiat. Bine, nu era ca și când n-ar fi fost udă toată. Pardon, transpirată toată. Sau s-a gândit că ar fi fost ciudat să facă, într-un mod complet banal, cunoștință, având în vedere că omul o văzuse goală în absolut toate ipostazele și pozițiile neortodoxe pe care vi le puteți imagina (sau nu) vreodată. Așa c-a mai dat o dumă de căcat, cum v-a obișnuit până acum, și au plecat.

În fața mizerabilei gări, s-au oprit să fumeze o țigară. Și tot în fața împuțitei gări, tipa asta nu se putea gândi decât la modul în care îi putea sfâșia tipului geaca albă, îi putea rupe cureaua cu dinții, îi putea descheia pantalonii (ei bine, acolo a avut o problemă, pentru că omul avea șapte mii de nasturi la afurisiții ăia de blugi) și la cum ar fi făcut ei sex sălbatic și aventuros în inima Bucureștiului. Scenariul ăsta și l-a scos relativ repede din cap, pentru că nu se putea gândi la o explicație viabilă pe care i-ar fi putut-o oferi mamei sale în momentul în care fiica ei foarte cuminte și responsabilă, care se dusese la Capitală ca să participe la un festival de teatru, ar fi apărut la știri și ar fi fost amendată și, la cât de ghinionistă e tipa asta, ar fi putut ajunge chiar la închisoare. Deci, fără sex în locuri publice. Uite alt sfat pentru care-mi veți mulțumi.

Între timp, tipa nu auzise nimic din ce-i spunea Andrei. Și nu pentru că n-ar fi zis chestii interesante, dar tipa era așa concentrată pe tot felul de gânduri indecente, încât s-a trezit în Uber, în drum spre unde urmau să meargă. Au ajuns acolo și ea a observat că era un apartament destul de mare. Tipa s-a mai panicat o dată. Se gândea că, dacă mai venea cineva, dacă se trezea că, în camerele alea, mai erau și alte tipe venite din provincie, dacă era, de fapt, un casting pentru videochat (ceea ce n-ar fi fost chiar o problemă foarte mare, nu-i strică nimănui niște bănuți în plus) și tot felul de nebunii de genu'.

Dar, din fericire, tipul era normal, n-avea gagici atârnate de lustre în cele zece camere ale apartamentului și totul era perfect. Până când Andrei i-a zis că luase o sticlă de tequila și că urma să bea amândoi otrava aia scârboasă. Ce era să-i spună tipa?

Că numai dacă mirosea substanța aia grețoasă, vomita? Sau că numai când vedea sticla aia își amintea de clasa a noua, când a băut tequila la școală și și-a vărsat fierea și o părticică din ficat pe pantofii lustruiți ai directorului? Normal că nu. Așa că a zis trei rugăciuni, i-a spus că tequila e băutura ei preferată și s-a rugat la toți sfinții să nu cumva să vomite pe canapeaua din living, că sigur era scumpă și ar fi trebuit s-o plătească.

Au început să bea și, drept urmare, a început să vorbească și tipa. Printre coji de portocale, scorțișoară împrăștiată peste tot (pentru că așa bea Andrei tequila sau, cel puțin, așa o bea cu ea), mucuri de țigară fumate până la (și după) filtru, tequila vărsată pe hainele lor (pentru că, da, încă erau îmbrăcați și, da, ea abia aștepta să-i sfâșie lui tricoul) și stelele timide ascunse printre norii Bucureștiului zgomotos, tipa și-a dat seama că-i plăcea la nebunie Andrei. Și că-l ura, în același timp.

Și îl ura din simplul motiv că el îi furase singurul lucru pe care-l avea ea și-l ținea ascuns de mult timp de văzul lumii, de văzul bărbaților. Nu, nu virginitatea, aia și-o pierduse demult, pe o canapea uzată, într-un apartament dintr-un bloc de la periferia Brașovului, deloc romantic, pe fundalul unei emisiuni despre crime violente, cu un tip care habar n-avea ce făcea. Dar aia-i altă poveste.

Faza cu Andrei este că nu era deloc diferit de personajul arhicunoscut din carte. Asta, dacă-l cunoști la o petrecere, îl vezi în oraș cu niște prieteni, la farmacie, încercând să își cumpere, timid, prezervative. În contextele alea, Andrei va fi tot Andrei cel din carte, bărbatul alfa, mereu pregătit să spună ceva care să te facă să râzi, să îl observi, să te facă să înțelegi că îi place să se distreze și că ție ți-ar plăcea la nebunie să te distrezi cu el.

Dar, dacă o să-l cunoști așa cum l-a cunoscut ea, mirosind a scorțișoară și a tequila, a parfum scump și a tutun prost, a cearșafuri proaspăt spălate și apretate, o să-nțelegi că el nu fute femei ca să le bifeze pe un check-list. El caută întunericul, secretele lor, fanteziile cel mai adânc ascunse și îngropate ale lor, le scoate la suprafață, le stropește cu alcool ieftin, le face să înghită (sau să le înghită) și nici măcar nu clipește. Că pe el nu-l sperie nici un secret și nici o fantezie, iar întunericul nu e ceva ce n-a cunoscut până acum, ba, din contră, pe el îl excită toate chestiile astea. Și țâțele mari, evident.

Și uite cam așa au fost acele șase luni din viața mea, fără gânduri cu anemone, fără perioade interminabile de labă și fără lacrimi în somn. Atmosfera, la noi în casă, era una foarte mișto, cu Alin și Raluca mă înțelegeam foarte bine și pot să spun că, în sfârșit, eram liniștit. N-am mai primit nici un semn de la Anemona și, cumva, era clară decizia pe care o luase, dar mă așteptam la treaba asta. Mă obișnuisem să nu-mi mai creez așteptări de la cei din jurul meu și să iau totul fix așa cum se întâmpla. Fără planuri, fără scenarii în minte și fără nici un fel de presiune. Iar ăsta e-un lucru foarte bun, fiindcă e mai bine să nu aștepți nimic de la nimeni și să fii surprins plăcut, decât să ai așteptări care nu se vor întâmpla și să fii dezamăgit.

În alte privințe, Alin se cuplase cu o tipă Alexandra și le stătea foarte mișto împreună. Povestea lor este una foarte interesantă, în ideea în care au început să fie fuck friends și se vedeau o dată pe săptămână, se futeau și atât. Fără întrebări, fără prea multe detalii și fără angajamente. Dar, cu timpul, au început să se îndrăgostească unul de celălalt și, până la urmă, s-au cuplat și sunt împreună și astăzi, iar eu pot să spun cu mâna pe inimă că este unul dintre cele mai mișto cupluri pe care le-am întâlnit vreodată. Raluca era în continuare combinată cu Adrian și au stabilit să se căsătorească, iar eu îmi trăiam fecioria, ca să zic așa.

Dar, într-o seară, când stăteam pe Facebook, judecând oamenii de acolo fără nici un motiv, mi-am adus aminte de o persoană cu care nu mai vorbisem de foarte multă vreme și m-am hotărât să-i scriu, chiar dacă trecuse foarte mult timp de când vorbisem ultima oară cu ea. Îmi părea rău că rupsesem oarecum legătura cu ea, dar, pe vremea aia, chiar n-ar fi fost un moment bun pentru noi să ne întâlnim. Însă acum era diferit. Așa că i-am scris.

P.S. – Tot de la Alina am aflat că Ramona nu mai era în Italia și că se întorsese în România și, mai important decât asta, am aflat că era însărcinată cu tipul cu care plecase din țară. Dar s-au despărțit până la urmă și, gravidă fiind, a trebuit să vină înapoi acasă. Vezi, Ramona? Dacă mă ascultai și o sugeai, nu se întâmpla așa ceva.

P.P.S. – Alina este cuplată acum cu un tip care stă în SUA și tot încearcă să se hotărască dacă vrea să se mute și ea sau nu acolo. În continuare, e o tipă la fel de tare, la fel de frumoasă și la fel de instabilă psihic și nebună. Îți spun doar că femeia s-a dus în vizită la iubitul ei în America, iar ăla a vrut s-o ceară în căsătorie și ea a făcut o criză de nervi la Tiffany's și a speriat toți vânzătorii de-acolo, spunându-i omului că nu se simte încă pregătită. Clasic Alina. Dar am rugat-o și pe ea să scrie ceva despre mine și o să pun paragraful aici:

Andrei este persoana lângă care nu te vei plictisi niciodată, pentru că nu ai timpul necesar. Dacă, pentru o secundă, ai impresia că totul e perfect și sunteți fericiți și puteți să mergeți împreună până la capătul lumii, va avea el grijă să-ți zdruncine universul. Și nu, nu mă înțelege greșit, el este un om minunat, alături de care am trăit momente superbe și care a rescris toate cele 98 de strofe din Luceafărul *pentru mine, dar nu e tocmai cea mai stabilă persoană. Poate să treacă de la o stare la alta cât ai clipi. Și ceea ce astăzi îi place și-l face fericit mâine îl va băga în depresie.*

L-am cunoscut pe Andrei când abia își începea cariera în domeniul stand-up-ului și nu pot să explic în cuvinte cât de fericită am fost când i-am auzit glumele despre mine, la primul lui spectacol la care am mers. Și nu erau tocmai cele mai drăguțe glume, dar faptul că făceam și eu parte din povestea lui și că vorbise despre mine în fața tuturor m-a făcut să mă simt în al nouălea cer. Dar, bineînțeles, apoi am plecat împreună acasă și ne-am certat. Pentru că #Andrei.

Lăsând gluma la o parte, ceea ce am apreciat întotdeauna la el este ambiția pe care o are și faptul că n-a lăsat nimic din ce i s-a întâmplat să-l oprească din drumul lui. A știut de la început ce-și dorește, a muncit pentru asta zi și noapte și a ajuns unde a ajuns pe forțele lui și datorită talentului pe care-l are. Pentru că trebuie să recunoaștem, este al naibii de bun în ceea ce face. Și eu sunt foarte mândră de el, deși mi-a luat ceva timp până am recunoscut asta. Pentru că #Alina.

Așadar, dacă vrei să trăiești alături de Andrei, trebuie să fii mereu pregătită, atât pentru zile (minute) senine, cât și pentru uragane. Eu am avut nevoie de câțiva ani să ajung să-l cunosc și nu mi-a fost ușor. Dar, odată ce ajungi în acel punct, realizezi că merită efortul.

Acum, după ce am avut toate sentimentele posibile pentru Andrei, pot spune că este un om drag, pe care știu că mă pot baza la orice oră. Sau cel puțin… așa îmi place să cred.

CAPITOLUL 9

Pune melodia asta, boss: Valentin Dinu feat. Anya – Într-o zi.

M-a surprins cât de repede mi-a răspuns la mesaj, m-așteptam să-mi dea cu seen sau ceva. Dar, după ce am discutat un pic pe Facebook cu Eva, am stabilit că ar trebui să ne vedem și noi cât de curând, fiindcă trecuse prea mult timp și noi tot nu reușiserăm să ne întâlnim. Nu are sens să te plictisesc cu detaliile, să-ți povestesc ce am discutat, fiindcă deja ești cu mine de câteva sute de pagini și, probabil, vrei să afli și tu finalul. Ideea e că mi-a spus că avea puțină treabă în zilele care urmau, dar săptămâna următoare ar fi vrut să ne vedem și a rămas că-i dădeam eu un semn luni. Bineînțeles că am numărat orele și minutele până a sosit momentul ăla, pentru că simțeam că ea poate fi diferită. Pe de-o parte, mi-era frică de chestia asta, dar, pe de altă parte, venise vremea să ies și eu cu o fată alături de care mi-ar plăcea să am mai mult, nu doar câteva nopți de sex, și-atât. I-am povestit Ralucăi totul despre Eva, i-am arătat poze, am stabilit împreună locul unde s-o duc, despre ce să vorbesc cu ea, ce să mâncăm, cum să mă îmbrac și absolut toate detaliile posibile și imposibile. Eram super-pregătit, așa c-am pus mâna pe telefon și i-am scris. Am stabilit împreună să ne vedem în seara aia, dar să ne auzim pe la 7, ca să hotărâm exact unde. Totul mergea minunat, mai aveam câteva ore la dispoziție, în care puteam să mai fac un duș, să-mi mai schimb hainele de patru ori și să-mi mai fac zece mii de scenarii în cap. Când în sfârșit a venit ora stabilită, i-am scris Evei pe Facebook. Nici un răspuns. I-am mai scris o dată, dar nimic. Am încercat și pe Whatsapp, dar nici acolo n-am primit vreun răspuns. „Poate n-are net", m-am gândit. Am hotărât să încerc și cu un SMS, iar apoi (ca și cum nu eram suficient de disperat) am sunat-o și nu mi-a răspuns. „Nici o problemă", mi-am zis, „o să-mi dea ea un semn când o să vadă mesajele". Și m-am așezat în fața televizorului, cu joystick-ul în mână, și am început să joc FIFA. Partea proastă e că Eva nu mi-a mai scris în seara aia; partea bună e că l-am transferat pe Ibrahimovic.

Nu era o problemă atât de mare, fiindcă am crezut c-o fi pățit ceva cu telefonul sau o fi avut treabă sau poate murise și din cauza asta nu-mi dăduse nici un semn. Nu-mi făceam griji, eram sigur că totul avea să fie bine. A trecut seara aia și m-am trezit a doua zi nerăbdător, cu mâna pe telefon, să văd dacă-mi răspunsese fata. Dar, ce să vezi, dispăruse și ea exact ca flota României și n-am primit nici măcar un semn de viață de la ea toată ziua respectivă. Mi-am călcat pe orgoliu și i-am scris iarăși eu. În primul rând, voiam să știu dacă era bine, pentru că mă gândeam să nu fi pățit ceva. Nu concepeam că ea efectiv putea să mă ignore și să-mi vadă mesajele, dar să decidă că nu meritam să îmi răspundă. Mă mai gândeam și la posibilitatea că se supărase că nu-i mai scrisesem nimic atât timp și dintr-odată apărusem din nou, ca și cum nimic nu s-ar fi întâmplat, și decisese să-mi dea o lecție. Doar că ea nu știa că pentru mine fusese necesar acest recul și, oarecum, o protejasem și pe ea fiindcă nu o căutasem în perioada aia.

Problema pe care o aveam în momentul ăla se împărțea în două direcții:

1. îmi călcasem pe orgoliu și-i dădusem o grămadă de mesaje pe care ea, pur și simplu, le ignorase. Iar la mine, dacă se întâmplă așa ceva, înseamnă că nu mă respecți și s-a cam terminat totul, din punctul meu de vedere.

2. dacă tu ești cea care a stabilit ziua în care ne vedem, asta înseamnă că și eu mi-am învârtit toate treburile în așa fel încât să fiu sigur că am timp, în ziua respectivă, să mă văd cu tine. Iar dacă tu nu te ții de cuvânt, ba mai rău, nu dai nici un semn să spui că s-a întâmplat ceva și că nu vei mai ajunge, în opinia mea, înseamnă că nu pot să mă bazez pe tine și nu-mi place deloc chestia asta.

Așa că am decis să-mi iau gândul de la ea și să îmi văd de treaba mea. I-am povestit și Ralucăi ce se întâmplase și, după ce am înjurat-o bine, de-au coborât toți sfinții din calendar, am stabilit că era o vită nenorocită, care merita să îi crească păr între țâțe. Eram sigur c-avea să dea un semn la un moment dat, dar sub nici o formă nu voiam să cedez tentației și să-i răspund. Dacă ea voia să se joace, eram și eu dispus la jocul ăsta și să-i plătesc fix cu aceeași monedă.

Bineînțeles că, după trei zile, s-a produs minunea și am primit un mesaj pe Facebook de la ea, ca și cum nimic nu s-ar fi întâmplat. L-am ignorat. Mi-a mai dat unul, dar l-am ignorat și pe ăla. Mi-a scris apoi pe Whatsapp, mi-a dat SMS și m-a sunat, dar eu n-am reacționat în nici un fel. Abia după câteva ore și sute de discuții cu Raluca, m-a convins să-i răspund și să-i spun că ori ne vedem în seara aia, ori nu ne mai vedem niciodată. Și ce bine am făcut că i-am ascultat sfatul, fiindcă, deși m-am dus pornit să-i spun ce om de căcat era și cum nu era posibil să ți-o arzi așa, când am văzut-o în realitate, mi s-a schimbat părerea. Ne-am întâlnit să bem un vin și prima oră a discuției noastre, eu mi-am urmat planul și i-am trăncănit încontinuu cât era de neserioasă, cum nu se ținuse de cuvânt și mă dezamăgise. Parcă eu eram femeia în ecuația aia. Însă, după câteva pahare de vin și multe cuvinte spuse, m-am relaxat și am început s-o văd cu adevărat. Ce mi-a plăcut la ea din prima clipă a fost că simțeam că aștepta s-o dezamăgesc, fiindcă Eva era ca un cocalar care-și cumpără o plasmă doar ca să se oftice că nu prinde DigiSport HD și apoi să spună: „Da, normal, e de căcat, așa cum m-așteptam". Voia să-și piardă încrederea în cineva care ar fi putut s-o facă să simtă din nou și, totuși, tot ce-și dorea era să apară cineva care s-o facă să simtă din nou, fără să-și piardă încrederea. Eva era un paradox. Era extrem de inteligentă, dar, în același timp și-n mod egal, naivă. Putea să-ți rezolve o ecuație de gradul doi doar din privire, dar nu înțelegea de ce copiii au mai multă energie când mănâncă dulciuri. Îmi plăcea de ea și, în mod normal, chestia asta nu putea să ducă la nimic bun pentru mine.

P.S. – Ca să vezi cum funcționează destinul. În momentele alea în care eram foarte ofticat pe Eva că se purtase copilărește, îi scrisesem un mesaj destul de dur, prin care voiam să-mi descarc nervii pe ea, dar am hotărât să nu i-l trimit încă. Mi-am pus un deadline, pe sistemul „dacă nu dă nici un semn de viață până în seara asta, i-l trimit". Și, fix în ziua aia, mi-a scris. Și e foarte bine c-a făcut-o, fiindcă mesajul pe care voiam să i-l dau era ăsta:

Am înțeles, vrei un tip cu bani, cu statut și cu mașină mișto în parcare. Dar, în realitate, nu cred că îți dai seama că nu asta te face pe tine fericită. Dă-mi voie să te ajut. De fapt, tu vrei un bărbat care să-și cheltuie banii pe curul tău și pe poșete de firmă pe care le poți poza și pune pe Facebook. Vrei un tip care să-și folosească statutul să te ducă pe tine în locuri în care n-ai avea acces singurică, alături de oameni care nu s-ar uita de două ori la tine în mod normal și, mai important decât atât, vrei să-ți dai check-in acolo. Nu contează ce sau câte mașini îi opresc ploaia în parcarea din fața blocului, căci nu are nici un farmec dacă nu te plimbă pe tine prin centru, cu geamurile deschise, ca să moară dușmanii de ciudă.

În principiu, despre asta e vorba. Tu vrei să le inspiri invidie celorlalte tipe ca tine și faptul că desfaci picioarele pentru asta ți se pare un sacrificiu micuț, care merită făcut.

Însă ce nu realizezi tu, pisi, este că un tip de genul ăsta are cel puțin încă cinci coțofene ca tine, care sunt atrase doar de ce strălucește. În mod sigur o să te miroasă mai devreme sau mai târziu și, la fel ca și TVR 1, vei înceta să contezi.

Și să-ți mai spun un lucru. Un astfel de bărbat niciodată n-o să vrea să epateze, pentru că el știe că discreția e de aur. Și mai știe că, dacă se apucă să se laude în stânga și-n dreapta, ar atrage atenție asupra lui și el n-are nevoie de confirmări de genul ăsta.

Ce vrei tu este să-ți depășești condiția, ceea ce e un lucru minunat la bază. Dar felul în care vrei să o faci este total greșit. Dă-mi voie să-ți explic ce vreau să spun, ca nu cumva să trebuiască să te concentrezi. Hitler a vrut să facă din Germania cel mai puternic stat de pe planetă. Admirabil. Faptul că a ales să facă asta pornind un război mondial și ucigând șase milioane de evrei... nu e la fel de admirabil. Știi ce zic? Așa că data viitoare când vezi un tip care pare că are potențial în a-ți oferi scurtăturile pe care ți le dorești tu pentru o viață lipsită de griji, când urmează să-ți iei mustața, lasă-ți un smoc mic în mijloc, pentru a-ți aduce aminte că ești un mic Adolf.

P.P.S. – În finalul acestor capitole, o să-ți las în secțiunea asta și ce a scris Eva despre ceea ce ți-am povestit eu, ca să vezi și punctul ei de vedere:

Citeam de ceva timp capitolele despre adolescența lui când, într-o seară, primesc un mesaj pe Facebook de la el. Nu știam exact cine era, ce făcea sau cum arăta, dar, pentru că sunt o fată descurcăreață, de fapt sunt Fata și atât – în trei-patru minute l-am căutat pe Google, i-am analizat tot profilul de Facebook, m-am uitat la jumătate dintre persoanele care i-au comentat vreodată și am citit tot ce spuneau astrele despre zodia lui. Știam exact și cum i se aliniaseră planetele la naștere, așa că eram pregătită pentru un răspuns inteligent și complex: „Bună, bine. Tu?"

Însă nu sunt genul care își programează timpul, nu îmi fac planuri și, mai ales, nu sunt DELOC o persoană punctuală. Și nu fac asta în mod deliberat, pur și simplu, așa sunt eu ca om, adică și din burta mamei mele am ieșit cu o întârziere de două zile, pur și simplu mă aștept ca ceilalți să înțeleagă. Ei bine, Andrei nu a înțeles asta. Dacă lui îi spui ceva, așa trebuie să faci. Dacă îi spui o anumită oră, ar fi bine să fii acolo cu minimum zece minute mai devreme. El este tot timpul prins în diferite proiecte, astfel încât, dacă își găsește timp într-o zi să se vadă cu tine și tu anulezi cu puțin timp înainte, o vei Suge, și ar fi simplu dac-ar fi la propriu, dar nu! Te va băga într-un con de indiferență și-ți va răspunde când va vrea el și o va face în așa fel încât te vei simți ultimul om. Been there, done that. *Așa că, după ce am dat cu bâta în baltă de-am creat tsunami-uri, a trebuit să mă zbat să îmi mai acorde o șansă, printr-o întâlnire. Și nu a fost cel mai simplu lucru – vreo câteva zile m-a ignorat, alte câteva mi-a răspuns nepăsător, iar în a șaptea zi, s-a relaxat și a acceptat să ne vedem. La început, nu prea a vorbit, dar după, când ne-am așezat la un pahar de vin roșu, mi-a ținut o predică, de-am zis că era Arsenie Boca reîncarnat. Așa am aflat despre durerile oamenilor, despre mânie, ce e binele, ce e răul și, cel mai important, ce înseamnă respectul. Ori o fi fost de la alcoolul din vin, ori o fi fost chiar sângele Domnului în pahar, cert este că, din ziua aia, mi-am schimbat atitudinea nu numai față de el, ci și față de ceilalți. Pentru că, aparent, dacă vrei să primești ceva, trebuie să oferi și tu la rândul tău.*

CAPITOLUL 10

E greu în ziua de azi să găsești pe cineva de care să te îndrăgostești. Multe dintre femei își doresc bani, iar mulți dintre bărbați își doresc doar sex. E foarte dificil să știi că omul de lângă tine este acolo pentru motivele potrivite și e foarte nasol să te îndrăgostești de cineva care se dovedește că avea alte interese. Nu vreau să spun că bărbații sunt mai buni, Doamne ferește, dar văd, în ultima vreme, o grămadă de gagicuțe pe Facebook care-și pun la poze descrierea love my life. Și, de cele mai multe ori, sunt alea care nu prea fac nimic în viață, știi tu, viața lor pe care o iubesc. Și prima oară mă gândeam: „Uite și tu ce fete superficiale și lipsite de valori". Dar, după aia, mi-am dat seama că io-s ăla prost, de fapt.

Cum să nu-ți iubești viața, când te trezești la ora 12-13 la amiază, de multe ori în alte așternuturi și cu altă mobilă în cameră – se poate să fii și prin țări străine sau hoteluri de lux?

Cum să nu-ți iubești viața, când n-ai mai plătit ce-ai consumat într-un club de pe vremea când dolarul bătea euro, iar tu ai rămas cu cei 5 lei și biletul de autobuz în poșetă toată seara?

Cum să nu-ți iubești viața, când mor bărbații după tine și faci câte 500 de like-uri la poză, când știm cu toții ce important e lucrul ăsta?

Noi ne trezim ca proștii dimineața și mergem la muncă, iar atunci când facem cumpărături ne uităm la preț înainte să punem ceva în coș. Noi ne uităm pe tabelul de întreținere când intrăm în scară și ne minunăm în fiecare lună, că parcă ni se pare că e cam mare suma de fiecare dată. Noi bem apă Dorna în club sau la sală, nu ne luăm Voss, fiindcă din banii de diferență luăm și un pachet de țigări seara, când ajungem acasă.

Dar, la finalul zilei, noi nu spunem love my life. Noi spunem: „Hai, mă, că se putea și mai rău“, pe când voi spuneți: „Îmi dau jos chiloțeii sau îmi scot guma din gură?“

Știind toate chestiile astea, mi-era greu să mă atașez de cineva sau să văd într-o altă persoană ceea ce simțeam că-mi doresc de la viață. După ce am stat de vorbă în seara aia, începeam să mă gândesc din ce în ce mai des la ea. Și nu voiam asta. Pentru că asta ar fi însemnat că pot totuși să simt chestii cu inima și-mi jurasem că tot ce voi mai face va fi să mă distrez, și-atât.

Pune piesa asta și o să înțelegi mai târziu de ce: Disclosure – Help Me Lose My Mind *(Mazde Remix).*

Eva era o brunetă superbă și era fix pe tiparul meu. Era frumoasă, o ducea capul, dar, mult mai important decât atât, părea să nu fie chiar normală la creier. Sigur avea niște problemuțe acolo, și ți-am mai zis eu ție, normal înseamnă banal. Parcă am un radar pentru tipele de genul ăsta. După felul în care vorbea, după privirea pe care o avea sau nu știu de ce, mi-a dat impresia că era o poveste nespusă acolo, pe care mi-ar fi plăcut s-o aud. Era genul de fată care-ți zâmbea în timp ce-ți distrugea speranța de a fi vreodată cu ea. Era cinică, dar în cel mai adorabil mod posibil. Băi, știi cum era? Dac-am fi fost într-o poveste, ea ar fi fost antagonistul, n-ar fi fost fata regelui. Nu era o fată rea, dar așa era percepută. Și, pentru că se săturase ca oamenii s-o vadă astfel și ea să fie practic invers, zisese că, dacă lumea oricum credea despre ea că e o scorpie, măcar să și fie, că oricum nu se schimba nimic. Era genul ăla de fată cu care ți-ar fi frică să-ți lași iubita să iasă în oraș. Și eram sigur că auzise replica asta cel puțin o dată, de la măcar o prietenă de-a ei.

Cred că cea mai bună descriere e asta: Eva era ca leandrul. Era frumoasă, îți plăcea s-o privești și s-o admiri. Însă emana pericol. Te atrăgea cu frumusețea, cu parfumul și cu celelalte atuuri pe care le avea, dar, dacă picai, putea să te și ucidă. Și știm cu toții cât de tare suntem atrași de pericol, nu? Era dubios, pentru că, deși știam toate astea, tot mă gândeam la ea mai des decât ar fi trebuit. Mă enerva lucrul ăsta.

Eu nu mai voiam o relație, relațiile sunt nașpa. Hai să-ți fac o analogie, ca să înțelegi mai bine ce vreau să zic. De ce să mă joc doar FIFA în fiecare zi, când pot să joc și alte jocuri? Azi joc FIFA și, când nu mai am FIFA, ghici ce? Pot să joc Assasin's Creed. Că poate jocul ăsta știe să facă mai multe chestii mișto. Și, după aia, dacă am chef, pot să-l schimb cu GTA V. Și, dacă nu am chef de GTA într-o zi, pot să nu mă joc și să-l pun în raft, până când îmi vine iar cheful de el. Și nu urlă că nu i-am dat atenție, c-am uitat să-i dau mesaj de noapte bună sau că nu i-am cumpărat cadou când am împlinit o lună de când ne-am jucat prima dată. Orice joc e foarte mișto la început, în general prima lună. După care afli că are niște bug-uri, începe să se blocheze, te enervează și începi să-njuri prin casă și să spargi chestii. Dar așa, dacă mereu schimbi jocul, n-ai timp să descoperi toate problemele astea. Plus că nici nu te plictisești, pentru că mereu e ceva nou. Și e ok să revii din când în când și la FIFA, dar nu în fiecare zi.

Însă era ceva la fata asta care nu-mi dădea pace. Nu știu exact ce și cum, dar era ceva acolo. Mă rog, putea să nu se-ntâmple nimic sau putea să se-ntâmple totul. În orice caz, nu eram pregătit pentru nici una dintre variante.

Și uite că, după multă vreme și după multe luni în care n-a fost să fie, a venit și momentul ca Eva să vină la mine la stand-up. Eu am ajuns la club și eram mort de foame, că nu apucasem să mănânc în ziua aia. Acum nu știu cât a fost vorba că nu avusesem timp sau că nu voisem să mănânc. Fiindcă eu am următoarea problemă: când am emoții, mă stric la burtă. Și, vezi tu, la ce experiențe am avut care să implice fete pe care le plac și, băi, trebuia să am mare grijă la ce bag în mine. Aveam de luat o decizie, fiindcă opțiunile nu arătau minunat pentru mine:

1. puteam să nu mănânc nimic și să fiu sigur că nu mă stric la burtă, dar se putea să leșin pe scenă. Ce-i drept, oamenii ar fi râs, dar eu preferam să fie din cauză că spuneam eu chestii amuzante, și nu pentru că-mi spărgeam capul de față cu 150 de persoane;

2. puteam să mănânc și deci să nu dau cu fața de colțul scenei, dar să risc să mă îndop cu Imodium după aia.

Orice opțiune alegeam, era clar că sex nu mai urma să fac. Și am mers cu a doua. Am zis c-o așteptam pe Eva să ajungă, o puneam la masă și apoi mergeam până la un magazin să-mi iau un sandvici. Zis și făcut. Am rugat-o să m-aștepte câteva minute, am fugit repede, am cumpărat primul sandvici pe care am pus mâna și l-am mâncat. Avea brânză. Multă brânză. Doamne, câtă brânză era acolo! Știi că produsele lactate nu sunt chiar cele mai bune pentru problema pe care o aveam eu.

Așa că totul devenea clar, deja mă resemnam cu ideea că urma să-mi fac abonament la Zewa în seara aia. De ce Zewa? Că-mi permit, bă, c-am scris un bestseller, am renunțat la aia roz și creponată, la un leu, care-ți rupe și un strat de piele atunci când o folosești. Aa, și să nu uit... sandviciul era cu salam (mezelul, nu Florin), deci respirația mea mirosea fantastic. Și la stand-up, dacă vrei să vorbești cu omul de lângă tine, trebuie să stai foarte aproape de el, ca să nu deranjezi comediantul sau pe ceilalți de pe-acolo.

M-am întors, m-am așezat lângă ea, și ea-mi tot povestea chestii la care eu răspundeam numai cu „mhm", „hmmm..." sau dădeam din cap. Așteptam și eu chelnerița, să-mi aducă naibii ceva de băut, să fumez repede o țigară și să mi se ducă mirosul de salam din gură, ca să pot purta și eu o conversație fără să par retardat.

În fine, ne-am uitat la spectacol, am chicotit, am râs și ne tot sorbeam din priviri. Ideea e că urmam eu să urc pe scenă și, în capul meu, trebuia s-o impresionez. Mă uitam atent să văd exact la ce râdea, ce i se părea amuzant și toate cele, ca să știu exact ce să spun când luam în mână microfonul. La un moment dat, se-aude din boxe: „Vă mulțumesc foarte mult, ați fost un public minunat. Urmează pentru voi Andrei Ciobanu". Gata! Era momentul. M-am ridicat de pe scaun mai speriat decât Șumudică atunci când a semnat Reghe cu Steaua.

Spectacolul a fost unul reușit și, la fiecare clipă de aplauze pe care o primeam, îmi spuneam în gând: „În seara asta facem sex, da, în seara asta facem sex". Am coborât de pe scenă, m-am dus înapoi la masa noastră și aveam o privire de parcă abia invadasem Polonia. Ea se uita mândră la mine și știam că-mi setasem bine teritoriul. De aici încolo, tot ce trebuia să fac era să nu fiu foarte idiot.

Seara a continuat în Centrul Vechi, unde ne-am hotărât să ne îmbătăm împreună. Ne-am așezat într-un bar și am început să dăm shot-uri după shot-uri, am povestit câte-n lună și-n stele, am început să ne cunoaștem mai bine și îmi plăcea din ce în ce mai mult de ea. După vreo oră, Eva mi-a spus că mergea până la toaletă și am rămas singur la masă. De lângă noi, doi băieți au venit la mine și m-au întrebat timid:

– Salut, tu ești Andrei, cel care a scris *Suge-o, Ramona!*?

– Da, eu sunt, am răspuns.

– Mamă, frate, cât de mult mi-a plăcut cartea aia, jur. Putem face și noi o poză cu tine?

– Sigur că da, le-am zis și m-am ridicat de pe scaun.

– Foarte tare, mulțumim. Auzi, dar poți să vii și până la noi la masă, ca să faci o poză și cu iubitele noastre? Că ele-s mai timide și n-au avut curaj să vină încoace.

– Băi, dar și voi nebuni. Ați văzut că sunt acolo cu o domnișoară și ați venit să facem poze când ea a plecat de la masă?

– Păi am văzut, dar tocmai de asta am venit când ai rămas singur. N-am vrut să deranjăm, s-au scuzat ei.

– Nu era nici un deranj, ba mai mult, mă făceați și pe mine să dau bine pe lângă fata asta.

– Păi stai liniștit, frate, fii atent. Noi mergem înapoi la masa noastră și venim încă o dată la tine când revine fata. Și facem poze, și toate alea. Ce zici?

– Să știi că asta chiar nu-i o idee rea, i-am zis.

Așa că m-am așezat înapoi pe scaun, mi-am aprins o țigară și, după câteva minute, a apărut și Eva. Nici bine nu s-a pus jos, c-au și venit cei de la masa de lângă noi spre mine.

– Salut! Scuze că te deranjez, dar nu cumva ești Andrei Ciobanu?

– Ba da, eu sunt.

– Mamă, nu pot să cred! Ești chiar tu! Băi, cât de tare a fost *Suge-o, Ramona!* Putem face o poză cu tine?

– Sigur că da, am răspuns eu zâmbitor.

M-am ridicat din nou, am făcut poze cu oamenii, am mers și la masa lor ca să fac același lucru și cu fetele de-acolo, iar apoi ne-am făcut reciproc cu ochiul și oamenii mi-au mulțumit și au plecat. M-am întors la Eva mai mândru decât Cristiano Ronaldo în Portugalia, după ce a câștigat Campionatul European.

– Îmi cer scuze, i-am zis, total fals.

– Stai liniștit. Dar să știi că nu trebuia să-i rogi pe ăia să facă poză cu tine ca să mă impresionezi, te descurcai bine și singur, mi-a spus Eva.

– Dar nu i-am rugat eu, oamenii mi-au citit cartea, probabil, și de-aia.

– Andrei, te-am văzut pe geam când vorbeai cu ei înainte să mă întorc eu pe terasă.

– Ah! Off, păi, n-a fost chiar așa. Ce s-a întâmplat, de fapt, a fost că ei chiar au vrut să facă poze cu mine, dar eu le-am sugerat că ar fi și mai drăguț dacă ar face chestia asta când ești și tu aici, ca să mă facă să dau bine pe lângă tine.

– Andrei, sunt deja în oraș cu tine, nu trebuie să încerci prea mult, e ok. Îmi place ce se-ntâmplă, mi-a spus ea pe un ton cald. Hai să mai comandăm un shot!

După treaba asta, am mers într-un club, fiindcă mi-a zis că avea chef să danseze. Pe drum, însă, am văzut că era un club de striptease și, datorită alcoolului (să dăm vina pe el), am decis să intrăm acolo și să vedem care era treaba. Ne-am așezat pe scaune și a venit chelnerița la noi cu meniurile, dar ne-a anunțat că fetele nu mai dansau în seara aia, pentru că nu prea erau clienți. Dar dacă voiam să stăm și să bem ceva, era super-ok. Numai că n-avea nici un sens să stăm doar să bem un suc într-un club de striptease în care nimeni nu ne arăta țâțele. Pe bune, să mergi la striptease doar ca să bei ceva e ca și cum te-ai duce la curve ca să mănânci o salată. Sau la McDonald's și să le săruți angajatele. Sau cum era vorba aia, nu mai țin minte... Ai înțeles ideea, oricum.

Așa că nu am stat foarte multă vreme la striptease, fiindcă am ajuns la concluzia că oricum în club femeile-s la fel de îmbrăcate ca și dansatoarele la bară, deci e ok. Am ajuns acolo și era uimitor cum toți bărbații se uitau după ea și salivau. Dar ea stătea numai lângă mine, mă privea încontinuu și eu simțeam cât de ușor m-aș fi putut îndrăgosti de ea. La un moment dat m-a întrebat dacă era vreo melodie care mi-ar fi plăcut și aș fi vrut s-o ascult cu ea, melodie care să ne reamintească mereu de seara aia. Eu m-am gândit puțin, m-am uitat la ea și i-am zis: Disclosure – *Help Me Lose My Mind* (melodie pe care-ți sugerez s-o asculți și tu cât citești capitolul ăsta). Ea mi-a spus că nu s-ar fi putut gândi la o piesă mai potrivită și m-a rugat să merg la bar (ha-ha, am zis laba), să comand niște chestii de băut, cât se ducea ea până la toaletă. „O fi având probleme cu vezica", mi-am zis în clipa aia. Dar n-am stat să judec foarte mult dacă mergea ea prea des la baie (ha-ha, iar am zis laba) sau nu și m-am dus cuminte către bar. N-a durat mult până când a revenit Eva și am început să bem cu barmanul. O tură de shot-uri o dădea el, o tură o plăteam noi, și tot așa. Însă n-au trecut nici cinci minute și din boxele clubului a început să cânte exact *Help Me Lose My Mind*, iar Eva s-a uitat la mine și a zâmbit.

– Holy shit, cum ai făcut chestia asta?, am întrebat-o.

– M-am dus la DJ și l-am rugat să facă o faptă bună pentru doi tineri frumoși. Și uite că a vrut.

– Wow…

Iar în clipa aia Eva a început să danseze super-lasciv cam la un metru distanță de mine. Câțiva tipi au venit și s-au poziționat lângă ea, băgându-se în seamă, însă privirea ei mă centra doar pe mine. Când ăia încercau să-i spună chestii, ca s-o combine, ea le făcea semn că era cu mine și că nu era frumos să se bage în seamă chiar așa. Unul dintre ei a venit spre mine și și-a cerut scuze, iar ceilalți au plecat în altă parte a clubului. Mie nu-mi venea să cred ce se întâmpla, știu doar că mă simțeam foarte bine. Eva s-a apropiat de mine și s-a poziționat în fața mea, dansând în continuare. Avea o fustă neagră din piele, tocuri în picioare și o bluziță cu un decolteu destul de generos, care-i scotea în evidență sânii ăia mari. Părul ei brunet îmi întuneca judecata și ochii ăia pătrunzători îi înțepau pe-ai mei cu fâșii de dorință. Înainte să se termine melodia, Eva s-a lipit de mine, și-a poziționat corpul în brațele mele, a ridicat privirea mai în sus și, pe ritmul puternic al acelei melodii a inimilor noastre, m-a sărutat. Efectiv mi s-au tăiat picioarele și era să cad de pe scaun. Sărutul ăla a durat câteva minute bune, de parcă amândoi eram la fel de însetați de el și nici unul dintre noi nu voia să se termine vreodată (sărutul, zic). Am mai stat puțin în clubul respectiv, apoi am hotărât să mergem în altă parte. Și prin altă parte, mă refer la mine acasă.

P.S. – În drum spre mine, m-a prostit o țigancă să-i cumpăr flori și să i le dăruiesc Evei și, la cât de mult băusem în seara aia, i-am plătit florile de trei ori și am ajuns să-i dau un milion jumate (150 de lei). Apoi m-am oprit cu Eva în mijlocul drumului și am început să cântăm Holograf, *Ochii tăi* în timp ce ne sărutam și stăteam îmbrățișați. A durat un pic până am reușit să ajungem la mine, fiindcă am înțeles că e destul de dificil să mergi pe tocuri, beată, la ora 5 dimineața, pe piatră cubică.

P.P.S. – Eva:

Trebuie să știi că eu sunt o persoană dificilă, ridic ziduri în jurul meu și le consolidez cu fiecare suferință, ziduri atât de înalte și solide, încât nici eu nu mai știu, uneori, cum să le dărâm sau cum arăt fără ele, dar știu că aproape nimic nu mă poate atinge. El nu mi le-a dărâmat, dar a reușit să le sară și să mă vadă PE MINE, să mă vadă exact cum sunt, vulnerabilă și, uneori, nesigură. Iar eu l-am lăsat, n-am stat să mă întreb cum a reușit, dar m-am bucurat. Ne-am lăsat amândoi citiți filă cu filă, fără să vrem să impresionăm, fără să încercăm să părem altceva.

Ne-am întâlnit la un spectacol de-al lui de stand-up. Urma să-l ascult și apoi să ne decidem dacă mergeam fiecare spre casa lui sau, eventual, ieșeam mai departe undeva. La sfârșitul programului, lumea încerca să facă poze sau să vorbească cu el, iar eu îl așteptam. Vedeam cum se uita spre mine tot timpul, ca și când și-ar fi dorit să se evapore toți și să fie acolo doar cu mine. La un moment dat a venit la mine la masă și parcă din priviri ne-am înțeles c-ar fi fost cazul să bem un shot. Începând seara așa, am zis că n-aveam cum s-o terminăm aici, așa că ne-am hotărât să mergem prin Centrul Vechi. Am mers la o cafenea, unde n-am luat cafele, ci doar încă vreo câteva shot-uri. După vreo două, am spus că poate ar fi frumos să mergem să ne zbenguim un pic. În drum am văzut un night club și ne-am decis c-ar fi o bună ocazie să mergem acolo. Pentru că, da, e normal ca fata, la prima întâlnire romantică, să vrea s-o duci la un club de striptease, și mult mai normal ca tu chiar să-l târăști după tine acolo. Doar că soarta n-a vrut să-i încânte privirea cu trupul dezgolit al nici unei „afrodite", programul terminându-se. Ceea ce nu știa el era că, în noaptea aia, avea să aibă în brațe un corp dezgolit, atât de haine, cât și de inhibiții, câteva ore mai târziu. Ne-am oprit apoi într-un club, unde am continuat cu shot-urile. Cum deja devenisem puțin euforică, eu am început să dansez, iar el, fiind un mascul feroce, a rămas rezemat de bar, cu un pahar în mână, uitându-se la mine. Eu dansam și mă uitam în ochii lui, nu vedeam pe nimeni altcineva. Simțeam că timpul se oprise și eram doar noi doi și altceva nu mai conta. Relația noastră a fost tot timpul una disfuncțională. Am flirtat, am devenit prieteni, apoi am fost iubiți, amanți, confidenți, pentru ca, mai apoi, să-mi devină una dintre cele mai apropiate persoane.

CAPITOLUL 11

Dă play la melodia asta: Wale & Rihanna – Bad (RIHmix).

În sfârşit, am ajuns acasă. Eva mi-a cerut un tricou în care să doarmă şi i-am dat unul de-al meu. În clipa în care şi-a dat bluza jos, eu eram încă la dulap şi căutam să-i dau şi nişte pantaloni scurţi. Era oarecum cu spatele spre mine, dar tot am reuşit s-o văd din profil. Avea pielea lăptoasă şi părul i se revărsa pe spate precum o cascadă. O admiram de la distanţă şi-mi era greu să cred că femeia aia superbă era la mine în casă. Ne-am aşezat în pat şi am început să ne sărutăm frenetic. Buzele ei aveau o croială superbă, iar ochii săi ademenitori mă priveau ca şi cum îşi doreau să mă vindece. Din respect pentru Eva, care ştiu că va citi aceste rânduri, n-o să povestesc şi momentul în care s-a întâmplat ceea ce ne doream amândoi. Tot ce pot să-ţi spun este că a fost minunat. Am adormit unul în braţele celuilalt şi a fost pentru prima oară, după multă vreme, când am simţit că-mi plăcea să ţin pe altcineva la pieptul meu.

După ce a plecat de la mine, mi s-a făcut frică. O parte din mine voia ca Eva să nu fi plecat niciodată, iar o altă parte îşi dorea să nu o mai vadă, fiindcă ştia unde putea duce asta. Cumva, era o situaţie foarte dubioasă. Nu ştiu dacă ai păţit să ții la distanță pe cineva doar ca să nu te îndrăgostești de persoana respectivă. Dar preferam să fie așa, fiindcă, dac-aș fi încercat cu ea ceva mai mult, existau șanse să nu funcționeze și apoi să nu ne mai vedem niciodată. Așa că am ales să mă protejez și, oricât de mult, poate, mi-aș fi dorit, să nu dau curs sentimentelor care uneori mă sfâșiau. Exact așa cum i-am spus și ei, noi doi aveam o relație complet disfuncțională, dar știi cum e... mai bine ceva decât nimic. Nu voiam să-mi dau voie să-mi amintesc, fiindcă nu voiam să-mi recunosc mie că, după ce sufletele noastre se văzuseră goale de-atâtea ori, atunci când s-au văzut și corpurile, am avut un sentiment de frică amestecat cu fericire, pe care nu-l mai simțisem de multă vreme. Deși n-am vrut, în noaptea aia m-am înecat în ea. Și încă n-am reușit să ajung la suprafață.

Și problema cea mai mare era că aveam impresia că, pentru ea, nu fusesem nimic extraordinar, ci doar un alt tip care se îndrăgostise de ea. Un alt tip pe care putea să-l ignore, după ce văzuse că-l putea avea, doar un alt tip căruia să nu-i răspundă la mesaje și pe care să-l pună înapoi după ce-l luase de pe raft. Mă simțeam ca o trusă de machiaj tester din Sephora, cu care se dăduse puțin pe la ochi și apoi trecuse mai departe, la alte produse mai noi, mai originale și mai strălucitoare. Mie mi se păruse că doar prin ea fericirea e inclusă, iar ei i se păruse că doar excluzându-mă pe mine ar fi apărut fericirea.

După multe discuții cu Alin, Alexandra, Raluca și Adrian, am decis, până la urmă, să nu mă feresc de ceva ce încă nu trăisem doar din frica mea imensă de a nu fi rănit din nou. Până la urmă, ei erau oamenii care mă cunoșteau cel mai bine și, cu siguranță, sfaturile lor m-ar fi ajutat. Și chiar așa era. Nu trebuie să nu traversezi strada, numai pentru că există posibilitatea să te calce mașina. Pe sistemul ăsta, n-o să mai facă nimeni nimic niciodată. E ca povestea cu drobul de sare: doar pentru că există o mică șansă ca ăla să cadă pe tine, înseamnă doar că sunt șanse mai mari să nu cadă. Așa că, după o săptămână în care nu i-am dat nici un semn Evei (și probabil c-am părut un bulangiu care o futuse și acum o ignora), am sunat-o și am rugat-o să se vadă cu mine, pentru că era ceva important ce voiam să-i spun. Până la urmă, a acceptat și m-a chemat la ea. Am ajuns acolo, ne-am așezat pe canapea, am luat-o de mână și i-am zis:

– Eva, uite ce e... Mi-ai citit și tu prima carte și, din cauza asta, o să-ți fie mai ușor să înțelegi ce urmează să-ți spun.

– Ok, te ascult, a zis ea pe un ton glacial.

– Anemona a fost singura fată pe care am iubit-o toată viața mea și, după ce a plecat și ne-am despărțit, am avut o perioadă foarte nasoală. Am suferit mult, o vedeam în toate fetele cu care ieșeam, nu puteam să mă atașez de nici una dintre ele și am fost foarte aproape de a intra în depresie.

– Așa...

– Și-acum ai apărut tu și m-ai făcut să cred că pot să mă îndrăgostesc de cineva și să iubesc din nou, iar mie mi-e frică să trec iarăși prin tot ce am trecut, mai ales acum, când abia mi-am revenit.

– Andrei, să știi că și eu am avut un iubit cu care am fost șase ani și, când ne-am despărțit, a căzut cerul pe mine. Și, până la tine, n-am mai fost cu nimeni de care să-mi placă și alături de care să mă simt atât de bine. Iar fricile despre care-mi vorbești tu, le am și eu și-mi dau seama că m-aș putea îndrăgosti și că asta poate să-mi aducă din nou o suferință pe care n-aș vrea s-o mai trăiesc niciodată. Dar, pe de altă parte, știu și cât de greu e să găsești pe cineva cu care să te conectezi așa cum am făcut-o noi, alături de care să nu te plictisești în două ore și pe care să-ți dorești să-l lași să-ți pătrundă în suflet.

– Asta-i adevărat, am spus eu.

– Așa că eu una sunt dispusă să-mi asum acest risc, dacă și tu ești. Nu mai suntem copii, Andrei. La 18 ani îți plăcea de cineva, vă futeați de câteva ori și aia era, dar acum suntem mai pretențioși, avem alte așteptări de la omul de lângă noi și nu-i atât de ușor să găsești pe cineva care să-i placă sufletului tău.

– Păi... de-asta am vrut să ne vedem și să vorbim. Îmi doresc să fim împreună și vreau să ne dăm o șansă, indiferent de ce se va întâmpla mai încolo. Vreau să trăiesc povestea noastră de dragoste, Eva.

Ea m-a luat de mână, s-a aplecat către mine și ne-am scufundat într-un sărut. A început să mă mângâie pe cap, îmi ținea palma strânsă și mi-a zis:

– Cu mine, ești în siguranță. Și-ți promit că eu o să te fac s-o uiți pe Anemona.

Apoi m-a sărutat din nou.

***

În ziua aia am decis să fim un cuplu și Eva, într-adevăr, s-a dovedit a fi tot ceea ce-mi promisese. Trăiam alături de ea o poveste de dragoste așa cum nu mă gândisem că voi mai avea vreodată. Eram trei cupluri acum în gașcă – noi doi, Alin cu Alexandra și Adrian cu Raluca –, ne petreceam weekendurile împreună, plecam pe la munte, ieșeam în cluburi și pot spune că toți eram îndrăgostiți. Dar ce era cel mai important era faptul că Eva, cu fiecare mângâiere, cu fiecare sărut, cu fiecare vorbă bună și cu fiecare atingere, o alunga pe Anemona din sufletul meu. Mă gândeam la ea din ce în ce mai rar, iar cu timpul a devenit doar o amintire frumoasă, într-o poveste de carte.

Între timp s-a spart și gașca din apartamentul nostru: prima a plecat Raluca, fiindcă s-a măritat cu Adrian și s-au mutat împreună, apoi Alin și Alexandra și-au închiriat un apartament, iar Eva s-a mutat la mine, dar voiam să ne căutăm altceva, mai mic, doar pentru noi doi. Cu mâna pe inimă pot spune că, în sfârșit, eram fericit.

Însă, în viață, trebuie să ai grijă mereu ce-ți dorești, fiindcă într-adevăr s-ar putea să ți se-ntâmple. Și, dacă ți se-ntâmplă, e posibil să trebuiască să iei cea mai grea decizie pe care a trebuit s-o iei vreodată: acum sau atunci? Anemona a fost cea care m-a format ca bărbat și care m-a făcut s-o uit pe Ramona, dar și cea care m-a părăsit din lașitate. A fost fata pentru care am suferit cum nu suferisem niciodată până atunci. Mi-a fost muză, mi-a fost femeie sau poate mai mult și alături de ea am trăit cele mai frumoase lucruri din viața mea. Însă asta se întâmpla atunci. Întrebarea care mă va măcina mereu este următoarea: când am cunoscut-o pe Anemona, eu aveam 17 ani, eram obsedat de Ramona și eram semi-virgin. Ea era o blondă superbă, mai mare decât mine, mai experimentată și mai trecută prin viață, deci normal că m-am îndrăgostit instant. Dar oare dacă aș fi cunoscut-o acum, fără să existe toată istoria dintre noi, ar mai fi fost la fel? M-aș mai fi îndrăgostit de ea și la vârsta maturității sau aș fi privit-o, iar apoi aș fi trecut mai departe? Nu voi ști niciodată răspunsul la întrebarea asta și nu voi avea cum să aflu nicicând dacă ea m-a atras pentru că mi se părea ceva exotic, ceva diferit față de ce mai cunoscusem eu până atunci și, cel mai important, ceva care putea să mă salveze de Ramona. Și, culmea, noul ei tatuaj despre care ți-am pomenit mai devreme era sub forma unei întrebări. Și răspunsul la acea întrebare era fix ceea ce eu mi-aș fi dorit cel mai mult să aflu de la ea: „Would you die with me?“

Pe de altă parte, Eva e o fată care mi-a furat și inima, și ochii acum, când nu mai sunt un puști și am trecut prin multe întâmplări, deci se presupune că am și alte pretenții, știu mai bine ce-mi doresc la o femeie și mă atrag alte aspecte la o posibilă iubită. Se spune că, de obicei, amintirile ne cheamă în trecut; Eva, însă, face parte din prezentul meu. Aveam basmul nostru, pe care-l croiam cu privirile în fiecare zi, și asta mă face să mă întreb: oare prezentul n-o fi un viitor trecut? Teoretic, dacă tu ești cu cineva, dar decizi să-l înșeli, iar apoi nu știi cu care dintre cei doi să rămâi, răspunsul e să-l alegi pe al doilea. Fiindcă dacă primul ar fi fost ceea ce aveai tu nevoie, pe al doilea nu l-ai mai fi observat. Dar, în practică, nu e chiar atât de simplu. Însă un lucru știam sigur: Eva mă făcea fericit. Nu știu dacă sentimentul era mai intens decât cel pe care l-am simțit cândva alături de Anemona, dar nici nu aveam cum să compar asta vreodată.

Într-o seară, stăteam alături de Eva, încolăcit pe canapea, și mă uitam la un film. Ea făcuse popcorn și eu savuram o bere. Îmi aduc aminte că îmi plăcea foarte mult că era cald în casă, ea stătea cu picioarele peste ale mele și părul îi mirosea a floricele prăjite. La un moment dat mi-a vibrat telefonul, dar l-am ignorat.

– Vrei să ți-l dau?, m-a întrebat ea, drăguță.

Nu, baby, merci! Toți oamenii cu care mi-aș dori să vorbesc sunt aici, cu mine. Restul să aștepte până dimineață. Eva a zâmbit, m-a sărutat și am continuat să ne vedem de filmul nostru. După ce s-a terminat, ea a început să ducă vasele în bucătărie, iar eu m-am apucat să fac patul. Am pus laptopul la încărcat și am vrut să fac același lucru și cu telefonul, iar când l-am luat în mână am văzut că am un SMS necitit. Mi-am pus codul, l-am deblocat și am deschis acel mesaj care, atunci când l-am citit, mi-a înțepat ochii.

P.S. – O să pun aici și ce a scris despre mine Raluca, una dintre persoanele care mă cunosc cel mai bine dintre toți cunoscuții mei:

Când te uiți la Andrei și la ușurința cu care-și trăiește zilele zâmbind, ai senzația că viața a fost foarte darnică cu el, și că e genul ăla norocos, care primește totul pe tavă.

Când te uiți la Andrei și la statura lui de moldovean impozant, ai senzația că, probabil, s-a născut în puf și doar acolo a stat.

Când te uiți la Andrei, pare că totul e ușor și că oricine poate să scrie Suge-o, Ramona!, *să facă glume pe o scenă, să cânte o manea sau să prezinte un matinal la radio. Nu?*

Și te apucă invidia și nervii pe suceveanul ăsta cu glume porcoase și cu atâta noroc, nu? Știu.

Doar că lucrurile nu sunt chiar așa.

Pentru mine, omul ăsta nu e numai autorul cărții Suge-o, Ramona! *sau prezentatorul de la Kiss sau stand-up comediantul de joi seara. Pentru mine, Andrei este fratele mai mic și mult mai înalt decât în visele mele, cu care am împărțit destul de multe momente încât să rămână un om foarte special. Printre care și momentul în care am început să plâng în timp ce beam o cafea în Gara de Nord și l-am văzut cum se emoționa și, totodată, îi venea să-mi tragă una că-l puneam într-o situație atât de inconfortabilă. Sunt foarte puțini oamenii care m-au văzut plângând, felicitări că te-ai calificat în finală, bro!*

Nu știu cum ar trebui să sune această caracterizare. Mă simt ca la liceu, când aveam de făcut caracterizarea personajului masculin din nu-știu-ce operă. Doar că acum opera e viața mea și personajul ăsta e viu, și-l cunosc, și e foarte complicat să strâng toate ideile, să le așez coerent și să iasă ceva neplictisitor.

Dar încerc.

Andrei este un om superficial. Poate mai mult decât ceilalți. Dar este foarte conștient de asta și acceptă bucata asta din el. Nu știu de ce, dar nu m-a deranjat niciodată foarte tare. Nu știu dacă e slăbiciunea mea pentru el sau dacă este pentru că înțeleg că superficialitatea asta e un mecanism de supraviețuire. Nu numai în lumea de zi cu zi, dar și într-o lume la care poate unii visează. Aia cu vedete și artiști, celebrități și evenimente mondene. Cred că, dacă ești genul care-și pune sufletul sută la sută pe tavă, ești genul care poartă Xanax în geantă și, pentru sănătatea ta mintală, o doză onestă de superficialitate face minuni.

Andrei este fan pâine cu unt.

Andrei a cântat și cântă manele cu mult foc la inimă. Și nu se jenează de asta. Totodată, este fan Eminescu. De fapt, îi place așa de mult Eminescu că m-a ținut, într-o dimineață, până la ora 3, să discutăm Luceafărul. *Nu vreți să știți ce părere are despre Cătălina... nu cred c-am mai văzut din liceu pe cineva atât de pasionat de literatură. Ieșise moldoveanul la suprafață. Asta și, probabil, cele douăsprezece beri. Andrei citește. Cărți, da. Romane scrise de alții, fraze așezate pe foi, publicate, puse la vânzare. Le cumpără, le ține șaișpe ani pe noptieră, dar le citește. Și-mi place mult asta la el.*

Andrei fumează în pat și era să ia foc.

Îi plac și-l enervează femeile independente. Nici prea lipicioase, dar nici prea distante. Și să fie foarte frumoase. Brunete, misterioase, foarte sexy și inteligente. Suficient cât să-i priceapă umorul și să aibă come back la timp. Dacă știu și niscaiva poezie eminesciană, cred că au șanse să reziste mai mult de trei săptămâni în viața lui. Este un bărbat greu de mulțumit, pentru că, spre deosebire de bărbații clasici, el are o latură feminină destul de dezvoltată și înțelege rapid tertipurile sexului frumos. Băiat crescut de mama.

Poate că de-aia ne-am și înțeles atât de bine... Că puteam să-i zic orice mizerie, oricât de penibil ar fi sunat, și să se uite la mine cu privirea strâmbă, să mă judece, să facă mișto de mine, dar să știu, undeva în sinea mea, că (mă) înțelege. Și că oricând pot să vin la el cu aceleași mizerii și sentimentalisme și să-mi zică vreo două, să facă mișto de mine, ca mai apoi să mă scoată la film sau la masă.

Andrei are sentimente.

Cu Andrei e dificil să dezvolți o relație, pentru că nu este un om ușor. Ba este chiar dificil. Și foarte ocupat. Și mereu pe drumuri. Dar ăsta e prețul succesului, nu? E dificil să construiești și să te legi de el, pentru că e mai mult absent și obosit. Dar, când reușești să faci asta, e clar că e ceva stabil și de lungă durată.

Noi am început cu stângul, apoi ne-am mutat împreună, ne-am văzut în situații jenante și ridicole, ne-am spus lucruri intime, ne-am poștit țigările și ne-am aflat secretele. Și, cu toate că vorbim rar și ne vedem și mai rar, rămâne unul dintre cei mai apropiați prieteni, căruia îi pot împărtăși orice, oricum și oricând.

Andrei și-a luat țepe de la femei.

Dar despre asta, probabil, în volumul al treilea.

P.P.S. – Ce alegi între atunci și acum? Suge-o, Andrei!

CAPITOLUL 12

Play this song: The Weeknd – Starboy

P.S.

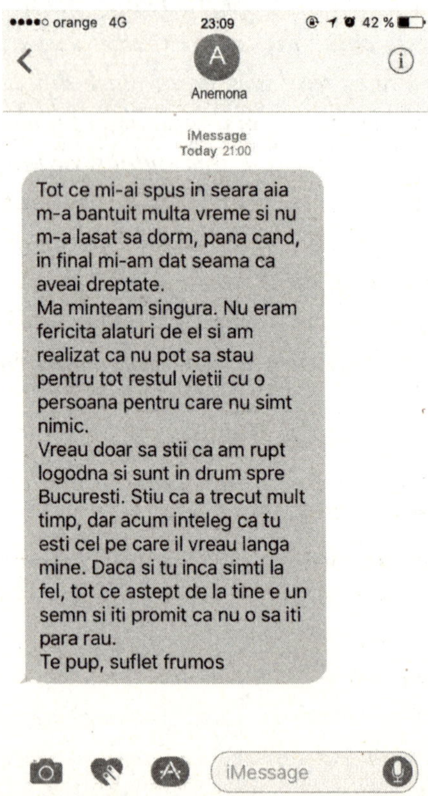

P.P.S. – *Ești fucked-up... mă bucur că ești... dar mai tare mă bucur că sunt... pentru că altfel m-ai fi distrus... Am răsfoit cartea... am început cu ultimele capitole... am citit și finalul... trist, simțeam, bizar... cum că l-ai merita... nu mă-ntreba de ce... și am început să răsfoiesc înapoi... am citit cu poftă, sărind peste detalii... Tu nu cauți binele sau ușorul... tu cauți și atragi deznădejde, așa cum și mie mereu mi-a plăcut povara... da, povara aia îți place și ție, cea care te ghemuiește sub ea și te leagă de pământ, aia care te strivește cu dezamăgiri, dar, cel mai important (zic eu și crezi și tu), te face să simți ca trăită... acea singură viață de care ți-e dat să știi că există. E nevoia acută de a tremura, asumându-ți că, după vibrație, se lasă cu prăbușiri... ca după cutremurul din '77... Dar tu știi asta... și tot mai vrei. Așa că, Andrei... Ramona merita s-o sugă..., dar tu meriți s-o sugi mai mult ca ea. Pentru că tu ți-o cauți... aproape asumat. Acolo unde știi c-o să te ardă... te bagi... și stropești locul crimei și cu un pic de benzină, ca să te ardă mai tare. De la o pagină la alta... îmi vine să te urăsc... și apoi să te ador, să te ling de sau după Ramona... și să te spăl de ea. Nu știu dacă merităm să fim fericiți, iartă-mă că vorbesc în numele tău, dar nu merităm... pentru că fericirea aia... închegată... ne îneacă pe amândoi... ne prăpădește și ne face miserable... mai devreme sau mai târziu.*

Andrei de lângă mine pare aproape normal... uman... mai sensibil decât celălalt... eu o să-l gust, ca și cum n-aș ști nimic... de-asta nici nu citesc integral cartea... doar o răsfoiesc și citesc aleatoriu câteva pagini de ici, colo... pentru că nu vreau să stric imaginea pe care ți-am creionat-o. Eu sunt foarte netalentată la desen... așa că-mi asum ca la un moment dat... trăsăturile desenate de mine să se deformeze în fața ochilor mei și să prindă viață nemernicul din carte. Atunci o să-mi ardă ochii... o să-mi tremure mâinile ca după bețiile noastre din camerele de hotel... o să-mi doresc să nu mai vreau să desenez niciodată... și știi ce? S-ar putea să-mi placă... Pentru că mereu mai vreau să mă îmbrac în oameni cu povești întunecate, grele, care sufocă... pentru că știi că... mie-mi place să fiu sufocată de tine.

Anemona

PLAYLIST

Prolog

Criss Blaziny & AlexAicha Stan – *Au gust zilele*

Partea I. Ramona

CAPITOLUL 1. Chayanne – *Y tu te vas*

CAPITOLUL 2. Alternosfera – *Flori de mai*

CAPITOLUL 3. Rick Ross – *Hustlin*

CAPITOLUL 4. Chriss JustUS – *Ca să uit de noi*

CAPITOLUL 5. Smiley & Pacha Man – *Love Is for Free*

CAPITOLUL 6. Demmo – *Ai uitat*

CAPITOLUL 7. Britney Spears – *Oops, I Did It Again*

CAPITOLUL 8. Don Omar – *Diva virtual*

CAPITOLUL 9. Mira – *Dragostea nu se stinge*

CAPITOLUL 10. LANA & ELIZIO – *Just Call Me Miss*

CAPITOLUL 11. Rihanna & Eminem – *Love the Way You Lie*

CAPITOLUL 12. Cabron & Pacha Man – *Arată-le la toți*

PARTEA A II-A. Andrei

CAPITOLUL 1. Raving George feat. Oscar and The Wolf – *You're Mine*

CAPITOLUL 2. Ruby feat. Dorian Popa – *Bună, ce mai zici*

CAPITOLUL 3. Sonny Flame – *În sufletul gol*

CUPRINS